VERLAG
FRITZ
MOLDEN

Pierre Rey

DER GRIECHE

Roman

VERLAG FRITZ MOLDEN · WIEN-MÜNCHEN-ZÜRICH

1.–100. Tausend

Aus dem Französischen übertragen von
PIERRE BOCEV

Titel der französischen Originalausgabe
LE GREC

Copyright © Éditions Robert Laffont, S. A., 1973
Alle Rechte der deutschen Ausgabe 1974:
Verlag Fritz Molden, Wien-München-Zürich
Schutzumschlag und Ausstattung: Hans Schaumberger, Wien
Lektor: Franz Schrapfeneder
Technischer Betreuer: Herbert Tossenberger
Schrift: Garmond Garamond-Antiqua
Satz: Filmsatzzentrum Deutsch-Wagram
Druck: Carl Ueberreuter, Wien
Bindearbeit: Thomas F. Salzer KG., Wien
ISBN 3-217-00565-1

Am Anfang war das Wort.

Dann kamen die Götter. Homer tauchte kurzfristig auf, Praxiteles und Plato auch.

Anschließend jahrhundertelang gähnende Leere.

Und dann Satrapoulos. Nicht der Vater – der Sohn. Sokrates. Als seine Mutter ihn eines Tages prügelte, mehr aus Gewohnheit denn aus Bosheit, sagte er wütend zu ihr: „Du weißt nicht, gegen wen du die Hand zu erheben wagst!"

Er war erst acht Jahre alt, und seine Mutter, zuerst erstaunt, brach in helles Lachen aus. „Ah", meinte sie, „gegen wen denn?"

Sokrates blickte sie an und rief: „Ich werde der berühmteste Grieche seit Odysseus sein!"

Was ihm neuerlich eine Ohrfeige eintrug.

Und dann ging er daran, sein Versprechen einzulösen . . . Was ihm auch beinahe gelungen wäre.

Vorbemerkung des Autors

Der Autor hat sich bei diesem Roman von bestimmten Ereignissen der letzten Jahrzehnte, die in der gesamten Presse der Welt großes Echo fanden, inspirieren lassen. Dennoch sind die Personen der Handlung ebenso wie die Handlung selbst freie Erfindung.

1. TEIL

1

Nackte, knochenweiße Felsplatten, überall Steinhaufen, schwindelerregender, tiefblauer Himmel und, zweihundert Meter tiefer, am Fuß der Klippe, der gekräuselte Spiegel der Wellen, zu grell für die Augen, mit blendenden Lichtflecken übersät, dort unten, wo das Meer die brennende Sonne abweist und ihre Strahlen mit der gebündelten Kraft einer Lupe zurückspiegelt. Der Rolls-Royce stand auf dem Rastplatz einer wie im freien Raum schwebenden Küstenstraße, die sich nicht einfügen wollte in diese bleierne Landschaft, wo die Bewegung unterbrochen war und die Zeit sich verflüchtigt hatte. Es mußte mehr als vierzig Grad haben. Niki, der auf dem Fahrersitz lümmelte, drehte den Schalter der Air-Condition auf „Halb". Mechanisch knöpfte er seine eisengraue Livree zu, die mit den Initialen „S. S." bestickt war. Sie hatten ihm schon zahlreiche hämische Bemerkungen anderer Chauffeure eingetragen. Niki war das egal. Er wußte genau, daß die meisten ihn nur beneideten, denn wie bei den Hunden hängt auch bei Hausangestellten die Hierarchie von der Bedeutung ihres Herrn ab. Die Hitze draußen schien förmlich zum Greifen und verlieh dieser brutalen, vom Licht zerfressenen Umwelt Nuancen in zitterndem Beige und Grau. Niki fragte sich, ob er noch Zeit haben würde, sich eine Zigarette anzustecken, bevor S. S. kam. Sein Herr rauchte viel, aber er ließ nur die Havanna zu, weil der Lederduft des Rolls nur schwer den gewöhnlichen Geruch blonden Tabaks vertrug. Er griff nach seiner Tasche, hielt aber wieder ein. Ein Blick auf die Uhr: zwölf Uhr mittags. Zweimal hatte er versucht, sich draußen die Beine zu vertreten, es schnell aber wieder sein lassen, so drückend lastete die Hitze auf einem.

Jetzt würde er gleich da sein. Niki suchte den Himmel ab. Er sah ihn. Ein schwarzer Punkt, der von nirgends zu kommen schien, aus dem Nichts auftauchte und rasch näher kam. Niki überprüfte noch einmal die Knopfreihen seiner Livree und den Sitz seiner Krawatte, öffnete die Tür und sprang heraus. Langsam glitt der Hubschrauber in die Tiefe, geräuschvoll schaufelten die Rotorblätter die stickige Luft. Zwanzig Meter vor dem Auto setzte er auf. Aus der geöffneten Tür stieg ein Mann im Overall, Jeff wahrscheinlich, und streckte die Hand in die Kabine. Und dann erschien ein kleiner Mann, gekleidet wie für eine Vorstandssitzung: schwarzer Alpakaanzug, schwarze Krawatte, weißes Hemd. Darüber eine riesige Hörbrille, die die Augen verbarg und ebenso wie das dichte rostbraune Haar dumpf die Strahlen der Sonne auffing. Niki fragte sich, ob S. S. ihn begrüßen, ihm zuwinken oder irgendeine Geste machen würde, als Beweis dafür, daß er ihn nicht nur als einen Bestandteil des Wagens ansah. Aber nichts dergleichen geschah. Gedankenverloren stieg Sokrates Satrapoulos in den Rolls ein, ohne Niki überhaupt zu bemerken. Und als der Chauffeur wieder hinter dem Lenkrad saß, sagte er nur: „Da hinauf, zum Dorf." Niki hatte zwar kein einziges Haus gesehen, aber er lenkte das Auto vorsichtig durch die ersten Kurven eines schlecht geschotterten Weges. Es ging steil bergauf, und der Rolls tat sich im zweiten Gang nicht leicht. Nach drei Kilometern erklärte S. S.: „Biegen Sie links ab." Niki schlug das Lenkrad ein. Und jetzt sah er es auch. Oben auf dem Berg, wie auf den Gipfel hingeklebt, stand eine Reihe kalkgeweißter Häuser, die sich vom Fels kaum abhoben. Wo sie bloß das Wasser hernehmen mochten? Sie kamen näher. S. S. sagte: „Stop." Und das war alles. Er war bereits draußen und schritt die Böschung hinauf, die ihn von den ersten Behausungen trennte. Ein Geröllhaufen entzog ihn bald Nikis Blicken.

Sokrates Satrapoulos wurde ein Gefühl dumpfer Unruhe nicht los, als er in den schmalen Durchgang trat, der die Häuser voneinander trennte. Er fühlte sich nackt und verwundbar. Seine Schuhe – dreihundert Dollar – waren den spitzen Steinen des Weges nicht gewachsen und zeigten kleine Risse.

Als Kind war er einmal in einem Vorort von Athen mit den anderen Buben auf einem Müllablageplatz gewesen, den sie sich zur Stätte ihrer Spiele erkoren hatten. Tony schlug einen

Wettbewerb vor, bei dem ein für allemal dargetan werden sollte, wer von ihnen am weitesten urinieren konnte.

„Mit Anlauf?" hatte Sokrates gefragt. „Ohne", hieß es. Es folgten noch lange Palaver über die genauen Regeln. Sokrates dachte sich, daß Tony seiner Fähigkeiten ziemlich sicher sein mußte, da er den Wettstreit vorgeschlagen hatte. Und Sokrates ertrug es nicht, wenn irgend jemand in seinem Beisein irgend etwas gewinnen konnte. Während die Regelauslegung immer heftiger umstritten war, überlegte er krampfhaft, auf welche Art er keine Niederlage in Kauf zu nehmen brauchte. Und er fand auch heraus, wie: „Ich habe keine Lust, jetzt gleich zu pissen, ich hab' erst vor zehn Minuten gepißt." Man warf ihm vor, er drücke sich, aber er wandte ein, schließlich habe nicht er die Idee des Wettkampfes gehabt, sondern Tony. „Ich möchte ja mittun, aber laßt mir einige Minuten Zeit, ich gehe ins Haus Wasser trinken und komme zurück." Die anderen zeigten sich großzügig und stimmten zu.

Sokrates überquerte den Schutthaufen und den anschließenden Platz, stürzte ins Haus und fand sich im Zimmer seiner Tante wieder, die er vom Innenhof, wo sie Wäsche aufhängte, rufen hörte: „Was ist los?" Sokrates wühlte in der Nähschatulle, Fäden fielen herunter, Nadeln, das Metermaß, bevor er endlich gefunden hatte, was er suchte. „Ich bin es!" antwortete er. Er hörte nur noch: „Kannst du mir sagen . . .", den Rest des Satzes bekam er nicht mehr mit, weil er sich auf der Toilette eingeschlossen hatte – wenn man den Raum mit dem Loch in der Betonplatte überhaupt so nennen konnte. Dort gab er sich einer geheimnisvollen Tätigkeit hin, während seine Gesichtsmuskeln vor Aufregung nervös zuckten.

Als er zurückkam, erfuhr er, daß die Konkurrenten sich mit dem Rücken zur Bretterwand aufstellen und nacheinander urinieren würden. Die Länge des Strahls würde von den anderen Teilnehmern mit einem Zwirn zweifelsfrei abgemessen. Sokrates war einverstanden. Das Turnier begann. In seiner Abwesenheit hatten die anderen aus kleinen Holzstücken und Papier Fähnchen angefertigt, und bald steckten die kleinen Flaggen inmitten der Pißlachen im Boden. Dann war Sokrates an der Reihe.

„Versteckst du ihn vor uns, oder was?" wunderten sich die Kameraden angesichts einer Schamhaftigkeit, die ihnen bei einem so wichtigen Anlaß unangebracht erschien. Sokrates, an die morschen Latten gelehnt, antwortete nicht, er konzentrierte sich und erwog seine Siegeschancen trotz der raumgreifenden Arabeske, die Tonys Strahl in den Sand gezeichnet hatte. Es war, als ob er sich aufblähte, gleichzeitig alles zurückhielte und dann mit aller Macht losspritzte. Sekundenlang blieb seine Anspannung bestehen, dann entkrampfte er sich: Tony war geschlagen. Später war er dann Gefangener seines eigenen Siegs. Er wußte nicht, wie er seine Freunde für einen Augenblick loswerden könnte, um den Gummiring abzunehmen, der schmerzhaft in den Schwanz einschnitt.

Warum kam gerade diese Geschichte ihm jetzt wieder in den Sinn, wo er doch so oft seine Triumphe unter Zuhilfenahme der List errang?

In welchem dieser Ställe mochte sie wohl wohnen? Hinter dem Leinen, das einen der Eingänge abschirmte, war ein Mann; Sokrates spürte seine Anwesenheit mehr, als er ihn wirklich sah, und fragte: „Athina?" Der Mann schob den Vorhang beiseite, musterte S. S. und wies mit der Hand bergauf: „Da oben, das letzte." Mit einer vagen Geste dankte der Grieche.

Einige Meter noch, dann würde sich alles vereinfachen, vielleicht. Oder komplizieren, sich verhärten – er wußte es nicht. Keiner kann es sich aussuchen, wenn das Leben an einem Wendepunkt anlangt. Satrapoulos war wahrscheinlich einer der reichsten Männer der Erde, aber in dieser Behausung würden ihm seine Milliarden nichts helfen, seine zehntausend Angestellten, seine Ölflotten, seine Zinnminen ebensowenig wie sein Gold, seine Banken, seine Rechtsberater, seine Staatsmänner oder seine Handlanger. Jetzt stand er vor der Tür, ein kleiner schwarzer Fleck in der gleißenden Sonne, und zögerte, einzutreten, unentschlossen, unglücklich, unsicher, seiner Mittel beraubt und seines Stolzes. Auch hier war der Eingang mit einem Fetzen verhängt. Wenn jemand drinnen war, mußte man ihn sehen. Er vernahm das krachende Geräusch brechenden Holzes. Er zögerte ein letztes Mal und sagte dann, mit einer Stimme, die ihm fremd vorkam: „Ist da jemand?" Keine Antwort. Immer noch das Krachen brechender Holzspäne.

Lauter und wieder selbstsicherer: „Ist da jemand?" Die Stimme einer alten Frau antwortete ihm: „Wer ist da?" Mit einer Handbewegung schob S. S. den Vorhang beiseite. Seine

Gesichtszüge hatten sich im Augenblick verändert. „Kann man herein?" fragte er mit einem breiten Lächeln. Er nahm die Brille ab, und sein Gesicht gewann seine Eigenständigkeit zurück. Eine Nase, eine überraschende Nase, die nicht mit den anderen Teilen des Gesichts übereinstimmen wollte, so als hätte das ganze Gesicht sich um sie geschart – wie in den Dörfern die Häuser um die Kirche –, die Muskeln hingen an ihr, die Augenhöhlen gingen von ihr aus, die gewölbte Stirn ruhte auf ihr. Natürlich war die Nase von S. S. auf der ganzen Welt berühmt. Seine Bekannten waren der Meinung, sie ließe den zwingenden Schluß auf das Vorhandensein eines gigantischen Phallus zu, was zwar – genaugenommen – keine Unwahrheit war, aber doch nicht ganz stimmte. Es war ganz einfach so, daß niemand sich der Assoziation Nase-Phallus entziehen konnte, ob er wollte oder nicht. Den wenigen guten Bekannten, die ihm nahe genug standen, um diesbezüglich peinliche Fragen zu stellen – die ihn im geheimen begeisterten –, antwortete Satropoulos mit einer unverständlichen Geste: einer Bewegung der Hand und einem Kopfschütteln, die nein sagten, während sein Lächeln und sein ganzer Gesichtsausdruck ja trompeteten. Um den nach oben verlagerten Schwerpunkt dieses Gesichts auszugleichen, waren zwei tiefe Falten zu beiden Seiten des Mundes gegraben, dessen breite und fleischige Lippen im Geschäftsleben schmal und verschlossen, in der Liebe jedoch gefräßig und kindisch waren.

Jetzt sah er die Alte. Sie hatte sich vom Holz abgewendet und sagte: „Wer sind Sie?"

Sokrates, ganz leise: „Erkennen Sie mich nicht?"

„Was wollen Sie?"

„Nun . . ."

„Ich habe ihnen schon alles gesagt."

„Mir?"

„Sie und die anderen, sie wollen ja immer dasselbe."

„Ich nicht. Ich bin Sokrates."

„Wer?"

„Sokrates."

„Sokrates? . . . Welcher Sokrates?"

„Aber Mama, du mußt mich doch erkennen . . ."

Sie hielt ein, verstand überhaupt nichts mehr.

„Du bist es, Sokrates?"

„Aber wenn ich es dir doch sage."

Seine Stimme war weicher geworden, ganz ohne sein Zutun. S. S. mißfiel das. Und trotzdem, diese verbrauchte Kreatur, die aus dem gleichen schwarzen Holz gemacht schien, das da am Boden lag, war seine Mutter. Es schien ihm unvorstellbar, daß sie ihn nicht gleich erkannt hatte, daß die Stimme des Blutes – was für ein Unsinn – ihn nicht verraten hatte. Sicher, man schrieb August 1952, er hatte sie seit genau dreiunddreißig Jahren nicht gesehen. Man verändert sich . . . Er sah das winzige Haus wieder vor sich, in dem man ihn aufgezogen hatte, in dem kleinen Dorf Mutalaski im alten Kappadokien. Und ein anderes Haus, später, in der Gegend von Saloniki. Er dachte auch an die Wohnung im Piräus, hinter Nikäa, ganz am Ende der Ikoniowstraße, an seine beiden Schwestern und seinen Bruder und an seine Mutter, die sie tagsüber allein ließ, weil sie in einem Geschäft als Strickerin arbeitete, an Alexandros, seinen Vater, der von den unmöglichsten Geschäften träumte, um Reeder zu werden, während er mehr schlecht als recht einige Männer beschäftigte, die für ihn nach Schwämmen tauchten. Und wieder ein anderes Dorf, in der Türkei, er war fast noch ein Baby, wo sich Schreckliches abgespielt haben mußte; manchmal quälten ihn die Erinnerungen noch. Und nicht nur Bilder stiegen vor ihm auf, auch Gerüche, die wichtige Punkte seines vergangenen Lebens bewahrten, jetzt der Geruch eines Friseurladens, zu einer anderen Zeit, an einem anderen Ort, in der Nähe von Smyrna, ein Gemisch von Veilchen, Schweiß, Wasserdampf und billiger Rasierseife, während der Meister einem eines der Tücher um den Hals schlang, die seine Frau einmal die Woche auskochte, Montag, wenn geschlossen war.

„Sie sind gekommen", sagte die Alte.

„Ich weiß, Mama, deswegen bin ich da."

„Was will man von mir?"

„Man will mir schaden – durch dich."

„Ich kann dir nicht schaden. Ich kann dir nicht helfen. Ich kenne dich nicht."

„Aber ich, ich kann dir helfen."

„Dann hack mir das Holz!"

S. S. ergriff einige Zweige und versuchte, ungeschickt, wie er war, sie zu brechen. Athina entriß sie ihm mit einer Kraft, die man bei einer Frau dieses Alters nie vermutet hätte.

16

„Laß das! Ja, vielleicht habe ich einmal einen Sohn gehabt, aber er ist schon seit dreißig Jahren tot. Und wenn du dieser Sohn wärst, ich würde nichts von dir wollen, nicht einmal dich sehen!"

„Mama . . ."

„Mama! . . . Dreißig Jahre hast du gebraucht, um nachzusehen, ob ich noch lebe! Sag, was hast du schon wieder für Unsinn angestellt?"

„Was hast du ihnen gesagt?"

„Wozu willst du das wissen? Ist aus dir überhaupt etwas geworden?" S. S. konnte ein Lächeln nicht unterdrücken. „Ich habe ja gewußt, daß aus dir nichts Gutes wird, ich habe es dir oft genug gesagt!"

„Vielleicht hast du es mir zu oft wiederholt . . ."

„Und deinem Bruder, hast du ihm geholfen? Und deinem Vater? Nicht einmal zur Beerdigung bist du gekommen! Und schau mich an, schau, wie ich lebe!"

„Ich habe ihm ja helfen wollen! Du warst dagegen . . . Mama."

Schon wenn er es in den Mund nahm, tat ihm dieses Wort weh. Er brachte es einfach nicht über die Lippen, und selbst seine eigene Frau hatte er nicht mehr begehren können, seit sie Mutter geworden war. Keine Rede mehr davon, mit ihr ins Bett zu gehen, einfach unmöglich. Der Aufschrei der Alten dröhnte ihm in den Ohren.

„Ich erwarte mir nichts von dir! Niemand erwartet sich etwas von dir! Behalte sie für dich, deine Hilfe, ich brauche sie nicht. Ich hab' es bis jetzt ohne dich geschafft, es wird auch weiter so gehen!"

„Hast du mit ihnen gesprochen?"

„Ich bin dir keine Rechenschaft schuldig! Du hast ohne deine Eltern leben wollen, jetzt mußt du eben so weitermachen."

„Du kannst nicht begreifen . . ."

„Du bist verrückt, du hast die Ideen eines Verrückten, dein Vater hat es dir immer gesagt! Rundherum hast du alle verrückt gemacht."

Sokrates schloß die Finger um das Stück Holz, das er in der Hand hielt, aber es widerstand ihm und wollte nicht brechen. Es war wie in seiner Kindheit, er konnte nur mehr stammeln: „Mama, ich bitte dich . . ." Und es brach wie Naturgewalt aus ihm heraus: „Du hast dich nie um mich gekümmert. Du hast meinen Bruder lieber gehabt!"

Die Alte weinte jetzt, mit einem trockenen, metallischen Geräusch, das nicht aus diesem verbrauchten Körper zu kommen schien. „Geh", sagte sie ... „Geh! Und komm nie mehr zurück."

„Hör mich doch an ..."

„Geh!"

Und während sie mit der Hand zur Tür wies, überlegte sie, was sie ihm Endgültiges entgegenhalten könnte ...

„Du bist ein ... ein Unmoralischer!"

Instinktiv hatte sie ihren Lieblingsausdruck wiedergefunden: „ein Unmoralischer". Das Wort hatte an sich keine Bedeutung, aber aus dem Mund der Mutter und belastet mit dem Gewicht seiner ganzen Kindheit wurden die fünf Silben für Sokrates zu einem Alptraum, zum Symbol des Zwists und all seiner vergangenen Revolten.

Als er das Elternhaus verließ, war er sechzehn. Vier Jahre lang hatte er sich an dieser neuen und ungewohnten Freiheit berauscht, versucht, seinen Vater auszustechen, zu erreichen, was diesem versagt geblieben war. Aber seine Mutter hatte das völlig kalt gelassen. Die Interesselosigkeit des einzigen Publikums, das er damals zur Verfügung hatte und rühren wollte, die Unsicherheit, wem er was beweisen müßte, und schließlich der Wunsch, den Abstand zu wahren und trotzdem nichts von seinem neugewonnenen Prestige einzubüßen, hatten ihn zu dem Luxus bewogen, den Eltern einige Jahre hindurch Geld zu schicken. Später kam er dann darauf, daß er es weniger aus familiärem Pflichtgefühl getan hatte, vielmehr, um ihnen zu beweisen, daß er Geld hatte, sie etwas von seiner neugewonnenen Macht fühlen zu lassen.

Und dann war alles sehr schnell gegangen, sein erstes Geschäft, sein erstes Schiff, seine erste Milliarde, seine erste Frau. Was konnte diese Fremde im schwarzen Kleid, die ihn da wie einen kleinen Jungen behandelte, schon davon verstehen. Von allem Anfang an, als seine Erfolge noch kaum sichtbar waren und doch schon den Keim des Gigantischen in sich trugen, hatte er seine Familie als eine Last betrachtet, als ein Stück Blei, das ihn in die Tiefe zog, wenn er Tage des Zweifels durchlebte, wie Ikarus sich fragend, ob er nicht zu hoch gestiegen sei. Und heute war plötzlich sein Schicksal abhängig von den Launen dieser alten Bäuerin, die er für immer aus seiner Erinnerung zu verdrängen getrachtet hatte. Warum bloß war er nicht eine Waise, wie so viele andere auch?

Was hatte sie ihnen gesagt? Und wenn sie wirklich geredet hatte, wie lange würde Kallenberg brauchen, um es sich zunutze zu machen?

„Geh!"

„Ein letztes Mal . . ."

„Hinaus mit dir, oder . . ."

Sie bedrohte ihn mit einem der herumliegenden Holzstücke! Es war nicht zu fassen!

„Und komm nie wieder zurück! Und wenn ich vor dir sterben sollte, so verbiete ich dir, zum Begräbnis zu kommen! Ich verfluche dich!"

S. S. war leichenblaß geworden. Er wußte nicht, ob dieser bittere metallische Geschmack im Mund von all den Flüchen und Beleidigungen kam, die ihm im Kopf herumschwirrten, ohne daß er es fertiggebracht hätte, sie auszusprechen. Es hätte ihn erleichtert, ihr alles entgegenzuschleudern, aber er brachte kein Wort heraus. Er drehte sich um und verließ die Behausung, das Holzstück immer noch in der Faust. Er würde sich noch Stunden gedulden müssen, erst abends in London, bei Kallenberg, würde er endlich klarsehen.

Die Schönheit war das einzige, was man Raphael Dun wirklich nicht absprechen konnte. Schlank, groß, mit leicht angegrauten Schläfen und dem Gang eines Tieres, der die Frauen sich nach ihm umdrehen ließ. Trotz seiner 32 Jahre hatte er sich den verführerischen Charme des Jünglings bewahrt, die scheinbare Unsicherheit, die zögernde Annäherung und den launischen Einfallsreichtum. Manchmal stellte er sich die Frage, wie lang dieser Zustand der Gnade noch anhalten würde. Aufrecht und völlig nackt streckte er sich vor dem riesigen Spiegel, der eine ganze Wand seines Appartements im „Ritz" einnahm. Paläste hatten ihn schon immer fasziniert, vor allem dieser hier auf der Place Vendôme. Er liebte ihn so sehr, daß er sich auf der anderen Straßenseite, genau gegenüber der „Bar Bleu" in der Rue Cambon, eine Garçonniere im vierten Stock gemietet hatte, die er bezog, wenn seine Verluste beim Spiel ihm den Aufenthalt im „Ritz" nicht mehr erlaubten. Wenn die mageren Tage vorüber waren, brauchte er nur gegenüber anzurufen, und das Hotel schickte einen Groom, um sein Gepäck zu holen. Und er selbst wechselte mit dem Bürgersteig auch das Leben . . .

In seinem Ausweis stand Journalist, aber in Wirklichkeit war er weder Reporter noch Fotograf, obwohl er sich schon in beidem mit wechselndem Erfolg versucht hatte. Daher mochte es auch kommen, daß die Umwelt, ebenso wie er selbst, in ihm den Reporter für außergewöhnliche Storys sah. Ein undefinierter, kaum einzukreisender Begriff, der ihm ebenso schmeichelte, wie er ihm alle Türen öffnete. Diese seine Polyvalenz, das völlige Fehlen eines spezifischen Geruches, machte ihn in dieser nicht weniger polyvalenten Gesellschaft unentbehrlich.

Auf dieser Aura der Ungewißheit hatte Raph sein Leben aufgebaut. Seine Eltern waren Krämer, und er verbarg seine Herkunft – sicher, ein ehrsamer Stand, die Kaufleute – aus Entgegenkommen seinen Freunden gegenüber, die sich vielleicht daran hätten stoßen können. Wenn er sich manchmal die Frage stellte, wie er es fertiggebracht hatte, diesem Rattenmilieu zu entkommen, so fand er, selbst wenn er aufrichtig war, keine Antwort. Das Glück vielleicht, und der echte Spürsinn dafür, wann man sich an wen anzuhängen hatte, dabei die Verbindung zu jenen abbrechend, die ihm in seiner neu eroberten Stellung hinderlich sein konnten. Seine Ungezwungenheit war Ergebnis mathematischer Berechnung: jedes Lächeln, jeder Blick, jeder Händedruck waren vorausgesehen und mit der Präzision eines Computers vorprogrammiert. Raph teilte die Umwelt in zwei Kategorien ein: die Leute, die ihm nützlich sein konnten, und die anderen. Um die ersteren kümmerte er sich systematisch, die anderen würdigte er keines Blicks. Da er außer zum Pokern zu nichts Talent besaß, war ihm im Laufe der Zeit die schmeichelhafte Rolle eines *arbiter elegantiarum* zugefallen. Kam die Rede auf einen Film, so konnte man etwa hören: „Und Dun, was hält er davon?" Oder auf einen Maler: „Ich muß Dun mitnehmen, er soll sich die Bilder ansehen!"

Sein Heimathafen war New York, sein Ferienort Acapulco, die Stadt seines Herzens Rom. Geboren war er in Paris, Rue Folie-Regnault, im kaum fein zu nennenden Stadtteil Charonne.

Eines Tages, er mußte gerade an die sechzehn Jahre alt gewesen sein, hatte die Hauptschule mühsam beendet und den Arbeitskittel des Krämers angezogen, eines Tages geschah es also, daß vor dem Geschäft seines Vaters ein Luxuswagen einen Unfall hatte. Während man noch nach der Ambulanz telefonierte, war er hinausgegangen, um sich alles aus der Nähe anzusehen. Der Motorblock des Autos hatte sich in den Lieferwagen eines Gemüsehändlers verkeilt, und er hatte die Frau am Volant trotz ihres blutverschmierten Gesichts auf den ersten Blick erkannt: Clara Marlowe, der Filmstar. Als er näher heran wollte, war er von einem Polizisten brutal zurückgestoßen worden, der vor der Ankunft seiner Kollegen die Menge im Zaum zu halten hatte. Nach dem, was die Leute rund um ihn sagten, war sein Lieblingsstar nur verletzt und überdies blau wie ein Veilchen.

In diesem Augenblick ahnte Raph noch nichts, aber dieser Unfall sollte entscheidend für seine ganze Zukunft werden. Kaum eine Stunde war vergangen, als zwei Burschen, elegant und von beeindruckender Unbekümmertheit, in das Geschäft seines Vaters traten und sich als Reporter von „Paris-Soir" vorstellten. Von Raph, der damals noch nicht Raphael Dun, sondern Paul Gueffier hieß, wollten sie Einzelheiten über den Unfall wissen. „Gehen wir doch einen heben, Sie können uns alles im Bistro erzählen." Sein Vater hatte nichts einzuwenden gewagt. Paul hatte den Arbeitskittel abgelegt und war ihnen gefolgt. Er war von der Ungezwungenheit dieser Burschen hingerissen, die kaum älter waren als er. *Er* hätte es nie gewagt, in dieses Lokal zu gehen, und die beiden da fühlten sich so wohl, als ob sie seit jeher hier Stammgäste wären. Nachdem sie ihn nach allen Richtungen hin ausgefragt hatten, bedankten sie sich bei ihm. „Hör mal zu, du hast ein scharfes Auge. Du würdest einen guten Journalisten abgeben. Wiedersehen, wir müssen gehen, am Abend werden wir in Cannes erwartet." So einfach war das also. Mehr brauchte er nicht zur Beflügelung seiner Phantasie und um seinen Eltern von „Berufung" zu sprechen, wenn sie ihm vorwarfen, er vernachlässige die Kundschaft.

„Hast du dich endlich genug bewundert?"

Raph war wieder auf dem Boden der Wirklichkeit. Die Kleine hatte er völlig vergessen. Gleichfalls nackt, hatte sie sich in der Stellung einer Odaliske, ein Goldkettchen um die Taille, ein anderes um die linke Fessel, auf dem zerwühlten Bett ausgestreckt. Zwei tiefblaue Augen, blondes Haar und ein gebräunter Körper. Ihre Schönheit war viel zu perfekt, um noch das sinnliche Verlangen zu wecken. Drei Tage dauerte es nun zwischen ihnen beiden, ohne daß einer hätte die Oberhand gewinnen können, so gleich waren sie sich in ihrem Narzißmus.

„Du solltest dich anziehen, mein Schatz."

„Ich heiße Ingeborg, nicht *mein Schatz*."

Jetzt war der fatale Augenblick gekommen: man mußte sich trennen, ohne recht zu wissen, wie. Daß sie sich ihm so an den Hals geworfen hatte, war natürlich schmeichelhaft, schließlich war der Begleiter, den sie seinetwegen verlassen hatte – „mein Gatte" nannte sie ihn –, eine bekannte Persönlichkeit, einer von diesen rund fünfhundert Schmarotzern, die einander herzlich haßten und doch nicht ohne einander auskommen konnten.

Raph versuchte es zunächst auf die sanfte Tour: „Dein Gatte wird sich ängstigen . . ."

„Warum?" lächelte sie ironisch. „Er weiß recht gut, daß ich mit dir zusammen bin!"

„Trotzdem . . . Du hast seit drei Tagen das Hotel nicht mehr verlassen."

„Und doch ist es dir gelungen, für vierundzwanzig Stunden zu verschwinden."

„Die Arbeit . . ."

„Was für eine Arbeit?"

„In Griechenland, ich habe es dir schon gesagt."

„Und du denkst, das glaube ich dir?"

Raph zuckte die Achseln. Sie waren doch alle gleich, dachte er. Und diese hier war wohl noch ärger als die anderen. Aber wenn man sie ins Bett kriegen wollte, mußte man eben Zurückhaltung üben, brav die Rolle spielen, die man sich zugelegt hatte.

„Zeig mir deinen Paß!"

„Wenn du willst."

Er nahm ihn aus seinem Koffer. Vielleicht hätte er sie besser nicht während dieser Abwesenheit im Zimmer lassen sollen.

„Da, sieh nach!"

Mit einem kleinen Lächeln betrachtete sie die verschiedenen Ein- und Ausreisestempel. Also log er doch nicht.

„Nun, glaubst du mir?"

„War sie hübsch?"

„Warum sagst du ‚sie'?"

„Stimmt es vielleicht nicht?"

„Ja und nein."

Er konnte sich ein kleines Lächeln nicht verkneifen, wenn er daran dachte, daß er gestern in diesem unmöglichen Ort am Ende der Zivilisation eine alte Frau hätte interviewen sollen – eine Art von Tourismus, für die Raph Dun unüberwindliche Abneigung empfand. Getreu einem seiner zahlreichen Leitsprüche – „Das Land ist für die Bauern da" –, hatte er es vorgezogen, in Athen zu bleiben, wo Freunde ihm zu Ehren einen phantastischen Strip-Poker organisiert hatten, während ein obskurer einheimischer „Kollege" sich um die Arbeit kümmerte und noch selig war, Mitarbeiter des großen Dun sein zu dürfen. Der Mann hatte sich im übrigen seiner Aufgabe ausgezeichnet entledigt und eine Information ersten Ranges aufgestöbert, von deren Wert er keine Ahnung haben konnte. Dun hatte ihn aus der eigenen Tasche fürstlich entschädigt, und so waren alle letztlich zufrieden gewesen. Schließlich waren die Spesen praktisch unbegrenzt, wenn einem auch die Höhe der Miete für den Hubschrauber die Haare zu Berge stehen lassen konnte.

Das Mädchen schätzte sein Lächeln falsch ein: „Das amüsiert dich wohl? Mitten in der Nacht nimmst du mich einfach meinem Gatten weg, sperrst mich im ‚Ritz' ein und fliegst am nächsten Morgen nach Griechenland zu einer Frau! Willst du dich über mich lustig machen?"

Jetzt war es an Raph, hell aufzulachen. „Ingeborg! Das ist doch lächerlich! Ihr Frauen seid doch unglaublich! Kaum daß man euch verläßt, soll man zu einer anderen laufen!"

„Aber du hast es doch selbst gesagt!"

„Es war eine Alte, eine Auftragsarbeit. Und ich habe sie nicht einmal selbst gesehen!"

„Sechs Stunden nach unserer Begegnung läßt du mich stehen, und das, um zu einer Alten zu fliegen? So was soll ich dir glauben? Wofür hältst du mich eigentlich?"

Er schwankte noch, ob er lachen oder wütend werden sollte, aber die gute Laune behielt die Oberhand. Er kam zu ihr auf das Bett und umarmte sie.

„Ich schwöre dir bei deinem Haupt, daß sie älter war als achtzig!"

„Nein, schwöre lieber bei deinem eigenen! Eine Erbtante?"

„Ja, ungefähr. So etwas Ähnliches, nur noch besser."

„Und du bist der Erbe?"

„Leider nein! Aber vielleicht springt doch was dabei heraus."

„Wann wirst du es wissen?"

„Schon heute abend werde ich klarer in der Sache sehen."

„Wird sie heute abend sterben?"

„Bist du verrückt? Wer behauptet denn das?"

„Bei dir kommt man nicht so leicht mit, weißt du. Erzähl doch!"

„Ich darf dir nicht mehr sagen. Nein, wirklich, mein Schatz, es ist ein Geheimnis."

„Und ich muß also mit einem von Geheimnissen umwitterten Mann zusammen sein!"

Panik erfaßte ihn. „Von Geheimnissen umwittert" – wo hatte sie das bloß her? In weniger als vier Stunden saß er im Flugzeug nach London. Kallenberg hatte sogar die Liebenswürdigkeit gehabt, ihm seinen Privatjet bereitzustellen, aber er war nicht geschmacklos genug gewesen, das Angebot anzunehmen. Punkt neun Uhr würde er in seinem Smoking von Cardin – drei Proben in Anwesenheit des Meisters selbst! – das märchenhafte Palais von Kallenberg betreten, neben dem sich Buckingham wie eine Bruchbude ausnahm. Und zwar ohne die Kleine. Der Abend versprach einiges, sogar für ihn, der seit Jahren dafür bezahlt wurde, an solchen Festen teilzunehmen. Aber wie würde er sie bloß los? Er hatte ihr so fest versprochen, sie zum Diner ins „Maxim" zu führen.

Sie mußte seine Gedanken erraten haben. „Wie soll ich mich heute abend anziehen?"

Er wich aus: „Nun . . ."

Sie nochmals: „Lang oder kurz?"

Jetzt war es soweit. „Ingeborg . . .", begann er.

Sie sah ihn mit ihren tiefblauen, ins Violette schillernden Augen an: „Ja . . .?"

Er wagte den Vorstoß: „Wir gehen morgen abend aus. Heute kann ich wirklich nicht. Ich muß nach London. In zwei Stunden."

„Nach London?"

„Ja, nach London!"

„Noch eine alte Dame?"

„Hör zu . . . Es hängt mit der Angelegenheit zusammen, von der ich dir erzählt habe. Ich bin abends bei Kallenberg . . ."

„Nimm mich mit."

Sie mitnehmen? Sie war völlig verrückt! Die schönsten Frauen der Welt würden da sein, die reichsten, die bekanntesten, und sie wollte so einfach, ohne die geringsten Verdienste, in diese illustre Gesellschaft eindringen, in die aufgenommen zu werden ihn solche Mühe gekostet hatte. Der Spaß hatte lange genug gedauert, er war ihr schließlich keine Rechenschaft schuldig.

„Du wirst jetzt lieb sein und dich anziehen, mein Schatz . . ."

Sie widersprach mit einer Wildheit, die er ihr nicht zugetraut hätte: „Mein kleiner Raph, wir werden sehen, wer von uns beiden ein Schatz ist. Wenn ich gut genug für dein Bett war, so bin ich es auch für deine Abendgesellschaften. Und widersprich mir nicht, mein Entschluß ist gefaßt: Ich komme mit."

Ihr Selbstbewußtsein erschreckte ihn. „So, genug jetzt! Es war recht nett mit dir, aber ich sehe, es war gar nicht gut, freundlich zu sein. Du wirst mir jetzt die Freude machen und abhauen. Und zwar gleich!"

„Ist das dein letztes Wort?"

„Das letzte verschweig' ich lieber, du könntest mich sonst für unerzogen halten."

„Sehr gut."

Sie stand vom Bett auf, ging zum Frisiertisch, sich dabei die Frisur zurechtzupfend. Raph atmete auf. Es ging leichter, als er geglaubt hatte. Natürlich würde sie jetzt auf ihn böse sein, und er haßte das, weil es ihm Spaß machte, seine Verflossenen zu behalten und sie zwischen zwei Reisen von Zeit zu Zeit wiederzusehen. Aber sie hatte es ihm wirklich nicht leicht gemacht! Gedankenverloren sah er ihr zu, wie sie in ihrer herrlichen Nacktheit im Zimmer auf und ab ging. Sie wandte sich zur Tür. Raph wurde zur Steinsäule. Er wollte es zuerst nicht glauben, seine Stimme war vor Entsetzen heiser: „Wohin gehst du?"

„Ich haue ab. Darum hast du mich doch ersucht?"

Ohne ein weiteres Wort zu verlieren, öffnete sie die Tür und verschwand im Korridor. Raph stürzte zur Tür, öffnete leise den Türflügel. Ruhig ging sie den Gang entlang, mit einer Sicherheit, als wäre sie von Kopf bis Fuß bekleidet: eine Katastrophe! Er war hier kein Unbekannter, man drückte oft ein Auge zu, wenn er seine Rechnungen mit wochenlangen Verspätungen beglich, aber das! Der Skandal mußte um jeden Preis verhindert werden. Er lief hinter ihr her und rief mit unterdrückter Stimme ihren Namen: „Ingeborg... Ingeborg!..." Wie in einem Traum sah er sie sich entfernen, während ihre herrlichen Hinterbacken sich im Rhythmus ihres selbstsicheren Ausschreitens bewegten. Und plötzlich war der Alptraum perfekt: am anderen Ende des Ganges tauchte Marcel, der Etagenkellner, auf. Ingeborg hatte inzwischen beinahe den Aufzug erreicht, und was dann passieren würde, wußte Gott allein! Marcel war wundervoll. Ohne sich nach ihr umzudrehen, grüßte er Raph, als sei nichts Ungewöhnliches zu bemerken, nur der verstörte Gesichtsausdruck des Gastes veranlaßte ihn zu der dienstbeflissenen Äußerung: „Haben Sie ein Problem, Monsieur Dun? Kann ich Ihnen irgendwie behilflich sein?"

Raph merkte, daß er selbst nur mit einem Slip bekleidet war. Ohne ein Wort hervorzubringen, wies er verzweifelt auf Ingeborg, die bereits auf den Lift wartete. Marcel stellte das Tablett ab, das er trug.

„Keine Sorge, Monsieur. Ich kümmere mich."

Aber es war bereits zu spät. Ingeborg trat ohne einen Blick an ihn zu verschwenden in die Aufzugskabine. Der Diener hinter ihr her. „Madame! Madame!" Lautlos glitt die Tür zu.

Marcel rannte zurück ins Zimmer. Mehr zu sich selbst als zu dem Kellner, der ihn ohnehin nicht hören konnte, murmelte Raph: „Eine Decke!... Wir brauchen eine Decke..."

Nur drei Minuten später rannte er, notdürftig bekleidet, mit einem Koffer in der Hand, die Dienerstiege hinunter. Diese Verrückte würde ihm nicht den Abend bei Kallenberg verderben!

Der kleine Spiro schlug Nüsse auf. Er saß auf dem Boden, auf einer moosbewachsenen Steinplatte, von Armeen roter Ameisen eingekreist. Zwischen die Knie hatte er einen kleinen Honigtopf geklemmt, rechts von ihm lagen die Nüsse, links die

Schalen. Wenn er genug beisammen hätte, würde er sie unter den Honig mischen und essen. Von Zeit zu Zeit mußte er seine Ziegen mit dem Stock zurückstoßen, wenn sie sich zu nah an die Köstlichkeiten herangewagt hatten. Ohne sich zu bewegen, beobachtete Spiro eine dicke grüne Echse, die sich wenige Meter weiter weg sonnte. Der Spaß für beide bestand darin, sich nicht zu bewegen. Sobald der Junge sich rührte, würde die Eidechse wie der Blitz verschwinden. Um sie zu fangen, mußte er ganz vorsichtig auf dem Hintern näher zu ihr hinrutschen. Während er noch gedankenverloren vor sich hinträumte, ob er sie lebend aufspießen oder mit einem Stein erschlagen sollte, änderte ein Bataillon Ameisen die Marschroute und näherte sich den Nüssen. In diesem Augenblick nahm Spiro drei Dinge wahr: den Anmarsch der Ameisen auf sein Mittagessen, die Flucht der Echse und das Geräusch eines Autos. Mehr als drei Monate hatte er keines gesehen, und dieses war nun schon das dritte innerhalb von vierundzwanzig Stunden, ganz zu schweigen von den Hubschraubern – sein Onkel, der in der Marine gewesen war, hatte ihm gesagt, wie diese seltsamen Flugzeuge hießen –, die gestern gleich zweimal oben bei der Klippe gelandet waren. In seiner Begeisterung warf Spiro die Nüsse in den Honigtopf, stellte ihn auf den Boden und rannte zu einem Felsvorsprung, von dem aus er alles genau beobachten konnte.

Hundert Meter weiter unten erblickte er das Auto, wie es langsam die Kurven der Bergstraße heraufkroch. Leider konnte er nicht sehen, wer drinnen saß, nicht so wie gestern, als er jede Einzelheit sah, die Ankunft der Fremden im Hubschrauber, ihre Fahrt im Auto bis zu seinem Dorf, die Rückkehr und den Abflug. Und wenige Stunden später noch einmal, Punkt für Punkt. Er hatte seinen Onkel gefragt, aber der hatte ihm nur erklärt, was ein Hubschrauber ist, ansonsten aber darauf gedrungen, daß er alles vergessen müsse, was er gesehen habe. Jetzt war das Auto beim Dorf angelangt, dort, wo auch sein Haus stand, und er konnte es nicht mehr sehen. Gedankenverloren ging der kleine Hirte zu seinem Baum zurück: verflucht! Die Ziegen hatten die Nüsse gefressen, den Honig aufgeleckt und die mageren Reste den Ameisen überlassen. Mit einem Wutschrei warf Spiro den Topf gegen die Erde und machte sich auf, seine Tiere wieder einzufangen, die sich in alle Winde zerstreut hatten.

Ohne es sich anmerken zu lassen, sah Lena Satrapoulos Marc an. Seit zehn Minuten hatten sie kein Wort mehr gewechselt, jeder ging seinen Gedanken nach und nahm von Zeit zu Zeit einen Bissen – sie vom Brathuhn, er von seinem Steak Tatar. Unter dem Tisch hatte Lena aus Gewohnheit den rechten Schuh ausgezogen, aber Marcs Fuß machte keine Anstalten, sich dem ihren zu nähern. Durch die offene Terrassentür sah man die Seine und die ehrwürdigen Pariser Bauten hinter der bewegten Barriere der Autos, die am Ufer entlangfuhren.

Lena suchte verzweifelt nach einem Mittel, die Mauer der Feindseligkeit zu durchbrechen, die sich zwischen ihnen erhob, fast sichtbar einer Linie folgend, die vom Senftopf über die Flasche Chateau Laffite bis zu Marcs Feuerzeug lief. Seltsam, wie die gleichen Umstände an einem anderen Ort gegenteilige Bedeutung erlangten. Wenn ihr Mann in Schweigen verfiel, konnte sie sich dadurch noch mehr von ihm loslösen; bei ihrem Liebhaber war es das Gegenteil, sie spürte seine Gegenwart nur noch stärker. Allerdings versteckte sich hinter S. S.' Fassade des Machtmenschen chronische Ängstlichkeit, die sich in einem Wortschwall Luft machte, als ob dieser ihm Schutz gewähren könnte. Manchmal, wenn er fürchtete, man würde ihn nicht aussprechen lassen, kam es vor, daß er gierig trank und mit der freien Hand weitausholende Bewegungen machte, um seinem Zuhörer mitzuteilen, er habe noch nicht ausgesprochen.

Lena erinnerte sich noch genau an den Tag, an dem sie Satrapoulos zum ersten Mal gesehen hatte. Das war fast vier Jahre nach dem Tod ihres Vaters, sie war damals dreizehn. Sie hatte das Büro ihrer Mutter betreten, um ein vergessenes Schulheft zu holen. Aus einem der riesigen, den Besuchern vorbehaltenen Fauteuils hatte sie eine Zigarre und zwei schwarze, unwahrscheinlich glänzende Schuhe hervorlugen gesehen. Und dann erhob sich ein kleiner Mann in Schwarz, und sie erblickte eine Nase, nicht direkt lächerlich, nein, aber ohne Zweifel ungewöhnlich. Da das kleine Mädchen, das sie war, sich nicht ausgesprochen von großnasigen Vierzigern angezogen fühlte, grüßte sie, nahm ihr Heft und ging auf ihr Zimmer. Wenn man ihr damals gesagt hätte, daß sie eines Tages diesen kleinen Mann mit den rostbraunen Haaren heiraten würde . . .

Die Fortsetzung der Geschichte hatte sie sich mühsam

zusammengestückelt, aus den Erzählungen von S. S. und indem sie seine Version jener ihrer Mutter gegenüberstellte. Den Rest hatte sie erraten. Nachdem sie das Zimmer verlassen hatte, war Satrapoulos stehengeblieben, unbeweglich und versonnen vor sich hinblickend. Medea Mikolofides hatte ihn unverwandt angesehen, und er hatte mit einer Stimme, die seine Erregung verriet, gefragt: „Wie alt ist Ihre Tochter?" – „Dreizehn", antwortete sie. „Warum?" Der Grieche stammelte nur: „Sie ist ... sie ist ... ich finde sie bezaubernd." Lenas Mutter, die zumindest ebenso gefinkelt war wie S. S., hatte sich beeilt, die Konversation in andere Bahnen zu lenken. Am nächsten Tag unterzeichnete Satrapoulos einen Vertrag, der ihm kaum Vorteile brachte – und das gehörte wirklich nicht zu den Gewohnheiten des aufstrebenden Reeders. Zu Medea meinte er, obwohl sie ihn gar nicht danach gefragt hatte: „Glauben Sie nur ja nicht, ich wüßte nicht, was ich tue." Medea Mikolofides gefror zu Eiseskälte, hatte er sie doch soeben der Freude ihres Sieges beraubt. „Was heißt das?" fuhr sie ihn an. Schließlich war sie der reichste Reeder der Welt, und sie würde es nicht zulassen, daß ein Emporkömmling, und mochte er noch so vielversprechend sein, so mit ihr redete. Er wollte letztlich etwas von ihr, nicht sie von ihm. Satrapoulos war nahtlos in eine neue Haut geschlüpft, wurde unterwürfig, fast kindisch. Er erklärte, er habe sich auf den ersten Blick in Helena verliebt, was Medea einigermaßen schockierte. „Sie scheinen sich nicht im klaren zu sein, daß sie dreizehn Jahre alt ist und Sie ... Sie ..."

„Ich weiß", sagte der Grieche, „ich bin achtunddreißig. Aber in vier Jahren ist sie siebzehn und ich zweiundvierzig, das ist kein so riesiger Altersunterschied. Ich will nur eines, erlauben Sie es mir: auf sie zu warten." Die Witwe Mikolofides war sich im klaren, daß er es ernst meinte. Vorsichtig versuchte sie ihm zu erklären, daß diese Verbindung beim derzeitigen Stand der Dinge unmöglich sei, daß es nicht nur von ihr abhänge und auch Helena mitzureden haben würde. Aber Satrapoulos war nicht davon abzubringen. Medea meinte sogar: „Hören Sie zu, ich will offen sein. Ich habe drei Töchter, und die beiden anderen sind genauso hübsch wie Helena. Wenn Sie die Absicht haben, eines Tages in unsere Familie einzuheiraten, warum wählen Sie nicht eine ihrer Schwestern? Melina nicht, nein, sie ist erst fünfzehn, aber Irene ist neunzehn!" Der Grieche schüttelte den Kopf. „Gnädige Frau, ich werde so lange warten, wie ich muß, aber ich werde warten, und eines Tages wird Helena meine Frau."

Vier Jahre wartete er. Dann die Hochzeit. Lena war von einer fast übernatürlichen Schönheit, aber sie war die letzte, die es zu bemerken schien. Ihr zartes, schmales Gesicht, die matt schimmernde Haut, riesige Augen hinter der schweren Draperie aschblonder Haare, die klassische Nase – die Verkörperung ästhetischer Vollkommenheit, wie sie Jahrhunderte vor unserer Zeitrechnung anonyme Künstler auf Tongefäßen verewigt hatten. Ein Jahr lang war der Grieche, im Bewußtsein, sich das herrlichste Spielzeug seines Lebens geleistet zu haben, der beste Ehemann, den man sich vorstellen konnte, Vater und Liebhaber zugleich.

Dann kam sein Wesen wieder zum Durchbruch. Das Telefon drängte sich zwischen Lena und ihn. Es stand auf dem Frühstückstisch, am Bett, neben dem Liegestuhl. Dazu die Reisen, die er plötzlich, von einer Stunde auf die andere, in die entferntesten Länder unternahm, zwei Tage, eine Woche, wie es eben das Geschäft verlangte, das von Tag zu Tag fordernder, gewaltiger, zerstörerischer wurde. Lena hatte sich an seine maßlose Zärtlichkeit gewöhnt, und jetzt plötzlich fühlte sie sich nackt, kalt und verlassen. Sie hatte keine Zeit gehabt, um von der Liebe ihres Vaters einen Übergang zu finden zur Sinnlichkeit Sokrates'. Aus den Armen ihres Vaters war sie direkt ins Bett ihres Mannes hinübergewechselt, den sie nun wie einen zweiten Vater ansah, vom Sex abgesehen. Und plötzlich war sie zur Waise geworden. Auch eine Schwangerschaft konnte das nicht mehr ändern, die zwei Jahre nach der Hochzeit auftrat, zu einer Zeit, als sie Sokrates nur mehr in den kurzen Pausen zwischen einer Reise nach Kuba zwecks Erforschung des Marktes und einer Konferenz in Saudiarabien sah. Zu ihrer Verwunderung hatte sie Zwillingen das Leben geschenkt, Achilles und Maria, der neue Mutterstatus brachte sie in die unangenehme Lage, sich nicht mehr als Waise fühlen zu können, aber auch noch nicht als Frau, sondern als ein undefinierbares Wesen auf halbem Wege zwischen Kind und Mutter. Sie hatte sich in sich selbst zurückgezogen, brachte kaum Interesse auf für die beiden schreienden Wesen und verfiel unbewußt wieder in Verhaltensweisen und Reaktionen ihrer eigenen Kindheit. Sie sperrte sich manchmal stundenlang auf ihrem Zimmer ein und hörte Musik, und ihr Reichtum, der Name ihrer Mutter und der stets wachsende Ruf ihres Mannes vereinsamten sie nicht weniger, als hätte sie sich allein auf einer Insel befunden.

Sie hatte Marc auf einer Kreuzfahrt kennengelernt, knapp nachdem Irene, ihre Schwester, Kallenberg geheiratet hatte – eine besondere Freude für Medea Mikolofides, die befürchtet hatte, ihre Älteste könnte zur alten Jungfer werden. Für Lena war Marc Saurel kein Unbekannter. Mehrmals hatte sie sich dabei ertappt, daß sie, wenn ihre Mutter im verdunkelten Salon von Zeit zu Zeit seine neuesten Filme vorspielen ließ, über seinem Gesicht in Träume verfiel. Durch Marcs muskulöse und doch feingliedrige Gestalt war Lena erst zu Bewußtsein gekommen, wie schwer und gedrungen Sokrates wirkte.

Leider war Belle stets wachsam. Schon allein die Idee, die keineswegs hübsche Isabelle „Belle" zu rufen, war lächerlich. Sie sah um gute zehn Jahre älter aus als ihr Mann – Lena war überzeugt, daß sie es auch war –, wenngleich sie immer mit dem zuckersüßen Lächeln eines kleinen Mädchens behauptete, wie er fünfunddreißig zu sein. Für eine begeisterte Bridgespielerin hatte Belle eine seltsame Angewohnheit: die Karten stets nur mit einem Auge zu betrachten, während das andere unablässig auf Marc ruhte. Wenn sie von sich selbst sprach, sagte sie stets nur „wir", wie um ihre Besitzerrechte zu unterstreichen: „Wir sind nach Hause gegangen, weil wir Migräne hatten", oder: „Wir mögen Modigliani nicht, aber wir verehren Cranach". Und selbst dieses besitzheischende „Wir" genügte ihr nicht, sie sprach bei jeder passenden und unpassenden Gelegenheit von ihrem „Gatten", ohne dabei vor dem Substantiv das Possessivpronomen „mein" zu vergessen: „Mein Gatte wollte unbedingt mit mir ins Badezimmer gehen", oder: „Mein Gatte ist an meinem Bett geblieben, um mir vorzulesen", oder auch: „Mein Gatte ist ein echtes Kind. Wenn er Dreharbeiten hat, ruft er mich mehrmals am Tag an, egal wo er ist, wenn ich zufälligerweise einmal nicht mit ihm kommen konnte" – und betonte dabei das „zufälligerweise".

Marc tat Lena aufrichtig leid. Sie wußte ihn einsam, verloren in den Händen dieser Xanthippe, die ihn mit allen Mitteln umgarnte, sein ganzes Leben organisierte und einteilte. Aber

das war noch nicht alles: in der Gewißheit, ihrer unumschränk-
ten Machtstellung nie verlustig gehen zu können, trieb sie es so
weit, Marc in aller Öffentlichkeit auf Frauen aufmerksam zu
machen, die ihr begehrenswert erschienen. Und dieser Idiot ließ
es sich gefallen und begriff nicht, daß ihre Obsorge, ihr
ständiges Kümmern ihn mit größerer Sicherheit kastrierten als
der Schnitt einer Rasierklinge.

Ohne ihren Gefühlen recht auf den Grund zu gehen,
verspürte Lena manchmal einen physischen Zwang, Marc zu
berühren, und das konnte so weit gehen, daß sie beim Sprechen
mit den Fingern seinen Handrücken oder seine Schenkel
einfach berühren mußte: anscheinend harmlose Gesten, die
aber für manche – darunter auch Belle – tief blicken ließen.
Belle war bald alles klar, hatte sie doch Übung darin, bei den
Frauen, die Marc bewunderten, den ersten Hauch von Begierde
zu erkennen, noch bevor diese selbst sich darüber Rechenschaft
zu geben vermochten. Vom Beginn der Kreuzfahrt an hatte sie
etwas gerochen, aber sie hatte es einfach nicht fertiggebracht,
diese entzückende, noch knospige Blüte als ernst zu nehmende
Rivalin anzusehen. Lena war ihr zu unbedeutend, zu dumm.
Sicher, es war nicht angenehm, den ganzen Tag in langen Hosen
und Blusen herumzugehen – Zellgewebsentzündung –, während diese Kleine wie ein Pfau auf dem Deck in einem winzigen
Bikini herumstolzierte und ihren makellosen Körper zur Schau
trug. Und Satrapoulos – er war wie alle Ehemänner – sah nichts
und verließ sich blindlings darauf, daß nichts an seinem Besitz,
seine Frau inbegriffen, in Frage gestellt werden könnte.

Am ersten Morgen trat Lena gerade aus ihrer Kabine, als
Marc wie ein Delphin neben der Bordwand der Jacht hoch-
tauchte und mit einem einzigen Klimmzug seinen herrlichen,
sonngebräunten und von Wassertropfen umsprühten Körper an
Deck beförderte. Das Lächeln, das er ihr schenkte, würde Lena
nie vergessen . . . Es war mehr als ein Versprechen, eher eine
Garantie. Es bedeutete, daß sie und er eines Tages . . .

Lena war sehr streng, fast orientalisch erzogen worden; nie
hatte sie die Umarmung eines anderen als ihres Mannes
kennengelernt. Dafür hatte sie es sich, schon vor der Hochzeit
und auch nachher noch, tausend- und abertausendmal vorgestellt, wenn sie allein in ihrem Zimmer war und die Liebkosun-
gen ihrer Hände sie die Realität vergessen ließen. Es hatte

außergewöhnlicher Umstände bedurft, damit es geschehen konnte, am fünften Tag der Überfahrt, vor den griechischen Inseln . . .

Belle, die mit hohen Einsätzen gegen einen bekannten Politiker spielte, befand sich sorglos auf dem Hinterdeck. Sie hatte Marc noch vor wenigen Augenblicken allein im Meer schwimmen sehen. Es genügte, ihren Kopf um dreißig Grad zu wenden, und sie konnte ihn sehen, wie er rund um ein improvisiertes Floß aus algenüberwucherten Planken schwamm, daruntertauchte, wieder zum Vorschein kam. Gleichzeitig war Lena auf der anderen Schiffsseite ins Meer getaucht und umschwamm lautlos die Jacht. Als sie am Heck angelangt war, winkte sie Marc zu, der ihr zu verstehen gab, sie solle herüberkommen. Satrapoulos saß in seinem Büro unter Deck, das Telefon in der Hand, die Akten an sein Herz gedrückt. Lena näherte sich inzwischen mit lässigen Schwimmbewegungen dem Floß; plötzlich schien sie es sich anders überlegt zu haben, drehte wieder ab und schwamm am Schiffskörper vorbei, bis sie am Bug angelangt war. Sie lag auf dem Rücken und hielt sich mit unmerklichen Bewegungen der Hüften über Wasser. Marc hatte inzwischen sein Floß langsam aus dem Blickfeld von Belle herausdirigiert. Alles spielte sich ohne das geringste Geräusch ab. Der Rest auch. Als Marc, immer noch das Floß vor sich herschiebend, herangekommen war, tauchte Lena, die Beine geschlossen und gestreckt. Sechs Meter tiefer drehte sie sich auf den Rücken und erblickte, weit ober sich, im violetten und grünen Schillern des Wassers, Marcs Körper, seltsam unwirklich in seinen Proportionen und Farben. Rund um die Konturen dieses Körpers, von der Brechung der Strahlen noch verzerrt, war eine Korona weißen Lichts, das Sprühen und Flattern der Wellen. Mit einem Stoß setzte sich Lena wieder in Bewegung, und während ihres Aufstiegs vergaß sie, wer sie war, wie sie hieß, wo sie sich befand, den Tag, das Jahr, den kleinen dicken Mann da oben in seiner Kabine, dem sie gehörte, Gefangener in den Eingeweiden seines eigenen Schiffs, bevölkert von duckmäuserischen Matrosen, langweiligen Gästen und Ehegattinnen. Nichts existierte mehr für sie, außer diesem Körper da oben, dem sie rasch entgegenstrebte.

Sie tauchte auf und hielt sich am Floß fest. Marcs Beine berührten die ihren. Jetzt befanden sie sich genau unter dem

Vordeck der „Pegasus", inmitten von blauen Schatten, schwerelos, während ihre Herzen sich dem Rhythmus des Meeres und der Wellen angepaßt hatten. Elf Uhr morgens . . . Ohne daß Lena versucht hätte, einen klaren Gedanken zu fassen, sich zu wehren oder zu sprechen, ohne daß sich etwas an Marcs hintergründigem Lächeln geändert hätte, spürte sie, wie seine Hand sich auf ihre Schulter legte, den Rücken entlangglitt, die rauhere Oberfläche ihres Badeslips überwand, ihn beiseite schob. Plötzlich waren seine Finger in ihr. Atemlos ergriff sie den Rand des Floßes, um sich festzuklammern. Sie spürte, wie Marcs Geschlecht an ihren Schenkeln auf- und abwanderte, während er sich von hinten an sie preßte. Und dann kam das Unwahrscheinliche, das explodierende Feuerwerk, kaum eine Minute, aber so intensiv, so total erlebt, außerhalb der Grenzen von Zeit und Raum, daß sich darin alles vergangene und noch kommende Leben konzentrierte. Jetzt wußte sie es, es gab einen Gott, und für sie würde er immer Marcs Gesichtszüge tragen. Jetzt konnte sie ohne Bedauern sterben. Völlig aufgelöst hing sie wie eine unförmige und körperlose Alge immer noch am Floß, als Marc ihr ins Ohr flüsterte: „Ich melde mich wieder." In einem einzigen Tauchzug war er unter dem Schiff verschwunden.

Er war schon längst auf die Jacht zurückgekehrt, trocknete sich unter den wohlgefälligen Blicken Belles ab, und Lena schwebte noch immer zwischen Himmel und Erde, zwischen Tod und neuem Leben, ohne eine Bewegung, den Kopf gegen das Floß gelehnt, den Körper dem freien Spiel der salzigen Wellen überlassend. Als sie wieder zu sich kam, erkletterte sie mühsam die Strickleiter und wankte wie eine Ertrinkende in ihre Kabine, nicht ohne die Tür fest abzuschließen, als könnte die übergroße Freude ihr entfliehen.

Später hatte es wieder solche Beben der Sinne gegeben, die Marc mit schändlicher Leichtigkeit herbeiführte, aber nie mehr war es so machtvoll, so rein und so unerwartet gewesen wie am ersten Tag. Man hätte glauben können, er gehe mit seinem Körper ebenso sparsam, ja fast geizig um wie mit ihren Verabredungen, aber das vervielfachte Lenas Verlangen, wenn es endlich zu einer Begegnung kam, die er nicht mehr hinauszuschieben vermocht hatte.

Gestern abend noch hatte sie das Fest bei Kallenberg zum

Vorwand genommen, um nach Paris zu kommen, glücklich, ihm die Überraschung ihrer Ankunft zu bereiten. In tausend bunten Farben hatte sie sich das Glück dieser Nacht mit ihm ausgemalt: nichts war aus alledem geworden. Marc war unauffindbar gewesen. Sie hatte es sogar zweimal gewagt, in seiner Wohnung in Saint-Cloud anzurufen, und hatte beide Male Belle an den Apparat bekommen, worauf sie eingehängt hatte. Ihre Nacht im „Plaza" war furchtbar gewesen, trotz des riesigen Rosenstraußes, den sie auf ihrem Zimmer vorgefunden hatte, dabei konnte niemand von ihrer Anwesenheit gewußt haben. Im Morgengrauen hatte sie mehrere Nachtlokale angerufen, wo er hätte sein können, und war dann mit drei Schlaftabletten in einen schweren Schlaf gesunken, aus dem sie drei Stunden später zerzaust und todmüde wieder erwachte. Erst zu Mittag hatte sie ihn in einem Tonstudio erreichen können, wo er einen amerikanischen Film vom Vorjahr synchronisierte. Er war nicht sehr erbaut gewesen, ihre Stimme zu hören, noch weniger, als er erfuhr, sie sei in Paris. Fast unwillig war er mit ihr essen gegangen, hatte gleich erklärt, seine Zeit sei beschränkt, er müsse um drei Uhr zurück sein. Lena hatte ihre Enttäuschung hinter gespielter Fröhlichkeit versteckt – alles, nur nicht das: ihn jetzt nicht sehen dürfen! –, aber das Essen hatte schon katastrophal begonnen. Marc schien ärgerlich, distanziert und kühl, obwohl sie alles unternahm, ihn einzuwickeln. Vielleicht hatten ihn die beiden anonymen Telefonanrufe so wütend gemacht, die Belle ihm sicher vorgeworfen hatte?

Lena beschloß, es zu riskieren. Sie unterbrach das Schweigen: „Bist du böse?"

Mit der Messerspitze zeichnete er Ringe auf das Tischtuch, zögerte mit der Antwort. Dann meinte er, wie beiläufig, dabei die Lider noch mehr senkend: „Nein."

„Was hast du?"

„Nichts."

„Freust du dich nicht, mich zu sehen?"

„Doch . . . Doch . . ."

„Aber?"

Er hob endlich die Augen. „Was aber?"

„Ich weiß doch nicht . . . Ich komme extra wegen dir nach Paris, suche dich die halbe Nacht, und jetzt habe ich dich gefunden, und du bist böse. Hast du mir etwas vorzuwerfen?"

„Wenn du kommst, möchte ich, daß du mich vorher verständigst."

„Ich habe mich erst in letzter Minute freimachen können. Ich war nicht einmal sicher, ob die Zeit reichen würde, nach Paris zu kommen. Ich hatte gehofft, dir eine Überraschung zu bereiten."

„Das ist dir auch gelungen. Du könntest es auch bleiben-lassen, mich die halbe Nacht zu suchen, wie du sagst."

„Ach, das ist es?"

„Ja, das ist es! Ich arbeite schließlich, ich muß mich vorher konzentrieren. Ich brauche Ruhe."

„Hat sie dir Vorhaltungen gemacht?"

„Du kommst aber auf alles! Zweimal hängt man ihr am Telefon auf, und gerade sie wird das durchgehen lassen!"

„Du hast Angst vor ihr, nicht wahr?"

„Sie ist mir egal! Ich versuche nur, ihr keine Gelegenheit zu geben, mir auf die Nerven zu gehen! Und du lieferst sie ihr frei Haus!"

„Was hätte ich denn tun sollen? Ich mußte dich doch erreichen?"

„Und wozu? Wie soll ich es mir einteilen, wenn du mich nicht über deine Launen auf dem laufenden hältst?"

Lena hoffte, sie könnte ihre Ruhe bewahren. Die Dinge spielten sich ja doch immer anders ab, als man dachte. All die Sorge, die sie beim Schminken aufgewandt hatte, bei der Wahl des Parfums – sie mochte dieses nicht besonders, aber sie wußte, wie gern er es hatte –, all diese kleinen Dinge, auf die sie Stunden verwandt hatte – sie waren jetzt wie weggewischt. Auch gut. Sie hatte nur eines im Kopf, sich von Marc lieben zu lassen, ihn in ihren Armen zu spüren, ihn zu besitzen, den ganzen Nachmittag. Der Chauffeur würde sie erst um sechs Uhr abholen, es war zwei Uhr zehn, und so blieben noch drei Stunden, bevor sie nach London fliegen mußte. Sie mußte sie mit ihm verbringen, koste es, was es wolle.

Sie änderte die Taktik, spielte zerknirscht: „Marc, es stimmt, ich habe unrecht gehabt. Ich hätte dich verständigen sollen, ich hätte nicht bei dir anrufen sollen. Sei mir bitte nicht böse, ich wollte dich sehen."

„Schon gut, schon gut . . ."

„Ich war überzeugt, daß Belle in Eden Roc geblieben ist."

„Wie du siehst, ist sie doch gekommen."

Lena versuchte es ein letztes Mal: „Entschuldige, Marc, ich werde es nicht mehr tun. Siehst du, das einzig Wichtige ist doch, daß wir jetzt beide zusammen sind, einen ganzen Nachmittag vor uns haben . . ."

Erstaunt blickte er sie an: „Wieso? Ich muß ins Studio zurück."

„Aber Marc, sie können doch ruhig auf dich warten. Du kannst ja morgen hingehen."

„Lena, hör mir zu . . . Wie stellst du dir das vor? Man könnte glauben, du weißt nicht, wie das beim Film ist. Ich bin ja nicht allein. Wir sind eine ganze Mannschaft, und wenn einer weg ist, sind die anderen verloren."

„Ruf sie doch an . . ."

„Machst du einen Witz?"

„Sag ihnen, du bist müde . . ."

Er sprach jetzt mit der sanften Stimme des Arztes, der einem Schwerkranken gegenübersteht: „Hör mir jetzt gut zu, Lena . . . Nein, sag nichts, hör zu . . . Manchmal habe ich den Eindruck, du bist zwölf und man muß dir alles erklären. Dann gibt man sich unendliche Mühe, und zu guter Letzt verstehst du doch nichts. Ich habe Satrapoulos schließlich nicht geheiratet. Ich bin kein Milliardär, ich bin nur reich. Und mein Geld muß ich mir verdienen! Kannst du das verstehen?"

„Nein, ich verstehe nicht."

„Mein Liebling, ich bete dich an. Aber wie hast du auch nur einen Augenblick denken können, ich sei ein Gegenstand, der zu deiner Verfügung steht?"

„Und sie? Bist du für sie vielleicht kein Gegenstand?"

Sie hatte den Satz fast geschrien, über den Tisch zu ihm gebeugt. Ein Kellner, der vor ihrem Tisch stand, zog es vor, sich zurückzuziehen: wenn die Dinge diesen Lauf nahmen, konnte der Käse ruhig warten. Jetzt war es an Marc, sich beherrschen zu müssen.

„Sei lieb, Helena" – in dramatischen Momenten nannte er sie Helena –, „geh ins Hotel zurück, mach dich hübsch, amüsier dich gut bei deinem Schwager, und wenn du aus London zurück bist, ruf mich an. Glaub mir, in zwei Tagen werden wir beide klarer sehen."

Lena spürte, daß sie die Partie verloren hatte, und ihre

unbefriedigten Wünsche erfüllten sie mit Wut: „In zwei Tagen? Und wenn ich sie zu all den Tagen hinzuzähle, die ich warte, auf ein Zeichen von dir hoffe und beim ersten Wink angelaufen komme, wie viele Tage sind es dann? Glaubst du, daß es so weitergehen kann, glaubst du das wirklich?"

Er warf einen Blick auf seine Uhr und erklärte kalt: „Ich fürchte, ich muß jetzt gehen. Man erwartet mich."

„Dich erwartet man immer, nicht wahr? Alle erwarten dich!"

Auf der ganzen Welt war das Gesicht Marcs bekannt, und in Paris noch mehr als anderswo: es genügte, daß ein Verrückter die Presse anrief, daß ein Foto herauskam, daß auch nur eine einzige Zeile über diese lächerliche Szene erschien, und es war aus mit ihm. Belle hielt ihn an der Kandare und machte ihm das Leben ohnehin schwer.

Lena war völlig außer sich und schrie immer lauter: „Dann geh eben nach Haus! Geh zu deiner Mama! Wenn du schon mit ihr verheiratet bist!"

Sie hatte so genau ins Schwarze getroffen, daß Marc unvorsichtig genug war, ihr zu antworten: „Und du geh lieber zu deinem Papa zurück!"

2

Wie unabsichtlich streifte der Junge die Schenkel des Mädchens, während sie beide in die Pedale traten. Aber sie hatte es längst bemerkt, lachte und rief von Zeit zu Zeit: „Aufhören!"
Die herrliche weiße Jacht war kaum mehr als hundert Meter entfernt, und mit jeder Einzelheit, die der Junge erkennen konnte, als sie näher an sie herankamen, wuchs seine Bewunderung: „So etwas habe ich noch nie gesehen!"
„Hör auf, sag' ich dir! Die Matrosen beobachten uns!"
„Wenn schon . . . Und wenn ich sie nur eifersüchtig machen will?" Trotzdem zog er seine Hand zurück.
„Also wenn so etwas mir gehörte!"
„Was würdest du tun?"
„Ich würde ständig darauf leben, nie mehr an Land gehen. Ich würde ohne Unterbrechung die Weltmeere bereisen!"
„Ja, verlassen würdest du mich!" Er legte einen Arm um ihre Schultern: „Idiotin . . ."
Sie hatten das Tretboot vor einer halben Stunde gemietet. Das herrliche Schiff, kaum mehr als einen Kilometer von ihrem winzigen Strand vor Anker liegend, hatte es ihnen in seiner beinahe unwirklichen Schönheit angetan.
„Fahren wir hin und sehen es uns an?"
„Im Ernst?"
„Natürlich im Ernst!"
Und so hatten sie fleißig in die Pedale getreten.
„Was glaubst du, was die Besitzer machen?"
„Da oben? Nichts. Sie lassen sich bedienen. Zum Frühstück fressen sie Kaviar und trinken Champagner, den Rest des Tages erteilen sie den vierzig Mann Besatzung Befehle . . ."
„Vierzig? So viele?"
„So ein Boot läuft nicht von allein! Wenn ich reich bin . . ."

„Du?"

„Warum nicht? Vielleicht hat der Bursche, dem es gehört, auch so angefangen wie ich, als Friseur."

Jetzt erkannten sie bereits Einzelheiten auf dem Oberdeck. Einige Matrosen lehnten an der Reeling und sahen ihnen zu.

„Sag einmal . . . Glaubst du, wir können noch weiter?"

„Wir sind ja schließlich freie Menschen, oder nicht? Ich will wissen, wie es heißt."

Am Bug konnten sie bereits die Aufschrift erkennen, aber sie waren noch zu weit entfernt, um sie zu entziffern, obwohl die weiß-blaue Masse der Jacht bereits erdrückend vor ihnen aufragte.

„Was wollt ihr?"

Ganz unbewußt waren sie stehengeblieben. Die Stimme kam von der Brücke hoch über ihren Köpfen und klang nicht besonders freundlich. Der Junge wollte vor seiner Freundin auftrumpfen und rief zurück: „Was geht Sie das an?"

Der Matrose antwortete: „Haut ab!"

„Kehren wir um", meinte das Mädchen.

Er aber schrie aus voller Lunge: „Das Meer ist für alle da, oder vielleicht nicht?"

An Deck war es zu einer kurzen Besprechung gekommen. Drei der Matrosen lösten sich von der Gruppe und sprangen in ein festgezurrtes Motorboot, das sich nun von der Jacht löste und langsam auf sie zukam. Das Mädchen drängte noch einmal: „Komm, kehren wir um!"

„Du glaubst wohl, sie werden uns versenken", antwortete er mit einem verkrampften Lachen.

„Komm, weg von hier!"

Als das Außenboot ganz dicht herangekommen war, rief ihm einer der Matrosen lächelnd zu: „Du hast recht, mein Kleiner! Das Meer ist wirklich für alle da!"

In diesem Augenblick schoß der Vorderteil des Bootes mit dem Jaulen gequälter Pferdestärken aus dem Wasser hervor, während vom Heck riesige Wellen ausgingen. Das Boot nahm elegant eine Kurve und schoß direkt auf ihr winziges Fahrzeug zu. Der Junge packte das kreischende Mädchen und sprang panikartig ins Wasser, während die anderen mit Leichtigkeit im allerletzten Augenblick abschwenkten, aufs offene Meer hinausschossen und einen neuen Anlauf nahmen. Sie konnten die

Freudenschreie der Matrosen hören, während das mächtige Motorboot minutenlang immer engere Kreise um sie zog. Machtlos sahen der Junge und das heulende Mädchen dem Spektakel zu. Ein letztes Mal rief ihnen einer höhnisch zu: „Siehst du, das Meer ist wirklich für alle da!" Dann drehte das Boot ab, und der Junge schrie hinter ihnen her: „Schweinehunde!"

Neue Lachsalven antworteten ihm. Auf dem Motorboot meinte einer der Matrosen: „Genug jetzt! Wenn dieser Idiot Stunk macht und S. S. es erfährt, dann Prost Mahlzeit!"

„Wenn schon", meinte ein anderer. „Auf diesem Kahn ist es scheißlangweilig . . ."

Wanda hatte ein Spiel erfunden. Sie versuchte, sich in dem einzigen Spiegel ihres Appartements, den sie noch nicht zerbrochen hatte, den im Badezimmer, nicht zu betrachten. Ein seltsamer Zeitvertreib: sie tänzelte an dem Spiegel vorbei oder wandte ihm ihr Profil zu und versuchte, ihr Bild zu erfassen, ohne dabei den Kopf hinzuwenden, in einer Zehntelsekunde . . . Blitzschnell schloß sie die Augen, wenn die Vision zu deutlich wurde. Manchmal näherte sie sich ihm auch rückwärts gehend und fand sich in einer Pirouettendrehung für den Bruchteil einer Sekunde dem Spiegel zugewendet, aber so kurz nur, daß sie nicht mehr erkennen konnte als eine unbestimmte weiße Silhouette, die durch die Geschwindigkeit der Drehung noch undeutlicher wurde.

Nachdem sie es mehrmals so getrieben hatte, biß sie die Zähne zusammen und ballte die Fäuste. Sie wollte es endlich wagen, sich einmal richtig zu betrachten. Unmöglich, es war stärker als sie, sie konnte einfach nicht.

Mit schleppenden Schritten ging sie zurück ins Zimmer und ließ sich schluchzend aufs Bett fallen. Sie trug nichts weiter als einen großen weißen Morgenrock mit einem „P" auf der linken Brust, dem Anfangsbuchstaben des Schiffsnamens: Pegasus. Ihre Kammerzofe hatte sie schon vor einer Stunde weggeschickt, seit dem Morgen hatte sie die Krise kommen sehen. Sokrates hatte sie allein an Bord zurückgelassen. Von Zeit zu Zeit überkam es sie, schon seit ihrer Kindheit war es so, und kein Erfolg, kein Reichtum, nicht einmal die Verehrung, mit der man sie ständig umgab, hatten je diese krankhaften, depressionsähnlichen Zustände beeinflussen können, nach denen sie sich jedesmal erschöpft und vernichtet fühlte, sich selbst und den anderen eine Fremde. Ihr unvergleichlicher Körper trug ihr die lebenslängliche Bewunderung aller ein, die sie auch nur einmal tanzen gesehen hatten, aber sie geriet vor dem Anblick ihrer selbst in Panik.

Mehr noch: sie haßte sich und haßte alle, die sich nicht haßten. Je mehr man ihre Schönheit bewunderte, desto tiefer wollte sie sich verkriechen, verstecken oder sterben, als sei es eine unerträgliche Beleidigung. Von den zwanzig Filmen, die man gedreht hatte, um die Perfektion ihrer Kunst zu verewigen, hatte sie nur einen einzigen anzusehen gewagt, und dieser erste war auch der letzte geblieben: die unerträgliche Doppelgängerin, ihr zweites Ich, das sie von der Leinwand herunter zu verspotten schien, sie hatte es nicht als ihr Abbild hinnehmen können, auch wenn der Körper und das Gesicht den ihren glichen; sie hatte den Vorführraum fluchtartig verlassen, sich einer Gefahr entzogen, die sie zwar nicht näher hätte beschreiben können, aber wie einen drohenden Anschlag gegen ihr Leben empfand.

Seit diesem gräßlichen Erlebnis hatte sie sich nie wieder sehen wollen und ließ sich auch außerhalb der Bühnen nicht mehr blicken. In der Öffentlichkeit war sie ständig auf der Flucht, konnte keine Straße überqueren, kein Geschäft betreten. Jahrelang hatten die Reporter vergeblich getrachtet, sie in eine Falle zu locken, hatten ganze Nächte vor den Palästen ausgeharrt, in denen sie abzusteigen pflegte, ihren Launen oder dem Wetter folgend, heute hier, morgen schon weit weg, eine ständige Nomadin, immer und überall. Sie tanzte schon seit Jahren nicht mehr, aber die Legende begleitete sie und würde sie wahrscheinlich über ihren Tod hinaus verfolgen. Ihr Schluchzen wurde heftiger. Obwohl doch ihr vollkommener Körper der Grund allen Unglücks war, fürchtete sie nichts mehr, als daß er sie im Stich lassen könnte. Sie näherte sich dem fünften Lebensjahrzehnt – so war jedenfalls ihrem Paß zu entnehmen.

Sie sprang auf, ließ den Morgenrock fallen und ging ins Badezimmer zurück, entschlossen, den Dingen ins Auge zu sehen. Sie näherte sich dem Spiegel. Im letzten Augenblick schien sie jedoch wieder ihre Kraft zu verlassen, sie drehte rasch

42

die Augen weg, so daß sie nur eine schattenhafte Vision ihrer selbst aus den Augenwinkeln erhaschte.

Langsam ging sie erneut in ihr Zimmer und ergriff auf der Kommode den einzigen Gegenstand, von dem sie sich nie trennte, eine riesige Sonnenbrille, die sie sich nun aufsetzte. Sie schob die Hornbügel unter das Haar, das sie mit einer Handbewegung ordnete. Wanda zögerte, ins Badezimmer zurückzukehren, und setzte sich aufs Bett. An allen Varianten der Askese hatte sie sich versucht, doch keine der esoterischen und verrückten Lehren hatte sie von ihren Ängsten befreien können. Strenge Diät: kein Alkohol, kein Fleisch, nur englisches Gemüse. Keine Schminke. Anstatt teurer Roben trug sie wallende Kleider, die sie ihre Gouvernante in Vorstadtgeschäften kaufen schickte; sie waren gut genug, um diese verhaßte Silhouette zu verstecken, von der noch drei Generationen von Verrückten träumten. Ihr einziger Luxus bestand darin, sich zu jeder Jahreszeit nackt an einem einsamen Strand ins Wasser zu stürzen und stundenlang, ungeachtet der Kälte und der Müdigkeit, zu schwimmen.

Sie bekam einen neuen Wutanfall und wälzte sich auf dem Boden, biß um sich und kratzte, was ihr zwischen die Finger kam. Endlich rollte sie sich auf den Rücken, streckte die Beine kerzengerade in die Höhe und senkte sie, bis die Zehen den Boden bei ihrem Haar berührten und ihr Kopf zwischen den Knien eingeklemmt war. In dieser Stellung verharrte sie minutenlang wie eine Statue.

Dann ließen kaum wahrnehmbare Schauer ihren Körper erzittern, sie erwachte zu neuem Leben. Sie stand auf und begann einen dritten Vorstoß in Richtung Badezimmer. Die Sonnenbrille behielt sie auf.

Mit aller Kraft befahl sie sich, die Augen zu öffnen, und versuchte sich vorzustellen, was sie zu sehen bekommen würde: eine große, knochige, fast magere Frau, den weißen Körper rund um das pechschwarze Geschlecht angeordnet, den Blick hinter dunklen Gläsern versteckt. Als sie daran war, die Augen zu öffnen, läutete es an der Tür. Wütend und gleichzeitig zutiefst erleichtert trat sie aus der Gefahrenzone und öffnete die Augen.

Von neuem wurde geläutet. Sie näherte sich leise der Tür, blieb stehen und rührte sich nicht mehr. Noch einmal die

Glocke. Sie hielt sich die Ohren zu, nahm die Hände langsam wieder herunter. Nichts.

Noch einmal das Läuten, jetzt schon bösartig. Am Ende ihrer Kraft, schrie sie: „Was ist . . . ?"

„Ihre Eier, gnädige Frau . . ."

Es war Keyx, der Maître d'hôtel. Sie fürchtete und haßte ihn zugleich, ohne eigentlich recht zu wissen, warum. Vielleicht sein seltsamer Gang oder der verschlagene Blick. Er musterte sie immer von oben bis unten. Unausstehlich. Sokrates hatte ihr eines Tages lächelnd erzählt, daß in der griechischen Mythologie Keyx aus Liebe zu seiner Frau Halkyone in einen Eisvogel verwandelt worden war. Wenn nur ihr so etwas geschehen könnte! Einfach davonfliegen! Sie stammelte: „Stellen Sie sie vor die Tür . . ."

Aber, hatte sie eigentlich diese Eier bestellt? Sie erinnerte sich an nichts. Sie wartete immer noch hinter der Tür, hoffte, der Eindringling würde sich trollen. Aber die verhaßte Stimme war noch zu hören. Madame . . .", sagte er freundlich und respektvoll. „Sie werden auskühlen . . ."

Es genügte, daß Sokrates nicht an Bord war – und alle quälten sie. Jetzt war sie sich dessen sicher. Völlig am Ende ihrer Nerven, schrie Wanda mit spitzer Stimme: „Also kommen Sie. Aber schnell!"

Rasch warf sie sich den Morgenrock um die Schultern. Keyx trat ein und verbeugte sich, das Tablett in der rechten Hand. Sie versuchte, aus seinen Gesichtszügen Ironie herauszulesen oder auch nur den Schatten eines Spotts, der es ihr ermöglicht hätte, ihn zu schelten. Nichts, überhaupt nichts. Er blieb unbeweglich stehen und sah sie ausdruckslos an. Gräßlich, diese Vorstellung, wie er da mit dem Tablett in der Hand dastand und über sie urteilte. Die Angst und die Wut wurden nur noch größer. „Zeigen Sie sie her, die Eier!"

Keyx hob den Deckel aus massivem Silber, der die Platte schützte. Mißtrauisch kam Wanda näher und schnupperte. „Da, sehen Sie doch! Man sieht das Gelbe! . . . Sie wissen ganz genau, wie mich das anwidert!"

„Madame, der Küchenchef hat . . ."

„Weg damit! Ich will das Gelbe nicht sehen!"

Hinter dem Rücken des Maître d'hôtel wurde die Tür geöffnet, und Satrapoulos trat in die Kabine. Wanda fand, daß er müde und deprimiert aussah. Aus dem Ton, den er dem Steward gegenüber anschlug, merkte sie, daß er einem Wutanfall nahe war.

„Was ist los?"

Keyx spürte die Drohung und stammelte konfus: „Ich weiß nicht . . . Es ist . . . Madame . . . die Eier . . ."

„Was ist mit den Eiern?"

Verzweifelt warf Wanda ein: „Man sieht das Dotter!"

Nach der Erniedrigung, die ihm seine Mutter zugefügt hatte, war der Grieche von einer unbändigen Lust erfüllt, sich an jemandem schadlos zu halten. An Keyx zum Beispiel.

„Herzeigen!"

Nun betrachtete auch er die Eier, und die seit einer Stunde angestaute ohnmächtige Wut brach plötzlich aus ihm heraus: „Was soll das? Wozu bezahle ich Sie eigentlich? . . . Haben Sie diese, diese . . . Eier überhaupt gesehen! . . ."

„Aber Monsieur . . . Der Küchenchef . . ."

„Was für ein Chef? . . . Wo ist hier ein Chef? . . . Ihr seid nicht einmal fähig, ein Ei zu braten! . . ."

Wanda sah sich genötigt, einzugreifen: „Ich bitte Sie, Sokrates . . . Es macht nichts. Ich will sie ohnehin nicht mehr."

Satrapoulos brüllte den Diener an: „Hören Sie das! . . . , Meine Gäste mögen das Essen nicht, das Sie ihnen vorsetzen! . . . Wo glauben Sie eigentlich, daß wir sind!? . . . In einer Ausspeisung? . . .

Worte genügten nicht mehr, seinen Rachedurst zu stillen. Er griff mit einer Hand in die Platte und zerdrückte wütend die Eier. Das Dotter und das Öl spritzten zwischen seinen Fingern hervor und befleckten die Manschetten seines Hemds. Er geriet noch mehr außer sich.

„Das sollen Eier sein! . . ." brüllte er und fuchtelte mit der besudelten Hand vor Keyx herum, der bereits überzeugt war, sein Herr würde ihm das Ganze ins Gesicht schmieren. Er wollte es auch tun, überlegte es sich jedoch anders und begnügte sich damit, seine Hand genüßlich an der makellosen Uniform des Dieners abzuwischen, der nach wie vor stocksteif vor ihm stand. Keyx warf in seiner Verwirrung flehentliche Blicke auf Wanda Deemount, als wollte er sie zum Zeugen dieser bedauerlichen Ungerechtigkeit machen.

„In die Küche!" bellte der Grieche.

Wanda, die immer noch im Morgenrock war, nahm er einfach bei der Hand und zerrte sie mit, bevor sie einen Laut von sich geben konnte.

„Wer hat die Eier von Madame Deemount zubereitet?"

Der *Chef de cousine*, der gewisse Vorstellungen von Berufsethos hatte, schob seine Untergebenen zur Seite und trat vor. „Ich, Monsieur. Stimmt etwas nicht?"

„Überhaupt nichts stimmt! Muß ich Ihnen erst Ihren Beruf beibringen, oder was?"

Der andere schüttelte verblüfft den Kopf, ohne zu antworten.

Sarkastisch fuhr S. S. fort: „Nun, vorwärts! Erklären Sie mir, wie man Spiegeleier macht. Ich höre!"

Der *Chef de cousine* kratzte sich verlegen: „Nun ja . . . es ist ganz einfach . . ."

„Nein, mein Herr, es ist überhaupt nicht einfach! Die einfachsten Gerichte sind die schwierigsten! Vorwärts, ich höre!"

„Nun, ich nehme ein rundes Gefäß und gebe zwei Tropfen Öl hinein! . . . Ich erhitze es . . ."

„Wie?"

„Bei kleiner Flamme."

„Weiter!"

„Ich zerbreche die Eier . . . Mit einer Gabel bringe ich das Klar über das Dotter . . ."

„Wunderbar . . . Ein Gedicht!"

„ . . . Ich lasse sie eine Minute über dem Feuer . . . Dann noch salzen und pfeffern."

Langes Schweigen. Alle Augen waren auf den Griechen gerichtet, der endlich mit einem überlegenen und bitteren Lachen meinte: „Nein, mein Herr! Es tut mir leid, es Ihnen sagen zu müssen, aber Sie haben nur Unsinn erzählt! Wenn Eier gelingen sollen . . ."

Er blickte an seinem schwarzen Anzug hinunter und wandte sich an einen der Küchengehilfen: „Gib mir eine Schürze!"

Der Junge nahm eine aus dem Stapel im Schrank. Der Grieche band sie sich um. Auf dem Brustlatz war zu lesen: *I'm a sweet baby* . . . Aber niemandem war zum Lachen zumute. Der Grieche ging zum Herd hinüber, nahm eine kleine Pfanne und regelte die Gasflamme, bis sie so klein war, daß man sie kaum noch sah.

„Geben Sie mir zwei Eier."

Er erhielt sie.

„Butter!"

Man reichte sie ihm, während er für die Anwesenden seine Demonstration kommentierte: „Erstens: Nie Öl verwenden! Ein Stück Butter . . ."

Er tat sie in die Pfanne und brachte sie über das Feuer, wo das Fett nach einigen Augenblicken zu zischen begann.

„Wenn die Flamme ganz klein ist, verbrennt die Butter nicht, sondern schmilzt langsam. Wozu? Weil der Butter ihr frischer Geschmack erhalten bleibt."

Allgemeines Schweigen seitens der hingerissenen Zuhörerschaft.

„Man muß der Butter knapp die Zeit zum Schmelzen lassen . . . Dann nehme ich die Pfanne vom Feuer . . . Zerbreche die Eier . . . So, eins . . . zwei . . . Salz und Pfeffer . . ." – dem Küchenchef warf er dabei einen vielsagenden Blick zu – „ . . . nicht nachher, *vorher* bitte! . . . Dann decke ich die Pfanne zu und stelle sie nochmals aufs Feuer . . ."

Zum Küchenchef gewandt, meinte er selbstgefällig: „Nun, mein Herr, wenn ich fertig bin, wird das Weiß das Dotter völlig verdeckt haben!"

Zwei Minuten vergingen in tödlicher Stille. Satrapoulos nahm die Pfanne vom Feuer, hob den Deckel. Alle beugten sich darüber: Die Eier waren von einer dünnen, durchsichtigen Schicht bedeckt, vom Dotter war nichts zu sehen.

„Riechen Sie!" befahl S. S. . . . Man beugte sich weiter vor. Von den Eiern stieg der appetitliche, delikate Geruch der Butter auf.

„So, meine Herren. So macht man Spiegeleier. Das Rezept habe ich von Curnonsky persönlich."

Und zu Wanda: „Ich hoffe, Sie werden Ihnen schmecken."

Er nahm seine I'm-a-sweet-baby-Schürze ab, stellte die Pfanne auf ein Tablett und verscheuchte mit einer Handbewegung Keyx, der es aufnehmen wollte: „Lassen Sie! Ich trage es selbst!"

Am linken Arm die Deemount, rechts das Silbertablett, verließ er würdevoll die Küche.

Peggy Nash-Belmont war im siebenten Himmel. In einer Stunde würde sie ihr Chauffeur auf den La-Guardia-Flughafen bringen. Eigentlich der Chauffeur ihres Stiefvaters, denn sie wollte um keinen Preis ihren Reichtum offen zur Schau stellen. Mit Ausnahme von wenigen sehr guten Bekannten wußte niemand von ihrem luxuriösen Penthouse in der Park Avenue, von dem wunderbaren Dachgarten, der im Sommer als Terrasse, in der kalten Jahreszeit als Wintergarten diente. Sie wollte nicht, daß ihre Berufskollegen sie beneideten, es hätte sie bei der Arbeit behindert. Sie versuchte, rein berufliche Beziehungen zu ihnen aufrechtzuerhalten, und wies scharf jeden in die Schranken, wenn er mit ihr ausgehen oder sie nach Hause begleiten wollte.

Sicher, man wußte, daß sie reich war. Wenn man in New York einen Reim auf Dollar suchte, kam man bald auf Nash-Belmont, eine Bankiersdynastie, die mit den Pierpont-Morgan und den Rockefeller halb Amerika in der Hand hatte. Und als vor zwölf Jahren ihre Mutter – sie nannte sie Janet – sich scheiden ließ, heiratete sie einen Beckintosh. Arthur-Erwin Beckintosh, um genau zu sein. Was man auch sein mußte, wollte man sich in dieser Familie zurechtfinden, die mindestens ebenso reich war wie die Nash-Belmont, dazu aber noch fast zwei Seiten im „Social Register" von New York einnahm: sechsundvierzig Seitenlinien, gegenüber zweiundvierzig der Rockefeller, acht der Vanderbilt und nur zwei der Astor. Und jeder aus diesem gigantischen Clan stammte von den „Mayflower"-Einwanderern ab, jeder ihrer Namen war untrennbar mit der Geschichte der Vereinigten Staaten verbunden. Soames Beckintosh war ein großer Held des Unabhängigkeitskrieges gewesen; ein anderer, William, war zweimal als Präsident wiedergewählt worden; Anthony wiederum hatte sich als Wirtschaftsfachmann einen Namen gemacht. Man konnte meinen, daß in dieser Familie das Finanzwesen einem zwar zu Geld verhalf, darüber hinaus aber kaum mehr war als ein angenehmer Zeitvertreib.

Jedes Jahr versammelte der Patriarch des Clans, Charles Beckintosh – man nannte ihn „Krebs", weil sein Gesicht ständig gerötet war –, die in allen Staaten verstreuten Familienmitglieder um sich: am 17. Januar, dem Gründungstag der Mutterbank, „Save Beckintosh Trust", kamen alle auf Charles'

Besitz, zwischen Boston und Cape Cod, der sich über dreihundert Hektar voll der seltensten exotischen Pflanzen, der schönsten Blumen und der wunderbarsten Gewächse erstreckte. Das Treffen artete meistens rasch in eine Aktionärsversammlung aus, weil jeder über seine eigenen Erfolge und die Pleiten seiner Gegner sprach. Der „Krebs" schenkte den Männern eine Krawatte, den Damen einen Schal und den Kindern, solange sie das Kap der fünfzehn Jahre nicht erreicht hatten, zwei Stammaktien. Jedes Jahr. Anschließend brachten die Dienstlimousinen ihre kostbare Fracht von Millionären wieder nach Hause, nicht ohne daß alle zuvor Janet Beckintosh und ihre Reitkünste bewundert hätten. Janet, die den Stil der Beckintosh so sehr zu ihrem eigenen gemacht hatte, daß sie als das Vorbild galt, obwohl sie gar keine geborene Beckintosh war.

Peggys Vater, Christopher Nash-Belmont, war ein Verrückter, aber er war die liebenswerteste, die hübscheste und gewinnendste Ausgabe eines Verrückten, die man sich nur vorstellen konnte. Von einer göttlichen Schönheit, an Gary Cooper erinnernd, wenngleich noch verfeinerter als dieser, hatte die Bewunderung der weiblichen Wesen ihn stets fast erdrückt. Peggys Mutter hatte diesen Herzensbrecher in einem Gigantenkampf aus den Händen einer Kohorte heiratslustiger Erbinnen gerissen, die sich, wie Motten ums Licht, um diesen Verführer drängten, der bis zu seinem siebenunddreißigsten Lebensjahr sein Junggesellentum hatte verteidigen können. Christopher, den seine Freunde „Christus" nannten, hatte plötzlich vor Janets mysterienhafter Tugend kapituliert. Sie hatte es immer abgelehnt, seine Geliebte zu werden, was sie nur in ihrer Überzeugung bestärkte, eines Tages seine Frau zu werden – oder eben nicht. Zu dieser Zeit lebten Janet und Christopher, die beide Engländer waren, in London. Allerdings war auch Janet kein Niemand. Sie und ihre beiden Schwestern Doris und Juliet hatten noch vor zwei Jahren das außergewöhnlichste Trio der Londoner Jeunesse dorée gebildet. Ihr Vater, ein mächtiger Bankier, hatte jeder der drei einen Bentley geschenkt, von denen sich einer vom anderen nur durch den Ton der Hupe unterschied: ein C für Doris, D für Janet und E für Juliet, was so ziemlich die einzige Möglichkeit darstellte, sie auseinanderzuhalten, wenn sie sich in der Gegend des Trafalgar Square oder bei ihrem Haus eine Verfolgungsjagd lieferten. Janets Hochzeit war *das* Ereignis des Jahres gewesen; gefolgt von zwölf Ehrenjungfern zog sie die acht Meter lange Schleppe ihres Hochzeitsmodells von Molyneux hinter sich nach. Zwei bereitgestellte Zimmer hatten nicht genügt, um die aus aller Welt eingetroffenen Hochzeitsgeschenke unterzubringen, ganz zu schweigen von den Präsenten der tausend geladenen Gäste. Die Hochzeitsreise hatte in Paris begonnen und sie über die Bahamas und Nassau nach New York geführt, wo sie von der Gesellschaft unverzüglich aufgenommen, verwöhnt und für unabdingbar erklärt worden waren. Niemand hätte eine Party geben wollen, ohne sicher zu sein, daß Janet und Christopher auch wirklich daran teilnehmen würden.

Als es Zeit geworden war, nach London zurückzukehren, meinte Janet, die von New York begeistert war: „Warum bleiben wir eigentlich nicht hier? Du könntest eine Bank eröffnen!"

„Liebling, du bist wunderbar! Ich hatte es nicht gewagt, dir den Vorschlag zu machen!"

So einfach war das gewesen. Sie fielen einander in die Arme und kauften noch am selben Tag ein herrliches Haus in der Park Lane. Zwei Jahre später kam Peggy zur Welt, und als ihre Mutter beim Erwachen in der Klinik das kleine Wesen sah, rief sie voller Abscheu: „Das ist ja kein Baby, sondern ein altes Weib! Entsetzlich, ich habe sie viel zu spät bekommen!"

Ihre Bemerkung löste bei Ärzten und Schwestern helles Lachen aus, da Janet soeben in ihr einundzwanzigstes Lebensjahr getreten war. Peggy war also faktisch im Rolls zur Welt gekommen, eingepackt in einen Haufen Dollarscheine und seit jeher dazu bestimmt, „*ritzy*" zu sein, wie es in Boston von jemandem heißt, der zu jener Elite gehört, die das „Ritz" als eine Art permanenter Nebenresidenz betrachtet.

Mit fünf hatte Peggy unter der Anleitung ihrer Mutter den ersten Preis im Reiten gewonnen. Mit acht schloß sie einen Gedichtband ab, dessen erster Teil in freien Versen die Natur besang, während der zweite, in Alexandrinern, eine Hymne an ihr Lieblingspferd Jolly Beaver war. Mit zehn brachte sie ihren ersten Liebeskummer hinter sich, als ein wunderbar blauäugiger Pilot entgegen seinem felsenfesten Versprechen ein scheußliches Mädchen geheiratet hatte, das um zwölf Jahre älter war als sie. Trotz dieser Enttäuschung hatte sich ihr Leben wie in einem

Märchen abgespielt, zwischen luxuriösen Häusern, die aussahen wie die französischen Stadtpalais des 18. Jahrhunderts, zwischen herrlich angelegten Blumenrabatten wunderschöner Parks, zwischen endlosen schwarzen Autos, die von stets gleich uniformierten Chauffeuren gelenkt wurden. Oder aber, wenn Ferien waren, auf den riesigen menschenleeren Privatstränden, in der raffinierten, fast unwirklichen Welt der Kinderjausen und der österreichischen Nursen in ihren gestärkten weißen Röcken. Peggy hatte von Geburt an eine französische Nurse gehabt, Anne-Marie, und niemand hätte mit Sicherheit sagen können, ob sie ihre ersten Worte auf französisch oder englisch gestammelt hatte, da ihr beide, das Französische und das Englische, zur Muttersprache geworden waren. Außergewöhnlich war bei dieser kleinen blonden Puppe die fast beängstigende Ernsthaftigkeit, die sie bei jeder Tätigkeit an den Tag legte. Ihren Vater, der sie oft zu ihren Reitturnieren begleitete, belustigte es, und er sagte stolz: „Sie ist im Sattel geboren." Es stimmte auch, daß Peggy es bereits mit sechs Jahren ohne Schwierigkeiten mit Kindern aufnehmen konnte, die doppelt so alt waren. Wie oft deuteten die Leute mit zärtlicher Bewunderung auf sie, wenn sie in ihrem Tweedjackett und den winzigen Reithosen ihr Pony mit der Geste des abgebrühten Jockeys hinter sich herzog.

Ein wahres Drama hatte sich ereignet, als sie vier war. Eines Tages im April war ihre Mutter nach dreiwöchiger Abwesenheit mit einem Baby auf dem Arm zurückgekommen und hatte Peggy lächelnd erklärt: „Sieh nur deine kleine Schwester an. Sie heißt Patricia." Peggy, die niemand von dem bevorstehenden Ereignis in Kenntnis zu setzen für nötig befunden hatte, musterte ihre Mutter ungläubig, mit hartem und vorwurfsvollem Blick. Dann war sie in Tränen ausgebrochen und hatte sich auf ihrem Zimmer in die Arme Coodys, ihres Teddybären, geworfen. Ihr Vater war ihr beunruhigt gefolgt und hatte versucht, ihr zu erklären, daß es für ein Mädchen nichts Schöneres geben könne, als eine kleine Schwester zu haben. Aber vor ihrer Reaktion hatte er sich unverrichteter Dinge zurückziehen müssen, nicht ohne ihr versprochen zu haben, ihr einen Hund zu schenken.

Bereits am nächsten Tag war Peggys „Stall", der bereits Jolly Beaver, Coody und Pamela, eine gräßliche Fetzenpuppe umfaßte, um Sammy bereichert, einen drei Monate alten schwarzen Scotchterrier. Nichts änderte sich an ihrem Leben, außer, daß die Fetzenpuppe Pamela in Patricia umbenannt und öfter verprügelt wurde. Ansonsten schien der Zwischenfall mit Patricia vergessen. Zwei Monate später brannte sie allerdings durch. Im Familiensitz hatte das Telefon geläutet, und eine tiefe Männerstimme hatte Janet Nash-Belmont erklärt: „Hier ist der Polizeiposten von Central Park. Wir haben ein kleines Mädchen aufgegriffen. Wir verstehen ihren Namen nicht genau, aber sie hat uns diese Telefonnummer gegeben. Gehört das Kind Ihnen?" Janet war leichenblaß aufs Kommissariat geeilt, und der Bursche in Uniform sagte: „Sie ist ganz einfach bei mir stehengeblieben und hat mir erzählt, daß ihre Nurse sich verloren hat." Noch am selben Abend war Anne-Marie entlassen. Kaum hatte Peggy schreiben gelernt, begann sie ein Tagebuch zu führen, in dem ihre Eindrücke mit Karikaturen ihrer Gouvernanten und Hauslehrer abwechselten. Kaum hatte man sie lesen gelehrt, verschlang sie den „Kleinen Lord" und „Tom Sawyer". Mit acht erklärte sie ihrer Mutter, sie habe die Geschichte sehr gut gefunden, wo der Mann sich für eine Dame von einer Klippe stürzen will.

„Was für eine Klippe?"

Viel später erst und nach langem Ausfragen hatte Janet begriffen, daß Peggy Dostojewskis „Spieler" gelesen hatte. Die Frühreife ihrer Tochter hatte sie nicht wenig durcheinandergebracht. „Ja, aber hast du auch alle Worte verstanden?" fragte sie. – „Ja", antwortete Peggy, „alle, bis auf Roulette."

Mit zwölf, sie hatte bereits viermal „Vom Winde verweht" gelesen, brach die Scheidung ihrer Eltern wie ein Unwetter über sie herein. Als ihre Mutter zwei Jahre später Arthur Erwin Beckintosh heiratete, raffte sie sich auf und schenkte ihr nach der Zeremonie einen Blumenstrauß. Dann schloß sie sich in ihrem Zimmer ein und heulte vierundzwanzig Stunden ohne Unterlaß. Später lebte sie mit ihrer Mutter in Merrywood, Virginia, wo ihr Stiefvater die schönste aller Besitzungen an den Ufern des Potomac hatte. Und wenn der Winter vorbei war, verließ man Merrywood und zog in der Sommerresidenz ein, in Greenwood, Neu England, wo Peggy tagelang im Segelboot saß oder an Arthur Erwin Beckintoshs eigenen Stränden dem Schwimmvergnügen huldigte.

52

Aber jeden Sonntag, und darüber hinaus die halben Schulferien, war es anders: Peggy und Patricia waren bei ihrem Vater, den sie vergötterten. In ihren Augen war Christopher Nash-Belmont ein Gott und hatte die Gabe, endloses Vergnügen zu schaffen. Prinzipiell liebte er, was seinen beiden Töchtern gefiel, und machte es sich zur Aufgabe, seine Freuden auch ihnen nahezubringen. Mehr noch, er bestärkte sie darin, alles zu unternehmen, was ihnen gewöhnlich verboten war: auf Bäume klettern, einander Tortenschlachten liefern, freihändig radfahren. In seinem väterlichen Überschwang nahm er sie sogar manchmal nach Wall Street mit und ließ sie auf dem Sessel seines Bankkassiers sitzen. Den Gouvernanten blieb nichts anderes übrig, als machtlos ihr Gesicht zu verziehen, wenn Peggy und Patricia regelmäßig fünf Minuten vor dem Essen riesige Mengen Eiscreme verschlangen. Die fortschreitenden Jahre hatten Christophers Begeisterung für Peggy keinen Abbruch getan. Seine kostbaren Geschenke waren in ganz New York berühmt, so daß Arthur Erwin nichts anderes übrigblieb, als den Wettstreit aufzunehmen und sie ebenfalls mit Kostbarkeiten zu überhäufen, wollte er mit dem Vater mithalten. Peggy nahm diese Geschenke mit der Gelassenheit der Gewohnheit an, ohne sie eigentlich zu wünschen, obwohl sie ihr mit der Zeit unentbehrlich geworden waren. Sie hatte so lange alles bekommen, ohne je etwas zu verlangen, daß in ihr der Wunsch keimte, Name und Reichtum beiseite zu lassen, um etwas zu erreichen. Seine eigene Macht erkennt der Mensch nur an dem, was er sich nimmt, nicht an dem, was die anderen ihm geben.

Eingedenk ihrer liebsten Romanfigur hatte sie das Pseudonym „Scarlett" gewählt, um an einem Artikelwettbewerb von „Harper's Bazaar" teilzunehmen, der unter dem Vorwand, junge Talente zu fördern, seine Auflage steigern wollte. Thema war „Der Tag eines Lastwagenfahrers" gewesen, und sie hatte den ersten Preis gewonnen. Aber einmal mehr hatte sie nichts dem Zufall überlassen. Eine Woche hatte sie auf den Landstraßen getrampt, Lastautos angehalten, in Hühnerställen übernachtet, nichts anderes mitgenommen, als sie auf dem Leib trug. Während die anderen Mädchen krampfhaft Poesie suchten, wo es keine gab, hatte sie alles berichtet, offen und ohne Schminke. Von den allzu gefälligen Serviererinnen, den Saufgelagen am Straßenrand, den gefälschten Kilometerzählern, den unrichtigen Frachtangaben. Der erste Preis war eine Anstellung bei der Zeitschrift gewesen, und die Leiterin von „Harper's Bazaar" hatte sich schon darauf eingestellt, eine vorwitzige Provinzlerin zu empfangen, ihr die üblichen Klischees anzuhängen – „Sehen Sie, mein Kleines, der Journalismus ..." –, als Peggy in ihr Büro trat. Die vorbereiteten Blüten der Rhetorik waren augenblicklich in der Schublade verschwunden, denn sie hatte Peggy auf den ersten Blick erkannt. Erstaunt fragte sie, warum sie nicht gleich zu ihr gekommen sei, es wäre ihr eine Freude gewesen, die Familie, sie selbst, blablabla ... Peggy hatte geantwortet, es sei sehr gut so, sie habe schließlich die Stellung wegen ihrer Fähigkeiten erhalten wollen und nicht nach Namen und Aussehen. Und sie hatte sich an die Arbeit gemacht.

Man hatte ihr nichts geschenkt. Alles hatte sie durchmachen müssen, von der Befragung der Hausfrauen („Welche Gesichtsmilch verwenden Sie?") bis zu den überfahrenen Hunden oder vielmehr, da es ja eine Snobzeitschrift war, den Vorkehrungen, die zu treffen waren, damit „ihr kleiner Liebling" davon bewahrt blieb. Zwei Jahre später war sie der Star, so wie sie überall und immer der Star gewesen war, und ihre Rubrik „Ich weiß" gehörte zu jenen, die man als erste verschlang. Und, was in ihren Augen am meisten wog: sie verdiente sich ihren Lebensunterhalt selbst.

Sie blickte auf die Uhr und dachte, daß Julien, der dominikanische Chauffeur ihres Stiefvaters, sich verspätete. Sie mußte lachen, wenn sie an die drei riesigen Koffer dachte, das Handgepäck und das Schminkköfferchen – und das alles für einen einzigen Abend! Aber welch ein Abend! Was für eine umwerfende Idee, Weihnachten am 13. August zu feiern! Jennifer Cabott, die Leiterin der Zeitschrift, hatte ihr erbost aufgetragen, niemanden in ihrem Artikel zu schonen. Allerdings: sie war selbst nicht eingeladen worden ...

Peggy kannte Kallenberg nur vom Hörensagen, und das war nicht sehr vielversprechend. Neureich, ein Bluffer, der geborene Reeder, fast ein Grieche, hinter jedem Rock her, kurz, weit und breit nichts Empfehlenswertes. Seine ganze Kraft schien er aus einer einzigen Zwangsvorstellung zu schöpfen: seinen eigenen Schwager, Sokrates Satrapoulos, den „Griechen", auf allen Gebieten zu überflügeln, auf dem Meer, in der Finanz und bei den Frauen. Freunde hatten ihr sein Haus in London beschrieben, wo heute abend das Fest stattfand. Tizian und Rubens im Vorzimmer, Tintoretto und Cranach im Bad. Na ja. Jedenfalls brauchte es schon mehr, um sie zu beeindrucken.

Julien war gekommen und trug mit Hilfe ihres Mädchens das Gepäck hinaus. Einen Stock mußte sie zu Fuß gehen, denn der Aufzug führte nicht hinauf bis zu ihrem Penthouse, diesem Glaswürfel auf einem Dom von dreißig Stockwerken, den man nur über eine völlig von Pflanzen überwucherte Innentreppe erreichen konnte. Zehn Minuten später saß sie in dem schwarzen Lincoln und bat Julien, sich zu beeilen. Es war fast vier Uhr nachmittags, in London elf Uhr morgens. Sie war erst spät aufgestanden, um abends in Form zu sein. Mein Gott, war dieses Auto langsam! Sie fürchtete, zu spät zu kommen, und trieb Julien abermals zur Eile. Der Lincoln machte einen Satz nach vorwärts, und als sie wieder bequem saß, gab es einen dumpfen Stoß, dem fast augenblicklich ein fürchterliches Krachen folgte. Der schwere Achtzylinder raste im Zickzack vorwärts, ohne daß Julien ihn wieder in den Griff bekommen konnte. Dann schaffte er es doch, und Peggy, die sich nach vorn gebeugt hatte, wurde durch die mächtigen Bremsen gegen die Lehne gedrückt. Der Wagen stand still.

„Ich war es nicht!" rief Julien, „er hat die Tür aufgemacht, als ich an ihm vorbei wollte!"

Peggy drehte sich um. Zweihundert Meter hinter sich sah sie durch das Heckfenster eine unbewegliche Gestalt auf der Straße liegen. Schon blieben einzelne Autos stehen, und ein Kreis bildete sich um den Unfallort. Und wieder Juliens hysterische Stimme: „Ich war es nicht! Es ist nicht meine Schuld!"

„Wer hat behauptet, daß Sie schuld sind?" fragte Peggy nachdenklich.

„Bleiben Sie sitzen . . . Ich muß mich kümmern . . ."

„Sie bleiben am Volant." Peggys Stimme war herrisch geworden.

„Aber . . ."

„Schweigen Sie! Können Sie noch fahren?"

„Ja, aber . . ."

„Fahren Sie!"

„Aber . . . ich habe ihn vielleicht umgebracht . . ."

„Fahren Sie!"

„Mister Beckintosh wird . . ."

55

„*Ich* sitze in diesem Auto, nicht Mister Beckintosh. Und ich sage Ihnen, Sie sollen fahren!"

Peggy nahm den Telefonhörer ab, der in einem kleinen Kästchen zwischen der Bar und dem Fernseher eingebaut war. Der völlig verstörte Julien drehte sich noch einmal um und fragte zitternd: „Die Polizei?"

„Fahren Sie. Hallo? Ich habe soeben einen Unfall gehabt. Drei Meilen vor La Guardia, in Richtung John's Beach. Ein Mann mitten auf der Straße. Mein Chauffeur konnte ihm nicht mehr ausweichen ... Das würde mich wundern, ich muß mein Flugzeug erreichen ... ein Lincoln ... Moment..."

Zu Julien: „Die Autonummer!"

„72 87 NY 11 ..."

„72 87 NY 11", wiederholte sie in den Hörer. „Peggy Nash-Belmont ... Nein, er gehört meinem Stiefvater ... Arthur Erwin Beckintosh ... Ja ... Haben Sie etwas dagegen? ... Nein, ich wiederhole Ihnen, daß ich mein Flugzeug erreichen muß! Ja ... Sie können übermorgen jemand zu mir schicken, 326 Park Avenue. Auf Wiederhören."

Sie unterbrach das Gespräch und wählte eine andere Nummer: „Den Chef bitte, für Peggy ..."

Sie hatten den Flughafen erreicht, der Lincoln stand vor dem Eingang für internationale Abflüge.

„Arthur? Wir haben auf der Autobahn Schwierigkeiten gehabt ... Ein Bursche hat sich Julien vor die Räder geworfen ... Nein, keine Zeit. Er wird es Ihnen erklären. Sie kümmern sich um alles, ja, ich kann mich verlassen? Bis Dienstag! Küßchen!"

„Julien! Sie drehen sofort um und kehren zum Unfallort zurück. Die Polizei erwartet Sie. Machen Sie sich keine Sorgen, Mister Beckintosh kümmert sich um alles. Rufen Sie mir einen Träger."

Sie hatte recht gehabt. Das Flugzeug nur deshalb zu versäumen, weil ein Irrer vor den Kühler sprang und ein Tölpel nicht fähig war, ihm auszuweichen! Wenn er tot war, konnte sie nichts ändern. Sie ging es nichts an.

Tausende starben anonym jeden Tag auf den Straßen. Aber Kallenberg feierte nur einmal im Jahr am 13. August Weihnachten.

Der Raum hätte ein Klassenzimmer sein können, oder ein Vortragssaal, er erinnerte unweigerlich an eine Kapelle, obwohl er das auch nicht war. Vor einem mit orangefarbenem Stoff bedeckten Tisch befanden sich fünf Sesselreihen, die von den zwanzig Auserwählten eingenommen wurden, die das unglaubliche Glück gehabt hatten, sich dem „Propheten" nähern zu dürfen: alles Damen in einem gewissen Alter und reifere Herren, elegant und auf sich haltend. Von Zeit zu Zeit erhob sich einer von ihnen, wenn der Meister es ihm bedeutete. Auffallendster Zug an diesem Mann war seine Unauffälligkeit: klein, Glatze, um die Sechzig.

„Ich höre."

Was immer der Prophet sagte, es begann und endete unweigerlich mit diesen Worten. Sie waren aus seinem Mund keine leere Floskel. Sobald er sein rituelles „Ich höre" ausgesprochen hatte, sagte er kein Wort mehr und begnügte sich, ohne den geringsten Kommentar zuzuhören, was ihm der andere zu sagen hatte. Trotz seines unauffälligen Äußeren besaß dieser Mann ein solches Charisma, daß man die anderen Anwesenden einfach vergaß und sich dabei ertappte, wie man in aller Öffentlichkeit Geheimnisse preisgab, die man sich selbst nie eingestanden hätte. Dann setzte man sich wieder auf seinen Sessel in eine der fünf Reihen und überließ die Rolle des Redners dem nächsten.

Es war ein Dienstag, für den Propheten der „Tag seiner Armen", wie er es nannte. Jede Woche widmete er sich einen Nachmittag lang all jenen, die zu arm oder zu unbedeutend waren, um seine Dienste privat in Anspruch zu nehmen, und gewann dadurch die Überzeugung, sich beim Schicksal zu revanchieren, das ihm seit sechs Jahren nichts als Glück beschert hatte. An Dienstagen ließ er die Karten, die Himmelsbücher und die Kristallkugel in der Lade und öffnete „seinen Armen" die Tür. Die Sitzung dauerte stets von 14 bis 18 Uhr. Anscheinend hatte sein Schweigen auch sein Gutes, denn die Gemeinde seiner Gläubigen, die oft monatelang darauf warteten, zu ihm ins Sanctum sanctissimum vorgelassen zu werden, verließ ihn stets im Zustand der Gnade und verbreitete seine Weisheit in ganz Portugal. Jene Weisheit, die er gar nicht von sich gegeben hatte, weil er es stets vorzog zu schweigen. Die anderen Wochentage waren ernsteren Geschäften vorbehalten, seinem privaten Kundenstock, der jede Summe ausspuckte, nur um eine Stunde mit ihm allein sein zu dürfen. Der Ruhm des Seebades Estoril, gegründet auf der hohen Zahl gekrönter Häupter je Quadratkilometer, die die Gemeinde beherbergte, hatte durch die Anwesenheit des „Propheten von Cascais" neuen Glanz erhalten.

Ein Mann, groß und vornehm, um die Sechzig, trat vor . . . „Ich höre . . .", sagte der Prophet.

Der neue Redner dachte nach, wählte lang seine Worte und begann: „Ich bin ein Idiot."

Mit einem Kopfnicken gab der Prophet zu verstehen, daß er davon Notiz genommen habe. Der Gläubige legte nun erst richtig los, als hätte die Angst vor diesem Geständnis ihn jahrelang verfolgt, sein verpfuschtes Leben, die Frau hatte ihn sitzengelassen, die Kinder liebten ihn nicht mehr . . . Es war genau fünf Uhr. Über die Köpfe seiner faszinierten Zuhörerschaft hinweg erblickte der Prophet das sonst undurchdringliche Gesicht seines Dieners Mario, der ihm von der Tür her verzweifelte Blicke zuwarf . . .

„Und warum", erklärte gerade der distinguierte Herr, „habe ich das alles gemacht, anstatt mich wie alle anderen zu amüsieren? Warum?"

Der Prophet unterbrach ihn mit einer Handbewegung und winkte Mario heran. Wenn er eine Sitzung unterbrach, mußte es schon etwas Ernstes sein. Nach wie vor fürchtete der Prophet, daß ein allzu neugieriger Journalist trotz aller Vorsichtsmaßnahmen seine Vergangenheit ausgraben könnte. Ungeduldig hörte er Mario an und flüsterte ihm dann, sichtlich erleichtert, einen Satz ins Ohr. Mario nickte und sagte, zu den Gläubigen gewandt: „Der Prophet ersucht Sie, sich zurückzuziehen."

Nicht der leiseste Protest wurde laut. Als er sicher war, daß alle gegangen waren, verließ er die „Kapelle", die in dem großen Garten abseits der anderen Gebäude stand, durchschritt den Patio, der den Blick bis zum Meer und bis zur Grenze seines Besitzes freigab, und löste sich endlich von dem Anblick, an dem er sich nie satt sehen konnte, Symbol seines Aufstiegs, seit er nach Portugal gekommen war. Wie lange lag doch die Zeit seiner Anfänge, die Zeit der mickrigen Buden zurück. Könige gingen bei ihm ein und aus, Großherzoginnen im Exil,

Finanzgiganten, Politiker, und keiner traf seine Entscheidungen, ohne ihn, den „Propheten von Cascais", gefragt zu haben. Er betrat das Haus, erklomm eine kleine Innenstiege und erreichte sein Arbeitszimmer, wo der Besucher auf ihn wartete.

Der Grieche stürzte auf ihn zu und umarmte ihn: „Mein lieber Freund, ich habe ein fürchterliches Problem!"

Der Prophet löste sich lächelnd aus der Umarmung: „Ich weiß."

„Er hat meine Mutter gefunden! Er will mich erpressen!"

„Setzen Sie sich doch."

„Wenn er es schafft, bin ich verloren!"

„Meine Karten haben es mir bereits mitgeteilt. Beruhigen Sie sich."

„Er hat Journalisten losgehetzt. Sie haben meine Mutter gefunden, im verlorensten Dorf von ganz Griechenland!"

„Wollen Sie etwas trinken?"

„Was soll ich nur tun?"

„Machen Sie sich keine Sorgen. Die Sterne stehen gut für uns. Wir werden die Bombe an den Absender zurückexpedieren . . ."

Satrapoulos beruhigte sich endlich und hörte auf, wie ein Tiger im Zimmer auf und ab zu gehen. Es beruhigte ihn, daß der andere „wir" gesagt hatte. Er fühlte sich nicht mehr so allein.

„Sind Sie sicher, daß es nicht zu spät ist?"

„Ganz sicher."

Der Grieche stieß einen Seufzer der Erleichterung aus und ließ sich in einen Fauteuil fallen. Auf dem Schreibtisch lagen die Karten des Meisters nachlässig verstreut. Er warf einen flehenden, ungeduldigen Blick darauf.

„Wie soll ich es anstellen?"

„Sie werden mir jetzt alles erzählen, in Ruhe, jede Einzelheit. Und dann werde ich die Karten legen. Sie werden uns sagen, was Sie zu tun haben."

Satrapoulos entspannte sich. Sicher, der Prophet kostete ihn Millionen, aber er hatte ihm schon Milliarden eingebracht. Was für ein Bursche! Und er irrte sich nie!

3

„Hast du das Blitzlicht, Robert?"

„Genug! Jetzt fragst du mich schon zum vierten Mal!"

Jean-Michel schwieg und konzentrierte sich auf die Straße. Hinter ihm lächelte der Dolmetscher. Bei dem Honorar, das der Mann von ihnen bekam, konnte er in einem Tag genug verdienen, um einen Monat nicht mehr arbeiten zu müssen. Sie hatten ihn aus seinem Reisebüro, das er ohnehin nur zweimal jährlich öffnete, und dann halbtags, geholt, weil er recht gut Französisch sprach. Er sollte ein Gespräch übersetzen, das sie mit einer Bäuerin führen wollten, in irgendeinem verlorenen Dorf, von dem er, Skopelos, nicht einmal wußte, daß es existierte. Die beiden waren Journalisten und machten eine Reportage über eine Erbschaft oder so etwas, genau hatten sie es ihm nicht gesagt, aber das war ihm auch herzlich egal.

Der Fotograf löste den elektronischen Blitz aus, der sich in der gleißenden Sonne lächerlich ausnahm, wie eine Streichholzflamme in einem Feuerwerk. Der andere, der jetzt am Steuer saß, hatte mehrmals sein Tonbandgerät überprüft, auf dem Skopelos „Nagra" hatte lesen können. Er war gebeten worden, vor dem Mikrofon zu sprechen, der Reporter wollte die Lautstärke regulieren. Skopelos hatte seine eigene Stimme nicht erkannt und Mühe gehabt, zu glauben, daß sie es wirklich war. Die beiden Franzosen schienen nervös. Die Hitze vielleicht . . .

„Also, hast du alles verstanden, Skopelos? Du übersetzt unsere Fragen, mehr nicht. Von Zeit zu Zeit sagst du mir, was die Alte antwortet. Genau übersetzen brauchst du erst, bis wir zum Hafen zurückfahren. O. K.?"

„O. K."

„Gut. Wir sind beinahe da. Dort sind schon die Häuser. Den Kübel lass' ich hier stehen. Dalli, dalli, alles aussteigen!"

Die drei Männer tauchten in den Schatten der schmalen Gasse ein, die sich zwischen den gleißenden, kalkgetünchten Behausungen hinzog.

„Ah, da sind wir schon!"

Umständlich suchte Robert nach einer nicht vorhandenen Tür. Nur ein alter Vorhang aus zerrissenem Sackleinen hing vor dem Eingang. Er schob ihn beiseite und erkannte im Halbdunkel eine alte Frau, die beim Bohnenputzen war.

„Frag sie, ob sie Athina Satrapoulos ist."

Skopelos übersetzte, und die Alte bejahte mit einer Kopfbewegung.

„Ausgezeichnet. An die Arbeit! Robert, worauf wartest du, nimm schon auf! Und du übersetzt jetzt, was ich ihr sage."

Er wandte sich zu ihr. Er sprach laut und mit aufwendiger Gestik, als müßte eine Person dieses Alters einfach schwerhörig sein. Das also war die Mutter des großen Satrapoulos! Was für ein Knüller! Ein weltweiter Skandal!

„Frau Satrapoulos, wir kommen wegen Sokrates . . . Sokrates, ihrem Sohn . . ."

Noch bevor Skopelos hatte übersetzen können, brachte die Alte einige Worte in raschem Griechisch hervor.

„Was hat sie gesagt?" fragte Jean-Michel.

„Sie sagt, sie ist nicht taub, Sie sollen ihr nicht ins Ohr brüllen."

Verärgert trat Jean-Michel zwei Schritte zurück, während Robert ohne Hast methodisch alles knipste, den Lehmboden, die Holzscheite, den kupfernen Kessel, in dem das Wasser für die Bohnen kochte, den schwarzen Kamin, den grobgehobelten Tisch und das Holzkruzifix an der Wand. Die Alte sprach wieder. Skopelos übersetzte.

„Sie sagt . . ."

„Hör auf, zu sagen, ‚sie sagt' ", unterbrach ihn Jean-Michel, „du komplizierst die Sache nur."

„Sie sagt: Was hat er schon wieder angestellt?"

„Wer, er?"

„Na . . . ihr Sohn . . ."

„Frag sie, wie lange sie ihn nicht gesehen hat?"

„Seit mehr als dreißig Jahren."

„Sind sie zerstritten?"

„Sie sagt, er ist ein Schwein."

Das Tonband lief stetig weiter. Geschriebenes geht verloren, die Worte bleiben.

„Weiß sie, daß er reich ist?"

„Nein, sie sagt, sie weiß nichts davon."

„Schickt er ihr Geld?"

„Nein, nie. Sie sagt, er hat ihr sogar welches weggenommen."

Die Alte bekräftigte mit heftigem Kopfnicken die Worte von Skopelos.

„Wie war er? Als Kind, meine ich?"

„Lausig. Und gestohlen hat er auch."

„Hat er seinen Vater geliebt?"

„Immer nur sich selbst."

„Und in der Schule, wie war er da?"

„Man hat ihn überall rausgeschmissen. Keine Schule wollte ihn länger als acht Tage."

„Hat er je versucht, ihr zu helfen?"

„Nie!"

„Hat er irgendwelche Gründe, sie zu hassen?"

„Er kann keine Leute ertragen, die ihn schwach gesehen haben, nicht einmal seine Mutter. Einmal hat er sie geschlagen."

„Stimmt das? Wann? Warum?"

„Er hat sich auf sie gestürzt und sie geschlagen. Erst sein Vater hat sie aus seinen Händen befreit."

„Wie alt war er da?"

„Dreizehn."

Jean-Michel warf einen triumphierenden Blick auf Robert. Was die Alte da sagte, war einfach gigantisch. Dun hatte wirklich das richtige Gespür für echte Stories. Er machte fast nie etwas, aber wenn er etwas anpackte, so steckte immer eine Bombe dahinter. Sicher, er war ein Snob, das stank bis zum Himmel, aber bei seinen beruflichen Fähigkeiten ... Robert ließ die Alte fragen, ob er auch im Zimmer fotografieren dürfe. Sicher, natürlich sei sie einverstanden, aber er befände sich ja im Zimmer, es gäbe nur dieses eine, und das teile sie mit ihren Ziegen. Es war einfach zu schön, um wahr zu sein! Jean-Michel überlegte bereits, wieviel bei dieser Reportage herausschauen würde. Er sah es schon vor sich: „Die Mutter des berühmtesten Milliardärs der Zeitgeschichte im Elend." Berauscht von seinem zukünftigen Erfolg, stoppte er das Band und befahl:

„Gut! Genug für jetzt. Geh mit ihr hinaus und mach ein paar

Farbfotos vor der Hütte. Mit den Ziegen, wenn es geht, ja? Irgend etwas Ordentliches, so richtig nach Armut muß es stinken."

Und zu Skopelos: „Du sag ihr, daß wir Zeit genug haben. Wir fangen noch einmal von vorne an, alles noch einmal. Frag sie nach dem Geburtsdatum von Sokrates. Ich will alles von seinem Leben wissen. Alles, Tag für Tag!"

Jetzt hatte er ihn, seinen Knüller!

In der Familie Mikolofides war man seit Generationen geizig, und so hatte Odysseus Mikolofides beschlossen, keinen Erben zu haben. Er wollte sichergehen, daß niemand nach ihm etwas von seinem Vermögen haben würde. Im übrigen hatte er nichts dagegen, der letzte Sproß der Familie zu sein.

Leider hatte seine Frau in dieser Beziehung andere Ansichten. Obwohl sie sich, nach außen hin zumindest, den Entscheidungen ihres Mannes unterwarf, bestand Medea oft und oft darauf, daß er ihr ein Kind machte. Mit der Zeit war der Wunsch zur manischen Depression ausgeartet. Sie schwindelte mit ihren Perioden, behauptete regelmäßig, es bestände überhaupt keine Gefahr. Odysseus glaubte ihr kein Wort. Er wurde immer mißtrauischer, und wenn er, selten genug, seinen ehelichen Pflichten nachkam, umgab er sich mit einem Schild von Vorsichtsmaßnahmen.

Nach drei Jahren dieses Versteckspiels sah er sich vor die Wahl gestellt: entweder wurde Medea Mutter, oder sie wurde verrückt. Manchmal überraschte er sie inmitten von Stapeln einschlägiger Literatur beim Stricken von Babybekleidung. Jedesmal warf sie ihm einen unterwürfigen und doch zugleich vorwurfsvollen Blick zu und wandte sich wieder ihrer Strickarbeit zu, zwei rechts, zwei links, Hellblau und Rosa. Eines Abends, als er sich nicht mehr beherrschen konnte, fuhr er sie wütend an: „Geh auf dein Zimmer! Ich werde dir dein Kind fabrizieren! Und wehe dir, wenn es kein Bub wird!"

Sie sah ihn begeistert an und rannte die Treppe so schnell hinauf, daß sie oben beinahe gestürzt wäre und sich alle Knochen gebrochen hätte. Dankbar stammelte sie: „Oh, Odysseus, danke! Mein Gott! Odysseus, sofort! . . ."

Einen Monat später – nichts. Eher erbost machte sich

Mikolofides in den nächsten Wochen hektisch daran, seine ehelichen Pflichten zu erfüllen: es half nichts. Eine heimlich durchgeführte Untersuchung brachte auch nichts an den Tag: bei ihm war alles normal. Er bat Medea, sich ebenfalls ähnlichen Untersuchungen zu unterwerfen, doch die Spezialisten konnten keine Anomalie feststellen, die eine Mutterschaft verhindert hätte. Odysseus wurde zum frenetischen Liebhaber und verfluchte die Götter, die ihm vorenthielten, was sie anderen so leichtfertig schenkten: ein Kind.

Aber Medeas Bauch blieb hoffnungslos flach. Sie verbrachte die kommenden Monate in beängstigender Stimmung, aß kaum, verwöhnte die Sprößlinge ihrer Dienerschaft und überschüttete Waisenheime mit Spenden.

Zwei Jahre mußten noch vergehen, ehe sie zum ersten Mal von Adoption sprach. Doch bei Odysseus stieß sie damit auf eine kategorische Weigerung; seine alten Ängste lebten wieder auf: wenn er nicht einmal unbedingt ein Kind seines eigenen Blutes wollte, so konnte man doch wirklich nicht annehmen, daß er sein Vermögen einem Bastard vermachte . . .

Zu diesem Zeitpunkt starb Nina, Medeas Schwester, im Wochenbett. Ihrer entsetzten Familie hatte sie noch anvertrauen können, daß das Baby zwar keinen Vater habe, sie aber der Zukunft gefaßt ins Auge sehe.

Es wurde ein Mädchen. Medea lag Odysseus zu Füßen, sie mögen doch das Kind adoptieren. Keine Rede davon.

„Wenn es ein Bub gewesen wäre, vielleicht noch . . .‟

Um ihrem Tränenstrom zu entkommen, ging er auf Reisen. Als er zurückkehrte, stand im Zimmer seiner Frau eine Wiege. Medea fiel ihm um den Hals: „Sieh doch das Kind an! Ich habe es Irene genannt!‟

Was blieb ihm anderes übrig, als das Gör zu behalten, obwohl er davon überzeugt war, es würde ihm mehr Ärger als sonst etwas bereiten. Als er sich endlich daran gewöhnt hatte, in aller Augen seine Vaterrolle auch zu spielen, erfuhr er eines Tages, daß Medea schwanger war. Diesmal würde sie ihre Fehler gutmachen und ihm einen Sohn schenken, einen neuen Odysseus. Auf die Welt kam Melina. Die ohnmächtige Wut war der Verzweiflung gewichen. Aber es sollte noch schlimmer kommen.

Auch beim zweiten gelungenen Versuch bewies Medea ihre

Geschmacklosigkeit: Helena war da. Medea hatte einen Augenblick sogar erwogen, das Baby in den Arm zu nehmen und zu fliehen, solche Angst hatte sie, ihrem Mann nach diesem Bankrott in die Augen zu sehen. Sie tat gut daran, es nicht zu tun: bei diesem letzten Schicksalsschlag zeigte sich der am Boden zerstörte Odysseus beinahe mitleidig. Nachdem Gott es so gewollt hatte, oblag es nun ihm, sorgsam darauf zu achten, daß sein Vermögen sich nicht in den Händen dieser „Kastrierten" verflüchtigte.

Irene hatte die Pubertät nicht leicht hinter sich gebracht; ihre Arme waren behaart, noch ehe auf der Scham Haare sprossen – zumindest behauptete ihre Mutter das. Da man ihr ständig vorkaute, was sie zu tun und zu lassen habe, wurde ihre Schüchternheit zur Verschlossenheit, ihre Verstecktheit zum Mystizismus. Abends rieb sie sich heimlich mit Enthaarungscremen ein, fest entschlossen, ihrer kommenden Weiblichkeit vorbereitet entgegenzutreten. Selbstverständlich hatte niemand sie über ihre Geburt aufgeklärt, und so war sie innerlich und äußerlich die älteste Tochter der Mikolofides. Da man sie aber jederzeit hatte spüren lassen, daß sie in dieser für Männer bestimmten Welt nur geduldet war, fühlte sie sich bald mehr oder weniger schuldig, die in sie gesetzten Hoffnungen nicht erfüllt zu haben.

Bei Melinas Geburt hatte man der damals Vierjährigen nahegelegt, sich darüber zu freuen. Sie hatte nicht genau verstanden, warum, aber dank ihrer mißtrauischen Veranlagung hatte sie die dunkle Befürchtung gehegt, daß sie nun die ohnehin mageren Zärtlichkeitsbeweise ihres Vaters mit dieser Unbekannten werde teilen wüssen. Zwei Jahre waren seit dieser Geburt vergangen, als sie eines Abends eine beruhigende Entdeckung machte. Es war fast Mitternacht, als sie im Zimmer erwachte, das sie mit ihrer kleinen Schwester teilte. Seit Tagen schon verfolgte sie eine bestimmte Idee ... Sie hatte das Nachtlicht aufgedreht – was natürlich verboten war – und sich der Wiege genähert: Melina schlief, zufrieden, mit offenem Mund. Irene hatte sie lange betrachtet, bevor sie mit zitternder Hand, wie man nur zittert, bevor man ein Geheimnis enthüllt, die Decken lüftete und das Baby aus den Windeln wickelte, bis seine winzigen Beinchen unbedeckt vor ihr lagen. Sie hatte sie vorsichtig auseinandergespreizt. Endlich würde sie wissen, was sich dazwischen verbarg! *Nichts!* Also hatten ihre Eltern keinen Grund, ihr die Neugekommene vorzuziehen: nichts, wenn man so sagen konnte, unterschied sie von ihr! Aus Erleichterung und Freude begann sie, das Kind mit Küssen zu überschütten und streichelte es wild. Melina begann zu brüllen, und bald war ihre Mutter in Begleitung der Nurse aufgetaucht: „Sehen Sie nur", rief sie aus, „sehen Sie doch, wie sie ihre kleine Schwester gern hat!"

Kaum hatte sie den Schock von Melinas Geburt überwunden, kam Helena zur Welt. Durch eine völlig ungerechtfertigte Gnade des Schicksals war diese von Anbeginn an schön. Alle begeisterten sich über ihre tiefblauen Augen, die klassische Schönheit ihrer winzigen Nase, die zarten Hände, das seidige Haar, und Irene mußte sich eingestehen, daß dies die echte Rivalin war. Also begann sie, die Vorzüge der Kleinen über den grünen Klee zu loben, und legte darin eine Begeisterung an den Tag, die bei ihr Brechreiz auslöste, so sehr mußte sie sich beherrschen, um ihre wahren Gefühle zu verbergen. Oft wusch sie das Baby und wußte es so einzurichten, es zu kneifen, sobald alle Anwesenden wegblickten. Um für Lenas Gebrüll eine Erklärung zu liefern, trieb sie die Komödie so weit, daß sie sich selbst einige Haarbüschel ausriß und dem Kind in die kleinen Fäuste steckte, als wäre sie das Opfer. So schuf sie sich einen Vorwand, Leid zuzufügen und selbst leiden zu müssen, und zu ihren erlösenden Tränen gesellte sich die Scham ob ihrer eigenen Brutalität, für die sie keine rationale Erklärung finden konnte.

Irene wurde durch diese psychische Ambivalenz für ihr ganzes Leben geprägt und machte es sich zur Gewohnheit, immer das Gegenteil von dem zu wollen, was sie innerlich begehrte. So kam es vor, daß sie sich mit einer Speise vollstopfte, deren Anblick allein sie schon ekelte – Gurken zum Beispiel –, nur um sich dafür zu bestrafen, daß sie von ihrem Lieblingsgericht hatte essen wollen, von dem gegrillten Fisch, der da vor ihr auf dem Tisch stand. Wenn sie jemanden nicht wollte, und das kam oft vor, so umgab sie ihn mit tausend Aufmerksamkeiten. Sie gab systematisch vor, zu lieben, was sie eigentlich haßte, und Dinge zu verachten, nach denen sie sich sehnte.

Bei dieser aufreibenden Lebenseinstellung widerfuhr ihr

schon mit sechzehn die befriedigende Erfahrung des ersten Nervenzusammenbruchs. Sie suhlte sich in der Krankheit, die ihr wieder zu jener Starrolle verhalf, die ihre Schwestern ihr gestohlen hatten. Wie herrlich war es doch, die gesamte Familie an ihrem Bett vorbeidefilieren zu sehen, zu erleben, wie sie alle ängstlich bestrebt waren, ihr jeden Wunsch von den Augen abzulesen, während sie tapfer lächelte, um ihnen zu beweisen, wie mutig sie trotz ihrer Krankheit sein konnte. Hier hatte sie ein unfehlbares Mittel gefunden, einstige Sympathien und verflossene Zärtlichkeitsbeweise zu neuem Leben zu erwecken. Und sie merkte es sich für das ganze Leben. Sobald sie sich vernachlässigt fühlte, flüchtete sie in die uneinnehmbare Festung ihrer Krankheit, aus der einzig bornierte Ärzte sie zu verjagen drohten, die ihr, je nach Bedarf, Beruhigungs- oder Kräftigungsmittel verschrieben.

Drei Tage vor ihrem vierzehnten Geburtstag starb Odysseus Mikolofides an einem Herzinfarkt. Der Reeder war in seinem Büro gestorben, „mitten in der Arbeit hinweggerafft", wie es in der offiziellen Lesart hieß. Spitze Zungen wußten es besser. Er sei an den Folgen übermäßigen Genusses von Aphrodisiaka gestorben, behauptete man, weil er bei seiner neunzehnjährigen Sekretärin die Illusion seiner Männlichkeit hatte aufrechterhalten wollen. Und während man sich noch über die Zukunft der gigantischen Reichtümer stritt, die er hinterlassen hatte, reagierte Medea blitzschnell. Vom Gefühl neuer Berufung erfüllt, beraumte sie mehrere Aufsichtsratssitzungen an und erklärte, sie würde das Werk ihres Mannes fortsetzen. Bald erstarb auch das letzte höfliche Lächeln, das ihr Entschluß bei manchen hervorgerufen hatte, und einige Kündigungen, gepaart mit ihrer trotzigen Autorität, schufen bald Ruhe und Ordnung. Selbst die Konkurrenz mußte recht schnell erkennen, daß sie es mit ihr noch schwerer haben würde als mit dem seligen Odysseus. Medea, die stets im Schatten ihres Mannes gelebt hatte, legte außergewöhnliche Geschäftstüchtigkeit an den Tag und vermochte dank ihres gefürchteten Spürsinns rasche Entscheidungen zu treffen. Innerhalb von drei Jahren hatte sie Odysseus' Kapital verdoppelt. Während dieser Zeit setzten die drei Töchter der „Witwe", wie man sie nannte, mit wechselndem Erfolg ihre Ausbildung fort.

Mit zwanzig war Irene immer noch ohne erwähnenswerte

Heiratskandidaten geblieben und erfand sich, aus Furcht, zur alten Jungfer zu werden, eine plötzliche Vorliebe für das Zölibat. Lena hingegen machte bereits mit knappen vierzehn von sich reden. Hinter vorgehaltener Hand erzählte man, sie habe das Herz eines reifen Mannes erobert – das des berühmten Satrapoulos, tuschelte man. Und Melina mit ihren 16 Jahren war der Traum aller Nachbarsjungen, die Kopf und Kragen riskierten, wenn sie über die Mauer kletterten, um einen Blick auf sie zu erhaschen.

Trotzdem schlug auch für Irene die Stunde des Ruhms: knapp zweiundzwanzigjährig, verlor sie ihre Jungfernschaft völlig unerwartet an einen Soldaten der Leibwache, dem sie erst hatte das Röckchen heben müssen, um bis zu seinem Geschlecht vorzudringen. Ihre Mutter hatte ihn anläßlich eines Empfangs als lebenden Beweis ihrer gesellschaftlichen Bedeutung engagiert. Irene, die am Tor auf eine ihrer verhaßten Tanten wartete, hatte seinen interessierten Blick auf sich gerichtet gespürt. Und als sie ihn hochmütig gefragt hatte, warum er ihr unverschämt ins Gesicht starre, hatte er ohne Umschweife mit einem breiten Lächeln erklärt: „Ich schau nicht dein Gesicht an, sondern deinen Arsch. Und der ist erstklassig." Irene hatte keinen Ton hervorgebracht. Sie hatte keine Ahnung, wie man sich in einer solchen Situation verhielt. Insgeheim fühlte sie sich geschmeichelt, man sprach immer von ihren Augen, von ihrer Intelligenz, von ihrem Pflichtbewußtsein, aber von ihrem Gesäß nie. Für sie war es wie eine Erleuchtung. Sie hatte gezwungen gelacht und den ganzen Abend keines der zahlreichen Komplimente vernommen, die man ihr – über ihre Augen natürlich – machte. Die Erinnerung an dieses grobschlächtige schöne Tier, das sie bereits zu besitzen beschlossen hatte, berauschte sie.

Um elf Uhr abends ging sie hinaus zu ihm. Er zerrte sie hinter eine Mauer, ließ seine antike Flinte einfach fallen und nahm sie im Stehen. Irene trug so gut sie konnte das Ihrige dazu bei und wußte nicht recht, ob sie nun Angenehmes oder Unangenehmes erlebte; sie wußte es einfach nicht, es war genauso wie damals, als sie das erste Mal Austern gegessen hatte. Jedenfalls war alles ziemlich verwirrend und hatte nichts mit dem gemein, was sie sich in den Träumen ihrer Unerfahrenheit vorgestellt hatte.

Kaum war der erste Durchgang beendet, drehte der Soldat sie um und nahm sie ein zweites Mal, diesmal *à la grecque*. Dann strich er mit dem häßlichen Lachen eines Transvestiten seine Fustanella glatt, und Irene, die sich bereits lächerlich vorkam, fragte ihn, warum. „Weil ich glücklich bin", antwortete er. Ohne zu wissen warum, beschloß sie, sich durch dieses eingestandene Glück beleidigt zu fühlen, und verabreichte ihm eine Ohrfeige. Sie lief in den Garten hinein und verlor sich zwischen den Büschen, während der verblüffte Soldat noch auf allen vieren nach seiner Flinte tastete.

Später dachte Irene noch oft an dieses Ereignis zurück und versuchte, es im einzelnen zu analysieren. Sie mußte ganz einfach wissen, warum es so hartnäckig in ihrer Erinnerung verankert blieb. Ein Bild vor allem ließ sie nicht los: sie hatte an diesem Abend eine schwarze Abendhose getragen, er einen weißen Rock. Er hatte den Rock gehoben, sie die Hose hinuntergelassen. Warum ließ sie gerade dieses Detail nicht los?

Ein Jahr nach diesem Abenteuer lernte sie bei der Hochzeit Lenas mit dem Griechen den Reeder Kallenberg kennen. Der deutsche Unternehmer, der auf einen international gefestigten Ruf als Frauenheld zurückblicken konnte – die potentiellen Erbtöchter der feinen Gesellschaft nannten ihn Blaubart –, war um ein Jahr jünger als Satrapoulos, aber bereits zum vierten Mal verheiratet. Seine derzeitige Gattin, eine Amerikanerin, war die Witwe eines Stahlmagnaten, dessen Kapital er in seine Geschäfte investiert hatte. Knapp nach der Trauungszeremonie hatte er mit seiner schon ältlichen Frau, deren Leibesfülle allen Masseuren entschieden widerstand, eine Auseinandersetzung. Schon allein ihre Gegenwart bei Satrapoulos' Hochzeit brachte ihn auf, da sie ihn vor diesem, seinem Rivalen und Erzfeind, herabminderte. Nicht nur, daß der Grieche nun eine siebzehnjährige Schönheit geheiratet hatte, er stand jetzt auch als der zukünftige Teilhaber, ja als Universalerbe des riesigen Mikolofides-Vermögens da.

Es war einfach zuviel für ihn. Als seine Frau endlich von seinen sarkastischen Erniedrigungen genug hatte und den Empfang verließ, ließ Blaubart sie einfach ziehen. Lang hatte sie gebraucht, bis sie begriff, daß sie ihn allein zu lassen habe. Doch jetzt war er wieder er selbst. Ungeduldig blickte er in die Runde. Welches weibliche Wesen würde er sich heute zu

Gemüte führen? Schamlos blickte er auf Melina, die aus ihrem britischen College zur Hochzeit angereist war, aber die langweilige Horde der pickligen Jünglinge rund um sie ließ ihn erst gar keinen Angriff versuchen. Irene verfolgte sein Tun und wußte, was nun folgen würde. Sie wartete. Sie hatte sich in die ruhigste Ecke des Saales zurückgezogen, wo drei aus Mitleid eingeladene treue Mitarbeiter der Firma und zwei dreckige Popen sie umringten. Kallenberg hatte sie endlich entdeckt und ging mit einem breiten Lächeln auf sie zu. Er lud sie zum Tanz ein und nahm sie unter den beunruhigten Blicken Medeas, die alles mit angesehen hatte, bei der Hand. Irene konnte diesem blonden und selbstsicheren Koloß, der sich stets laut und herrisch gab, keine Verführerqualitäten abgewinnen, doch er hatte sie schließlich in aller Öffentlichkeit ausgezeichnet, und sie war ihm dafür dankbar. Sie war erstaunt, wie ihr ganzer Körper erschauerte, als er sie brutal in die Arme nahm. Sie spürte, wie seine riesigen harten Finger sich in ihr nachgiebiges Fleisch bohrten und schmerzhaft auf ihrer Hüfte verweilten.

Bereits nach dem ersten Tanz waren die Würfel gefallen: sie hatte ihren Herrn und Meister gefunden, und er, was konnte er Besseres finden, als dank dieser Hochzeit Medea und Sokrates gleichzeitig auf die Finger sehen zu können.

Er fackelte nicht lange und reichte einen Monat später zum vierten Mal in seinem Leben die Scheidung ein. Wegen seelischer Grausamkeit. Ihrerseits natürlich.

In der Zwischenzeit überlegte die „Witwe" düster, wie das alles weitergehen sollte. Natürlich war sie selig, ihre älteste Tochter unter die Haube zu bringen, aber sie wurde die Furcht nicht los, daß die beiden Wölfe unter ihrem Dach eigene Ideen darüber hatten, wie die Tüchtigkeit und die Tankerflotte ihrer Schwiegermutter am besten auszunützen seien. Auf der anderen Seite wußte sie sich geschäftlich zwar völlig unverwundbar, aber vielleicht war es doch gut, diese beiden Narren der nächsten Generation bei der Hand zu haben; sie konnten ihr eines Tages vielleicht – sie glaubte sich selbst kein Wort – zur Konkurrenz werden. Letzten Endes blieb sie auch bei dieser Sicht der Dinge und versprach sich, ihre beiden Schwiegersöhne nie aus den Augen zu lassen. Bevor sie aber Kallenberg die Hand ihrer Tochter gab, ließ sie in Blaubarts Vergangenheit herumschnüffeln – wie bei Satrapoulos, und sogar durch dieselben Leute –, nach Geld und Familie, Lastern und dunklen Punkten. Es hatte einige Überraschungen gegeben, aber eines Tages konnte sie auch das zu ihrem Vorteil ausspielen. Irene nahm an dieser öffentlichen Geschäftsgebarung um ihre Person nicht teil und wartete nur darauf, so schnell als möglich ihren Mann zu besitzen, um ihn sich zu unterwerfen. Aber sie stieß auf Granit: Kallenberg war gegenüber allen Einflüssen von außen gefeit, und niemand konnte ihm beikommen. Schon in der Hochzeitsnacht, als sie sich zieren wollte, um ihn um seine ehelichen Rechte betteln zu lassen, hatte er ganz einfach das Haus verlassen und war erst um fünf Uhr früh zurückgekehrt. In der Zwischenzeit war Irenes sorgfältiges Make-up zerronnen, ihr durchsichtiges Nachthemd war ein unansehnlicher Fetzen, und sie hatte zahllose Beruhigungspillen schlucken müssen, um nicht vor Wut zu explodieren.

Als Blaubart endlich wieder auftauchte, müde und zufrieden, hatte er sie halb ohnmächtig aufgefunden. Er hatte sich bis auf die Unterhose ausgezogen und Irene, die ihm den Rücken zukehrte und zu schlafen vorgab, mit einer einzigen Handbewegung herumgerissen und an den Haaren gepackt. Trotz des Schmerzes, den dieser Urwaldmann ihr bereitete, hatte sie ihn im Dunkeln angelächelt. „Ach . . . Sie sind schon da . . . Ich muß eingeschlafen sein . . .“ Er hatte ganz anders reagiert, als sie es erwartet hatte: „Wach auf, Hure, und zeig, was du mit deinem Arsch alles kannst.“

Dieses Wort, das sie nun zum zweiten Mal aus einem Männermund hörte, hatte ihre Hemmungen weggefegt. Sie hatten einen gigantischen Wettstreit der Liebe begonnen, sie den Soldaten im Kopf, er hinter eigenen Schimären her. Den Beleidigungen folgten Schläge, und sie nahm sie wie ein Opfer auf, das sie nur noch mehr aufstachelte. Als er sie endlich nahm, begriff sie plötzlich alles, die Gründe seiner Wut und seines Machtstrebens im Beruf: die Natur hatte Kallenberg mit einem winzigen Phallus bedacht, der durch den riesigen Körper noch lächerlicher wirkte. In diesem Gegensatz glaubte sie eine ausgezeichnete Gelegenheit entdeckt zu haben, ihm ihre Überlegenheit zu zeigen. Sie täuschte sich wieder. Kallenberg war sich seines Makels bewußt und kompensierte ihn durch hartnäckige Aggressionslust, die sich in seinen Siegerposen äußern konnte, in seinen plötzlichen Wutanfällen, in seinem Machtrausch oder seinem Bedürfnis, alle und alles bis zum letzten zu erniedrigen.

Ihre Beziehung hatte sich unter dem Zeichen des Hasses und der Unterwerfung, der Zerstörungslust und des Sarkasmus eingependelt. Eigentlich haßte sie Herman echt und tief. Einfach grotesk und lästerlich, diese Idee, die er da gehabt hatte, Weihnachten an einem 13. August zu feiern. Sie hatte nur zwei Möglichkeiten: zu verreisen, dann hätte jedermann getratscht – „Kallenberg hat seine fünfte Frau verstoßen" –, oder an der Maskerade teilzunehmen und vorzugeben, sie organisiert zu haben. Sie lag auf ihrem Bett und hatte die bunte Pillenkollektion, die sie stets bei der Hand haben mußte, auf einem Tablett aus massivem Gold, Kallenbergs Geschenk zu ihrem zweiten Hochzeitstag, ausgebreitet. Das Haustelefon summte vornehm, sie hob ab: „Hör mir gut zu, fette Kuh! Ich will, daß du morgen sexy bist. Zieh dich ordentlich an. Ich hab' genug von deinem damenhaften Benehmen. Zum Lachen bringst du ohnehin niemanden mehr, vielleicht reicht es noch für einen Ständer!"

Kallenberg hatte es nie jemandem gestanden, aber sein geheimster Wunsch war es manchmal, Henker zu sein. Legal Leute umbringen zu können, ohne selbst ein Risiko einzugehen, erschien ihm als das höchste der Gefühle. Aber die Menschen brauchten eben ihre Seelentünche. Wer würde sich je solch ein Gelüst eingestehen! Moral und Religion hatten sie verweichlicht. Er goß einen riesigen Schluck Whisky in sein Glas und hielt es der Blonden hin: „Da, du Sau, trink!"

Sie verzog ablehnend das Gesicht und sah ihn mit einem seltsamen Blick an. Noch eine, die wußte . . .

„Trinkst du keinen Alkohol?"

„Das hängt davon ab, wann und mit wem?"

„Was magst du sonst?"

„Geld."

„Ich habe schon bezahlt."

„Wer behauptet das Gegenteil?"

„Und wenn du welches hättest, was würdest du damit tun?"

„Ich würde mir Leute wie Sie halten und sie auf allen vieren kriechen lassen."

„Du bist komisch. Gefällt dir das, wenn die Leute kriechen?"

„Ja."

„Leute wie ich?"

„Ja."

„Warum? Findest du mich häßlich?"

„Nein, im Gegenteil. Sie sind sogar eher schön."

„Warum also?"

„Sie sind ein Schwein."

Er ohrfeigte sie, links, rechts, und ihre Backen schwollen an.

„Und das, ist das auch schweinisch? Was hältst du davon?"

Mutig sah sie ihm in die Augen und hielt mit Gewalt die Tränen zurück. Kallenberg fuhr in dem gleichen ruhigen Ton fort, als sei nichts geschehen: „Was würdest du alles machen für Geld?"

Sie antwortete nicht und sah ihm immer noch in die Augen.

„Nun, ich werde es dir sagen. Du würdest alles machen, alles! Da, schau . . ." Aus einer Hosentasche zog er ein riesiges Bündel Banknoten, vielleicht fünftausend Pfund. „Siehst du . . . Ich muß nur einige davon nehmen, und du wirst auf meinen Befehl tanzen und kriechen, deinen Arsch herausstrecken, mir die Stiefel lecken. Womit willst du anfangen?"

„Ich möchte meine Handtasche."

„Antworte! Womit fangen wir an?"

„Ich bitte Sie, geben Sie mir meine Handtasche."

Plötzlich hatte sie Angst und dachte nicht mehr daran, ihn herauszufordern. Schließlich hatte sie ihr Honorar bekommen, und auch er mußte auf seine Art Befriedigung gefunden haben, da er sie geohrfeigt hatte: also waren sie quitt. Jetzt nur weg, so schnell wie möglich.

„Raus! Und mach kein solches Gesicht. Ich lasse dich dieser Tage wieder holen."

Mit einem Knopfdruck öffnete er eine hinter der Bibliothek verborgene Tür, stellte sich vor sie und versperrte ihr den Weg.

„Also, worauf wartest du noch?"

Sie wagte es nicht, an ihm vorbeizugehen, und für Kallenberg, der ihre Angst bemerkte, war dies noch ein kleiner Zuschlag auf das geschlossene Geschäft.

„Beeil dich, ich habe zu tun. Sag dem Wächter unten, daß du von mir kommst, er läßt dich dann hinaus."

Sie sah ihn zögernd an, und plötzlich entschloß sie sich, nahm ihren ganzen Mut zusammen und lief an ihm vorbei durch die offene Geheimtür. Er stieß ein tiefes Lachen aus und trat sie in den Hintern, so daß sie die ersten Stufen auf ihren hohen Absätzen hilflos hinunterschlitterte. Von oben hörte sie noch, wie er ihr nachrief: „Du hast Glück, daß das Schwein gut aufgelegt ist!"

Hinter ihr verschloß Hermann sorgfältig die Tür. Allein in seinem Arbeitszimmer hingen Bilder für mehr als vier Millionen Pfund. Ein Haufen Impressionisten, die seine Agenten aus der ganzen Welt zusammengetragen hatten, Sisley, Renoir, Pissaro, mehrere Skizzen Monets über die Kathedrale von Chartres, ein Blumenstilleben und zwei Tanzstudien von Degas, drei Lautrec, vier Van Gogh, ein wunderbarer purpurner Akt von Modigliani, ein Gauguin aus der Tahiti-Periode ... Und als Pendant zu den Modernen eine Pietà von Raffael, eine männliche Aktstudie von Leonardo und ein Selbstporträt von Rembrandt. Das alles war mit wohldurchdachter Lässigkeit bunt durcheinander auf den getäfelten Wänden aufgehängt, von denen zwei simsartig vorsprangen.

In einer gesonderten Ecke hatte Kallenberg Stiche der ersten Frachtschiffe aufgehängt, aus der Zeit, als das Segel langsam seine Vormachtstellung zugunsten der Dampfkraft einbüßte: die „Washington", 1865 vom Stapel gelassen und drei Jahre später mit zwei Schrauben zu einem Dreimaster umgebaut, die „Lafayette", die „Pereira", die die Engländer 1888 in „Lancing" umbenannt hatten ... Kallenberg kannte die Geschichte jedes einzelnen dieser glorreichen Vorfahren auswendig, ihr Geburtsdatum, ihre Jugendzeit, ihre Reisen und ihren Tod fünfundzwanzig oder vierzig Jahre später. Für ihn war ein Schiff nicht ein lebloser Körper aus Metall, Segeltuch und Holz, für ihn war es ein Lebewesen, dazu bestimmt, ewig die Meere zu durchpflügen und den Reichtum jener vergrößern zu helfen, die es zum Leben erweckt hatten. Im Grunde bezog er seine echte Befriedigung, die einzig ästhetische, von den Schiffen mehr noch als von den Kunstwerken. Mit der Seele eines Wikingers betrachtete er lange die Modelle seiner Öltanker, bevor sie noch gebaut wurden, streichelte sie verliebt und sah sie im Geist schon unter seiner Flagge auslaufen.

In Ägypten hatte ihm der dicke Faruk einmal gesagt: „Ich bin bereit, Ihnen Ihre gesamte Flotte abzukaufen. Aber sagen Sie mir, was würden Sie mit dem Geld anfangen?"

Sicher, Geld war das Wichtigste, aber ... Letztlich drehte sich alles um die eine Frage. Sie stellte sich für ihn, der alles erwerben konnte, gleichermaßen wie für die Hure von Soho, die nur sich zu verkaufen hatte. Blaubart hatte wie aus der Pistole geschossen geantwortet: „Ich würde eine neue Flotte kaufen, um konkurrenzfähig zu sein!"

Wenn man ihn gefragt hätte, warum er immer und überall allen Konkurrenz machen wollte, so wäre er um eine Antwort verlegen gewesen. Und wenn schon! Es war nicht so wichtig, zu wissen, warum, sondern daß man es tat. In seiner Hamburger Familie waren durch Generationen alle männlichen Nachfolger Piraten gewesen. Wie lange man auch ihren Lauf zurückverfolgte, immer hatte es einen Kallenberg auf einem Schiff gegeben, der hinter einer Beute herjagte. Um diese Tradition zu durchbrechen, hatte sein spät zu Ehren gekommener Vater gewünscht, daß er Diplomat werde. Während er vom Meer träumte, hatte sich Hermann in der Schweiz wiedergefunden, wo er sich vor allem an die Söhne von Emiren und Bankiers anschloß und nie sein Ziel, eines Tages über die Weltmeere zu herrschen, aus den Augen verlor.

Als sein Vater ihn nach der Schule zum Studium nach Oxford schickte, sträubte er sich nicht allzusehr. Zumindest befand er sich jetzt auf einer Insel, und wenn er das Meer auch nicht sehen konnte, so spürte er es doch, irgendwo hinter diesem deprimierenden Weideland, hinter diesem von sanften Hügeln begrenzten Horizont. Die Börsenjournale wurden zu seiner Lieblingslektüre, er lernte die Kurse einschätzen und voraussehen und erlebte sein erstes Herzklopfen mit einer Zeitung. Er lernte Arabisch, weil er bereits ahnte, daß diese Sprache ihm mehr noch helfen würde als Deutsch, Griechisch, Französisch, Englisch, Spanisch und Portugiesisch, die er ohnehin beherrschte, wenn er daranginge, sein zukünftiges Imperium aufzubauen. Seit langem schon hatte er sich an die Mißhelligkeiten gewöhnt, die ihm sein kleiner körperlicher Makel eintrug, wenn er sich im Waschraum vor seinen Kameraden entkleiden mußte. Er richtete es immer so ein, ein Handtuch um seine Hüften zu schlingen, doch selbst diese Vorkehrungen hatten ihm ein oder zwei ironische Bemerkungen nicht erspart, die ihn, den Koloß, bis zu den Ohren hatten erröten lassen. Nachlässig hatte er den Dummköpfen erklärt, daß sie nichts davon verstünden, daß die

Größe im Ruhezustand überhaupt nichts zu besagen habe, da es ja eine Art Schwamm sei, der sich mit Blut vollpumpe, und daß im übrigen er, Kallenberg, es mit jedem von ihnen aufnehmen könne, wenn er erigiert sei. Den ersten Mädchen, die er beglückt hatte, konnte er diese Variante nicht vorlegen, und ihr Schweigen hatte ihn stets weit mehr berührt als präzise Sticheleien. Eine einzige war darauf zu sprechen gekommen, ein kleiner Rotschopf, den er auf einem Universitätsball aufgegabelt hatte. Sie hatte ihm lachend erklärt: „Sag einmal, du bist ja gebaut wie ein Klammeraffe!"

Er war ihr nicht böse gewesen, hatte diese völlig ungehässige, zärtliche Offenheit dem bedeutungsvollen Schweigen der anderen vorgezogen. Und er hatte alles darangesetzt, daß sie im Laufe ihres Abends diese Kleinigkeit vergaß. Er selbst unternahm alles, um es zu vergessen, faszinierte seine Umgebung durch seine Selbstsicherheit, seine Frechheit und seinen Charme.

Als sein Studium zu Ende ging, wollte sein Vater wissen, auf welche Weise er seine Karriere beginnen wolle. Voll des Stolzes sah der alte Kallenberg ihn bereits als dritten Sekretär in einer kleinen südamerikanischen Botschaft. Eiskalt erklärte ihm Hermann, daß er sich ins Geschäft stürzen würde, und zwar nicht in den Staatsdienst, daß er aber, ihm zum Trost, im Begriff sei, die Frau eines Botschafters zu heiraten. Er hatte sie auf einer Gesellschaft kennengelernt: sie war dreißig, er zweiundzwanzig; sie hatte seine Schönheit bemerkt, ihn hatten ihre Beziehungen angezogen.

Ihr ganzes Kapital investierte er in den Ankauf einiger alter Kähne, die in Athen lagen und verschrottet werden sollten. Mit dem verbleibenden Geld heuerte er Arbeiter an, die die schwimmenden Särge mit viel Farbe und Phantasie im Aussehen an Schiffe anzugleichen hatten. Die verwitterten Rümpfe wurden mit so dicken Farbschichten bedeckt, daß sie letztlich zusammenhalten mußten. Jetzt blieb ihm nur noch, eine Seehandelsgesellschaft zu gründen, die Schiffe versichern zu lassen und seine ersten Kunden aufzustöbern.

Mit dem Reingewinn dieser ersten Geschäfte – Kallenberg hatte die Konkurrenz schamlos unterboten – konnte er bessere Schiffe kaufen. Mit vierundzwanzig war Hermann Kallenberg reich, während seine Studienkollegen noch auf der Suche nach einem Job waren. Es begann gut.

Auf dem Gipfel der Hierarchie, deren erste Sprossen er hinter sich gebracht hatte, thronte Mikolofides, der Unerreichbare. Und da war noch einer, der nach oben strebte und ihm Kopfzerbrechen bereitete, ein junger Grieche, ein gewisser Sokrates Satrapoulos. Hermann spornte der Wettbewerb an, und er erwartete ihn gnadenlos, mit blanker Klinge. Es ärgerte ihn, daß Satrapoulos ihm immer um eine Kleinigkeit voraus war, als hätten sie die gleichen Ideen, nur er ein bißchen später als der Grieche. Und dabei war S. S. kein Verführertyp, hatte keinerlei Lebensart. Er hatte rauhe Manieren, dieser kleine und eher häßliche Bursche: ein Rotschädel und noch dazu kurzsichtig. Aber er hatte eine gewisse Genialität, die Spürnase für gewisse Geschäfte, vor allem wenn sie am Rande der Gesetzlichkeit segelten ...

Blaubart bemerkte es zur Zeit des Spanienkrieges, diesem Eldorado für die Reeder, die ihre Fischereiflotten zu Waffentransportern umfunktioniert hatten und nachts an der spanischen Küste Frankisten und Republikaner unterschiedslos belieferten. Wann immer Kallenberg Wind von einem Geschäft bekommen hatte, mußte er feststellen, daß Satrapoulos es am Vortag an sich gerissen hatte. Aber an Aufträgen fehlte es dennoch nicht, und die Lieferungen brachten unwahrscheinliche Gewinne, die sofort neu investiert wurden. Kallenberg spielte auch an der Börse, und seine Methoden ließen alte Hasen erzittern, hätten sie doch jeden anderen als ihn ruiniert. Seine Rivalen schrieben Erfolge, die er durch anscheinend völlig unlogische Spekulationssysteme erreichte, seinem Glück zu, aber in Wirklichkeit steckte absolute Genauigkeit hinter seinem Vorgehen. Blaubart hatte einfach begriffen, daß in Finanzfragen dieselben Ursachen nicht immer dieselben Wirkungen hatten – nicht aus wirtschaftlichen Gründen, die sich voraussehen ließen, sondern wegen des Menschen. Wenn bei einem Pferderennen nur drei Leute das Siegerpferd im vorhinein kennen, teilen sie sich die Gesamtheit der Einsätze aller anderen Wetter; wenn eine Million es weiß, wird jeder von ihnen nur eine lächerliche Summe erhalten, obwohl er auf das richtige Pferd gesetzt hat.

Blaubart hatte es gelernt, die sogenannten sicheren Tips mit Mißtrauen zu betrachten, weil er wußte, daß ihr Wert mit der Zeit durch die zu große Zahl der Wissenden sinken würde.

Deswegen hatte er auch auf den Emir von Baran gesetzt. Das Emirat Baran im Persischen Golf war nur eine kleine, vertrocknete Landzunge ohne Wasser und Schatten, von knapp zehntausend zerlumpten Fanatikern bevölkert, denen die Religion das Essen ersetzte. Hadsch Thami el-Sadek, der Emir, galt als Prophet und war ein unbeugsamer Politiker, der die Reinheit und den Heiligen Krieg predigte – er hatte nämlich kein Erdöl. Als Kallenberg ihm vor sechs Monaten eine Schiffsladung Waffen geliefert hatte, mußte er zu seinem Erstaunen feststellen, daß Satrapoulos vor ihm die gleiche Idee gehabt und, ebenfalls aus rein taktischen Überlegungen, investiert hatte. Sein Schwager schien allerdings ebensowenig wie er die Absicht zu haben, seine Zeit und sein Geld sinnlos zu vergeuden.

Der Emir von Baran hatte sich rasch mit Unterstützung seiner wenigen Soldaten, des Korans und Allahs einen Namen gemacht, der durch sein asketisches Leben und die Kraft seiner Überzeugungen in die arabische Welt hinausgetragen wurde. Alle Scheichs und Emire des Persischen Golfs sollten ihn als geistiges und moralisches Oberhaupt anerkennen, hieß es in seinen Botschaften, ihn, den man keiner materiellen Überlegungen bezichtigen konnte. Und einer nach dem anderen fügte sich, ohne zu wissen, worauf er sich da eingelassen hatte. Der Einfluß Hadsch Thami el-Sadeks nahm stetig zu: man trat an ihn heran, um Zwiste zu schlichten; ihn besuchten die Botschafter ausländischer Staaten als ersten, wußten sie doch, daß die Unterschrift jedes Vertrags von seiner jeweiligen Laune abhing. Innerhalb kurzer Zeit war er zum Sprecher in allen Angelegenheiten des Persischen Golfs geworden – zur größten Verzweiflung jener, die er vertrat. Gestützt auf seine nunmehrige Machtfülle, wurde er immer religiöser und war bald das Vorbild der arabischen Welt, eine Art Gandhi der Erdölproduzenten . . .

In seinen Geschäften stand Kallenberg in direkter Konkurrenz zu mehreren Regierungen, unter anderen jenen der USA, Deutschlands, Frankreichs und Großbritanniens. Dank einer Vielfalt höchst geheimer Verbindungen drang er bis zu el-Sadek vor und begann devot und unterwürfig seinen Text aufzusagen, auf nichts anderes abzielend als auf ein gigantisches Geschäft. Es ging um nicht mehr und nicht weniger als den Transport des gesamten Rohöls aus den Emiraten des Persischen Golfs.

Der Emir war von diesem Mann begeistert, der seine Sprache beherrschte, über seine Arbeit Bescheid wußte und darüber hinaus seitenweise den Koran zu zitieren vermochte. Trotzdem beugte er sich der Argumentation des Deutschen nicht und behielt sich eine Entscheidung für später vor. Als er den Namen Satrapoulos erwähnte, gab Kallenberg diskret zu verstehen, daß der Grieche ein unreligiöser Mann wäre, ein Ungläubiger, ein Agnostiker, was er natürlich zutiefst bedauere. Indirekt versuchte er herauszubekommen, wieviel S. S. geboten habe und ob man ihn überbieten könne. Sein Gastgeber war über diese niedrigen Überlegungen entsetzt: er hatte aus rein humanitären Gründen die größten Staaten der Erde aus der Sache herausgehalten, er wollte das Geschäft einem Privatunternehmen überlassen, um so keine der Regierungen zu benachteiligen. Seine Zustimmung war also keineswegs eine Sache des Geldes, sondern vielmehr der Moralität. Kallenberg hätte gerne gewußt, für wie dumm der Emir ihn eigentlich hielt, und die Aussicht auf dieses gigantische Geschäft, das man ihm vielleicht vor der Nase wegschnappen würde, gab ihm den Mut, weiterzusticheln. Er wollte wissen, bis wohin er gehen konnte, und begann die Offensive.

„Mein Fürst, Ihre Überlegungen sind so hochherzig, so selten und unerwartet für mich, daß ich mir Vorwürfe machen müßte, Sie nicht aufgeklärt zu haben. Sehen Sie, der Mann, von dem wir sprachen, hat die Schwester meiner Frau geheiratet. Ich kenne ihn also durch und durch. Ich fürchte allerdings, daß Ihre Völker Unangenehmes über ihn erfahren könnten, wenn Sie ihm vor mir den Vorzug gäben.“

„Zum Beispiel?“

Blaubart zögerte. Bisher war es ein mondänes Gespräch vornehmer Leute gewesen, aber jetzt wollte dieser alte Seeräuber mehr.

„Nun . . . die Frauen . . .“

Lächelnd meinte Hadsch Thami el-Sadek: „Wenn die Liebe der Frauen im Okzident eine Sünde wäre, müßten Sie auch ein Sünder sein.“

Kallenberg blieb die Spucke weg. Er hatte nicht erwartet, daß dieser erleuchtete Araber über ihn Erkundigungen einziehen und seine kleinen Geheimnisse kennen würde. Jetzt mußte er etwas anderes finden, etwas Besseres. Die Erleuchtung! Wieso war er nicht früher daraufgekommen? Er mimte den nachdenklich Gewordenen.

„Ich habe nicht die Frauen gemeint, sondern die Frau. Hören Sie zu. Journalisten haben mich in London aufgesucht. Sie wollen eine Reportage über Satrapoulos' Mutter veröffentlichen. Satrapoulos läßt seine Mutter verhungern. Er hat sie seit dreißig Jahren nicht gesehen und lehnt es ab, sie zu unterstützen. Wenn das bekannt wird, wenn dieser Skandal an die Öffentlichkeit kommt, wird es selbst in Finanzkreisen Entrüstung hervorrufen. In der ganzen Welt werden die Zeitungen es bringen. Satrapoulos hat nicht nur Freunde." – Ob er da nicht zu weit gegangen war? – „Viele Leute haben etwas gegen seine Geschäftsmethoden. Ein Nichts genügt, und man wird zur Treibjagd gegen ihn blasen. Und dann ist er diskreditiert. Und nicht nur er allein."

„Und diese Reportage, ist sie schon gemacht, oder will man erst?"

„Sie ist schon abgeschlossen; ich habe Fotos dieser armen Frau gesehen."

„Können Sie sie mir zukommen lassen?"

„Ich müßte die Leute finden, die sie mir gebracht haben."

„Für einen Mann Ihres Kalibers sollte das ein Kinderspiel sein. Zeigen Sie mir die Fotos, dann können wir ein weiteres Gespräch führen."

Als Kallenberg sein Flugzeug bestieg, überstürzten sich die Ideen in seinem Kopf. Er hatte dunkel von dieser Mutter gehört, die irgendwo in einem Nest in Griechenland ein armseliges Leben führen sollte. Aber ob das auch stimmte? Vielleicht gehörte es einfach mit zur Legende von S. S.? Und doch . . .

Blaubart dachte sofort an Raph Dun, einen unbedeutenden Schmarotzer der Jet-Society, der über seine Verhältnisse lebte, aber überall Zutritt hatte. Er hatte ihn drei- oder viermal an Orten getroffen, die er nur für seinesgleichen reserviert gewähnt hatte. Kaum war Kallenberg im „Hilton" von Dschibuti eingetroffen, rief er sein Büro in Paris an und verlangte, man solle Dun auffinden. Am nächsten Tag trafen sie einander in London. Kallenberg, der sich zu überschwenglicher Freundlichkeit zwang, wollte von dem Journalisten wissen, ob er, was ihn, Kallenberg, als Informationsquelle beträfe, die nötige

Diskretion aufzubringen imstande sein werde, und Raph hatte eine überzeugende Geste auf sein Herz zustande gebracht.

„Nun", hatte Blaubart erklärt, „ich kann Ihnen einen absoluten Knüller verschaffen."

Er hatte ihm alles erklärt und seine Vorgangsweise – schließlich war der Grieche sein Schwager – mit einer riesigen Schweinerei erklärt, die er ihm jetzt heimzahlen wolle. Dun hatte ihm alles abgenommen und sich bereits an der Story berauscht.

Drei Tage später hatte Raph Dun die Antwort. Ja, die Alte gab es wirklich, in einem gottverlassenen Dorf, ja, er hatte sie gesehen, mit eigenen Augen gesehen. Nach dieser Vorhut könne man jetzt die Spezialisten auf sie loslassen. Dun hatte es bereits getan und Kallenberg ganz aufgeregt angerufen: er besäße ein ganzes Dossier, zahllose Fotos, unwahrscheinliche Enthüllungen, alles auf Band; er habe die Dokumente in seinem Banksafe deponiert. Ein gigantisches Ereignis! Dem Deutschen lief schon jetzt das Wasser im Munde zusammen, wenn er daran dachte, daß ihm morgen sein Privatsekretär das alles aus Paris bringen würde. Sicher, seine Frau war eine Idiotin, die Natur hatte ihm einen schlechten Streich gespielt, aber die Aussicht auf diesen Triumph würde ihn manches wieder vergessen lassen. Er hatte S. S. schon lange eine ordentliche Lehre erteilen wollen: und morgen, am 13. August, zu Weihnachten, würde es soweit sein! Was für ein Fest! Für Blaubart das schönste Christkind. Wie er wohl dreinsehen würde, der Grieche?

Satrapoulos war geliefert! Selbst wenn er ungeachtet des Skandals in das Geschäft einsteigen wollte, würde Hadsch Thami el-Sadek ihm seine Tür verschließen. Er konnte also nichts Besseres tun, als alles zu vertuschen versuchen und ihm, seinem Schwager, das Ölgeschäft überlassen. Es gab keine andere Möglichkeit, das Geschäft war futsch und er geliefert. Und Kallenberg wußte, daß S. S. mit der Aussicht auf den Milliardencoup in norwegischen Werften drei riesige Tanker in Auftrag gegeben hatte. Wie würde er das wohl verkraften? Außer Bananen konnte er nicht viel darauf verladen . . .

Plötzlich hielt er in seinen frohen Ergehungen inne. Eine gnädige Erleuchtung hatte ihn ereilt: Jetzt mußte er nur noch seine Schwiegermutter, die dicke Medea, loswerden, und dann war er der unumschränkte Herrscher auf den Weltmeeren.

4

Die Londoner gelten seit jeher als blasiert, aber diesmal hatten sich die Neugierigen schon seit elf Uhr vormittags auf der Mall gedrängt, wo sich auf Nummer 71 die prunkvolle Residenz Kallenbergs befand. Die allerbritischesten unter den Passanten wollten sich nicht flagranter Neugier bezichtigen lassen und warfen im Vorbeigehen heimliche Blicke auf das Geschehen. Wenn es nicht anders ging, kehrten sie eben um und flanierten mit unschuldigem Blick an der Fassade vorbei, um weitere Einzelheiten zu erhaschen.

Es ging allerdings auch Erstaunliches vor sich. Mitten im August, bei drückender Hitze, bemühte sich eine ganze Schar von Arbeitern, vor dem Gehsteig zwei riesige Christbäume aufzurichten, von denen jeder mehr als zehn Meter hoch war. Eine Frau, die Einkaufstasche unter den Arm geklemmt, meinte: „Also, wenn das nicht traurig ist! Diese Reichen! Wenn ihnen heiß ist, haben sie nichts anderes im Kopf, als so zu tun, als ob ihnen kalt wäre! Und wenn uns dann friert, gehen sie sich in die Sonne legen, und nackt noch dazu!" Die Leute lachten. Sie nahm das als Zustimmung und wandte sich an einen Arbeiter: „Und du kannst machen, was du willst, schneien wird es doch nicht!" Der Mann wischte sich über die schweißnasse Stirn: „Irrtum, Gnädigste, kommt auch noch!"

Um sechs Uhr abends fuhr ein Aufnahmewagen der BBC vor. Techniker stiegen aus,. verlegten Kabel, suchten Standplätze für die Kameras, zeichneten geheimnisvolle Kreidestriche auf den Boden. Zwei Stunden später brach die Nacht herein, und die Fernsehleute machten die ersten Lichtproben, überprüften die Kameras. Ein roter Teppich wurde ausgerollt und verdeckte einen Teil des Trottoirs, während Arbeiter über der Eingangstür eine Plane montierten. Wenig später kamen drei Kühlwagen an, kurz darauf trafen zehn Männer der königlichen Garde in Paradeuniform ein, die auf ihren Pferden am Fuß der Freitreppe Stellung bezogen. Aus den Lastwagen luden Männer im blauen Arbeitskittel Schnee aus und verteilten ihn auf der Straße. Andere setzten vom Haus aus zwei riesige Ventilatoren in Betrieb, die weiteren Schnee auf die Tannen bliesen. Die Neugierigen auf der Straße atmeten auf, sobald eine kühle Schneeflocke auf ihren erhitzten Gesichtern zerschmolz. Zwei bärtige Weihnachtsmänner stellten sich am Fuß der Treppe auf. Wahrscheinlich waren sie unter ihren Kutten nackt.

Der erste Rolls fuhr um zehn Uhr vor: Diplomatenkennzeichen und Stander von Kuweit. Zwei dunkelhäutige Sonnenbrillenträger in Dschellabah entstiegen ihm und wurden von zwei Kammerdienern in Perücke die Freitreppe hinauf begleitet, die ihnen im Schneegestöber mit Fackeln leuchteten. Vor dieser unwirklichen Szene im nächtlichen, noch vom Tag überhitzten London begannen die Passanten spontan zu applaudieren. Doch ihre Aufmerksamkeit wurde abgelenkt, als sie plötzlich Betty Winkle erblickten, die am Arm eines Unbekannten im weißen Smoking aus ihrem Bentley stieg. „Betty! Betty!" riefen die Fotografen, als sie die Schöne im paillettenbestickten und diamantenübersäten Abendkleid erkannten, und nahmen den Star aus allen nur erdenklichen Winkeln auf.

Schon war die Straße von den zahllosen Autos verstopft, die in langer Schlange darauf warteten, ihre kostbare Fracht vor dem Haus abzusetzen. In dem Gedränge konnte man immer wieder das komisch anmutende Ballett der Chauffeure beobachten, die aus ihren Wagen sprangen, den Herren den Schlag öffneten, die dann ihrerseits wieder ihren Begleiterinnen behilflich waren, während die Chauffeure an den Volant zurückeilten, um dem nächsten Wagen Platz zu machen, woraufhin alles von neuem begann. Eine schmuckbeladene dicke Frau rutschte auf dem Schnee aus und fiel hin. Diener kamen herbeigeeilt, und ihnen und mehreren Gästen gelang es mit vereinten Kräften, sie wieder auf die Beine zu stellen und trotz ihres Gezeters ins Innere des Hauses zu transportieren. „Fröhliche Weihnachten!" brüllte die Menge begeistert. Von tausend Lichtern bestrahlt, leuchtete das Palais unter den kalten Blitzen der Fotografen auf, die den unteren Teil der Tannen erhellten, während die oberen Äste im Dunkel blieben, womit die Aura des Weihnachtsmysteriums erhalten blieb. Die Gäste wurden immer zahlreicher. Die Damen trippelten mutig durch das Schneegestöber, während Bedienstete mit riesigen Schirmen ihre Frisuren schützten. Die Männer lachten und wischten sich mit großen Gesten den Schnee von der Hemdbrust. Ein Passant, der gerade in Hemdsärmeln vorbeiging, tippte sich an die Stirn und meinte zu sich selbst: „Na so etwas!...", bevor er sich umdrehte und im stickigen Dunkel dieser seltsamen Augustnacht verschwand.

„Du da, sag,. willst du dir was verdienen?"

Der Angesprochene, ein zwanzigjähriger Bursche, drehte sich langsam um und stellte sein Glas ab. Er hatte ein fahles, verschlossenes Gesicht, seine Augen blickten verschlagen und mißtrauisch. Trotz seiner Jugend war er bis vor kurzem im Gefängnis gewesen, man sah es an seiner ungesunden Hautfarbe. Er musterte die beiden, die sich vor ihm aufgebaut hatten: Mordskerle, aber sicher keine Bullen. Er zögerte einen Augenblick und beschloß, seine Antwort ebenso dumm zu halten wie die Frage.

„Wie kommt ihr auf die Idee, daß ich Geld brauche?"

„Wir haben nicht gefragt, ob du welches brauchst, sondern ob du dir was verdienen willst."

„Sicher will ich! Aber, Moment noch!... Das hängt vom Auftrag ab."

Die beiden wechselten einen raschen Blick. Der größere von ihnen hieß Percy, Wise, der andere, war mehr klein und stämmig. Sie sahen genau nach dem aus, was sie waren, zwei echte Kneipenbrüder, die hier in der „Anchor Tavern", einem der bekanntesten Pubs in der Dockgegend, nicht auffielen. Percy entschloß sich endlich zu einer Antwort.

„Wir wollen ein paar Bürger auf den Arm nehmen. Ein bißchen Radau bei einer Abendgesellschaft, nur so zum Lachen..."

„Hättest du gleich sagen können! Beim Lachen bin ich immer dabei! Wieviel springt heraus?"

„Zehn Pfund."

„Und was habe ich zu tun?"

„Du kommst mit uns. Den Rest erfährst du draußen, wir haben einen Wagen."

Sie traten hinaus in die düstere Nacht der Docks, Kräne,

Masten und Schiffsrümpfe stachen in den Himmel. Gleich in der Nähe des Pubs wartete ein Lieferwagen.

„Hopp! Hinein. Es warten schon ein paar Freunde auf dich."

Drinnen saßen an die zehn Burschen auf zwei Sitzbänke gedrängt, rauchten und ließen eine Flasche Seagram's im Kreis gehen, die jeder mit dem Jackenärmel abwischte, wenn er getrunken hatte. Zur gleichen Zeit tauchten Kallenbergs erste Gäste auf der Mall auf. Percy streifte bereits seit zwei Stunden durch die Pubs. Sie hatten im „Waterman's Arms" begonnen, waren im „Round House" und auch auf dem East-India-Dock gewesen, im „Iron Bridge". Überall hatten sie ganz junge Kerle aufgelesen, die man für Studenten halten konnte, wenn man ihre brutalen Gesichter nicht zu genau in Augenschein nahm.

Percy und Wise waren die Handlanger von Bill Mockridge, dem „Mädchen für alles" der International Shipping Limited, der britischen Filiale einer Öltransportergesellschaft aus Panama. Wise, der kein Dummkopf war, ahnte, daß Mockridge für den Griechen, einen der derzeit mächtigsten Reeder, arbeitete. Aber da Neugier und Geschwätzigkeit nicht zu seinen Lastern gehörten, hatte er nie jemandem etwas davon gesagt, selbst Percy nicht, obwohl der sein bester Kumpel war. Zusammen mit Percy erledigte er oft die seltsamsten Aufträge: er spielte den Wahlhelfer, wurde zum Streikpostenbrecher und verhalf auch manchmal Leuten zu einer Abreibung, die er gar nicht kannte, nur weil Mockridge ihm gesagt hatte, sie seien „nicht okay". Diesmal hatte man sie beauftragt, eine Hundertschaft von Strolchen zusammenzufangen und sie gegen zehn Pfund auf die Mall mitzunehmen, auf Nummer 71, um bei einer piekfeinen Abendgesellschaft einen Sauhaufen zu inszenieren. Nichts Ernstes: einfach einen kleinen Spektakel. Der genaue Befehl: genug Unordnung stiften, um die Polizei auf den Plan zu rufen, aber unbedingt vorher abhauen. Wise fragte sich, ob diese Halbstarken sich der Lage gewachsen zeigen würden und er sie nicht aus dem Griff verlieren würde. Na ja, es würde sich schon herausstellen ...

Raph Dun ließ den Chauffeur seines gemieteten Cadillac schneller fahren. Sie waren an dem Haus Kallenbergs vorbeigekommen, wo ein gigantisches Chaos herrschte. Menschentrauben hingen um das Vordach, um die geladenen Gäste aus der Nähe zu sehen, sie zu berühren, ein Autogramm zu erhaschen. Er hatte gezögert, die Wagen stellten sich bereits in Dreierreihen an, und er wollte um keinen Preis anonym und unbeachtet eintreffen. Der Cadillac mußte genau vor dem Eingang halten, mitten im Schnee, der Chauffeur mußte ihm den Schlag aufhalten, die Leute mußten ihm applaudieren wie allen anderen, ihm und den beiden Mädchen an seinem Arm. Eine von ihnen beugte sich zu ihm.

„Raph . . . Glaubst du, ist das echter Schnee?"

„Ja, mein Kleines, du wirst schon sehen, hier ist alles echt, der Schmuck, die Bilder . . ."

„Gina", warf die Blonde ein, „sind meine Haare noch in Ordnung? Da, im Nacken?"

„Alles in Ordnung, wunderbar. Borg mir deinen Wimpernstift . . ."

Kallenberg hatte ihm gesagt: „Bringen Sie mit, wen Sie wollen. Alle Ihre Freunde sind mir willkommen." Der Reeder war beinahe zerflossen vor Freundlichkeit, so sehr hatten die Dokumente ihn begeistert, die man ihm am Morgen geliefert hatte. Und am Telefon hatte er noch hinzugefügt: „Bis abends, mein lieber Freund; wir werden schon einen Augenblick finden, um uns ungestört zu unterhalten." Raph hatte sich in London mit zwei Starlets verabredet: mit Gina, die erst vor zwei Stunden aus Rom gekommen war, und Nancy, einer Französin, die gerade in England drehte. Was ihren Aufputz betraf, so hatten sie einander übertroffen: die Blonde in Schwarz, die Brünette in Weiß, wie die beiden Hälften eines Dominokostüms. Vielleicht bekam er noch vor Ende des Abends ihr Fleisch zu sehen. Der Cadillac, der den Häuserblock nun schon zum zweiten Mal umkreist hatte, näherte sich erneut dem Eingang. Raph fürchtete, daß sein Auftritt noch immer nicht gesichert war, und befahl seinem Chauffeur: „Noch eine Runde!"

„Ist er wirklich so reich, wie man behauptet?" fragte Nancy.

„Noch mehr."

„Reicher als Satrapoulos?" warf Gina ein.

Dun konnte ein Lächeln nicht unterdrücken: „Sagen wir, ungefähr gleich. Aber wißt ihr, meine Lämmchen, bei so großen Geschäften kommt es leicht zu Katastrophen. Das macht dann den Unterschied aus . . . Okay? Alle fertig? Bereit zum Auftritt? Go!"

„Stop", rief er dem Chauffeur zu, dem es gelungen war, bis in die zweite Reihe vorzustoßen. Plötzlich ertönte die Sirene eines Krankenwagens, der sich zwischen den Schaulustigen einen Weg bahnte. Wenig später hielt die Ambulanz hinter dem Cadillac, und der Chauffeur mußte sich den wiederholten Aufforderungen beugen und seinen Platz räumen, bevor Raph und seine Begleiterinnen aussteigen konnten. Er blieb einige Meter weiter erneut stehen, eingekeilt zwischen dem Gehsteig und der endlosen Wagenschlange.

„Bleibt da!" rief Raph. „Ich gehe nachsehen, was los ist!" Er warf den Wagenschlag zu und sah gerade noch zwei Sanitäter im Laufschritt die Treppen hinaufeilen, eine Bahre unter dem Arm. Wenige Sekunden später tauchten sie inmitten eines aufgescheuchten Schwarms von Smokingen auf, während die Bahre unter dem Gewicht einer riesigen, diamantenbeladenen Frauengestalt zu brechen drohte.

In der Menge rief einer: „Das ist die Oma, die auf dem Schnee ausgerutscht ist! Sie hat sich den Fuß gebrochen!"

Die Schaulustigen brachen in Lachen aus, und die Sanitäter beeilten sich, die Bahre im Rettungswagen zu verstauen, während jemand rief: „Oma, nächstes Mal mußt du die Skier mitbringen!"

Sehr witzig, murmelte Dun zwischen den Zähnen und ärgerte sich maßlos, daß sein Auftritt verpatzt war. Wütend ging er zum Cadillac zurück, um die beiden Mädchen zu holen.

Amore Dodino strafte das geflügelte Wort vom dummen Tenor Lügen. Er war ein Sänger und trotzdem nicht dumm. Allerdings war seine Stimme nur Mittelmaß. Er sah aus wie ein Pferd, ein schönes Pferd wohlgemerkt. Ein langer, knochiger Kopf, ein flacher Kiefer, die Mähne, der aufrechte Oberkörper eines Zentaurs, der wie aufgeschraubt auf den halbmondförmigen Hinterbacken saß. Wenn er sich in leichten Trab setzte, um sich einem Freund zu nähern, ihn an die Brust zu drücken und ihm die rituellen Wangenküsse zu geben, rechts, links und wieder rechts, erwartete man sich stets, daß er zu wiehern beginnen würde. Statt dessen brachte er unweigerlich einen seiner berühmten Aussprüche hervor, die ebenso unerwartet kamen, wie sie unerreicht gut und boshaft waren, und die Zuhörerschaft um so mehr begeisterten, als sie immer zu Lasten des Abgeküßten gingen. Seltsamerweise entdeckten die so Verspotteten eine Leidenschaft für den Quälgeist und empfanden tiefe Dankbarkeit, daß er sie zur Zielscheibe seines Witzes gemacht hatte. Amore machte sich nicht über jeden lustig, und von seinen boshaften Aussprüchen – die von seinen Bewunderern weiterverbreitet, verzerrt und oft ausgeschmückt wurden – verschont zu bleiben war gleichbedeutend mit einem Todesurteil, denn Ächtung gehörte in den geschlossenen Kreisen der internationalen „Kaffee-Society" zu den ärgsten Strafen, ärger noch als das Exil unter Monarchen. Ohne es eigentlich gewollt zu haben, war Amore Dodino zum schiedsrichternden Großmeister dieser Kaste geworden und verfügte als solcher über absolute Macht. Wehe, wenn ihm jemand nicht gefiel! Mit einem Satz traf er ins Schwarze und riß längst verheilt geglaubte Wunden auf, die unter dem Lachen der Zuhörer stärker schmerzen konnten als je zuvor. Er war ein entzückender, mitleidloser Homosexueller, und niemand konnte bei seiner Wankelmütigkeit sicher sein, wie lange er sich noch zu seinen Freunden zählen durfte.

Zur Zeit galt sein Interesse einer phantastisch aussehenden jungen Dame, die angesichts seiner Späße aus dem Lachen nicht herauskam. Peggy Nash-Belmont fand Dodino „einfach hinreißend". Sobald ein neuer Gast im Türrahmen auftauchte, skizzierte er ihn ihr in knappen Worten, die wie spitze Pfeile Aussehen und Charakter umrissen. Natürlich kannte er seinen „Who's who?" und wußte von Peggy alles: Namen, Familie, Finanzlage, Bekanntenkreis, Ehen ihres Vaters, Vornamen ihrer beiden Großmütter, Kosenamen ihrer Schwestern, ihr Bankkonto, ihren Schneider, ihren Friseur und ihr Parfüm. Trotzdem hatte Dodino so getan, als habe er noch nie von ihr gehört, und Peggy, die darauf prompt hereingefallen war, glaubte, von Amore „entdeckt" worden zu sein.

„Entschuldigen Sie mich einen Augenblick", sagte dieser gerade und galoppierte auf eine riesige Frau zu, die ausschließlich mit Edelsteinen bekleidet war, zwischen deren aufdringlichem Geglitzer man den scheußlichen apfelgrünen Stoff eines Kleides erahnen konnte. Sicher von einem der ganz großen

Couturiers, dachte Dodino, aber auf diesem Fleischberg! „Gräfin!" gackerte Dodino, und „Dodo! Mein kleiner Dodo!" turtelte sie zurück. Amoré versuchte über ihren Busen hinweg bis zu ihrem Gesicht vorzudringen. Rechts, links und noch einmal rechts erledigte er den Kuß, während im Hintergrund der Gatte des Dinosauriers, Manfred Graf Lupus, bescheiden lächelte und sich neben seiner Frau wie die winzige Schaluppe neben dem Hochseedampfer ausnahm. Im Ruhrpott befehligte er über Tausende von Arbeitern, doch wenn seine Frau sprach, hatte er zu schweigen.

Amore hatte die beiden bereits stehengelassen, weil er Raph Dun entdeckt hatte.

„Was, du bist hier? Wird denn jeder eingeladen? Stell mich doch diesen beiden Wunderkreaturen vor, ja diesen beiden . . ." – und leise zu Raph – „ . . . Mit diesen Fettpatzen hat man dich reingelassen?"

„Das ist Gina . . . und das hier Nancy."

„Bezaubernd!" Und zu Dun gewandt, leise: „Die stinken ja! . . . Sehen Sie den Elefanten dort? Die gnädigste Gräfin Lupus . . . Nun, ich fürchte, daß sie noch heute abend wirft!"

Beim Sprechen streichelte Dodino Duns Hinterbacken, der lächelnd meinte: „Alte Liebe, neu entfacht?"

„Nein, mein Liebling, ganz einfach das Alter. Ich bin mitten in der Menopause."

Kammerdiener gingen mit Toasts und weißem Kaviar vorbei, Gläser und Champagner wurden von Kindern vorbeigetragen.

Am Fuß der mit rotem Velours überzogenen Freitreppe, auf der sich das Orchester befand, stand Irene und nahm die Komplimente, Verneigungen und Handküsse ihrer Gäste entgegen. Seit Stunden putschte sie sich mit Amphetaminen und schwarzem Kaffee auf, nachdem sie morgens Beruhigungsmittel geschluckt hatte, weil sie eine schlaflose Nacht hinter sich hatte. Hermann hatte sie stundenlang und ohne sein Ziel zu erreichen mit seinem Gürtel verprügelt. Sie sah alles wie durch einen hellblauen Schleier, was gar nicht unangenehm war, weil es die Gesichter der anderen ins Dunkel rückte und ihre Falten verwischte. Nur die Zähne konnte sie mit seltsamer Genauigkeit sehen – und zählte sie, immer und immer wieder. Ein plötzlicher Wechsel der allgemeinen Stimmung riß sie aus ihrer Lethargie. Das Orchester hatte zu spielen aufgehört. Sie sah, wie Kallenberg auf die Estrade kam und mit erhobenen Händen versuchte, die Aufmerksamkeit seiner Gäste auf sich zu lenken.

„Meine Freunde . . .“

Applaus. S. S., der neben Lena stand, lächelte spöttisch. Blaubart fuhr fort: „An diesem Weihnachtstag“ – allgemeines Gelächter – „wollte ich Ihnen eine Überraschung bereiten. Nun . . . mein Geschenk für heute abend . . . hier ist es! . . .“

Mit den Gesten eines Zauberkünstlers enthüllte er ein Bild, das gegen das Klavier gelehnt war. Zum Vorschein kam ein herrlicher Degas, zwei Tänzerinnen, der einen Aufschrei der Bewunderung hervorrief.

„Er ist für euch!“ rief Kallenberg.

„Versteigern!“ rief jemand, aber Hermann meinte: „Nein, heute gibt es keine Versteigerung, nur eine Tombola. Einer wird gewinnen. Auf jeder Einladung ist eine Nummer . . .“

Erregung kam unter den Gästen auf, alle suchten fieberhaft ihre Einladungen.

„Und nun“, fuhr Kallenberg fort, „brauche ich eine unschuldige Hand . . .““

Niemand rührte sich. „Aber . . . aber . . .“, meinte Kallenberg. Schließlich schritt er die Estrade hinunter und nahm Lena bei der Hand.

„Sicher, Lena Satrapoulos ist meine Schwägerin. Aber quod licet Iovi – gilt auch für seine Frau.“

Die meisten Gäste wußten von Lenas Beziehung zu Marc Costa, und die Blicke der Eingeweihten fielen auf Satrapoulos, der keinerlei Bewegung erkennen ließ.

„Lena, bitte zieh eine Nummer heraus.“

Sie nahm mehrere Zettel aus der silbernen, ziselierten Urne, ließ sie wieder fallen und entschied sich endlich. Kallenberg nahm ihr das Stück Papier aus der Hand, entfaltete es und las laut vor: „Dreiundneunzig.“ Sekundenlang geschah nichts, schon konnte man Enttäuschung spüren, als schließlich der Ruf ertönte: „Ja, ich!“

„Hierher!“ rief Kallenberg. Peggy kletterte die wenigen Stufen hoch, wo Kallenberg ihr galant die Fingerspitzen küßte: „Der Degas gehört Ihnen.“

Die Gäste applaudierten, während Kallenberg versuchte, noch einen Satz anzubringen: „Ich wünsche allen fröhliche Weihnachten! Und jetzt beginnt das Fest! Ich bitte zu Tisch!“

In einer der Wände glitt eine riesige Platte aus Palisanderholz zur Seite und gab den Blick auf einen großen Saal frei, in dem sich ein Wunder vollzog: aus dem getäfelten Boden stiegen kleine Tischchen herauf, beladen mit allen erdenklichen Köstlichkeiten, während kleine Tischlämpchen mit rosa Schirmen den Blumenschmuck in rötliches Licht tauchten.

„Wie in ‚Tausendundeine Nacht' ", schwärmte Gina.

Ein Kammerorchester spielte Weihnachtskantaten, während die Dienerschaft umhereilte und die Gäste zu ihren Plätzen geleitete. Raph Dun hatte schon einiges gesehen, dieses hier würde wirklich zu den Einmaligkeiten in seinem Leben gehören.

Zwischen zwei Komplimenten stahl sich Irene zu ihren Privaträumen hinauf. Sie hatte einen Schnitzer begangen, den sie unbedingt wiedergutmachen mußte. Ihre Ehre stand auf dem Spiel. Ihre Schwester hatte sie unschuldigen Blickes und ohne Bosheit gefragt, was Hermann ihr zu Weihnachten geschenkt hatte . . .

„Komm in zehn Minuten zu mir hinauf, dann wirst du's sehen", hatte sie ohne zu überlegen geantwortet.

Kallenberg hatte ihr nichts geschenkt. Dabei ließ er sonst keine Gelegenheit aus, sie mit außergewöhnlichen Präsenten zu überschütten, Schmuck, Bilder, Kleider . . . Nicht daß er durch diese königlichen Geschenke seine Zärtlichkeit hätte zum Ausdruck bringen wollen, aber er betrachtete Irene als ein ihm gehörendes Objekt und bestand daher darauf, daß sie seinem Prestige zu dienen habe. Im übrigen führte er seit seiner Hochzeit ein Geschenkduell gegen Satrapoulos: keiner konnte es ertragen, die Frau des anderen schöner oder schmuckbehangener zu sehen als die eigene. Andererseits konnte Kallenberg Irene wegen lächerlicher Details eine Szene machen, brüllte sie manchmal an, weil sie vergessen hatte, das Licht abzudrehen. Sie treibe ihn in den Ruin, pflegte er dann zu sagen.

Der Schmuck, den er ihr schenkte, verschwand in den Safes ihrer Banken und tauchte nur bei großen Festen wieder auf.

Trotzdem hatte Irene es fertiggebracht, für den täglichen Gebrauch, wie sie sagte, ein paar Kleinigkeiten auf die Seite zu schaffen. Sie mochten an die zwei Millionen Dollar wert sein, und Irene versteckte sie sorgfältig in einem Wandsafe, den sie sich hinter eine alte Tizian-Kopie hatte einbauen lassen. Sie hob

„Venus und Adonis" von der Wand und nahm hastig einige Stücke heraus: einen birnenförmigen Brillanten, mehrere Ringe, Topasohrringe, Rubine. Bei einem Armband aus Türkisen und Diamanten hielt sie inne; es paßte phantastisch zu ihrem himmelblauen Musselinkleid von Chanel, aber wie sollte sie wissen, ob ihre Schwester es nicht schon gesehen hatte. Zu spät, Lena trat bereits ein, sie mußte das Risiko eingehen . . .

„Hier, sieh doch . . ."

„Einen Augenblick . . . Hast du ein wenig Rouge? Ich muß ja furchtbar aussehen . . ."

„Aber nein, du siehst wunderbar aus . . . Komm, schau . . ."

„Irene, bitte . . . einen Moment, ich sehe ja aus wie eine Hexe."

Lena verschwand im Badezimmer und tauchte erst nach drei endlosen Minuten wieder auf.

„Zeig her . . ."

Irene warf das Armband auf das Bett.

„Cartier?" fragte ihre Schwester.

„Nein, Zolotas."

„Hübsch . . . Ich habe zwei ähnliche, aber von Tiffany . . ."

„Ach? . . . Ich habe sie nie gesehen . . ."

„Keine Zeit, sie zu tragen. Armbänder sind eine Manie von Sokrates. Jede Woche bekomme ich eins zum Frühstück."

„Einfallsreich ist er ja gerade nicht."

„Glaubst du! Vor drei Tagen erst, beim ersten Geburtstag der Zwillinge . . . Hör zu, es ist recht lustig . . . Meine Zofe öffnet um neun die Fenster, und draußen hängt ein riesiges Paket mit Schleifen, so groß, daß es das ganze Fenster einnimmt. Ich frage sie, was das ist, aber sie geht lächelnd und ohne zu antworten aus dem Zimmer . . . Ein riesiges Ding, mußt du dir vorstellen, vielleicht sechs Meter lang und frei in der Luft schwebend. Und du weißt ja, mein Zimmer ist im dritten Stock. Ich gehe also zum Fenster, und unten steht eine Kapelle, die Sirtakis spielt. Das Ding wird von einem Kran langsam hinuntergelassen, und ich gehe auch hinunter. Ich komme in den Hof, reiße die Verpackung auf, schneide die Bänder durch . . . Ein Rolls!"

„Du hast ja schon drei Rolls!"

„Warte doch! Ein weißer . . ."

„Na und . . ."

„Laß mich doch ausreden! Jetzt wird es ja erst lustig . . .
Drinnen sitzt halb erstickt ein livrierter Chauffeur, ein echter
Filipino, den Sokrates mir mit dem Wagen geschenkt hat!"

Irene unterbrach sie ärgerlich: „Apropos . . . Und Marc?"

Lena blickte sie aus großen Augen an. „Wer?"

„Marc Costa, der Schauspieler. Er ist unten . . ."

„Ach! Marc?"

„Lena, warum stellst du dich dumm?"

„Zeig mir deinen neuen Schmuck . . ."

Die Eitelkeit war doch stärker, und Irene ging auf den
offenstehenden Safe zu.

„Sieh dir diesen Ring an."

Es war ein riesiger, weißbläulich schimmernder Diamant,
dreißig Karat schwer, auf einem simplen Goldring sitzend.

„Er ist herrlich. Warum trägst du ihn nicht?"

„Ob du es glaubst oder nicht, er ist so schwer, daß ich nach
einer Stunde den Arm nicht mehr bewegen kann."

„Das muß ja scheußlich sein", lachte Lena und fügte hinzu:
„Komm jetzt, wir müssen wieder hinunter!" Schon im Weggehen sagte sie:

„Sag einmal . . . kannst du mir dein Rouge borgen? Ich
habe meines vergessen."

Irene zögerte: „Das ist dumm, ich habe fast keines mehr. Ich
werde morgen welches kaufen müssen. Warte, ich geb' dir ein
wenig in eine Papierserviette . . ."

Trotz der Schallabdichtung drangen Gesprächsfetzen und
Frauenlachen, einzelne Takte Musik und konfuser Lärm zu den
beiden Männern herauf. Die Szene fand unter Ausschluß der
Öffentlichkeit statt. Kallenberg, der vor dem Spiegel die Miene
des Ängstlichen einstudiert hatte, ging in seinem Arbeitszimmer auf und ab. Manchmal blieb er gedankenverloren vor einem
Bild stehen und betrachtete es eingehend. Satrapoulos saß
unbeweglich da, aber seinen Augen, wie stets von den getönten
Brillen verdeckt, entging nicht eine Bewegung seines Wider-
sachers. Wie würde er den Angriff einleiten? Aber Blaubart war
noch nicht soweit und wich aus.

„Ich verstehe nicht, warum du dir keine Sammlung angelegt
hast."

Der Grieche rührte sich nicht und blieb stumm.

Kallenberg nahm einen zweiten Anlauf: „Selbst wenn du vom Ästhetischen her die Malerei nicht magst, es ist eine ausgezeichnete Investition."

„Hast du mich heraufkommen lassen, um mit mir über Kunstgeschichte zu sprechen?" fragte der Grieche.

„Nein, so einfach ist es nicht. Aber sehr unangenehm."

„Hast du Schwierigkeiten? Oder Irene vielleicht?"

„Danke. Irene geht es sehr gut. Es handelt sich um dich."

„Ich höre. Kann ich dir helfen?"

Kallenberg hatte Mühe, die beißende Ironie der Bemerkung zu verdauen.

„Ich glaube eher, daß du Hilfe benötigst."

„Was ist los?"

„Ich will ehrlich sein. Ich weiß, daß du dich für den Emir von Baran interessierst."

„Und sollte ich das nicht?"

„Es ist dein gutes Recht. Ich interessiere mich übrigens auch für ihn."

„Wirklich?"

Kallenberg versuchte mit aller Kraft, sich zu beherrschen. Er hatte alle Atouts in der Hand und wußte, wie sein Kampf gegen Sokrates ausgehen würde, aber die Ironie des Griechen brachte ihn auf.

„Ich verstehe nicht", wechselte er die Taktik, „warum du dich so versteifst, wo ich dir doch nur helfen will. Ich versuche, dich zu informieren. Es ist schwer auszudrücken . . ."

„Sag schon."

„Es ist mir sehr peinlich. Es ist nicht nur eine Frage des Geldes, sondern eine Sache der Ehre. Es kann die Familie beschmutzen."

„Welche Familie?"

„Falls du es vergessen haben solltest, darf ich dir in Erinnerung rufen, daß wir Schwestern geheiratet haben und Schwäger sind."

„Und was hat das mit dem Emir von Baran zu tun?"

„Nun, du hast nicht nur Freunde, Sokrates. Ich übrigens auch nicht. Unsere Macht, unsere Flotten . . ."

„Ich verstehe noch immer nicht."

„Warte. Ein französischer Pressepool will dich vernichten.

Ich weiß nicht, warum, aber du solltest es ja besser wissen als ich."

„Ah ja? Und wie?"

„Deine Mutter."

„Was heißt das, meine Mutter?"

„Sie haben sie aufgetrieben. Sie hat ausgepackt. Versteh mich nicht falsch, es steht mir nicht zu, über dich zu urteilen, aber sie hat ihnen gesagt, daß du sie im Elend gelassen hast, daß du ihr nie auch nur einen Groschen gegeben hast. Sie haben eine Reportage gemacht, komplett mit Fotos und Tonbandaufnahmen."

„Und?"

„Sie haben die Absicht, es zu veröffentlichen."

„Woher weißt du das?"

„Sie glauben, wir sind Rivalen, und wollten mir die Dokumente zuspielen."

„Wieviel?"

„Was, wieviel?"

„Wieviel du dafür bezahlt hast?"

Blaubart brachte eine betrübte Miene zustande. „Ich informiere dich, und dafür beschimpfst du mich. Du weißt ganz genau, daß jede Zeile über uns in der ganzen Welt veröffentlicht wird. Jeder von uns beiden kann in seinen Geschäften von den Skandalen des anderen behindert werden."

„Und wo ist der Skandal?"

„Also entschuldige! Bist du verrückt, oder was? Glaubst du, daß man es sich in deiner Position leisten kann, seine Mutter verhungern zu lassen?"

„Wieso? Ist sie tot?"

Kallenberg verlor die Nerven. Wütend ging er zu seinem Schreibtisch, auf dem einst Talleyrand die Dokumente des Wiener Kongresses unterzeichnet hatte, und warf dem Griechen einen Umschlag in den Schoß.

„Da! Schau es dir an!"

Gleichzeitig setzte er ein Tonband mit dem Bericht der Alten in Gang. Er wußte, daß es ein Fehler war, damit war auch der letzte Schein beseitigt, daß er es nicht vorbedacht hatte, aber er konnte der Versuchung nicht widerstehen, seine Karten auf den Tisch zu legen. In der Stille des Arbeitsraumes erklang die Stimme der alten Athina.

95

„ . . . überall rausgeschmissen. Keine Schule wollte ihn länger als acht Tage."

„Hat er je versucht, Ihnen zu helfen?"

„Nie!"

„Hat er irgendwelche Gründe, Sie zu hassen?"

„Er kann keine Leute ertragen, die ihn schwach gesehen haben, nicht einmal seine Mutter. Einmal hat er mich geschlagen."

„Stimmt das? Wann? Warum? . . ."

Hermann stellte das Gerät ab. „Genügt dir das? Das Band läuft etwas mehr als zwei Stunden. Und die Fotos, hast du sie gesehen? Erkennst du sie wieder?"

S. S., der die Bilder wie ein Pokerspieler hielt, der einen Royal flush im Blatt seines Gegners weiß, zögerte, bevor er antwortete: „Nein, eigentlich nicht."

„Kein Wunder! Seit wann hast du sie nicht mehr gesehen?"

Sokrates antwortete nicht.

Kallenberg begann von neuem: „Soll ich es dir sagen? Seit dreißig Jahren! Und das erzählt sie auch. Weißt du, man verändert sich in dreißig Jahren, vor allem wenn man in einem Stall lebt!"

Der Grieche blickte Blaubart nachdenklich an. „Selbst wenn man nicht in einem Stall lebt. Was willst du eigentlich von mir?"

„Dich warnen. Sonst nichts."

„Sonst nichts? Und Hadsch Thami el-Sadek?"

„Spiel dich nicht auf. Du weißt ganz genau, daß er es sich aus politischen Gründen nicht leisten kann, mit einem Reeder ins Geschäft zu kommen, der nicht eine untadelige Moral hat . . . nun . . . ich will damit sagen, mit einem Mann, der in eine Affäre mit der sakrosankten Familie verstrickt ist."

Satrapoulos mußte lachen.

„Und das bringt dich zum Lachen!"

„Wo ist deine Mutter?"

„Bitte?"

„Ich frage dich, wo deine Mutter ist."

„Aber . . . du weißt doch, daß sie tot ist!"

„Stimmt, entschuldige, ich hatte es vergessen. Glückspilz!"

„Jedenfalls kann ich dir sagen, daß sie nie Not leiden mußte. Aber ich will nicht den ersten Stein werfen . . ."

„Kommen wir zur Sache. Wenn ich dich richtig verstehe, willst du mich mit einer Erpressung aus einem Geschäft ausbooten."

„Das behauptest du. Ich habe dich nur informieren wollen. Die Entscheidung triffst du."

Lärm und Geschrei drangen aus dem unteren Stockwerk zu ihnen herauf. Die Leute schienen sich blendend zu unterhalten, der Alkohol hatte das Seine geleistet.

„Und diese . . . diese Journalisten . . . kennst du sie?"

„Nein. Ich habe nur mit der Post ein Foto deiner Mutter erhalten und dazu ein kurzes Schreiben, sonst hätte ich nicht gewußt, daß sie es ist."

„Was, glaubst du, ist ihrer Ansicht nach diese Reportage wert?"

„Ich habe nicht den Eindruck, daß man diese Leute kaufen kann."

„Das hängt vom Preis ab, oder? Dir wollten sie sie ja schließlich auch verkaufen. Sag mir . . . was schlägst du vor?"

„Ich weiß nicht. Ich bin nicht in deiner Haut. Willst du dieses Geschäft wirklich abschließen?"

„Und du?"

„Es ist nicht gesagt, daß ich es bekommen werde!"

„Wer sonst?"

„Zehn andere! Livanos, Niarchos, Onassis, Goulandris, die Norweger, irgendwer, Hauptsache der Araber bekommt sein Geld. Wir sind nicht allein da. Sogar unsere Schwiegermutter kann das Rennen schaffen. Und die Vereinigten Staaten, die Franzosen, die Engländer. Du siehst, es ist nicht so einfach."

„Nein, einfach ist es nicht! Und was würdest du an meiner Stelle tun?"

„Erstens bin ich nicht an deiner Stelle. Aber ich glaube, ich würde überlegen. Wenn die Reportage veröffentlicht wird, ist das Geschäft im Wasser. Das weißt du."

„Und wenn sie nicht erscheint?"

„Wie willst du es verhindern?"

„Ja, du hast recht. Ich glaube, die Sache ist futsch!"

„Ich fürchte es."

„Nun gut, ich kann es nicht ändern."

„Ich glaube, es ist die vernünftigste Lösung. Du hast recht, wenn du aufgibst."

„Wer spricht von aufgeben? Im Gegenteil! Futsch ist futsch! Ich kann nichts mehr verlieren. Ich weiß nicht, wie die Lage bei dir ist, aber ein Teil meiner Flotte liegt still. Ich brauche unbedingt Fracht. Und in Oslo lasse ich drei Riesentanker bauen."

„Du wirst diesen Skandal zulassen . . .?" Kallenberg blieben die Worte im Hals stecken. Sicher, S. S. mußte bluffen, aber diese Überzeugungskraft!

Mit sanfter Stimme, aus der Resignation herauszuhören war, meinte der Grieche: „Du hast mir selbst geschworen, daß man diese Burschen nicht kaufen kann. Also sollen sie ihre Drohung wahrmachen, das ist noch besser, als sie ständig im Hintergrund zu spüren . . . Sollen sie doch veröffentlichen! Ich versuche mein Glück beim Emir trotzdem."

Kallenberg fühlte Wut und Enttäuschung in sich aufsteigen. „Aber das ist doch nicht möglich! Sie wollen diese Dokumente herausbringen, um dich zu zwingen! Hinter ihnen muß doch jemand stehen, allein würden sie es nicht wagen!"

„Wer?"

„Woher soll ich das wissen? Aber ich kann versuchen, zu verhandeln, es herauszubekommen!"

Satrapoulos erhob sich und schnipselte nicht vorhandene Aschenreste von seiner untadeligen Hose. „Falls du diesen Burschen begegnen solltest – ich weiß, es ist mehr als unwahrscheinlich –, dann sag ihnen, sie sollen scheißen gehen. Ich wickle meine Geschäfte so ab, wie es mir paßt. Und ich habe es nicht gern, wenn man mich bedroht."

„Du hast nicht recht, du hast nicht recht! Stell dir doch vor! Denk an mich . . . denk an Irene, an Lena . . ."

„Ich denke daran, keine Sorge, ich denke daran. Ich habe für alles gesorgt. Wenn es mir einmal schlecht gehen sollte wie meiner Mutter oder wenn mir etwas passiert, so bekommt ihr alle eine Pension bis an euer Lebensende, ich habe dafür gesorgt."

„Das ist ein Unsinn, was du da machst, eine Katastrophe!"

„Wir werden sehen. Entschuldige mich jetzt, ich muß zu Lena zurück. Ich werde nie vergessen, was du für mich getan hast. Nochmals danke und fröhliche Weihnachten."

Bevor Kallenberg noch etwas sagen konnte, hatte der Grieche die Tür geöffnet und war in einen Trubel von Lachen, Gesang und fröhlichem Geschrei hinausgegangen, der von unten heraufdrang. Kallenberg setzte sich, warf einen verstörten Blick auf seinen Cranach, der ihm jetzt auch nicht helfen konnte, und setzte das Tonband erneut in Gang. Erst Athinas Stimme beruhigte ihn wieder.

„Er hat sich auf mich gestürzt und mich geschlagen. Erst sein Vater hat mich aus seinen Händen befreit."

„Wie alt war er da?"

„Dreizehn."

Blaubart, den Satrapoulos' Selbstsicherheit erschüttert hatte, fühlte sich wieder besser. Er wollte also Krieg spielen? Auch gut! Sicher, es wäre ihm lieber gewesen, wenn der Grieche sich gefügt hätte, aber wenn er nicht verstehen wollte . . . Vielleicht stellte er sich vor, daß er es nicht wagen würde, die Drohung wahrzumachen? Selbst schuld! Kallenberg ging auf die Tür zu. Jetzt war Raph Dun an der Reihe.

Nach der sibirischen Kälte seiner Unterredung mit Kallenberg tauchte Satrapoulos plötzlich in die Wärme und den Lärm unten ein, die ihm mit der Kraft einer Woge entgegenbrandeten. Das Diner war zu Ende, Dom Perignon und Cliquot rosé 1928 hatten ein übriges getan, vor allem da die Gäste den Champagner mit unzähligen Gläsern Whisky und Wodka mischten, die von den Dienern unablässig herangetragen wurden. Eine Jazzband hatte das Kammerorchester abgelöst, alles tanzte. Satrapoulos ließ seinen Blick in der Halle umherschweifen, aber er fand seine Frau nicht. Er nahm seine Wanderung in den überfüllten Saal auf, schob die Leute mit einer Handbewegung beiseite und verschwand wie ein Namenloser in der Menge, die für ihn doch nur die Statisterie jener Szene darstellte, die er mit Kallenberg gespielt hatte. Nur Dodino, dem nichts entging, sah S. S.

„Das Proletariat weilt wieder unter uns!" meinte er zu seinem ephebenhaften Gesprächspartner.

„Wer ist das?" wollte der andere wissen.

„Aber mein Liebling, du kommst ja vom Mond!" begann Amore Dodino und nahm die Hände des schönen Jünglings zwischen die seinen.

Wo konnte Lena bloß sein? Hinter der Estrade, wo die

Tombola stattgefunden hatte, öffnete S. S. eine Tür und fand sich in einem Gang wieder, in den zahlreiche, meist verschlossene Türen mündeten. Hinter einer von ihnen hörte er Geräusche, vorsichtig öffnete er, und augenblicklich schlug ihm der süßliche Geruch von Marihuana entgegen. In dem dunkelblau tapezierten Raum waren drei Burschen und zwei junge Mädchen, die hier wie Schüler am Klo an ihren Zigaretten nuckelten. Eines der Mädchen lag mit entblößten Schenkeln auf dem Bett, und zwei der Burschen waren intensiv mit ihr beschäftigt. Er schloß die Tür, ohne daß jemand ein Wort gesagt hätte, und öffnete die nächste. Trotz des völligen Dunkels, das hier herrschte, ließen die Geräusche S. S. vermuten, daß es von zwei Personen unterschiedlichen Geschlechts okkupiert war.

Als er eben zu den Gästen zurückkehren wollte, fand er sich plötzlich Irene gegenüber, die aus einer Tür am Ende des Ganges kam. Er wollte sie ansprechen, doch sie ließ ihm keine Zeit dazu und ging an ihm vorbei, als ob sie ihn nicht erkenne. Er fand ihr Verhalten, das starre Lächeln, das sie ihm zuwarf, seltsam. Satrapoulos fragte sich, was sie wohl getrieben haben mochte, und als sie im Lärm des Festsaals verschwunden war, ging er bis zum Ende des Ganges vor und öffnete die Tür, durch die sie gekommen war. Ein Herr kam eine Treppe herunter. Der Grieche trat einen Schritt beiseite, um den anderen, der sich im Gehen kämmte, vorbeizulassen. Der Fremde betrachtete ihn von oben herab, als sei S. S. ein Angestellter des Hauses, neigte kurz den Kopf zum Gruß und verschwand mit einem gemurmelten „Sorry . . ." Satrapoulos folgte ihm in den Saal und erblickte endlich Lena. Sie stand ganz in der Nähe und sprach mit dem Mädchen, das den Degas gewonnen hatte, und einem großgewachsenen Unbekannten mit angegrauten Schläfen. Er trat näher heran, berührte mit der Hand Lenas nackte Schulter und sagte entschuldigend: „Lena, ich glaube, wir werden uns verabschieden."

Sie drehte sich zu ihm und meinte dann zu den beiden anderen: „Gestatten Sie, daß ich Ihnen meinen Mann vorstelle. Monsieur Raph Dun. Miss Peggy Nash-Belmont."

Der Name war dem Griechen nicht unbekannt. „Sind Sie mit Christopher Nash-Belmont verwandt?"

„Er ist mein Vater."

„Er ist auch einer meiner guten Freunde. Ich werde Ihnen ein

Geheimnis verraten: wir beide haben schon zusammen geflirtet. In allen Ehren natürlich. Ich hatte Sie bei einem Reitturnier kennengelernt, zu dem mich Ihr Vater eingeladen hatte. Sie müssen damals sechs oder sieben Jahre alt gewesen sein."

Raph Dun startete eine Charmeoffensive. „Liebe Kollegin, wie Sie sehen, hinterlassen Sie stets einen tiefen Eindruck!"

Sokrates versuchte indessen Lena zum Aufbruch zu bewegen. Sie verabschiedeten sich von Peggy und Raph und strebten dem Ausgang zu.

„Und Irene?" warf Lena ein. „Ich habe mich nicht einmal von ihr verabschiedet." Der Knigge war ihr völlig egal, wenn es um ihre Schwester ging, aber sie hoffte, bei einem letzten Rundgang Marc zu sehen, der in Belles Anwesenheit nicht einmal gewagt hatte, ihr in die Augen zu sehen, obwohl sie mehrmals an ihm vorbeigegangen war.

„Deine Schwester hat Migräne."

„Wer hat dir das gesagt?"

„Ihr Mann. Ich habe länger mit ihm geplaudert, in seinem Arbeitszimmer."

„Und wovon habt ihr gesprochen?"

„Malerei. Er will mich überreden, eine Sammlung anzulegen."

Sie kamen in die Vorhalle hinaus, wo zwei Lakeien ihnen das riesige Tor öffneten.

„Macht nichts", sagte Lena. „Ich sehe sie Dienstag in New York."

„Du fliegst nach New York?"

„Nur für drei Tage, zu den Kollektionen . . ."

Der Grieche hörte ihr nicht mehr zu. Er hatte nur eines im Sinn, dieses Haus so schnell als möglich zu verlassen. Kallenberg war es vielleicht gelungen, etwas Schnee zu produzieren, er aber, Sokrates Satrapoulos, würde ihm nun ein ordentliches Feuerwerk ins Haus liefern.

Bill Mockridge hatte Percy und Wise eingeschärft, ihr Unternehmen ganz natürlich und spontan aufzuziehen. Etwas Jungenhaftes sollte es sein, im Studentenstil. In einer Lagerhalle in den Docks hatte Wise seiner Hundertschaft die letzten Anweisungen gegeben, und dann waren sie in kleinen Gruppen zu acht oder zehn Mann losgezogen, um sich unter die Menge zu mischen, die in der schwülen Nacht auf die Ankunft verspäteter Gäste oder die Abfahrt der ersten Millionäre wartete. Vor Kallenbergs Haus war der Schnee geschmolzen, nur auf den Tannen war noch ein bißchen davon zu sehen. Vor dem Eingang veranstalteten die Chauffeure noch immer das gleiche Ballett mit dem Suchen von Parklücken, dem Öffnen und Schließen von Wagenschlägen. Plötzlich – ohne daß man es hätte vorausahnen können – bildete sich eine Gruppe junger Burschen, die beiden Polizisten und das dem Eingang zugeteilte Dienstpersonal sahen sich einer Bande singender und lachender Jungen gegenüber, die die Treppen hinaufstürmten. Die Menge zollte ihnen kräftigen Beifall.

„Vorwärts!" rief jemand von der Straße ihnen nach. „Mit ein bißchen Glück kriegt ihr Kaviar zu fressen!"

Einer der beiden Polizisten schien als einziger die Gefahr zu ahnen und versuchte ihnen den Weg zu verstellen, während sein Kollege über diesen Dummenjungenwitz nur lachte.

„Laß sie nicht rein, John! Das gibt nur Scheiße!"

John zuckte die Achseln. Was konnte schon geschehen! Der Abend ging dem Ende zu, und ein bißchen Belebung konnte nichts schaden. Dutzende von jungen Bürschchen, die meisten kaum zwanzig, stürzten nun in das Haus und stießen sorglos alles beiseite, was ihnen in den Weg kam. Drinnen gab es zuerst größere Verwirrung. Mehrere der Burschen angelten Damen und begannen wüste Tänze aufzuführen, während das Orchester weiter aufspielte. Die Paare fanden und verloren einander und tanzten im Kreis, die Männer wußten nicht recht, wie sie sich zu verhalten hätten, und gaben sich vorgetäuschter guter Laune hin.

Plötzlich zerplatzte die gute Stimmung wie eine angestochene Seifenblase. Gräfin Lupus, die einer der zweifelhaften Kavaliere in eine verrückte Polka mitgerissen hatte, hatte von diesem „Tanz" genug. Ihr Partner, ein magerer und blasser Halbstarker, wollte sie nicht loslassen und trieb sie weiter im Kreis. Dem Mammut gelang es jedoch, sich aus der Umklammerung zu befreien, und sie gab ihm eine Ohrfeige. Dann ging alles sehr schnell. Der Junge wurde blaß, rannte ihr den Kopf in die üppige Brust und krallte sich mit beiden Händen in ihrem Haar fest. Das geschah so unerwartet, daß niemand zu reagieren

102

vermochte. Aber es sollte noch besser kommen. Plötzlich löste sich die Haarpracht vom Kopf der Matrone, und ein fast völlig kahler, nur stellenweise von grauen Strähnen verzierter Schädel kam zum Vorschein. Der Anblick war gräßlich. Die bereits erschöpfte und außer Atem geratene Gräfin konnte nicht eine Bewegung zu ihrer Verteidigung machen, als der hysterisch gewordene Tänzer sich in ihrem Kleid verkrallte und mit einem einzigen brutalen Griff einen Streifen Stoff von den Schultern losriß. Entsetzte Stille breitete sich aus, selbst die Musiker hatten ihr Spiel unterbrochen, als die wabbelige dicke Frau nun ohne Perücke, ohne Glanz und ohne Aufputz vor ihnen stand.

„Da, du Sau!" schrie der Strolch und ohrfeigte sie.

Die Gräfin fiel mit dem dumpfen Geräusch eines Mehlsacks zu Boden. Dem Grafen Lupus blieb nichts anderes übrig, als den Affront zu rächen, und mit dem Mut der Schwachen stürzte er sich auf den Rowdy, der mit Leichtigkeit dem ungefährlichen und tolpatschigen Angriff auswich.

Aber schon hatte sich einer der Gäste, ein kräftiger Mann von sportlicher Statur, der Szene genähert und streckte mit einem einzigen Fausthieb den Jungen nieder. Zwei andere Rowdys sprangen ihn von hinten an. Überall bildeten sich nun Gruppen von kämpfenden und sich prügelnden Männern, während unter der Führung von Percy eine Gruppe die oberen Stockwerke im Sturm nahm und alles zerstörte. Möbel wurden zerbrochen, Bilder aufgeschlitzt, kein Gegenstand blieb unversehrt. Kallenberg war mit Dun in seinem Arbeitszimmer gewesen und öffnete nun die Tür. Augenblicklich wurde er von mehreren Armen erfaßt, die ihn in den Gang hinauszerrten. Blaubart ließ sich nach vorne fallen, legte eine tadellose Rolle vor und versetzte noch im Schwung dem Nächststehenden einen kraftvollen Fußtritt. Der stieß einen Schrei aus und knickte auf dem gebrochenen Bein ein. Aber Kallenberg hatte sich bereits dem nächsten zugewandt und erreichte ihn mit der Faust im Gesicht, wo das Nasenbein und der linke Augenbrauenbogen splitternd nachgaben. Der völlig versteinerte Dun sah Kallenberg in sein Arbeitszimmer stürzen und aus einer Schublade eine Beretta reißen.

„Sie werden doch nicht . . .", stotterte er verstört.

„Genieren werde ich mich!" warf ihm der andere zu und hatte den Raum bereits verlassen.

Zwei Schüsse peitschten durch den Gang, und Raph hörte Kallenberg schreien:

„Rufen Sie schon die Bullen, Sie Idiot! Worauf warten Sie noch?"

Zitternd wählte Dun 999 . . .

Währenddessen setzte die Horde ihr Werk fort. Nach dem verzweifelten Ausfall des Grafen Lupus hatten sich gleich drei der Rowdys auf ihn gestürzt. Er hatte zwar an Widerstand gedacht, aber angesichts seiner Kraftlosigkeit hatte er bald sein Heil in der Flucht gesucht. So schnell er konnte war er mit seinen mageren Beinen eine Stiege hinaufgeeilt, die zu seinem Entsetzen auf eine Terrasse führte, von wo es kein Entrinnen mehr gab. Mehrere verängstigte Gäste und auch einige Musiker hatten sich bereits dorthin zurückgezogen, als seine Verfolger auftauchten, fest entschlossen, sich an diesem wehrlosen Opfer zu rächen, das ihnen nicht mehr entkommen konnte. Mit weit aufgerissenen Augen suchte Lupus nach Beistand, flehte die Anwesenden um Hilfe an. Die Frauen schrien, die Männer versuchten ihn zu beruhigen, aber niemand wagte auch nur die geringste Bewegung. Seine drei Verfolger kamen im Halbkreis auf ihn zu, immer näher, und drängten ihn zur Brüstung der Terrasse. Schon spürte Lupus die Marmorbalustrade in seinem Rücken. Mit Entsetzen vernahm er, wie einer rief: „Nehmt ihn bei den Beinen, und hinunter mit ihm!"

Er wollte schreien, sich wehren, irgend etwas unternehmen, beten, seine Frau rufen, alles, nur nicht hinunterfallen, aber er blieb aufrecht stehen, am ganzen Leibe zitternd, wie gelähmt. Er spürte, wie er von mehreren Händen erfaßt und aufgehoben wurde, hatte bereits beide Beine über dem Abgrund, die Schenkel, den Oberkörper. Wie durch einen Nebel hörte er eine Frauenstimme rufen: „Nicht! Laßt ihn nicht aus! Holt ihn wieder herauf!"

Die letzten Worte vernahm er nur mehr halb, er war hinübergekippt. Er spürte, wie sein Körper gegen etwas stieß, krallte sich mit allen Kräften daran fest, ließ wieder aus und rutschte halb ohnmächtig die Zweige der Tanne entlang, die unter seinem Gewicht nachgaben und zusammen mit Lupus die letzten Schneereste auf die Straße rieseln ließen.

In dem Augenblick, als der Graf das Trottoir berührte, pfiff Wise, der die Schüsse vernommen hatte, seine Leute zum

Aufbruch. Doch noch Gräßlicheres sollte geschehen. Mitten im Salon lag der Sporttyp, der vorhin Lupus zu Hilfe geeilt war. Zwei Jungen hielten ihn fest. Sein Widerstandswille und sein Mut hatten die beiden aufgebracht. Jetzt zog einer von ihnen ein Schnappmesser aus der Tasche. Der Bedrohte wälzte sich auf dem Boden, um dem Angriff zu entgehen.

„Halt ihn fest!" keuchte der eine.

Der andere stemmte sich mit seinem ganzen Gewicht auf die Brust des Mannes. Der Messerheld aber holte aus und stieß ihm das Messer in die Weichteile. Ein mörderischer Schrei gellte durch den Saal, der Verletzte wälzte sich zuckend auf dem Boden. Percy, der gerade vorbeistürmte, gab dem Burschen einen Fußtritt und riß ihn mit sich, auf den Ausgang zu.

Kallenberg schoß noch zwei oder dreimal auf sie, aber er traf nicht. Von draußen konnte man bereits die ersten Sirenen der Polizei vernehmen. Dodino war über die Gräfin gebeugt und tätschelte ihr die Wangen wie einem toten Wal. Die ersten Polizisten stürzten in den verwüsteten Saal, dessen Boden übersät war von Glassplittern und Teilen der herausgerissenen Holztäfelung. Auf der Estrade hatte jemand erbrochen. Frauen schluchzten. Verstörte Männer stammelten einander sinnlose Worte der Ermunterung zu. Um den Verletzten hatte sich eine Gruppe gebildet. Der Mann wurde auf eine Bahre gelegt und wegtransportiert. Auf dem Teppich blieb eine Blutlache zurück. Kallenberg, totenblaß und mit aufgerissenen Augen, stand in der Mitte des Zimmers, die Waffe immer noch in der Hand. Ein Polizeioffizier kam auf ihn zu.

„Da! . . . oben . . . im Gang . . . Ich habe einen getötet."

5

Der kleine Spiro hatte seine Ziegen in den Stall gebracht. Es dunkelte bereits. Er hatte sich heute verspätet, war ins Träumen gekommen. Oben auf dem Hügel hatte er lange auf dem Rücken gelegen, einen Grashalm im Mund, und in den stahlblauen Himmel gestarrt, stundenlang, als ob er von dort die Antwort auf seine Fragen erwartete. Das Leben eines jungen Hirten ist recht einfach: die Tiere, das Essen, der Schlaf. Nur darf diese jahrhundertealte, unveränderliche Ordnung durch nichts gestört werden. Und Spiro fühlte sich gestört. Er wollte den Sinn der Ereignisse verstehen, die er beobachtet hatte, und suchte in seiner noch jungen Erinnerung nach Vergleichsmöglichkeiten, nach Ähnlichem: er fand nichts. Plötzlich die vielen Autos im Dorf, wo sonst keines je hinkam, die Hubschrauber, die aus dem Nichts auftauchten und wieder verschwanden, alles gab ihm zu denken und versetzte ihn in einen Zustand dumpfer Angst.

Er hatte mehrmals versucht, seinem Onkel Fragen zu stellen, aber dieser schien ihm nicht antworten zu wollen. Warum nur? Gedankenverloren schob er den Riegel vor die Stalltür und betrat das Zimmer, in dem sein Onkel und er zu essen pflegten. Manchmal kochte der Onkel eine Suppe, aber meistens aßen sie nur Oliven, ein Stück weißen Käse und eine rohe Zwiebel. Auf dem Tisch standen zwei Becher, der eine, für den Mann, gefüllt mit schwerem harzigem Wein, der andere, für den Knaben, mit Milch. Spiro setzte sich links von seinem Onkel an den Tisch. Der Satz kam aus seinem Mund herausgeschlittert, ohne daß er etwas dazu getan hätte, ohne es überhaupt zu wollen:

„Warum ist Tina weg?"

Der alte Mann beugte sich noch tiefer über seinen Teller und hob nicht einmal die Augen.

Er wiederholte seine Frage: „Wohin hat man sie mitgenommen?"

„Iß!"

Mehr war aus ihm nicht herauszubringen.

In England und den meisten europäischen Hauptstädten hatten die Zeitungen den Abend bei Kallenberg zum Aufmacher gewählt. Noch am Morgen hatte der Reeder versucht, mit ein paar Anrufen die Sache im Keim zu ersticken, da er annehmen mußte, daß das Auswalzen der tragischen Nacht für den Gang seiner Geschäfte keine gute Reklame sein konnte. Die Antworten der Leute, die er selbst angerufen hatte, waren erstaunlich gewesen. „Sie sind zu bescheiden", hatte man ihm versichert. „Sie haben sich heldenhaft verhalten, und es besteht nicht der geringste Grund, es zu verheimlichen!"

Seine Schwiegermutter hatte freilich anders reagiert. Wutschnaubend hatte sie ihn bereits in aller Frühe angerufen – woher mochte sie es wohl wissen? – und ihm befohlen, Irene nach Athen zurückzuschicken, bis sich der Skandal gelegt habe. Blaubart hatte klein beigegeben, aber nun tat es ihm leid. Wenn er hätte ahnen können, daß die Presse seinen Mord so glorifizieren würde, hätte er der Alten ins Gesicht gelacht. Genaugenommen war es gar keine Glorifizierung der Tat selbst, die Berichte sagten Schmeichelhaftes über seinen Mut und seine Reaktionsschnelligkeit. Er nahm den „Daily Express" nochmals zur Hand: „Blutbad für eine Weihnacht", hieß es im Titel. Sicher, schon der Ausdruck Blutbad ...

Für ihn war es ein herrliches Gefühl gewesen, auf den Jungen zu schießen. Er hatte den Finger gekrümmt, wie er es schon Tausende Male getan hatte, auf dem Schießstand oder bei der Jagd, seinem Lieblingssport. Der Junge war mitten in der Bewegung umgerissen worden, seine Muskeln hatten sich in einer letzten Anspannung verkrampft. Einmal etwas anderes, als auf eine Ente zu schießen! Oft schon hatte Kallenberg sich bezähmen müssen, besonders bei Frauen, wenn er ihren Hals zwischen seinen Händen spürte oder wenn sie vor ihm auf dem Boden lagen und er sich beherrschen mußte, um nicht auf diesem Gesicht herumzutrampeln.

Der Artikel im „Sun" war nicht so brutal: „Massaker bei

einem Milliardär". Er war nicht so „hautnah" geschrieben, es fehlten die Schreie, das Blut, der Geruch des Pulvers, das bläuliche Rauchwölkchen, das sein Revolver zweimal ausgespien hatte. Wer hätte gedacht, daß Satrapoulos mit seinen Gangstern ihm endlich die Gelegenheit verschaffen würde zu töten.

Der Name seines Schwagers war ihm ganz natürlich in den Sinn gekommen. Kallenberg war überzeugt davon, daß der Grieche hinter allem stand. Seltsam war auch, daß er sich gerächt hatte, noch bevor man ihn angegriffen hatte. Bis gestern hatte er nicht wissen können, daß Hermann ihn in der Hand hatte. Wie war ihm dann die Idee gekommen, diese Schlächterei zu veranstalten? Irgend etwas stimmte da nicht.

Kallenberg hatte immer geglaubt, nur ihm stehe es zu, Gewalt zu üben, und war nun ziemlich durcheinander, daß es der Grieche ebenfalls gewagt hatte, wenn auch nicht persönlich. So oder so, es würde ihn teuer zu stehen kommen, und zwar sofort.

Blaubart war nach nur zwei Stunden Schlaf aufgestanden und hatte sofort ein langes Memorandum für den Emir vorbereitet, in dem er ihm darlegte, mit welchen Mitteln man ihn hatte kompromittieren wollen. Wolf, sein Vertrauensmann, war unmittelbar darauf an Bord eines eigens gecharterten Privatflugzeugs nach Baran geflogen. In seiner Aktenmappe befanden sich neben Kallenbergs Text noch Kopien der Fotos und ein Band mit Tinas Aussagen.

Nach einer eiskalten Dusche hatte er dann Raph Dun zu sich bestellt. Der Reporter wohnte im „Westbury" in der New Bond Street und war im Begriff, sich niederzulegen, als das Telefon läutete. Nach dem denkwürdigen Abend hatte er noch aufs Polizeikommissariat gemußt und erst bei seiner Rückkehr ins Hotel Gina und Nancy wieder getroffen, die bereits ängstlich auf ihn warteten.

Vor Erschöpfung zitternd, hatte er ein heißes Bad genommen und sich wohlig von den beiden Mädchen den Rücken schrubben lassen. Es hatte ihn nicht einmal erstaunt, sie im Morgenrock in seinem Zimmer vorzufinden. Geistesabwesend hatte er sie lange gestreichelt, bis ihn endlich die Lust vergessen ließ, welche Greuel er miterlebt hatte. Als er sich eben zwischen den beiden Starlets ausstrecken wollte, hatte das Telefon geläutet.

„Kann das nicht vier oder fünf Stunden warten? Ich möchte ein bißchen schlafen."

„Ich erwarte Sie sofort! Schlafe ich vielleicht?" hatte Kallenberg geantwortet und ohne ein weiteres Wort aufgehängt.

Trotz der Proteste der beiden Mädchen hatte er sich wieder anziehen müssen. „Schlaft ein bißchen, meine Schätzchen. Ich bin in einer Stunde wieder da."

Er hatte den Taxichauffeur unterwegs anhalten lassen, um zwei Tassen heißen Kaffee zu trinken. Blaubart erwartete ihn bereits, munter und frisch rasiert. In seinem hellgrauen Anzug sah er aus, als hätte er sich soeben nach einer Partie Golf massieren lassen. Er war energiegeladen wie immer und begann ohne Umschweife. „Die Vorfälle dieser Nacht bewegen mich dazu, unser Projekt vorzuverlegen. Wann und wo haben Sie die Absicht, die Dokumente veröffentlichen zu lassen?"

Trotz seiner Müdigkeit versuchte Dun, präzise zu antworten. „Zuerst müssen die Tageszeitungen informiert werden. Ich kenne eine Presseagentur, die es übernehmen wird, die Informationen gleichzeitig an die Morgen- und Abendblätter zu liefern. Die Wochenzeitungen kommen später. Die Farbdrucke brauchen eine gewisse Zeit . . ."

„Haben Sie Schwarzweißfotos?"

„Ja, natürlich . . ."

„Dann geben Sie die! Und das Radio?"

„Ja. Ich werde einen Freund von der BBC anrufen, damit er noch heute abend einen Teil des Bandes bringt."

„Und die anderen Sender?"

„Wenn ich der BBC nicht die Exklusivrechte sichere, werden sie nichts bringen."

„Blödsinn! Die Story ist viel zu gut. Ich will, daß es gleichzeitig die ganze Welt erfährt."

„Ich werde mein Bestes tun."

„Okay, tun Sie das."

„Ich möchte allerdings nicht riskieren, die Dokumente mit Verlust zu verkaufen, nur damit es schneller geht . . ."

„Kümmern Sie sich darum nicht! Wenn Sie den geringsten Gewinnausfall haben, sagen Sie es mir, und ich zahle Ihnen das Zehnfache der betreffenden Summe. Von den großen Spesen, die Sie sicher gehabt haben, sprechen wir später."

Raph glaubte zu träumen. Wenn er die Reportage richtig

verkaufte, mußte genug dabei herausspringen, um einen Abstecher nach Cannes oder Monte Carlo machen und sich für die jüngsten Verluste schadlos halten zu können.

„Ich werde mich ein paar Stunden ausruhen und dann alles in die Wege leiten", hatte er geantwortet.

Kallenberg hatte Mühe gehabt, seine Wut zu zügeln. Es ging um gigantische Interessen und dieser kleine Idiot hatte nichts anderes im Kopf, als schlafen zu gehen. Ausnehmend freundlich, zu freundlich schon für seine Erregung, hatte er zu Raph gemeint: „Herr Dun, wenn Sie mich in meiner jetzigen Position sehen, so verdanke ich das nur meiner Fähigkeit, mich über meine elementaren Instinkte hinwegzusetzen, falls es notwendig ist. Aus Gründen, die Ihnen nicht bekannt sind, bestehe ich darauf, daß diese Dokumente in der kürzesten Zeit veröffentlicht werden. Wollen Sie das jetzt und hier übernehmen, oder ziehen Sie es vor, daß ich jemand anderen damit beauftrage?"

Vor Duns Auge zogen seine zahllosen Gläubiger vorbei, die unbezahlten Rechnungen, der Ferrari, den man ihm zu pfänden drohte – und er reagierte richtig: „Sie haben völlig recht. Ich nehme die Sache in die Hand, sobald ich von hier weg bin."

„Sehr freundlich von Ihnen. Ich muß darauf bestehen, daß Sie mich stündlich über den Fortgang der Ereignisse unterrichten. In einer Stunde will ich eine Erklärung über die Aufnahme seitens der Tageszeitungen."

„Nun . . . ich fürchte, daß die Chefredakteure noch nicht auf sind . . . Meine Agentur könnte Schwierigkeiten haben, sie zu erreichen."

Dun dachte, er könnte zu weit gegangen sein. Kallenbergs Reaktion bestätigte es ihm.

„Dann wird man sie eben wecken! Es gibt Augenblicke, wo ich mich des traurigen Eindrucks nicht erwehren kann, daß Sie selbst noch nicht wach sind . . ."

„Ich gehe. Ich melde mich stündlich."

Als er im „Westbury" ankam, erinnerte er sich, daß die beiden Mädchen da waren. Sie schliefen fest . . .

„Auf! Es ist Zeit!"

„Zeit wofür?" brachte Nancy mühsam hervor.

„Zeit für euch, abzuhauen! Ich habe zu tun."

Er weckte auch Gina auf, aber sie verkroch sich stöhnend wieder unter der Decke.

„Wie spät ist es?" wollte Nancy wissen.

„Sechs Uhr nachmittags", log er.

„Sauhaufen! Ich glaube, ich habe nicht mehr als zehn Minuten geschlafen."

„Weck deine Freundin auf, oder ich hole aus dem Bad einen Eimer Wasser!"

„Raph, ist es wirklich schon sechs?" wollte sie nochmals wissen. „Du Schwein! Es ist nicht einmal zehn Uhr vormittags!" schrie sie nach einem Blick auf die Uhr am Nachttisch.

Raph konnte sich nur mühsam beherrschen.

„Genug jetzt! Ich sage euch, ihr sollt abhauen! Ich muß arbeiten und brauche mein Telefon. Es ist vertraulich! Verstehst du?"

„Was für ein Gentleman!" warf Gina spitz ein, die nun ganz wach war. „So hat mich noch nie jemand behandelt."

„Einmal muß man ja anfangen."

„Und wo sollen wir um zehn Uhr morgens im Abendkleid hingehen?" meinte Nancy.

Raph hatte bereits die Vermittlung verlangt. „Hier ist Raph Dun, Zimmer 429. Haben Sie auf meinem Stock ein freies Zimmer?"

„Ja, Mr. Dun, 427 ist frei. Wann werden die Herrschaften eintreffen?"

„Sie sind bereits hier!"

„Ah! Und wie lange gedenken sie zu bleiben?"

„Einen Tag. Schicken Sie mir das Zimmermädchen. Die Damen werden sofort auf ihr Appartement gehen."

Er hängte ein und wandte sich zu Nancy und Gina: „Habt ihr gehört? Ihr bekommt ein riesiges Zimmer, für euch allein. Ihr braucht euch nicht einmal anzuziehen, über den Gang könnt ihr auch nackt gehen."

Er lächelte beim Gedanken an Ingeborg und ihren Auftritt im „Ritz".

„Er macht sich noch über uns lustig!" maulte Gina.

Dun ließ sich über Nancy hinweg aufs Bett fallen und küßte Gina leicht auf die Wange. „Nein, mein Liebling, ich mache mich nicht über dich lustig! Ich habe eine Chance, eine gigantische Chance. Und es geht um Minuten."

Das Zimmermädchen klopfte und steckte den Kopf durch die Tür. „Das Appartement ist bereit."

Als Nancy und Gina aufstanden, streichelte er ihnen über den Rücken. Mit der Zungenspitze berührte er vorsichtig Ginas Brustknospen, während er mit der Hand zwischen Nancys Schenkeln wühlte.

„Wartet brav auf mich! Wir gehen dann zusammen feiern, die Reportage bringt genug ein."

„Worüber schreibst du?"

„Du liest es früh genug in den Zeitungen."

Gähnend zogen die beiden Mädchen ihre Bademäntel an, während Dun bereits ungeduldig die Tür offenhielt.

„Bis gleich!" rief er ihnen nach. „Und schlaft euch aus, damit ihr abends schön seid!"

Mit einem tiefen Seufzer der Befriedigung nahm er den Telefonhörer ab und sagte zum Mädchen der Vermittlung: „Raph Dun am Apparat. Zuerst einmal lassen Sie mir Kaffee bringen, Eier, Marmelade, ein komplettes Frühstück . . . Und dann legen wir los. Ich habe fünfzig Telefonate zu erledigen. Zuerst einmal Victoria 25–03. Und dann . . ."

Während er ihr die ganze Liste diktierte, machte er bereits seinen Plan. Als er endlich fertig war, konnte er nicht anders, die Frage kam wie von selbst über seine Lippen: „Sagen Sie einmal, sind Sie blond oder brünett? Nein, nichts sagen! Lassen Sie mich raten . . . Ich erkenne es schon an der Stimme . . . Sagen Sie noch etwas . . . Ja! Jetzt hab' ich es! Sie sind blond, hellblond!"

„Verloren!" lachte die Telefonistin in den Hörer. „Ich bin kahl wie eine Billardkugel!"

„Wunderbar! Das habe ich am liebsten! Bis wann arbeiten Sie?"

„Heute abend? Bis zehn."

„Zwölf Stunden? Das sind ja Sklaventreiber hier in dem Hotel! Haben Sie ein Zimmer im Haus?"

„Ich stelle Ihr erstes Gespräch durch", unterbrach sie ihn.

Dun konzentrierte sich. Er lockerte den Knoten seiner Krawatte. Wenn er es ordentlich anpackte, konnte er einen Haufen Geld loseisen. Nach fünfmaligem Klingeln meldete sich sein erster Gesprächspartner.

„Hallo? Mike? Raph Dun hier . . . Hör mir gut zu und wach auf!"

„ . . . "

„Das ist mir scheißegal! Schlaf' ich vielleicht um diese Zeit?! . . . Ich habe eine Story . . . phantastisch, unglaublich . . . der Knüller des Jahrhunderts . . . Du wirst mir auf den Knien danken, daß ich dich aufgeweckt habe . . . Und mit der Pinke kannst du dir zwei Jahre Urlaub leisten!"

Edouard Fouillet war seit fast sechs Monaten Direktor im „Ritz" von Paris, nachdem er acht Jahre lang dem Londoner Haus vorgestanden hatte. Er hatte einen Seufzer der Erleichterung getan, als er England verließ: er war froh gewesen, alles hinter sich zu lassen, dieses alte, viel zu ruhige Palais, die riesigen, langweiligen Salons, die alten, distinguierten Kunden . . . In Paris würde es sich leben lassen! Das Haus an der Place Vendôme war unendlich lebendiger als das „Ritz" am Piccadilly: mehr Durchzugsgäste, echte königliche Kundschaft, ein ausgezeichnetes Restaurant und glanzvolle Empfänge.

Aber diese unablässige Betriebsamkeit lief nicht ohne einen gewissen Schlendrian ab. Silberbesteck landete im Abfalleimer, wo es dann pietätlose Aushilfskräfte an sich brachten, Wäsche verschwand, und er hatte sogar einen bekannten Kellermeister vor die Tür setzen müssen, der mit zunehmendem Alter seine Leidenschaft für Wein entdeckte und mehr dazu neigte, zu kosten, als zu servieren . . . Und all die Kleinigkeiten häuften sich im Verlauf der Tage und Wochen zu beträchtlichen Ausgabenposten. Dann gab es noch die allzu mächtigen Gäste, von denen man nicht verlangen konnte, daß sie ihre Rechnungen sofort beglichen. In London konnte so etwas nie geschehen! Bis zum nächsten Mal hatten sie bereits darauf vergessen und waren schockiert, daß man sie daran erinnerte. Vor allem aber die immer größeren Ansprüche der Söhne reicher Väter aus dem Jet-set: die einen nahmen ganz selbstverständlich sechs Mädchen mit auf ihr Zimmer, was einen bedauerlich schlechten Eindruck beim Personal hinterließ; andere wieder organisierten Parties, die bis zum Morgengrauen dauerten. Selbst eine Spielhölle hatte er entdecken müssen – in einem seiner vornehmsten Appartements! Sicher, diese Leute ließen auch die Kassen klingeln, aber wo war die gute alte Zeit geblieben! Fouillet war selbst zu jung, um sie noch miterlebt zu haben. Neuerdings, vor allem seit dem Krieg, hatte jeder Geld. Er sah manchmal unglaubliche Leute, neureiche Rinderhändler, vulgär und ohne Manieren, die sich zu einer Tageszeit mit Kaviar vollstopften, wo zivilisierte Menschen Tee tranken. Fouillet hatte von der Pike auf gedient, und er wußte seit jeher, daß der Gast König war und immer recht hatte. Trotzdem gab es gewisse Grenzen, die zu überschreiten an Wahnsinn grenzte. Er wandte sich wieder seinem *Chef de réception* zu, der wortlos darauf wartete, daß sein Vorgesetzter eine Entscheidung traf.

„Albert, was halten Sie davon? Aufrichtig."

„Ich habe es Ihnen bereits gesagt, Monsieur. Es ist nicht leicht, sich den Wünschen von Herrn Satrapoulos zu widersetzen. Er ist einer unserer besten Gäste und beim Personal sehr großzügig."

„Wieviel läßt er bei uns?"

„Er mietet das große Appartement oben, jährlich, und kommt kaum mehr als zwei- oder dreimal her."

„Trotzdem, der Ruf unseres Hauses . . ."

„Wer soll es erfahren?"

„Es genügt, daß ein Liftboy die Presse alarmiert, und wir sind das Gespött von ganz Paris."

„Kein Liftboy betritt die Appartements, Monsieur."

„Und die Zimmermädchen, die Etagenkellner betreten die die Appartements nicht?"

„Ich glaube, wenn ich mich persönlich darum kümmere, kann ich von ihrer Seite mit völliger Diskretion rechnen. Manche sind seit zwanzig Jahren im Haus, und keiner von ihnen will seine Stelle verlieren."

„Sie garantieren mir dafür?"

„Ich glaube, ich kann es – ja."

„Ausgezeichnet. Ich überlasse die Ausführung der Angelegenheit Ihnen."

„Ich danke Ihnen, Monsieur. Ich werde veranlassen, daß 504 vorbereitet wird."

„504? Wieso 504? Ich dachte, Madame Satrapoulos wohnt auf 503?"

„Allerdings, Monsieur, aber ihr . . . nun, ihr Gast, wird auf 504 wohnen."

„Unglaublich! Kennen Sie diesen Satrapoulos? Wenn er in London ist, steigt er nicht bei uns ab, sondern im ‚Connaught'! Wie ist er?"

Albert dachte nach. Wie konnte man den Griechen am ehesten definieren?

„Er ist nicht sehr groß, zwischen vierzig und fünfzig, und sehr freigebig. Wie soll ich sagen? . . . Er wirkt ganz unauffällig, und trotzdem sieht man nur ihn, wenn er wohin kommt, selbst wenn man ihn nicht kennt . . . Als fiele er durch seine Banalität auf."

„Irgendwelche Ticks oder Manien? Ich meine, trinkt er, oder bringt er Mädchen mit, oder mag er nur kleine Jungen . . . verstehen Sie?"

„Er kommt immer nur zwischen zwei Flugreisen, und ich habe nie etwas Derartiges über ihn vernommen."

„Und doch, die Sache jetzt . . ."

„Ich gestatte mir, Ihnen in Erinnerung zu rufen, daß er damit nichts zu tun hat. Er hat nur darauf bestanden, daß seine Mutter alles bekäme, was sie wünsche, und daß man ihr keinesfalls zuwiderhandle. Auch den ausgefallensten Launen nachgeben, er hat es selbst so gesagt."

„Ich danke Ihnen, Albert. Sie haben mich überzeugt, ich beuge mich. Aber versuchen Sie, den . . . hm . . . Gast im Lieferantenaufzug hinaufzubringen."

„Selbstverständlich, Monsieur, ich kümmere mich darum."

Tina mußte trotz ihrer fünfundsiebzig Jahre bei guter Gesundheit sein und ein starkes Herz haben, sonst hätte sie nicht alles überstehen können.

Sie hatte in ihrer Hütte gesessen und Milch getrunken, als die beiden Männer gekommen waren. Ausländer, ganz offenkundig, sie hätte es auch erkannt, wenn sie nicht diese weißen Arbeitsmäntel getragen hätten. Aber was wollten sie? Auf griechisch hatten sie ihr gesagt, daß alles vorbereitet sei und sie nur noch mitzukommen brauche. Mitkommen? Wohin? Sie hatte ihr Bergdorf seit dreißig Jahren nicht mehr verlassen! Unwillig hatte sie ihnen die Tür gewiesen, es sei schließlich Essenszeit, und wie sie sehen könnten, trinke sie gerade Milch. Aber die beiden schienen nicht besonders beeindruckt zu sein. Sie hatten sie höflich und völlig unbewegt angehört und von Zeit zu Zeit verständnisvoll und freundlich mit dem Kopf genickt. Tina hatte das höfliche Schweigen zur Raserei gebracht, und sie war mit einem Schürhaken auf sie losgegangen. Seit langem schon arbeitete ihr bewußter Verstand nur mehr ruckartig, mit Ausfällen, wie ein kleiner Funken, der zwar genug Helligkeit brachte, um den Tagesablauf zu verstehen, aber vor dem Unverständlichen nicht ausreichte. Manchmal klammerte sich ihr Geist tagelang an einen Gegenstand, einen Schal zum Beispiel, den ihr Mann ihr geschenkt hatte. An dieser Erinnerung konnte sie stundenlang hängenbleiben, von der Außenwelt völlig abgeschlossen, nur ihren Gedanken nachhängend, die viel mächtiger und farbenfroher waren als das kümmerliche Objekt, das sie ausgelöst hatte. Wenn durch Zufall eine Nachbarin kam und mit ihr sprach, konnte Tina ohne Schwierigkeiten ihrem Redefluß folgen, bis ihr Verstand plötzlich aussetzte, nur sekundenlang, aber doch lange genug, daß es der Nachbarin auffiel.

„Wie, was sagen Sie?"

Die Nachbarin wiederholte dann, und Tina nahm den Faden da auf, wo sie ihn verloren hatte. Mit der Zeit waren diese Leerläufe länger geworden und hatten einem geistigen Wiederkäuen Platz gemacht, endlosen Momenten der Leere, in denen die Zeit keine Rolle mehr spielte. Nur die Notwendigkeiten des täglichen Lebens vermochten sie noch aus diesem Zustand zu reißen: Essen, Schlaf, kalt, heiß, die Tiere. Sie verstand überhaupt nicht, wohin die Männer sie mitnehmen wollten und wozu; sie fühlte sich in ihrem Haus wohl und hatte keine Lust, daran etwas zu ändern. Gab es überhaupt etwas außerhalb dieses Hauses?

Sie war wütend geworden und hatte ihnen befohlen zu gehen. Aber die beiden hatten nur einen Blick gewechselt und waren von zwei Seiten auf sie zugekommen. Sie wußte nicht, wohin sie zuerst schlagen sollte, und die Männer hatten einen Augenblick der Unaufmerksamkeit ausgenützt, um sie zu entwaffnen und unter den Achseln anzuheben.

„Meine Ziegen!" hatte sie gebrüllt. „Sie haben heute noch nicht gefressen!"

Sie hatten sie beruhigt, man würde sich schon darum kümmern, und sie aus dem Haus gezerrt. Der Abend war angebrochen, es war nicht mehr so heiß, am Horizont schimmerte es rosa, und man konnte bereits die ersten Sterne sehen. Seltsam, daß sich keiner der Nachbarn zeigte, obwohl sie so laut schrie. Von den beiden Männern festgehalten und beinahe getragen, war sie hilflos an dem Dutzend Hütten vorbeigekom-

116

men. Nach der letzten Behausung erblickte sie ein großes weißes Auto mit einem roten Kreuz auf der Tür. Natürlich wußte sie, was das war, und ihre Wut verdoppelte sich. „Laßt mich los! Seid ihr verrückt! Ich bin nicht krank! Laßt mich los!"

Eine blonde Frau war herausgetreten und hatte sie freundlich angelächelt, als freue sie sich, sie zu sehen. „Aber wir wollen doch nur Ihr Bestes, Frau Satrapoulos . . . Sie bekommen von uns eine schöne Reise geschenkt und ein paar Tage Urlaub . . . Wir wissen doch, daß Sie ihn brauchen können."

Tinas Verstand arbeitete klaglos und auf Hochtouren, als hätten die endlosen Stunden der Leere ihn auf diesen entscheidenden Augenblick vorbereitet und gestärkt.

„Urlaub! Im Krankenwagen! Laßt mich los!"

Sie hatte nach Alexander, ihrem Mann, geschrien, obwohl sie seit Jahren nicht mehr an ihn gedacht hatte, als könne er sie nun beschützen. Mit Gewalt hatten die beiden Männer sie in den Krankenwagen gehoben, den Kopf möglichst wegdrehend, so widerte sie der Geruch nach altem, verdrecktem Weib an. Nur die Blonde schien es nicht zu kümmern, sie streichelte sie und murmelte ihr beruhigende Worte ins Ohr. Und dann hatte sie ihr ein Glas hingehalten, während das Auto schon losfuhr: „Trinken Sie . . . es wird Ihnen guttun."

Tina hatte getan, als folge sie, und einen Schluck genommen. Sie spuckte ihn der Blonden direkt ins Gesicht. Aber das Mädchen schien sich nicht sonderlich daran zu stoßen und meinte nur: „Oh, Frau Satrapoulos! Das ist aber gar nicht nett!"

„Mein Gott, stinkt diese Alte! So eine Schweinerei!"

„Man sieht, daß Sie sich nie um alte Leute gekümmert haben. Lassen Sie mich mit ihr allein. Ich schaffe es schon . . ."

„Wir sind nebenan, wenn Sie etwas brauchen. Sie brauchen nur zu rufen."

„Gut. Danke . . ."

Die Krankenschwester wartete, bis die beiden das Zimmer verlassen hatten, bevor sie mit dem unappetitlichsten Teil ihrer Arbeit begann. Sie unterdrückte das Gefühl des Ekels und begann Tina auszuziehen.

Durch die halboffene Tür des Badezimmers hörte sie das Wasser in die Wanne rauschen. Sie hatte mit Badesalzen und Schaum nicht gegeizt, Fichten und Lavendel hineingeschüttet, aber sie zweifelte, daß eine einzige Waschung genügen würde, Tina von dem scharfen, raubtierartigen Geruch zu befreien, der ihr seit Jahren anhaften mußte. Sie zog ihr die Strümpfe aus, und zum Vorschein kam die unwirklich weiße und zarte Haut ihrer Beine. Welch ein Kontrast im Vergleich zu den früher unbedeckten Stellen, wo der Dreck dicke und feste Krusten gebildet hatte. Die Alte murmelte im Halbschlaf vor sich hin und öffnete schließlich die Augen. Sie schien nicht zu verstehen, wo sie sich befand, und brachte endlich das Wort „Durst" hervor. Maria hielt ihr mit einem breiten Lächeln ein Glas hin, das mit einer eiskalten, süßen Flüssigkeit gefüllt war. „Trinken Sie doch! Nachher gehen wir ins Badezimmer."

Tina leerte das Glas, und unbewußt machte sie mit den Schultern eine Bewegung, um der Blonden zu helfen, die an ihrem Kleid nestelte.

„Sie wollen mich waschen?" fragte sie.

„Ja", antwortete Maria, „zuerst waschen, damit sie wieder schön sind und gut riechen. Und dann haben wir noch viel vor. Lauter angenehme Sachen, Sie werden sehen. Es wird Ihnen gefallen . . ."

„Sachen, die mir gefallen? Was gefällt mir denn?"

„Sie werden Ihnen gefallen, sobald Sie sie tun. Warten Sie nur . . . Stehen Sie jetzt auf, bitte . . . Gehen Sie ein paar Schritte . . . Kommen Sie, ich helfe Ihnen . . . Das Bad wartet schon . . ."

Maria hielt Tina unter den Achseln und stützte sie, ohne aufzuhören, mit ihr zu sprechen oder sie anzulächeln, obwohl von der Alten ein unerträglicher Gestank ausging. Wie leicht mochte man im Alter Schiffbruch erleiden, aber Sünde war es ja keine . . . Auch sie würde eines Tages alt sein, wenn Gott es so wollte. Und wer würde sie dann waschen? An der Tür zum Badezimmer blieben die beiden Frauen stehen. Tina warf Maria einen besorgten Blick zu, aber die junge Frau meinte beschwichtigend: „Sie werden sehen, wie gut es Ihnen tut."

Man konnte das Wasser gar nicht sehen, denn über der Wanne breitete sich ein Schaumberg aus, dessen Gerüche nun mit der Ausdünstung der Alten kämpfen würden. Die alte Frau war vollständig nackt und fühlte sich hilflos. Aber eigentlich wünschte sie sich keine Hilfe herbei, sie war in eine Art Nebel eingehüllt, zufrieden und folgsam wie ein Kind, das sich gehenläßt, weil es weiß, daß man es verwöhnen wird. Diese Blonde schien so nett zu sein ... Sie setzte sich auf den Rand der Wanne, und Maria half ihr, in den Ozean von Schaum zu gleiten. Tina erinnerte sich an früher, als sie sich noch manchmal gewaschen hatte. Aber wozu hat man eigentlich die Lust, sauber zu sein, wozu sauber sein, wenn man allein lebt? Als sie im Wasser lag, entspannte sie sich und dachte an ein Bad, das sie einmal im lauen Wasser des Mittelmeeres genommen hatte, vor langer Zeit. Die Schwere des Wassers nahm das Gewicht von ihrem Körper, sie fühlte sich wohl. Maria seifte ihr vorsichtig den Rücken ein und kämpfte gegen ihren Widerwillen an. Sie erfand tausend Gründe, um nicht davonzulaufen.

„Und jetzt der Kopf."

„Der Kopf auch?"

Maria schüttete Shampoo über die grauen, strähnigen Haare. „Machen Sie die Augen zu. Entspannen Sie sich. Es ist angenehm ..."

Ja, es war wirklich angenehm. Die zarten Finger der jungen Frau massierten ihr die Kopfhaut, es war wie ein Streicheln.

„Wo sind wir?" fragte sie.

„In Athen."

„Wozu?"

„Wir fahren nach Paris. Sie werden sehen ... Es warten schon herrliche Kleider auf Sie. Und Schmuck."

„Schmuck? Wo?"

„Hier, in diesem Haus."

„Ich hätte gern Schmuck. Aber ich weiß nicht mehr, was man damit macht ..."

„Man wird schön."

„Ich bin nicht schön. Ich bin alt. Wie heißen Sie?"

„Maria."

Maria triumphierte. In weniger als einer Stunde hatte sie das wilde Tier beinahe gezähmt, und dieser Sieg schien ihr recht zu geben. Sie behauptete immer, daß die Sanftheit Wunder bewirken könne, bei Tieren ebenso wie bei Menschen.

„Ich heiße Tina", fuhr die Alte fort. „Athina."

„Ich weiß, Frau Satrapoulos, ich weiß."

„Was wollen Sie von mir?"

„Heben Sie doch Ihr Bein . . . ja . . . noch ein bißchen . . ."

„Was wollen Sie von mir?"

Später hatte Tina, in einen blütenweißen Bademantel gehüllt, die Kleider betrachtet, die Maria aus einem Kasten zog.

„Wollen Sie sie versuchen?"

„Ich?"

„Aber ja, Sie! Sie sind für Sie!"

Maria hatte einige Kleider auf dem Bett ausgebreitet, und die Alte hatte sich mißtrauisch genähert, wie ein Fuchs, der die Falle wittert. Sie kam noch näher, und ihre knochige Hand nahm den Stoff auf, befühlte ihn und ließ ihn wieder fallen. Sie unternahm einen zweiten Versuch, streichelte den Stoff, dann nahm sie ein Kleid auf und hob es in Augenhöhe, während sie gedankenverloren vor sich hinmurmelte. Und Maria konnte einen zweiten Triumph auskosten. Ohne daß sie ein Wort gesagt hätte, um die Alte zu überreden, fand die griechische Bäuerin instinktiv zur Reflexhandlung jeder Frau zurück. Sie hüllte sich in das Kleid und ging zum Spiegel. Lange betrachtete sie sich, erstaunt, daß der Spiegel ihr dieses längst vergessene Bild zurückwarf, das Bild von Athina Satrapoulos in einem neuen Kleid. Vorsichtig trat Maria näher und nahm sie bei der Hand.

„Ich helfe Ihnen beim Anziehen."

Widerstandslos ließ sich die Alte ausziehen, aber als sie nackt war, wandte sie die Augen vom Spiegel ab. Maria zog ihr das Kleid an, und Tina blieb bewegungslos stehen und ließ es geschehen.

„Bleiben Sie so!" sagte Maria und lief zu einem Kästchen, aus dem sie einige Schmuckstücke nahm. Sie legte ihr eine Perlenkette um den Hals.

„Setzen Sie sich doch auf das Bett . . . Die Schuhe . . ."

Sie holte ein Paar aus einem Kasten und zog sie ihr an.

„Gehen Sie sich jetzt ansehen . . . Gehen Sie doch! Sie sehen wunderbar aus!"

Sie führte sie an der Hand bis zum Spiegel. Tina blieb stumm und starrte auf diese Gestalt, die ihr unbekannt war. Nachdem sie sich wortlos lange betrachtet hatte, ohne eine Miene zu verziehen, zeigte sie eine Reaktion, die Maria nicht verstand. Sie wandte sich ruckartig ab.

„Gefällt es Ihnen nicht?" wollte die junge Frau beunruhigt wissen.

Die Alte antwortete nicht, schien nur über etwas nachzusinnen. Plötzlich sah sie Maria streng an und fragte mit erhobenem Zeigefinger: „Wo sind meine Kleider?"

„Aber . . . Kyria Satrapoulos . . . sie waren so alt . . . ich habe sie weggeworfen."

„Sie haben sie weggeworfen!" schrie die Alte und kam drohend auf sie zu.

Maria war unentschlossen und wußte nicht, wie sie sich verhalten sollte. Mit einem beruhigenden Ausdruck breitete sie die Arme aus, als die Alte ihr mit einem einzigen Schlag die Wange zerkratzte und tief das Fleisch aufriß. Maria fuhr sich ins Gesicht und betrachtete ungläubig ihre blutige Hand. Sie drehte sich um und rief nach dem Nebenzimmer: „Können Sie einen Augenblick kommen . . . Schnell!"

Sie wollte Tina nicht zeigen, wie sehr ihre Brutalität sie entsetzt hatte, aber sie hatte „Schnell!" gerufen, sie konnte nicht anders. In der Tür tauchten die beiden Männer auf, die wahrscheinlich nur darauf gewartet hatten. Sie hielten Tina fest und fragten die Krankenschwester nicht ohne Spott: „Nun? Und was jetzt?"

Maria stand noch immer unter dem Einfluß des Schocks und blickte die Alte an, die sich wütend aus der Umklammerung befreien wollte:

„Das ist nicht nett, was Sie da gemacht haben, Frau Satrapoulos . . . Nein . . . Das ist wirklich nicht nett . . ."

„Warum lassen Sie mich so lange allein?"

Der Grieche unterdrückte seinen Unmut. Er war todmüde, und ihn beschäftigte die Frage, wie die von Kallenberg ausgelöste Affäre sich weiterentwickeln würde. Wenn er jetzt für zwei Stunden auf seine Jacht gekommen war, so hatte er nicht vor, sich Vorwürfe anzuhören. Normalerweise ließ er nicht einmal zu, daß man ihm einfache Fragen stellte . . .

„Warum haben Sie mich nicht nach London begleitet? Ich hatte es Ihnen doch vorgeschlagen?"

„Sie wissen doch, daß ich diese Art von Vergnügungen nicht mag. Aber Sie sehen nachdenklich aus? Haben Sie Sorgen?"

Er blickte ihr in die Augen. Wanda schien es aufrichtig zu meinen.

„Unmengen."

Er nahm ihre Hand und küßte sie sanft. „Sie haben recht getan, nicht zu kommen. Es ist alles schrecklich ausgegangen. Sie werden es in den Zeitungen lesen . . . Aber sprechen Sie von sich. Was haben Sie getan?"

„Ach! . . . Ich . . . ich habe mich gelangweilt . . . gelesen . . . das Meer angeschaut . . ."

Er behielt ihre Hand in der seinen. Mit ihm war sie wie ein kleines Kind, und doch war sie die schönste Frau der Welt und würde es immer bleiben, solange es Männer gab. Er kannte sie bereits seit fünf Jahren, tat alles, damit sie ihm nicht davonlief, überschüttete sie mit Geschenken, die sie nicht beeindruckten, ließ sie vom Ende der Welt mit seinem Privatjet holen, nur damit sie wieder an Bord käme. Lena war zuerst sauer gewesen, aber auch sie hatte sich daran gewöhnt, die Deemount nicht als lebendes Wesen, sondern als Legende anzusehen . . . keine Rivalin, nur ein Mythos . . .

Er hatte sie zum ersten Mal knapp nach dem Krieg gesehen, in New York. Sie war aus ihrem Hotel gekommen und in einen Wagen gestiegen. An diesem Tag hatte er sich geschworen, er würde sich ihr nähern, sie erobern und besitzen. Er hatte in Erfahrung gebracht, daß sie im „Waldorf" ein Appartement besaß, das sie ständig mietete, obwohl sie nur zwischen zwei Tourneen dort abstieg. Es war nicht billig gewesen, das Appartement neben dem ihren zu bekommen, und er hatte sich in höchster Aufregung an den Propheten gewandt, um zu erfahren, zu welchem Zeitpunkt er sie am ehesten ansprechen konnte, ohne eine Abfuhr zu riskieren.

Und eines Tages war es soweit. Durch den Portier hatte er erfahren, daß sie jeden Augenblick ihr Zimmer verlassen mußte. Jetzt oder nie. Aufgeregt ging er in seiner Suite auf und ab, und die Vorstellung, auf dem Gang draußen drei Schritte machen zu müssen, ließ ihn erschauern wie bei seinem ersten Rendezvous. Wie würde sie reagieren, wenn er sie ansprach? Er schob die Frage wieder beiseite, es war besser zu improvisieren – wenn er es noch konnte. Er rannte ins Badezimmer, und obwohl er sich seit Monaten auf diesen Augenblick vorbereitet hatte, richtete er nochmals seinen Krawattenknoten und fegte unsichtbare

Stäubchen von der Hose, bevor er zurück zur Tür rannte und sie öffnete. Aber es war noch immer nichts zu sehen. Er zögerte, trat auf den Gang und ging langsam auf den Aufzug zu, während er krampfhaft überlegte, ob er vorgeben sollte einzusteigen, wenn die Deemount auftauchte, oder besser so tun sollte, als käme er gerade aus der Kabine. Im letzteren Fall würden sie sich kreuzen, und es war praktisch kaum möglich, sie in ein Gespräch zu verwickeln. Wenn er aber einstieg, könnte er ganze Stockwerke mit ihr verbringen, er mit ihr allein in der kleinen, blau tapezierten Kabine, den Duft ihres Parfüms riechen, ja vielleicht ihren Körper berühren. Aber was konnte er ihr sagen? Welche Worte wählen?

Als junger Mann hatte er sie in einem ihrer ersten Filme gesehen, und wie Millionen anderer Männer auch hatte ihre perfekte, fast schon schmerzvolle Schönheit ihn bis ins Innerste aufgewühlt. Er hatte sich geschworen, sich ihr zu nähern, mit ihr zu sprechen, sie kennenzulernen und, damals, sie zu verehren. Erst später, als auch er die Sprossen der Erfolgsleiter erklomm, hatte er die Möglichkeit ins Auge gefaßt, seinen Traum auf lebensnahere Weise zu verwirklichen. Schließlich war diese Frau auch nur eine Frau, und die Männer, die sie neben sich duldete, waren keine Götter, sondern eben nur Männer, nicht anders als jene, die sich Tag für Tag dem Gesetz und dem Willen von Sokrates Satrapoulos beugten.

Er ließ sich über jede Einzelheit ihres Tagesablaufs auf dem laufenden halten und spann über die ganze Welt hinweg um Wanda Deemount ein Netz unsichtbarer Informanten. Und doch schob er den Augenblick der ersten Begegnung immer wieder hinaus. Er hatte lange gezögert, ob er sie mit Kostbarkeiten überhäufen sollte, Geschenken, die seiner und ihrer würdig waren, aber zuletzt hatte er sich für die banale Lösung entschieden, ihr Blumen zu schicken, sie ohne Unterlaß mit Blumen zu bombardieren, um nicht Gefahr zu laufen, sie zu verärgern. Er hatte es nicht gewagt, seinen Namen darunterzusetzen, er konnte sich nicht vorstellen, daß seine Macht und sein Name genügen könnten, sie wie die erstbeste zu gewinnen. Wenn es um sie ging, war er krankhaft schüchtern und konnte sich trotz aller logischer Überlegungen nicht von der Vorstellung lösen, daß sie eine andere sein mußte als nur das unerreichbare Symbol seiner eigenen Jugendjahre.

123

Das Geräusch der zufallenden Tür riß ihn aus seinen Träumen. Sie war da! Und er stand mitten im Gang, auf halbem Weg zwischen dem Aufzug und seinem Appartement! Panik ergriff ihn, er vergaß völlig, was er sich ausgedacht hatte, ob er nun kommen sollte oder gehen, und er blieb wie angewurzelt stehen, während sie auf ihn zukam, in einem leichten hellbeigen Sommermantel, die schon sprichwörtliche Sonnenbrille auf der Nase. Sie ging an ihm vorbei, wie eine Luxusjacht an einem Wrack vorbeigleitet, ohne ihn zu sehen. Und schon war er wieder allein, es war alles viel zu schnell gegangen. Er sah, daß seine Rosen immer noch vor ihrer Tür standen, sie hatte sie ebensowenig bemerkt wie ihn. S. S. fühlte sich klein und verletzlich: es war schiefgegangen ... Zu diesem Zeitpunkt wußte er es noch nicht, aber er sollte sie ein ganzes Jahr lang nicht mehr sehen.

„Woran denken Sie?"

„An Sie. An den Abend, als ich versucht habe, Sie anzusprechen, bevor wir uns noch kannten."

„Haben Sie überhaupt gelebt, bevor wir uns kannten?" fragte Wanda lächelnd.

„Manchmal frage ich es mich", antwortete er ernst, bevor er ihre Hand losließ und fortfuhr: „Ich bin todmüde. Bis gleich. Ich nehme ein Bad und ziehe mich an."

Er ging in sein Appartement, in Gedanken bei ihr und längst nicht mehr in der Gegenwart. Später, als er sich gedankenverloren einseifte, erinnerte er sich an ihr zweites Zusammentreffen. Diesmal war es in Rom gewesen, bei gemeinsamen Freunden, die von seiner Leidenschaft für sie wußten. Und zu all seinen Ängsten nach dem gescheiterten ersten Versuch hatte sich eine neue gesellt: seine Körpergröße. Die Deemount war um einen guten Kopf größer als er, und während man sie einander mit unüberhörbarer Ironie vorstellte, faßte er nach hinten, griff nach den Streben des Treppengeländers. Er begann einen Redeschwall vom Stapel zu lassen, dem die Deemount aufmerksam zuzuhören vorgab, tastete mit dem Fuß nach der ersten Stufe, und als er sie unter seiner Sohle spürte, verharrte er eine ganze Weile so, weil er es nicht wagte, den anderen Fuß nachzuziehen. Ein Gast kam ihm ungewollt zu Hilfe, als er gegen ihn stieß, und er nützte die Chance, um gleich zwei Stufen zu erobern. Wanda hatte sich noch immer nicht gerührt.

Er atmete auf, jetzt mußte sie den Kopf heben, wenn sie ihn ansehen wollte. Aber sah sie ihn überhaupt? Hinter der dunklen Brille blieben ihre Augen unsichtbar und verborgen. Sie hatte das kindische Manöver von Satrapoulos natürlich bemerkt, aber sie empfand nur Rührung darüber, daß ein so mächtiger Mann sich so linkisch verhalten konnte. Sie wollte ihm helfen. Sie stellte sich auf die Zehenspitzen und flüsterte ihm ins Ohr: „Wollen wir nicht auf die Terrasse gehen? Es sind so viele Leute hier, daß ich kaum höre, was Sie sagen . . ."

Fünf Minuten später waren sie endlich draußen. Der Grieche rückte für sich einen Sessel zurecht und placierte die Deemount in eine Hollywoodschaukel, und zwar so, daß der Strahl eines der Scheinwerfer ihr genau ins Gesicht fiel. Aber es war ihr zu grell, und sie bat ihn freundlich, mit ihr Platz zu tauschen. Nun hatte er das Licht in den Augen, und von ihrer Silhouette sah er kaum mehr als vage Formen. Er wollte reden, aber fand keine Worte. Die Erfüllung seines sehnlichsten Wunsches lähmte ihn.

„Erzählen Sie mir von sich, Herr Satrapoulos . . ."

Er fand es idiotisch, ihr die Initiative überlassen zu haben, und antwortete einfallslos: „Was soll ich Ihnen sagen?"

„Was Sie den anderen verschweigen. Ich weiß von Ihnen nicht mehr, als in den Zeitungen steht. Und daß die Zeitungen lügen, weiß ich aus eigener Erfahrung. Wer sind Sie?"

Er blieb stumm.

Sie begann von neuem: „Ich weiß, daß Sie Reeder sind, daß Sie verheiratet sind . . . viel zu tun haben . . . Was für ein Leben führen Sie?"

Er war versucht, zu sagen: Das Leben eines Idioten. Normalerweise wollte man wissen, wieviel er verdiente. Worte drängten sich auf, er sprach sie nicht aus, Sätze, die alles erklären konnten, seine Reisen, seinen Kampf, das unablässige Streben nach mehr und nochmals mehr, die Einsamkeit, seine Genialität in Geldangelegenheiten, seine Ängste, den unablässigen Wunsch, mit jemandem reden zu können, nicht wie mit Lena, die nur spielte. Aber er sagte nur: „Ich bin oft sehr allein."

Wanda war von der Demut dieses Geständnisses tief berührt. Auch sie war allein, entsetzlich allein inmitten dieser Myriaden von Menschen und Bewunderern.

„Ich verstehe Sie sehr gut, Herr Satrapoulos . . . Glauben Sie an die Sterne?"

„Bitte?"

„Ich frage, ob Sie an die Sterne glauben."

Der Grieche wollte sich nicht allzu schnell entblößen. Er hatte gelernt, daß man in der Liebe ebenso wie in den Geschäften gut daran tat, ein Atout nicht aus der Hand zu geben, für den Fall, daß der besiegt geglaubte Gegner doch noch zum Angriff ansetzte.

„Und Sie, glauben Sie daran?"

Seine Frage schien sie zu erstaunen. „Wie sollte ich nicht? Die Größten haben daran geglaubt, alle, die zu einer Epoche das Antlitz der Erde verändert haben. Der Mensch ist so unbedeutend . . ."

Wanda nahm sein Schweigen als Zweifel. „Alles steht geschrieben. Glauben Sie mir nicht?"

„Ich glaube alles, was von Ihnen kommt."

Sie sprachen englisch, und ihr harter Akzent ließ sein Herz schneller schlagen.

„Wie ist Ihr Vorname?"

„Sokrates. Meine Angestellten nennen mich heimlich S. S., bei meinen Gegnern bin ich der Grieche."

„Sind Sie wirklich Grieche?"

„Natürlich", lächelte er. „Ich bin schließlich Reeder." Linkisch fügte er hinzu: „Ich habe alle Ihre Filme gesehen . . ."

Sie wurde merklich steif. Zu spät, es war nicht mehr ungeschehen zu machen. Jetzt mußte er aufs Ganze gehen: „Sie haben es nicht gern, wenn man davon spricht?"

Anstatt einfach aufzustehen und ihn zu verlassen, wie sie es mit jedem anderen getan hätte, sagte sie nach kurzem Zögern: „Nein."

Keiner von ihnen vermochte das aufgetretene Schweigen zu überbrücken. Satrapoulos wollte sich verfluchen, weil er diesen verblödeten Satz ausgesprochen hatte.

Und wieder sprach sie als erste: „Würden Sie wollen, daß ich von Ihren Schiffen spreche, von den Bilanzen?"

„Nein, entschuldigen Sie. Obwohl . . ."

„Obwohl?"

„Obwohl es nicht dasselbe ist, nicht ganz."

„Nein?"

„Meine Bilanzen haben noch nie jemanden erschüttert."

„Meine Filme auch nicht."

„Jetzt sagen Sie bewußt eine Unwahrheit."

Sie richtete sich auf, aber er hielt sie zurück. „Nein, bitte nicht! Seien Sie mir nicht böse, wenn ich Sie verletzt habe."

Er hatte ihre Hand erfaßt und zitterte beim Kontakt mit ihrem Körper.

Wanda Deemount zog die Hand zurück. „Sie haben nicht erschüttert sein können, weil ich nie etwas von mir gegeben habe. Was Sie sahen, war ein Bild, nicht ich."

Plötzlich stand jemand neben ihm. „Sokrates, darf ich Ihnen vorstellen ..."

Der seltene Augenblick war unwiederbringlich vorüber. Als er sich endlich von den lächerlichen Verpflichtungen des Gesellschaftslebens zu lösen vermocht hatte, war Wanda verschwunden. Er überlegte es sich nicht zweimal und ließ erbarmungslos alle stehen, um hinter ihr herzueilen. Vor dem Hotel hatte er sie eingeholt, aber sie war bereits weit weg von allem, schien ihn gar nicht zu erkennen. Und trotzdem sollte er mit ihr wenige Stunden später die seltsamste Nacht seines Lebens verbringen.

Im allgemeinen brüstete er sich seiner Eroberungen und erzählte sie mit den notwendigen Einzelheiten ausgeschmückt einem Kreis ausgewählter Freunde, die es ebenso hielten, aber wer hätte ihm damals geglaubt? Wie hätte er es wagen können, die Wahrheit zu sagen? ...

Fast hätte er über seinen Erinnerungen das Klopfen an der Tür überhört. „Madame Deemount läßt fragen, ob Sie fertig sind?"

Er war noch im Bademantel. Seltsamerweise ärgerte es ihn, daß Wandas Zustand von seiner Gegenwart abzuhängen schien, und vor allem heute dachte er nicht daran, diese Verantwortung zu übernehmen.

„Sagen Sie ihr, ich komme, sobald ich fertig bin", rief er durch die geschlossene Tür.

Und beschloß auf der Stelle, sich bei Epaphos anzusaufen, einem ehemaligen Matrosen, der eine verrufene Kneipe im Piräus betrieb. Bei ihm fühlte der Grieche sich zu Hause, kein Journalist war je bis dorthin vorgedrungen, und wenn die Musiker zu spielen begannen, ging es hoch her. Er beschloß, sich davonzustehlen, ohne jemandem etwas zu sagen, und zog nacheinander Hemd, Jacke und Hose an, in deren Tasche er bündelweise Geld stopfte, um es an die Musiker zu verteilen und das zerbrochene Geschirr zu bezahlen, das es nach dem Fest unweigerlich geben würde. Kallenberg sollte der Teufel holen! Er schlich sich an Deck, bedeutete den Matrosen oben, ganz leise zu sein, und sprang wie ein Jüngling in das wartende Motorboot hinunter.

Es war sieben Uhr früh. Jack Robertson, der Privatsekretär des Generalsekretärs der Tate-Gallery, wandte sich ohne aufzublicken an seine Frau und starrte versunken in seine Teetasse. „Eve, willst du bitte im Briefkasten nachsehen, ob die Zeitung gekommen ist?"

Achselzuckend schnürte seine Gattin ihren Morgenrock enger und wandte sich zur Tür. Sie überquerte die drei Meter, die sie vom Eingangsgatter und dem Briefkasten trennten, und nahm den „Daily Express" heraus, den sie, ohne einen Blick darauf zu werfen, vor ihrem Mann auf den Tisch fallen ließ.

Jack tat so, als hätte er ihre aggressive Stimmung nicht bemerkt, riß das Klebeband herunter und überflog die erste Seite. Sein Blick blieb auf einem Foto hängen, das sich über drei Spalten erstreckte. Es zeigte eine alte Frau, die vor einem zerfallenen Haus stand und aus einem undefinierbaren Gefäß aß, während Ziegen sich um sie drängten. Unter dem Bild stand nur: „Das ist die Mutter!" Wessen Mutter? Jack regte sich regelmäßig über die sensationslüsternen Titel der Journalisten auf, die auf die Neugierde ihrer Leser bauten und dann auf einen Artikel irgendwo im Inneren des Blattes verwiesen. Er fand diese Vorgangsweise ganz einfach unehrlich. Diesmal stand in winzigen Buchstaben unter dem Bildtext: „Siehe unseren Artikel auf Seite 8." Erbost mußte Jack seine Teetasse abstellen, um umzublättern.

„Hm . . . hm . . .", machte er nachdenklich, als er den Artikel gefunden hatte.

„Was ist?" fuhr ihn Eve an.

Der Sekretär des Generalsekretärs sagte: „Es ist einfach ungebührlich."

„Was denn?"

„Dieser Milliardär, dieser Grieche, Satrapoulos . . ."

„Nun?"

„Er läßt seine Mutter verhungern."

„Allerdings, das ist ungebührlich. Es ist sogar kriminell."

Jack Robertson betrachtete ruhig seine Gattin und schoß dann einen boshaften Pfeil ab, das einzige Vergnügen, das ihm neben dem Bierkonsum noch geblieben war: „Das meine ich nicht. Jedermann ist es frei, mit seiner Mutter zu machen, was er für richtig hält. Ich meine einfach, daß es ungebührlich ist, das Privatleben von Leuten in einer Zeitung auszubreiten."

Mittag. Paris, Rue de Lourmel. „France-Soir!" Eine Frau tritt auf den Zeitungsverkäufer zu, hält ihm das Geld hin. Die noch druckfeuchte Zeitung stopft sie in ihre Einkaufstasche, zwischen die Zwiebeln und zwei Salatköpfe. Sie tritt in ein Bistro, lehnt sich an die Theke und bestellt einen Kaffee.

„Bonjour, Madame Thibault."

„Bonjour, meine Kleine, wie geht's?"

Sie gibt drei Stück Zucker in ihre Tasse, eine Gewohnheit noch aus dem Krieg, als man fürchtete, nie genug zu haben, rührt ordentlich um und trinkt aus, auf einen Schluck, wie ein Glas Schnaps. Sie stellt die Tasse wieder nieder, zündet sich eine Gauloise an und zieht die Zeitung hervor. Sie durchblättert sie hastig, bis sie auf die Sportseite mit den Pferdewetten stößt. Vorsichtig reißt sie den für sie interessanten Teil heraus und läßt den Rest der Zeitung achtlos auf den Boden fallen. Aus ihrem Haarknoten im Nacken zieht sie einen Bleistift. Aufmerksam streicht sie die Starter für das sechste Rennen, nachmittags in Auteuil, an. Sie wirkt unentschlossen, weiß nicht, auf welches Pferd sie setzen soll. Dann murmelt sie: „Ach, zum Teufel! Boule-de-suif!"

Sie durchquert den Schankraum und grüßt einen Mann im Flanellanzug, der in einer Ecke hinter der Marmorplatte thront.

„Hallo, Emile! Da hast du! Setz es auf Boule-de-suif, im sechsten Rennen."

Sie wirft ihm einen Geldschein hin, er kritzelt einige Worte auf ein Stück Papier und reicht es ihr. Sie steckt es ein und geht an die Bar zurück.

„Gib mir noch einen!"

Die Kellnerin bringt ihr einen zweiten Kaffee, in dem sie vier Stück Zucker zergehen läßt. Sie spürt etwas unter ihrer

Schuhsohle, ein Kaugummi ist darauf klebengeblieben Sie bückt sich und wischt mit der Zeitung die Sohle ab. Dabei fällt ihr Blick auf ein riesiges Foto über fünf Spalten, das ein altes, von Ziegen umgebenes Weib zeigt. Mit dem Fuß dreht Madame Thibault das Blatt in die andere Richtung und liest den Titel: „Ihr Sohn ist Milliardär, und sie lebt von Almosen." Mühsam bückt sie sich, hebt das Papier auf und liest weiter.

„Die Ärmste der Armen hat einem der reichsten Männer der Welt das Leben geschenkt: Sokrates Satrapoulos, dem milliardenschweren griechischen Reeder. Unsere Reporter haben sie in einem Sechzigseelendorf im Norden Griechenlands entdeckt. Ihre ganzen Einkünfte bezieht sie aus der Milch ihrer Ziegen und dem Fleisch einiger Kaninchen. Ihr Sohn, den sie seit dreißig Jahren nicht mehr gesehen hat, hat ihr nie die geringste Unterstützung zukommen lassen."

Madame Thibault schüttelt den Kopf, zündet sich am Stummel der Gauloise eine zweite Zigarette an und meint zu der Serviererin, die sie nicht hören kann, weil die Espressomaschine zuviel Lärm macht: „Eine Schweinerei, diese Reichen! Da geht man dabei drauf, ihnen den Arsch auszuwischen, solang sie klein sind, und kaum daß sie ein bißchen Zaster haben, behalten sie es für sich, ohne ihrer Alten etwas zu geben!"

Acht Uhr morgens. Medea Mikolofides liegt nackt auf dem Tisch, den ihr Masseur in einen Winkel des Raums geschoben hat. Er kommt regelmäßig jeden Tag, um ihren enormen Körper zu bearbeiten, und lobt lauthals ihre Kraft und Gesundheit, obwohl die Alte wie ein toter und öliger Fisch aussieht. Ihre Haut ist wabbelig und ungesund. Die Finger des Masseurs tauchen ein wie in Gelatine: Fleischmassen, die schon zu lange das Sonnenlicht nicht mehr gesehen haben. Wie die meisten Südländer mag Medea die Sonne nicht. Über sie gebeugt, keucht und schwitzt der Masseur: „Nicht so stark, Michel, nicht so stark . . ."

„Müde?"

„Verärgert."

Medea denkt an den Skandal, in den sie verwickelt ist. Warum auch muß ihr Schwiegersohn solche Feste geben? Warum will er imponieren? Und wem? Hat sie so etwas wirklich nötig? Und ist sie nicht trotzdem eine der reichsten Frauen der Welt?

„Seien Sie nett, Michel. Drehen Sie das Radio an. Ich will die Börsennotierungen hören."

Eine alte Gewohnheit. Aber heute sind die Gedanken der Witwe woanders. Sie denkt noch an die Szene mit Kallenberg am Telefon.

Sie hat ihm nichts erspart. Sie hat ihm alles gesagt, was sie seit langem auf dem Herzen hatte. Und er ließ es sich gefallen, wie ein kleiner Junge abgekanzelt zu werden. Nur einmal wagte er aufzubegehren, als seine Schwiegermutter ihm befahl, Irene nach Hause zu schicken. „Mit Vergnügen! Und sie kann gleich dort bleiben!" antwortete er. Medea verlangte nach ihrer Tochter, und Irene kam erst viel später ans Telefon – im Bad sollte sie angeblich gewesen sein –, während die Zeiger der Uhr wanderten und die Telefonrechnung anstieg. Warum werfen die Kinder das Geld aus dem Fenster, das ihre Eltern so schwer verdient haben?

„Nein, Mama, ich komme nicht nach Griechenland. Mein Mann hat Schwierigkeiten, und ich werde nicht jetzt das sinkende Schiff verlassen!"

Ihr Mann ... Ein großspuriger, ehrgeiziger Schönling, der keine Ahnung von Methode hat und so lange mit dem Glück spielen wird, bis er dabei draufgeht ...

In der Zwischenzeit hatte der Masseur das Radio angestellt, und während sie sich das Rückgrat klopfen ließ, hörte sie: „... im Norden Griechenlands entdeckt. Sie lebt von Ziegenmilch und Wurzeln und beschuldigt ihren Sohn, ihr nie beigestanden zu haben ..."

„Wer?" Medea spitzte die Ohren und unterdrückte einen Seufzer. „Nicht so stark, Michel, nicht so stark, zum Teufel!"

„Wir haben Sokrates Satrapoulos noch nicht erreichen können, aber Sie hören nun die Beschuldigungen, die seine Mutter gegen ihn vorbringt ..."

Die Alte sprang auf, als hätte eine Schlange sie gebissen. Michel hatte es auch gehört. Erstarrt standen sie beide da und warteten. Eine Litanei von Beschuldigungen, die der Journalist immer aufs neue provozierte.

„Wie war er? Als Kind, meine ich?"

„Lausig. Und gestohlen hat er auch."

„Hat er seinen Vater geliebt?"

„Immer nur sich selbst."

„Und in der Schule, wie war er da?"

„Man hat ihn überall rausgeschmissen. Keine Schule wollte ihn länger als acht Tage."

Medea drehte sich zu Michel, der begierig zuhörte. Sie schrie ihn an: „Nun, worauf warten Sie? Wofür bezahle ich Sie?"

Der Masseur trat zögernd auf sie zu, aber sie stieß ihn wütend weg und rannte auf die Tür zu. „Aber was, ich will wissen, was das nun wieder für ein Blödsinn ist!"

Sie war schon an der Tür, als Michel ihr nachrief: „Madame Mikolofides ... Nehmen Sie doch wenigstens das Handtuch! Sie sind nackt ..."

6

Als sie in Baran landeten, warnte der Grieche seinen Piloten: „Bleiben Sie beim Flugzeug. Und der Funker auch. Hier sind sie imstande, das Flugzeug zu stehlen oder zu zerlegen, um es kleinweise zu verschachern."

Auf der Landebahn sah er einen Wagen mit der Flagge von Baran näher kommen. Er hörte das Surren der Pneus auf dem brennheißen Asphalt. Ein Mann stieg aus, öffnete den Schlag und ließ S. S. einsteigen.

Sokrates hatte nach der Lektüre der Morgenzeitung Hadsch Thami el-Sadek von Rom aus, wo er einem italienischen Konsortium elf altersschwache Tanker angedreht hatte, um eine dringende Unterredung ersucht. Lena hatte nach dem Abend bei Kallenberg darauf bestanden, nach Frankreich zu fliegen, wo Freunde sie auf Cap Ferrat erwarteten. Sie hatte ihm nicht einmal mitgeteilt, um welche Freunde es sich handelte. Er werde sie einige Tage nicht sehen, hatte sie ihn informiert, da sie unmittelbar darauf nach New York fliege.

„Haben Sie eine gute Reise gehabt?"

Der noch junge Mann im Burnus, der neben ihm saß, hatte seine Frage in akzentfreiem Englisch gestellt. Er war einer der einflußreichsten Berater des Emirs, das wußte Satrapoulos.

„Ausgezeichnet, ich danke Ihnen. Ich habe heute morgen mit dem Prinzen telefoniert, und er ließ mich wissen, daß es ihm gut geht."

„Ja, sehr gut, obwohl er sehr viel arbeitet."

„Er ist ein außergewöhnlicher Mensch und ein weiser Herrscher. Leute wie ihn könnten wir in Europa brauchen."

„Es mangelt Ihnen in Europa nicht an großen Männern", sagte der junge Araber lächelnd.

„Ja, solange sie nicht an der Macht sind. Dann aber verfallen sie der Demagogie – um wiedergewählt zu werden. Wie kann Größe davor bestehenbleiben?"

„Sie scheinen der Monarchie nachzutrauern."

„Ich stelle nur fest, daß das demokratische System jeden, der Macht ausübt, früher oder später der Demagogie in die Arme treibt . . ."

Die Fahrt ging durch eine flache Landschaft, in der sich nichts, absolut nichts befand – außer Erde, Himmel, Sonne. Und Erdöl vielleicht. Bis jetzt waren alle Bohrungen negativ verlaufen. Ob sie es wohl schon im Meeresboden vor der Küste versucht hatten? Die Straße durchschnitt schnurgerade die endlose Ebene, schien aus dem Nichts zu kommen und in das Nichts zu münden. Baran war noch zehn Kilometer entfernt, doch nichts deutete darauf hin, daß es den Ort überhaupt gab. Er war dann einfach da, ganz plötzlich, eine breite, von etwa einem Dutzend moderner Gebäude flankierte Straße, die ebenso plötzlich mitten im Sand endete. Und von da an gab es nichts mehr, nur einen kaum erkennbaren Pfad, den die Kamelkarawanen im Laufe von Jahrhunderten in den Boden gezeichnet hatten.

„Der Prinz hat mich ersucht, Sie bei seiner Residenz abzusetzen. Er steht Ihnen für die gewünschte Unterredung zur Verfügung, sobald es Ihnen beliebt."

„Leider ist es mir unmöglich, seine Gastfreundschaft in Anspruch zu nehmen. Unaufschiebbares wartet auf mich, ich muß noch heute abend in Genf sein."

„Wie es Ihnen beliebt."

Er gab dem Chauffeur neue Anweisungen und sagte dann zu S. S.: „Wir fahren also gleich jetzt zum Haus des Prinzen."

Man konnte Thami el-Sadek Genialität nicht absprechen. Um die Legende von seinem Asketenleben zu untermauern, empfing er seine Untertanen in einer kümmerlichen Hütte, in der sich mit Ausnahme einer Matte nichts befand, keine Möbel, nicht einmal ein Bett. Es kam sogar vor, daß er wochenlang die Hütte nicht verließ, Gefangener seiner selbstinszenierten Komödie, und sich nur von Datteln und Tee nährte. Seine Gäste allerdings, die ihn in dieser Bruchbude aufsuchen muß-ten, unterwarf er sodann dem psychischen Wechselbad, indem er ihnen Gemächer in seinem feenhaften Palast aus rosa Marmor anweisen ließ. In den riesigen Swimming-pool ergossen sich plätschernd kleine Wasserfontänen, rundherum waren Blumen gepflanzt und Orangen- und Zitronenbäume, die unter der Last ihrer Früchte ächzten. Im Palast Mosaikkacheln, Spitzbogenfenster, herrliche Wandteppiche, Kunstgegenstände aus Gold und Elfenbein, Marmorskulpturen, Armaturen aus massivem Gold in den Badezimmern. Zur Bedienung standen nubische Sklaven bereit, ein Masseur brachte die Gäste jeden Morgen in Schwung. Satrapoulos dachte daran, wie schwer es gewesen sein mußte, diesen Palast aus dem Boden zu stampfen, noch dazu in dieser Wüste, wo jeder einzelne Wassertropfen wertvoller war als ein Kanister Erdöl.

„Wir sind da."

Der Grieche stieg aus. Sie befanden sich in einem schmalen Gäßchen, das Sonne und Schatten in zwei ungleiche Hälften teilten. Er betrat ein Haus, das sich in nichts von den umliegenden unterschied, durchquerte einen langen, gekalkten Gang, in dem einige Eingeborene in Dschellabahs völlig regungslos an der Wand lehnten. Hadsch Thami el-Sadeks Leibwächter. Man sah keine einzige Waffe, aber S. S. wußte zur Genüge, daß man in diesem Teil des Persischen Golfs die Folklore längst zugunsten höherer Effektivität aufgegeben hatte. Unter den wallenden Gewändern hatten sie sicher die modernsten automatischen Waffen bereit, und vielleicht hatte sogar eines seiner Schiffe diese geliefert. Vor einer kleinen Holztür verneigten sich zwei Männer und ließen ihn eintreten. Zum zweiten Mal in seinem Leben befand sich Satrapoulos im Heiligtum des Emirats, einer kleinen Mönchszelle, in der sich außer einer Fußmatte und einigen wenigen Polstern absolut nichts befand. Der Emir wartete bereits, die Arme zum Bruderkuß ausgestreckt. In leidlichem Englisch, untermischt mit etlichen Zischlauten, begann er zu sprechen.

„Ich hoffe, daß mein Bruder eine angenehme Reise hatte. Ich fühle mich sehr geehrt, daß er sie eigens unternommen hat, um einen alten Mann wie mich zu sehen."

„Hoheit, ich bin es, der sich unendlich geehrt fühlt, die Gunst einer Audienz erhalten zu haben. Ich hätte es mir nie gestattet, um eine solche anzusuchen, ich weiß, wie kostbar jede einzelne Minute Ihrer Zeit ist, wenn nicht Gefahr bestünde für das Teuerste auf Erden, das ich besitze: ihre Freundschaft, der ich mich erfreuen darf."

Der Emir lächelte und breitete die Arme begütigend aus. „Worum handelt es sich?"

„Um meine Ehre."

Jetzt war das Einleitungspalaver vorbei, der Ernst konnte beginnen. Wie ein Schüler vor der Prüfung hatte Satrapoulos während des Fluges seine Akten studiert, um eine weiche Stelle in der Front des Gegners zu finden. Der Zweck heiligte die Mittel, und diese Mittel hieß es nun zur Anwendung bringen. Zuerst mußte er über eine bestimmte Angelegenheit Rede und Antwort stehen, erst dann konnte er versuchen, die Lage, die nur so schlimm geworden war, weil er es mit dem Einverständnis des Propheten von Cascais zugelassen hatte, zu seinem Vorteil zu wenden. Der Grieche hüstelte, öffnete seinen Aktenkoffer und zog einen Stapel von Zeitungsausschnitten hervor. El-Sadek unterbrach ihn mit einer Handbewegung. „Ich habe diese Dokumente bereits heute morgen gesehen."

Satrapoulos war verblüfft. Der Informationsdienst des Emirs funktionierte überraschend gut. „Alle?" vermochte er noch zu stammeln.

El-Sadeks Lächeln verstärkte sich. „Aber ja. Alle."

„Ich nehme an, daß Eure Hoheit sich nicht einen Augenblick von diesen lügenhaften und diffamierenden Enthüllungen hat täuschen lassen."

Der Emir machte eine unbestimmte Handbewegung. Sokrates wertete sie als Aufforderung, zur Sache zu kommen.

„Sehen Sie", fuhr er fort, „oft verstecken sich unsere Feinde in der eigenen Familie. Es kann kein Zweifel darüber bestehen, daß man mich kompromittieren und vor Eurer Hoheit durch diese Machination herabsetzen will."

Der Emir antwortete mit bewundernswerter Spitzfindigkeit: „Ich habe nicht gewußt, daß Sie der Meinung, die ich von Ihnen habe, so viel Bedeutung beimessen."

Satrapoulos, der genauso gut Theater spielen konnte wie el-Sadek, hatte dem Emir eines voraus: er lebte seine eigenen Lügen. Wenn es hart auf hart ging, konnte er sich selbst von seinen Argumenten so überzeugen, daß er das Erfundene effektiv erlebte und die Lüge vergaß, die als Anfangspostulat gestanden war. Häufig schlich sich dann bei seinen Gegnern der Schatten eines Zweifels ein, sie vergaßen für einen Augenblick auf ihre Deckung, und Sokrates stach zu. Er atmete tief ein,

136

blickte el-Sadek in die Augen und begann: „Hoheit, wir leben in einer harten Welt, in der jeder von uns vergißt, daß er selbst einmal ein Kind gewesen ist. Die Sucht nach Vorteilen bestimmt unsere Handlungen, und oft liegt das Wertvollste in uns, der Sinn für die eigene Würde, brach. Die Beziehungen, die ich mit Ihnen angeknüpft habe, betreffen das Geschäft, ich leugne es nicht. Und als ich Sie kennenlernte, kam das Geschäft vor allem anderen, das stimmt ebenfalls."

Der Emir hörte ihm wortlos zu, seine kleinen, listigen Augen auf ihn gerichtet. S. S. fuhr fort: „Doch dann hatte ich das Glück, Sie näher kennenzulernen, und erfuhr, in welch bewundernswerter Weise Sie lebten und was Sie beabsichtigten, lernte Ihre politischen Ziele, Ihre Weisheit kennen. Da ist mir eines klargeworden: Geschäfte machen kann ich jeden Tag, aber einen Menschen wie Sie nur einmal in Jahren kennenlernen. Ich habe materielles Interesse daran, daß Sie mir weiter gewogen bleiben, aber die Bewunderung für Sie ist größer. Ich kann nichts dagegen tun, wenn Sie glauben, ich will Ihnen nur schmeicheln. Ich bin kein großer Redner und auch nicht sehr gebildet, ich weiß mich nicht richtig auszudrücken. Ich eröffne Ihnen einfach mein Herz, ungeschickt, aber aufrichtig."

Satrapoulos schwieg. Er war von seiner Rede beeindruckt. Ohne ihn aus den Augen zu lassen, fragte der Emir sanft: „Von welcher Familie sprechen Sie?"

„Familie?"

„Sie haben vorhin gesagt: Oft verstecken sich unsere Feinde in der eigenen Familie."

„Hoheit, es fällt mir sehr schwer, davon zu sprechen."

El-Sadek lächelte ironisch. „Und doch sind Sie deswegen gekommen. Nun, welche Familie", drängte er.

Er machte es einem wirklich nicht leicht. Der Grieche wagte den Vorstoß: „Meine eigene, Hoheit."

„Wollen Sie damit sagen, daß jemand aus Ihrer Familie versucht hat, Ihnen zu schaden."

„Allerdings, das meine ich."

„Und wer?"

Satrapoulos fragte sich, wie lange der andere das Spiel noch treiben würde. „Hermann Kallenberg."

„Ich habe nicht gewußt, daß Sie zum selben Clan gehören."

Das ging langsam zu weit, dachte der Grieche.

„Eure Hoheit ist zu gut unterrichtet, um das nicht zu wissen. Sie hat es wohl vergessen. Kallenberg ist mein Schwager. Seine Gattin ist die ältere Schwester meiner Frau."

„Ja, ich muß es vergessen haben ... Und ... wieso ist Ihr Schwager Ihr Feind?"

„Er hat diese lächerliche und entwürdigende Pressekampagne gegen mich lanciert."

„Unangenehm ... Ich nehme an, Sie haben Beweise."

„Selbstverständlich. Er hat mir mitgeteilt, was auf mich zukommt."

„Vielleicht wollte er Ihnen helfen, den Skandal zu verhindern, der auch auf ihn zurückfallen würde."

„Sicher nicht. Er hat mir zu verstehen gegeben, daß er – und nur er – es in der Hand habe, es zu verhindern."

„Wenn ich Sie richtig verstehe, behaupten Sie, daß Kallenberg zuerst die Lunte einer Bombe zündete, die Sie vernichten sollte. Und Ihnen dann vorschlug, alles wieder rückgängig zu machen."

„Genau so ist es, Hoheit."

„Aber sagen Sie mir ... Warum?"

„Ich sollte zu seinen Gunsten auf ein Geschäft verzichten."

„Wirklich? Und worum handelte es sich?"

„Um den Transport von Rohöl aus verschiedenen Emiraten des Golfs, denen in gewissem Sinne Sie vorstehen."

„Ich fürchte, daß Herr Kallenberg und Sie meine Macht überschätzen", warf der Emir ein und hüllte sich in langes Schweigen. „Und wo hat die Unterredung stattgefunden, die Sie mit Herrn Kallenberg führten?" fuhr er fort.

„In London, am Abend jenes Festes, dessen Ausgang Ihnen bekannt ist."

„Ja ... ich habe davon gehört. Und meine Berater leider auch. Man kann wohl sagen, daß der Abend bei Herrn Kallenberg und dazu jetzt die Pressekampagne gegen Sie keine gute Reklame für Ihre Familie darstellt. Sie sagten, die Unterredung mit Ihrem Schwager hätte in London stattgefunden. Waren Zeugen zugegen?"

„Hoheit werden wohl annehmen, daß ein Erpressungsversuch nicht unbedingt vor Zeugen abgewickelt wird."

„Sie haben völlig recht, aber ich kann nicht umhin, es zu bedauern. Wirklich äußerst unangenehm."

„Muß ich das so verstehen, daß Hoheit an meinen Worten zweifeln?"

„Aber wo denken Sie hin! Ich zweifle überhaupt nicht. Aber ich bin nicht allein. Es gibt auch noch andere!"

Hatte der Grieche den Araber unterschätzt? Jedenfalls lief die Sache schlechter, als er gedacht hatte. Vielleicht hatte er schon einen Vertrag mit Blaubart unterzeichnet. Aber was konnte Kallenberg ihm Besseres anbieten als er selbst? Der Grieche hatte es so eingerichtet, daß es mit den Skandalen nun pari stand. Was hatte der Emir vor? Und wenn er nichts unterzeichnet hatte . . .? Vielleicht wollte er nur die Angebote in die Höhe treiben.

El-Sadek fuhr fort. „Ach, Satrapoulos! . . . Wie traurig ist es doch, Familien entzweit sehen zu müssen . . ."

Er hatte es mit düsterer Miene vorgebracht, es klang ehrlich, und der Grieche lief in die Falle.

„Das Glücksspiel der Heirat und die Unvorhersehbarkeit weiblicher Wünsche haben noch nie zu dem geführt, was man eine Familie nennen kann. Die Familie, das sind Menschen vom gleichen Blut."

„Aber ich habe nie etwas anderes behauptet", warf el-Sadek treuherzig ein. „Als ich von entzweiten Familien sprach, dachte ich nur an die Beziehungen zwischen Ihnen selbst und Ihrer Mama. Und Sie können versichert sein, daß ich nicht versuche, mich einzumischen oder die Gründe zu erfahren, warum man Sie anschwärzen will."

Der Grieche zwang sich zur Ruhe und schüttelte verständnisvoll den Kopf: „Hoheit, ich habe gelesen, was man mir vorwirft. Wenn das stimmte, wäre ich ein Ungeheuer! Jeder Mensch hat nur eine Mutter in seinem Leben. Und jeder Mensch, der seine Mutter in der Armut beläßt, ist es nicht wert, zu leben."

Jetzt hatte also auch er die Blume der Rhetorik ausgepackt! Bitter fuhr er fort: „Alle Berichte, die Sie gelesen haben, sind falsch. Sie sind nur der Beweis dafür, wie sehr die Gier und der Machthunger einen Menschen erniedrigen können. Während diese gefälschten Fotos in Griechenland aufgenommen wurden, befand sich meine Mutter in Paris, im ‚Ritz', in Begleitung von zwei Kammerdienern und ihrer Gouvernante. Aber sehen Sie doch selbst . . ."

139

Er entnahm seiner Tasche hastig ein Bündel von Dokumenten: „Sehen Sie diese alte Bäuerin an auf diesem Foto . . . Und vergleichen Sie jetzt mit dem Bild meiner Mutter, hier . . .“

Er zeigte die Fotografie einer älteren, elegant gekleideten Dame, die auf dem Bild sehr erschöpft aussah. Um die wütende Tina so zu fotografieren, hatten die beiden Wächter sie mit Beruhigungsmitteln vollstopfen müssen.

„Hoheit, finden Sie, daß diese beiden Personen irgendeine Ähnlichkeit miteinander haben?“

Der Emir beugte sich vor und betrachtete die Fotos. Er roch den Braten, aber er wußte nicht, was hier nicht stimmte.

„Allerdings . . . Es ist sichtlich nicht dieselbe Person.“

„Morgen, Hoheit, wird es die ganze Welt wissen. Jedermann soll erfahren, mit welchen Mitteln man gegen mich arbeitet.“

„Was haben Sie vor?“

„Ich werde alle Zeitungen verklagen, die diese Nachricht übernommen haben, alle! Und natürlich werden sie in gleicher Aufmachung eine Berichtigung bringen müssen. Meine Rechtsanwälte arbeiten bereits daran.“

„Und Herr Kallenberg?“

„Er ist bereits genug gestraft.“

„Wann werden die Berichtigungen veröffentlicht?“

„In den Tageszeitungen schon morgen; bei den internationalen Zeitschriften in der nächsten Ausgabe. Noch heute abend senden die Rundfunkanstalten die Pressekonferenz, die meine Mutter in Paris hält.“

„Eine schöne Rache.“

„Keine Rache, Hoheit, es geht nur um Gerechtigkeit. Ich wollte, daß sie es als erster wissen. Diese tückische Verleumdung ist geeignet, durch die Freundschaft, die Sie mir zuteil werden lassen, Ihr eigenes Ansehen vor Ihren Untertanen zu schädigen.“

„Ich bin Ihnen dankbar, daß Sie an diesen Aspekt der Frage gedacht haben. Und ich bin Ihnen auch dankbar, daß Sie mir gestatten, Sie vor meinen Untertanen zu rechtfertigen. Sehen Sie, wir haben uns eine sehr strenge, fast mittelalterliche Moralanschauung bewahrt. Es wäre mir schwergefallen, ja fast unmöglich gewesen, unsere Beziehungen aufrechtzuerhalten, wenn Sie die Beschuldigungen nicht hätten entkräften können. Keiner meiner Untertanen hätte verstanden, daß ich weiterhin einen Mann empfange, der nicht seine Pflicht der geheiligten Person seiner Mutter gegenüber erfüllt. Schon die Tatsache, daß Sie jetzt hier sind, ist ein Beweis für das Vertrauen, das ich Ihnen entgegenbringe."

„Ich habe noch eine Bitte an Sie", fuhr der Grieche unterwürfig fort.

„Sprechen Sie."

„Nicht alle meine Schiffe sind ausgelastet. Ich möchte, daß Sie mir erlauben, meine Tanker dazu einzusetzen, Süßwasser nach Baran zu bringen. Es ist ungerecht, daß in so einem herrlichen Land keine Bäume wachsen sollen."

„Ach! Mein Lieber . . . das ist kein kleines Problem! . . ."

„Natürlich würde ich daneben mit Ihrer Einwilligung neue Bohrungen anstellen lassen."

„Um Erdöl zu finden? Nein danke!"

„Nein, Hoheit, Wasser! Wenn Sie gestatten, sind in einer Woche fünfzig meiner Ingenieure in Baran."

Diese Sprache verstand el-Sadek schon besser.

„Aber sagen Sie mir, wenn Ihre Flotte Wasser transportiert, wie soll Sie dann, falls wir einen Vertrag abschließen, das Erdöl der verschiedenen Emirate verfrachten?"

Satrapoulos spürte, wie sein Herz schneller schlug. Er schien auf dem richtigen Weg zu sein.

Ohne die Stimme zu erheben, setzte der Emir spielerisch fort: „Apropos, wissen Sie, daß Herr Kallenberg mir ein günstigeres Angebot unterbreitet hat als Sie?"

Es wurde endlich ernst . . .

„Um wieviel günstiger?"

„Zehn Prozent."

„Das ist viel Geld."

„Aber es ist auch viel Gewinn zu holen. Doch nach dem, was in London vorgefallen ist, würde es mir schwerfallen, mit Ihrem Schwager ins Geschäft zu kommen. Ich habe auch amerikanische Angebote . . ."

„In der gleichen Höhe wie Kallenberg?"

„Zehn Prozent günstiger."

„Ich biete Ihnen zehn Prozent mehr als diese zehn Prozent."

„Könnten Sie vielleicht eine zusätzliche Anstrengung unternehmen?"

„Nicht in dieser Richtung. Aber bevor es zu dieser bedau-

ernswerten Affäre kam, wollte ich Ihnen eine Überraschung
bereiten . . . Wenn Sie einverstanden sind, natürlich. Ich hoffe
es. Und es würde mir Glück bringen."

„Ich höre."

„Nun. Ich bin der Auffassung, daß in zehn Jahren die
Ansichten überholt sein werden, die wir jetzt von einer
Handelsflotte haben. Bei gleicher Frachtleistung wird die
Anzahl der Schiffe kleiner sein. Je größer die Frachter sind,
desto niedriger der Preis. Bis heute sind zehntausend Tonnen
das Maximum für einen Frachter, aber ich habe die Absicht,
immer größere Tanker bauen zu lassen. Drei liegen zur Zeit in
Norwegen auf Dock, und einer davon ist ein Riesentanker. Er
wird achtzehntausend Tonnen haben und der größte der Welt
sein. Ich möchte ihn nach Ihnen benennen: Hadsch Thami
el-Sadek."

Der Emir hatte sich auf langes Feilschen eingestellt, nicht
einen derartigen Vorschlag erwartet, der ihm schmeichelte und
seinen geheimsten Wünschen entgegenkam.

„Ich fühle mich sehr geehrt, daß Sie an mich gedacht haben.
Ich nehme es dankbar an."

„Danke, Hoheit. Aber das ist noch nicht alles . . ."

Sein bestes Angebot hatte sich der Grieche für das „Allegro
vivace" aufgehoben, mit dem er die Unterredung beschließen
wollte, und er wußte, daß nicht einmal eine Regierung einem
solchen Vorschlag widerstehen konnte. Ganz langsam sprach er
es aus, während el-Sadek an seinen Lippen hing: „Wenn unsere
Zusammenarbeit Form annehmen sollte, möchte ich drei Viertel meiner Flotte unter die Flagge von Baran stellen."

Jetzt konnte nicht einmal der Emir seine aufkommende
Begierde verbergen, der Grieche sah es. Um sich wieder in die
Gewalt zu bekommen, schützte er tiefschürfende Überlegungen vor, bevor er endlich erklärte: „Edler Freund, Ihr großzü-
giges Angebot bringt Vor-, aber auch Nachteile mit sich. Einen
solchen Entschluß kann ich nicht allein fassen. Ich werde Ihren
Vorschlag meinem Kabinett unterbreiten."

Sein Kabinett! Ein paar in Lumpen gehüllte Fellachen, mit
denen er umsprang, wie es ihm beliebte, und die nur allzu froh
waren, seine Befehle ausführen zu dürfen. Der Grieche sah den
Emir an, doch dieser war mit seinen Gedanken längst woanders. Und S. S. wußte sehr wohl, wovon er bereits träumte . . .

El-Sadek rechnete ... Zehn Prozent plus zehn Prozent plus zehn Prozent, das waren dreißig Prozent ... Der größte Öltanker der Welt auf seinen Namen, die „Hadsch Thami el-Sadek" ... Und Dutzende von Schiffen, die die Flagge Barans auf alle Weltmeere hinaustrugen, seine Flagge ...

Märchenhafte Aussichten eröffneten sich ihm, vielleicht sogar die Anerkennung durch die Vereinten Nationen ... Und dann würde er von den Regierungen das Maximum des Möglichen herausschlagen können, seine Stimme bei den wichtigen Abstimmungen so teuer als möglich verkaufen. Er kam wieder auf den Boden der Wirklichkeit zurück und ließ sein falsches Zögern sein, mit dem er den Griechen hinhalten wollte. „Sie werden natürlich in Dollar auf ein Schweizer Nummernkonto zahlen?"

„Hoheit", jauchzte Satrapoulos, „selbstverständlich! Es wird alles nach Ihren Wünschen geschehen."

„Demnach ist alles in Ordnung ... Und nun, mein Bruder, wenn Sie sich erholen wollen, Ihr Appartement erwartet Sie bereits."

S. S. kam diese Einladung ungelegen. Er hatte noch am selben Abend nach Europa zurückfliegen wollen, da er in Genf seine Bankiers treffen sollte. El-Sadek mußte sein Zögern gespürt haben, denn er fuhr eilig fort: „Sie würden mir eine große Ehre erweisen, wenn Sie meine Gastfreundschaft annähmen."

Warum drängte er ihn so? fragte sich der Grieche. Jetzt konnte er kaum noch nein sagen; er konnte schwer ablehnen, ohne den Emir zu verletzen. Aber die Bankiers konnten schließlich warten! Bei einem Geschäft dieses Ausmaßes mußte man Opfer auf sich nehmen. Er gab nach. „Hoheit, Sie kommen meinen geheimsten Wünschen entgegen. Ihre Einladung ist für mich eine Ehre, und ich nehme sie mit Freuden an."

Als der Grieche das kleine Haus verließ, hätte er vor dem jungen Araber, der ihm den Wagenschlag offenhielt, aus Freude am liebsten einen Sirtaki getanzt. Immer wenn er ein schwieriges Spiel erfolgreich hinter sich gebracht hatte, fühlte er eine unbändige Lust zu tanzen.

Aus der Nähe betrachtet, war es ein kleiner, brauner, von Kratern durchzogener Planet! Bei größerem Abstand stellte sich heraus, daß es die Knospe eines riesigen Busens war, die sich wie eine dunkle, scharfrandige Insel aus dem Meer der sie umgebenden Haut erhob. Wieder und wieder kam die Warze ihm nahe, strich über sein Gesicht, berührte seine Lippen.

Die unvorhergesehene Lage, in der er sich befand, war ihm nicht behaglich. Er wollte einfach nicht einem Verlangen nachgeben, dem nachzugeben man ihn fast zwang, wollte sich nicht in die Rolle drängen lassen, die man für ihn vorgesehen hatte.

Dabei schienen die Mädchen alles recht natürlich zu finden. Er lag ausgestreckt im dampfenden Wasser eines Bassins, das in den Boden eines riesigen Badezimmers eingelassen war, und Dutzende von Händen seiften ihn zärtlich ein. Als er die Gastfreundschaft des Emirs für die eine Nacht annahm, hatte er nicht daran gedacht, daß er sich damit den Bewohnerinnen des Harems auslieferte.

Er wollte nehmen, nicht genommen werden. Hier mußte er nur gewähren lassen, Ding werden wie ein Kind, und das haßte er. Dabei hatte er das Schrecklichste schon hinter sich. Als er den Raum betreten hatte, fühlte er sich in ein Bild von Ingres hineinversetzt. Odalisken standen herum, die großen Brüste emporgereckt, sanft lächelnd, einige musizierten, während andere sich mit Blumengebinden beschäftigten. Wie konnte im Zeitalter der Düsengiganten eine solche Szene noch Wirklichkeit sein? Zwei knieten vor ihm nieder und zogen ihm behutsam die Schuhe aus. Er haßte so etwas, aber er wagte nicht, sie zurückzustoßen. Jede ihrer Bewegungen war ein zärtliches Streicheln, das unendliche Schauer in ihm auslöste. Sie hatten ihn auf ein Ruhelager aus angenehm weichen Tierhäuten gebettet. Und hernach begonnen, ihn zu entkleiden.

Seit er den Raum betreten hatte, war kein Wort gefallen, er fühlte sich als Mittelpunkt eines Traums. Sooft er den Mund öffnete, um schüchtern gegen seine Behandlung zu protestieren, blickten sie ihn lächelnd an, ohne zu antworten, als wären sie stumm oder hätten nicht verstanden. Aber es waren Europäerinnen unter ihnen, und Sokrates redete sie in den verschiedensten Sprachen an, so daß sie einfach verstehen mußten. Wie hatte man es fertiggebracht, sie so zu dressieren, daß sie sich wie Sklavinnen benahmen?

Sie waren beim Aufknöpfen seiner Hose angelangt. Er wollte aufspringen und davonrennen. Oft packte ihn die Wut, wenn er daran dachte, daß jeder dahergelaufene Idiot, jeder Vorstadtschönling ohne sein Zutun, ohne es verdient oder erkauft zu haben, das besaß, was selbst sein ganzes Geld ihm nicht verschaffen konnte: zwanzig Zentimeter mehr. Dabei wußte er ganz genau, daß er es mit jedem von ihnen aufnehmen konnte, sobald er neben einer Frau im Bett lag. Zarte Hände faßten ihn unter den Achseln, richteten ihn auf, und er wurde zu dem dunkelblauen Bassin mehr hingetragen, als er selber ging. Geschickte Finger tasteten unter dem Schaumberg nach den empfindlichsten Stellen seines Körpers. Plötzlich wurde er wütend. Wenn sie ihn schon wie ein Baby behandeln wollten, so würde er diesen Weibern zeigen, daß er vor ihnen keine Angst hatte. Und er griff wild in die wogenden Fleischmassen. Mit einem tiefen Seufzer ließen sich zwei der Odalisken zu ihm ins Wasser fallen und umarmten ihn in einer Schaumwolke.

Er versuchte nicht einmal festzustellen, wie spät es war. Er streckte den Arm aus und ergriff eine Zigarre, zündete sie an und verfolgte traumverloren die Rauchwölkchen. Eine unangenehme Erinnerung stieg in ihm auf. Warum schämte er sich ihrer? War er nicht in den Augen aller Wandas Liebhaber? Wer wußte schon, daß es nicht so war?

Sie lagen zusammen im Bett, im größten Hotel Roms, nach jenem verrückten Abend, an dem sie ihm davongelaufen war. Als er sie in der Halle eingeholt hatte, wo sie gerade ihren Schlüssel in Empfang nahm, tat er, als wäre er erstaunt darüber, im selben Hotel zu wohnen wie sie. Ihre Appartements lagen nebeneinander – und es hatte ihn nicht wenig Geld gekostet! Er setzte alles auf eine Karte und fragte linkisch, ob sie noch etwas trinken wolle. Zu seiner größten Verwunderung nahm sie an.

„Gern. Kommen Sie doch in einer halben Stunde zu mir herüber. Ich möchte mich noch umziehen."

Als er an ihrer Tür läutete, öffnete sie ihm im Morgenrock. „Gehen wir in mein Schlafzimmer. Wenn es Sie nicht schockiert, daß ich Sie liegend empfange . . ."

Er spürte sein Herz klopfen, als er ihr folgte. Sie streckte sich auf dem Bett aus . . .

„Nun? . . .“

Sie blickte ihn ironisch an. Er antwortete nicht. Daß der so lange ersehnte Augenblick nun ohne allzu große Mühewaltung von seiner Seite gekommen war, nahm ihm jede Initiative.

„Wollen Sie sich neben mir ausstrecken?" fragte sie.

Er war wie versteinert. Die verschiedensten Listen hatte er ersonnen, jede einzelne Taktik erwogen und überprüft, und jetzt hatte sie ihn mit einem einzigen Satz aller Waffen beraubt.

„Vielleicht wollen Sie lieber sitzen bleiben?"

Er fühlte sich wie ein Jüngling, der zum ersten Mal im Bordell ist und nicht weiß, wie die Sache nun weitergeht. Er fügte sich und legte sich neben sie.

„Wollen Sie Ihre Schuhe ausziehen?"

Mit der Spitze seines rechten Fußes streifte er den linken Schuh ab, der auf den Spannteppich fiel. Dann umgekehrt. Er war völlig verkrampft, atmete stockend.

„Sie können es sich bequem machen, wenn Sie wollen."

Ihr Morgenrock klaffte ein wenig auseinander. Sokrates glaubte seinen Augen nicht zu trauen. Sie hatte nichts darunter an. Er konnte die Spitzen ihrer Brüste erkennen, gebot seinem Blick Einhalt, der weiter nach unten wandern wollte.

„Ziehen Sie doch Ihr Hemd aus . . ."

Langsam öffnete sie die ersten Knöpfe. Der Grieche ließ es geschehen, er war wie gelähmt, unfähig, auch nur ein Wort zu sagen. Zögernd half er mit, entledigte sich mit behutsamen Bewegungen seiner Kleider und kroch sogleich unter das Bettuch.

„Ist es so schwer?"

„Mit Ihnen, ja . . ."

Reden konnte er also wieder . . .

„Was ist an mir so besonders? . . ."

„Ich . . . ich weiß nicht . . ."

Selbst das Berühren ihrer Haut trieb ihm den Angstschweiß aus den Poren.

„Ich glaubte, daß Sie mich begehren . . . Habe ich mich getäuscht?"

Er brachte den Mut auf, ihr in die Augen zu sehen. Sie meinte es ernst.

„Ja, ich begehre Sie. Vielleicht zu sehr."

„Dann nehmen Sie mich."

Er drehte sich vollends zu ihr, spürte, wie ihre Körper einander berührten; er handelte, wie man in ähnlichen Fällen zu handeln pflegt: Nichts geschah. Zehn Minuten liebkoste er sie noch weiter, und seine Angst wurde zur Panik. Seine physischen Reflexe wollten nicht mitspielen, er war impotent. Sie ließ sich alles gefallen, ohne die geringste Reaktion, und er schämte sich und bekam vor diesem Entsetzlichen Angst, das ihm zum ersten Male geschah.

„Sokrates ...“

Vollends geschlagen löste er sich von ihr.

„... Sehen Sie ... Es ist schwer ... Und doch ...“

„Und doch?“

„Ich habe es so sehr gewollt! ...“

„Bei Ihnen ist das anders ...“ Sie sagte es mit dumpfer, zutiefst trauriger Simme.

„Wieso anders? ...“

„Ach! Man kann nichts daran ändern, ich bin verflucht. Ich hatte gehofft, daß mit Ihnen ...“

„Ich weiß nicht, was ich habe ... Es ist das erste Mal ... Ich verstehe es nicht ...“

„Es ist nicht schlimm ... Morgen können Sie wieder. Mit einer anderen ...“

„Mit Ihnen!“

„Nein, nicht mit mir. Ich bin es, die nicht kann. Machen Sie sich keine Gedanken. Selbst wenn Sie gekonnt hätten, ich hätte nicht. Ich habe es noch nie getan, verstehen Sie ...“

„Nie?“ fragte er ungläubig.

„Nein – nicht mit einem Mann.“

Sie schwiegen lange. Dann sagte sie: „Ich kann es nicht ertragen ... Sie ... Sie sind der erste ...“

Schüchtern schlang er erneut die Arme um sie. Sie hinderte ihn nicht daran und bettete ihr Haupt gegen seine Schulter.

„Ich schäme mich, es Ihnen zu gestehen, aber ich habe nur Frauen gekannt ... ich kann nicht anders.“

Na also, jetzt war es heraus.

„Hindert uns das, Freunde zu werden?“

„Nein. Ich möchte Sie so gern zum Freund haben.“

Und seit diesem schon weit zurückliegenden Tag hatte er sie nie wieder berührt. Aber ihre Beziehung, die ständig begleitet war von dem Bewußtsein, daß der Liebesakt auszuklammern

147

war, stellte sich als dauerhaft und fest heraus. Es blieb stets etwas zu wollen. In der Liebe schenkte man zuviel und wurde zu schnell satt. Er hatte teuer dafür bezahlt, diese Wahrheit zu erfahren. Zum Glück wog eine Nacht wie diese hier die unangenehme Episode wieder auf. Nicht jeden Tag hatte man einen gesamten Harem zu seiner Verfügung. Er streckte sich wohlig aus. Bevor er den Emir verließ, mußte er sich noch unbedingt bedanken bei ihm.

Peggy war schlechter Laune, als sie dem Flugzeug entstieg. Sie hatte gehofft, mit ihrem Degas unter dem Arm in New York ankommen zu können, aber ihre neuen europäischen Freunde hatten sie nicht ohne Mühe davon überzeugt, daß der Zoll astronomische Höhen betragen würde. Sie hatte sich dazu durchringen müssen, ihn in ihrem Depot in der Londoner Filiale der Chase Manhattan zurückzulassen, aber sie hatte sich geschworen, ihn bei der ersten Gelegenheit in die Staaten zu schmuggeln. Sie mußte nur noch herausfinden, wie.

Sie hatte seit fast achtundvierzig Stunden nicht mehr geschlafen, aber die Aufregungen des Abends bei Kallenberg hatten jede Müdigkeit von ihr ferngehalten. Während des Flugs hatte sie ihre Notizen geordnet; sie wollte eine originelle Reportage schreiben, nicht eine jener düsteren Zeitungsnachrichten, wie sie die Leser in aller Welt vorgesetzt bekommen würden. Bei der Paßkontrolle blickte sie sich nach Julian um, aber dann sah sie ihn bei der Gepäckausgabe warten. Neben ihm standen zwei Typen, die sie nicht ausstehen konnte, weil sie ihr schon mehrmals nachgestiegen waren. Das auch noch! Ein gewisser Heath, der Stellvertretender Chefredakteur beim „Bazaar" war und vor Selbstgefälligkeit stets aus den Nähten zu platzen schien. Neben ihm ein kleiner blasser Fotograf, den sie wegen seiner Frechheit nicht mochte. Heath kam auf sie zu und lächelte auf seine, wie er wohl glaubte, unwiderstehliche Art.

„Hallo!"

„Hallo! . . .", erwiderte Peggy kühl und wandte sich zum Chauffeur: „Julian, bringen Sie das Gepäck zum Wagen."

„Peggy . . .", unterbrach Heath nochmals.

Sie haßte es, wenn man sie bei ihrem Vornamen rief. „Ja?"

„Cabbott hat mich beauftragt, Ihnen zu sagen, daß . . ."

„Später! Sie sehen doch, daß ich gerade ankomme!"

„Es geht um Minuten!"

„Daß ich nicht lache . . ."

Der Fotograf war näher an sie herangetreten und hoffte sichtlich, daß sein Vorgesetzter sein Gesicht verlieren würde.

„Peggy! . . . Wir brauchen dringend ein Interview, und der Bursche verläßt New York in drei Stunden."

„Und? Ich gehe morgen zu ihm, egal wo er ist."

„Peggy! . . . In zwei Tagen ist Redaktionsschluß! Wir haben alles versucht, aber es ist nichts zu machen, er läßt niemanden heran . . . Nur Sie könnten . . ."

„Danke für die Blumen. Ich bin müde."

„Jennifer hofft nur noch auf Sie. Es ist eine gigantische Story!"

„Und was kann der Bursche?"

„Er ist in der Politik."

„Wie heißt er?"

„Baltimore."

„Kenn' ich nicht."

„Scott Baltimore! Der leibliche Sohn von Alfred Baltimore II!" rief Heath fast vorwurfsvoll.

Der aufgeblasene Kerl glaubte, er müßte sie über die Baltimores aufklären.

„Und was ist mit diesem . . . Scott?"

„Er ist erst zweiundzwanzig und stellt sich zur Abgeordnetenwahl! Er hat eine eigene Partei gegründet, die ‚Erneuerer'!"

Peggy drehte sich zu Julian um. „Bringen Sie mein Gepäck nach Hause."

„Gehen wir!" erkärte sie, zu Heath gewandt. „Ich gebe Ihnen eine Stunde und nicht eine Minute mehr. Ich will ein Bad nehmen."

„Danke, Peggy! Danke!"

Heath blickte den Fotografen an und bereute seine letzten Worte. Der Kerl schien sich zu freuen. Am liebsten hätte er ihn vor Peggy zur Sau gemacht, wenn nicht Gefahr bestanden hätte, Peggy zu vergrämen. Erstens waren die Nash-Belmonts nicht irgendwer, und zweitens konnte man Mädchen wie Peggy mit der Lupe suchen. Also grunzte er ein „Gehen wir!" und wandte sich um.

149

Maria war nervös. Sie hatte die ganze Nacht kein Auge zugetan, aber ihr Auftrag lautete ausdrücklich, daß sie Athina Satrapoulos keinen Augenblick aus den Augen lassen dürfe, weder bei Tag noch bei Nacht. Sie hatte sich also gezwungen, im selben Zimmer wie die alte Dame zu bleiben.

Im Laufe des Vormittags hatte Tina den Wunsch geäußert, zu stricken, und Grooms hatten das Nötige herbeigeschafft.

Maria hatte ihre Wachsamkeit verschärft. Sie wußte, daß in den runzligen Händen die Stricknadeln zu furchtbaren Waffen werden konnten. Ohne den Blick von Tina zu wenden, hatte sie telefonisch versucht, das Eintreffen von Athinas Gast zu beschleunigen.

Endlich war alles geregelt. Der Gast würde in weniger als einer Stunde hier sein. Man hatte ihn mit Sonderhubschraubern, Sonderflugzeugen und eigenem Personal in Griechenland abgeholt. Männer in Arbeitskitteln waren gekommen, um das angrenzende Appartement 504 vorzubereiten. Maria fühlte winzige Bruchstücke von Satrapoulos' Macht auf sich übertragen: sie war der verlängerte Arm des Griechen und seiner Wünsche, ein Wort von ihr genügte, und alle gehorchten ihr. Das gesamte „Ritz" schien ihr zu gehören, das Personal und der von den Ereignissen überrollte Direktor mit inbegriffen. Um die Verlegenheit zu überspielen, die ihn angesichts der extravaganten Wünsche der Alten überfallen hatte, ließ er das Appartement mit immer neuen Blumen schmücken, die er Maria mit hilflosem Lächeln ankündigte. Die Pflegerin wußte sehr wohl, daß Edouard Fouillet keine andere Wahl blieb: wenn er Tinas Launen nicht sofort nachgab, mußte er sich unweigerlich den Zorn des Griechen zuziehen. Er hatte ihr Komplimente über die Erfolge ihrer Therapie mit der Alten gemacht, und das, während die Irrealität des Geschehens von Stunde zu Stunde zunahm und zum Irrsinn auszuarten drohte. Aber Maria hatte sich hinter einer kühlen Phrase verschanzt: „Madame Satrapoulos ist eine außergewöhnliche und sehr originelle Frau."

Aus dem angrenzenden Appartement hörte sie Stimmen und Lärm. Vielleicht hatte der neue Dekor, der eigens für den „Gast" herbeigeschafft worden war, einem der Angestellten des Hauses mißfallen. Tina klapperte mit ihren Stricknadeln, und Maria fuhr auf. Aber nein, alles war in Ordnung, die Alte war ruhig. Sie hatte eine erstaunliche Veränderung durchgemacht.

Noch vor achtundvierzig Stunden war eine verhärmte und stinkende Bettlerin hier angekommen, und nun saß ihr eine nette alte Dame gegenüber, die in ihrem einfachen und eleganten grauen Kleid dasaß und freundlich vor sich hin lächelte, während die Stricknadeln klapperten. Aber das letzte Wort war noch nicht gesprochen, man durfte dem Frieden nicht trauen.

Wenn sie bei der Pressekonferenz nur keinen Anfall bekam. Diese war für 18 Uhr einberufen worden, und bis dahin würde man sie noch beruhigen können. In den Kaffee hatte man ihr morgens zwei Sedativa gegeben, und gegen 15 Uhr würde sie zwei weitere bekommen. Tina mußte munter genug sein, um den Journalisten antworten zu können, aber man mußte sie auch genügend dämpfen, um einen Skandal zu verhindern. Nebenan war wieder Lärm zu vernehmen. Maria hörte zankende Stimmen. Sie beschloß, nachsehen zu gehen. Sie warf einen Blick auf Tina, die in einem tiefen Lehnsessel zufrieden an ihren Knäueln zupfte. Sie lächelte ihr freundlich zu und erklärte: „Ich gehe nur nachsehen, was los ist. Sie bereiten gerade das Appartement vor . . . Bleiben Sie sitzen, ja? . . .“

„Wann kommt sie?“

„In weniger als einer Stunde ist sie da.“

„Sie wird Hunger haben. Man muß sie füttern.“

„Machen Sie sich keine Sorgen, es ist für alles gesorgt.“

Das Versprechen dieser baldigen Ankunft schien Tina weiter beruhigt zu haben. Sie nickte zufrieden und wandte sich erneut ihrer Strickarbeit zu. Maria öffnete die Verbindungstür und warf einen Blick in das Nebenzimmer. Was sie erblickte, war so unglaublich, daß sie erschrocken die Tür bis auf einen schmalen Spalt wieder schloß, um nicht gesehen zu werden, und das Geschehen durch den Türspalt weiter verfolgte. Ein Arbeiter gab gerade seiner Entrüstung Ausdruck. „Brauchst mich gar nicht für einen Trottel zu halten. Aber solche Sachen sind zu hoch für mich“, erklärte er gerade.

Schmunzelnd schloß Maria die Tür leise. Hinter ihr, weniger als einen Meter entfernt, stand Tina. Die Alte hatte im Stehen auf den kostbaren Orientteppich uriniert. In der Hand hielt sie eine der langen stählernen Stricknadeln, während sie geistesabwesend auf Marias Hals starrte.

Der Pontiac blieb vor dem Metropolitan Museum, Ecke Fifth Avenue und 81. Straße stehen. Auf der anderen Straßenseite befand sich das Hotel Stanhope.

„Sie können abhauen", warf Peggy Heath zu und befahl dem Fotografen mitzukommen.

Resolut betrat sie die Halle, den blassen Zwerg, sie hatte inzwischen erfahren, daß er Benny hieß, auf den Fersen. Heath hatte ihr die Lage in so düsteren Farben geschildert, daß ihr Interesse an der Sache erwacht war. Sie war es sich schuldig, Erfolg zu haben, wo andere versagten. Ganze Trauben von Journalisten hatten sich an Baltimores Tür die Nase plattgedrückt, ohne an seiner Leibgarde vorbeizukommen. Sie wußte ein unfehlbares Mittel, sofort vorgelassen zu werden, und es war ihr nicht unangenehm, jemanden bei sich zu haben, der ihre Tat weiterverbreiten würde.

„Moment noch!"

Sie ging auf eine marmorne Schreibplatte zu und zog vor den Augen Bennys ihr Scheckheft hervor, um auf Scott Baltimores Namen einen Scheck über hunderttausend Dollar auszustellen.

„Nicht dumm . . .", lachte der Fotograf. „Glauben Sie, das funktioniert?"

Peggy bedachte ihn mit einem herablassenden Blick und zuckte nur die Achseln. Auf einen Block warf sie mit ihrer kindlichen Schrift hin: „Für die ‚Erneuerer', von einer passionierten Bewunderin, die vor Ihrer Tür wartet und darauf brennt, Sie zu beglückwünschen." Sie schrieb noch seinen Namen auf ein Kuvert und steckte Scheck und Zettel hinein.

„Gehen wir!"

Mit dem Aufzug fuhren sie in den achten Stock. Zu Benny, der bereits reichlich beeindruckt war, meinte Peggy leichthin: „Verstecken Sie sich im Gang. Warten Sie zehn Minuten und kommen Sie dann zu ihm hinein."

Schon von weitem erblickte sie die beiden Muskelprotze, die vor der Tür eines Appartements standen und die Journalistenmeute zu bändigen trachteten. Sie ging geradewegs auf sie zu und übergab einem von ihnen mit ausdruckslosem Gesicht das Kuvert.

„Übergeben Sie diese Nachricht Mr. Scott Baltimore. Ich warte auf Antwort."

„Ich werde es seiner Sekretärin geben."

„Nein. Jetzt gleich. Und persönlich."

Auch der Gorilla konnte sich dem Einfluß von Peggys grünen Augen nicht entziehen. Er verzog zwar das Gesicht, aber nachdem er sich kurz mit seinem Kollegen besprochen hatte, verschwand er im Zimmer. Wenig später kam er wieder heraus. Man sah ihm die Überraschung an.

„Bitte, treten Sie ein . . ."

„Und was ist mit uns?" riefen empört die Journalisten.

Aber Scott Baltimores Leibwächter würdigte sie keiner Antwort.

Am Ende des langen Ganges vermerkte der mit seinen Kameras vollbeladene Benny mit Erstaunen, daß Peggy den ersten Teil ihres Programms klaglos abgewickelt hatte. Er begann, die Minuten zu zählen.

Peggy betrachtete Scott und fand ihn so jung, daß es beinahe ein Verbrechen schien, ihn den Hyänen der Politik auszuliefern. Was konnte dieser Bursch mit irgendwelchen Wahlen zu tun haben? Er war lang und schmal, eher hübsch, und seine herrlichen blauen Augen, sein jungenhaftes Lachen und seine Offenheit fielen ihr sofort auf. Er hielt ihren Scheck in der Hand und fragte sie freundlich: „Wer sind Sie?"

Drei Worte nur, aber sie genügten, Peggys Aufmerksamkeit zu erregen, so angenehm und warm klang seine Stimme.

„Ich heiße Peggy Nash-Belmont."

Keiner der beiden ließ den anderen aus den Augen. Hinter der Tür des Salons hörte man erregte Stimmen.

„Ich habe Sie reiten gesehen."

„Ich habe von Ihrem Vater gehört."

Sie schwiegen erneut, bevor Scott, auf den Scheck deutend, fragte: „Ist das ein Scherz?"

„Keineswegs. Das ist die Bezahlung für zehn Minuten Ihrer Zeit!"

Er verzog das Gesicht. „Ich verstehe. Für welches Blatt arbeiten Sie?"

„ ‚Bazaar'. Schockiert?"

„Hunderttausend Dollar haben noch nie jemanden schockiert."

Er begann zu lachen. Peggy fand ihn verführerisch.

„Was wollen Sie wissen?"

„Alles! Ihr Alter, Ihr Sternzeichen, was Sie zum Frühstück essen, Ihr Rasierwasser, die Farbe Ihres Pyjamas . . ."

„Nein! Wirklich? . . ."

„Ich bin todernst. Meine Chronik lesen jeden Monat fünf Millionen Frauen. Wählerinnen."

Er lächelte: „Und welches Eau de toilette verwenden denn *Sie*?"

„Heure bleue. Von Guerlain."

„Und Pyjamas?"

„Das ist meine Sache!"

„Ja, ja . . . Sie sehen, es ist nicht so einfach, zu antworten. Verheiratet?"

„Das hätte sich schon herumgesprochen."

Neuer Lärm war hinter der Tür zu vernehmen. Er dachte kurz nach. „Ich muß weg . . . Mein Zug geht in zwei Stunden, und es ist noch so viel zu erledigen. Hören Sie zu . . . Ich fahre nach Missouri. Morgen abend komme ich wieder durch New York, inkognito. Ist das dann bereits zu spät für Ihren Artikel?"

„Nein, es geht."

„Vielleicht gehen wir zusammen essen?"

„Einverstanden."

„Ist Ihnen das ‚Barbetta' recht, gegen elf Uhr?"

„Ausgezeichnet."

„Das Essen ist zwar saumäßig, aber die Umgebung ist recht nett."

„Um so besser. Ich esse nicht gern."

„Und nochmals: Bravo für die Sache mit dem Scheck! Hier . . . nehmen Sie ihn wieder . . ."

Peggy nahm ihn.

„Und wenn ich ihn nicht zurückgegeben hätte?"

„Ich hätte mich beim Hinausgehen der Opposition angeschlossen."

Beide brachen in Lachen aus.

„Ich weiß nicht, ob Sie eine gute Journalistin sind, aber als Politiker hätten Sie Zukunft! . . . Bis morgen? . . ."

„Bis morgen."

Er winkte ihr mit der Hand zu und meinte zum Abschied: „Ich gehe zurück zu den Raubtieren!"

Als er die Salontür öffnete, hüllte ihn sogleich eine Wolke von Zigarettenrauch ein. Peggy mußte sich durch die kompakte Mauer der Presseleute erst einen Weg bahnen. Benny wartete auf sie.

„Wir treffen ihn morgen", erklärte sie ihm. „Ich rufe Sie an, sobald ich weiß, wo wir sind, gegen Mitternacht wahrscheinlich."

Der mickrige Fotograf mußte nicht unbedingt jetzt schon alles wissen, so konnte er wenigstens die Konkurrenz nicht auf Trab bringen ...

7

Dreißig Jahre war Edouard Fouillet nun schon im Hotel-
gewerbe, aber so etwas hatte er noch nie erlebt! Vor dem
Lastenaufzug, beim Lieferanteneingang des „Ritz", stand ein
Käfig, im Käfig eine pechschwarze Ziege, die nur an den Hufen
einige weiße Blessen hatte. Den Käfig umstanden zwei Männer
im Arbeitsanzug, er selbst und Albert, der *Chef de réception.*

„Und ich sage, daß sie doch nervös ist", wiederholte einer
der Arbeiter. „Sie will heraus. Wenn wir sie nicht freilassen,
wird sie das ganze Hotel aufscheuchen!"

„Sind Sie verrückt? Glauben Sie vielleicht, daß man im ,Ritz'
die Tiere frei herumlaufen läßt?"

„Ich sage Ihnen ja, daß ich ihr ein Halsband gebe!"

Albert wollte sich empfehlen, unter dem Vorwand, er habe
zu tun. Für den Direktor war das Anlaß genug, seine Wut an
ihm auszulassen. „Sie haben hier zu tun! Und Sie werden diese
Ziege mit derselben Zuvorkommenheit empfangen wie jeden
anderen Gast!"

„Wie Sie wünschen, Monsieur."

Die Ziege begann, die Wände ihres Käfigs mit den Hörnern
zu bearbeiten, und einer der Arbeiter fragte gereizt: „Also, was
ist jetzt? Lass' ich sie heraus oder nicht?"

Fouillet, der nicht ein noch aus wußte, warf einen flehenden Blick auf Albert. Der *Chef de réception* nahm die Sache in
die Hand: „Sie garantieren, daß sie sich nicht losreißen wird?"

„Ich garantiere überhaupt nichts! Marcel und ich, wir sind
dafür bezahlt worden, sie hierher zu transportieren. Keinen
Schritt weiter. Gewerkschaftlich sind wir nicht einmal verpflichtet, ihre Bruchbude da zu betreten. Also? Wir wollen
euch ja helfen, aber ihr könntet euch wenigstens einfallen
lassen, was ihr eigentlich wollt."

Der Direktor zuckte hilflos die Achseln und meinte zu seinem *Chef de réception:* „Begleiten Sie bitte die Herren auf Zimmer 504."

Lena hatte natürlich auch die Zeitungen gelesen. Sie lag auf den Felsen nicht weit von Eden Roc. Ein dicker Mann neben ihr hatte den „Herald Tribune" aufgeschlagen, und sie hatte ihren eigenen Namen auf Seite eins lesen können. Als er endlich aufgestanden war, um ins Wasser zu gehen, hatte sie nach der Zeitung gegriffen: „Die verlassene Mutter von Satrapoulos." Sokrates hatte also eine Mutter. Sie fand es dumm, aber sie konnte sich ihren Mann einfach nicht als Kind vorstellen. Er hatte nie von sich erzählt. Ob er einen Vater hatte? Der Mann ohne Vergangenheit ... Sokrates lebte nur in Gegenwart und Zukunft, die Dinge der Vergangenheit zählten nicht für ihn.

Sie betrachtete die Fotografie der alten Frau und fragte sich, wie alt sie wohl sein mochte. Fünfundsiebzig? Achtzig? Die Aufnahme war nicht sehr scharf. Es wurde ihr plötzlich bewußt, daß sie fast nichts von Sokrates wußte, wo er geboren war, wann, unter welchen Umständen. Wenn die Geschichte in der Zeitung stimmte? Wie war es möglich, daß er seine Mutter verhungern ließ, wo sie doch überall Besitzungen hatten, die sie kaum je bewohnten? Wenn er ihr auch nur ein Wort der Erklärung gesagt hätte, Lena hätte ihn verstanden. Vielleicht hatte er sich geschämt, von seinen Anfängen zu erzählen? Aber er wußte doch, daß sie dem Geld keine große Bedeutung beimaß, daß sie alles für ihn getan hätte. Wie gern hätte sie diese Frau kennengelernt, sie als zweite Mutter akzeptiert.

Nach fünfjähriger Ehe war Lena seiner müde geworden. Anfangs hatte sie ihn mit Hingabe geliebt wie einen Gott. Für sie bedeutete S. S. das Ende aller Verbote, die Pforte, die von der Kindheit und deren Verpflichtungen hinausführte in die freie Welt der Erwachsenen.

Die Flitterwochen waren phantastisch gewesen. Sokrates hatte seine ganze Zärtlichkeit und Geduld in die Waagschale geworfen, und sie war ihm eine begeisterte und lehrreiche Schülerin gewesen. Damals wußte sie nicht, daß Sokrates es sich so eingerichtet hatte, daß er sechs Monate pausieren konnte, und sie verschwendete keinen Gedanken daran, daß diese nicht enden wollende Kette von Reisen, Kreuzfahrten und Festen einmal abreißen könnte. Und dann, eines Morgens beim Frühstück, es war in Portofino, hatte er ihr wie im Scherz erklärt, daß seine Ferien zu Ende seien, daß er wieder arbeiten müßte, um „für das Leben meiner Frau aufzukommen". Ja, so hatte er sich ausgedrückt.

Und vom nächsten Tag an sah sie ihn nur noch zwischen zwei Flugzeugen, zwei Kontinenten. Sie hatte ihm Fragen gestellt, sie hatte zu verstehen gesucht, aber es half nichts: Wie einem kleinen Mädchen hatte Sokrates ihr erklärt, daß ein Mann eben Pflichten und gewisse Aufgaben habe. Er hatte hinzugefügt: „Denk doch an deinen Vater. Hast du ihn oft gesehen?"

Nein, sie hatte ihn nicht oft gesehen, aber mit ihrem Vater teilte sie auch nicht das Bett. Wie um Verzeihung zu erheischen, hatte ihr Mann sie mit Geschenken überhäuft, aber sie wußte nichts damit anzufangen und hob sie in einem Safe auf. Das Leben hatte sie wenig später gelehrt, daß alles Wertvolle, alles Schöne, der Schmuck, die Kunstwerke, nur ein Schicksal hatten: man sperrte sie in Safes, diese Särge der Dinge. Und ein Jahr später, bei der Geburt der Zwillinge, hatte sie das Gefühl gehabt, ebenfalls zum Luxusgegenstand geworden zu sein, eingesperrt in einen gläsernen Käfig, dem Vergnügen eines gewissen Satrapoulos dienend. Was ihr Eheleben betraf, so hatte er nie etwas von ihr verlangt, weder daß sie treu bleiben müsse, noch daß sie sich vorzusehen habe. Er hatte sie nicht einmal gelehrt, daß es noch andere Männer gab. In seinen Augen genügte die Tatsache ihrer Ehe, um sie vor jeder Versuchung, vor jeder Abweichung zu schützen. Sie konnte kommen und gehen, wie es ihr beliebte, nach Kalifornien fliegen oder nach Jamaika, niemand stellte sie zur Rede. Dann hatte sie Marc kennengelernt . . .

Und jetzt hatte sie plötzlich eine Schwiegermutter. Sie wollte Sokrates anrufen, um mehr zu erfahren, aber sie wußte nicht, wo er sich befand. Als er London verließ, hatte er kurz von einer Blitzreise nach Rom und in den Nahen Osten gesprochen. Sie mußte ihn unbedingt erreichen, sie mußte ganz einfach mehr wissen. Sie legte die Zeitung eben aus der Hand, als deren Besitzer triefnaß zu seinem Platz zurückkehrte.

„Behalten Sie sie, bitte", erklärte er. „Ich heiße Smith und habe Papierfabriken in Oregon . . ."

Lena sah ihn kalt an. Jeder konnte einen auf diesen öffentlichen Stränden ansprechen, dachte sie. Sie ging zu ihrer Kabine zurück, fuhr in eine grüne Leinenhose und streifte eine weiße Hemdbluse über und ging zum Hotel du Cap zurück. Sie ersuchte einen Groom, ihr das Appartement ihrer Bekannten aufzuschließen, und stürzte zum Telefon.

Zuerst erreichte sie Rom, wo ihr der Direktor von Sokrates' Büro erklärte, ihr Mann habe zwar gestern morgen an einer Konferenz teilgenommen, doch sei er in seinem Privatflugzeug nach dem Persischen Golf weitergereist.

„Wohin?" wollte sie wissen.

„Nach Baran", erklärte man ihr.

Bei der Vermittlung ersuchte sie um ein Gespräch mit dem Flugplatz von Baran, falls es so etwas überhaupt gab . . . Zwanzig Minuten später hatte sie es. In schauderhaftem Englisch erteilte ihr jemand die Auskunft, daß das Flugzeug von Satrapoulos gestern abend abgeflogen sei.

„Wohin?" schrie sie in den Hörer. Die Hitze und das lange Warten hatten sie aufgebracht.

Weit weg, am anderen Ende der Welt erklärte ihr die fremde Stimme, man wisse nicht, wohin. Mutlos legte sie auf. Wo konnte er jetzt noch sein? Einen Augenblick lang wollte sie auf der Stelle nach Griechenland fliegen, um festzustellen, ob es ihre Schwiegermutter auch wirklich gab. Aber sie ließ den Gedanken wieder fallen, Sokrates könnte ihr vorwerfen, ihn nicht gefragt zu haben. Sie versuchte, sich in seine Situation zu versetzen, den Weg zu rekonstruieren, den er genommen haben könnte. Sie rief Athen an. Der Kammerdiener hatte ihn nicht gesehen, nein, aber Monsieur Satrapoulos habe ihm vor der Abreise gesagt, er würde ihm seine Lieblingszigaretten aus Genf mitbringen.

„Sind Sie ganz sicher?"

„Ja, Madame. Absolut. Monsieur hat es mir gesagt."

Durch die halbgeschlossenen Jalousien sah sie ein Liebespaar, das eng umschlungen hinunter zum Strand ging.

„Danke, Niko . . . vielen Dank."

Sie verlangte eine Nummer in Genf, die ihrer Wohnung. Wenig später hatte sie Sokrates am Apparat. Er schien sehr erstaunt, ihre Stimme zu hören:

„Wo bist du? In Cap Ferrat?"

„Nein, Eden Roc, in Cap d'Antibes."

„Sind deine Freunde auch da?"

„Sokrates, ich habe die Zeitungen gelesen."

„Ich auch."

Langes Schweigen. Dann Lena: „Stimmt es?"

„Was glaubst du?"

„Sag mir, ob es stimmt?"

„Kein Wort."

„Also hast du keine Mutter?"

Sie hörte, wie ihr Mann in Genf dröhnend lachte. „Ich habe nie gesagt, daß ich Waise bin!"

„Du hast mir auch nie gesagt, daß du Eltern hast."

„Kennst du jemanden, der ohne das Zutun seiner Eltern auf die Welt gekommen ist?"

Sein fröhlicher, unbeschwerter Ton verwirrte sie. Die Nachricht war schließlich in allen Zeitungen erschienen, und er hätte es ernster aufnehmen müssen.

Sokrates brach das Schweigen: „Lena, ich bin sehr in Eile. Ich bin gerade erst angekommen und muß weiter. Sag mir . . . was willst du wissen? Sprich doch . . . ich werde es dir sagen . . ."

Die Fragen drängten sich auf, aber sie sprach sie nicht aus. Sie fand sich sehr dumm, einem Mann, mit dem sie seit mehr als fünf Jahren verheiratet war, solche Fragen stellen zu müssen! Aber sie entschloß sich endlich doch.

„Lebt deine Mutter noch?"

„Ja."

„Ist es die Dame, von der die Zeitungen berichten?"

„Nein."

„Bist du sicher?"

„Ja."

„Weißt du, wo deine Mutter jetzt ist, ich meine, in diesem Augenblick?"

„Ja."

„Wo?"

„In Paris. Im ,Ritz'."

„Seid ihr zerstritten?"

Weit weg hörte sie sein schweres Atmen durch das Telefon, spürte sein Zögern. Schließlich sagte er: „Ein bißchen . . . ja . . ."

„Was wirst du tun, um den Skandal zu verhindern?"

„Dazu ist es zu spät. Aber ich werde einen anderen organisieren, damit die Leute diesen hier vergessen."

„Also ... die Dame ... auf dem Foto ... ist nicht deine Mutter?"

„Nein."

„Schwör es."

„Ich schwöre."

„Aber ... wozu dann ... das Ganze?"

„Das muß du Kallenberg fragen."

„Hermann?"

„Hör zu, Lena, nachdem du so gern Zeitung liest, vergiß nicht, morgen eine zu kaufen. Und dreh auch das Radio an, heute abend ... Aber ich muß jetzt aufhören."

Sie hatte Angst, er würde einhängen. Sie wußte nicht, was sie ihm noch sagen sollte, wünschte aber, daß er in der Leitung blieb.

„Wann sehen wir uns?"

„Ich weiß nicht. Du hast mir gesagt, daß du nach New York mußt."

„Ich habe keine Lust mehr."

„Komm zu mir nach Rotterdam, ich bin heute abend dort. Willst du?"

„Ich weiß nicht. Wo kann ich dich erreichen?"

„In der Wohnung."

„Sokrates ..."

„Ja?"

„Liebst du deine Mutter?"

Er stieß ein seltsam trauriges Lachen hervor und antwortete: „Ich vergöttere sie ... Und dich auch. Auf Wiedersehen."

Das Gespräch war beendet. Lena saß reglos da, den Hörer immer noch in der Hand. Draußen war das Liebespaar längst verschwunden. Die Stimme der Vermittlung riß sie aus ihren Gedanken: „Sind Sie unterbrochen worden? Wünschen Sie ein weiteres Gespräch?"

„Geben Sie mir die Rezeption ..."

Es dauerte nicht lange. „Ja, Madame Satrapoulos, was kann ich für Sie tun?"

„Können Sie mir ein Flugzeug mieten, das mich in zwei Stunden von Nizza aus nach Paris bringt?"

„Selbstverständlich, Madame!"

„Gut. Suchen Sie meinen Chauffeur und sagen Sie ihm, er soll mich in einer halben Stunde an der Bar abholen."

„Ich kümmere mich sofort darum. Danke, Madame."

Lenas Entschluß war gefaßt. Sie würde Sokrates' Angaben sofort überprüfen. Da seine Mutter im ‚Ritz' wohnte, bestand nicht der geringste Grund, sie nicht kennenzulernen.

Raph Dun war eitel genug, alles herumzuerzählen, was seinem Prestige förderlich sein konnte, aber so dumm war er doch nicht, daß er seine Autorenschaft an dieser phantastischen Story, die die Spalten der Zeitungen füllte, hinausposaunt hätte. Aber er litt unter diesem auferlegten Schweigen.

Wenn alles vorbei sein würde, konnte er sich immer noch schadlos halten. In Gesprächen würde er es so einrichten, daß das Thema aufs Tapet gebracht wurde. Und wenn man ihm Fragen stellte, würde er geheimnisvoll und wie geistesabwesend lächeln, den Wissenden mimen, dem der Mund verschlossen bleiben mußte. Jeder würde denken, daß er in die Angelegenheit verwickelt gewesen war.

Mit einer Handbewegung schob er die Zeitungen beiseite, die sein Bett bedeckten.

Das Telefon läutete. Es war Bill, der Chef der Redaktion von „Flash".

„Was machst du heute abend um sechs?"

„Ich bin besetzt. Und die anderen Tage auch. Das ganze Jahr. Ich bin permanent im Urlaub. Was ist überhaupt los?"

„Die Satrapoulos-Sache."

„Phantastisch, nicht wahr?"

„Hm . . . phantastisch. So phantastisch, daß wir die ganze Samstagausgabe wegschmeißen können."

Dun fand auf den Boden der Wirklichkeit zurück. „Sag das noch einmal!"

„Die ganze Story ist erfunden. Lauter Unsinn. Satrapoulos klagt alle Zeitungen, die sie veröffentlicht haben. Und auf den Fotos, das ist gar nicht seine Alte. Alles erfunden . . ."

„Was erzählst du da?"

„Ja, genau so ist es. Mein Gott, uns ist es im Grunde genommen egal. Wir bringen jetzt etwas über die echte Mutter."

„Was für eine echte Mutter?"

„Sag, bist du besoffen? Ich sage dir die ganze Zeit, die Story war erstunken. Jedenfalls werden wir die Agentur verklagen, von der wir sie haben. Und bei dem, was wir bezahlt haben, wird es sie nicht gerade billig kommen!"

„Ist dir nicht gut, Bill? Wie kommst du auf die Idee . . ."

„Genug! Wenn du die Alte sehen willst, die echte, dann geh heute abend ins ‚Ritz', sie gibt eine Pressekonferenz. Übernimmst du es jetzt, ja oder nein?"

„Bist du auch ganz sicher?"

„Ja, mein kleiner Liebling. Und wenn ich will, daß du die Sache übernimmst, so nicht, weil ich dich für besonders talentiert halte, sondern weil du gerade dort bist, merk dir das. Ich schick' dir Bob für die Fotos! Und treib ihn ein bißchen an! Ciao, und sei pünktlich!"

Raph Dun war leichenblaß. Er sprang aus dem Bett und schlüpfte in die Hose.

Lena hatte sich nicht anmelden lassen. Sie hatte die Halle des ‚Ritz' durchquert und sich in den Aufzug begeben. Im fünften Stock ging sie den Korridor entlang und traf endlich auf ein Zimmermädchen. „Madame Satrapoulos?"

Die Angestellte betrachtete sie, warf einen schnellen Blick auf das Brillantarmband und antwortete: „504, Madame."

Lena dankte ihr mit einem Lächeln und ging auf die angegebene Tür zu. Sie zögerte kurz, bevor sie läutete. Ein livrierter Diener öffnete vorsichtig einen Spalt und musterte sie mißtrauisch,

„Madame?"

„Madame Satrapoulos?"

Er wollte die Tür schließen, aber Lena, die fürchtete, ihr Mann könnte Anweisungen gegeben haben, niemanden einzulassen, kam ihm zuvor. „Ich bin Madame Satrapoulos und wünsche unverzüglich, meine Schwiegermutter zu sehen."

Er wollte ihr erklären, daß die Alte das Appartement daneben bewohnte, aber Lena ließ ihm keine Zeit dazu und stieß die Tür auf. Unglaubliches spielte sich vor ihren Augen ab. Von den Möbeln des Zimmers waren nur die Täfelung, der Spannteppich, die Blumen und einige Bilder aus dem späten 18. Jahrhundert übriggeblieben. Auf einer Fläche von vielleicht zehn Quadratmetern verschwand der Teppich unter einer zwanzig Zentimeter hohen Strohschicht. Und im Zentrum dieser Streu stand eine Art riesiger Gehschule. Eine junge blonde Frau im Ärztekittel lehnte am Gatter. Die Holzstäbe gaben den Blick auf das Innere des Geheges frei. Man konnte eine kohlschwarze Ziege erkennen und eine alte Dame, ebenfalls in Schwarz, die einige teure, nicht unelegante Schmuckstücke trug. Sie kniete im Stroh und molk die Ziege. An ihren Bewegungen, dem Rhythmus ihrer Hände konnte man die langjährige Erfahrung erkennen. Alle diese Einzelheiten hatte Lena mit einem einzigen Blick erfaßt. Man hörte nichts außer dem Geräusch der in den Eimer zischenden Milch.

Die Krankenschwester faßte sich zuerst. „Madame?"

Lena hielt sie mit einer Handbewegung zurück. „Ich bin die Frau von Sokrates Satrapoulos."

Aufrichtiges Gefühl hatte ihr erstes Erstaunen verdrängt, und sie ging auf die bukolische Szene zu. Tina molk weiter und ließ sich nicht beirren. Lena wandte sich ihr zu und sagte auf griechisch: „Ich bin Helena . . . Ihre Schwiegertochter . . ."

Die Alte schien nicht gehört zu haben. Lena fügte hinzu: „Die Frau von Sokrates . . . Ihrem Sohn . . ."

Die Alte drehte sich halb zu ihrer Pflegerin um und sagte, ohne das Euter loszulassen: „Schafft mir diese Schlange vom Hals."

Raph Dun betrachtete unschlüssig die alte Dame. Wie war das möglich? Satrapoulos mußte irgendwie Wind von der Sache bekommen haben, und mit größter Wahrscheinlichkeit war diese Tina hier falsch.

Sie saß in einem bequemen Lehnstuhl. Die zahlreichen Beruhigungsmittel hatten ihre Wirkung getan. Mit abwesendem Blick betrachtete Tina die Horde, die ihr gegenüber saß, nur wenn ein Blitzlicht aufzuckte, zuckten ihre Lider. Maria und der Dolmetsch befanden sich an ihrer Seite und wachten über sie. Hinter ihrem Fauteuil standen zwei Vertrauensmänner von Satrapoulos, die man eigens aus Athen eingeflogen hatte. Und alle hatten sie denselben Auftrag: sofort alle wegschicken, wenn auch nur die kleinste unvorhergesehene Wendung eintrat. Der

Dolmetsch hatte übrigens gleich zu Beginn erklärt, daß Madame Satrapoulos rekonvaleszent sei. Der Schock und dazu die bei ihrem Alter verständliche Müdigkeit hätten sie stark in Anspruch genommen. Der Dolmetsch war ein junger, kleingewachsener Mann, und seine stählerne Brille verlieh ihm ein ernstes, vertrauenerweckendes Aussehen. Seine Augen blickten unbeteiligt in die Runde. In Wirklichkeit war er höchst zufrieden. Er war ein gemachter Mann. Wenn alles gutging und er seine Anweisungen richtig ausführen konnte, würde er unmittelbar nach der Pressekonferenz genug Geld bekommen, um bis ans Ende seiner Tage von den Zinsen leben zu können.

Der Prophet von Cascais hatte ihn persönlich ausgesucht, und man hatte beschlossen, ihn einzuweihen, weil er sonst seine Rolle nicht perfekt würde spielen können. Zwei Stunden lang hatte der Prophet ihm wieder und wieder alles vorgekaut, bevor ihn ein Flugzeug abholen gekommen war. Bis jetzt war alles gutgegangen, und Tinas Passivität – man stopfte die Alte schon seit Tagen mit Beruhigungsmitteln voll – war ihm eine große Hilfe. Er ließ sich durch die Flut von Fragen nicht aus der Ruhe bringen und begnügte sich damit, Fragen und Antworten zu übersetzen. Seine eigentliche Arbeit aber erledigte er dazwischen, erklärte das Gegenteil von dem, was Tina gesagt hatte, oder übersetzte unangenehme Fragen völlig anders. Hätte noch jemand in Appartement 503 des „Ritz" Griechisch gekonnt, würde er Folgendes gehört haben:

Ein Journalist: „Liebt sie ihren Sohn?"

Der Dolmetsch, zu Tina: „Warum hassen Sie Sokrates?"

Tina, zum Dolmetsch: „Er ist gemein."

Der Dolmetsch, zum Journalisten: „Madame Satrapoulos vergöttert ihren Sohn."

Dieser Taubstummendialog zog sich nun schon seit zwei Stunden dahin, und keine der Fragen oder Antworten war aus dem von S. S. gesteckten Rahmen gefallen. Mit Ausnahme von Maria und den beiden Leibwächtern war niemand in der Lage, die ausgezeichnete Arbeit des Dolmetschs gebührend zu würdigen.

Dun roch den Braten und weigerte sich, die Realität einer Situation anzuerkennen, die ihn nicht nur seines Triumphs und seiner Bezahlung berauben, sondern wahrscheinlich auch mit Kallenberg in Schwierigkeiten bringen würde. Er war ganz hinten sitzengeblieben und wartete darauf, daß sich eine schwache Stelle zeigen würde, aber nichts dergleichen geschah. Es war auch schwer für ihn, persönlich einzugreifen. Er wollte nicht durch voreilige und vielleicht zu präzise Fragen die Aufmerksamkeit auf sich lenken. Er flüsterte dem Fotografen zu: „Sag dem Dolmetsch, er soll uns den Paß der Alten zeigen."

Bob gab den Wunsch weiter. Der Dolmetsch schien von dem Begehren schockiert zu sein, bat aber dennoch Maria, das Dokument zu holen. Sie kam aus dem Nebenzimmer zurück, reichte den Paß dem Dolmetsch, der ihn an Bob weitergab und durch die Reihen gehen ließ, bis er bei Dun angelangt war. Raph betrachtete ihn eingehend. Er war ohne Zweifel echt und trug die Stempel mehrerer Staaten.

Natürlich konnte er nicht wissen, daß man ihn zwei Tage zuvor in London angefertigt hatte und daß die Fälscher für dieses kleine Kunstwerk Unsummen verlangt hatten. Dun schüttelte den Kopf und gab ihn weiter. Das aufgetretene Schweigen wurde von einem ungewöhnlichen Geräusch unterbrochen: aus dem Nebenzimmer vernahm man ein Meckern. Die Anwesenden brachen in lautes Lachen aus, jeder versuchte aus dem Gesichtsausdruck seines Nachbarn zu erkennen, ob er sich nicht verhört habe. Alle blickten zuerst auf die Tür, hinter der das Gemecker zu hören gewesen war, und wandten sich dann dem Dolmetsch zu, der zum ersten Mal seit dem Beginn der Sitzung lächelte: „Meine Herren, Fragen darüber müssen Sie an die Direktion des ‚Ritz‘ richten. Nicht an Madame Satrapoulos. Sie hat Ihnen bereits auf alles geantwortet!"

„Wer Wind sät, wird Sturm ernten."

Der Prophet von Cascais zwinkerte Satrapoulos verschmitzt zu. Der Grieche war nicht humorlos, vor allem wenn er guter Laune war und einen Sieg davongetragen hatte. Aber besaß sein Gegenüber wirklich Humor? Manchmal schien es ihm, als lüfte der Prophet seine undurchdringliche Maske für einen Augenblick nur, für die Dauer einer Bemerkung, eines Scherzes, aber es ging so schnell vorbei, daß Satrapoulos nie wußte, ob er nicht geträumt hatte.

Der Prophet hatte seinerseits gelernt, nie von seinem Podest herunterzusteigen. Nie auch nur die geringste Kleinigkeit aus seinem Privatleben preiszugeben, nie sich einen Zweifel anmerken zu lassen, wenn er nicht des Einflusses verlustig gehen wollte, den er auf den Kunden ausübte. Und vor allem: Diesem stets mit wohlgesinnter Freundlichkeit zu begegnen und nie in die stets offene Falle der angebotenen Freundschaft zu tappen. Hilarius war von Natur aus gutmütig, und nicht selten litt er unter dem Gehaben, das die Berufsethik ihm aufzwang. Manchmal hätte er nichts lieber getan, als seine Karten liegenzulassen und mit dem anderen eine Flasche Wein trinken zu gehen. Reden, über Literatur, über Philosophie, Theologie, über alles, nur nicht über Tierkreiszeichen oder Pikbuben. Aber neben den riesigen finanziellen Vorteilen brachte ihm seine Stellung eben auch nicht wenige Unannehmlichkeiten ein, in erster Linie die Unmöglichkeit, über sich selbst zu sprechen, obwohl er nichts sehnlicher wünschte als dies. Er beruhigte, gab Ratschläge, sah in die Zukunft, aber wer kümmerte sich um *ihn*, wenn *er* Sorgen und Ängste hatte?

„Lieber Freund, Ihre Taktik war meisterhaft. Ich nehme an, Sie haben die Zeitungen gelesen?"

Der Grieche hielt den „Herald Tribune" in der Hand: „Die Hintergründe im Krieg um das schwarze Gold." Nachdem sie eine Falschmeldung in so großer Aufmachung gebracht hatten, versuchten die westlichen Zeitungen nun, ihren Kopf aus der Schlinge zu ziehen, indem sie die Man-hat-uns-belogen-Masche forcierten. Wer gelogen hatte, teilten sie nicht mit, aber sie ließen durchblicken, daß sie durch die Person des unschuldigen Satrapoulos Opfer des Kriegs um das Erdöl geworden waren. Die Story hatte als düstere Klatschspalte begonnen, nun aber nahm sie internationale Ausmaße an. Man gefiel sich darin, der beruflichen Integrität des Griechen zu schmeicheln. „Rivalisierende Gruppen" waren so weit gegangen, diese Schnulze von der armen Mutter und dem unwürdigen Sohn zu erfinden, nur um diesen zu schädigen. Spaltenlang folgten die Entschuldigungen und zahlreiche Fotos, die Tina im „Ritz" zeigten oder beim Einkaufsbummel, mit dem teuren Schmuck behangen, den ihr ihr Sohn zum Geburtstag geschenkt hatte. Satrapoulos war nicht nur von jedem Verdacht reingewaschen, die Zeitungen waren auch voll des Lobes über seine mutige und vornehme Art, den Verdächtigungen entgegenzutreten. Man konnte den Journalisten nichts vorwerfen. Man hatte sie einfach getäuscht.

In Wahrheit hatten die Rechtsanwälte des Griechen mit schweren Geschützen auffahren müssen, um die sofortige Veröffentlichung der Klarstellungen zu erzwingen. Die Verantwortlichen der großen Tageszeitungen hatten überstürzte Konferenzen einberufen müssen, um über ihr weiteres Vorgehen zu beraten. Und erst nach langen stürmischen Debatten hatten sie sich gebeugt und diese vertrottelten Dementis veröffentlicht, die sie wie Vollidioten dastehen ließen. Die Tatsache, damit nicht allein auf weiter Flur zu sein, war kaum ein Trost. Von Rom über München und Amsterdam bis Paris waren die Telefone heißgelaufen. Jeder wollte wissen, wer eigentlich hinter dieser gigantischen Schweinerei steckte. Aber im Londoner Büro der S. I. A. hatte Mike seinen Informanten geschützt und sich geweigert, dessen Namen bekanntzugeben. Nicht des bißchen Achtung wegen, das er Dun noch entgegenbrachte, sondern weil er um keinen Preis der Welt einem anderen die Rache überlassen wollte. Natürlich würde die S. I. A. die Honorare wieder zurückzahlen müssen, ganz zu schweigen von dem moralischen Schaden, den sie erlitten hatte.

„Und nun?"

Satrapoulos brachte ein freundliches Lächeln zustande: „Nun was?"

„Was werden Sie tun? Was kommt als nächstes?"

„Die Welt ist groß und das Meer weit."

„Können Sie diesem Emir vertrauen?"

„Nein. Er ist ein Fanatiker, ein Erleuchteter. Aber ich vertraue seiner Gier nach Macht und Geld. Solange er Macht hat und Geld haben will, wird er sich ruhig verhalten und den Vertrag erfüllen."

„Das genügt nicht."

„Was meinen Sie damit?"

„Sie müssen ihn enger an Sie binden, damit er sich nicht zurückziehen kann, falls er die Lust dazu verspüren sollte. Glauben Sie, daß Kallenberg so einfach aufgeben wird?"

„Nein."

„Also müssen wir schnell handeln, damit er uns nicht zuvorkommt."

„Was kann er schon tun? Er ist aus dem Geschäft heraus."

„Das behaupten Sie. Was ihm mit der Überzeugungskraft nicht gelungen ist, kann er auf andere Art versuchen."

„Wie?"

„Der Emir hat wunde Punkte. Und da wird Ihr Schwager einhaken."

„Ich habe einen Vertrag."

„Für einen Araber ist das ein Stück Papier, weiter nichts."

„Was sonst?"

„Wie regiert er, dieser Emir?"

„Seine Macht ist eher religiöser Natur, und er übt großen Einfluß auf seine Gleichgestellten aus."

„Und worauf beruht das?"

Satrapoulos begann zu verstehen. Nicht dumm, dieser Prophet. Er antwortete: „Auf einem asketischen Leben, dem Desinteresse für materielle Angelegenheiten, eine Art Trademark für absolute Reinheit."

„Verstanden?"

„Fast."

„Sie sehen, daß es immer ein Mittel gibt . . ."

„Ja, aber . . . wie?"

„Ich werde zunächst die Karten befragen und Ihre Himmelskonstellation erstellen, um den günstigsten Zeitpunkt zu bekommen. Dann erst befassen wir uns mit den Details. Ich garantiere Ihnen, daß Sie ihn diesmal in der Hand haben!"

„Glauben Sie, daß Kallenberg die gleiche Idee hat?"

„Noch nicht, nein. Aber in zehn Tagen vielleicht. Es ist besser, wenn wir die ersten sind. Na, wir werden sehen . . ."

Nach dieser fragwürdigen Pressekonferenz hatte Raph Dun es vorgezogen, sich abzusetzen und für einige Zeit zu verschwinden. Er hatte sich nicht einmal nach dem Flugplan für Nizza erkundigt, sondern war gleich mit dem Taxi nach Orly gefahren, nachdem er einige Sommersachen in eine Ledertasche gepackt hatte. Eine Stunde später überflog er Lyon und brütete über einem schwierigen Problem. Bei wem sollte er absteigen? Die Schwierigkeit bestand darin, niemanden zu verletzen. Er kannte zu viele Leute, er war an der Côte d'Azur so bekannt, daß er zehn Personen beleidigen konnte, nur weil er beschloß, bei der elften zu schlafen. Also beschloß er, die Entscheidung dem Zufall zu überlassen. Eine unerwartete Begegnung würde alles regeln. Er hatte es für klüger befunden, Mike nicht

anzurufen, der hätte unweigerlich sein Honorar zurückver-
langt. Aber das Geld war längst weg.

Das Leben war nicht leicht. Und doch gab es eine Möglichkeit, das verlorene Gleichgewicht zurückzugewinnen, eine
wunderbare, unvergleichliche Möglichkeit: das „Palm Beach"
von Cannes. Wie oft schon war er ohne einen Groschen
hineingegangen und nach wenigen Stunden mit bezahlten
Schulden und einem ordentlichen Packen Geld wieder herausgekommen. Sicher, immer ging es nicht, aber wo war das
Risiko? Verlieren konnte er nicht, da er nichts hatte. Also
konnte er nur gewinnen. Vergeblich versuchte eine innere
Stimme, ihn zu warnen: Und was, wenn du weitere Schulden
machst? Aber Raph wollte nichts hören. Er hatte schon Sorgen
genug, sich jetzt noch das bißchen Rest an Enthusiasmus zu
zerstören lag ihm nicht.

Dreimal hatte ihn Kallenbergs Vertrauensmann angerufen,
aber immer war es ihm gelungen, seine Stimme zu verstellen
und sich zu verleugnen. Hier sei „der Sekretär von Raph Dun,
Raph Dun sei auf Reportage". Und der andere hatte nichts
Besseres tun können, als ihm mit eiskalter Stimme aufzutragen,
er solle Raph Dun unter allen Umständen benachrichtigen, daß
er unverzüglich Hermann Kallenberg anzurufen habe. Sollten sie
doch zum Teufel gehen! Er war schließlich an diesem Fiasko
nicht schuld. Natürlich hätte er überprüfen können, ob die
Fotos wirklich Satrapoulos' Mutter darstellten, wenn er selbst
beim Interview dabeigewesen wäre. Aber Dun war kein Egoist.
Er hatte es gern, andere an seinen Erfolgen teilhaben zu lassen.
Sein Traum war seit jeher, Befehle zu erteilen, seine Ideen von
anderen ausführen zu lassen, ohne dabei selbst einen Finger zu
rühren. Unangenehme Arbeiten widerten ihn an, es ließ ihn
verzweifeln, wenn er mit jenen mittelmäßigen Leuten in
Kontakt treten mußte, die einem so oft im Berufsleben den Weg
zum Geld versperrten. Warum sich nicht überhaupt von denen
erhalten lassen, die ihn amüsant fanden: den Millionären und
deren langweiligen und gelangweilten Frauen?

„Wünschen Sie einen Fruchtsaft?"

„Champagner."

Er musterte die Stewardeß, der er sofort unter den Passagieren aufgefallen war, aber er fand nichts an ihr, das ihn hätte
reizen können. Mehr aus Gewohnheit rief er sie zurück.

„Mademoiselle?"

„Monsieur?"

Er bedeutete ihr, sich zu ihm herunterzubeugen, und flüsterte ihr ins Ohr: „In welchem Hotel steigen Sie ab?"

Sie antwortete im gleichen leisen Ton: „Ich fliege sofort nach Paris zurück, und abends bin ich in London . . ."

„Ah so . . ."

Dun fühlte sich unbehaglich. Die Erwähnung Londons hatte seine angenehmen Gedanken völlig verscheucht. Er antwortete: „Schade . . . Vielleicht sehen wir uns ein andermal . . ."

„Vielleicht. Möchten Sie, daß ich Ihnen meine Telefonnummer in Paris gebe?"

„Ja, ja . . . Wenn Sie wollen . . ."

Seine Gedanken waren längst woanders. Was sollte er mit ihr in Paris? Ihm war, als hätte er schon mit ihr geschlafen.

„Wir landen in wenigen Minuten . . . Wir ersuchen Sie, Ihre Sicherheitsgurte anzuschnallen . . ."

Durch die Luke konnte Dun das Meer und einen Teil des Strandes erkennen, der wie eine ockergelbe Schlange dem Kobaltblau des Wassers folgte. Schon in der Flughafenhalle stieß er auf Lise – große Familie mit kleinem Hirn, Firma Loeb, Pipelines jeder Art.

„Was machst denn du da?"

„Ich komme an, wie du siehst."

„Bleibst du lang?"

„Weiß ich noch nicht."

„Fährst du hinüber nach Cannes?"

„Vielleicht. Keine Ahnung."

„Wunderbar! Komm mit!"

„Wohin?"

„Zu Danielle. Uns ist stinklangweilig. Wir sind zu fünft, lauter Mädchen."

„Was für eine Danielle?"

„Sag einmal, was ist mit deinem Gedächtnis los! Danielle! . . ."

Danielle Valberger, eine der schönsten Besitzungen an der Côte. Sie hatte für Raph in den Tod gehen wollen. Zumindest hatte sie das behauptet. Und sogar echt versucht, behauptete man. Dun haßte Tragödien und hatte es vorgezogen, auf Reisen zu gehen, bis die Krise vorbei war.

171

„Geht's ihr gut?"

„Wunderbar!"

„Wer sind die anderen?"

„Mimsy ... Eliane ... Marina ... und Danielle und ich. Komisch, dich zu treffen, wir haben noch heute morgen von dir gesprochen. Sie war phantastisch, deine Reportage!"

Raph spürte, wie sich seine Muskeln verkrampften: „Welche Reportage?"

„Über Haarlem."

Er seufzte erleichtert. „Was machst du überhaupt hier?"

„Gott! Das hätte ich beinahe vergessen! Hast du Nicole nicht gesehen?"

„Welche Nicole?"

„Lügner, du kennst sie. Nicole D'Almarida. Wahrscheinlich hat sie das Flugzeug versäumt. Okay, komm, du fährst mit mir."

„Wer hat dir gesagt, daß ich mitkomme?"

„Hast du schon einen Mann getroffen, der eine Einladung in einen Harem ausschlägt?"

„Wieso seid ihr überhaupt allein?"

„Dafür ist Danielles Vater verantwortlich. Er mußte nach Paris zurück. Er hat eingewilligt, sein Kindchen hierzulassen, wenn ihre Freundinnen Anstandswauwau spielen. Na, die werden Augen machen, wenn sie dich sehen!"

Dun zögerte noch, aber Lise drängte weiter. „Komm einmal mit, wir trinken ein Glas. Und wenn du uns zu häßlich findest, kannst du immer noch abhauen. Hast du einen Wagen? Macht nichts! Wir nehmen meinen. Kein Gepäck? Wunderbar! Ein Mann im Mädchenpensionat! Das wird ein Theater!"

Es gibt doch noch schöne Augenblicke im Leben eines Mannes. Raph lag in der Badehose auf einer Luftmatratze, ein Glas Scotch in der Hand. Gemächlich schaukelte sein Floß im Swimming-pool auf den Wellen, gezogen und geschoben von braungebrannten zarten Mädchenhänden mit gepflegten Nägeln. Vom Patio her klang gedämpft Jazzmusik. Genau vor sich konnte er die Spitze einer Zypresse in den Himmel ragen sehen und erkannte links davon die winzigen, silbrigglänzenden Ovale der Blätter eines uralten Ölbaums – der Architekt, der

172

die Villa erbaut hatte, hatte das Haus rund um den ehrwürdigen Baum angelegt. Raph ließ beide Beine ins lauwarme Wasser hängen. Der Whisky floß eiskalt in seinen Mund und explodierte in einer Unzahl winziger Feuerbälle in seinem Rachen. Der Augenblick war von so seltener Schönheit, ließ ihn selbst Kallenberg vergessen und die Schwierigkeiten, die sich über kurz oder lang ergeben würden.

Die fünf Mädchen umgaben ihn und spielten die Nurserolle, während sie Mühe hatten, nicht den Reizen zu unterliegen, die von diesem muskulösen Männerkörper ausgingen. Selbst Danielle hatte sich dem Charme der Szene nicht entzogen und ihr braunes Köpfchen auf Raphs Schulter gelegt.

„Ist er nicht schön, unser kleiner Junge", sagte Marina und strich mit dem Handrücken sanft über seine Brust. Und selbst Mimsy, die mit den Fingern zwischen seinen Zehen spielte, gefährdete seinen Hormonhaushalt. Den Kopf immer noch dem Himmel zugewandt, streichelte Raph eine Schulter, einen Schenkel, einen Bauch, ohne zu wissen, zu welchem Körper sie gehörten. Göttliches Gefühl! Warum mußte er in Paris als Sohn eines Drogisten geboren sein, anstatt das Licht der Welt als Nabob erblickt zu haben.

Neben dem Swimming-pool lag eine riesige Rasenfläche, die das ganze Jahr über von Gärtnern betreut wurde. Sie erstreckte sich in zartem Gefälle bis zum Strand mit seinen Salbeisträuchern und Rosen. Ein Motorboot war am schmalen Steg festgebunden.

„Fühlst du dich wohl, du Scheusal?"

„Es geht."

„Weißt du, wie viele Männer jetzt an deiner Stelle sein möchten?"

„Laß sie doch kommen, mein Liebling, laß sie kommen . . ."

Was unterschied ihn wirklich von einem echten Millionär? Er lebte das gleiche Leben, kannte dieselben Leute, aß dieselben Gerichte, duzte dieselben Frauen, ließ beim selben Schneider arbeiten und hatte dieselben Autos. Sicher bezahlten es die anderen, dafür hatten eben sie die Millionen und nicht er. Aber sonst? Er entschädigte sich für diese Schmach, indem er sich von ihren Töchtern den Hof machen ließ und mit ihren Frauen, oder ihren Mätressen, ins Bett ging. Wer hatte es also besser, er oder sie? Plötzlich kam ihm zum Bewußtsein, daß das Spiel der neckischen Hände seinen Körper nicht unbeteiligt gelassen hatte. Ob es diese Gören absichtlich machten? Noch bevor die guten Sitten verletzt waren, stürzte er sich mit Indianergeheul ins Wasser.

„Ihr kriegt mich nicht! Ich will nicht das Lustobjekt einer Kollektivvergewaltigung sein!"

Die jungen Damen brachen in ein gezwungen klingendes Gelächter aus, während er bis auf den Boden des Beckens hinabtauchte.

8

Seit achtundvierzig Stunden war Kallenberg jeder Vorwand recht, um homerische Wutausbrüche an seiner Umgebung auszulassen, die ihn jedesmal ausgepumpt und am Rande des Kollapses zurückließen. Man war einiges bei ihm gewohnt, aber so hatte man ihn noch nie gesehen. Er befand sich noch in London, als er die Pressemeldungen zu Gesicht bekam. Der Schock war so groß, daß er eine Art Trauma ausgelöst haben mußte, denn wo man eine wahre Explosion erwarten durfte, brachte Kallenberg nichts als dumpfes Schweigen zustande. Er hatte sich in seinem Arbeitszimmer eingeschlossen, noch unfähig, die Gründe der Katastrophe zu erkennen und die Lehren daraus zu ziehen.

Eine Stunde später erwachte er aus seiner Betäubung und ließ Dun suchen. Als er ihn nicht auftreiben konnte, stampfte er wie ein Büffel in Irenes Gemächer, um seine Wut an jemandem anders auszulassen. Er fand sie nackt auf ihrem unbenützten Bett liegend, das Gesicht unter einer dicken Schicht von Schönheitsschlamm verborgen. Daran allein war noch nichts auszusetzen, aber es fiel ihm nicht schwer, den geeigneten Vorwand zu finden.

Er näherte sich ihr und brüllte ihr ins Ohr: „Ich gehe dem Ruin entgegen, man macht mir von allen Seiten Schwierigkeiten, man verbündet sich gegen mich, und du weißt nichts Besseres zu tun, als dir Jauche ins Gesicht zu schmieren!"

Eine herrliche Nachricht! Hermann hatte Unannehmlichkeiten, also hatte sich jemand gefunden, der ihn zu bändigen wußte.

„Wer macht dir Schwierigkeiten, mein Liebling, wer ruiniert dich? Erzähl mir alles!"

Während sie sprach, war sie aufgestanden und suchte tastend

nach dem Handtuch, um sich damit das Gesicht zu säubern, bis sie langsam zwischen den noch halb verkrusteten Wimpern Hermann zu erkennen vermochte.

Kallenberg schäumte vor Wut und ging drohend auf sie zu. Irene ergriff die Gelegenheit, ihn noch weiter aufzustacheln. „Mein kleiner Liebling, wenn du Schwierigkeiten hast, so ist jetzt wirklich nicht der Moment zum Flirten. Erzähl mir lieber!"

Hermann verlor den letzten Rest seiner Selbstbeherrschung. „Ah! Du glaubst also, daß ich flirte!" Und er versetzte ihr einen heftigen Stoß, so daß sie auf das Bett fiel.

Irene versuchte ein letztes Mal, sich zu beherrschen. „Es ist so schön, wenn du mich begehrst . . ."

Er schlug ihr mit dem Handrücken über den Mund.

Sie begann ihn anzuschreien. „Du Schwein! Du Lump! Du brutales Schwein! Ich möchte, daß man dir den Hals umdreht, daß man dich ruiniert, bis zum letzten Groschen ruiniert und dir den Bauch eintritt!"

Auf Blaubarts Lippen kehrte das Lächeln zurück: „Wunderbar . . . Jetzt erkenne ich dich wieder."

Er kehrte in sein Arbeitszimmer zurück und begann mit den ersten Schritten zur Einleitung der Nachforschungen.

„Cui bono?" hatte eine der Zeitungen ihren Artikel betitelt. Jedenfalls schien Kallenbergs Name nicht auf, er wurde nur als Opfer im Zusammenhang mit dem unverständlichen, von Unbekannten angezettelten Skandal bei einer großen Abendgesellschaft erwähnt. War es der Akt einer linksextremistischen Gruppe, die das Prestige der wichtigsten Vertreter der westlichen Wirtschaftswelt untergraben wollte? Ein politisches Manöver? Ein Privatkrieg zwischen Reedern? Der Autor des Artikels warf die verschiedensten Hypothesen auf und ging doch jedesmal an der Wahrheit vorbei, wenn er Satrapoulos und Kallenberg als „Opfer" bezeichnete. In dieser Beziehung zumindest konnte Blaubart beruhigt sein: man verdächtigte den Griechen ebensowenig, das kleine Weihnachtsfest sabotiert zu haben, als man ihm unterstellte, Satrapoulos' Mutter aus der Versenkung geholt zu haben. Bis jetzt war alles im Kreis der lieben Familie geblieben.

Am Abend beschloß Blaubart, noch am nächsten Morgen an die Côte d'Azur zu fahren. Mit Irene. Hinter Eden Roc, zwischen Cannes und Antibes, hatte er einen herrlichen Besitz, den er fast nie benützte. Er kombinierte, daß die Aufmerksamkeit der anderen von seinen Racheplänen am ehesten abgelenkt würde, wenn er sich an einen Ort begab, wo zu dieser Jahreszeit die Allerweltsurlauber ihre tristen Ferien beendeten. Für die Dauer seiner Gegenoffensive brauchte er nur den liebenden und treuen Ehegatten zu spielen. Er bat Irene, schon am Morgen abzufliegen, er würde erst am Nachmittag nachkommen, da er noch einige Kleinigkeiten zu erledigen habe.

Bei seiner Ankunft in Nizza kam es zu einem seltsamen Zwischenfall, den er später seinem zu lange aufgestauten Haß zuschrieb. Der Chauffeur erwartete ihn in der Halle und entschuldigte sich, daß er ihn mit einem Leihwagen abhole: der Motor des Cadillac arbeite unregelmäßig, und der Wagen stehe zur Überprüfung in einer Werkstatt.

„Wann wird er fertig?" wollte Kallenberg wissen.

Den Chauffeur wunderte die Frage, da Blaubart im allgemeinen Angelegenheiten dieser Art nicht seine Aufmerksamkeit schenkte.

„Er ist bereits fertig, Monsieur, ich habe gerade angerufen. Ich hole ihn, sobald ich Sie abgesetzt habe."

„Fahren wir gleich hin."

Der Chauffeur enthielt sich jedes Kommentars und fuhr nach Nizza. Als sie bei der Garage angekommen waren, bat er Kallenberg, einige Minuten zu warten, und lief in die oberen Stockwerke des Gebäudes, um den Wagen abzuholen. Kallenberg vertrat sich die Beine und beobachtete gelangweilt die Angestellten, die einen Bentley putzten. Nach fünf Minuten begann er ungeduldig zu werden. Zehn Minuten vergingen . . . Der Ärger stieg wieder in ihm hoch, und plötzlich rannte er bis in den vierten Stock hinauf, wo er den Chauffeur fand. Der Cadillac saß in einer Kurve der Auffahrtsrampe fest.

Mit einer Handbewegung trieb er den Chauffeur aus dem Wagen und setzte sich selbst ans Steuer. Er versuchte, den großen Wagen freizubekommen, schlug den Volant nach rechts und links ein, fuhr nach vorne und zurück, alles ohne nennenswertes Ergebnis. Wütend riß Blaubart den Kotflügel eines Jaguar mit, der ihm den Weg verstellte. Um endgültig freizukommen, wollte er den Schalthebel der automatischen Kupplung einrasten lassen, stieg voll aufs Gaspedal und legte irrtümlich den Rückwärtsgang ein. Wie eine Rakete schoß der Cadillac unter dem Druck der 350 Pferdestärken nach hinten, durchquerte mit jaulenden Reifen die gesamte Breite des Stockwerks und schlug wie ein Geschoß in die gläserne Wand ein, nachdem er die schwere Sicherheitsschiene durchstoßen hatte. Zwanzig Meter über der Straße tauchte der Wagen aus der Fassade der Garage, während Passanten entsetzt beobachteten, wie das Hinterteil sich mehr und mehr nach unten neigte.

Genau in dem Augenblick, da der Cadillac abzustürzen schien, blieb er an dem verbogenen Stahlblech der Leitschiene hängen. Wie aus einem Alptraum erwachend, stürzte der Chauffeur herbei, um ihm zu Hilfe zu kommen. Er beugte sich aus der riesigen Bresche in der Fassade und erblickte hinter der zersplitterten Windschutzscheibe das kalkweiße, blutige Gesicht von Blaubart, der vor Angst, der Wagen könne doch noch abkippen, kaum zu atmen wagte.

„Sie können herauskommen, Monsieur . . . Langsam . . . Es kann nichts geschehen . . .“

Kallenberg versuchte sich vorsichtig herauszuwinden.

„Kommen Sie, Monsieur . . . Nehmen Sie meine Hand . . .“

Er ergriff sie, brachte es fertig, aus dem Wrack herauszusteigen, und setzte endlich den Fuß auf sicheren Boden. Wortlos umringten ihn die Angestellten der Garage. Er nahm keine Notiz von ihnen, warf nur seinem Chauffeur zu:

„Regeln Sie die Einzelheiten, Hubert. Zahlen Sie.“

Er fuhr sich durchs Haar, wischte das Blut mit einem Taschentuch ab und ging. Niemand hielt ihn zurück.

Drei Viertelstunden später kam er in der Villa an. Von einem Einschnitt oberhalb der Augenbrauen tropfte immer noch Blut über sein Gesicht. Dem Taxichauffeur, der keine Fragen zu stellen gewagt hatte, hielt er einen großen Schein hin:

„Ist in Ordnung. Der Rest ist für Sie . . .“

Irene, die im Salon gerade Badeanzüge probierte, sah ihn vorbeigehen.

„Hermann!“

Er gab keine Antwort und ging auf das Badezimmer zu. Sie folgte ihm.

„Was ist los? Was ist dir passiert? Ist etwas geschehen?“

Er sah müde und verwirrt aus und reagierte nicht, als sie nach einem Badetuch griff, um seine Wunde zu säubern:

„Halt es auf die Stirn gepreßt... Warte... Nicht bewegen..."

Sie öffnete einen Wandschrank, entnahm ihm Watte, Alkohol und Jodtinktur und reinigte die Wunde:

„Es ist nicht tief..."

Wieder zum Kind geworden, ließ Kallenberg sie widerspruchslos gewähren, was Irene die Röte der Zärtlichkeit auf die Wangen trieb. Wenn er immer so sein könnte, ihre Hilfe annehmend, anstatt ihr nur seinen Willen aufzwingend.

Blaubart brach endlich das Schweigen: „Ich habe einen kleinen Unfall gehabt... Ich bin mit dem Cadillac durch die Glaswand einer Garage im vierten Stock gefahren... Es ist nichts..."

„Nein, mein Liebling, es ist nichts... Laß mich dich pflegen... Du gehst jetzt in unser Zimmer und legst dich nieder..."

Unser Zimmer! Seit den ersten Wochen ihrer Hochzeit hatten sie getrennte Schlafzimmer! Ohne ein Wort der Widerrede stand Kallenberg auf und begab sich langsamen Schritts ins Schlafzimmer. Als er auf dem Bett lag, ließ Irene ihn für Augenblicke allein, um bei der Kammerzofe Tee und Whisky zu bestellen. Sie kehrte zu ihm zurück, fuhr ihm mit den Fingern zärtlich durchs Haar, betastete vorsichtig die Wunden. Sie fand sich ziemlich lächerlich. Zum ersten Mal ließ sie sich zu einer solchen Handlungsweise hinreißen, die weder dem Eros noch der Brutalität, den beiden Polen ihrer Leidenschaft, entsprang.

Irene begann nachzudenken und stellte fest, daß sie seit ihrer Kindheit im Zwiespalt gelebt hatte. Soweit sie sich zurückerinnern konnte, hatte ihr Vater ihre Mutter stets betrogen. Warum war sein Benehmen, wenn Fremde zugegen waren, anders als im engsten Kreis der Familie? Wann war er somit er selbst? Sie wußte kaum etwas von Mikolofides, mußte sie feststellen, und zum ersten Mal betrachtete sie ihn nicht mehr mit den Augen des furchtsamen, von seinem Vater eingeschüchterten Kindes.

Sie hörte Kallenberg regelmäßig atmen, so als schliefe er. Aber er hatte die Augen weit offen und starrte zur Zimmerdecke. Sie blickte in seine Augen, im Zentrum der Pupille saßen, eingebettet in das Blau, winzige grüne Sprenkel.

„Du hast grüne Flecken in den Augen."

Hermann antwortete nicht. Irene streckte sich neben ihm aus, hob seinen Kopf an und schob ihren Arm darunter. Sie ging sogar so weit, sich gegen ihn zu kuscheln, Beschützerin ihres Beschützers, Mutter des eigenen Folterknechts.

„Woran denkst du?"

Er seufzte tief: „Ich habe Schwierigkeiten."

Noch nie hatte er sich herabgelassen, ihr seine Gefühlszustände mitzuteilen. Sie drückte sich enger an ihn. Sie hatte die Zeitungen natürlich gelesen, aber sie verstand nicht, was Hermann mit den Geschichten von Satrapoulos und seiner Mutter zu tun haben konnte.

„Ist es schlimm?"

„Ziemlich, ja . . ."

Er gab ihr eine Antwort! Stolz durchflutete sie. Ohne es zu wollen, sagte sie eine Dummheit. „Was für ein Sternzeichen bist du?"

Er brüllte sie nicht an, er zuckte nicht verächtlich die Achseln, er verließ das Zimmer nicht schimpfend. Er sagte einfach: „Widder . . . Warum?"

„Nur so . . . Es ist mir gerade eingefallen."

„Glaubst du daran?"

„Ich weiß nicht. Aber Satrapoulos glaubt daran. Lena hat mir erzählt, daß Sokrates nichts macht, ohne vorher seinen Astrologen konsultiert zu haben."

Sie spürte, wie er zusammenzuckte. „Einen Astrologen?"

„Einen Hellseher oder so etwas Ähnliches. Er lebt in Portugal, in der Nähe von Estoril . . . Warte . . . er heißt . . . Ja! Der Prophet von Cascais!"

„Bist du sicher?"

„Sokrates hat Lena sogar einmal gestanden, daß er sie nicht geheiratet hätte, wenn ihm der Prophet abgeraten hätte . . ."

Hermann hatte sich halb aufgerichtet. Seine Augen glänzten wieder. „Glaubst du, daß er dumm genug ist, so zu handeln?"

„Aber ich sage dir doch! Er unterschreibt keinen Vertrag, ohne ihn vorher zu befragen."

Kallenberg war aufgesprungen. Sein Gesicht, auf dem noch immer Blutstropfen zu sehen waren, drückte Kampfeslust aus. Irene wurde wachsam. Die kleine Familienidylle schien zu Ende zu sein. Aber nein . . . Hermann beugte sich zu ihr hinab und küßte sie auf die Stirn.

„Danke! Du weißt gar nicht, wie wichtig das ist, was du mir erzählt hast."

Irene fragte sich, ob sie träume. Der Schock vielleicht? Gleichwohl, Hermann war ruhig und freundlich. Das Rätsel würde sich früher oder später lösen.

Tina kniete neben der Ziege, als die Krankenschwester den Raum verließ, um nachzusehen, wer an der Tür des Nebenzimmers geklopft hatte. Kaum war Maria hinter der Verbindungstür verschwunden, lief die Alte vorsichtig auf den Ausgang zu. Maria war unvorsichtig genug gewesen, die Tür auf den Gang nur von innen zu verriegeln, anstatt die Tür mit einem Schlüssel zu versperren. Ein hastiger Blick nach rechts, ein weiterer nach links, und schon rannte Tina den Gang entlang, folgte ihm bis zu seinem Ende, kam zu einem Dienstboteneingang, ging eine Stock tiefer und hielt an. Sie trug ein schwarzes Kleid und hatte nur Pantoffeln an den Füßen. Sie öffnete einen Wandschrank, in dem das Personal seine Sachen aufbewahrte, fand einen alten blauen Mantel und eine Einkaufstasche, die sie an sich nahm.

Wenige Minuten später, während Maria bereits Alarm geschlagen hatte, ging Athina Satrapoulos die Rue de Rivoli entlang. Im sommerlichen Paris hatte eine alte Dame, die in Pantoffeln ihre Einkäufe erledigte, nichts Außergewöhnliches an sich.

Sie hatte kein anderes Ziel, als sich auf dem schnellsten Wege von jenem Ort zu entfernen, wo man sie festgehalten hatte, und so trottete Tina rasch unter den Arkaden voran, ohne einen Blick an die eleganten Auslagen zu verlieren, deren Existenz seit langem schon ihrem Gedächtnis entschwunden war. Ohne den Gang zu verlangsamen, kam sie an der Place des Pyramides und der Place du Palais-Royal vorbei. Auf der Höhe der Tour Saint-Jacques bog sie nach rechts ab, ohne eigentlich zu wissen, warum, ging an der Fassade des Theaters Sarah Bernhardt vorbei und wandte sich dann nach links, zum Quai des Gesvres. Es fiel ihr immer schwerer, voranzukommen, vor den Bouquinisten drängten sich die Touristen in riesigen Trauben. Einmal nur blieb sie kurz stehen, auf der Höhe des Pont d'Arcole, um einem alten Mann zuzusehen, der Tauben fütterte.

Von dem Wunsch getrieben, nicht eingeholt zu werden,

nahm sie ihre Wanderung recht bald wieder auf. Quai de l'Hôtel-de-Ville, Pont Louis-Philippe, Quai des Célestins. Am Beginn des Quai Henri-IV zögerte sie, änderte die Marschrichtung und überquerte den Pont Sully, Notre-Dame zu ihrer Rechten, den Fluß links, und überall die Autos und der dumpfe Gestank des Benzins. Nach der Brücke erreichte sie das Straßeneck, wo Rue des Fossés-Saint-Bernard und Boulevard Saint-Germain in die Halle aux Vins übergehen. Es war vier Uhr nachmittags, als Tina die Gitter des Gebäudes entlangging, die Rue Cuvier hinter sich ließ und zu neuen Gittern gelangte, hinter denen sie zu ihrer Verwunderung Tiere sah, die im Aussehen an Ziegen und Hunde erinnerten. Dort wollte sie hin, an diesem Ort würde sie sich nicht fremd fühlen. Sie suchte den Eingang, fand ihn nicht, ging die endlosen Gitter entlang und stand plötzlich vor dem Haupteingang. Ein Mann in blauem Kittel mit einer Mütze auf dem Kopf hielt sie mit einer Handbewegung an: „Madame, Ihre Karte . . .“

Sie sah ihn verständnislos an.

„Ein Franc“, erklärte er, einen Finger in die Luft reckend.

Tina schüttelte den Kopf. Der Wächter rieb Daumen und Zeigefinger gegeneinander, zur internationalen Zeichensprache übergehend. Die Alte griff in ihre Manteltaschen und brachte in ihrer Handfläche drei Einfrancstücke und zwei Münzen zu zwanzig Centimes zum Vorschein. Der Mann nahm eine Münze und rief Tina, die bereits an ihm vorbei war, noch zu: „Und wir sperren um fünf!“

Die Alte schloß sich einer Touristengruppe an, die vor einem riesigen Vogelkäfig stand. Später kam sie in ein kleines Gebäude, das intensiv nach Raubtieren stank: Schlangen, riesige Schlangen. So große hatte sie noch nie gesehen. Sie fragte sich, wie viele Futtertiere man wohl brauchte, um sie täglich zu füttern. Bei einem kleinen Verkaufsstand lieferte sie erneut eine Münze ab und bekam eine Tüte Erdnüsse, die sie sogleich zu essen begann. Ihre Umgebung faszinierte sie; Maria, das „Ritz“ und alles andere waren längst vergessen.

Sie stand vor den Raubtierkäfigen, als ein Pfiff ertönte. Instinktiv wollte sie die Flucht ergreifen, dachte, es könnten nur ihre Verfolger sein. Weitere Pfiffe folgten, und sie sah, wie die Leute rund um sie sich langsam auf den Ausgang zubewegten. Tina schlug augenblicklich die entgegengesetzte Richtung ein.

Hinaus auf die gefährlichen Straßen, zurück in die unbekannte, feindliche Umgebung wollte sie nicht. Sie wußte, daß sie in diesem großen Garten in Sicherheit war, der nun geschlossen wurde. Niemand würde sie hier finden können, wenn es ihr gelang, ein gutes Versteck ausfindig zu machen.

Sie begegnete den letzten Besuchern des Jardin des Plantes: einer Mutter, die ihre Kinderhorde zusammentrieb, einigen Liebespaaren. Als sie einen uniformierten Wächter erblickte, versteckte sie sich hinter einem kleinen Ziegelbau, den sie in entgegengesetzter Richtung umrundete, während der Mann sich bereits entfernte. Unbeweglich war sie stehengeblieben, argwöhnisch um sich blickend, ob sie auch wirklich als einzige in diesem Paradies geblieben war. Männerstimmen zwangen sie neuerlich, sich zu verstecken. Zwei Wächter gingen an ihr vorbei, dem Ausgang zu, aber sie sahen sie nicht. Stille legte sich über den Park, von Zeit zu Zeit nur unterbrochen von den Schreien erregter Tiere. Jetzt drang auch der Straßenlärm bis zu ihr, wie das Keuchen eines unregelmäßig klopfenden Herzens. Der Himmel im Westen rötete sich, hier und dort flammten Lichter auf.

Nacht. Es mußten drei Stunden vergangen sein, und Tina saß immer noch hinter ihrem Ziegelhäuschen versteckt. Vorsichtig erhob sie sich und orientierte sich ohne Schwierigkeiten zwischen den Alleen, die ein stumpfer Lichtschein zu erhellen schien. Sie wagte sich auf die Grasfläche, lehnte sich gegen einen Baum und atmete tief auf. Sie war allein, Herrscherin über eine Welt unbekannter Tiere, von denen sie nicht einmal den Namen wußte. Sie hatte Hunger. Sie verließ ihren Baum, um den Garten zu erkunden. Ob sie wohl Nahrung finden würde? Das Dunkel war undurchdringlich geworden. Rund um sich spürte sie die magnetische Gegenwart der Tiere, roch ihre Ausdünstungen und versuchte, sie in bekannte Denkkategorien einzuordnen.

Einmal stand sie vor dem Haupteingang, aber die Flut der vorbeibrausenden Autos vertrieb sie rasch wieder. Sie stieß gegen einen harten Gegenstand, griff nach einer Art Plache und erkannte den Stand der Bonbonverkäuferin. Begeistert nahm sie einige Päckchen an sich und kostete ihren Inhalt: Nougat, Karamellen und wieder Erdnüsse. Nach dem Festmahl versuchte sie, sich zu erinnern, wo sie einen Wasserhahn gesehen

183

hatte. Es mußte neben dem großen Käfig gewesen sein, der wie ein Haus aussah. Sie orientierte sich mühsam, irrte sich das erste Mal, kehrte um, tastete sich voran und erkannte schließlich das Gebäude an seinem kuppelförmigen Dach. Die Hände an den Gitterstäben, ging sie den Käfig entlang. Ein schauriges Brüllen ließ sie erstarren, aber sie war gleich wieder beruhigt: es konnte ihr nichts geschehen. Man hatte die Tiere für die Nacht eingesperrt, nicht sie!

Diese Maria schien ja recht nett zu sein, aber Tina hätte nicht gezögert, ihr eine Stricknadel in den Hals zu stoßen, wenn sie sie gehindert hätte, aus ihrem Gefängnis zu entfliehen. Verzweifelt versuchte sie zu ergründen, warum all dieses Unglück über sie hereingebrochen war, seit diese Männer im weißen Kittel sie ihrem eigenen Haus, ihren Ziegen und ihren Kaninchen entrissen hatten. Sie erriet, daß dieser Sokrates, der vorgegeben hatte, ihr Sohn zu sein, an ihren Qualen nicht unbeteiligt war. Was wollte er überhaupt? Warum hatte er sie nicht in Frieden gelassen? Was hatte sie ihm getan? Sie dachte an ihre Ziege im „Ritz", erinnerte sich, daß sie ein frisches Lager hatte, genug Gras und Wasser. Wasser! . . . Ihre suchende Hand hatte den Hahn ertastet. Sie drehte an ihm, und ein starker Strahl schoß heraus, der ihre Füße überschwemmte. Sie regulierte ihn, bis es ihr richtig erschien. Die beiden Hände zur Schale geformt, trank sie lang und gierig. Sie wischte sich mit dem Ärmel des Mantels über den Mund, stellte den Kragen auf, da es kühler geworden war, und kehrte zu ihrem Baum zurück. Tina streckte sich zu seinen Füßen aus und schlief ein.

Maria hatte etwas unklare Anweisungen, das Verhalten im Notfall betreffend, bekommen. Wenn etwas geschah, wenn Madame Satrapoulos einen Unfall hatte, sich etwas Unvorhergesehenes ereignete, sollte sie nicht die Polizei verständigen, sondern den Hoteldirektor. Er würde dann wissen, was zu tun sei. Nachdem sie den Gang entlanggelaufen war und Tina auch im unteren Stockwerk nicht gefunden hatte, hielt sie es für besser, sich an ihre Anweisungen zu halten.

Sie kehrte in ihr Appartement zurück, nahm den Telefonhörer ab und ersuchte die Zentrale, sie unverzüglich mit Edouard Fouillet zu verbinden. Sie glaubte, ruhig Blut bewahrt zu haben, aber ihre Hände zitterten. Vor der aufkommenden Panik gaben auch ihre Beine nach, und sie mußte sich niedersetzen. Fouillet meldete sich. Auf englisch erklärte sie ihm, daß Athina Satrapoulos verschwunden sei. Der Hoteldirektor brachte keinen Ton hervor. Er dachte mit Verzweiflung an einen neuerlichen Skandal, an die Journalisten, die wiederum seinen Palast im Sturm nehmen würden, die Brandflecken in seinen Teppichen. Nie hätte er die alte Wahnsinnige aufnehmen sollen! Wer hatte wissen können, daß sie ihm zu allem Überfluß auch noch die Gegenwart einer Ziege einbringen würde. Und da hakte er auch ein.

„Ist die Ziege noch da?"

Maria war sprachlos. Tina Satrapoulos, auf die sie alle aufzupassen hatten, war verschwunden, und er hatte nichts Besseres zu tun, als sich nach der Ziege zu erkundigen!

„Die Ziege ist mir völlig egal!" gab sie ihm wütend zur Antwort.

„Verstehen Sie denn nicht, daß Madame Satrapoulos ein wenig ... wie soll ich sagen ... nicht verrückt, nein ... aber originell, ja ... originell ist ... Wenn sie ihr Tier aus Athen hat kommen lassen, so könnte ich mir vorstellen, daß sie es jetzt nicht verlassen wird ... daß sie zurückkommt ..."

Gar nicht so dumm. Nun klammerte sich auch Maria an diese Hoffnung. Er hatte recht, Tina konnte nicht weit sein, sie konnte einfach die Ziege nicht vergessen, das Tier nicht einfach hier zurücklassen.

Fouillet fuhr fort: „Sie wird also wahrscheinlich zurückkommen. Wollen Sie trotzdem, daß ich die Polizei von ihrem Verschwinden benachrichtige?"

„Auf keinen Fall!"

Nach einer Pause meinte er: „Aber immerhin ... Es ist keine kleine Verantwortung ... Bleiben Sie auf Ihrem Zimmer, bitte, ich komme."

Wenig später trat er ein. Schwarzer Anzug, düstere Miene. Wie sie es bemerkt habe, wollte er wissen, und Maria erzählte ihm das Wenige, das sie wußte: die alte Dame war da, und plötzlich war sie nicht mehr da. Das war alles.

„Vielleicht ist sie noch im Haus?"

„Sicher nicht."

„Warum sagen Sie das so bestimmt, Mademoiselle?"

„Sie haßte diesen Ort."

Trotz des Ernstes der Lage konnte Edouard Fouillet seine Mißbilligung nicht verbergen. Niemand auf der Welt konnte blasiert oder dumm genug sein, sein Hotel zu hassen.

„Mademoiselle, ich bitte Sie . . . Ich werde trotzdem Anweisung geben, daß das Hotel durchsucht wird. Man kann nie wissen."

„Lassen Sie aber die Polizei aus dem Spiel!"

„Und wenn sie nicht zurückkommt?"

Maria saß fürchterlich in der Klemme und wußte nicht, welche Entscheidung sie treffen sollte. Wen konnte sie verständigen? Alles war so unvorhergesehen . . . Unschlüssig sah sie den Hoteldirektor an.

Er sagte: „Haben Sie für den Fall, daß sie verschwindet, Anweisungen? Wissen Sie, wo man Monsieur Satrapoulos erreichen kann?"

Nein, sie wußte es nicht. Sie litt unter der Schwere ihres Fehlers. Wenn Tina nicht bald zurückkam, konnte sie alle ihre herrlichen Zukunftspläne vergessen. Sie wandte den Blick von Fouillet ab, der sie streng ansah.

„Nun, Mademoiselle, es ist nicht schwer. Wenn Madame Satrapoulos sich nicht im Hotel befindet und auch nicht in . . ., nun, sagen wir . . . zwei Stunden zurück ist, würde ich mich gezwungen sehen, die Polizei zu verständigen. Es sei denn, Sie hätten einen besseren Vorschlag?"

Maria schwieg. Edouard Fouillet ging auf die Tür zu und ließ noch eine letzte spitze Bemerkung fallen. „Was immer dieser charmanten alten Dame passieren mag, ich fürchte, daß man Sie dafür verantwortlich machen wird." Er dachte einen Augenblick nach und fügte dann hinzu: „Im übrigen glaube ich, daß Sie auch wirklich dafür verantwortlich sind."

Maria stand mitten im Raum und spürte, wie ihr die Tränen in die Augen schossen. Sie warf sich aufs Bett, barg den Kopf zwischen den Armen und schluchzte.

Tina erwachte plötzlich. Sie öffnete die Augen und wußte einen Augenblick nicht, was sie da eigentlich machte, warum sie unter freiem Himmel schlief, anstatt sich zu Hause ins Bett zu legen. Aber sie erinnerte sich wieder an das Vorgefallene und warf einen ängstlichen Blick in die Runde, ob man sie nicht entdeckt hatte. Der Garten war ebenso leer und verlassen wie vorher. Ihre Glieder waren von der Kälte erstarrt, und sie rieb kräftig die Hände gegeneinander, um sich aufzuwärmen. Der alte Mantel aus dem Hotel gab kaum mehr Wärme als ein Blatt Papier. Ihre Füße, die vorhin unter den Wasserstrahl gekommen waren, fühlten sich eisig an. Sie stand auf und humpelte, von den Schmerzen eines alten Rheumas geplagt, zu dem Bonbonstand, dessen Plache sie als Decke zu verwenden hoffte.

In den Käfigen, an denen sie vorbeikam, bewegten sich die Tiere unruhig, und sie hörte das Flattern der aufgescheuchten Vögel. Rund um sie spürte sie unbekanntes und doch vorhandenes Leben, erriet sie die Gegenwart der Tiere mehr, als sie sie sah. Mehrmals mußte sie sich mit ausgestreckten Händen vortasten, als sie die vom Himmel undeutlich erhellten Alleen verließ. Endlich kam sie zu dem kleinen Handwagen. Zuerst griff sie unter das rauhe Segeltuch und zog ein Päckchen Bonbons hervor – sie zerriß die Zellophanhülle und kaute befriedigt an einigen zuckersüßen Kügelchen. Dann ging sie daran, an der Plane zu zerren, nachdem sie ein Eck davon losgezurrt hatte. Sie stemmte sich dagegen, zog mit allen Kräften an dem Stoff, aber nichts bewegte sich. Vorübergehend gab sie auf, setzte sich auf den Boden und stärkte sich mit zwei weiteren Bonbons. Nochmals versuchte sie, die Plache loszubekommen, und zog mit aller Kraft daran, denn sie begann bereits vor Kälte zu zittern. Es half nichts. Sie ließ es sein und machte sich auf die Suche nach einem Unterschlupf.

Zehn Minuten lang irrte sie ziellos umher und versuchte, eine Reihe von kleinen Käfigen ausfindig zu machen, die sie nachmittags bemerkt hatte. Sie hatte Vögel darin gesehen, und da diese lebten, boten die kleinen Betonhüttchen sicherlich Schutz. Tina wollte sich in ihrer Mitte im Stroh einen kleinen Platz suchen und sich am nächsten Morgen erneut unter die Besucher mengen. Ein Gedanke schoß ihr durch den Kopf, der sie zum Umkehren veranlaßte. Wenn sie an diesem idyllischen Ort bleiben wollte, durfte sie keine Spuren hinterlassen und mußte daher den Süßigkeitenstand wieder in Ordnung bringen. Sie brachte die Plache so gut es ging wieder in ihre ursprüngliche Lage, nicht ohne vorher zwei Päckchen Mandeln an sich genommen zu haben, mit denen sie erneut zu den Vogelkäfigen zurücktrottete. Eine riesige Neonreklame über der Halle aux Vins diente ihr als Orientierungspunkt, während sie versuchte, nicht von der schwach erhellten Allee abzukommen.

Sie kam wieder zu den Hütten zurück und tastete sie mit den Fingerspitzen ab. Es mochten etwa zwanzig sein, die hier in einer Reihe die Allee säumten. Jede von ihnen hatte einen kleinen Hof mit einer Tränke, der vom Besucherteil durch ein Gitter getrennt war. Dahinter befand sich ein winziges Gebäude aus Beton, zwei mal zwei Meter, das an seiner Vorderfront eine Öffnung aufwies, durch die zur Not auch ein Mensch schlüpfen konnte. Verzweifelt stellte Tina fest, daß der Zutritt zu den Käfigen mit Riegeln von innen verwehrt war. Sie versuchte es wahllos an verschiedenen Türen, bevor sie daranging, systematisch alle zu überprüfen. Es blieben ihr nur noch drei Möglichkeiten, und sie suchte bereits nach einer anderen Lösung, als einer der Riegel unter ihren Händen nachgab. Zufrieden betrat sie den kleinen Vorhof, schloß das Gatter hinter sich und blieb vor der Öffnung stehen.

Drinnen war es völlig finster. Sie erahnte die Gegenwart von Lebewesen, das leise Flattern von im Schlaf gestörten Vögeln. Die Hände vor sich ausgestreckt, betrat sie vorsichtig den Raum. Sofort spürte sie den Temperaturunterschied. Hier war es warm und gemütlich. Tierausdünstung drang ihr in die Nase, zu der sich seltsame, süßlich-herbe Gerüche gesellten, die sie an den Geruch der Toten erinnerten, die sie in Griechenland, in ihrem Dorf, beweint hatte, während der Weihrauch vergebens den Geruch zu verdrängen trachtete. Sie bückte sich und kratzte Stroh zusammen, das sie mit den Händen ertastet hatte. Die Vögel bewegten sich nicht mehr und schienen aus dem gleichen Beton wie ihre Behausung zu bestehen. Wahrscheinlich befanden sie sich über Tinas Kopf, auf ihren Sitzstangen.

Sie lehnte sich mit dem Rücken gegen die Wand. Es war so finster, daß ihr das Rechteck der Maueröffnung fast hell vorkam. Das Geräusch des Papiers, das sie zerknitterte, um einige Mandeln zu essen, nahm in der Stille die Form gigantischen Lärms an. Über ihr bewegte sich etwas. Sie hätte ihren unbekannten Gastgebern gern einen Teil ihres Mahls abgetreten. Bei Tagesanbruch dann, wenn sie erkennen könnte, wer es war, würde sie es tun, bevor sie sich von ihnen verabschiedete.

Sie rutschte hin und her, bis sie eine bequeme Stellung

gefunden hatte, schob noch ein wenig Stroh unter ihren Kopf und streckte sich ganz aus. Einen Augenblick dachte sie daran, die Hand auszustrecken, um das Federkleid ihrer Mitbewohner zu streicheln, aber sie hätte dazu aufstehen müssen, und sie fühlte sich nach den Aufregungen dieses Tages in dem Stroh viel zu wohl und geborgen.

Nie hätte sie gedacht, weit von zu Hause weg all das finden zu können, was ihrem Leben Freude und Zufriedenheit gab: Gras, Bäume, Essen, Wasser und Tiere. Vielleicht verstand einer der Besucher draußen im Park ihre Sprache? Sie würde ihm dann ihre Abenteuer erzählen können und ihn bitten, sie nach Hause zurückzubringen.

Wie viele Tage waren vergangen, seit man sie entführt hatte? Sie wußte es nicht. In den letzten Stunden hatte sie mehr erlebt als im Verlauf mehrerer Jahre bei sich zu Hause. Anderes, an anderem Ort, und mit Menschen, die andere Gesichter hatten. Sie versuchte, sich an die wichtigen Ereignisse in ihrem Leben zu erinnern, aber sie fand keine. Unerwartetes kam ihr in den Sinn, der Hase, den sie aufgezogen und gepflegt hatte. Ein Schal, den sie von ihrem Mann bekommen hatte, rot mit grün-goldenem Muster. War ihr Mann tot? Ja, sicher, sonst hätte er diese Leute nicht gewähren lassen. Und ihre Kinder? Sie versuchte, an den Fingern abzuzählen, wie viele sie gehabt hatte. Seltsam, sie konnte sich nicht an ihre Gesichter erinnern, und auch die Namen kamen ihr nicht in den Sinn, die sie ihnen gegeben hatte. Mädchen oder Buben? Sie wußte es nicht mehr, vielleicht beides ... Es hatte auch keine Bedeutung. Kaum waren sie aus der Kindheit heraus, verließen sie einen, und man sah sie nie wieder, sie ließen sich nicht mehr blicken und schickten auch kein Geld. Sokrates! Sokrates hatte ihr nie auch nur eine einzige Drachme zukommen lassen. Wenn sie gewußt hätte, wo er jetzt war, sie hätte ihn zu Hilfe gerufen, damit er sie hole und nach Hause zurückbringe. Nach und nach wurden Tinas Gedanken verworrener, sie vermochte die Bilder nicht mehr zu ordnen, die sie vor sich sah, noch war es nicht der Schlaf und doch schon der Beginn des Traums.

Ein Geräusch über ihr riß sie aus ihrem halbwachen Zustand. Ein dumpfer Aufprall, der nicht aus dem Inneren der Hütte kommen konnte, denn ihre Bewohner waren viel zu leicht, ihn verursacht zu haben. Sie öffnete die Augen und versuchte, sich auf das Geräusch zu konzentrieren, aber ihr Blick begegnete nur einem undurchdringlichen Mantel tiefer, vollständiger Schwärze. Da war es wieder, es klang, als riebe man zwei Metallstücke gegeneinander. Sie spürte, wie so etwas wie ein riesengroßer Fächer die erstarrte Luft um sie zur Bewegung brachte und sich dann neben ihr niederließ. Halb aufgerichtet, drückte sie sich gegen die Wand, während ihr Herz wild klopfte. Trotz ihrer Angst wagte sie eine Handbewegung, langsam, ganz langsam, nach vorne. Nichts... Das Ding mußte weiter entfernt sein.

Sie streckte den Arm noch weiter aus – und spürte Federn, aber an einer kompakten, riesigen Masse hängend, die viel zu groß für jeden bekannten Vogel war. Rasch zog sie die Hand zurück, und in diesem Augenblick ließ sie das Geräusch eines weiteren Dings, das schwer und doch zugleich elastisch neben ihr aufsetzte, erschreckt auffahren. Sie fühlte, wie ihr Arm von etwas Metallischem erfaßt wurde, von einer mächtigen Zange, die sich in ihr Fleisch bohrte.

Sie schrie auf, erhielt eine Wolke stinkender Luft ins Gesicht und hatte das grauenhafte Gefühl, ein hartes Etwas an ihrem Kinn zu fühlen, das langsam ihrer Nase folgend bis zum Augenbrauenbogen vordrang und wie ein Dolch in ihr Auge stieß. Während sie mit den Händen Abwehrbewegungen versuchte, wollte Tina zum Ausgang stürzen, den sie längst nicht mehr sehen konnte, da das Blut auch ihr gesundes Auge blendete. Sie stieß hart mit dem Kopf gegen etwas, wollte erneut aufschreien und fiel wie tot zu Boden. Mit letzter Kraft vermochte sie noch, sich in einem lächerlichen Verteidigungsreflex zusammenzurollen. Trotz ihrer Hände, die sie vor das Gesicht gepreßt hielt, bohrte sich der Dolch wieder und wieder in ihre Wangen und suchte nach ihrer zweiten Augenhöhle, während wie ein riesiges stinkendes Totenhemd ein ungeheures, nachgiebiges Etwas mit dumpfem Flügelschlag schwer auf ihr lastete und sie unter sich begrub. Stählerne Haken pflügten in ihrem Fleisch und rissen es streifenweise heraus.

9

Maria zögerte, als sie das Leichenschauhaus betrat. Sie hatte eine schlaflose Nacht hinter sich, aber das Telefon hatte nicht geläutet, und sie war ohne Antwort auf die Frage geblieben, die sie ohne Unterlaß beschäftigte und beim geringsten Geräusch auffahren ließ: Wo war Tina? Fouillet hatte auf ihr Drängen erst um zehn Uhr abends die Behörden verständigt. Eine Stunde nachdem die Polizei informiert worden war, erhielt Maria auf ihrem Appartement den Besuch eines ihr unbekannten Mannes, der ihr, ohne seinen Namen zu nennen, sagte: „Ich bin ein enger Mitarbeiter von Herrn Satrapoulos. Ich habe ihn von dem Vorgefallenen in Kenntnis gesetzt, und er hat mich gebeten, Ihnen folgendes mitzuteilen: Ab sofort nehme ich die Sache in die Hand. Sie brauchen sich um nichts mehr zu kümmern."

Maria war in Tränen ausgebrochen. Als sie nicht zu weinen aufhörte, fügte er hinzu: „Monsieur Satrapoulos hat mich auch beauftragt, Ihnen zu sagen, daß Sie sich nichts vorzuwerfen haben. Er macht Sie für das Verschwinden seiner Mutter nicht verantwortlich, aber er besteht auf absoluter Diskretion. Niemand darf etwas erfahren, solange Madame Satrapoulos nicht gefunden ist. Haben Sie mich verstanden?"

Er hatte Marias zaghaftes Nicken befriedigt zur Kenntnis genommen und sich verabschiedet: „Bleiben Sie hier und warten Sie auf meine Anweisungen."

Das lange Warten hatte begonnen. Um acht Uhr morgens, als sie einzunicken begann, hatte Fouillet angerufen: „Zwei Herren von der Polizei sind auf dem Weg zu Ihnen. Wollen Sie sie bitte empfangen?"

Zwei Männer waren gekommen und hatten sie gebeten mitzukommen.

„Haben Sie sie gefunden?" rief Maria aus.

191

Die beiden Besucher hatten einen Blick gewechselt, bevor einer von ihnen erklärte: „Wir sind nicht sicher, ob es sich um Madame Satrapoulos handelt, aber wir müssen alles überprüfen, Sie verstehen . . . Vor einer Stunde wurde im Jardin des Plantes eine alte Dame gefunden. Tot. Wir brauchen Sie zur Identifizierung."

Maria bat sie um eine Minute Geduld. Sie war im Morgenrock, und als sie im Badezimmer vor dem Spiegel stand, fand sie sich grauenhaft entstellt, mit ihren verquollenen Augen, dem übernächtigen Gesicht und dem strähnigen Haar. Sie zog ein Kleid über, fuhr sich mit dem Kamm durch die Haare, ohne sich zu schminken.

„Ich bin bereit."

Unten wartete ein Auto, das sich rasch in den Verkehr auf der Place Vendôme einordnete. Vorsichtig fragte Maria: „War es ein Unfall?"

Es war wieder derselbe, der ihr antwortete, wahrscheinlich sprach er als einziger Englisch. „Ja . . . ein Unfall. Ein fürchterlicher Unfall. Ich fürchte, Sie werden Schwierigkeiten haben, sie zu identifizieren . . . wenn sie es ist."

Dann hatten sie geschwiegen. Maria erwartete etwas Fürchterliches, und jetzt, vor dem Eingang, hatte sie Angst. Einer der Polizisten nahm ihren Arm. Sie gingen einen Gang entlang und fuhren mit einem Aufzug mehrere Stockwerke tief in den Keller. Die Tür öffnete sich, ein Mann im weißen Mantel erwartete sie. Er ging voraus und ließ sie in einen nackten Raum eintreten. Aus der Wand zog er eine Art Schublade, deren Inhalt von einem Leintuch verdeckt war.

„Wenn Sie bitte näher kommen wollen . . . hier ist es."

„Nur Mut . . .", sagte der Polizist, und der Pfleger fügte hinzu: „Ich sage Ihnen gleich, schön ist es nicht . . . Man hat sie furchtbar zugerichtet."

Maria hatte einen bitteren Geschmack im Mund, als sie, immer noch von dem Polizisten gestützt, zu dem Schubladensarg vortrat. Mit einer Handbewegung legte der Angestellte bloß, was einmal ein Gesicht gewesen sein mußte: wächserne, unförmige Hautfetzen, die mit einer Zange losgerissen zu sein schienen und formlos um die leeren Augenhöhlen hingen. Der Körper sah kaum besser aus, auch hier waren Wunden, Flecken, Löcher, zumindest da, wo es noch Fleisch gab, denn Maria bemerkte, schon am Rande einer Ohnmacht, daß ganze Muskelpartien einfach verschwunden waren. Nicht weggerissen oder zerfleischt. Nein. Verschwunden. Die Knochen lagen bloß. Sie wußte, daß dieser gräßlich verstümmelte Körper Tina gehörte, sie hatte diese Haare gekämmt, diese Schultern gewaschen, diese Arme getrocknet und dieses Gesicht geschminkt, von dem nur die Schädelknochen geblieben waren. Zuerst mußte sie sich zwingen, die Leiche anzusehen – jetzt konnte sie die Augen nicht mehr davon lösen. Sie fühlte, wie jemand ihre Hand drückte: „Ist sie es?"

„Ich glaube, ja . . ." Und sie nickte mit dem Kopf, sinnlos, wieder und wieder.

„Kommen Sie, wir werden Ihnen die Kleider zeigen."

Ohne die Tote wieder zuzudecken, zog der Pfleger ein Paket hervor.

„Der Rock . . . Pantoffel . . . Strümpfe . . . und diese Halskette."

Maria hatte sie ihr vor drei Tagen geschenkt. Sie strich über die Perlen, ohne ein Wort hervorzubringen.

„Bis nachher!" rief der Polizist dem Mann im weißen Mantel zu und zog die völlig willenlose Maria mit sich.

Schon an der Tür, drehte Maria sich noch einmal um und sagte zu dem Krankenpfleger: „Wer hat ihr das getan?"

Sie hatte griechisch gesprochen, und er verstand sie nicht. Maria wiederholte auf englisch: „Wer hat ihr das getan?"

„Die Geier."

Trotz seines Erfolgs war der Prophet verbittert. Er war pervers genug, sich trotz der Art, wie er sein Geld verdiente, reine und noble Ideale zu leisten. Er wußte, daß an ihm und seinem Gelderwerb nicht alles lupenrein war, und hatte doch nicht die Kraft, seine Tätigkeit als solche zu akzeptieren. Diese widersprüchliche Lage führte unweigerlich zu unangenehmen Gedanken, zu Fragen ohne Antwort und einem endlosen geistigen Wiederkäuen, das ihn ermattete und bestürzte.

Was ihn am meisten verbitterte, war die Tatsache, daß er nicht ein einziges Mal einen Klienten gefunden hatte, der sich um etwas anderes gesorgt hätte als die eigene Person. Nie war jemand zu ihm gekommen, damit er seine Kunst zugunsten dritter ausübe. Und wenn es der Fall war, so stand erst recht wieder das eigene Ich im Mittelpunkt: Liebt er mich? Denkt er an mich? Hat er jemand anderen als mich in seinem Leben? . . . Ich, ich, immer ich! Manchmal hatte er unbändige Lust, ihnen entgegenzuschreien: „Und was ist mit mir?" Gleichzeitig wurde ihm klar, daß das ihn auf die gleiche Stufe mit den anderen stellte. Sie kamen, um von sich zu sprechen, und er wollte dasselbe. Er war wie alle anderen – und litt darunter. Er übte Macht über eine Reihe von Leuten aus, die ihm fremd waren, und doch verschaffte es ihm keine geistige Befriedigung. Denn man bewunderte ihn wegen der Dinge, die er verschwieg.

Mario, sein Chauffeur und Kammerdiener, trat ein. In den Armen hielt er eine mit Eisen beschlagene Kiste, die an die Schatztruhen erinnerte, von denen er als Kind geträumt hatte.

„Was ist das?"

„Es ist für Monsieur."

„Was ist drin?"

„Ich weiß es nicht, Monsieur."

„Und wer hat es Ihnen gegeben?"

„Ein Herr."

„Wann?"

„Soeben, Monsieur. Der Herr wartet noch draußen. Er hat gesagt: ‚Ich bin bei Monsieur nicht angemeldet, aber geben Sie ihm das, er soll es untersuchen, und bitten Sie ihn, mich zu empfangen.' "

Der Prophet war verwirrt. Mißtrauisch zu sein lag in seinem Charakter, und er fragte sich, ob es nicht eine Höllenmaschine war. Die Leute waren nicht normal . . . Vielleicht hatte er eine verlassene Ehefrau schlecht beraten und sollte nun die Wut des Gatten ausbaden? Wer konnte seinen Tod überhaupt wünschen? Mario stellte die Truhe auf den Boden und überreichte dem Propheten einen kleinen Schlüssel. Dieser nahm ihn, zögerte, ihn in das Schloß zu stecken. Am liebsten hätte er Mario das machen lassen, aber schließlich tat er es doch selbst. Es explodierte nichts. Der Anblick des Inhalts rief einen zumindest ebenso großen Schock hervor wie vorhin die Kiste selbst. Rasch schloß er den Deckel und bat Mario, der den Inhalt nicht gesehen haben konnte, ihn allein zu lassen.

„Bitten Sie den Herrn, zu warten. Ich werde ihn empfangen."

Als er sicher war, daß sein Faktotum gegangen war, öffnete er die Truhe erneut. Sie war bis obenhin mit Goldstücken gefüllt. Diese Art, sich anzusagen, war vielleicht ein wenig romantisch, aber sie konnte der Wirkung sicher sein. Am meisten verwunderte ihn aber die Visitenkarte, die dem Inhalt beigelegt war: „Hermann Kallenberg", nichts weiter. Die erste Reaktion des Propheten war Angst: Kallenberg kam, um sich für den Streich zu rächen, den Satrapoulos ihm gespielt hatte. Und diesen Streich hatte er, Hilarius Kawolzyak, ausgetüftelt.

Aber sein Besucher mußte friedliche Absichten haben. Wenn man jemanden verprügeln will, bringt man ihm nicht eine Kiste Gold mit.

Der Prophet kannte die Menschen zu gut, um nicht zu wissen, daß ein Geschenk dieser Größenordnung künftige Gegenleistungen erforderlich machen würde.

Er läutete Mario. „Ich lasse den Herrn bitten."

Mario führte den Reeder in das Arbeitszimmer. Der erste Kontakt war ungewöhnlich. Der Prophet hatte beschlossen, zu warten, bis der andere den Mund aufmachen würde. Und Kallenberg seinerseits hatte sich geschworen, nichts zu sagen und dem Propheten das erste Wort zu überlassen. Zwei Männer standen stumm vor einer Truhe. Der Prophet gab nach. „Monsieur, seien Sie mir willkommen . . ." Er deutete auf die Truhe. „Aber wirklich . . . ich verstehe nicht . . . ich bin keine Bank."

Kallenberg lächelte freundlich und kam mit ausgestreckter Hand auf ihn zu: „Ich habe schon so viel von Ihnen gehört, daß ich Sie unbedingt kennenlernen wollte. Ich heiße Kallenberg. Ich bin Reeder."

Jetzt war es an dem Propheten, zu lächeln. Was wollte man ihm hier vorspielen! Er wartete auf die Fortsetzung.

Immer noch lächelnd, fragte Kallenberg: „Darf ich mich setzen?"

Er nahm Platz. Neue Pause.

Der Prophet begann: „Können Sie mir sagen . . .?"

Kallenberg beobachtete ihn scharf, und sein Gesicht schien nur Ehrlichkeit, Sympathie und Freundschaft auszustrahlen. Er zeigte auf die Truhe: „Meinen Sie das? Nicht so wichtig. Manchmal möchte ich einer der Heiligen Drei Könige sein . . ."

„Ich bin nicht das Jesuskind."

„Nein, keineswegs, aber dieses kleine Geschenk ist . . . sagen wir . . . nun, es macht mir Spaß."

„Sie entschuldigen, aber der Grund ist mir etwas schleierhaft."

Der Prophet hatte längst begriffen, worum es ging, aber er hatte sich wieder in der Gewalt und wollte zumindest eine angenehme halbe Stunde verbringen. Wie schade, daß er das Gold nicht behalten konnte! Er fuhr fort: „Natürlich kann keine Rede davon sein, daß ich es annehme."

„Dann verteilen Sie es an Ihre Armen. Geschenkt bleibt geschenkt."

„Es tut mir leid, aber wenn ich ein Geschenk annehme, weiß ich gern, warum ich es erhalten habe."

„Ein Geschenk? Haben Sie Geschenk gesagt? Ganz und gar falsch!"

„Sie selbst haben den Ausdruck verwendet."

„Nun, dann habe ich mich geirrt! Ich hätte Bezahlung sagen sollen!"

„Bezahlung wofür?"

„Ich möchte, daß Sie für mich Ihre Karten konsultieren."

„So teuer ist das nicht . . ."

„Sie gestatten, daß ich selber den Preis für Ihre Dienste einschätze."

„Welche Dienste?"

„Daß Sie mir die Karten legen."

„Was wollen Sie wissen?"

„Nun, das werden Sie mir ja sagen."

„Herr Kallenberg, Ihr Besuch ehrt mich, aber ich muß gestehen, daß ich Schwierigkeiten habe, Ihnen zu folgen. Sie schicken eine Kiste Gold als Vorhut. Das war ziemlich unnötig, da ich mich in jedem Fall gefreut hätte, Sie zu empfangen. Sehen Sie, in meinem . . . Beruf sehe ich täglich Leute, die kommen, um mir ihre Probleme darzulegen. Ich tue mein Bestes, ihnen zu helfen. Wenn Sie mir bitte antworten wollen, so stelle ich Ihnen jetzt eine Frage: Was haben Sie für ein Problem?"

„Es ist ein Familienproblem."

„Ich höre."

„Können Sie so einfach davon sprechen, ich meine . . . ohne Karten?"

„Herr Kallenberg, die Karten sind nur eines der Hilfsmittel, auf die sich meine Fähigkeiten stützen. Aber auch die Karten können nicht ins Leere weissagen."

„Ich werde es Ihnen erklären. Meine Geschäfte sind so umfangreich, daß sie mir manchmal über den Kopf wachsen. Ich bin zwar von vielen Leuten umgeben, aber ich bin ein einsamer Mann. Überall habe ich gehört, daß Sie als psychologischer Ratgeber wahre Wunder leisten, und davon möchte ich ebenfalls profitieren. Würden Sie mir die Ehre erweisen?"

„Wer hat Ihnen von mir erzählt?"

„Man hört es überall. Jedermann kennt Sie."

„Und sonst?"

„Jemand, der mir sehr nahesteht."

„Wer?"

„Meine Frau."

„Und wer hat ihr von mir erzählt?"

„Ihre Schwester. Lena Satrapoulos."

„Ich kann mich nicht daran erinnern, sie beraten zu haben."

„Nein, Lena nicht, aber ihren Mann."

„Wirklich?"

Kallenberg hob die Arme und meinte vorwurfsvoll und amüsiert zugleich: „Monsieur Kawolzyak ... Und wenn wir jetzt ernst miteinander redeten?"

Der Prophet hatte plötzlich das unangenehme Gefühl, das Blut stiege ihm aus dem gesamten Körper in den Kopf und schicke sich an, durch die Nase, die Ohren, die Augen auszutreten, sein Gehirn schien fast zu zerplatzen. Wie hatte sein Gegenüber seinen Namen erfahren können? Er schluckte mühsam und versuchte, sich zu beherrschen, brachte ungeschickt heraus: „Wie haben Sie gesagt?"

„Kawolzyak. Hilarius Kawolzyak. Oder ist das nicht Ihr Name? Erstaunt Sie das, daß ich Erkundigungen einziehe, bevor ich jemandem so viele Geheimnisse anvertraue? Sie werden doch verstehen, daß ich nicht dem Erstbesten meine persönlichen Angelegenheiten mitteilen kann."

„Ich verstehe ...", meinte der Prophet bitter.

Er war wütend, entdeckt zu sein, die unangenehme und mittelmäßige Person des Hilarius Kawolzyak wiederauftauchen zu sehen, die er ein für alle Mal vergraben zu haben glaubte. Er beschloß, das Gespräch so schnell als möglich jenen Themen zuzuwenden, wo er sich seiner Überlegenheit sicher sein durfte.

„Wenn Sie es also wünschen, werden wir versuchen, der Problematik auf den Grund zu gehen. Herr Kallenberg, ich höre . . ."

„Nun, ich habe Ihnen bereits gesagt, ich bin ein einsamer Mann. Ich brauche einen Verbündeten, dem ich mich anvertrauen kann und von dem ich, als Gegenleistung, Rat erwarte."

„Rat? Auf welchem Gebiet?"

„Auf geschäftlichem."

„Ich glaubte verstanden zu haben, daß Sie da keine größeren Schwierigkeiten haben, zumindest behauptet man das", erklärte der Prophet hintergründig.

„Wenn Sie wüßten! Die guten Sitten kommen immer mehr abhanden, jeder Erfolg ruft Neid und Kleinlichkeit der Konkurrenten hervor. Und alles ist gestattet."

„Bitte deutlicher, Herr Kallenberg. Spielen Sie auf etwas Präzises an?"

„Ja und nein. Aber der Haß kann die verschiedensten Gesichter tragen . . ."

„Was hat man Ihnen getan?"

„Man versucht, meine Geschäfte zu durchkreuzen, mich zu diskreditieren."

„Wer ist ‚man'?"

„Meine Konkurrenten."

„Herr Kallenberg, ich nehme an, daß Sie von Ihrem Recht Gebrauch machen, es ihnen zurückzuzahlen."

„Ich will ehrlich sein, es ist schon vorgekommen, natürlich. Aber sehen Sie, das sind Vorgehensweisen, die ich nicht billige, überdies ermüden sie mich. Welch große Dinge könnte man unternehmen, wenn man nicht so viel Kraft und Geschicklichkeit einzig zu seinem Schutz und seiner Verteidigung brauchte!"

„Können Sie mir Einzelheiten nennen?"

„Es ist nicht leicht. Eigentlich habe ich mir vorgestellt, daß Sie mir dabei helfen könnten. Deswegen bin ich gekommen."

„Sie sind im Sternkreis des Widders geboren."

Kallenberg war sichtlich erstaunt. „Woher wissen Sie das?"

„Wenn ich nicht fähig wäre, etwas so Offenkundiges zu erkennen, müßte ich mich fragen, wozu Sie gekommen sind. Wollen Sie bitte zu meinem Arbeitstisch mitkommen?"

Kawolzyak und Kallenberg erhoben sich, gingen zu einem

kleinen Tischchen und setzten sich wieder. Sie blickten einander in die Augen.

„Womit wollen wir beginnen?"

Kallenberg machte eine ausweichende Handbewegung.

„Ausgezeichnet. Lassen Sie mich nur machen. Als Sie kamen, sprachen Sie von einer Familienangelegenheit. Ihre Gattin vielleicht?"

Kallenberg betrachtete ihn mißtrauisch. „Sind Sie sicher, daß ich das gesagt habe?"

„Ich erinnere mich ganz genau. Ich habe Sie gefragt, welche Probleme Sie haben, und Sie sagten ein Familienproblem."

Für Hermann war jetzt der entscheidende Augenblick gekommen. Jetzt mußte er entweder gehen oder diesem Scharlatan vertrauen, der den Griechen dann unverzüglich von seinem Besuch in Kenntnis setzen würde. Wie teuer würde es ihn kommen, nicht verraten zu werden? Wie konnte er herausbekommen, wie weit der Wunsch des Propheten ging, reich zu sein, ab welcher Summe man auf ihn zählen konnte? Kallenberg wollte sich nicht exponieren. Es fiel ihm gar nicht schwer, verlegen dreinzusehen. „Es ist sehr heikel. Ich habe zu meinem Schmerz feststellen müssen, daß familiäre Bindungen und Gefühle wie weggewischt sind, sobald es um bedeutende Summen geht."

„Weiter . . ."

„Sehen Sie, ich hatte mir vorgestellt, daß mein Schwager und ich uns verbünden könnten . . ."

„Ja? . . ."

„Ich hoffte, die Zugehörigkeit zum selben Clan könnte persönliche Eitelkeiten überwinden helfen."

„Ich höre . . ."

„Ich wurde enttäuscht."

Sie schwiegen. Der Prophet strich gedankenverloren über die vergoldeten Schnittflächen seiner Karten, Kallenberg hatte seinen Blick auf die Landschaft vor den Fenstern gerichtet, die runden Hügel, das tiefe Blau des Himmels. Den Blick immer noch in die Unendlichkeit gerichtet, fuhr Blaubart fort: „Wie kann ich Ihnen von meinen Sorgen erzählen? Die meisten von ihnen rühren von einem Mann her, den Sie bereits beraten . . ."

Der Prophet spielte weiter mit seinen Karten und wartete auf die Fortsetzung. Sie kam.

„Ich versetze mich in Ihre Lage. Ich kann mir vorstellen, daß Sie Ihren Rat nur einer der beiden Seiten geben können. Eigentlich habe ich nicht genug nachgedacht, bevor ich zu Ihnen gekommen bin. Ich hatte nicht begriffen, daß meine Bitte Sie vor die Notwendigkeit einer Wahl stellt, die Sie ja schon getroffen haben, so daß mir keine Möglichkeit bleibt. Ich nehme außerdem an, daß Sie von materiellen Interessen so losgelöst sind, daß diese Sie nicht beeinflussen können."

Ohne daß er es wollte, richtete der Prophet seinen Blick auf die Truhe, die immer noch in der Mitte des Raums stand.

„Was wollen Sie damit sagen?"

„Ich will sagen, daß ein Mann Ihres Formats keinen Preis hat. Was mich betrifft, so würde ich alles unternehmen, um von Ihnen beraten zu werden."

„Was verstehen Sie unter ‚alles'?"

„Nun, ich würde Sie an den Geschäften beteiligen, die ich durch Sie mache, anstatt Sie wie einen Maurer, einen Chauffeur oder den Direktor einer Firma zu entlohnen!"

„Ich glaube, Sie halten mich für mächtiger, als ich bin."

„Nein, nein ... Die Geschäfte, die ich abschließe, gehen in die Millionen. Ich denke, daß eine Beteiligung von ... einem Prozent eine angemessene Entschädigung Ihrer Mühe wäre."

Der Prophet blieb unbeweglich.

„Zwei Prozent? ..."

„Herr Kallenberg, ich bin kein Teppichhändler, sondern eine Art psychologischer Berater. Ein Seher, nicht ein Spitzel. Innerhalb des Rahmens, in dem ich mein Berufsgeheimnis wahren kann, das ich mir zur goldenen Regel gemacht habe, werde ich Sie beraten, wann es Ihnen beliebt, und die drei Prozent annehmen, von denen Sie gesprochen haben."

„Habe ich drei Prozent gesagt?"

„Es scheint mir, als hätten Sie das gesagt. Jedenfalls bin ich sicher, es gehört zu haben."

Kallenberg konnte dem Mann seine Bewunderung nicht versagen. Er glaubte nicht an die Sterne, nur an die Menschen, und dieser hier schien mit allen Wassern gewaschen. Er lächelte.

„Nun, da Sie es gehört haben, wäre es unhöflich von mir, es nicht gesagt zu haben. Gut ... drei Prozent."

„Wir sind uns also einig. Natürlich nehmen Sie Ihr Gold wieder mit."

„Davon ist keine Rede. Ich wäre Ihnen dankbar, wenn Sie diese paar Münzen als Vorschuß betrachteten."

„In diesem Fall . . . Wie es Ihnen beliebt."

Der Prophet unterdrückte die Welle der Begeisterung, die ihn zu überspülen drohte. „Wenn wir uns jetzt ernsten Dingen zuwendeten? Was wollen Sie wissen?"

Kallenberg beugte sich begierig nach vorn: „Es gibt da einen Mann . . . es hat keine Bedeutung, ob er zu meinen Bekannten zählt oder gar zu meiner Familie . . . ich will Sie da nicht beeinflussen. Jedenfalls möchte ich, daß Sie mir sagen . . . daß die Karten mir sagen . . . wie er es angestellt hat, mir das beste Geschäft meines Lebens zu vermasseln . . ."

Jetzt spielte keiner von den beiden mehr Theater. Blaubart wußte ganz genau, daß es mit Satrapoulos vorbei war, wenn Kawolzyak sich auf seine Seite stellte.

Aber noch stellte sich der Prophet dumm. „Im allgemeinen verlangt man von mir, in der Zukunft zu lesen, nicht in der Vergangenheit. Aber ich will es versuchen, um gewissermaßen unser Zusammentreffen zu feiern . . . Der Mann, von dem Sie mir sprachen, dieser . . . Konkurrent . . . Wie ist er? Beschreiben Sie ihn mir, mit allen Einzelheiten, die Ihnen einfallen . . ."

Kawolzyak legte die Karten auf. Kallenberg wußte, daß er gewonnen hatte.

Trotz seiner Macht mußte sich der Grieche in allen Staaten, wo seine Privatmaschinen landeten, behördlichen Formalitäten unterziehen, die ebenso unvermeidlich wie lästig waren. So waren seine Piloten verpflichtet, noch während des Flugs die Anzahl der Passagiere und ihre Identität bekanntzugeben. Als ein Angestellter des Flughafens von Le Bourget routinemäßig an die zuständigen Stellen weitergab, daß ein gewisser Hadsch Thami el-Sadek aus Baran im Begriffe sei, in Paris zu landen, antwortete das unverzüglich alarmierte Außenministerium, daß es sich dabei um einen Irrtum handeln müsse. Der Emir von Baran hatte bisher alle offiziellen Einladungen ausgeschlagen. Und es schien unvorstellbar, daß er den Wünschen einer Privatperson, selbst wenn es Satrapoulos war, Folge leisten würde, wenn er bisher alle Ersuchen seitens des Quai d'Orsay und der Regierung in den Wind geschlagen hatte.

Trotzdem ging man der Sache nach. Nach zahlreichen Telefonaten stand fest, daß der fliegende Araber tatsächlich der Emir von Baran war. Nachdem die erste Verbitterung verflogen war, kam Panikstimmung auf. Während subalterne Diplomaten hektisch versuchten, den Griechen zu erreichen, um nähere Einzelheiten zu erfahren, verständigte man den Regierungschef, der sich zu einem Freundschaftsbesuch im Libanon aufhielt. Dessen Reaktion war kurz und heftig: „Machen Sie, was Sie wollen, aber unternehmen Sie etwas! Lassen Sie diese Gelegenheit nicht vorbeigehen! Und vergessen Sie nicht, daß der Nahe Osten im Mittelpunkt unserer Außenpolitik steht!"

Protokollarisch schien die Frage unlösbar. Wie sollte man einem Staatsoberhaupt, das seine Ankunft nicht bekanntgegeben hatte, Sympathie bekunden, ohne den Anschein zu erwekken, sich in seine Privatangelegenheiten zu mischen? Der eigens konsultierte Außenminister löste die Frage mit einer Sicherheit, die zumindest ebenso groß war wie seine Ratlosigkeit: man würde eben eine Abteilung der Republikanischen Garde auf den Flughafen schicken, während der Kultusminister sich „zufällig und rein privat" einzufinden hätte.

Damit war das Wichtigste erledigt. In der Zwischenzeit war es gelungen, mit Satrapoulos Verbindung aufzunehmen. Der Reeder befand sich auf dem Weg nach Le Bourget, als ihn der Kabinettchef des Premierministers über das Autotelefon erreichte. Der Grieche schluckte seinen Zorn hinunter und antwortete dem ungebetenen Störenfried mit zuckersüßer Stimme, daß der Besuch seiner Exzellenz rein privater Natur sei und daß er selbst, Sokrates Satrapoulos, sich im gegenteiligen Fall eine Ehre daraus gemacht hätte, die Regierung zu informieren.

Der Anblick der Verrückten, die vor dem Hauptportal des Flughafens einen roten Teppich ausrollten, während die berittene Garde Aufstellung nahm, ärgerte ihn zutiefst. Er sprang aus dem Rolls und betrat durch einen Besitzern von Privatflugzeugen vorbehaltenen Seiteneingang das Flughafengebäude. Von einem kleinen Salon aus erkundigte er sich nach der genauen Ankunftszeit seiner Maschine und erfuhr, daß die Landeerlaubnis bereits erteilt worden sei; wenn er jetzt nicht präzis schaltete, konnten seine ganzen Pläne ins Wasser fallen.

Lange hielt er es nicht im Flughafengebäude aus. Er ging auf das Rollfeld hinaus. Sein Wagen wartete vor der Tür. Beim Einsteigen erblickte er bereits das Flugzeug.

„Dorthin!" deutete er dem Chauffeur.

Niki fuhr los. Die Maschine war soeben ausgerollt, und zwei dunkelhäutige Riesen in europäischer Kleidung stiegen aus, um die Gegend mißtrauisch zu betrachten, als befürchteten sie ein Attentat gegen die Person ihres Herrschers. Dann tauchte auch der Emir auf. Er trug eine Dschellabah und eine Sonnenbrille. Der Grieche lief ihm entgegen, um mit ihm den Bruderkuß zu tauschen. In knappen Worten setzte er ihn davon in Kenntnis, daß die französische Regierung ihm zu Ehren einen kleinen Empfang vorbereitet habe. Der Emir schien verärgert, doch das hatte der Grieche nicht anders erwartet.

„Wir werden versuchen, sie zu täuschen."

Die Schwierigkeit war, daß der Wagen auf dem Weg vom Flughafengelände hinaus auf die Chaussee am Hauptgebäude vorbei mußte. Satrapoulos gab dem Chauffeur Anweisungen: „Sie fahren ganz langsam, als hätten wir die Absicht stehenzubleiben. Und auf der Höhe der berittenen Garde drücken Sie auf die Tube, was das Zeug hält!"

Niki deutete mit einer Kopfbewegung an, daß er verstanden hatte. Als er um die Ecke bog, sah er die Republikanische Garde und den Kommandanten der Abteilung, der unschlüssig schien. Der Emir lehnte sich zurück und wandte den Kopf ab. Niki stieg auf das Gaspedal, wie sein Herr es ihm befohlen hatte, nur zu froh, einer Anordnung zu gehorchen, die allen Prinzipien des Griechen widersprach. Der Rolls schoß wie ein Bolide vorwärts, und als er den breiten Innenhof mit quietschenden Reifen hinter sich ließ, blickte der Grieche sich um. Er mußte grinsen, so lächerlich wirkten die verblüfft dastehenden Militärs.

Hadsch Thami el-Sadek entwickelte seine sehr persönliche Theorie: „Bei den Rosé-Weinen hat der Cliquot 1929 die größte Völle. Dafür gäbe ich aber Ihren gesamten Vorrat an Calon-Ségur für eine einzige Flasche Romanée-Conti des richtigen Jahrgangs."

„Hoheit, ich habe wirklich nicht erwartet, daß Sie sich bei den französischen Weinen besser auskennen als ich."

„Das kommt daher, daß Sie Grieche sind . . .", antwortete der Emir mit leichtem Sarkasmus und fügte hinzu: „Ich weiß, welche Frage Sie mir brennend gerne stellen möchten: Wie kann ein Moslem die Gebote des Korans verletzen und Alkohol trinken?"

S. S. hob abwehrend beide Hände gen Himmel, um zu unterstreichen, daß er sich eine derartige Frage nie gestattet hätte.

„Tsst, tsst, tsst", meinte el-Sadek schelmisch. „Nun, ich kann Ihnen antworten, selbst wenn Sie die Frage nicht gestellt haben! Der Koran ist viel subtiler als die Bibel. Wir können uns vieles leisten, ohne gleich eine Todsünde zu begehen. Was uns daher dann auch erlaubt, die restliche Zeit tugendhaft zu sein. Der Prophet kannte die menschliche Natur viel zu genau, um ihr Gesetze aufzwingen zu wollen, die nicht ihren angeborenen Neigungen entsprechen. Niemand soll zwischen Aufgang und Untergang der Sonne Alkohol trinken. So steht es im heiligen Buch. Sie werden zugeben, daß uns das eine gewisse Sicherheitsspanne läßt."

Nach diesen Worten lehnte er sich zurück und trank ein weiteres Glas Champagner. Nie hätte sich der Grieche vorgestellt, daß jemand so viel trinken könnte, ohne unter den Tisch zu rollen. Die Haltung seines Gastes brachte ihn aus dem Konzept. In Baran hatte er einen mißtrauischen, asketischen, fast feindseligen Greis kennengelernt. Und jetzt dinierte er mit einem gesprächigen, kultivierten und freundlichen Herrn in Paris. Gott sei Dank. Denn Hadsch Thami el-Sadek war in scheußlichen europäischen Kleidern aufgetaucht, die nach Konfektion stanken, und S. S. hatte den Eindruck gehabt, einen nordafrikanischen Gastarbeiter zum Diner geladen zu haben. Und dann hatte der Emir den Mund aufgemacht, und ein Wunder hatte sich vollzogen.

Das Mahl war schon ziemlich fortgeschritten, und S. S. konnte sich des Eindrucks nicht erwehren, daß er sich in einem drittklassigen Nachtlokal vom Pigalle befand, anstatt in seinem Haus in der Avenue Foch. Die Bediensteten schienen als einzige in den Rahmen zu passen, die Gäste waren zwischen den kostbaren Möbeln, den Kunstwerken und der antiken Einrichtung fehl am Platz: Frauen, jung und ausnahmslos blond und bereits angetrunken. Dank seines Privatsekretärs hatte der

Grieche sie bei einer auf Nobelprostitution spezialisierten Agentur gemietet. Jedermann in Paris verließ sich auf die Dienste von Madame Julienne, ob es sich nun darum handelte, einen Negerhäuptling auf Staatsbesuch zu unterhalten oder einen flämischen Großindustriellen zu einem schnelleren Geschäftsabschluß zu drängen.

Die Auswahl der Stuten hatte den Griechen einigermaßen verblüfft. Da er den Geschmack des Emirs nicht kannte, hatte er sich auf das Gesetz der Kontraste verlassen – Orientalen ziehen Blonde vor, während Schweden für südländische Typen schwärmen – und auf die Zahl. Er glaubte erraten zu haben, daß el-Sadek grausam war, und hatte Madame Julienne gewarnt, daß ihre Mädchen vielleicht während der folgenden Nacht einiges auszuhalten haben würden. Von oben herab hatte ihm die Nobelpuffmutter spöttisch erklärt, daß die Mädchen, die sie ihm schicken würde, zu *allem* bereit seien, wenn die Bezahlung ihren Fähigkeiten angemessen sein würde. Kampflustig hatte sie hinzugefügt: „Die sechs jungen Damen würden auch mit einem seit Monaten abstinenten Husarenregiment fertig werden."

Noch wußten die Mädchen nicht, ob der kleine Mann mit Brille ihr Kunde war oder der Araber im Sonntagsstaat, oder beide. Sie kicherten und dachten, daß ohnehin keiner der beiden sehr bedrohlich aussehe. Aus Erfahrung wußten sie, daß man nicht derartige Mengen an Alkohol in sich hineinschütten konnte, ohne daß dies Folgen auf anderem Gebiet zeitigte. Wahrscheinlich würde man sie bald nach Hause schicken, ohne ihre Dienste in Anspruch genommen zu haben. Madame Julienne hatte ihnen ausdrücklich absoluten Gehorsam aufgetragen und erklärt, daß ihre Entschädigung von den Anstrengungen abhinge, die sie an die „Auflockerung" des Abends verwandten.

Perversionen erstaunten sie seit langem nicht mehr. Madame Julienne schloß ihre pädagogischen Seminare stets mit den Worten: „Der Zweck heiligt die Mittel. Wenn ihr wirklich Geld wollt, gibt es kein Zögern: ihr müßt es dort suchen, wo es ist, und es so verdienen, wie man euch sagt."

Sie zählten sie schon nicht mehr: die Monarchen, die sich flagellieren ließen, die Generäle, die sie baten, sie auszupeitschen, während sie splitternackt Haltung annahmen, die gefürchteten Industriekapitäne, denen sie ins Gesicht spucken mußten; ganz zu schweigen von den Stützen der Finanzwelt, die mit einem Blick die Börsen erzittern ließen und sich bei ihnen bepissen lassen mußten, um es zu etwas zu bringen. Alles Routine . . .

Satrapoulos bemerkte, wie die Hand des Gastes sich unter dem Tisch auf die Wanderschaft begab, wahrscheinlich auf der Suche nach einem Knie oder einem Schenkel. Er hatte den Abend dramaturgisch als ein einziges Crescendo geplant, um el-Sadek dorthin zu kriegen, wo er wollte. Das Schwierigste war nun erledigt, schien es. Die Fortsetzung folgte nunmehr den Gesetzen der Natur. Der Grieche fand, es sei an der Zeit, vorzufühlen, ob die Stimmung schon reif sei für weniger schulbubenhafte Unterhaltungen. Er beugte sich zum Emir: „Hoheit, ich hatte gehofft, Ihnen eine Überraschung zu bereiten . . . Nein, keine Angst, nichts Schockierendes . . . Ich würde vielmehr sagen, etwas Unterhaltendes . . . Unerwartetes . . ."

„Beginnen wir doch!" warf der Emir ungeduldig ein.

Der Grieche klatschte lächelnd dreimal in die Hände. Nach einigen Augenblicken völliger Stille, in denen aller Augen auf die Tür gerichtet waren, öffneten sich plötzlich die beiden schweren Flügel, um vier als orientalische Sklaven verkleidete Männer einzulassen, die eine riesige Metallplatte trugen. Die Operettennubier stellten ihre Last zu Füßen der Gäste ab, die erstaunt die Augen aufrissen: auf der Platte befand sich nichts weiter als ein Berg von Hirsekörnern. Alle blickten Satrapoulos an, der immer noch lächelte. Ein fünfter Mann betrat den Raum, einen Sack hinter sich herziehend, aus dem Vogelgepiepse ertönte. Er näherte sich der Platte und öffnete seinen Sack, woraufhin eine Unzahl von Küken in die Freiheit quoll und sich auf die Hirse stürzte. Die Mädchen sahen den Küken fasziniert zu, die in ihrer Freßgier aufeinanderstiegen, so daß die Körner nach allen Seiten hin in kleinen Bächen abflossen.

Plötzlich hörte man von jemandem ein erstauntes „Oh!" Eine dunkle Warze lugte unter der Hirse hervor. Die Küken hatten sich durch den Aufschrei kaum unterbrechen lassen und setzten gierig ihre Tätigkeit fort. Eine zweite Brust kam zum Vorschein, dann die Rundung einer Schulter. Unter der Hülle aus Hirsekörnern befand sich ein menschlicher Körper, der Körper einer Frau. Ans Tageslicht kamen nacheinander ein Schenkel, ein Nabel. Ein schwaches Zittern ging durch den lebenden Getreidesilo, größere Bewegung entstand, und die Küken nahmen ängstlich Reißaus. Eine wunderschöne Brünette erhob sich und streifte sich mit der Hand Körner von Haar, Gesicht und Körper. Sodann lächelte die unbekannte Schöne freundlich unter den bewundernden Rufen ihres Publikums und ging graziös ab.

„Sehr interessant", meinte der Emir, zu S. S. gebeugt.

Nun waren schon beide Hände el-Sadeks unter dem Tisch. Likör wurde gebracht, Armagnac und alter Champagner. Der Grieche freute sich über die Vitalität seines Gastes, aber sie ärgerte ihn auch. Bisher hatte er nur so getan, als spreche er den Getränken fleißig zu, denn er kannte seine Grenzen und wollte unter allen Umständen Herr der Lage bleiben. Dieser Mann jedoch war ein Phänomen. Er widerstand der Trunkenheit wie andere dem Schmerz.

Satrapoulos hatte sich einen Plan zurechtgelegt, um diese Talmi-Tausendundeine-Nacht rechtzeitig zu verlassen. Nach dem Essen würde ihn einer seiner Vertrauensmänner unter dem Vorwand einer dringenden Familienangelegenheit höchster Bedeutung loseisen. Seit zwei Tagen hatte er strikte Anweisung gegeben, seinen Aufenthalt in Frankreich geheimzuhalten. Es mußte nicht unbedingt bekanntwerden, daß er Hadsch Thami el-Sadek empfing, und dem Emir ging es nicht anders. Selbst die besten Freunde des Griechen glaubten ihn auf Reisen, und S. S. hatte darauf bestanden, daß für diese wenigen Stunden niemand und unter keinen Umständen erfahren durfte, daß er in Paris war. Wenn ihm nicht die vertrottelten Beamten am Flughafen einen Strich durch die Rechnung gemacht hätten, wäre alles völlig geheim geblieben.

„Meine Damen! . . .", zog gerade der Emir die Aufmerksamkeit auf sich. Die „Damen" plauderten gerade und blickten ihn nun erwartungsvoll an. „Ich finde Sie so charmant, daß ich Ihnen zur Erinnerung an diesen Abend ein kleines Präsent machen möchte . . . wenn unser Gastgeber nichts dagegen hat."

Lächelnd gab der Grieche sein Einverständnis.

„Achmed!" rief der Emir.

Einer seiner beiden Leibwächter trat so schnell ein, daß sich S. S. unwillkürlich fragte, ob er nicht schon vor dem Ruf losgerannt sei. Der Emir gab ihm ein Zeichen, und der Riese zog aus einer Tasche einen kleinen Lederbeutel hervor, dessen

Inhalt el-Sadek auf den Tisch leerte. Die Mädchen waren überrascht und beeindruckt. Wie ein kleiner Wasserfall war eine Unzahl von Edelsteinen auf das Tischtuch gekollert. Der Mann war kein alter, vertrockneter Gastarbeiter aus Nordafrika: er war ein Herrscher, schön, distinguiert, kurz, ein Klassemann! Satrapoulos hatte ihn ja die ganze Zeit Hoheit genannt, jetzt verstanden sie, warum.

„Es ist ein kleines Geschenk für so viel Schönheit . . .“

Der Emir sammelte die Steine in seiner linken Hand und ließ sie einzeln auf der Tischplatte in Richtung der Mädchen rollen. In diesem Augenblick beugte sich ein *Maître d'hôtel* zu dem Reeder hinab und flüsterte ihm etwas ins Ohr, was ihn maßlos zu ärgern schien. Zwischen den Zähnen antwortete der Grieche leise: „Sagen Sie ihm, er ist ein Idiot. Ich hatte gesagt, nicht vor Mitternacht, und es ist erst elf.“

„Monsieur“, warf der Diener bedauernd ein, „er sagt, es ist unaufschiebbar.“

„Er soll warten. Ich komme später!“

Der Grieche kannte seinen Sekretär gut genug, um zu wissen, daß es schon etwas Schwerwiegendes sein mußte, wenn er ihn trotz der erhaltenen Anweisungen jetzt störte.

„Haben Sie Sorgen, mein Bruder?“

„Nichts Ernstes, Hoheit, ich hoffe es zumindest.“

Satrapoulos beschloß, die Angelegenheit zu beschleunigen und den zweiten Akt seines Plans in Szene zu setzen.

„Meine Freunde, ich möchte Ihnen mein Haus zeigen. Wenn Sie gestatten, Hoheit, beginnen wir mit Ihren Gemächern. Meine Damen, ich würde mich glücklich schätzen, Ihr Urteil zu vernehmen.“

Sie erhoben sich und durchschritten einen langen, mit rotem Velours austapezierten Gang, an dessen Ende Satrapoulos eine Tür öffnete. In dem riesigen, rundum mit Wandspiegeln beschlagenen Raum fiel der Blick zuallererst auf ein rundes Bett, es mochte drei Meter im Durchmesser haben. Eines der Mädchen stieß einen Freudenschrei aus und rief: „Darf ich es ausprobieren?“

Ohne auf die Antwort zu warten, ließ sie sich auf das Bett fallen. Der Längsschlitz ihres Kleids gab die Schenkel frei.

„Katja! Komm! Es ist herrlich!“

Katja warf einen Blick auf ihre Freundinnen und widerstand

der Versuchung nicht. Der Grieche betrachtete el-Sadek von der Seite, und der Gesichtsausdruck des Emirs gab ihm die Gewißheit, daß er sich in seinen Erwartungen nicht getäuscht hatte. Eben war das Gesicht Seiner Hoheit noch freudig gerötet gewesen, jetzt war es zur Maske erstarrt. Die kleinen schwarzen Augen ließen sich keine Bewegung der Mädchen entgehen, er stand regungslos wie eine Statue da.

El-Sadek riß sich endlich von dem Anblick los und blickte den Griechen fragend an.

„Hoheit", sagte dieser leise. „Dieses Haus und alles, was Sie hier finden, gehört Ihnen, Sie sind zu Hause, tun Sie, was Ihnen beliebt. Mich müssen Sie entschuldigen . . . Eine komplizierte Familienangelegenheit erfordert meine Anwesenheit. Ich hoffe, Sie vergeben mir, wenn ich Sie in der Gesellschaft meiner Freundinnen lasse."

„Wünschen Sie, daß ich Sie begleite, mein Bruder?"

„Auf keinen Fall, Hoheit! Meine Verpflichtungen sind langweiliger Natur, und ich möchte, daß diese Nacht Ihrer Ruhe oder Ihrem Vergnügen gewidmet sei . . ."

Die letzten Worte des Griechen verloren sich bereits im Nichts, denn nun waren alle sechs Mädchen auf dem Bett, lachten wie Verrückte, zogen ihre Schuhe aus und veranstalteten einen unglaublichen Tumult, während die unendliche Zahl ihrer Spiegelbilder einen Wirbel von Körpern auf die Wände zauberte. Der Emir hatte die Lippen noch mehr zusammengepreßt und betrachtete fasziniert das Geschehen. Er unternahm noch einmal eine sichtbare Anstrengung, sich davon loszureißen, und verbeugte sich tief vor Satrapoulos: „Mein Bruder, Allah möge mit Ihnen sein . . ."

Sokrates verbeugte sich auch und wiederholte seine Aufforderung: „Mein Haus ist das Ihre."

Es war idiotisch, aber der Grieche war selbst von der Szene gefangen, obwohl er wußte, wie geschmacklos sie war.

Er verjagte seine Gedanken. Er wollte eben das Vorzimmer durchqueren, als er auf Ali und Achmed stieß, die beiden Leibwächter seines Gastes. Ein verstecktes Lächeln kräuselte ihre Lippen. Sie verbeugten sich tief vor dem Griechen, und als sie sich wieder erhoben hatten, waren ihre Gesichter wieder völlig ausdruckslos. Erstaunt blieb S. S. stehen und wandte sich freundlich an sie: „Sprechen Sie Englisch?"

Ali nickte.

„Ich habe Ihnen zwei Appartements vorbereiten lassen. Möchten Sie, daß sie Ihnen jetzt gezeigt werden?"

„Wir schlafen hier, an der Tür unseres Herrn."

„Hier? Auf dem Boden?"

Neuerliches Nicken.

„Ihrem Herrn kann unter meinem Dach nichts geschehen."

Antwort: ein Lächeln.

„Benötigen Sie irgend etwas?"

Verneinendes Kopfschütteln. Unwahrscheinlich, diese Burschen! Auf dem Boden zu schlafen, egal wo, und als Verpflegung ein Paket Datteln und ein paar Feigen . . .

„Sagen Sie mir . . . Sie leben doch in unmittelbarer Umgebung Ihres Herrn . . . Sie kennen ihn besser als jeder andere . . ." Seine Stimme war zum Flüstern geworden: „Glauben Sie, daß er alles hat, was er benötigt? . . . Nun, ich meine . . . glauben Sie, daß er mit den Damen zufrieden ist, die ich ihm vorgestellt habe?"

Völlige Ausdruckslosigkeit bei den beiden. Erschrocken bohrte Sokrates weiter: „Aber zögern Sie doch nicht. Ich habe viel zuviel Respekt und Freundschaft für ihn, ich möchte nicht das Risiko eingehen, ihn zu enttäuschen . . ."

Die beiden Männer betrachteten einander unschlüssig. Endlich entschloß Ali sich und flüsterte dem Reeder, der um einen guten Kopf kleiner war als er, zwei Worte zu.

Satrapoulos riß die Augen auf und schien verlegen. Einen Augenblick schwieg er betreten, dann meinte er: „Ich werde sehen, was sich machen läßt."

Er entfernte sich und betrat hastig sein Arbeitszimmer, wo ihn bereits sein Sekretär erwartete.

„Sie rufen augenblicklich Madame Julienne an! Schnell, sonst ist alles verloren! Und was soll überhaupt diese Idiotie? Ich habe Ihnen gesagt, Sie sollen mich erst um Mitternacht holen!"

„Ich weiß, Monsieur, aber . . ."

„Los, raus damit!"

Der Sekretär räusperte sich verlegen, suchte nach Worten. Schließlich gab er es auf und sagte schnell: „Ihre Mutter ist tot."

Satrapoulos reagierte völlig unerwartet. Als hätte er nicht verstanden, fuhr er seinen Sekretär an: „Ich habe Ihnen gesagt, Sie sollen Madame Julienne anrufen. Worauf warten Sie!"

„Bleiben Sie lange in Paris!"

„Nein . . . nur zwei Tage."

„Sind Sie geschäftlich hier?"

„Nein. Mein Freund hat mich eingeladen."

„Haben Sie etwas zu feiern?"

„Ja, einen Pakt."

Die Fragen wirbelten durcheinander . . . Nur zu gerne hätten die Mädchen gewußt, wer dieser Mann war, der wie ein alter mickriger Eremit aussah und ihnen Diamanten mit der gleichen Selbstverständlichkeit schenkte, wie andere Zigaretten anboten. El-Sadek dachte sich, daß die Mädchen genauso zu seinem Empfang gehörten wie das Essen oder der Luxus von Satrapoulos' Haus, der ihn überhaupt nicht beeindruckte. Er hätte es vorgezogen, daß die Weiber ihren Mund hielten und an die Arbeit gingen, anstatt nach dem Wie und Warum zu fragen. Er zögerte noch. Er war hier nicht in seinem Harem, sondern in Paris, und manche sexuellen Wünsche waren als Mitnahmeartikel nicht geeignet.

„Ich möchte, daß jede von euch mir ihren Namen ins Gedächtnis ruft."

„Brigitte."

„Annette."

„Marie-Laurence."

„Joelle."

„Katja."

„Ghislaine."

Er saß auf dem Bett. Ghislaine hatte ihren Kopf gegen seine Knie gelehnt. Die anderen umgaben ihn, so nah, daß jede von ihnen mit einem Teil ihres Körpers, Knie, Hand, Schenkel oder Schulter, el-Sadek berührte. Dieser gleichzeitige Kontakt mit sechs Mädchenkörpern ließ in ihm eine unbändige Leidenschaft aufkommen, die er als herrlich empfand und gleichzeitig verdammte, da er spürte, wie diese käuflichen Hündinnen ihn zu dominieren begannen.

„Und was bedeuten sie, diese Vornamen?"

„Nichts. Sie genügen sich selbst. Warum?"

„Im Orient hat jeder Name, dem man einem Kind gibt, eine eigene Bedeutung und ist für seine Zukunft maßgeblich. Es ist besser, Löwe zu heißen als Schakal."

„Bei uns kümmert sich niemand darum!"

„Ach so? Kennt ihr jemanden, den man Judas getauft hat?"
Die Mädchen sahen einander verständnislos an. Der Emir
fuhr fort: „Alles steht geschrieben."

„Glauben Sie an das Schicksal?"

„Woran könnte man sonst glauben?"

„Können Sie in der Zukunft lesen?" wollte eine wissen, und
eine andere rief aus: „Ja, bitte! Die Handlinien! Bitte, lesen Sie
mir aus der Hand!"

Ghislaine, die ihren Kopf noch immer auf den Knien des
Emirs liegen hatte, begann mit ihren langen gepflegten Nägeln
den Schenkel des alten Mannes mit einer langsamen, aufreizenden Bewegung zu streicheln. El-Sadek zwang sich zur Gelassenheit, seine Stimme verriet nichts von seinen Gedanken: „Wir
haben sicherere Mittel, in der Zukunft zu lesen."

„Was denn, erzählen Sie!"

„Das mit den Handlinien ist völlig unseriös ... Die Hand
kann nichts Geheimnisvolles haben. Stets nackt, ist sie im
ständigen Kontakt zum Unreinen. Wenn wirklich das Schicksal
eines Menschen auf seinem Körper geschrieben steht, so hat der
Prophet es an eine geheime Stelle geschrieben."

„Wohin?"

„Ihr werdet schockiert sein, wenn ich es euch sage."

„Sagen Sie es, bitte?"

„Bei den Frauen ist es eine Stelle, die ihr meistens verborgen-
haltet. Dort, wo der Rücken stirbt und die Beine entspringen."

„Auf dem Po?"

„Genau. Und zwischen den Brüsten."

„Meinen Sie das ernst?"

„Natürlich. Wollen wir es probieren? Will eine von euch
wissen, was das Leben ihr vorbehält?"

„Ich!" sagte der Kopf auf den Knien. „Oben oder unten?"

„Wo du willst."

Ohne ein weiteres Wort erhob sie sich und legte sich auf den
Bauch. Langsam hob sie den Saum ihres Kleides an. Sie trug
rauchfarbene Strümpfe, und zwischen ihnen und dem Slip kam
ein Stück Haut zum Vorschein, weißer noch als das Weiß ihres
Kleides.

„Nun, ich höre ..."

„Nimm auch den Slip herunter, sonst kann ich nichts
erkennen."

Sie tat es ohne Hast. El-Sadeks Mund war trocken. Mit einem gewollt unbeteiligten Gesicht streichelte er die Grübchen am Ende der Wirbelsäule, ging tiefer, folgte unsichtbaren Linien der Haut. Die anderen schwiegen.

„Ich sehe eine große Karriere!" erklärte el-Sadek.

„Und auf welchem Gebiet?" wollte ein Mädchen wissen.

„Geld."

Er griff in die Tasche, zog den ledernen Beutel hervor und entnahm ihm einen Diamanten, den er dem Mädchen zwischen die Zähne steckte.

„Du siehst, ich lüge nicht. Das hier ist der Anfang deines Reichtums."

„Ich auch!" sagte Joelle mit rauher Stimme, „ich bin dran . . ."

Hastig öffnete sie die drei Knöpfe ihres Korsetts und griff mit beiden Händen unter ihre Brüste, die sie heraushob. Fast aggressiv sagte sie: „Hier können Sie also sehen, ob man reich wird. Das stimmt doch?"

El-Sadek beugte sich zu ihr, strich mit dem Handrücken über die Brüste, deren Spitzen augenblicklich steinhart wurden.

„Laß mich sehen . . . Ja, auch du hast viel Glück . . . Reichtum . . . Da . . . Das wird dir Glück bringen . . ."

„Und was ist mit uns?" riefen die anderen.

„Ihr wollt alle wissen, ob ihr reich werdet?"

„Ja, sagen Sie es uns!"

„Wartet! Wir werden es organisieren . . . Drei zeigen mir die obere Stelle, die drei anderen die untere. Legt euch hin."

Folgsam legten sich Katja, Brigitte und Marie-Laurence auf den Bauch und hoben ihre Kleider; Annette, Joelle und Ghislaine rollten sich auf den Rücken und streckten die Brüste in die Höhe.

„Und jetzt bitte nicht mehr bewegen . . ."

El-Sadek trat einen Schritt zurück und betrachtete sie. Die Mädchen lagen unbeweglich.

„Augen zu!"

Gehorsam hatten sie die Augen geschlossen und versuchten nach den Geräuschen zu erraten, was der Emir tat. Sie hörten das Klickern der Diamanten und spürten, wie er die herrlichen kalten Steine hinlegte, in einen Nabel, ein Grübchen, zwischen dem Po und den Schenkeln, auf eine Brust.

El-Sadek stand hochaufgerichtet über ihnen, sie lagen im Kreis vor ihm auf dem schwarzen Linnen des Bettes wie die Blüten einer lebenden Blume.

„Ihr werdet alle reich sein!"

El-Sadek hatte den Satz wie eine Beschwörungsformel gesprochen.

„Legen Sie sich zu uns . . .", schlug Marie-Laurence vor.

„Nein . . . noch nicht . . ."

„Doch, bitte!" wiederholte Katja und zog den Emir in ihre Mitte.

Er sah sich genötigt, sich nach hinten ziehen zu lassen. Seine Hände konnte er nicht mehr bewegen, er hatte sie in einem plötzlichen Reflex um den Lederbeutel gekrallt, den er gegen seine Brust gepreßt hielt. Augenblicklich waren sie über ihm, und er spürte, wie unbekannte Hände über den Stoff seiner Hose strichen, sich unter das Hemd vorwagten. Doch er wollte sich nicht gehenlassen, verkrampfte sich wieder. Enttäuscht blickten die Mädchen auf ihn, der nun wieder aufgestanden war.

„Warum denn?" jammerte Brigitte.

Er fuhr sich mit der Hand über die Stirn, wieder beherrscht: „Nicht so . . . nicht gleich . . . Wartet . . ."

Ein heimtückischer, brutaler Ausdruck trat in seine Augen. Er hob seinen Lederbeutel hoch in die Luft: „Ihr werdet alle reich sein . . . Aber ihr müßt machen, was ich sage . . ."

„Was Sie wollen . . .", erklärte Brigitte.

„Wirklich? Alles, was in dieser Börse ist, gehört euch . . ."

Er leerte den Inhalt in seine Hand und zählte die Steine. „Es wird gerecht geteilt. Fünfundzwanzig bleiben übrig, das sind vier für jede von euch."

„Und der fünfundzwanzigste?" fragten zwei Kopfrechnerinnen.

„Wie bei den anderen: er muß verdient werden."

„Wie?"

Der Emir zögerte. Ob sie so weit gehen würden? War die Gier nach seinem fürstlichen Geschenk so groß? Er fuhr langsam fort, seine Worte sorgfältig wählend: „Ihr seid alle sechs blond . . . Es fällt mir schwer, euch auseinanderzuhalten, trotz der Vornamen . . . Ihr müßtet ein Kennzeichen haben, damit ich euch nicht verwechsle . . ."

Trotz ihrer Gier sahen sie ihn leicht beunruhigt an. Was führte er im Schild?

„Und wie?" warf Ghislaine ein.

„Nun . . .", begann der Emir, und während er sprach, zog er aus seiner Tasche ein Rasiermesser, dessen goldener Griff mit Rubinen besetzt war. „Ihr braucht keine Angst zu haben . . . Ich möchte bei jeder von euch einen kleinen Schnitt an bestimmten Stellen machen . . ."

„Sie sind verrückt?" rief Marie-Laurence ernüchtert. „Wenn Sie uns auseinanderhalten wollen, gibt es noch andere Möglichkeiten! Ich will nicht entstellt sein, ich nicht! Sie können uns ja mit einem Bleistift markieren!"

„Aber wer spricht denn vom Gesicht? Nur ein winziger Schnitt, ein einziger kleiner Blutstropfen . . ."

Joelle richtete sich auf. Die Stimmung war verflogen.

„Ich gehe!"

„Warte!" warf Ghislaine ein. „Laß ihn erklären. Was für eine Art von Schnitt?"

El-Sadek rollte den Ärmel seines Hemdes auf. „Bitte."

Keines der Mädchen hatte den Eindruck, daß die Klinge überhaupt mit der Haut in Berührung gekommen war. Einen Augenblick lang geschah überhaupt nichts, dann tropfte das Blut.

„Ihr seht, mehr ist es nicht . . . Also, wer beginnt? Wer will den ersten Stein? Ihr zögert? Wegen eines winzigen Schnittes?"

„Und wenn mir eine Narbe bleibt", fragte Annette ängstlich.

„Auf keinen Fall. Morgen sieht man überhaupt nichts mehr."

„Für einen Stein, ja?"

„Genau."

„Gut, fangen Sie an . . . Aber Achtung! Wenn Sie mir weh tun, schreie ich. Wo wollen Sie?"

„Wie heißt du?"

„Annette."

„Auf die linke Pobacke."

„Moment!" warf Ghislaine ein. „Sie haben gesagt, daß es für jede von uns vier Steine gibt. Einen für den Schnitt, gut. Aber die anderen?"

„Nichts, was nicht völlig natürlich wäre."

„Wollen Sie, daß wir Sie auspeitschen?" wollte Brigitte wissen.

215

„Nein, ich will Liebe, nichts als Liebe."

„Alle sechs?"

„Selbstverständlich."

„Sie sind schon seltsam", setzte Marie-Laurence fort. „Jeder andere . . ."

Wütend unterbrach sie der Emir: „Ich bin nicht jeder andere!"

„Das haben wir uns beinahe gedacht", besänftigte Brigitte . . . „Ein Mann, der sich einbildet, sechs Frauen lieben zu können . . ."

„Es geht nicht nur um mich."

„Was?"

„Für den zweiten Stein müßt ihr zuerst meine beiden Leibwächter lieben. Ihr werdet schon sehen . . . es wird euch nicht leidtun . . . ich glaube nicht, daß ihr sie befriedigen könnt . . . Bleib doch ruhig stehen, mein gutes Kind . . ."

Annette fühlte sich nicht besonders wohl in ihrer Haut. „Sie schwören mir, daß ich nichts spüre? . . . Warum numerieren Sie uns nicht, wie eine Viehherde, anstatt diese barbarischen Dinge zu verlangen?"

„Mein liebes Kind, an Vieh erinnere ich mich viel besser als an Namen oder Nummern . . . Willst du jetzt endlich stillhalten, bitte . . ."

Annette wagte keine Bewegung mehr, nur in ihrem Gesicht sah man die Angst. Das Messer näherte sich ihrer Beckengegend . . . Sie spürte, wie der Stahl über ihre Haut streichelte, ohne sie zu schneiden, aber sie fühlte sich dennoch bemüßigt, einen kleinen Schmerzensschrei auszustoßen.

„So, das ist alles . . . Jetzt vergesse ich nicht mehr, daß du Annette heißt . . . Hier . . . zum Trost für diese schreckliche Wunde . . ."

Er nahm einen Edelstein zwischen Daumen und Zeigefinger, ließ ihn im Licht auffunkeln und warf ihn auf den Teppich, wo er unter einen Fauteuil rollte.

„Hol ihn dir . . . Nein, nicht so . . . Auf allen vieren . . ."

Ihre Freundinnen verfolgten Annettes Treiben gebannt, die Augen auf den kleinen roten Fleck gerichtet, der sich bei der kleinsten Bewegung ausbreitete. Dabei hatten sie nicht einmal gesehen, wie die Klinge sie berührt hatte, und der Schnitt schien nicht geschmerzt zu haben. Ausnahmslos zitterten sie bei der

Vorstellung, sich auch unterwerfen zu müssen. Der Emir schien ihre Gedanken erraten zu haben.

„Ach!... was macht das schon? Morgen denkt ihr nur noch an die Reichtümer, die ich euch heute abend schenke, und dieser winzige Kratzer ist längst vergessen..."

„Was ziehst du vor?" wandte er sich an Katja. „Bauch, Po, oder Busen?"

„Was man am wenigsten sieht... Den Busen, wenn Sie wollen."

Am liebsten wäre el-Sadek der Hals gewesen, aber das konnte er wirklich nicht verlangen. Katja, die mit vorgereckter Brust nähergetreten war, schreckte wieder zurück: „Nein, ich kann nicht!"

Der Emir war die Freundlichkeit in Person. Nichts regte ihn mehr an als die Angst anderer. „Aber, aber... meine kleine zarte Blüte, du hast doch nichts zu befürchten... sieh doch Annette an... ihren Diamanten... Willst du denn nicht den gleichen haben?"

Ghislaine und Marie-Laurence hatten sich in ihrer Trunkenheit auf das Bett fallenlassen und umarmten einander, während die Spiegel ihnen aus allen Ecken des Raums ihr Bild zurückwarfen.

Gleichzeitig nahmen, hinter den Spiegeln versteckt, vier automatische Kameras alles auf, was in dem Raum geschah. Satrapoulos hatte sie beim Betreten des Raums eigenhändig in Aktion gesetzt, und er hatte sich die Mühe sichtlich nicht umsonst gemacht: schon dieser Prolog würde jedem Pornofilm zur Ehre gereichen! Dem teuersten Pornofilm der Welt, den der Emir niemals in der näheren Umgebung von Kuweit würde aufgeführt haben wollen.

Es klopfte. Grinsend steckte Ali den Kopf durch die Tür und sagte el-Sadek etwas auf arabisch, ohne einen Blick auf das Geschehen zu verschwenden. Zufrieden lächelte der Emir Ali zu, antwortete ihm kurz und wandte sich dann an die Blonden:

„Anziehen!"

Sie blickten ihn verständnislos an.

„Ich habe gesagt, ihr sollt euch anziehen! Ihr habt mich einen göttlichen Abend verbringen lassen, aber jetzt muß ich mich höchst wichtigen Angelegenheiten widmen."

Ghislaine faßte sich als erste: „Aber . . . Sie wollten uns doch alle lieben?"

„Hinaus!"

„Und die Diamanten, die Sie uns versprochen haben?" fragte Joelle trotzig.

„Geht mit meinen Männern ins Bett, dann bekommt ihr einen mehr."

„Dann rufen Sie sie doch!" verlangte Marie-Laurence gereizt.

Sie war mit einer festen Absicht hergekommen, die sie weder abstieß noch besonders glücklich machte, und hatte die ganze Zeit heimlich die Hoffnung genährt, daß nichts geschehen würde. Doch jetzt, wo es passierte, oder vielmehr wo überhaupt nichts passierte, fühlte sie sich frustriert.

„Und wer wird mich lieben? Ich will geliebt werden!"

„Laßt euch lieben, wo ihr wollt!" stieß der Emir mit seiner letzten Selbstbeherrschung hervor. Nochmals griff er in seinen Lederbeutel, während aller Augen fasziniert seinen Bewegungen folgten, und entnahm ihm sechs Steine, die er wütend auf den Boden schleuderte.

„Nehmt sie, und dann hinaus! Achmed und Ali warten schon."

Er rief seine beiden Leibwächter herein und warf ihnen einige Sätze zu, während er auf die Mädchen deutete.

Die sechs waren, auf den Knien oder dem Bauch rutschend, auf der Suche nach dem Reichtum und trachteten verzweifelt, ihre erniedrigende Lage so gut es ging zu überspielen. Freundlich halfen ihnen Achmed und Ali beim Einsammeln ihrer Kleider, nicht ohne sooft als möglich ihren Blick auf die dargebotenen Körper zu werfen. Nervös trieb der Emir sie an. Als Katja als letzte den Raum verließ und den Emir nicht einmal anblickte, um ihn ihre Verachtung spüren zu lassen, flüsterte dieser Ali etwas ins Ohr. Der Diener nickte ohne ein Wort. El-Sadek sah Achmed nach, der mit den Mädchen die Treppe hinaufging und setzte sich aufs Bett. Er wartete schon einige Zeit, als jemand klopfte.

Der Emir fühlte, wie sein Herz rascher schlug: „Herein!"

In der Tür stand Ali, links und rechts einen vielleicht zwölfjährigen Jungen an der Hand. Die Kinder lächelten in gespielter Schüchternheit, el-Sadek lächelte zurück: „Kommt doch herein, meine lieben Kinder . . ."

Ali verschwand ebenso diskret, wie er gekommen war, und beeilte sich schon deswegen, weil er Achmed bei dem nun bevorstehenden Fest mit den Mädchen keinen Vorsprung gönnen wollte.

„Wie heißt ihr den?" erkundigte sich der Emir freundlich und ging auf die Knaben zu.

Der Pornofilm nahm damit eine unerwartete und ungewöhnliche Wendung.

10

Spiro hob den Kopf und starrte aufmerksam in den tiefblauen Himmel. Vor einigen Sekunden war ein leises Brummen an seine Ohren gedrungen, aber noch sah er nichts. Plötzlich erblickte er die winzige Fliege, die am Horizont auftauchte und schnell größer wurde. Sie näherte sich dem Platz, wo er seine Ziegen weidete.

Er erkannte augenblicklich, daß es ein Hubschrauber war. Vor einiger Zeit hatte er etliche zu Gesicht bekommen. Aber dieser hier war nicht metallgrau wie die anderen, sondern schwarz. Die Maschine überflog das Flachstück unter ihm, schien einen Augenblick zögernd im Raum zu hängen und setzte schließlich vorsichtig auf. Zitternd liefen die Rotoren aus. Stille.

Trotz der großen Entfernung hörte Spiro deutlich das Kreischen der Türen, die in ihren Angeln schwangen. Eine unkenntliche Silhouette in schwarzem Overall sprang auf den Boden, blickte in die Runde, warf einen Blick auf die Uhr und vertrat sich die Beine. Der Mann kehrte zum Hubschrauber zurück und half drei Personen beim Aussteigen, die in lange weiße Gewänder gehüllt waren, wie die Baschibozuks, die türkischen Soldaten, die ihm sein Onkel auf einem Bild gezeigt hatte. Nur Säbel hatten die drei keine – wahrscheinlich hatten sie sie unter den wallenden Gewändern versteckt.

Endlos lange geschah gar nichts. Und dann wieder das Geräusch. Von nirgendwo hinter dem Horizont aufgetaucht, nahm plötzlich ein ganzer Schwarm dieser Vögel laut dröhnend Besitz von der Unendlichkeit des Himmels. Erschreckt zählte Spiro sechs Hubschrauber, die direkt auf ihn zuflogen. Als sie über ihn hinwegbrausten, warf er sich instinktiv flach auf den Boden und bedeckte den Kopf mit beiden Händen, bis sie vorbei waren. Er sah noch, wie sie mit der Grazilität fallenden Laubes neben dem Erstgekommenen aufsetzten. Passagiere stiegen aus, Männer und Frauen, ausnahmslos in Schwarz. Händeschütteln, geheimnisvolle Beratungen. Eine weitere Maschine tauchte auf und setzte neben ihnen auf. Ihre Insassen gesellten sich zu den anderen.

Wieder unerträgliches Warten in der völligen Stille. Entsetzt mußte Spiro feststellen, daß seine Ziegen verschwunden waren, aber er hatte nicht die Kraft, sich von dem Anblick da unten loszureißen, um ihnen nachzulaufen. Wieder nach einer Weile drehten sich plötzlich alle um und starrten auf einen Punkt des Berges oberhalb von ihm. Spiro blickte zurück. Zwei riesige schwarze Automobile kamen im Schrittempo den steinigen Pfad herunter und näherten sich der Menschengruppe. Wie waren sie da hinaufgekommen, ohne daß er sie gesehen hatte? Vielleicht während er auf der anderen Bergseite gewesen war? Acht Personen entstiegen den Wagen, drei von ihnen waren Popen. Der kleinste aus der Gruppe der zuletzt Gekommenen schüttelte reihum die Hände der Wartenden und sagte etwas. Alles bestieg die Hubschrauber, die fast gleichzeitig in beängstigendem Lärm hochkamen. Sie wurden immer schneller, rasten über Spiros Kopf hinweg und flogen geschlossen südwärts. Unten waren nur die beiden Chauffeure geblieben, die dem Geschwader nachblickten. Dann stiegen auch sie in ihre Wagen und waren bald aus dem Blickfeld des Jungen verschwunden.

Das Weiß der Felsen und das Blau des Himmels blieben erneut sich selbst überlassen, als hätte nie jemand diesen Boden betreten. Wem er das wohl würde erzählen können? Wem sonst, seufzte Spiro, wenn nicht seinem Onkel. Aber sein Onkel wich bereits seit Tagen allen Fragen aus, die der Junge ihm schüchtern zu stellen versuchte.

Zwanzig Minuten schon mochten die Hubschrauber in enger Formation in hundert Meter Höhe über den Wogen dahingeflogen sein. Vor dem Abflug hatte S. S. befohlen, daß die anderen Maschinen der seinen zu folgen hätten.

„Sie fliegen immer geradeaus, nicht zu hoch, nicht zu schnell. Das ist alles!" hatte er zu Jeff gesagt.

Der Pilot begann sich zu fragen, ob sein Chef ihn wohl für

einen Clown hielt. Dieser sinnlose Flug ohne Ziel erfüllte ihn mit Unbehagen, und die Tatsache, daß die anderen Piloten noch weniger wußten als er, konnte ihn kaum darüber hinwegtrösten. Dazu hatte Satrapoulos noch verlangt, die Pilotenkanzel vom Passagierraum abzutrennen. Unmutig hatte Jeff eine Art undurchsichtiger Jalousie aufspannen müssen, deren Vorhandensein hinter seinem Rücken ihn störte. Eigentlich hätte Madame Lena auch mit an Bord kommen sollen, aber im letzten Augenblick hatte es sich der Grieche anders überlegt und sie gebeten, ihn allein zu lassen. Jetzt saß sie in der Maschine mit den Popen. Jeff blickte nach rechts und links durch die Plexiglaskuppel hinaus, ob die anderen auch folgten.

„Sag du es ihm, Mama! Sag es doch!"

Medea Mikolofides antwortete ihrer Tochter nicht, runzelte nur leicht die Brauen.

Irene ließ nicht locker, ihre Stimme kletterte in schrille Höhen. „Sag es doch! Er hat Angst vor dir, Mama! Sag ihm doch, was du denkst!"

„Wirst du deine Mutter gefälligst in Ruhe lassen!" sagte Kallenberg gereizt.

Die dicke Medea rutschte unruhig auf ihrem Sitz hin und her. Den Tod respektierte sie fast ebensosehr wie das Geld. Es schien ihr wirklich nicht der rechte Augenblick zu sein, sich in einen Ehezwist einzumengen. Sie brachte ihrem Schwiegersohn gewiß keine große Wertschätzung entgegen, aber sie achtete seine Härte als Geschäftsmann, eine Tugend, die zu bewundern man sie von Kindheit an gelehrt hatte.

Sie warf einen Blick auf den Piloten, dem trotz des Rotorenlärms sicher kein Wort des Gesprächs entging. Wenn man einer so reichen Familie angehörte, war es allererste Pflicht, vor dem Personal die Würde zu bewahren. Zumindest hatte Medea versucht, das ihren drei Töchtern beizubringen. Leider schien Irene dafür kein Verständnis aufzubringen.

„Nichts zu Weihnachten, einfach nichts! Hast du gesehen, was Sokrates meiner Schwester zum Geburtstag der Zwillinge geschenkt hat?"

Medea sah ihre Tochter streng an: „Irene! Und der Tanker, den Hermann dir geschenkt hat, was ist mit dem?"

„Das war voriges Jahr! Und seine Tanker kann er sich behalten! Ich will sie nicht! Was soll ich damit?"

Kallenberg beherrschte sich mit ganzer Kraft:

„Hören Sie nicht auf sie ... Irene ist von den Ereignissen etwas mitgenommen ... Sie scherzt nur ..."

Medeas Lippen kräuselten sich zu einem kleinen Lächeln. Mit abwesendem Blick betrachtete sie ein weißes Segelboot, das winzig und lächerlich auf dem gewellten Spiegel des Meeres dem Land zustrebte. Durch die Scheibe blickend, erkannte sie in der Nebenmaschine das undurchdringliche Gesicht der drei Araber, die Sokrates eingeladen hatte.

Steve griff nach der Tasche in seinem Overall, um eine Zigarette herauszunehmen. Er hatte das Paket schon zwischen den Fingern, als ihm einfiel, es könnte sich vielleicht nicht schicken. Die rechte Hand immer noch in der Tasche, während die linke fest das Steuerruder umschlossen hielt, drehte er sich um. Die drei Anwesenden sahen ihn undurchdringlich an, ihre Augen waren dunkel und mißtrauisch. Ein Mann und zwei Frauen, alle drei sonntäglich aufgeputzte Bauerntypen mit ausdruckslosen, versteinerten Gesichtern. Vor dem Abflug hatte Jeff, der Privatpilot des Griechen, ihm noch zuflüstern können: „Es ist noch ärger als sonst. Ich weiß überhaupt nichts, weder wo noch warum, noch wie. Du brauchst nur hinter mir zu fliegen."

Also flog er hinter ihm her. Hauptsache, er war abends wieder in Athen. Er war mit einem viel jüngeren Mädchen verabredet, und er schien ihr sogar zu gefallen. Länger als drei Stunden konnten die Vögel ohnehin nicht in der Luft bleiben: im schlimmsten Fall würden sie noch eine Stunde geradeaus fliegen, mehr nicht. Nachher mußten sie wohl oder übel umkehren, wenn sie nicht im Wasser landen wollten. Sie hieß Jane und war noch nicht einmal achtzehn.

S. S. war wütend, daß der Himmel nicht ihm allein gehörte. In den anderen Hubschraubern hatte er alle die verstauen müssen, die sich nicht hatten abwimmeln lassen. Irene, seine verblödete Schwägerin, Kallenberg, das Schwein, und die alte Medea, ihre gemeinsame Schwiegermutter. Ein paar Popen, Bekannte der

Familie, die drei Bauern, die er vor wenigen Tagen um Rat gefragt hatte, und Melina, die Schwester von Lena und Irene. In zwei weiteren Maschinen saßen drei steinreiche Reeder, entfernte Cousins, die ebenso freundlich taten, wie sie feindselig waren, und dann noch Hadsch Thami el-Sadek mit seinen beiden Gorillas. Der Emir hatte darauf bestanden, seine Rückkehr nach Baran zu verschieben, um teilzunehmen.

Hin und wieder blendete ihn das Glitzern der Wellen, trotz der Sonnenbrille. Durch die offene Tür streckte er die Hand in den lauwarmen Luftzug und überließ sie willenlos dem Druck. Er ließ den Fahrtwind den Schweiß auf seiner Handfläche trocknen und zog dann die Hand zurück, um sie auf ein kleines Holzkästchen zu legen, das auf seinen Knien ruhte.

Er fragte sich in diesem Augenblick, ob seine Nerven ihn nicht im Stich lassen würden. Aber schließlich hatte sie es so gewollt, es war ihr ausdrücklicher Wunsch, ihr ewiger Traum gewesen, und sie hatte es nie verschwiegen. Und ihm oblag es jetzt, diesen wahnwitzigen Wunsch auszuführen. In wenigen Augenblicken. Langsam streichelten seine Hände die Schatulle. Dreißig Zentimeter lang, fünfzehn breit, fünfzehn hoch. Er mußte sich entschließen, sie zu öffnen. Sie waren schon viel zu weit geflogen. Er schob den winzigen Riegel zur Seite, zögerte, den Deckel anzuheben, tat es doch, schloß ihn wieder, öffnete erneut, ohne den Inhalt anzusehen. Er mußte seine ganze Willenskraft zusammennehmen, um sich dazu zu zwingen, die Augen zu senken und in die Schatulle zu sehen: Staub.

In diesem Augenblick geschah etwas völlig Unerwartetes. Ohne daß er begriffen hätte, daß sie aus seinen Augen kamen, kollerten dicke Tränen über seine Wangen. Wut erfaßte ihn, als er sie spürte. Sie erniedrigten ihn, diese Tränen, versetzten ihn gegen seinen Willen in eine Zeit zurück, die er längst vergangen und überwunden wähnte. Er biß die Zähne zusammen, richtete seinen Blick auf die Unendlichkeit des Wassers, über dem unerträglich die Sonne brannte.

Er versuchte, das erste Schluchzen zurückzudrängen, das er in seinem Hals wie einen Kloß spürte, stemmte die geballten Fäuste gegeneinander, sich nur an den einen Willen klammernd – nicht zu weinen. Und dann gewann es die Oberhand, machte sich Luft, schüttelte seinen ganzen Körper. Vorbei der Widerstand. Er öffnete die Schatulle und wühlte mit beiden Händen in dem feinen Sand, der gestern noch, in anderen Partikeln zusammengeschlossen, zu Fleisch und Knochen, zu Haaren und Blut, Augen und Lippen, seine Mutter gewesen war. Immer noch schluchzend, in ohnmächtigem Wüten über sich selbst, ergriff er eine Handvoll des Sandes, schloß die Faust darüber, steckte den Arm zum Fenster hinaus und öffnete seine Finger, Sand und Handfläche dem Wind darbietend, der seinen Körper von den Körnern und der unerträglichen Erinnerung reinigte. Seine Hand kehrte zur Schatulle zurück, traf neuerlich den Windzug, und die Asche zerstob im Raum.

Als das Kästchen fast leer war, blieb Sokrates lange völlig unbeweglich sitzen, bevor er durch das Mikrofon befahl: „Bleiben Sie stehen. Die anderen sollen einen Kreis bilden."

Am veränderten Motorengeräusch hörte er, daß Jeff gehört hatte. Bewegungslos hing der Hubschrauber im Himmel. Die anderen Maschinen kamen näher und nahmen hoch über dem Meer Aufstellung. Kalt ließ Satrapoulos seinen Blick von links nach rechts wandern und betrachtete die ihn anstarrenden Gesichter. Er erkannte jeden von ihnen deutlich. Die Nachbarn seiner Mutter, verschlossene, einfache Bauern, die ihm vor zwei Tagen gesagt hatten, wie sie sich ihr Begräbnis gewünscht hatte. Medea Mikolofides und Melina, der Emir und seine Gorillas, die beiden verhaßten Cousins, die schmutzigen Popen und ihre feierlichen Mienen. Alle beobachteten ihn. Lena weinte, er war dessen sicher, obwohl er zu weit entfernt war, als daß man es hätte erkennen können. Kallenberg, dem er in die Augen blickte, würde er es noch heimzahlen, mit Zins und Zinseszins. Er hob die Arme und zeigte allen die Schatulle. Einen Augenblick hielt er sie in die Höhe, bevor er langsam die letzten Reste dessen, was seine Mutter gewesen war, hinausrieseln ließ. Die Asche trieb im Wind und verschwand. Der Grieche glaubte zu hören – oder bildete er es sich ein, der Motorenlärm war zu groß –, wie die Popen einen Totengesang psalmodierten. Er schloß das Kästchen und stellte es auf seinen Knien ab. Alles blieb unbeweglich. Endlich sagte er: „Nach Hause."

Niemand hatte hier noch etwas zu suchen. Das Geräusch der Rotoren wurde stärker, die Maschine erbebte und wandte die Nase dem Norden, dem Festland zu. Hinter ihm ordneten sich die anderen Hubschrauber folgsam zur Formation.

Die Vergangenheit war tot.

225

2. TEIL

11

Die drei Männer in der Concert Hall von Los Angeles schwitzten vor Aufregung und Angst. Ihre unmittelbare Zukunft hing von der Laune dieser Verrückten ab.

Einer der drei räusperte sich diskret – und zog sich augenblicklich einen giftigen Blick der Menelas zu. Feige richtete er den Blick zu Boden, wagte ihr nicht einmal ins Gesicht zu sehen. In den zwanzig Jahren als Direktor der Concert Hall hatte er nicht wenige der Ticks, Verrücktheiten und Absonderlichkeiten der größten Interpreten kennengelernt. Aber die Menelas übertraf sie alle!

„Wo ist das Klavier?"

Der Direktor wagte es, wieder aufzublicken. Ein guter Witz! Das Klavier? Man konnte es gar nicht übersehen, so groß war es. Es stand mitten auf der Bühne, und wohin man auch blickte, man sah nur das Klavier.

„Wie bitte? . . .", stammelte er.

Zuckersüß wiederholte die Menelas: „Ich fragte Sie, wo das Klavier ist?"

Ohne noch zu wissen, worum es eigentlich ging, fühlte er sich bereits schuldbewußt und deutete verstört auf das Instrument. Die Menelas tat, als entdeckte sie es plötzlich.

„Das da? . . ."

Sie betrachtete das Instrument und kräuselte verächtlich die Lippen. Sie berührte es nicht einmal.

„Wollen Sie damit sagen, daß ich auf *dem da* spielen soll?"

„Madame . . . Leonard Bernstein . . . Arthur Rubinstein . . ."

„Wer?"

„Leonard . . ."

„Kenn' ich nicht!"

„Arthur . . ."

„Ich will es nicht einmal wissen! . . . Hören Sie . . . Ist das ein Bechstein?"

„Nein . . . Aber . . ."

„Kein Bechstein? . . ." Sie wandte sich zu einem der anderen Männer: „Mimi! Sag ihnen, daß ich nicht spiele!"

Mimi wandte sich bedauernd zum Direktor und zuckte mit den Achseln.

„Mrs. Menelas . . .", stotterte dieser. „Ich gebe Ihnen mein Wort, daß dieses Klavier . . ."

„Mimi! Sag diesem Herrn, daß ich nicht die Absicht habe, mit ihm zu palavern! Dieses . . . dieses Ding . . . ist nicht einmal für einen Anfänger und seine Tonleitern gut genug!"

Der Direktor setzte noch einmal an. „Aber, Mrs. Menelas . . ." Doch die Menelas ließ ihn nicht zu Wort kommen:

„Mimi! Wir gehen! Ich komme zurück, sobald die Arbeitsbedingungen hier akzeptabel sind."

Mit königlicher Miene drehte sie sich auf dem Absatz um und hatte bereits die Bühne verlassen, als ein Verzweiflungsschrei sie wieder zurückholte.

„Mrs. Menelas! . . . Ich flehe Sie an! . . . Versuchen Sie es doch einmal! . . ."

„Das wollen Sie wirklich?" Mit einigen schnellen Schritten kehrte sie zum Klavier zurück und hämmerte mit ihren behandschuhten Händen einige Male darauf ein, bis die Klage der mißhandelten Tasten auch die letzten Reihen im Dunkel des Balkons erschauern ließen . . .

„Chopin! Darauf Chopin! Sie hören doch, daß er nicht gestimmt ist! Haben Sie es nicht gehört! Dieses Ding spielt falsch! Falsch! Falsch und nochmals falsch! Ohne Bechstein kein Konzert!"

Mimi, der in ihrem Kielwasser ebenfalls abging, flüsterte im Vorbeigehen dem Direktor zu: „Bleiben Sie hier, bis Sie von mir hören! Heute hat sie es mit den Nerven . . . Ich werde schon alles einrichten . . ." Und zum Abschluß: „Wenn Sie natürlich in zwei Stunden keinen Bechstein haben, ist alles aus!"

Im Konzertsaal betrachtete der Direktor melancholisch die leeren Sitzreihen. Ohne Übergang brüllte er plötzlich seinen Sekretär an: „Also? . . . Worauf warten Sie noch? . . . Haben Sie nicht gehört, was die Menelas gesagt hat? . . . Sie will einen

230

Bechstein! Einen Bechstein, verstehen Sie? . . . Zünden Sie von mir aus diese beschissene Stadt an, aber in einer Stunde will ich einen Bechstein haben!"

Marc fühlte sich elend. Was ihm heute widerfahren war, gehörte auch zum Furchtbarsten, was einem Menschen passieren konnte.

Belle überwachte seinen Stundenplan ganz genau. Es konnte vorkommen, daß sie stundenlang an der Studiobar wartete, bis er mit den Dreharbeiten fertig war. Selten genug hatte sie eine ihrer Gin-Rummy-Partien, die bis spät in die Nacht dauerten. Davon profitierte Marc, um irgendwo ein schnelles Abenteuer zu suchen, oder, wenn es gar nicht mehr anders ging, Lena anzurufen, die dann auch jedesmal nach Paris kam.

Sie hatte für Marc und sich in der Rue de la Faisanderie eine Wohnung gemietet, zu der jeder von ihnen einen Schlüssel besaß. Sie war beim Einrichten von dem Prinzip ausgegangen, daß ihre kurzen Zusammentreffen sich stets im Bett abspielten, und hatte daher das Zimmer rund um diesen einzigen Schmuck angeordnet: eine viereckige Lagerstatt von etwa zwei Meter fünfzig Seitenlänge, für die sie eigene Leintücher hatte anfertigen lassen. Sie waren ausnahmslos farbig: kornblumenblau, blutrot, schwarz oder hellgelb. Das Bett stand auf einem Stahlsockel, und seine Besonderheit bestand darin, in seiner Mitte eine Art Lehne aus schwerem Leder zu haben, die man wie bei den Kopfstützen großer Autos verstellen konnte. Man konnte das Frühstückstablett daraufstellen, oder das Telefon, oder den Fernsehapparat, und manchmal wurde sie auch zum Behelf für die verschiedensten Liebesspiele. Die meisten der in Paris tätigen in- und ausländischen Schauspielerinnen, die Marc zum Partner bekamen, hatten unter seiner vorzüglichen Anleitung die Qualitäten dieses außergewöhnlichen Lagers erproben dürfen. Nicht selten fand die Bedienerin morgens die Reste einer durchliebten Nacht, zerknüllte Decken, leere Flaschen, Kaviarreste, aber Marc meinte, er bezahle sie gut genug, um auf ihr Schweigen zählen zu können.

Lena ärgerte sich immer maßlos darüber, daß er nie einwilligte, die ganze Nacht mit ihr zu verbringen. Gegen fünf Uhr morgens, oder früher, wenn sie gestritten hatten, was ihm einen blendenden Vorwand lieferte, die Tür hinter sich zuzuschlagen, erhob sich Marc, zog das Hemd über und bereitete sich darauf vor, einmal mehr den unabänderlichen Dialog zu führen, der sich zwischen Lena und ihm entspann.

„Gehst du schon?"

„Du weißt doch, daß ich muß."

„Bleib doch noch ein wenig ... eine Minute ..."

„Lena ..."

„Küß mich ..."

Bekanntlich nehmen beim normal konstituierten männlichen Wesen nach Beendigung des Liebesakts die Gefühle in rapid sinkender Kurve ab, wenn nicht an die Stelle der Lust die Zärtlichkeit tritt. Marc hatte nur einen Wunsch: abzuhauen, und sah sich daher gezwungen, eine Zärtlichkeit vorzutäuschen, die er nicht im mindesten für sie empfand.

„Lena ..."

„Noch ein bißchen ..."

„Hast du auf die Uhr gesehen?"

„Die Uhr! Immer die Uhr! Ich möchte so gern eine ganze Nacht mit dir verbringen ..."

„Du weißt doch, daß es nicht möglich ist ..."

Um ihr trotziges Schweigen zu durchbrechen, fühlte er sich bemüßigt, hinzuzufügen: „ ... noch nicht ..."

Das „Noch nicht" wirkte für einige Sekunden. Doch dann begann sie von neuem.

„Du kannst dir nicht vorstellen ..."

„Sag mir ..."

„Ich bin traurig, ohne dich."

„Ich auch."

„Wirklich?"

„Ja, wirklich."

„Warum heiratest du mich nicht?"

Er versuchte es auf die ironische Tour: „Du bist ja schon verheiratet."

Bei ihr konnte jedes Wort die Katastrophe heraufbeschwören. „Sag nur ein Wort, nur ein einziges, und ich lasse mich scheiden."

Er schwieg betreten, und sie fügte hinzu: „Gib dir keine Mühe, ich weiß, daß sie dir Angst macht."

Ergeben zuckte er die Achseln und dachte, wie recht sie

hatte. Belle machte ihm wirklich Angst. In ihrer Gegenwart hatte er ständig einen verblödeten Gesichtsausdruck, nur weil er sich anstrengte, den anderen Frauen nicht in die Augen zu sehen, die ihn anblickten.

„Heirate mich, und ich regle alles innerhalb von fünf Minuten."

„Lena . . . Und deine Kinder?"

„Sie werden bei uns leben."

Marc haßte Kinder. Schon die Vorstellung, die unbezahlbare Ein- oder Zweisamkeit könnte von solchen Gören gestört werden, machte ihn erschauern.

„Wenn ich allein bin, muß ich immerzu daran denken, daß du alles mit ihr teilst. Und ich, was soll ich in der Zeit machen?"

Wie egal ihm das war.

„Lena . . ." – er zog gerade seine Hose an – „. . . Lena, wirklich . . . ich muß jetzt gehen . . . Ich drehe heute noch . . ."

Verzweifelt versuchte er, ihre Hand zu streicheln und sich gleichzeitig die Schnürsenkel zu binden. Es gab noch weitere „Küß mich noch einmal . . . ein letztes Mal . . ." bevor er aufbrechen konnte. Manchmal schlief er auch wieder ein. Eine halbe Stunde später schreckte er dann auf, sprang aus dem Wunderbett und rief: „Sauerei! Ich muß zu meiner Frau zurück!"

Und genau das hatte er heute im Morgengrauen gerufen, als er aus einem Alptraum erwachte.

Er hatte mit der Hand nach Lenas Brüsten getastet. Und da – die Katastrophe: es war nicht Lena, die an seiner Seite lag, sondern Belle! Sie hatte seinen Lapsus selbstverständlich mitbekommen und war sofort zum Angriff übergegangen. „Wirklich! . . . Und zu welcher Frau, du Schwein!?"

Er war müde. Er zog es vor, einer Auseinandersetzung um fünf Uhr früh aus dem Weg zu gehen, und flüchtete sich in die Studios, wo ihm der Nachtportier verblüfft aufsperrte.

Trotz des Dunkels, das im Lokal herrschte, erkannte Raph Dun Amore Dodino. Von mehreren Angestellten geleitet, kam er auf die Tanzfläche zu, in seinem Kielwasser ein Paar, amerikanisch und reich, wie nicht zu übersehen war. Ein unglaubliches Spitzenjabot zierte Amores Smokingbrust. Raph ließ Glas und

Begleiterin stehen und schob sich zu Amore vor: „So etwas! Ich habe mir schon gedacht, daß es ohne dich nicht geht."

„Du hast gedacht, mein kleiner Liebling. Ob dich das nicht zu sehr anstrengt?"

Raph brach in Lachen aus. „Bist du zur Scheidungsparty gekommen?"

„Nein, mein Liebling. Ich habe mich als Aushilfskraft bei den Ford-Werken beworben."

„Geh nicht hin! Sie sind imstande und nehmen dich! Wann bist du angekommen?"

„Gestern abend. Und du?"

„Auch."

„Bist du da, um deinen Unsinn zu schreiben?"

„Nicht einmal. Ich bin privat hier."

„Sagst du! Du würdest schon sehen, wie man dich einlädt, wenn du Verkäufer in einem Milchgeschäft wärst, anstatt für deine Skandalblätter zu schmieren!"

„Und mein Charme?"

„Den verlierst du in den Armen fetter Weiber."

Die Amerikanerin ergriff Amore am Arm. Während sie ihn mit sich zog, gelang es Amore noch, dem Reporter ein Handküßchen zu schicken und mit unverändert lächelndem Gesicht zu sagen: „Die wäre genau für dich! Häßlich, vulgär, steinreich und geizig . . . Bis nachher!"

„Sag! Wo wohnst du?"

Dodino versuchte krampfhaft, sich aus der Umklammerung der Matrone zu befreien, vermochte sich nicht loszureißen und rief mit letzter Kraft: „Natürlich im ‚Pierre‘."

„Ich auch."

„Die nehmen auch schon jeden . . .", rief Amore.

Raph kehrte zur Bar zurück, wo sein Glas und seine brünette Begleiterin noch auf ihn warteten.

Das „Pepsy's" war ein seltsames Lokal. Vielleicht war es deshalb immer voll, weil die Direktion alles unternahm, die Gäste fernzuhalten. Um bis zum Allerheiligsten, dem kleinen Saal im Kellergeschoß, vordringen zu dürfen, mußte man von vier Mitgliedern eingeführt sein, jährlich zweihundert Dollar auf den Tisch legen und es auf sich nehmen, wie ein Fahrgast der New Yorker U-Bahn während der Stoßzeit an einem Freitagnachmittag behandelt zu werden. Darüber hinaus mußte man natürlich auch nicht wenig für die Drinks bezahlen, die einem die Kellner brachten, oder auch nicht brachten, je nachdem, wie sie gerade gelaunt waren.

Dun bewunderte seit langem Dodinos Talent auf einem Gebiet, auf dem er sich selbst für den Meister hielt: sich Türen und Tore zu öffnen, die gewöhnlichen Sterblichen verschlossen blieben. Wo immer Raph hinkam, mußte er feststellen, daß Dodino ihm um eine Nasenlänge voraus war. Trotz der Macht, die der Name seiner Zeitschrift einem verlieh, war es oft nicht leicht, in bestimmte Kreise Eingang zu finden. Und wenn er es endlich geschafft hatte, fand er Amore Dodino vor, der dem Hausherrn den Bauch streichelte und im besten Sessel des Hauses genußvoll seinen Whisky schlürfte. Es verband sie das Bewußtsein, Komplizen zu sein. Es war nicht immer so gewesen, und Raph mißtraute fast instinktiv den Homosexuellen, deren schmeichelhafte und doch so ermüdende Avancen er nur zu oft hatte über sich ergehen lassen müssen.

„Nun, mein kleiner Liebling, wartest du auf den Märchenprinzen! Ich bin schon da! . . .“

Raph drehte sich zu seiner Begleiterin: „Kennt ihr euch? Amore Dodino . . . Rita . . .“

Amore bedachte sie mit seinem betörendsten Lächeln: „Sie sind schön, meine Dame. Amerikanerin, nehme ich an?“

„Mein Vater ist Amerikaner“, antwortete sie in tadellosem Französisch.

Raph versuchte, die beiden zu trennen: „Rita arbeitet im New Yorker Büro unserer Zeitung.“

Dodino wandte sich erneut dem Mädchen zu: „Kommen Sie morgen zur Scheidung?“

Dun mischte sich wieder ein: „Sie ist in der Außenpolitik.“

„Jeder nach seinem Geschmack“, schloß Amore ironisch. „Warum auch nicht, der Schein kann trügen. Schließlich singe ich auch, von Zeit zu Zeit . . .“

„Okay, ich muß jetzt gehen“, meinte Raph lächelnd.

„Ich vertreibe euch doch nicht?“

„Aber nein, ich wollte gerade mit Rita weg.“

„Ich komme mit euch. Dieses Lokal widert mich so an. Wenn ich denke, daß ich es eingeweiht habe . . .“

„Eingeweiht, natürlich . . . Komm, gehen wir . . .“

Dodino blieb stehen und ergriff Ritas Arm. „Sehen Sie ihn sich an! Er glaubt mir nicht, dieser Dummkopf.“

„Gehen wir ins ‚Colony‘?“ fragte Raph ungerührt.

„Okay. Wenn man schon nicht vernünftig mit dir reden kann, dann essen wir wenigstens etwas.“

Die wenigen Gäste, die an diesem Morgen ihr Glas Bier im „Barley Mow“ tranken, schenkten dem cremefarbenen Rolls-Royce keinerlei Beachtung. Hierher nach Clifton Hampden und nach den anderen Orten in dieser Gegend an der Themse, Dörfer mit den lieblichen Namen Burcot, Pangbourne, Yattendon, Dorchester oder Cookham, kamen Sonntagsangler ebenso wie Gentlemanfarmer, die sich, nur zwei Stunden von London entfernt, eine luxuriöse Zweitresidenz einrichten wollten. Irene klatschte vor Begeisterung in die Hände, als der Wagen den malerischen Fluß auf einer Ziegelbrücke überquerte.

„Sieh doch! Sieh doch nur, wie schön wir es hier haben werden!“

Kallenberg geruhte nicht, ihr zu antworten. Als sie London auf der A 361 verlassen hatten, war Hermann bereits wütend, seiner Frau nachgegeben zu haben. Irene ließ keine Gelegenheit aus, die Machtposition auszunützen, die ihr diverse Familienangelegenheiten verliehen – Beerdigungen, Messen, Taufen, Hochzeiten –, denen sich jedes männliche Wesen unterzuordnen hatte. Diesmal war es ihr Hochzeitstag, der Irene den Vorwand lieferte, von ihm ein Geschenk zu verlangen, das der Bedeutung des Festes angemessen war. Sie hatte sich keinen Zwang auferlegt und ein Landhaus ausgesucht, das eigentlich ein Schloß sein mußte, zumindest dem Preis nach zu schließen, den der Makler genannt hatte.

Hermann hatte ihr entgegengehalten, daß sie bereits auf der ganzen Welt Häuser besäßen, Jagden, Schlösser, Besitzungen, es hatte nichts geholfen: sie wolle „ihr Haus“, maulte sie, und es blieb ihm also nichts anderes übrig, als nachzugeben, wenn er nicht wollte, daß sich an diesem Vorwand der Groll vergangener und noch zu erwartender Gelegenheiten staute. Allerdings hatte sie nicht so ganz unrecht. Vor zwei Monaten hatte Sokrates Lena „ihr Haus“ geschenkt, um hunderttausend

Pfund, nicht weit von hier, zwischen Oxford und Abingdon. Jetzt ging es weniger um Irenes simplen Wunsch, als vielmehr um das Prestige, und Kallenberg konnte keinen logischen Grund vorbringen, seiner Frau etwas vorzuenthalten, was Satrapoulos der seinen schenkte.

Unangenehmer war es, daß Irene darauf bestand, daß er sie begleitete. Und am nächsten Tag flogen sie nach New York. Das mußte sein. Einer seiner größten Kunden, Gustav „Big" Bambilt, in Reederkreisen nur „Big Gus" genannt, trennte sich von seiner elften Gattin, Lindy „Nut", die auch Sokrates zu ihren verflossenen Liebhabern zählen konnte. Hermann hatte es ihr nie verzeihen können, weil sie seine eigenen Annäherungen stets zurückgewiesen hatte und er nicht einsah, warum sie bei gleich großem Vermögen seinen Schwager vorzog.

„Big Gus" hatte ein Fest daraus machen wollen und zu seiner Scheidungsparty alles eingeladen, was im Jet-set und in der Finanzwelt Rang und Namen hatte. Da diese Scheidung dergestalt eine Art Hochzeit mit umgekehrten Vorzeichen war, gewissermaßen ein Familienfest, gehörte es sich, in Begleitung seiner Frau und nicht einer Freundin aufzukreuzen. Kallenberg hatte beschlossen, zwei Tage in New York zu bleiben und Irene dann dort zu lassen, während er unter einem Vorwand auf die Bahamas fliegen wollte, wo ein Vertrauensmann nur auf seinen Anruf wartete, um ihm eine erstklassige Orgie mit Eingeborenenmädchen zu organisieren.

Warum mußte sie ihn am Vortag ihrer Abreise hierherschleppen, damit er mit ihr diese Bruchbude besichtigte? Er mochte das Haus nicht, bevor er es gesehen hatte. Sein Versprechen mußte er nun wohl halten, aber es würde sie teuer zu stehen kommen.

„Da! Wir sind gleich da! Du wirst sehen!"

Der Wagen hielt vor einem großen schmiedeeisernen Tor. Auf das Hupen des Chauffeurs hin tauchte aus einem kleinen Gärtnerhäuschen neben der efeuüberwachsenen Mauer ein Mann auf und öffnete ohne ein Wort das Tor.

„Sind Angestellte da?"

„Natürlich. Sie sollen erstklassig sein. Janet, die Gouvernante, war vorher bei den . . ."

„Wie viele Angestellte?"

„Ich weiß nicht . . . sechs . . . acht . . ."

„Was heißt, du weißt es nicht? Ich schenke dir ein Haus, und du willst noch, daß ich zahle, ohne zu wissen, für wen und wieviel?"

Nervös zupfte Irene an ihrem Kleid.

„Nun! Sechs oder acht?"

Sie sah ihn bittend an. „Woher soll ich es wissen? Ich war noch nie hier . . ."

„Das ist doch wirklich die Höhe! Du lockst mir ein Vermögen heraus für eine Bruchbude, die du nicht einmal gesehen hast!"

„Oh! Der Fluß! Sieh nur!"

Zwischen den Bäumen der Allee, die zum Hauptgebäude führte, konnte man eine Wiese in sattem Grün erkennen, die leicht zur Themse hin abfiel. Rotscheckige Kühe grasten gemächlich. Hier und dort durchzogen weiße Zäune die Wiesen.

„Wieviel Hektar?"

„Ich weiß es nicht."

Der Wagen fuhr zwischen hohen Akazien, manchmal kratzte ein tiefhängender Ast über die Karosserie.

„Fahren Sie langsamer."

Ein letztes Mal versuchte Irene einzulenken. „Ich habe nur Bilder gesehen, verstehst du . . . Aber es ist herrlich. Einzelheiten habe ich keine erfahren."

Kallenberg zuckte die Achseln.

„Da! Sieh doch!"

Der Wagen hatte eine riesige Lichtung erreicht, an deren gegenüberliegendem Ende ein ausladendes weißes Gebäude mit vier Türmen stand. Ein Gärtner nahm seine Kappe ab, als sie vorbeifuhren. Sehr zu seinem Mißfallen fühlte auch Kallenberg sich beeindruckt. Es sah schon nach etwas aus, das konnte man nicht leugnen. Er war wütend auf Irene, daß sie diesen herrlichen Platz allein entdeckt hatte, und spielte den Gelangweilten, da er spürte, wie sie ihn aus den Augenwinkeln beobachtete. Nur nicht zeigen, daß es ihm gefiel.

„Das Hauptgebäude stammt aus dem vierzehnten Jahrhundert . . ."

„Nachempfunden im neunzehnten. Du hast natürlich diesen Unsinn geglaubt! Bei dieser Art von Dingen ist meistens nur der Dreck antik."

Jetzt hatte auch Irene genug. Der Chauffeur öffnete den Schlag, und sie stiegen aus. Sie bemerkten sofort die herrliche Ruhe. Man spürte förmlich, daß die wenigen Geräusche von weit her kamen und nur dank der kristallklaren reinen Luft bis hierher vorzudringen vermochten. Eine schwere Tür knarrte in den Angeln. Eine Frau stand in der Toröffnung. Kallenberg und Irene stiegen die wenigen Stufen hinauf. Die Frau verbeugte sich unmerklich und forderte sie mit einer Handbewegung zum Eintreten auf.

Im Gänsemarsch besichtigten sie unter dem mißtrauischen Auge der Frau eine endlose Reihe von Räumen. Irene verbarg nicht ihr Entzücken, Kallenberg blieb herablassend.

„Wenn Sie mit hinaufkommen wollen . . .“

Irene war bereits auf der Treppe. „Kommst du nicht?“

„Ich warte draußen. Ich bleibe an der frischen Luft.“

Sie zögerte unmerklich, drehte sich dann aber um und folgte der Haushälterin. Hermann trat auf die Freitreppe hinaus und zündete sich eine Zigarette an. Nochmals ließ er den Blick über die Landschaft schweifen und fühlte mit dem Instinkt des Geschäftsmanns, daß der Besitz mehr wert war als die geforderte Kaufsumme. Es kam ihm nicht ungelegen, eine Vielzahl von nicht unbedeutenden Summen in Grundbesitz anzulegen, egal wo. Grund und Boden, das war anders als das Meer: kein Risiko! Seine ganze Flotte konnte von einem Tag auf den anderen untergehen, und er würde noch immer bis zu seinem Tod vom Ertrag seiner Ländereien leben. Er hörte, daß Irene ihn rief, aber er drehte sich nicht um.

Er schritt weiter und ging um das Haus herum. Kläffen ertönte aus einem etwas abseits stehenden Gebäude. Er ging hinein und fand ein Rudel junger Hunde mit ihrer Mutter. Manche näherten sich dem Gitter, und er streichelte ihre Schnauzen. Hennen und Enten pickten auf einem Misthaufen herum, dem stark und köstlich der Duft von Humus und Stall entstieg. In einer Jauchegrube wälzten sich behaglich drei unbeschreiblich dreckige Schweine, denen man das Vergnügen ansah, in diesem Paradies zu sein.

„Ich dachte, du magst Schweine nicht?“

Er war wütend, daß sie ihn dabei ertappt hatte, wie er Dinge betrachtete, die a priori und endgültig zu ignorieren er sich vorgenommen hatte. Irene stand in ihrem weißen Kleid wie eine

Fee inmitten der ländlichen Umgebung. Sie lachte ihn spöttisch an, und er hatte Mühe, sich zu beherrschen.

„Gehen wir? Oder ist deine Rolle als Schloßherrin noch nicht zu Ende?"

„Mein Gott, mir gefällt es hier. Ich finde es himmlisch."

Kallenberg scharrte mit der Fußspitze im Boden. „Und du willst wirklich, daß ich für dieses verfallene Haus zahle? Hast du nicht gesehen, daß kein Stein auf dem anderen hält?"

„Ich habe nicht die Absicht, dich zu zwingen, mit mir hierherzukommen."

„Das fehlte noch! Aber was gefällt dir so?" meinte er aggressiv und deutete auf den Hundezwinger, die Hühner . . .

„Ich habe Tiere furchtbar gern."

„Und der Geruch, der gefällt dir?"

„Was für ein Geruch?"

Er wies auf die Jauchegrube. „Hast du die Nase verstopft, oder was?"

„Ach! . . . Du meinst die Jauche? Nun, ich finde das faszinierend . . ."

Die Wut stieg in ihm hoch. „Dann komm doch näher, wenn du das so gern hast." Er nahm sie beim Handgelenk und drehte sich um seine eigene Achse. Sie folgte wohl oder übel der Bewegung, ihr Widerstand half nichts. Als Kallenberg ihre Hand losließ, schlitterte sie und fiel der Länge nach hin.

Irene stand auf und wischte sich über Gesicht und Augen. Schwarze Klümpchen zierten ihr Haar, kaum ein Fleck ihres Kleides war verschont geblieben. Bewegungslos weidete sich Kallenberg an ihrem Anblick, der ihm echte Lustgefühle vermittelte. Er hatte noch nicht einmal überlegt, wie sie reagieren würde, als sie bereits die Hand nach ihm ausstreckte und zu reden begann, als sei nichts geschehen: „Nun hilf mir doch! Du könntest mir wenigstens die Hand reichen!"

Er verharrte bewegungslos.

„Wie kannst du nur so unbeholfen sein . . . Weißt du, daran ist noch keiner gestorben."

Sie schritt an ihm vorbei, und er trat vorsichtig einen Schritt zurück, eine Falle befürchtend. Aber nichts geschah. Sie ging auf das Haus zu und rief lachend, bevor sie es betrat:

„Warte auf mich! Jetzt habe ich wenigstens Gelegenheit, das Badezimmer auszuprobieren!"

240

12

Peggy dachte an das Gespräch, das sie vor wenigen Tagen mit Scott geführt hatte und an seine widerstrebende Haltung, als sie ihm ihren Plan erklärte. Sie hatten einander geliebt und lagen nun auf dem Bett.

„Was macht übrigens dein Liebhaber, dieser hergelaufene Südländer?"

„Erstens ist er nie mein Liebhaber gewesen, und zweitens sind die Griechen keine hergelaufenen Südländer."

„Und was sonst?" fragte Scott träge, während seine Hand langsam in Richtung auf Peggys Brust aufwärtswanderte.

„Zu der Zeit, als deine Urahnen noch nicht einmal auf die Idee kamen, auf eine Palme zu klettern, bauten die seinen bereits an der Akropolis."

„Ist er Jude?"

„Griechisch-orthodox. Du bist ein schmutziger Rassist!"

„Noch ärger. Ich traue ihm nicht. Er ist zu reich."

„Und du, bist du vielleicht arm?"

„Bei mir ist das anders! Mich kann niemand verdächtigen. Ich habe nie etwas getan, um mein Geld zu verdienen!"

„Und stolz bist du auch noch darauf! Aber jetzt ist das endgültig vorbei. Es wird Zeit, daß du lernst, auf eigenen Beinen zu stehen!"

„Das ist zu anstrengend. Sag einmal, bist du vielleicht im Begriff, bei mir Mamas Rolle zu übernehmen?"

„Laß das, Scott! Ich meine es ernst!"

„Und was findest du eigentlich an ihm?"

„An wem?"

„An deinem Griechen?"

„Ich habe ihn ein einziges Mal gesehen. Weißt du, was Dodino von ihm sagt?"

„Wer?"

„Amore Dodino, ein verrückter Tenor. Du wirst ihn übermorgen bei Nut sehen. Er sagt von Satrapoulos, daß er schön wie Krösus ist! Jetzt vergiß einmal, daß ich hergelaufene Südländer mag, und mach dich mit dem Gedanken vertraut, daß man Wahlen im Handumdrehen gewinnt, wenn man mit Krösus paktiert!"

„Mit seinem Geld und deinen Ideen . . ."

„Jawohl, mein Lieber, genau das! Und du kannst dem Himmel danken, daß du jemandem begegnet bist, der für dich denkt!"

Sie löste sich von ihm. „Bist du jetzt zufrieden?"

„Nicht ganz. Jetzt erkläre mir noch, was dich dazu gebracht hat, dich mit diesem debilen Kretin zu verloben?"

„Ich wollte dich ärgern!"

„Aber was hatte ich dir denn getan?"

„Du hättest eher um meine Hand anhalten sollen!"

„Siehst du ihn noch?"

„Tony? . . . Nein . . ."

„Ja oder nein?"

„Ja. Er hat noch nicht aufgegeben."

„Liebt er dich immer noch?"

„Er? Du bist komisch! Nein, er ist nur böse. Er sagt, daß ich ihn zum Gespött von ganz Amerika gemacht habe."

„Dieser Ruf ist ihm schon vorausgeeilt, bevor er dich kennengelernt hat. Belästigt er dich? Soll ich mich um ihn kümmern?"

Das Lächeln war aus Peggys Gesicht verschwunden. „Laß das, ich bin groß genug, ihm den Schnabel zu stopfen, wenn er nicht aufgibt. Es ist ja deinetwegen, verstehst du, ich habe immer Angst, daß er einen Skandal macht . . ."

„Hör mir zu . . ."

„Nein, bitte! Das geht nur mich an."

„Wie du willst . . . Sag mir, dein Grieche . . . Wieso will er meine Wahlwerbung finanzieren?"

„Ich habe nie gesagt, daß er es will! Ich habe gesagt, daß man es versuchen sollte."

„Und wenn ich gewählt bin, wird man sagen, daß ich es mit dem Geld einer zweifelhaften Type geschafft habe. Das fehlte noch! . . ."

„Mein Kleiner! Glaubst du wirklich, daß man sich noch Fragen stellen wird, wenn du einmal gewählt bist?"

„Ich habe nämlich vorgestern etwas erfahren. Von einem Freund im Senat. Der Bursche ist am absteigenden Ast. Wir haben geglaubt, daß alles in Ordnung ist, aber sie sitzen ihm am Hals. Die Finanzbehörden können ihm nicht verzeihen, daß er sie reingelegt hat. Er wird sie nie wieder los. Zuallererst holen sie sich jetzt einmal zehn Millionen Dollar. Aber das ist erst der Anfang! Die großen Erdölgesellschaften haben von der Regierung kategorisch verlangt, er müsse ruiniert werden."

„Nicht, wenn ihm jemand hilft."

„Glaubst du, daß es so verrückte Leute gibt, die auf ein krankes Pferd setzen?"

„Ja, dich. Wenn ein Gaul tausend Millionen Dollar hat, so wird er gewinnen, ob es die anderen wollen oder nicht!"

„Nein! Wenn man erfährt, daß es zwischen ihm und mir Verbindungen gibt, ist es mit meiner Wahl vorbei!"

„Ja, und wenn nicht, hast du die Wahl in der Tasche. Versuch einmal klarzusehen. Dieser Bursche ist ein Spieler, und in seinen Augen bist du eine Figur mit steigendem Wert. Wenn wir es richtig anpacken, macht er mit! Seit wann stinkt denn Geld?"

„Seines stinkt."

„Und die Großindustrie, die dich finanziert, wer leitet die?"

Scott sah sie lange an. „Weißt du, daß er gesessen hat?"

„Er? . . ."

„Allerdings . . ."

„Und wo? . . ."

„Hier. In New York."

„Trunkenheit am Steuer?"

„Sehr witzig. Ich sage dir, es ist aus mit ihm."

„Erzähl."

„Sie haben ihn vor zwei Jahren geschnappt, die Steuerfahndung. 1945 war in ganz Europa kein Schiff mehr aufzutreiben, der Krieg hatte alles vernichtet. Die Reeder waren fast alle pleite. Fast alle, nur die Griechen nicht, darunter der deine. Vor dem Krieg hatten die Kerle die Gewohnheit, ihre Schiffe weit unter ihrem Wert versichern zu lassen, um niedrigere Prämien zu zahlen. 1939 hatten die Gesellschaften endgültig genug davon, sich ums Ohr hauen zu lassen. Sie beschlossen, jedes unter griechischer Flagge laufende Schiff pauschal zu versichern, ungeachtet seines echten Werts. Auch das war ungerecht, denn sie mußten für die alten Kähne weit mehr blechen, als sie wert waren. Und als der Krieg aus war, wer tauchte als erster am Reklamationsschalter auf? Die Griechen! Da hieß es: Wir wollen Entschädigungen, und wir können nicht warten, bis sich Lloyd's endlich entschließt, und es ist ihre Pflicht, und so weiter. Tonnenweise haben sie das Geld einstecken können! ..."

„Genial!"

„Warte! Denk auch an die anderen, an die zahllosen Amerikaner, die währenddessen ihr Leben gelassen haben!"

„So ist das Leben, oder?"

„Das Leben der anderen. Wie mein Bruder, zum Beispiel."

„Entschuldige, Scott."

„Schon gut ..."

„Natürlich, das mit deinem Bruder ist häßlich. Aber wenn man ehrgeizig ist wie du, muß man auch Realist sein."

„Kaum hatten wir Europa befreit, haben wir unser Überschußgut abgestoßen. Sie hatten keine einzige funktionierende Werft. Und wer hat sich auf unsere Liberty-Schiffe gestürzt?"

„Die Griechen!"

„Gewonnen! Du kannst ruhig sagen: der Grieche. Allein Satrapoulos hat fünfundzwanzig Stück gekauft, um einen Spottpreis, zwölf Millionen Dollar. Und ab ging's. Vom Almosenempfänger war er zum ersten Konkurrenten unserer eigenen Ölflotte geworden."

„Na und? Ist das nicht legal?"

„Leider ja. Aber unsere Reeder waren unzufrieden. 1947 haben wir ein zweites Mal verkauft. Diesmal mußte man bereits amerikanischer Staatsbürger sein, um von dem Manna zu profitieren."

„Nicht sehr fair."

„Mach dir keine Sorgen, er hat sich sehr gut aus der Affäre gezogen! Er hat nämlich amerikanische Gesellschaften gegründet oder welche gekauft, die vor dem Ruin standen. Natürlich hat er ihnen in den neuen Holdings die Majorität überlassen, aber nachdem er ja alles finanzierte ... Auf diese Art hat er weitere dreißig Schiffe erstanden!"

„Er hat sie doch bezahlt, oder nicht?"

„Fünfundvierzig Millionen Dollar."

„Und was hat er sich dabei vorzuwerfen?"

„Nichts. Aber in der Zwischenzeit hatten ihm seine Schiffe schon fünfzigmal mehr eingebracht!"

„Aber . . . ihr seid ja nur neidisch!"

„Als wir dann endlich die Nase voll hatten, haben wir die Steuerbehörde auf ihn gehetzt. Sie haben achtzehn seiner Schiffe beschlagnahmt, die innerhalb der amerikanischen Gewässer waren . . ."

„Bravo! Sehr elegant! Sag einmal, Scott, wer ist jetzt eigentlich der Dieb in deiner Geschichte? Ich hoffe, daß er seine Frachter zurückbekommen hat?"

„Wie ihm das egal war! Sie waren ohnehin schrottreif und hatten ihm mehr als genug eingebracht! Zu diesem Zeitpunkt hat er seinen einzigen Fehler gemacht: Er kam nach New York. Man lochte ihn ein."

„Lange?"

„Leider nein, eine Nacht!"

„Und ihr wart wieder die Dummen!" lachte Peggy.

Scott hielt nur mit Mühe sein Lächeln zurück. Es stimmte, bis jetzt hatte der Grieche sie immer reingelegt! Er hatte Humor genug, auch den Rest der Geschichte zu erzählen.

„Am nächsten Tag mußte man ihn freilassen, weil uns ein Rudel internationaler Anwälte die Hölle heiß machte, aber wir haben ihm eine Transaktion aufgezwungen: Er mußte dreißig seiner Schiffe unter amerikanische Flagge stellen, damit nicht mehr er, sondern zwei amerikanische Staatsbürger den Trust kontrollieren konnten."

„Hat er eingewilligt?"

Scott lachte. „Sofort!"

„Warum lachst du? Was ist daran komisch?"

„Die beiden Amerikaner, weißt du, wer sie sind? Seine eigenen Kinder, die er bei ihrer Geburt in den Vereinigten Staaten naturalisiert hatte! . . . Siebenjährige Gören als Präsidenten! Und er hat das Erziehungsrecht!"

„Aber Scott, das ist ja phantastisch! Scott! Du bist nicht fair! Du solltest eigentlich den Hut vor ihm ziehen!"

„Ja, beim Begräbnis. Aber alles hat ein Ende. Jetzt werden sie ihm ernste Schwierigkeiten machen. Und sein Schwager beteiligt sich an der Hetzjagd."

„Kallenberg? Du erinnerst dich doch, ich habe dir von ihm erzählt? Als wir uns kennenlernten, kam ich gerade von einem Fest bei Kallenberg."

„Und ich habe wie ein Idiot auf dich gewartet!"

„Du Ärmster. Wie sehr hast du wohl leiden müssen ... Weißt du, es ist komisch, Satrapoulos und Kallenberg hassen einander. Und gemeinsam hassen sie ihre Schwiegermutter, die alte Mikolofides."

„Könnte von Sophokles sein."

„Ja, in dieser Familie kommt es nur darauf an, wer wen am schnellsten um die Ecke bringt! Die alte Matrone versucht ihren Schwiegersöhnen ins Geschäft zu pfuschen, die beiden Schwestern haben nichts anderes im Kopf, als sich gegenseitig die Männer auszuspannen ..."

„Feine Gesellschaft ..."

„Zwei arme Närrinnen, völlig bedeutungslos. Ganz zu schweigen von der dritten, die ziemlich verrückt sein soll, ein bißchen mystisch angehaucht. Du wirst doch nicht auf so einen Verbündeten verzichten! Komm zu Nut, nur eine Stunde, damit du ihn wenigstens siehst!"

„Wird er wirklich da sein?"

„Natürlich! Nut lädt zu jeder ihrer Scheidungen alle ihre ehemaligen Liebhaber ein!"

„Sie war mit ihm liiert?"

„Immer zwischen zwei Hochzeiten."

„Schöne Freundinnen hast du."

„Kümmere ich mich um deine Freunde?"

„Schön. Und wer sagt, daß er wirklich kommt?"

„Hast du schon von der Menelas gehört?"

„Ja, natürlich. Sie singt ...?"

„Nein, du Barbar, sie spielt Klavier!"

„Und?"

„Ich habe von Nut erfahren, daß Satrapoulos ein Bewunderer der Menelas ist, und Nut hat ihn wissen lassen, daß sein Idol zu dem Fest kommen wird. Also kommt er auch."

„Sie wird doch hoffentlich nicht spielen!"

„Träumer! Das gesamte Geld aus deiner Parteikasse würde nicht reichen, um ein Konzert von ihr zu bezahlen!"

„Wie blöd war ich doch, als Kind die Klavierstunden zu schwänzen!"

„Wenn es wenigstens deine einzige Dummheit geblieben
wäre!"

Sie stürzte sich plötzlich auf ihn und küßte ihn. Bei Scott war
das die einzige Möglichkeit, das letzte Wort zu haben.

Nachdem sie Rita abgesetzt hatten, fuhren Raph und Amore ins
„Pierre" zurück.

„Ich bin hungrig . . .", erklärte Dun.

„Du bist wirklich ein Tier . . . Fressen, schlafen, huren . . ."

Das Taxi setzte sie vor dem Hotel ab. In der Halle begrüßte
Raph den Nachtportier, den alten Léon, den er seit Jahren
kannte. Léon wußte mehr über die High-Society, als ihr lieb
sein konnte. Oft schon hatte Raph ihm hohe Summen angeboten, wenn er ihm seine Erinnerungen zur Veröffentlichung
überließe. Aber Léon hatte seine Arbeit gern und wollte nicht
riskieren, sie zu verlieren. Auch Dodino war ihm längst kein
Unbekannter mehr, und er wußte, was er von ihm zu halten
hatte.

„Eigentlich habe ich auch noch Hunger", sagte Amore.

„Wenn du unbedingt willst, dann essen wir eben noch was."

„Bei mir oder bei dir?"

„Wie du willst."

Ein Liftboy brachte sie hinauf. Einmal mehr versetzte Amore
dem Snobismus von Raph einen empfindlichen Schlag. Sie
durchquerten drei Zimmer, bevor sie in den Salon gelangten.

„Wie schaffst du das eigentlich? Du reist doch nicht auf
Spesen!"

„Viel besser: Ich werde eingeladen. Und jetzt vertraue ich dir
ein Geheimnis an. Es gibt viele Leute, die mich noch dafür
bezahlen würden, damit ich an ihren Festen teilnehme."

„Und worauf führst du das zurück?"

„Ich bin Päderast. Ich unterhalte die Damen und beunruhige
die Herren nicht. Du bist für beide eine Gefahr. Setz dich . . ."

Er ergriff das Telefon und bestellte, ohne seinen Freund zu
fragen: „Massenhaft Kaviar und Veuve Cliquot, Brut 51 . . ."
Und zu Raph: „Okay?"

Dun nickte und machte es sich im Armsessel bequem,
während Dodino den Hörer auflegte.

„Ich bin todmüde", seufzte Raph.

„Die Arbeit?"

„Man wird alt."

„Und aussehen wie Tarzan! Vielleicht ist es die Menopause?"

„Die hab' ich lang hinter mir . . ."

„Nur nicht aufschneiden. Wie alt bist du?"

„Das sage ich nicht."

„Typische Antwort einer Frau vor Beginn des zweiten Frühlings."

„Bitte. Wenn du unbedingt willst: Ich bin genauso alt wie du."

„Nicht möglich! Okay, verstanden. Für mich bleibst du immer jung."

„Hast du mich eigentlich schon genauer angesehen?"

„Öfter, als du denkst."

„Und?"

„Du bist genau mein Typ. Ich habe Männer gern, richtige Männer!"

„Und was ist das bitte, ein richtiger Mann?"

„Genau das Gegenteil von einem kleinen Schlurf oder einem Warmen."

„Man soll nicht das eigene Nest beschmutzen . . ."

„Tut mir leid, aber ich fühle mich nicht betroffen."

„Und in welche Kategorie reihst du dich denn ein?"

„Die Homosexuellen. Wie schon der Ausdruck sagt, die Leute, die sich von Personen des eigenen Geschlechts angezogen fühlen. Nähere Erklärung gefällig?"

„Danke, danke, bin im Bilde . . ."

„Und damit sind wir bei meinem Problem. Wenn ein Mann mir wirklich gefallen soll, darf er kein Warmer sein. Und wenn er keiner ist, hab' ich keine Chance . . ."

„Du hast doch immer einen ganzen Hofstaat hinter dir . . ."

„Warme, nichts als Warme! Stell dich nicht dümmer, als du bist. Du brauchst keine Angst zu haben, daß du etwas von deiner Männlichkeit einbüßt, wenn du dich von mir bewundern und betasten läßt."

Raph begann sich in seiner Haut ungemütlich zu fühlen. „Laß das . . ."

„Wie stellst du dir das Leben eigentlich vor? Gelegenheit macht Warme. Die Armee, das Gefängnis, die Schule, der Sportplatz . . . ganz zu schweigen von der Marine oder dem

Krieg. Vietnam. Mit wem, glaubst du, entspannen sich die hehren Krieger? Mit ihren vietnamesischen Boys!"

„Wenn man keinen Kaffee hat, trinkt man eben Ersatzkaffee."

„Und was gefällt dir an deinen Gänsen besser? Was haben sie denn mehr als ich?"

Raph lehnte sich zurück und lachte. „Was mir gefällt, ist eben nicht das, was sie mehr, sondern was sie weniger haben als du."

„Ach wie lustig! Warte eine Sekunde."

Dodino verschwand im Badezimmer und tauchte nach einer Minute in einen tiefroten goldbestickten Morgenrock gehüllt wieder auf. Raph wollte etwas sagen, aber er überlegte es sich wieder und wartete, bis Amore sprechen würde. Doch dieser machte keine Anstalten zu reden. Er setzte sich Raph gegenüber und sah ihm spöttisch in die Augen. Raph rutschte unruhig auf seinem Sessel hin und her.

„Du, ich werde immer hungriger . . ."

Dodino sah ihn immer noch an. Sein Blick verriet Grausamkeit und Wohlbehagen. Nach einem tiefen Seufzer öffnete er endlich den Mund: „Ach! wenn du nur wolltest!"

„Wenn ich was wollte?"

„Du und ich, wir würden es zu etwas bringen. Du wärst reich!"

„Wozu? Ich lebe bereits wie ein Millionär."

Neuerlicher Seufzer: „Wie schade . . . So ein schöner Mann . . ."

„Nein danke, gnädige Frau . . . Sie müssen mich mit jemandem verwechseln."

„Idiot, der ich bin! Wie konnte ich mich nur in so etwas Vulgäres verlieben!"

„Danke, sehr schmeichelhaft."

„Du hast keine Ahnung, wie schön du es hättest. Alles, was eine Frau dir geben kann, habe ich auch. Alles, und keine Schwierigkeiten, keine Eifersucht, keine hysterischen Anfälle . . . Raph, hör mir zu . . ."

Raph wußte nicht, ob er lachen oder weinen sollte. Dodino war von seinem Sessel auf den Boden gerutscht und hatte, ohne Unterlaß redend, die Entfernung, die ihn von Dun trennte, auf den Knien zurückgelegt. Er faßte nach Raphs Hand und sprach, immer noch zu seinen Füßen kniend, ständig weiter. „Hör zu ... Wir sind im Mittelalter ... Knappenliebe ... Nein, das ist blöd. Wir sind mitten im 18. Jahrhundert ... Gefährliche Liebschaften ... Choderlos de Laclos ... Wir sind beide in einer Garnison gefangengehalten, und ich bin deine Ordonnanz ... Du willst, daß ich dir die Stiefel ausziehe ... Ich bin auf Knien ... vor dir auf Knien ..."

Raph versuchte krampfhaft, die Hand freizubekommen, die Amore mit beiden Händen hielt und knetete. „Amore, laß den Blödsinn, ja!"

Aber Dodino hatte jetzt seinen Kopf auf die Knie des Journalisten gelegt und ließ nicht los. In diesem Augenblick betrat Léon das Zimmer, das Tablett mit Kaviar und Champagner in den Händen balancierend. Der Angestellte versuchte, den Blick auf die Flasche zu heften, die zu öffnen er sich anschickte.

„Lassen Sie! ... Lassen Sie! ...", sagte Amore. „Wir machen das schon ..."

Raph sprang wie von einer Tarantel gestochen auf und ging auf die Tür zu.

„Wo gehst du hin?" rief ihm Amore nach.

„Ich lege mich nieder."

„Aber ... Und der Champagner ... und der Kaviar ... Willst du den Kaviar nicht kosten?"

„Deinen Kaviar kannst du dir in den Arsch stecken! Mir ist der Hunger vergangen!"

Er schlug die Tür hinter sich zu. Dodino wandte sich zu Léon: „Also wirklich, haben Sie das gehört! Wie kann man nur so gewöhnlich sein!"

Léon ging nicht darauf ein und sagte nur: „Wenn Monsieur etwas brauchen, können Monsieur jederzeit nach mir läuten." Und ging ebenfalls würdevoll ab.

Der Grieche stand im Zimmer seines Appartements im „Pierre" vor dem Spiegel und lächelte bitter. Entweder war der Anzug schlecht geschnitten, oder war *er* schlecht gebaut. Die drei Anzüge aus schwarzem Alpakastoff sahen wie verknitterte Sonntagskleider eines Provinznotars aus, sobald er sie anzog. Und schuld war weder sein Schneider noch seine Anatomie. Trotz seiner gedrungenen Gestalt war sein Körper ebenmäßig und ohne überflüssiges Fett. In der Badehose ging es gerade noch. Aber wenn er ein Hemd überzog, sah er aus wie ein levantinischer Teppichhändler. Warum? Er wußte es nicht. Es war einfach so. Zuerst hatte er die Schneider beschuldigt, die Arbeit zu sabotieren, aber schließlich resignieren müssen.

Seine neueren Anzüge standen ihm noch schlechter als die alten, die er vor zwanzig Jahren hatte anfertigen lassen und immer noch trug. Bei seiner Gestalt konnte keine Rede davon sein, etwas anderes zu tragen als Schwarz. In seinen Wohnungen in Paris, London, Athen, Rom, New York, Mexiko oder München stand überall der gleiche Schrank mit einigen Hemden und den fünf schwarzen Anzügen. Nichts sonst.

Er zog das Sakko aus und ließ es zu Boden fallen, während er die Krawatte abnahm. Dieser idiotische Abend bei Gus Bambilt ging ihm auf die Nerven. Wenigstens würde die Menelas da sein. Lindy Nut hatte es ihm freundlicherweise mitgeteilt. Erstaunlich eigentlich, denn im allgemeinen suchte Nut allzu schöne Frauen von ihm fernzuhalten und ärgerte sich über jedes seiner Komplimente, das einer anderen galt. Sie kannten einander seit zehn Jahren. Bei ihrer letzten Hochzeit war sie freundlich genug gewesen, einen Ölmillionär zu heiraten, der zu Satrapoulos' besten Kunden gehörte.

Der Grieche konnte sich nicht an die Vorstellung gewöhnen, eine Scheidung wie eine Taufe zu feiern, und verstand nicht, wie eine so geheiligte Institution am Tage ihrer Auflösung den Vorwand zu einem zweifelhaften Fest liefern konnte. Die beiden hatten allerdings auch schon Übung! Big Gus stand bei seiner elften Scheidung, Nut hielt bei Nummer drei.

Nur Amerikaner konnten verrückt genug sein, sich dauernd scheiden zu lassen. Es rief Zorn bei ihm hervor, ohne daß er wußte, ob er dies seiner Erziehung, seiner Familie oder seinen Prinzipien zuschreiben sollte. Im übrigen wollte er es gar nicht wissen. Diese Frage aufwerfen hätte bedeutet, den Waffenstillstand in Frage zu stellen, den er in seinen Beziehungen zu Lena so mühsam erreicht hatte. Seit zwei Jahren trafen sie einander praktisch nicht mehr, obwohl jeder alles unternahm, um den Schein einer glücklichen Ehe aufrechtzuerhalten, die Kinder, die Familie . . . In den ersten Monaten nach seiner Hochzeit hatte er für Lena sehr viel empfunden, doch eines Tages hatte ihr kindlicher Körper aufgehört, ihn zu interessieren.

Lena wieder verstand nichts von der Arbeitswut, die ihren Mann beseelte. Manchmal versuchte er, ihr seine Ziele zu erklären, die unfehlbaren Wege, die dahin führten. Es interessierte sie nicht.

Er schlüpfte neuerlich in das erste der drei bereitliegenden Sakkos, auf ein Wunder hoffend. Noch schlimmer als vorhin. Die wenigen Gelegenheiten, die Lena hatte, mit ihm zu reden, benützte sie dazu, ihm seinen mangelnden Schick vorzuhalten. Ansonsten hörte sie ihn mit wohlerzogenem Interesse an und verlor sich in mysteriöse und endlose Wunschträume, während sie höflich zu seinen Erklärungen nickte, stets zugegen und doch immer abwesend. Woran dachte sie? Hatte sie einen Liebhaber, oder mehrere? Und wenn ja, wieso wußte er nichts davon? Da war dieser Schauspieler, von dem er annahm, daß er Lena gefiel. Er hatte es festgestellt, als er bemerkte, daß er als einziger Lena nicht öffentlich den Hof machte. Aber dieser leere Schönling stand doch ständig unter der Aufsicht des alten Drachens, den er geheiratet hatte.

Eines Tages hatte Irene es gewagt, eine Anspielung auf dieses Thema zu machen. Sie hatte wissen wollen, ob er nicht eifersüchtig sei auf die Männer, die seine Frau ohne Unterlaß umschwirrten. Er hatte ihr erklärt, daß er die Huldigungen als an sich selbst gerichtet auffasse, wie man eben dem Besitzer eines seltenen und kostbaren Kunstwerkes gratuliert.

Aber die Neugierde hatte ihn doch gepackt, und weil er seine Schwägerin nicht leiden konnte, hatte er über ihr Privatleben Erkundigungen anstellen lassen. Mit Erstaunen hatte er zur Kenntnis nehmen müssen, daß sie eine Unzahl von kurzlebigen Liaisons mit Hausangestellten, Popen oder Soldaten hatte. An sich eine traurige Nachricht, aber angesichts Kallenbergs Selbstherrlichkeit freute sie ihn doppelt. Stimmte es überhaupt? Es genierte ihn fast, es zu glauben. Aber wenn es bei seiner Schwägerin so war, warum sollten dann Irenes Anspielungen auf Lenas Lebenswandel keinen realen Hintergrund haben?

Unruhig ging er im Zimmer auf und ab. Ohne es zu merken, trampelte er mehrmals über die drei Anzüge, die noch immer auf dem Boden lagen, wie er sie fallengelassen hatte. Er ging in den Salon und griff nach einem Paket, das auf dem Tisch lag. Ärgerlich versuchte er, die Verpackung zu lösen, und ging wütend ins Badezimmer, um eine Rasierklinge zu holen. Aus dem Karton kollerten Kleider: ein Korsarenkostüm. Er begann es anzuziehen: schwarze, über den Knien ausgefranste Hosen, ein zerschlissenes, blutrotes Hemd, weiße Seidenstrümpfe. Und zum Schluß ein schwarzer Dreispitz mit dem üblichen Totenkopf. Er probierte mehrere Möglichkeiten, ihn aufzusetzen, um die am bedrohlichsten aussehende Variante zu finden. In den Salon zurückgekehrt, entnahm er dem Schirmständer einen Säbel. Er steckte ihn in seinen Gürtel. Er war nur leider so lang, daß er am Boden streifte. Er zog den Griff höher, der ihm jetzt bis an die Brust reichte. Diesmal hing die Spitze brav in der Luft. Er schob den Brustkorb heraus. Wenn er damit die Menelas nicht verführen konnte, dann nie mehr.

Peggy lag angezogen auf ihrem Bett, dicke Kamillenkompressen bedeckten ihre Augen. Wenn sie tagsüber zu viel Arbeit hatte, kam es vor, daß sie für eine Stunde verschwand, um nach Hause zu laufen und sich auszuruhen. Niemand durfte sie dann stören, und ihr Zimmermädchen wies alle ab. Den Telefonstekker zog sie ohnehin aus der Dose. Es war vier Uhr nachmittags, und sie war seit zehn Minuten da.

„Miss Nash . . .", sagte Claudette, die zögernd in der Tür stand.

„Was ist?"

„Es ist Mister Fairlane . . ."

„Lassen Sie ihn nicht herein!"

„Aber er ist bereits da . . ."

„Wer hat ihm gestattet . . ."

„Er hat nicht gefragt."

Peggy sprang auf. Von Zeit zu Zeit kam dieser Dummkopf wieder bei ihr vorbei. Er konnte einfach nicht begreifen, daß es eine Frau gab, die ihn nicht zu sehen wünschte.

„Wo ist er?"

„Unten."

„Es ist gut. Ich mache das schon."

Claudette verschwand. Peggy trocknete sich die Augen ab, strich ihr Kleid zurecht und fuhr sich mit der Hand durchs Haar.

Tony stand unten. Sie wartete, die Hand auf dem Geländer, bis er zu reden anfing.

„Nun? So will man also Tony Fairlane aus seinem Leben streichen?"

„Sprichst du jetzt schon in der dritten Person von dir? Was willst du?"

Er war wie immer elegant gekleidet, blauer Blazer, dunkle Klubkrawatte, und strahlte wie immer Selbstzufriedenheit aus. Tony liebte sich, daran war nicht zu rütteln. Nie hatte Peggy es fertiggebracht, ihn von sich selbst zu lösen. Wenn er sagte: „Ich liebe dich" – zweimal war es vorgekommen, davon einmal in nüchternem Zustand –, hieß das: „Ich liebe mich". Das eine Mal, als er ihr es gesagt hatte, ohne betrunken zu sein, hatte sie zufällig bemerkt, daß sich hinter ihrem Rücken ein Spiegel befand, in dem Tony sich, während er diese Worte sprach, betrachtete; seine Liebeserklärung war an sein eigenes Spiegelbild gerichtet. Damals wollte Peggy sich noch einreden, daß sie ihn mochte, wollte ihre sinnlose Verlobung rechtfertigen. Später hatte sie es sich eingestanden, daß sie sich mit ihm verlobt hatte, weil er reich war und es Scott ärgern würde. Tonys Vater besaß einen gewichtigen Anteil der Stahlwerke von Detroit, und nach seinem Tod hatte die Witwe ihre Liebe ganz dem legalen Erben und Sohn zugewendet.

Schon als Kind ließ Tony Fairlane die Ansätze eines schlechten Charakters erkennen. Mit vierzehn wußte er, daß er der schönste, reichste, intelligenteste und unersetzlichste von allen war. Die wenigen Freunde, die sich seines reichhaltigen Taschengelds wegen an ihn klammerten, konnten ihn nicht ausstehen. Mit zwanzig war er Alleinerbe eines riesigen Vermögens und verschwendete all seine Energie auf die Wahrung seines Rufs, wechselte regelmäßig die Autos, kaufte seine Anzüge prinzipiell nur im Dutzend und besaß eine Sammlung von mehreren hundert Paar Schuhen. Aus seinem Kielwasser war die Schar weiblicher Schönheiten nicht mehr wegzudenken. Stets auf der Suche nach dem Überflüssigen des Lebens, begannen die Klatschspaltenautoren in den Zeitungen ihr Augenmerk auf ihn zu richten, und Tonys Eitelkeit und Arroganz nahmen weiter zu.

Zu dieser Zeit lernte Peggy den jungen Scott kennen. Noch wartete sie, daß er sie um ihre Hand bitten würde, aber sein beharrliches Schweigen führte innerhalb weniger Wochen zu ihrer Verlobung mit Tony Fairlane. Ob Enttäuschung oder unbewußter Racheplan, sie wußte es nicht. Sie hatte Tony, dessen neueste Marotte die Zucht von Vollblutpferden war, bei einem Reitwettbewerb kennengelernt, dessen gesellschaftlicher Mittelpunkt sie war.

Sie verjagte die unangenehmen Erinnerungen. „Was willst du?"

Tony lachte, um seine Unsicherheit zu verbergen. „Glaube nur ja nicht, daß deine beabsichtigte Heirat so ohne weiteres vonstatten gehen kann."

„Was heißt das?"

„Nichts. Ich meine es nur ganz allgemein." Er begann eine Wanderung durch den Raum. „Ich höre, du willst Scott Baltimore heiraten."

„Was geht dich das an?"

„Weißt du, daß sein Großvater Alkoholschmuggel betrieben hat?"

„Und deiner, was war der? Bist du überhaupt sicher, daß du einen Großvater hast?"

„Peggy, laß dieses Spiel . . . Ich warne dich! Gib acht, was du sagst."

„Ist das alles?" fragte sie kalt.

„Nein. Du bist nicht frei! Du bist mir Rechenschaft schuldig! Weißt du, wieviel du mich gekostet hast? Weißt du, wieviel ich für dich ausgegeben habe?"

„Und?"

„Du mußt es mir zurückerstatten!"

„Du bist auf den Kopf gefallen!"

„Ich habe dir Schmuck geschenkt, Pelze, alles! Eine kleine Nutte wie du wird mich nicht lächerlich machen!"

„Armes Schwein! Ich weiß nicht einmal, wovon du redest. Wenn es finanziell etwas zwischen uns zu regeln gibt, wende dich an meinen Anwalt. Oder an dein Mamachen!"

„Hältst du mich für einen Trottel?"

„Ja. Jedermann hält dich für einen Trottel."

Er schritt drohend auf sie zu. Blitzschnell holte sie aus und verabreichte ihm eine schallende Ohrfeige.

Er blieb stehen, Entsetzen in den Augen, griff mit der Hand an seine gerötete Wange.

„Du bist verrückt!" stammelte er.

„Geh zurück."

„Aber hör doch . . ."

„Zurück!"

Er trat drei Schritte zurück und blieb bewegungslos mit hängenden Armen stehen.

Peggy steckte sich eine Zigarette an. „So, jetzt pack aus! Wenn du mir wirklich etwas zu sagen hast, dann rede!"

Er schwieg.

Sie fuhr fort: „Mama Fairlane hat dir geraten, herzukommen, nicht wahr, mein Liebling? . . . Nun?"

Tony stieg nervös von einem Bein aufs andere.

„Ich werde dir etwas sagen", fuhr Peggy fort. „Wenn ich dich sehe, habe ich Lust zu kotzen . . ."

„Peggy . . ."

„Halt 's Maul! Ich spreche nur mit Männern. Hör mir jetzt zu . . . Wenn du je etwas machen solltest, um mir zu schaden, wenn du den geringsten Skandal machen oder mich ärgern willst, ich schwöre dir, ich zahl' dir's heim! Wo du auch bist, ich finde dich und zahl' dir's mit Zinsen und Zinseszinsen zurück!"

Er antwortete immer noch nicht.

„Vergiß es nie! Und jetzt hinaus. Aber sofort!"

Er zögerte.

„Hinaus!"

Als er an ihr vorbeikam, um den Raum zu verlassen, stand plötzlich Claudette in der Tür. Sie hatte die letzten Worte mit angehört und verfolgte ungläubig die Szene.

Peggy herrschte sie an: „Sie brauchen den Herrn nicht hinauszubegleiten. Er betritt dieses Haus nicht mehr."

13

Hermann Kallenberg und Gattin kamen um elf Uhr auf dem Flughafen von New York an. Eine Stunde später betraten sie die Halle des „Carlyle". Um dreizehn Uhr waren die Bilder, von denen Kallenberg sich bei keiner Reise trennte, in seinem Appartement aufgehängt, ein Raffael, ein „kleiner" Cranach, ein Selbstporträt von Rembrandt und ein Van Gogh. Der echte Canaletto und die falschen Gericaults, die vorher die Wände geziert hatten, waren ins Depot gewandert. Um 13 Uhr 30 bemerkte Irene, daß die Tapisserien und Möbel in ihrer Zimmerflucht sich äußerst schlecht auf ihren Gemütszustand auswirkten, und verlangte auf der Stelle britische Stilmöbel. Schüchtern warf die Hoteldirektion ein, daß dies seine Zeit brauchen würde. Blaubart mischte sich ein. In der Öffentlichkeit verzichtete er nie darauf, zu zeigen, daß der geringste Wunsch seiner Frau einem Befehl gleichkam. Er versteifte sich also darauf, daß alles noch vor dem Diner ausgewechselt werde, Kosten und Ähnliches wären nebensächlich.

Um 14 Uhr nahmen Arbeiter und Innenarchitekten Besitz vom Appartement und entfalteten fieberhafte Tätigkeit, während Irene sich nach einem Einkaufsbummel bei Jack Hanson zu Alexandre fahren ließ, um ihre Frisur zu ändern. Kallenberg war in einem Dampfbad in der Nähe des Central Park.

Punkt 19 Uhr tauchten sie in der Halle des „Carlyle" auf, wo der Direktor sie in Empfang nahm, um sie hinaufzubegleiten.

„Ich glaube, Sie werden zufrieden sein. Kommen Sie."

Das Appartement war nicht wiederzuerkennen. Kallenbergs Bilder kamen durch eine von Meisterhand gesetzte Beleuchtung glänzend zur Wirkung. Irene verlieh ihrer Zufriedenheit über das neue Mobiliar mit leichtem Nicken Ausdruck, Blaubart murmelte „Ausgezeichnet ... ausgezeichnet ..." vor sich hin, als er die riesigen Blumengebinde und die Flasche Veuve Cliquot Brut 47 sah, die in einem silbernen Eiskübel bereitstand.

Der Direktor war stolz auf sich. Es grenzte ans Wunderbare, daß er es fertiggebracht hatte, alles innerhalb so kurzer Zeit umzubauen. Sie hatten New York auf den Kopf stellen müssen, um das Erforderliche zu bekommen, und auch er selbst hatte mit Hand anlegen müssen.

„Nun . . .“, begann er, „. . . jetzt, da alles nach Ihren Wünschen geraten ist, wollen Sie mir bitte sagen, wie lange die Herrschaften zu bleiben gedenken.“

„Achtundvierzig Stunden“, antwortete Kallenberg freundlich. „Wir reisen übermorgen ab.“

Es war kaum eine Stunde seit Tonys Hinausschmiß vergangen, als Peggy vor Lindy „Nut“ Bambilts Haustür stand. Sie waren so eng befreundet, daß, wenn eine von ihnen die andere dringend sehen wollte, sie sie einfach anrief. Peggy war mehr durcheinander, als sie es sich eingestehen wollte, und ließ sich in einen Armsessel fallen.

„Gibst du mir etwas zu trinken?“

„Etwas Ernstes?“ wollte Nut wissen, während sie Flasche und Gläser aus der Bar nahm.

„Bist du allein?“

„Ja, warum?“

„Gus ist nicht da?“

„Nein. Was ist denn los?“

„Ach! Nichts . . .“

„Also, rede schon!“

Peggy griff nach dem Glas.

„Willst du Eis?“

„Nein danke. Pur.“

„Erzähle.“

„Ach, es ist dieser Idiot . . .“

„War er wieder da?“

„Ja.“

Nut zögerte. „War es . . . schlimm?“

„Mit ihm immer. Halte ich dich auf?“

„Kindskopf.“

„Ich meine, wegen der Scheidung . . .“

„Ach, daran bin ich gewöhnt.“

Peggy lächelte und entspannte sich. So war Nut! Sie gab nie auf. Eine großgewachsene graziöse Person, dreißig oder fünfunddreißig, vielleicht sogar ein wenig älter. Jedenfalls hatte sie selbst zu Peggy nie von ihrem Alter gesprochen, und Peggy war diskret genug gewesen, sie nicht danach zu fragen. Auch die aufrichtigste Freundschaft hatte Grenzen.

„Willst du noch?“

„Wenn du mittrinkst . . .“

„Einverstanden. Erzählst du jetzt . . .“

Peggy berichtete in allen Einzelheiten. Nut staunte. „Nein! . . . Das hast du gemacht?“

Sie brachen beide in Lachen aus.

„Er ist ein Schwein! . . . Wenn Scott je erfährt, daß er bei mir war . . . Aber etwas anderes: Bist du auch sicher, daß Satrapoulos kommt?“

„Was glaubst du von mir!“

„Stimmt, habe ich beinahe vergessen.“

„Bei Sokrates und mir ist das anders, als du glaubst. Er ist weder ein Ehemann noch ein Liebhaber. Er ist mehr als das.“

„Scott hat so einen Dickschädel. Er wollte ihn partout nicht treffen.“

„Was hat er gegen ihn?“

„Er sagt, daß sie ihm in den Staaten Schwierigkeiten machen wollen.“

Nut lächelte und nickte. „Das versuchen sie schon lange. Er ist wirklich außergewöhnlich. Wenn du ihn erst richtig kennst, wirst du dich vielleicht in ihn verlieben.“

„Er könnte mein Vater sein. Versteh mich, es gibt so viele Leute, die Scott finanzieren. Warum sollte er es nicht, wenn er so reich ist?“

„Scott ist auch sehr reich.“

„Sicher, aber du hast keine Ahnung, wie teuer so etwas ist! Es gibt auf der ganzen Welt niemanden, der reich genug wäre, um allein eine politische Partei zu finanzieren!“

„Warum willst du unbedingt, daß Scott in der Politik Karriere macht?“

„Er ist dazu wie geschaffen! Du kennst ihn nicht! Er ist schön, er ist wunderbar, er ist . . . unwiderstehlich! Wenn du hören könntest, wie er von Dingen spricht, die ihn bewegen!... Jetzt braucht er noch jede hilfreiche Hand, aber später ... Du wirst schon sehen!... Wenn du sagst, daß Satrapoulos wirklich kommt ..."

„Du glaubst mir immer noch nicht, was?"

„Ich möchte so gern, daß sie einander begegnen!... Sie müssen einfach Freunde werden."

„Mach dir keine Sorgen, er wird da sein. Selbst wenn er es nicht für mich machen wollte, er muß wegen Gus kommen, das bleibt ihm nicht erspart. Sie machen zu viele Geschäfte miteinander. Du wirst sehen: Morgen abend ist hier ganz New York. In deinem ganzen Leben wirst du nie wieder so viele Reeder und Ölmagnaten auf einem Fleck versammelt sehen ..."

Emilio faszinierten diese Finger immer wieder. Jeder einzelne schien ein Eigenleben zu führen. Manchmal, wenn sie sie spreizte, lagen Daumen und Ringfinger in einer perfekten Geraden, die jeder Anatomie Hohn sprach. War es schon erstaunlich, daß Finger zu so unglaublicher Akrobatik fähig waren, wie aufwühlend war es dann noch, die Töne zu hören, die sie der Tastatur entlockten. Wenn Olympia spielte, mußte man entweder weinen oder applaudieren, je nachdem. Jedenfalls erging es Emilio so. Sein geschärftes Ohr wartete umsonst auf die letzte Note der Skala. Sie kam nicht.

„Tee!"

„Was?"

Es fiel ihm immer schwer, in solchen Momenten auf den Boden der Wirklichkeit zurückzufinden. „Sie will Tee", wiederholte er für sich, während er aufsprang, um nach dem Etagenkeller zu läuten. Olympia war großartig disponiert, seit sie aus Los Angeles nach New York gekommen waren. Immer waren sie im „Carlyle" abgestiegen, doch der Direktor des „Regency" hatte sie so gedrängt! Er hatte der Menelas in der obersten Etage eine riesige Suite eingeräumt, die er schalldicht hatte isolieren lassen. „Ich habe Ihr Appartement unter den zwei Gesichtspunkten ausgesucht, daß es neben Ihrem Genie auch Ihrer Schönheit würdig sein muß", hatte er galant erklärt und ihr die Hand geküßt.

Er wußte, daß die Menelas ihren Bechstein ebenso ständig bei sich haben wollte wie andere Sterbliche einen Ring oder eine Zahnprothese. Man mußte beide ertragen, oder auf beide verzichten, und für die Hoteldirektion war es eine ausgezeichnete Reklame, wenn die Menelas gerade hier abstieg. Im „Carlyle" hatten sich viele Gäste, von denen jeder einzelne selbst eine Berühmtheit war, beklagt. Nicht das Spiel der Menelas störte sie, sondern die Tatsache, daß es oft erst um vier Uhr morgens begann. Und da die Konstruktion des Hotels es nicht gestattete, die Räumlichkeiten abzudichten, hatte man den Star schweren Herzens ziehen lassen.

Ein *Maître d'hôtel* brachte den Tee auf einem silbernen Tablett herein, auf dem sich alle ebenso unnötigen wie unentbehrlichen Utensilien, von der Orchidee angefangen bis zur schweren silbernen Zuckerzange, befanden.

Emilio wandte sich zur Diva: „Wir haben ein langes Telegramm erhalten . . . Der Direktor der Concert Hall."

Keine Antwort. Geistesabwesend rührte Olympia in ihrem Tee.

„Wer, wir?"

„Nun . . . er hat an mich . . ."

„Warum sagst du dann *wir*?"

Emilio seufzte. „Er verlangt eine gigantische Konventionalstrafe wegen Nichterfüllung des Vertrags."

„Schick ihn zum Teufel!"

„Er wird zu Gericht gehen . . ."

„Zum Teufel!"

Emilio gestattete sich ein Lächeln. Sie war herrlich! Seit zwei Monaten waren alle tausend Plätze verkauft, eine ganze Stadt fieberte ihrer Ankunft entgegen, die Presse sprach nur von ihr, und dem aus einer Laune abgesagten Konzert hatte sie nichts entgegenzusetzen als dieses „Schick ihn zum Teufel", das meilenweit jenseits jeder Realität schwebte.

Er war es schon gewohnt. In Genf hatte sie nach einer Sonate das Konzert abgebrochen, weil man ihr nicht genug applaudierte. In Paris hatte sie bei einer Galavorführung nach einem Blick ins Publikum die Anwesenden „mittelmäßig" gefunden und es abgelehnt, vor Leuten zu spielen, „die zu ungebildet sind, um die Feinheiten meines Spiels zu begreifen". Und Emilio folgte hinterdrein und versuchte dann jeweils, alles wieder ins Lot zu bringen. Seine Beschäftigung als Impresario,

Botschafter der Künste und Sekretär nahm ihn so in Anspruch, daß er manchmal vergaß, daß er ihr Gatte war.

Der mächtige Emilio Gonzales del Salvador, trotz seiner hundertsechzig Zentimeter Körpergröße ein echter spanischer Grande, ließ es mit Inbrunst zu, daß Olympia die elf Silben seines stolzen Namens auf „Mimi" hatte zusammenschrumpfen lassen, wie sie ihn zärtlich nannte. Auf ihre Art liebte sie ihn, er wußte es, und jedenfalls war er für sie unentbehrlich. Es mochte vorkommen, daß auch er unter einem ihrer gefürchteten Wutausbrüche zu leiden hatte, aber wenn sie deprimiert war, müde oder krank, legte sie ihren Kopf an seine Schulter. Dann setzte sie sich zum Klavier, und die Magie ihres Spiels wußte Chopins Zauber so überzeugend zu gestalten, daß er hätte schwören können, nie wieder ihren Zorn ertragen zu müssen.

„Mimi!"

Erschreckt sprang er auf. „Ja?"

„Ruf Nut an. Ich will wissen, wann ihre Gäste kommen. Ich will sicher sein, daß ich nicht zu früh dort bin. Bei diesen Festen ist es wie in der Bibel: die Letzten werden die Ersten sein."

„Darf ich hereinkommen?"

„Wer sollte dich daran hindern? Schließlich bist du mein Mann."

Gus Bambilts Lachen klang unecht. Nie war ihm der Gedanke gekommen, daß eine Frau an ihm anderes lieben könnte als sein Geld. Wie die Huren hatte er auch seine Ehefrauen bezahlt. Er schloß die Tür hinter sich, machte ein paar Schritte und ließ seinen riesigen Körper so vorsichtig es ging auf den Rand des Bettes nieder.

„Es ist doch seltsam . . ."

„Was?"

„Unsere Scheidung... Warum lassen wir uns eigentlich scheiden?"

„Sag mir vorher, warum wir geheiratet haben. Vielleicht kann ich dir dann antworten."

„Du hast mir gefallen."

„Und sonst?"

„Das genügt doch, oder?"

„Ich weiß nicht."

„Ich war heute nachmittag beim Notar. Alles ist geregelt. Du bekommst alles, wie wir es besprochen haben."

„Gut. Hast du schon Mrs. Bambilt Nummer zwölf gefunden?"

Er warf ihr einen fragenden Blick zu. Machte sie sich über ihn lustig?

„Wer hat dir gesagt, daß es eine zwölfte Mrs. Bambilt geben wird?"

„Ach! Gus, sei lieb!... Nicht mit mir ... Hast du je versucht, länger als zwei Wochen Junggeselle zu sein?"

„Diese Frage habe ich mir nie gestellt. Ich war immer verheiratet."

„Warum?"

„Vielleicht weil ich die Einsamkeit hasse. Beim ersten Mal war ich siebzehn Jahre alt, und seither habe ich immer weitergeheiratet."

„Armer Gus ..."

„Und du, heiratest du noch einmal?"

„Sag, was hast du eigentlich, mein kleiner Gus?"

„Nichts. Ich wollte nur plaudern."

„Sag's doch schon."

„Es ist schwer ... Wie soll ich sagen ..."

„Nun?"

„Also ... Es ist komisch ... Morgen abend um diese Zeit sind wir geschieden, und du bist wieder frei. Ich habe dich vor drei Jahren geheiratet, und doch glaube ich manchmal, ich kenne dich gar nicht."

„Wir haben uns nicht sehr oft gesehen."

„Die Geschäfte ... Ich frage mich, wozu ich eigentlich so viele Geschäfte mache ..."

„Um alle deine Apanagen zu zahlen."

Ihre ironische Antwort entmutigte ihn. Eine ganze Weile schwieg er. Dann ergriff er ihre Hand. „Es ist, als hätte ich nie etwas von dir gehabt."

„Wer hat dich daran gehindert?"

„Ich weiß nicht."

Sie schwiegen lange. Er hielt immer noch ihre Hand in der seinen, sie zog sie nicht zurück. Dann stand er auf, ging langsam zur Tür.

Als sich diese hinter ihm geschlossen hatte, fragte sich Lindy, warum er sich plötzlich schuldig fühlte. Wenn es ums Geschäft ging, hätte er ohne mit der Wimper zu zucken eine ganze Rinderherde gestohlen.

Scott fürchtete sich davor, vor seine Mutter hinzutreten und sie von seinen Heiratsabsichten zu unterrichten. Dabei waren in der Familie plötzliche Entschlüsse gang und gäbe. Nach einem halben Jahrhundert war die dritte Generation im Begriff, den Traum des Großvaters zu verwirklichen: seine Nachkommen würden Amerika regieren, in einer mehr in der Theorie bestehenden Demokratie absolute Monarchen werden. Lange vor seiner Geburt hatte man Scott in das Korsett dieser Wünsche gepreßt, die zu realisieren er vorausbestimmt war. Alles war getan worden, um ihm dazu zu verhelfen.

Vor ihm waren seine beiden älteren Brüder William und Louis unter denselben Gesichtspunkten erzogen worden. William war während des Kriegs gefallen, in Frankreich, verkohlt in seinem von deutschen Granaten in Brand geschossenen Panzer. Louis war auf dem Boden zerschellt, völlig unsinnig, weil er einen Fallschirm zu spät geöffnet hatte. Und Steve Baltimore, der Patriarch und Begründer der Dynastie, war so stark, daß er dem Tod und jeder Krankheit zu trotzen schien. Tausend Gefahren war er entronnen, bis er eines Tages trotz der Warnungen seiner Familie darauf bestanden hatte, eigenhändig die höchsten Äste der Zeder abzuschneiden, die seinem Hause Schatten spendete. Damals war er zweiundachtzig.

Als er vom Baum fiel, klaubte man ihn an allen Seiten zerschlagen und nur mehr in Stücken auf. Man hielt ihn für tot, aber das hieß ihn unterschätzen. Er lebte noch zwei lange Jahre, gelähmt und an einen Rollstuhl gefesselt, und befahl noch bis zum Tod.

Scotts Vater war darauf bedacht, die Chancen des Clans zu vergrößern, und hielt seine Gattin an, so oft wie nur möglich zu gebären. Ihrer Verbindung entsprossen elf Kinder, acht Jungen und drei Mädchen. Fünf von ihnen waren tot, vier Buben und ein Mädchen, Suzan, die mit zwölf bei einer nächtlichen Fischfahrt auf dem Meer ertrank, während alle sie in ihrer Kabine wähnten. Die See hatte ihren Körper nie freigegeben. Die beiden anderen Jungen waren unter tragischen Umständen ums Leben gekommen: John starb mit acht an einer Meningitis, und Robert schoß sich, als er vierzehn war, beim Spiel mit einem geladenen Gewehr eine Kugel durch den Kopf.

Für die Überlebenden waren seltsamerweise diese Todesfälle mehr ein Dopingmittel als Grund zur Aufgabe. Zum größeren Ruhm der Familie schienen sie die Energien der Verblichenen zu übernehmen und in sich aufzuspeichern.

Nach der elften Entbindung beschloß Scotts Mutter Virginia, daß sie die Hoffnungen ihres Gatten nicht enttäuscht hatte, und besann sich darauf, von nun an ihr Leben aufzuteilen zwischen der Religion und der Erziehung ihrer Erben, ohne deren Anzahl weiter zu vergrößern. Die zahlreichen Todesfälle in ihrer Nachkommenschaft betrachtete sie als Schicksalsprüfungen, die ihr der Herr auferlegt hatte, um ihren Mut und ihre Entschlossenheit zu stählen. Als Frau und Mutter war sie eisenhart, und sie konnte nur eisenharte Kinder geboren haben, das wußte sie. Sehr früh hatte sie ihnen beigebracht, daß der Schmerz existiere und daß es in der Natur der Sache liege, ihn zu verachten, wolle man ihn überwinden. Allen anderen, nicht der Familie angehörenden Menschen wären sie unerreichbar überlegen, lautete der zweite Lehrsatz, den sie ihnen eintrichterte. Niederlagen wären zu ignorieren, dozierte sie weiter, der eigene Schmerz müsse beherrscht werden, wolle man den der anderen ertragen. Seit zwei Jahren diente sie mit mechanischer Hingabe ihrem Mann Baltimore II, den sie unter vier Augen Fred, vor der Dienerschaft Alfred und in der Öffentlichkeit Mr. Baltimore nannte.

Scotts Vater hatte Kehlkopfkrebs. Seine Widerstandskraft war so groß, daß er selbst die dreimal wöchentlich verordneten Bestrahlungen überlebte, die ein gesundes Pferd dahingerafft hätten. Von der Operation war ihm am Hals eine Narbe zurückgeblieben, an der Stelle, wo man ihn aufgeschlitzt hatte, um den Metastasen an den Leib zu gehen. Er hatte es sich zur Gewohnheit gemacht, überhohe Kragen an seinen Hemden zu tragen, um die Narbe zu verbergen. Seit einigen Monaten fiel es ihm immer schwerer, sich verständlich zu machen. Wenn er mit jemandem sprach, mußte dieser sein Ohr bis an die Mundöffnung Alfreds halten, aus der in seltsamen Zischlauten nie Fragen, immer nur Befehle und Anordnungen entwichen. Manchmal, wenn jemand unwillkürlich die Stimme erhob, erklärte der Kranke ihm, daß er zwar Schwierigkeiten beim Sprechen habe, deswegen aber noch lange nicht taub sei.

Es schien, als kämen die beängstigenden Methoden der amerikanischen Politik in dem Maße, da sie sich verhärteten, immer mehr seinen wesentlichen Charakterzügen, der Doppelzüngigkeit und dem Hang zur Gewalt, entgegen. Selbst seine Art, Leute zu empfangen, war aggressiv. Seine Frau und er unterwarfen unbekannte Gäste einem peinlichen Verhör, das Polizeimethoden nicht nachstand: Wer sind Sie? Was machen Sie? Wie ist Ihre Arbeit? Sind Sie verheiratet? Seit wann? Wieviel verdienen Sie? Welche Aufstiegschancen haben Sie?

Und wenn die Antworten nicht nach Wunsch ausfielen, ließen Mr. und Mrs. Baltimore II ihren Gast einfach stehen und kümmerten sich nie wieder um ihn, was Scott oft genug in eine unangenehme Lage brachte, vor allem wenn es sich um seine Freunde handelte.

Scott war mit diesen Methoden nicht immer einverstanden, aber er bewunderte im geheimen ihre Durchschlagskraft. Und im übrigen wurde er nicht nach seiner Meinung gefragt. Als er mit fünfundzwanzig dank der Millioneninvestitionen der Familie zum Abgeordneten gewählt wurde, sagte sein Vater: „Das wichtigste in der Politik ist, nicht wie ein Politiker auszusehen."

Scott hatte sich bemüht – wie er sich bei allem bemühte, was er unternahm –, es dahin zu bringen. Es war ihm nicht allzu schwer gefallen. Das Aussehen eines jungen, freimütigen Studenten, sein offenes, fast naives Lächeln trugen ihm eine Welle von Sympathien ein, von den Männern, weil sie in ihm Ehrlichkeit zu erkennen glaubten, seitens der Frauen, weil er immer ein bißchen hilfesuchend und verloren schien. Und doch erkannte er schon mit fünfzehn mit einem Blick seiner blauen Augen, was in der „Financial Times" wichtig war und was nicht. So hatte es seine Mutter gewünscht, die für ihre Söhne Essen gab, zu denen sie die Spitzen aus Politik und Finanz von Washington einlud. Mit seinem kindlichen Lächeln und dem entschuldigenden Blick erteilte dieser Junge in kurzen Hosen den Größen des Bankwesens praktischen Unterricht, jonglierte mit Zahlen und entwickelte erstaunliche Theorien über den Profit, dessen moralischen Wert und die Möglichkeiten, ihn zu vergrößern.

Sein Vater hatte ihn bremsen müssen: „Zeige nicht, was du weißt. Wenn du zu gescheit bist, wird man dir mißtrauen. Mach, was du willst, aber laß die anderen in dem Glauben, daß sie es sind, die dein Vorgehen diktieren. Du wirst nie Macht besitzen, wenn du nicht ein bißchen dümmlich dreinsiehst. Du mußt beruhigend wirken ... immer wieder beruhigend ..."

Alfred Baltimore II hatte ihm außerdem seit seiner frühesten Kindheit den Rat gegeben, seine Handlungen mit dem Mäntelchen der Moral, der Humanität und der Hilfsbereitschaft zu verbrämen. „Wenn du Leute hinausfeuerst, vermittle ihnen stets den Eindruck, es geschehe zu ihrem eigenen Besten. Wenn du einen Mitarbeiter entläßt, sag ihm, daß sein Talent die Möglichkeiten deines Unternehmens übersteigt. Wenn du eine Konkurrenzfirma an den Rand des Ruins getrieben hast, dann kaufe sie unter dem Vorwand auf, daß man das Personal nicht arbeitslos machen könne."

Zu dieser Zeit wollte Scott Schriftsteller werden, und das blieb die einzige seiner kindlichen Ideen, die man tolerierte, freilich ohne sie je gutzuheißen. Virginia und Alfred waren der Ansicht, daß ein außergewöhnlicher Junge sich auch einen Fehler leisten könne. Zumindest würde er sich seine Reden selber schreiben können.

Scott sah auf die Uhr. Er fürchtete, zu spät anzukommen, und wies den Chauffeur an, schneller zu fahren. Wie würde seine Mutter die Nachricht aufnehmen? Wie würde ihr fanatischer Katholizismus sich mit diesem Mädchen abfinden, das zwar aus der besten Gesellschaft stammte, aber ein bißchen zu hübsch, ein bißchen zu mondän war?

Selbst Scott war manchmal von Peggys Handlungsweise bestürzt. Der erste Fehler lag bei ihm, das stimmte. Nach ihrer ersten Begegnung war er es gewesen, der sie versetzt hatte. Da waren die Anhänger, die alten Damen von Jefferson City, die Honoratioren des Staates Missouri und die Leute seiner Mannschaft, die ihn angefleht hatten, einen Tag länger zu bleiben. Der übliche Zirkus ... Trotz allem hatte er versucht, sie in dem New Yorker Restaurant anrufen zu lassen, wo sie sich verabredet hatten, aber die Sekretärin hatte New York nicht an die Strippe bekommen. Zumindest hatte sie es behauptet, bevor sie sich erneut der Pflege ihrer Nägel zuwandte. Es war fast elf Uhr abends, er hatte noch nichts gegessen und dachte nicht mehr daran. Zwei Monate später las er zu seinem Erstaunen im „Bazaar" den Artikel, den sie über ihn geschrieben hatte.

Wie hatte sie es angestellt, so genau die Wahrheit zu treffen, obwohl sie keine Zeit gehabt haben konnte, ihn wirklich kennenzulernen? Der Artikel war Durchschnitt, hie und da ironisch, nicht mehr. Er hatte sich schriftlich bedankt, aber nie eine Antwort darauf bekommen.

Sechs Monate vergingen, in denen er sie nicht sah. Bis sie einander eines Abends in Washington, bei den Feydins, gegenüberstanden. John Feydin war ein guter Bekannter von Scott und besaß als politischer Leitartikler des „Herald" die Fähigkeit, die Ereignisse der Woche vorauszuahnen. Seine und Scotts Eltern hatten in Florida nebeneinanderliegende Besitze, wo die beiden Jungen Freundschaft geschlossen hatten. John hatte Monika geheiratet, die geborene Kupplerin, zu deren liebsten Beschäftigungen es gehörte, bei sich Parties zu organisieren und zahllose Hochzeiten in die Wege zu leiten.

Das Wiedersehen fiel eher kühl aus. Peggy gab Höflichkeitsfloskeln von sich und zeigte charmantes Desinteresse. Scott drehte ihr daraufhin den Rücken zu und entwickelte lautstark eine allumfassende politische Theorie. Doch als zum Aufbruch geblasen wurde, kam er in ihre Nähe und flüsterte ihr zu: „An dem Abend, als wir uns treffen wollten, saß ich in Jefferson City fest. Ich habe Sie anrufen lassen . . ."

„Wirklich?"

„Ja! Ihr Artikel war phantastisch! Ich bin Ihnen eine Revanche schuldig."

„Und worin bestünde die?"

„Gehen wir einen trinken. Irgendwo. Jetzt gleich! Okay?"

Peggy zögerte kurz, dann sagte sie: „Okay. Wir treffen uns bei meinem Auto. Es ist ein schwarzer Lincoln."

Scott verließ das Haus zehn Minuten nach ihr, damit man sie nicht zusammen weggehen sah. Peggy war nicht allein im Wagen. Neben ihr saß ein junger Mann. Scott sollte es später erfahren, daß es ein Freund war, der Peggys Wagen erkannt hatte und eingestiegen war, um sie zu überraschen. Scott hatte sich umgedreht, ohne daß Peggy versucht hätte, ihn zurückzuhalten.

Sie sahen einander erst ein Jahr später, wieder bei Monika. Diesmal war alles anders. Peggy hörte wirklich aufmerksam zu, wenn er erzählte. Der Ehrgeiz, den dieser junge Politiker ausstrahlte, nahm sie gefangen.

Zu dieser Zeit stand Scott mitten im Wahlkampf gegen einen der ältesten Konservativen Neu-Englands. Um die Lage zu vereinfachen, hatte er seinerzeit eine eigene Partei gegründet, die „Erneuerer", anstatt sich im Namen einer traditionellen politischen Gruppe zur Wahl zu stellen. Seine Rednergabe und der Reichtum der Baltimores taten ein übriges. Niemand hätte auf ihn gesetzt, den alten Palmer in der Wahl zu schlagen, aber Scott vertrat die Ansicht, daß er in seiner Außenseiterposition für jede Überraschung gut war.

Zu Ende des Dinners ging Peggy zu ihm. „Ich glaube, ich bin Ihnen eine Erklärung schuldig. Das letzte Mal . . ."

Lächelnd unterbrach er sie: „Disraeli hat einmal gesagt, man soll nie erklären."

„Ich bin nicht Disraeli und würde gern das Glas trinken, das Sie mir vor einem Jahr angeboten haben. Wenn Ihr Angebot noch besteht, warte ich in meinem Auto auf Sie."

„Ich komme."

Er kam nicht. Oder vielmehr, er kam zu spät. Auf die Frage eines Gastes entwickelte er neuerlich seine Ansichten zu dem einzigen Thema, das ihm im Augenblick am Herz lag: die Machtergreifung. Peggy schäumte. Nachdem sie eine halbe Stunde lang vergeblich gewartet hatte, fuhr sie wütend davon.

Als Scott eine Stunde später den Abend bei den Feydins verließ, suchte er Peggys Auto vergeblich. Er kehrte ins Haus zurück und ließ sich ihre Telefonnummer geben, steckte den Zettel in eine Tasche, vergaß ihn dort und fand ihn nicht mehr, als er eine Woche später Peggy anrufen wollte, um sich zu entschuldigen. Als er endlich ihre Nummer zum zweiten Mal herausbekommen hatte und anrief, antwortete man ihm, daß sie in Europa sei und nicht vor zwei Wochen zurückkommen werde. Er öffnete seinen Terminkalender, blätterte zwei Wochen nach vor und vermerkte mit seiner breiten Schrift: „Tel. Peggy Nash-Belmont." Trotz der bevorstehenden Wahlen erschien ihm plötzlich ein Rendezvous mit ihr wichtig.

Als sie zurückkam, trafen sie einander, aber nur selten, zwischen zwei Terminen, bis zur letzten Sekunde nicht wissend, ob nicht er oder sie werde absagen müssen. Er liebte die eigensinnige Linie ihrer Stirn, ihren Realitätssinn, ihr schwarzes

Haar und ihre Schlagfertigkeit. Sie nahm für ihn ein, daß er sie zugunsten seiner Karriere vernachlässigte, und mochte seine Zerstreutheit, die sich in allem äußerte, was nicht mit den unmittelbaren Problemen der Politik zu tun hatte. Für das Wirtschaftsleben hatte er Verständnis, doch Geld war ihm fremd, da er sich nie damit hatte abgeben müssen. Nicht selten zahlte sie in den Restaurants, wo sie sich trafen, wenn er mit hilflosem Lächeln seine leeren Hosensäcke zum Vorschein brachte.

Als sie zum ersten Mal tanzten, vermerkte Scott mit Erstaunen, daß er nicht an Politik dachte. Peggys Nähe brachte ihm Dinge in Erinnerung, die es zweifellos wert waren, daß man ihrer gedachte. Sie mußte im selben Augenblick ähnliche Gedanken gehabt haben. Schweigend tauschten sie einen langen Blick aus, bis Peggy ihn bei der Hand nahm und mit ihm hinausging, wo sie ihm wortlos die Autoschlüssel in die Hand drückte.

Ohne zu zögern fuhr Scott in Richtung Park Avenue, wo sie ihr Penthouse hatte. Während der Fahrt spürte er zweimal, wie ihre langen Nägel vorsichtig und zärtlich zugleich über seine Schenkel strichen. Immer noch schweigend betraten sie die Wohnung und küßten einander endlos lang. Peggy zog ihr Kleid, ein langes durchsichtiges Etwas aus grünem Musselin, aus, ergriff Scotts Hände und legte sie auf ihre Brüste. Er suchte nicht einmal nach dem Bett, warf sie beinahe zu Boden.

Später löste er sich aus ihrer Umarmung und blieb neben ihr auf dem Boden liegen. Seit dem Tanzlokal hatten sie nicht ein Wort gewechselt. Ihre Blicke trafen sich. Scott lächelte, sie lächelte zurück. Dann begann er zu lachen, Peggy tat desgleichen, und schließlich vermochten sie sich beide nicht mehr zurückzuhalten.

Als sie sich einigermaßen beruhigt hatten, öffnete Peggy den Mund, doch Scott kam ihr zuvor. „Psst! . . . Der erste, der spricht, sagt eine Dummheit."

„Schon geschehen, Scott . . . Du hast sie schon gesagt!"

Erneut stieg das Lachen in ihren Kehlen auf. Lange später fragte Scott: „Was wolltest du mir sagen?"

„Man hat uns bis Manhattan hören müssen! . . ."

So hatte alles begonnen. Scott wollte Peggy heiraten, und Peggy träumte davon, seine Frau zu sein. Sie schien alles zu verstehen, für alles Verständnis zu haben. Manchmal rief Scott sie aus einem gottverlassenen Dorf an, wohin ihn sein Wahlfeldzug geführt hatte, und fixierte für eine Woche später zu einer bestimmten Stunde in Washington ein Rendezvous. Sie kam, beklagte sich nie, wenn wieder der Augenblick der Trennung gekommen war, zwischen zwei Flugzeugen, zwei Zügen.

Seltsamerweise nahmen Peggys Verständnis und ihre Bereitwilligkeit, sich den Dingen unterzuordnen, in dem Maße ab, als sich die Träume Scotts realisierten. Sie begann zu fordern, wies auf ihre eigene erfolgreiche Karriere hin, und so wurde aus ihrer Liebe nach und nach Rivalität. Sie stand ihm nicht mehr so bedingungslos zur Verfügung wie früher, sie war nicht mehr bereit, jede Verabredung abzusagen, nur um einige Augenblicke mit ihm zu verbringen, während er selbst zum Sklaven seiner neuen Macht wurde, die ihn in einen Wirbel von Verpflichtungen stürzte und ihm kaum genug Zeit ließ, in ihrer Beziehung das sich anbahnende Ende zu registrieren. Nachdem er sie seit sechs Wochen nicht mehr gesehen hatte, hörte er im Radio, daß sie sich mit Tony Fairlane verlobt habe, einem Muttersöhnchen, das eine der schönsten Kollektionen französischer Impressionisten sein eigen nannte. Er sollte ebenso dumm wie schön und ebenso eingebildet wie reich sein, erzählte man sich.

Scott, der seine Peggy kannte, schloß daraus, daß sie sich hatte an ihm rächen wollen. Aus dieser schweren Zeit stammten seine größten politischen Erfolge. Er hatte sich kopfüber in den Kampf gestürzt und dank seines Ideenreichtums und seiner Überzeugungskraft seiner Partei Zehntausende neue Anhänger gewonnen. Was hätte er sonst tun sollen? Wenn ihm ein Augenblick Zeit blieb, ließ er sich, der körperlichen Hygiene wegen, von einem Sekretär eine Hure bestellen. Trotz der zahlreichen Frauen, die ihm nach wie vor den Hof machten, wollte er eine Bindung vermeiden, in der er nur einen Hemmschuh für seine politischen Ambitionen und eine Quelle neuer sentimentaler Enttäuschungen sehen konnte. Die Klatschspalten der Zeitungen informierten ihn über Peggys Leben, und aus dem Mund von Freunden hörte er, wer wann ihr Liebhaber war. Er glaubte nicht ein Wort, nach allem, was zwischen ihnen vorgefallen war, hielt er es nicht für möglich, daß ein anderer für sie das gleiche bedeutete. Nun aber würde er sie nie mehr

gehen lassen, er würde verlieren oder gewinnen, aber beides mit
ihr . . .

„Wir sind da, Sir."

Scott fand auf den Boden der Wirklichkeit zurück. Der
Wagen hielt vor dem Haus.

„Werden Sie lange bleiben, Sir?"

Scott sah ihn nachdenklich an. Wie lange braucht wohl ein
Sohn, um einer puritanischen, von festen Prinzipien genährten
Mutter mitzuteilen, daß er in drei Monaten eine Frau von einem
anderen Planeten heiraten wird, und das zu einem Zeitpunkt, da
ihm die Tore der großen Politik offenstehen, falls diese
Hochzeit sie ihm nicht wieder verschließt?

„Spätestens in einer Viertelstunde bin ich zurück", sagte er
und stieg schnell aus.

14

Der Grieche hat seinen Chauffeur nicht bemühen wollen und ein Taxi genommen. Er fühlt sich nicht sehr wohl in seiner Haut. Ein Cape soll sein Seeräuberkostüm und den Dreispitz, den er unter dem Arm hält, verbergen. In seiner Tasche hat er eine schwarze Augenbinde, die er erst bei seiner Ankunft bei den Bambilts aufsetzen wird. Er ahnt nicht, daß diese an sich nebensächliche Scheidungsparty sein Leben in verschiedener Hinsicht verändern wird. Er ist weit davon entfernt, metaphysische Betrachtungen über das Leben anzustellen. Eher schlecht gelaunt sitzt er in dem Taxi, das ihn in Richtung Central Park fährt. Vorne auf dem Armaturenbrett sieht er ein Namensschild. Er liest „Israel Kafka". Fragen drängen sich ihm auf. Er stellt sie nicht. Wird er Mut genug haben, die Menelas anzusprechen? Vom Olymp herunter belächeln die griechischen Götter seine kindliche Verwirrung.

Das Taxi bahnt sich mühsam seinen Weg durch den dichten Verkehr auf dem Broadway. Nervös hupt Israel Kafka. Trotz des Lärms dreht er sich zu Satrapoulos um und spricht ihn an: „Können Sie mir vielleicht verraten, was diese Idiotenbande hier mit ihren Kübeln zu suchen hat?"

Der Grieche kann es offenbar nicht, denn er schweigt. Vor ihnen taucht das sechzigstöckige Gebäude der B. L. O., Bambilt Limited Oil, auf. Es ist zehn Uhr abends, alle Fenster sind hell erleuchtet. Nervös nestelt der Grieche an den Knöpfen seines Kostüms.

„Setzen Sie mich dort ab."

Das Fest beginnt.

Die Räume ertranken förmlich in einem Meer von Blumen. Big Gus, der wollte, daß seine Privatwohnung ein Symbol seines Erfolgs darstellte, hatte in seinem Hochhaus die drei obersten Stockwerke zu Wohnzwecken einrichten lassen. Das Dach, das Big Gus schamhaft als „Dachgarten" bezeichnete, war in Wirklichkeit ein kleiner Park, in dessen Mitte sich ein 30-m-Becken mit Sprungturm befand. Wenn man durch das glasklare, stets auf 25 Grad angewärmte Wasser auf den Bassinboden blickte, konnte man Mosaiken erkennen, die den berühmten von Ravenna maßstabgetreu nachgebildet waren. Im Winter schwamm man unter einer riesigen Kuppel aus Plexiglas. Zwischen Zypressen, Pinien und Eukalyptusbäumen erstreckte sich der Blick in die Unendlichkeit. Und unten, in schwindelerregender Tiefe, erkannte man die Sykomoren des Central Park.

Wenn Gus betrunken war, kam es vor, daß er beim Kopfsprung in sein Bassin an den Bienenfleiß der dreitausend Angestellten dachte, die unter ihm arbeiteten. Für das Fest der Scheidung hatte Nut ihm die Idee eingegeben, die drei Stockwerke gemäß der Dreiheit zu dekorieren, die Motiv des Abends war: Das Meer – sein Reichtum ging auf Ölbohrungen vor der Küste von Alaska zurück –, das Geld – das er als erstrebenswertestes Gut betrachtete – und die Liebe – die er gern als eigentlichen Motor seines Lebens bezeichnete ...

Also hatte er die Wände der einen Etage mit Aquarien verstellt, die von sämtlichen Wesen der Unterwasserfauna bevölkert waren. Die Tapeten des zweiten Stockwerks verschwanden unter einem Belag von perfekt imitierten Hundert-Dollar-Noten, und im dritten befand sich eine Kollektion anzüglicher Bilder, einziges Original darunter ein herrlicher Fragonard, der die Reize einer halbnackten Dame zeigte, die im Bett mit einem riesigen Hund spielte. Im übrigen war Big Gus der Versuchung nicht widerstanden, einen wenn auch zweifelhaften Spaß zu inszenieren, indem er auf einem Wandteil die Fotos seiner bisherigen elf Ehegattinnen aufgehängt hatte und an das Ende dieser Reihe einen leeren zwölften Rahmen. Nut hatte ihn davon zu überzeugen versucht, diese lächerliche Zurschaustellung zu unterlassen, aber er hatte darauf bestanden und ihr sogar vorgeschlagen, seiner Kollektion die Bilder ihrer drei Verflossenen gegenüberzustellen.

Ins 58. Stockwerk gelangte man mit zwei Schnelliften. Nach dem Verlassen der Liftkabine fand man sich unter einem Baldachin aus rotem Velours, den eine Doppelreihe von Bediensteten in Livree und Perücke flankierte. Im ersten Salon tauchte man dann in den üblichen Gesprächslärm der unzähligen Gäste, die sich lautstark verständlich zu machen suchten, ohne den Worten ihrer Nachbarn die geringste Beachtung zu schenken.

Nach dem Ablegen der Überkleidung kamen die mannigfaltigsten Kostüme zum Vorschein und gaben beredt Auskunft über Geschmack oder Ungeschmack ihrer Träger. Uralte Millionäre hatten sich als Bootsjungen verkleidet, andere kamen als Kohlenträger, eine korpulente Blonde hatte eine Frisur, die der Fassade der Effektenbörse nachgebildet war. Andere Damen wiederum, meist höchst angesehene Mitglieder von Frauenvereinigungen, hatten der Verlockung des Hurenmilieus nicht widerstehen können. Eine von ihnen trug nichts als ein Stück Stoff mit ihrer Telefonnummer.

Lindy Nut hatte sich selbst übertroffen. Ihr Kleid, das mehr herzeigte, als es verbarg, gehörte zu den originellsten des Abends. Über einem dunkelblauen, durchsichtigen Schleier, der vorne fast ebenso tief ausgeschnitten war wie am Rücken, trug sie eine Girlande aus echten Goldstücken. Auf ihrem nach hinten gekämmten Haar, das die Wirkung ihrer großen Augen noch unterstrich, saß eine goldene Tiara, besetzt mit sechs Riesendiamanten. Bei jeder ihrer Bewegungen rauschte die Seide und schmiegte sich verliebt an ihren Körper. Big Gus hatte sich eine Bewunderungsformel ausgedacht und wiederholte sie ständig: „Sie ist so schön, daß ich mich frage, warum ich mich eigentlich scheiden lasse!"

Es war zehn Uhr, das Fest hatte noch gar nicht begonnen, auf den Terrassen herrschte dumpfe, feuchte Schwüle. Freudenschreie klangen am Haupteingang auf. Ein guter Freund von Gus, Erwin Edwards, einer der mächtigsten Bankiers der Vereinigten Staaten, war als Krabbe erschienen und rückwärts die Stufen hinaufgegangen, was den Gastgeber zu dröhnendem Lachen reizte.

Der Grieche saß im Taxi und kam sich plötzlich nackt und verlassen vor. Er hatte kein Geld bei sich. Als sie vorfuhren, hatte er unwillkürlich in seine rechte Hosentasche gegriffen, eine fast zur Zwangsvorstellung gewordene Geste, die er oft und oft am Tag wiederholte, nur um Geldscheine fühlen zu können. Und jetzt, nichts . . . Wie konnte ihm, gerade ihm, das passieren? Einer der Bediensteten am Eingang sah seine Hilflosigkeit und stürzte herbei. Bevor der Grieche ihn noch aufhalten konnte, hatte er bereits den Chauffeur entlohnt.

Wütend und verwirrt betrat Satrapoulos die riesige Eingangshalle, in der sich bereits zahllose Gäste aufhielten, die er in ihren Masken nicht erkannte. Unter ihren Blicken fühlte er sich durchschaut und verraten. Eine endlose Sekunde lang mußte er den Wunsch zurückdrängen, ins „Pierre" zurückzukehren.

Der Aufzug war da. Er stieg nicht ein, er konnte einfach nicht. Er drehte sich um und ging wahllos einen der hellerleuchteten Gänge des Hauses entlang, bis er auf eine Tür mit der Aufschrift „Herren" stieß. Er betrat die leerstehende Toilette und schloß sich in einer der Kabinen ein. Nervös öffnete er den Metallbehälter oberhalb der Muschel, riß ein Stück der Papierrolle ab und stopfte es sich in die Hosentasche. Er betätigte die Wasserspülung und verließ den Raum. Er griff in seine Hosentasche, spürte die beruhigende Dicke des Papierbündels.

Glücklich und zufrieden tapste Big Gus um Peggy herum, kindliche Freude auf seinem von Aufregung und Alkohol geröteten Gesicht.

Kokett wartete sie, daß Gus sie darum bat, ihr Cape abzulegen.

„Nun?" fragte Bambilt. „Liebe, Meer oder Geld?"

„Meer."

Das Cape glitt von ihren Schultern, und Peggy kam im Kostüm einer Zirkusdompteuse zum Vorschein. Fragende Blicke.

Sie lächelte. „Warum nicht? Ich bin Sirenenbändigerin."

Eine neue Menschentraube, die sich eben in die Halle ergoß, beraubte Peggy ihres Überraschungseffekts. Aus dem rechten Aufzug trat die Menelas, aus dem linken Irene und Hermann Kallenberg.

„Meine Freunde! Meine Freunde!" rief Gus. „Ihr kennt euch alle, oder vielmehr, Ihr erkennt euch alle, hoffentlich!"

„Aber . . .", wandte sich Gus an die Menelas, „. . . ich vermisse

Herrn . . ." Er hätte beinahe „Herrn Menelas" gesagt, hielt sich im letzten Augenblick zurück, zögerte den Namen auszusprechen, der ihm grotesk vorkam, tat es schließlich doch. „Ich vermisse Herrn Gonzales del Salvador . . ."

„Er ist bestraft!" erklärte die Menelas mit grandioser Einfachheit.

„Trinken Sie, trinken Sie alle!"

Champagner wurde gereicht.

„Lassen Sie mich Ihr Cape nehmen . . ."

Die Menelas reagierte abwehrend. Aus einem nicht ersichtlichen Grund schien sie ärgerlich. Sie bedachte Peggy mit giftigen Blicken.

Irene war als Admiral gekommen, Kallenberg als Neptun. Er hatte sich, um die Echtheit zu erhöhen, einen wallenden Bart und einen Dreizack aus Papiermaché zugelegt. Mit dröhnendem Lachen baute er sich vor Gus auf, dem einzigen in der Halle, der nicht zu ihm aufschauen mußte, Gus, der seinen Gästen zu trinken gab und bei jedem mittrank, klopfte ihm lachend auf die Schulter: „Jetzt verstehe ich, warum man Sie Blaubart nennt!"

Kallenberg verzog keine Miene.

„Noch eine Flasche!" sagte Gus. Sei's drum! Auch wenn er ihn verärgert hatte! Schließlich brauchte Kallenberg Bambilt mehr als Bambilt Kallenberg!

Hermann küßte der Menelas die Hand, Big Gus drängte sich zwischen sie. „Olympia, Ihr Cape . . ."

Er nahm es ihr von den Schultern. Einen Augenblick lang wurden ihre Augen noch dunkler, doch sie ließ es geschehen. Eine Katastrophe: auch sie war als Tierbändigerin gekommen! Ihr Blick suchte in der Menge Peggys Augen und bohrte sich vorwurfsvoll und kampflüstern in sie.

Nut kam vorbei und begriff augenblicklich, wie bedrohlich die Lage war. „Olympia! Was für eine herrliche Idee! . . . Sie sind göttlich!" rief sie.

Die Menelas ließ sich zu einem Lächeln herbei. Nut sprach weiter, griff wahllos jede sich bietende Assoziation auf. Sie sah Satrapoulos in einer Menschentraube auftauchen. „Olympia! Kennen Sie Ihren Landsmann Sokrates Satrapoulos? Lassen Sie besser die Finger von ihm, er ist unbezähmbar!"

Der Grieche verbeugte sich. Die Menelas blickte ihn kalt an,

277

während sie ihm ihre Hand entzog. Verwirrt trat er einen Schritt zurück und stieß gegen Irene, die ihm mit den Händen die Augen verdeckte: „Wer bin ich? Wer bin ich?"

„Irene! Dein Parfüm wird dich immer verraten!"

„Wie geht es dir? Du siehst wunderbar aus!" warf Kallenberg ein.

„Wo ist Lena? Wo ist meine geliebte kleine Schwester?" fragte Irene hämisch.

Ungewollt kam Kallenberg seinem Schwager zu Hilfe. „Er ist ja nicht verrückt, er läßt seine Frau zu Hause!"

Mit weiten, geschwinden Handbewegungen scheuchte Gus die Gäste in die Räume nach hinten und suchte mit der Menelas an seinem Arm aus Peggys Dunstkreis zu entkommen. Zwei Dompteusen in einem Penthouse von sechshundert Quadratmetern. Um eine zuviel!

Raph Dun verbeugte sich unterwürfig vor Dodino: „Meine Verehrung, gnädige Frau . . ."

Amore, der in einen großen Dialog mit der Menelas vertieft war, sah den Reporter ironisch an. „Sieh mal . . . Die frisch vernaschte Unschuld vom Lande . . ."

Raph erfüllte die Erinnerung an den vergangenen Abend mit Unbehagen, er suchte krampfhaft nach einer passenden Antwort. Er wollte der Menelas vorgestellt werden. Mit einem Prankenhieb in das Kreuz des Tenors wandte er sich erneut an Dodino: „Kannst du mich der Größten vorstellen?"

„Gib dir keine Mühe, mein Liebling, du bist nicht ihr Typ."

Olympia sah ihn mit einem abwesenden Lächeln an. Dun war einer der wenigen, die im Smoking erschienen waren. Die großen Schneider arbeiteten auf Pump, aber die Kostümleihanstalten bestanden auf Barzahlung. Sie ließ sich sogar herab, Dodino zu fragen: „Was hat Ihr Freund für ein Kostüm?"

„Er spielt den Mann von Welt. Finden Sie es gelungen?"

Dun kam nicht mehr dazu, etwas Gescheites zu sagen. Erwin Edwards, der Krabbenmensch, hatte sich aus der Menge gelöst und stürzte mit erhobenen Scheren auf sie zu. „*Carissima!* . . . Sie sind phantastisch!"

„Erwin! . . . Wie originell!"

Die Tierbändigerin küßte die Krabbe auf beide Wangen. Ein

Schalentier, mit dem man sorgsam umgehen mußte, ein begehrter Finanzberater mit einem weltbekannten Geruchssinn für Börsengeschäfte.

„Waren Sie dieses Jahr in Frankreich?" fragte sie ihn.

„Leider, nein . . . die Arbeit! . . ."

„Und Ihr herrlicher Besitz?"

„Er steht Ihnen zur Verfügung, sooft Sie mir die Ehre geben."

„Sie wollen ihn noch immer nicht verkaufen?"

„Meine Liebe, Sie wissen, daß er unverkäuflich ist . . ."

Die Menelas, die in diesem Augenblick einen Blick über ihre Schulter warf, erblickte hinter sich den Griechen, der das Gespräch aufmerksam verfolgte. Sie fand ihn ziemlich klein und in seinem Operettenkostüm eher grotesk. Er sah ihr tief in die Augen, hatte offenbar ihr Gespräch mitverfolgt. Nun ging er auf Edwards zu und schüttelte ihm kräftig die Hand. „Alles ist verkäuflich, Erwin . . . alles ist verkäuflich . . ."

„Mein Haus sicher nicht!" kicherte die Krabbe.

„Ihr Haus auch, wie alles andere."

„Aber! . . ."

„Wollen wir wetten?"

Der Grieche hatte das mit solchem Ernst gesagt, daß das Gespräch der kleinen Gruppe um sie stockte.

„Sie haben verloren, mein lieber Sokrates", erwiderte Edwards unsicher lächelnd.

„Einen Augenblick. Geben Sie mir eine Chance. Einverstanden?"

„Was für eine Chance?"

„Wieviel kostet der Besitz?"

„Aber ich sagte doch schon . . ."

„Wieviel?"

„Wenn es sein muß . . . Warten Sie . . . Ich habe bezahlt . . . mit den Umbauten . . ."

„Wieviel?"

„Mindestens . . . Sagen wir . . . eine Million Dollar."

„Wollen Sie zu diesem Preis verkaufen?"

„Aber! . . .", wehrte Edwards ab.

„Und für zwei Millionen Dollar, würden Sie dann verkaufen?" fuhr S. S. fort.

Der Bankier geriet ins Wanken. Der Besitz hatte ihn fünfhunderttausend Dollar gekostet, man bot ihm das Vierfache, und er war rund ein Drittel davon wert. Dafür war es eine Prestigeangelegenheit. Zum Teufel mit dem Prestige! Aber ob der Grieche es ernst meinte? „Nun . . . lieber Freund . . . also . . .", zögerte er. Ihm war klar, daß das Angebot keine Minute länger aufrecht bleiben würde. Ja oder nein, und zwar sofort.

„Also?" drängte der Grieche.

„Nun . . ."

Der Grieche zog sein Scheckheft aus der Tasche. „Sie gestatten?" wandte er sich zu der Menelas. Er klopfte seine Taschen nach einer Füllfeder ab, fand keine und schob ärgerlich den Knauf seines Säbels beiseite.

„Hat jemand eine Feder?"

Dun hatte eine und reichte sie ihm. Der Grieche benützte seinen Schenkel als Unterlage. Rechts oben schrieb er in das kleine Viereck „2 000 000 $", weiter unten den Betrag in Worten. Er unterschrieb.

„Erwin, auf wen soll ich ihn ausstellen?"

„Nun . . ."

„Da, tragen Sie es selber ein. Der Direktor meiner amerikanischen Büros wird Sie morgen besuchen. Geben Sie ihm den Kaufvertrag."

Verwirrt nahm die Krabbe den Scheck zwischen ihre Zangen.

„So! Das ist erledigt!"

S. S. kostete seinen Triumph aus. Die Menelas hing an seinen Lippen. Er reichte Edwards die Hand zum Einschlagen. „Topp!"

„Topp . . .", stammelte der Bankier, der trotz seiner Freude einen Hinterhalt fürchtete.

Mit frischem Mut sprach der Grieche die Menelas an. Unwiderstehlich lächelnd sagte er auf griechisch: „Natürlich will ich dieses Haus nicht behalten, aber ich konnte die Vorstellung einfach nicht ertragen, daß man Sie der Freude dieses Besitzes berauben wollte. Er wollte nicht verkaufen. Ich schon. Wieviel bieten Sie mir?"

Der Dompteuse blieb der Atem weg. Bevor sie noch etwas sagen konnte, fuhr der Grieche fort: „Einen Dollar, würde das gehen? . . ."

Der Menelas wurde flau im Magen. Selbst Mimi zu seinen

größten Zeiten ... Doch Mimi war in diesem Augenblick Millionen Lichtjahre entfernt.

„Warten Sie einen Moment!" fügte Sokrates hinzu. „Erwin!" Der Bankier zuckte zusammen. S. S. hatte es sich überlegt.

„Sagen Sie mir, Erwin ... Dieses Haus, Sie haben es mir jetzt verkauft, ja?"

„Ja ...", vermochte der andere nur mühsam zu stammeln. „Diese Herren sind Zeugen", fügte er, mit einer Handbewegung auf Dun und Dodino weisend, hinzu.

„Ausgezeichnet. Haben Sie nichts vergessen?"

„Ich? ..."

„Wir haben doch eine Wette abgeschlossen?"

„Ja ..."

„Und Sie haben sie verloren."

Edwards wußte nicht mehr, was er von alldem zu halten hatte.

„Aber ... wir haben nicht festgesetzt, wie hoch ..."

„Aber, aber ... Sie haben ein kurzes Gedächtnis!"

Der Grieche verriet durch keinerlei Regung in seinem Gesicht, was er dachte. Ernst blickte er in die Runde. „Fragen Sie doch diese Herren ... Wir haben eineinhalb Millionen Dollar gesagt, oder etwa nicht? ... Sehen Sie, Sie erinnern sich schon! Nun, mein lieber Erwin, Sie werden also diesen Scheck hier behalten, aber mir, wie gewettet, einen anderen ausstellen. Einverstanden?"

Angesichts der Unsicherheit des Bankiers, der sich überhaupt nicht mehr auskannte, brach der Grieche in Lachen aus und klopfte ihm auf die Schulter. „So eine Krabbe! ..."

Am Rande eines Herzinfarkts, begriff Edwards endlich, daß Satrapoulos scherzte. Nichts konnte mehr geschehen: das Geschäft war abgeschlossen. Und es war ein gutes Geschäft.

„Sie sehen, daß alles käuflich ist!" Und Olympia flüsterte er ins Ohr: „Außer Genie und Schönheit ... Wenn Sie gestatten ... ich möchte Sie sprechen ... später ..."

Er winkte freundlich mit der Hand und wollte abziehen, als Dun ihn zurückhielt. „Entschuldigen Sie ... Kann ich meinen Federhalter wiederhaben?"

Er biß sich vor Ärger auf die Lippen, den Satz ausgesprochen zu haben, aber er mußte den Füller unbedingt zurückbekommen, es war ein goldener Parker, den ihm eine Dame geschenkt hatte. Seit er Kallenberg geholfen hatte, Satrapoulos einzutunken, floh Dun den Griechen wie die Pest. Er fürchtete ihn. Monatelang war es ihm gelungen, ihm aus dem Weg zu gehen, stets in der Angst, er könnte sich als Gegenleistung für den Londoner Abend einen Skandal einhandeln. Jetzt war es zum Ausweichen zu spät, die Stunde der Wahrheit war gekommen.

Mit einem breiten Lächeln drehte sich der Grieche um und kam näher. „Sie sind Mister Dun, nicht wahr? Satrapoulos . . . Wir wurden einander nicht vorgestellt, aber ich bin ein eifriger Leser Ihrer Artikel. Natürlich können Sie nicht alle Ihre Leser kennen."

Mit dem Säbel in der Hand und dem Totenkopf auf dem Dreispitz fand Dun ihn schreckenerregend . . .

„Hier ist die Feder, mit der Sie so Herrliches schreiben . . ."

Er hielt ihm den Füllhalter hin. Duns Anspannung löste sich.

„Wenn Sie gestatten, möchte ich gerne über die Szene berichten, der beizuwohnen Sie uns eben erlaubten . . ."

„Warum nicht, es ist ja die reine Wahrheit. Bitte, Mister Dun, ich hoffe, Sie zählen mich ab heute zu Ihren Freunden."

Sooft der Grieche einen Schmutzfinken auf seinem Weg traf, hatte er die Wahl zwischen vernichten und kaufen. Dieser hier hatte sich bereits verkauft, er würde es wieder tun.

„Sie müssen an einer meiner Kreuzfahrten teilnehmen."

„Sokrates!"

Nut kam im Geklirr ihrer Goldmünzen angerauscht. Sie nahm S. S. beim Arm und zog ihn mit sich fort. „Kommen Sie! Sie müssen unbedingt Scott Baltimore kennenlernen . . . Peggy! Da ist Sokrates! . . ."

Peggy hing am Arm eines hochgewachsenen jungen Mannes im Smoking, dessen blaue Augen ironisch die Umgebung musterten. Mit breitem Lächeln streckte er die Hand aus.

Sokrates lächelte zurück und ergriff die ausgestreckte Hand. Vom ersten Augenblick an wußte er, daß dieser Bursche es weit bringen würde.

„Ich habe bereits viel von Ihnen gehört . . .", begann er.

„Nicht so viel wie ich von Ihnen! . . . Es kommt nicht jeden Tag vor, daß ein einzelner Mann die gesamte Regierung der Vereinigten Staaten aus dem Häuschen bringt!"

„Apropos Regierung, ich glaube, Sie beunruhigen sie mehr als ich . . ."

„Aber nein! Peggy ist es, die mir zu diesem scheußlichen Ruf verhilft!"

Der Grieche betrachtete sie beide; sie waren so herrlich jung, und er verscheuchte ein Gefühl des Neides, das unvermutet aufgetaucht war. Er war von der Ungezwungenheit des jungen Baltimore beeindruckt. Aus diesem Stoff machte man Helden, geniale Verbrecher oder große Politiker, je nach den Umständen ...

„Sind Sie geschäftlich in New York?"

„Keineswegs. Ich bin nur gekommen, um die Trennung meiner Freunde Gus und Lindy zu feiern."

„Nun ...", warf Peggy skeptisch ein, „es würde mich dennoch sehr wundern, wenn nicht ein Geschäft damit verbunden wäre. Sie sind wie Scott, Sie können einfach nicht aufhören."

Der Grieche lächelte.

„Sehen Sie! Ich habe es ja gewußt! ... Haben Sie gekauft oder verkauft?"

„Beides."

„Was denn? Erzählen Sie doch!"

„Einen Besitz an der französischen Riviera."

„Von wem?"

„Das ist ein Geheimnis."

Wenn der Grieche wollte, daß sich etwas herumsprach, vertraute er es jedem unter dem Siegel der Verschwiegenheit an.

„Und an wen haben Sie ihn verkauft?"

„Das kann ich auch nicht sagen."

„Teuer?"

Scott lächelte höflich, schien aber gar nicht mehr zuzuhören. S. S. war von diesem Verhör begeistert. Er sagte: „Ich habe einen Scheck über zwei Millionen Dollar ausgestellt."

„Nein!"

„Doch."

„Ich wette, Sie haben um den doppelten Preis verkauft?"

„Nicht ganz."

„Sagen Sie ... Sagen Sie schon ... Wieviel?"

Der Grieche zögerte, der Wirkung seiner Worte bewußt. Endlich ließ er sich herab: „Ein Dollar."

Scott und Peggy blickten einander an.

„Ist das wahr?"

„Mein Ehrenwort."

„Alle hinauf zum Swimming-pool! Hinauf! Alle hinauf! . . . Es erwartet Sie eine Überraschung, und ein wertvoller Preis ist zu gewinnen."

Die rauhe Stimme von Big Gus drang bis in die entferntesten Ecken. Die Gäste begannen sich in Bewegung zu setzen und strebten dem Ausgang zu. Über die Treppen gelangten sie auf die Dachterrasse und in ein Feenreich. In der Mitte des riesigen Dachgartens das grüne, durchsichtige Wasser des von innen angestrahlten Schwimmbeckens, hinter jedem Baum, in jeder Blumenrabatte ein Scheinwerfer, der die Umrisse scharf von der Schwärze des Nachthimmels abhob. Big Gus hatte ein kleines Podium erklettert, das von zwei Paravents flankiert war.

„Meine Freunde! . . ."

Gus hielt ein, ergriff eine Flasche Whisky und nahm einen tiefen Schluck.

„Meine Freunde! . . . Drei Jahre Glück und Zufriedenheit, das ist zuviel für einen Menschen . . . Deswegen haben Lindy und ich beschlossen, uns scheiden zu lassen. Bevor es zu spät ist!"

Scheinwerfer richteten sich auf das Blattwerk und enthüllten eine komplette Kapelle, die bis dahin niemand bemerkt hatte. Trommelwirbel ertönte.

„Lindy und ich wollen euch das Rezept geben, wie wir es so lange ausgehalten haben . . . Lindy! . . ."

Die Hand schützend über die Augen haltend, spähte er nach Lindy Nut aus.

„Nut? . . . Wo bist du?"

Murmelnd beteiligten sich die Gäste an der Suche. Keine Nut.

„So sind die Frauen! Sie hat mich schon verlassen . . . Schrecklich! . . ." Protestrufe aus den Rängen der Damen.

„Meine Freunde! . . ." schrie Big Gus. „Ich gebe euch jetzt unser Rezept bekannt! . . . Ich zeige euch, wie man eine Ehe erhält! . . ." Er trank erneut aus der Whiskyflasche und betrachtete seine Zuhörerschaft. „Seht alle her!"

Mit den Gebärden eines Marktschreiers drehte er die beiden Paravents um, die sich links und rechts von seinem Podium befanden, und brachte lebensgroße Fotografien von sich selbst im Frack und von Nut im Abendkleid zum Vorschein. Auf jedem der Bilder waren drei kleine rote Kreise eingezeichnet, einer auf der Stirn, der zweite über dem Herzen und der dritte am Geschlecht.

„Jeder Kreis ist eine Zielscheibe! . . .“ brüllte Bambilt. „Alle werden jetzt an meinem Lieblingsspiel teilnehmen! . . . Ich nenne es Psychodrama . . . Alle, die Nut gern haben . . .“ Er unterbrach sich, um wieder nach Nut Ausschau zu halten. „Nut! . . . Wo ist Nut? . . .“

„Sie ist da!“ rief jemand aus der Menge.

Nut kam mit ausdruckslosem Gesicht durch die Lichtkegel auf ihn zu. Gus reichte ihr galant die Hand. Als sie neben ihm stand, hob er ihre Hand hoch in die Luft, als erklärte er sie zum Sieger.

„Nut und ich zeigen jetzt, wie man Ehekrisen überwindet.“

Bambilt schob einen schwarzen Vorhang zur Seite und legte einen Gewehrständer frei, in dem zwanzig Sportkarabiner lehnten.

„Alles hersehen! . . .“

Gus ergriff eine der Waffen, reichte sie Nut und nahm eine für sich. Er entsicherte sie. Seine elfte Frau an der Hand, ging er zu den Gästen hinunter, die vor ihm zurückwichen.

„Vorbei die Streitigkeiten! So wird man miteinander fertig! Feuer!“

Die beiden Schüsse krachten gleichzeitig. Auf Bambilts Bild zeigte sich auf der Höhe des Halses eine sternförmige Wunde, aus der träge eine rote Flüssigkeit rann. Alle Blicke richteten sich auf das Foto von Nut, das an der Schulter getroffen war . . .

„Daneben! . . .“ brüllte Kallenberg.

„Einen Augenblick! . . .“ überschrie ihn Bambilt. „Macht es doch besser! Jeder Gast hat einen Schuß. Wer ins Ziel trifft, gewinnt einen herrlichen kleinen Preis! . . . Feuer frei! . . .“

Die Gäste zögerten. Auf wen sollten sie schießen? Unbehagen breitete sich aus. Doch dann trat eine dicke Person heran, es war die Gattin eines Stahlgiganten, nahm sich ein Gewehr, setzte ohne zu zögern an und schoß Nut eine Kugel in den Kopf, ganz nahe der rot markierten Zielscheibe. Damit war der Bann gebrochen. Jeder stürzte zum Gewehrrechen, der im Handumdrehen leer war. Die Waffen wurden von Hand zu Hand weitergereicht. Schüsse peitschten durch die Nacht.

„Ja, gut so!“ jauchzte Big Gus. „Ja! . . . Sie sind mit Ketchup geladen! . . .“

Das Orchester spielte Musik aus „Cavalleria Rusticana", und eine Art Kollektivpsychose erfaßte die Gäste. Ein Plastikgeschoß nach dem anderen landete auf dem Ziel aus Pappe und zerplatzte zu Ketchup, das in langsamen weichen Bächlein zur Erde hinabrann. Kein einziges Projektil hatte sich unter die Gürtellinie verirrt. Kallenberg setzte der Schamhaftigkeit ein Ende, zielte auf Nuts Unterkörper und traf ins Schwarze. Aus dem Lärm hoben sich einzelne Schreie ab. „Er hat gewonnen! . . ."

„Augenblick!"

Mit großen Gebärden versuchte Bambilt die Menge zum Schweigen zu bringen.

„Haben alle geschossen?"

Irgend jemand rief: „Satrapoulos war noch nicht dran!"

Wütend erkannte der Grieche, daß es Irene, seine Schwägerin, gewesen war. Sie hielt seinem Blick stand und sah ihn mit gespielter Naivität an.

„Sie sind an der Reihe! . . . Nur nicht kneifen . . .", rief man.

Alle blickten auf Satrapoulos. Es war ihm nicht recht, im Mittelpunkt dieses idiotischen Spiels zu stehen. Die Leute widerten ihn an, er fühlte sich für Nut erniedrigt, die Besseres verdient hatte. Irene würde er sich noch vorknöpfen, diese Nutte.

„Mein lieber Freund, Sie können uns nicht die Freude vorenthalten, Ihre Geschicklichkeit zu bewundern . . ."

Alles schwieg, als Big Gus ihm einen Karabiner reichte. Der Grieche sah ihm kühl in die Augen und schob die Waffe beiseite. Langsam ging er zu einem Blumenstrauch, pflückte eine Rose und betrat das Podium. Bedächtig nahm er seinen operettenhaften Dreispitz ab, löste eine Sicherheitsnadel, die den metallenen Totenkopf auf dem Stoff festhielt. Es war ihm egal, was Bambilt sagen würde. Auf Nuts über und über von Tomatensaft besudeltes Foto steckte er seine weiße Rose genau in die Zielscheibe beim Herzen. Allgemeine Verblüffung.

„Bravo! . . ." rief Big Gus. „Das ist ein Gentleman!"

Einer der älteren Herren ließ es sich nicht zweimal sagen und warf eine Rose vor die Füße von Nuts Bild. Dutzende andere machten es ihm nach.

Bambilts Rosen waren in ganz New York berühmt. Drei Gärtner waren das ganze Jahr über im Einsatz, um sie jederzeit gegen Frost, Wind und die schmutzige Stadtluft zu schützen. Und jetzt riß man sie wie Papierblumen ab, um sie vor Lindy Nuts Abbild auf einen Haufen zu werfen. Hurrarufe stiegen in den Himmel auf, als keine einzige Rose mehr auf den Sträuchern war. Big Gus stelzte zum Orchester und ergriff ein Mikrofon: „Das Fest geht weiter! Nun der erste Preis!"

Die Musik setzte ein. Neue Scheinwerfer flammten auf. Stolpernd ging Bambilt auf den Pool zu. Er ergriff das Geländer und begann den Sprungturm zu erklettern, erreichte das Dreimeterbrett und setzte seinen Aufstieg fort. Schwankend trat er auf das Fünfmeterbrett hinaus. Als er wie durch ein Wunder unversehrt das vordere Ende des Brettes erreicht hatte, blieb er stehen. Milliarden lagen ihm zu Füßen, die schönsten Frauen, die wichtigsten Männer der Welt.

„Gus! . . . Komm herunter! . . ." rief Nut.

Er streckte die rechte Hand aus und deutete in die schwarze Nacht. Scheinwerfer folgten seinem Finger. Ein Hubschrauber tauchte auf, sein Getöse übertönte alle anderen Geräusche. Vorsichtig setzte er auf der Terrasse auf. Schon stürzten fackeltragende Diener auf ihn zu und entrollten einen roten Teppich. Die Tür öffnete sich, heraus trat ein blondes Mädchen. Bis auf drei winzige rose Schleifen auf den Brustspitzen und der Scham war es völlig nackt. Der Lärm der Rotoren erstarb. Die Menge kreischte vor Begeisterung. Das Mädchen ging auf das Podium zu, das Orchester spielte eine Samba. Während sie mit wiegenden Hüften weiterschritt, entrollte sie ein Transparent: „Ich bin der erste Preis. Wer hat mich gewonnen?"

„Kallenberg! . . ." brüllte die Menge begeistert.

„Meine Freunde! . . . Meine Freunde! . . ."

Man wußte nicht mehr, wohin man zuerst blicken sollte, auf den schreienden und gestikulierenden Mann auf dem Sprungturm oder auf die blonde Schöne.

„Holen Sie sich Ihren Preis! . . ."

Kallenberg wurde in Richtung Podium gestoßen. Bleich vor Wut klammerte sich Irene an ihn. „Geh nicht! . . . Du machst dich lächerlich!"

Blaubart löste sich von ihr. Sie klammerte sich erneut an seinen Arm und brachte es sogar fertig zu lächeln, so zu tun, als sei es ein Spaß.

„Schau! . . . Schau doch! . . ."

Auf seinem Sprungbrett brüllte Bambilt aus voller Lunge, um die Aufmerksamkeit auf sich zu lenken.

„Seht mich an!... Gustav Bambilt!... Zweiundsiebzig Jahre!"

Nuts dünnes Stimmchen drang zu ihm empor: „Nein, Gus!... Nein!..."

Später erklärten die Anwesenden, es sei alles viel zu schnell gegangen, zwei gleichzeitige Ereignisse, beide in ihrer Plötzlichkeit und Intensität einzigartig – Big Gus in einem perfekten Kopfsprung, Irene, die sich auf die Blonde stürzte, die ihren Mann küssen wollte... Der erste Preis schimpfte, kratzte, spuckte, biß wild um sich. Big Gus kam nicht mehr an die Oberfläche. Kallenberg, mit wallendem Bart, versuchte die beiden Megären zu trennen. Zwei Männer sprangen ins Wasser, ein Amor mit Pfeil und Köcher und ein als Geldschein Verkleideter. Der Grieche lief zu Nut, die händeringend am Rand des Bassins stand. Amor und die Tausenddollarnote tauchten auf, Bambilt mühsam zum Beckenrand befördernd. Hände streckten sich hilfreich aus.

Vorsichtig legte man Big Gus auf die italienischen Mosaiken. Sein riesiger Körper schien noch größer als sonst. Um ihn eine Wasserlache und drei der bekanntesten Ärzte, ein Kardiologe, ein Chirurg und ein Spezialist für Gefäßkrankheiten. Auskultation. Sie standen einander im Weg, sahen sich an.

„Hydrocutio", erklärte der erste.

„Embolia", fügte der zweite hinzu.

„Exitus...", schloß der dritte.

Alles war wie im Zeitraffer vor sich gegangen, und etliche der Gäste, die immer noch Kallenberg, Irene und den ersten Preis voneinander zu trennen suchten, wußten noch nicht, daß ihr Gastgeber tot war.

Der Grieche stützte Nut. Sie lehnte sich an seine Schulter. Er dachte, sie würde weinen, fürchtete, sie könnte zusammenbrechen. Doch sie flüsterte ihm etwas ins Ohr.

„Du mußt mir helfen... Sag mir sofort, ob ich gesetzlich gesehen jetzt geschieden oder verwitwet bin."

Sokrates' Erstaunen war nicht von langer Dauer. Sie hatte recht. Von dieser Kleinigkeit hingen Milliarden ab.

15

„Weißt du, daß es nun schon Jahre so geht? . . . Weißt du das?"
„Nun . . . ja . . ."
„Kannst du mir wenigstens erklären, warum?"
Marc biß die Zähne zusammen. Er war schon nicht fähig, die
Motive seiner eigenen Handlungen zu erkennen, und dann
noch die Lenas . . . Wie auf Eiern balancierend, fuhr er fort:
„Unwahrscheinlich, wie die Zeit vergeht . . ."
„Mein Leben vergeht! Nicht die Zeit!" lehnte sich Lena auf.
„Wie lange, glaubst du, soll das noch so gehen? Ich empfinde
überhaupt nichts mehr für ihn. Ich sehe ihn vielleicht zehnmal
im Jahr, und auch dann reden wir noch von Geld. Überall
macht er mich mit Flittchen lächerlich. Und du, was machst du
in der Zwischenzeit? . . . Wann wirst du endlich verantwor-
tungsbewußt?"
Bei allen ihren Bekannten galt Lena als apathisch. Nichts
schien sie zu interessieren, wenn sie in der Öffentlichkeit
auftrat. Sie vertrat selten eine Meinung, hatte nie eigene Ideen.
Bei niemandem. Außer bei Marc.
Einen Monat nach den Ereignissen in New York hatte sie auf
einem Rendezvous in ihrer Wohnung in der Rue de la
Faisanderie bestanden. Marc hatte sich gewaltig anstrengen
müssen, Belle loszuwerden, die ihren Urlaub mit ihm auf Eden
Roc verbrachte. Er müsse zu einem Produzenten nach Paris,
hatte er erklärt. Belle wußte genau, was er vorhatte, aber sie ließ
ihn ziehen und stürzte sich in ein Gin-Rummy-Turnier, bei
dem eine Glückssträhne die andere ablöste.
Lena war auf der Durchreise und sollte noch am selben
Abend ihren Mann auf den Balearen treffen. Seit mehreren
Tagen schon wartete die „Pegasus" in Palma auf die Passagiere.
Gewöhnlich setzte der Grieche nie jemanden von seinen

Reiseplänen in Kenntnis und ließ die Anker erst im allerletzten Augenblick lichten. Die Gäste seiner Kreuzfahrten trafen einander erst auf dem Fallreep.

Satrapoulos wußte genial zu mischen, würfelte mit schlafwandlerischer Perfektion Staatsmänner und Schauspielerinnen durcheinander. Und jede dieser Berühmtheiten konnte sich darauf verlassen, ebenfalls nur Berühmtheiten zu treffen. Die Komparsen rekrutierte man unterwegs, unbekannte Mädchen und Burschen, deren Schönheit sie früher oder später aus der Anonymität der Masse heben würde. Die See, die Sonne, die Bordkapelle, der Alkohol, das raffinierte Essen und das Dolcefarniente taten ein übriges.

Lena mied diese Kreuzfahrten seit Jahren. Und doch hatte sie stets den Eindruck, etwas versäumt zu haben, wenn sie später die Klatschspalten der Zeitungen las. Als lähmte bereits ihre Anwesenheit den Humor und die Lebenslust des Griechen. Und wenn sie sich auch von ihm gelöst hatte, ertrug sie es nicht, wenn er sich mit weiblichen Wesen umgab. Er war zwar frei wie der Wind, aber seine Frau war immer noch sie.

„Marc?"

„Ja?"

„Wenn ich mich frei machen könnte . . . würdest du mich heiraten?"

„Du weißt es ja . . ."

„Ja, aber du bist doch verheiratet . . ."

„Wenn du es einmal nicht mehr bist, mache ich mich auch frei."

„Glaubst du, daß sie dich so einfach freigeben wird?"

„Nicht sie gibt mich frei, sondern ich!" erklärte er fest. Manchmal glaubte er selbst, was er sagte.

„Wirklich?"

„Wirklich."

„Kannst du es beschwören, bei dem was dir lieb und teuer ist?"

„Wenn du willst. Ich schwöre es bei deinem Haupt."

„Nein, lieber bei deinem."

Marc war abergläubisch. Er beging den Fehler, nicht sogleich zu antworten. Lena drängte ihn: „Nun?"

„Hör zu, das ist doch idiotisch! . . . Ich hasse das! Du wirst doch meinem Ehrenwort glauben, nicht?"

„Schwöre . . .“

„Aber . . .“

„Schwöre!“

„Gut, ich schwöre.“

„Bei deinem Haupt. Sag es: Ich schwöre bei meinem Haupt.“

Kein Ausweg mehr. „Ich schwöre bei meinem Haupt.“

„Ach! Mein Geliebter! . . .“

Sie stürzte sich auf ihn und bedeckte ihn mit Küssen. Er hatte es satt und wollte nichts wie raus aus diesem Bettappartement.

„Du hast es geschworen, Marc! . . . Du hast es geschworen! Jetzt habe ich keine Angst mehr . . . Ich weiß, daß du mich liebst . . . Ich weiß, was ich zu tun habe! . . .“

„Lena! . . .“ stammelte er. „Was meinst du damit? . . . *Was* hast du zu tun? . . .“

„Sag nichts! . . . Du wirst schon sehen! . . .“

Der Tonfall ihrer Stimme rief bei ihm Unbehagen und Angst hervor.

Es war elf Uhr abends. S. S. war gräßlich gelaunt. Seit achtundvierzig Stunden war die „Pegasus“ zum Auslaufen bereit und wartete vergeblich auf die Ehrengäste: die Menelas und ihren Mann.

Unangenehm. Der Grieche hatte all seine Überredungskunst aufgeboten, sie auf seine Jacht einzuladen, und nun wartete er wie ein Schuljunge auf sie.

Es war weiß Gott nicht einfach gewesen. Von Venedig aus sollten die Gonzales del Salvador nach Nizza fliegen, wo ihre eigene Jacht vor Anker lag. Mit der „Olympia“ wollten sie gemächlich bis Saint-Tropez kreuzen, und Sokrates hatte ihnen vorgeschlagen, in Palma zur „Pegasus“ zu stoßen. Sie sollten acht weitere Tage im Mittelmeer bleiben und über Mallorca, Menorca, Ibiza und Cadaques die spanische Küste entlangfahren, bis er sie in Monte Carlo absetzen würde, wo die Saison auf ihrem Höhepunkt war.

Das Fluzeug, das der Grieche ihnen in Venedig bereitgestellt hatte, stand immer noch dort. Der Pilot beschränkte sich seit zwei Tagen darauf, den unzähligen Funkanfragen von der „Pegasus“ dieselbe Antwort zu erteilen: „Monsieur und Madame Menelas sind nicht erschienen.“

In Palma, wo die „Pegasus" nun seit vierzehn Tagen vor Anker lag, wagte Kapitän Kirillis es nicht mehr, dem Griechen unter die Augen zu treten. Er wußte, daß S. S. Grund genug hatte, nervös zu sein. Diesmal war die Ladung Gäste an Bord ein besonders explosives Gemisch. Das begann schon mit dieser amerikanischen Witwe, die vor drei Tagen eingetroffen war. Die ganze Besatzung wußte, daß sie die Mätresse des Griechen gewesen war. Und zu allem Überfluß war noch Madame Lena aufgetaucht. Die Begrüßung der beiden Frauen war eher kühl ausgefallen. Wie durch ein Wunder – vielleicht hatte sie die kommenden Schwierigkeiten erahnt – hatte die Deemount Takt genug besessen, nicht an Bord zu bleiben, und trotz der Einwände des Griechen unter dem Vorwand einer dringenden Reise nach Nassau ihre Kabine freigegeben. Eine weniger . . .

Am Nachmittag war es zur ersten Szene zwischen dem Griechen und Lena gekommen. Kirillis hatte wie üblich angesichts der mangelnden Diskretion seiner Matrosen, die sich vor der Tür zu Satrapoulos' Privatappartement herumtrieben, um die Bemerkungen der Herrschaft aufzuschnappen, beide Augen zugedrückt. Auf der „Pegasus" wurde jeder Ausspruch der Passagiere erzählt und kommentiert. Vom Zimmermädchen bis zum Kartoffelschäler wußte jeder an Bord, in welche Richtung sich die oft zum Zerreißen gespannte Lage entwickelte.

An Satrapoulos fand niemand etwas auszusetzen. Man fand ihn recht nett, ein bißchen knausrig, wie alle reichen Leute, und belächelte seine Künste als Schürzenjäger. Madame Lenas Verhalten entzweite die Mannschaft und wurde zum Thema endloser Diskussionen während der Küchenarbeit, dem Schrubben des Decks oder der Siesta. Jeder kannte den Namen ihres Geliebten, den sie heimlich in Paris traf. Ganz normal. Seltsam waren nur die Eifersuchtsszenen, die sie Satrapoulos vorspielte. Je größer die Distanz zwischen ihnen wurde, desto öfter provozierte sie ihn in aller Öffentlichkeit mit scheinheiligen Fragen. Wenn niemand dabei war, verließ sie sich auf Vorwürfe und Tränen. Manchmal ging es ihm so auf die Nerven, daß er ohne jemand zu verständigen abhaute und drei Wochen verschwunden blieb. Einige Tage später erfuhr man meistens aus den Zeitungen, wo er war. In London hatte man ihn gesehen, in Athen, Rom oder Paris, und immer in Begleitung unbekannter Blondinen.

Es gibt nichts Dümmeres als eine Jacht, die am Kai liegt. Höchstens vielleicht noch die Nichtstuer, die sie begaffen.

Die „Pegasus" war zwischen zwei kleineren Schiffen eingeklemmt, deren Bojen an den Flanken von Satrapoulos' Jacht mit einem scheußlichen Kreischen entlangscheuerten. Die beiden Nächte an Bord waren für Lena ein Alptraum gewesen. Am Tag war es noch ärger, man mußte sich auf dem Schiff verkriechen. Palma war kein besonders eleganter Ort, und die Touristen stauten sich vor der Jacht, begafften die Matrosen, die zurückgafften, und bestaunten das Wasserflugzeug und den Hubschrauber, die unter dem Schornstein festgezurrt waren. Was machte wohl Marc, während sie hier festsaß? War er zu Belle an die Côte d'Azur zurückgekehrt? Sokrates' Nervosität nahm stetig zu. Den Gästen gegenüber gab er sich herzlich und gut gelaunt, aber mindestens zehnmal am Tag schlich er sich zu Kirillis.

„Nichts?"

„Nichts, Monsieur."

Lena hatte sich bis zum Abend eine Frist gesetzt, zu einem Entschluß zu kommen. Wenn die Menelas sich bis Tagesende nicht blicken ließ, würde sie am nächsten Morgen die Jacht verlassen.

„Noch einen Toast?"

„Danke, sehr gern."

Lindy Nut brachte sie mit ihrer Freundlichkeit zur Raserei. Lena betrachtete dieses Verhalten eher als eine Herausforderung denn als Zeichen natürlichen Entgegenkommens. Außerdem konnte sie Sokrates nicht verzeihen, Lindy mit dieser noblen Geste bedacht zu haben. Er war einfallslos genug gewesen, ihr auf dem Dach eines Wolkenkratzers eine Rose zu verehren, anstatt sie wie alle anderen mit einer Gewehrkugel zu durchbohren. Die Presse hatte die Angelegenheit natürlich ausgeschlachtet, und seit einem Monat bedrängten Lenas Freundinnen sie mit hämischen Fragen wie: „Ah, da fällt mir gerade ein . . . Waren Sie nicht auch dabei, an jenem Abend, als Ihr Mann? . . ."

Sie saßen zu siebent um den Tisch, knabberten Keks, tranken Kaffee oder Tee, schlürften bedächtig Champagner.

Lena blickte Stany Pickman von der Seite an. Er war ein unwahrscheinlich schöner Mann. Mit Gregory Peck, Gary

Cooper, Clark Gable und Cary Grant bildete er die Kohorte der Stars, die in Hollywood den Ton angab, sie waren „die Fünf", denen die Produzenten jeden Scheck zu unterschreiben bereit waren. Pickman, der auf der Leinwand den Typ des romantischen Verführers verkörperte, war in seinem Privatleben so bürgerlich wie nur etwas. Sein Geld hatte er in der Rinderzucht angelegt, schlafen ging er meist noch vor Mitternacht, und dann nie mit einer anderen als mit Nancy, seiner Frau.

Sokrates bemühte sich, Lord Eaglebond zu unterhalten. Als Staatsmann war sein Ruhm noch nicht verblaßt, aber der Mann in ihm war bereits senil und konzentrierte seine letzten Energien darauf, Menüs zu komponieren, die der Grieche eigens für ihn kochen ließ. Sokrates trieb es so weit, ihm persönlich mit einem kleinen goldenen Löffel den grauen Kaviar in den Mund zu stopfen. Lady Eaglebond war eine unscheinbare kleine graue Maus mit grauen Augen, grauen Zähnen und grauen Kleidern. Und zur Bedienung dieser Gruppe die vierzig Matrosen der „Pegasus".

Es war zehn Uhr morgens. Die Sonne brannte herab, der Tag hatte kaum noch begonnen, und Lena langweilte sich bereits tödlich.

Stavenos stürzte wie eine Bombe ins Ruderhaus: „Die Sirene, Kapitän! Die Sirene!"

Kirillis hatte Order erhalten, die Sirene dreimal heulen zu lassen, sobald die Menelas an Bord käme. Als einziger bisher war Lord Eaglebond, als einstiges Staatsoberhaupt, mit fünf Sirenentönen und angetretener Mannschaft empfangen worden.

„Was ist mit der Sirene?"

„Einschalten! Sie ist da! . . ."

„Sind Sie sicher?"

„Kapitän! Sie ist bereits an Bord! . . ."

„Zum Teufel! Vorwärts! . . . Alle Mann an Deck!"

Das Spektakel hatte begonnen. Schlecht begonnen. Vom Sirenengeheul angespornt, stürzte sich Dackel Hermann auf die Leinenhose der Menelas, verbiß sich in sie und ließ sich auch durch die Fußtritte nicht verscheuchen, die der Grieche ihm zu verabreichen vorgab – er konnte sich nicht entschließen, das geliebte Tier wirklich zu schlagen. Zwei Matrosen kamen angelaufen und wurden ebenfalls gebissen. Lena setzte ein gequältes Lächeln auf und nahm einen Schluck Buttermilch. Lord Eaglebond hatte seine Kartenpartie mit Stany Pickman unterbrochen und kam zur Begrüßung herbei. Endlich gelang es, Hermann zu fassen und fortzuschaffen. Der Grieche wußte nicht, wie er Verzeihung erwirken sollte.

„Dackel sind auf Panther eifersüchtig", erklärte er gequält.

Die Menelas betrachtete den Schaden – ein Hosenbein war völlig ausgefranst – und ließ sich endlich zu einem Lächeln herbei. Nut umarmte sie begeistert. Diener ergriffen ihr Gepäck, um es in die Kabine zu bringen.

„Ich bin entzückt, Sie an Bord meines Schiffes begrüßen zu dürfen...", entschloß Lena sich endlich und betonte das „mein".

Pickman küßte Olympia die Hand, Lord Eaglebond machte ihr ein Kompliment, das sie sofort zurückgab. Überglücklich scharwenzelte der Grieche um die Gruppe herum, beeilte sich, dem Politiker Feuer zu geben, der die Höflichkeit so weit getrieben hatte, für einen Augenblick seine unvermeidliche Zigarre aus dem verwitterten Babymund zu nehmen.

„Anker lichten!" brüllte der Grieche.

„Anker lichten!" ging das Kommando von Mund zu Mund.

Matrosen wollten die Laufbrücke einziehen. Man hörte Geschimpfe. S. S. runzelte die Brauen und beugte sich über die Reling. Zwei Matrosen rangen mit einem kleinen Männchen, das sie in zahlreichen Sprachen verfluchte und vergeblich auf das Schiff zu kommen trachtete. Satrapoulos biß sich auf die Lippen, um nicht zu lachen.

„Aufhören!"

„Aufhören!" gab Kirillis den Befehl mit Stentorstimme weiter.

Der Grieche wandte sich an die Menelas: „Meine Liebe, Sie entschuldigen mich einen Augenblick... Ich gehe, Ihren Gatten zu begrüßen."

Sie lachte und sagte fröhlich: „Mein Gott, ja!... Emilio!... Ich hatte ihn ganz vergessen!..."

Man war beim Dessert. Es war elf Uhr abends, Müdigkeit machte sich breit. Die „Pegasus" trieb auf dem Meer, nur wenige Scheinwerfer waren auf das Wasser gerichtet. Große silberne Kandelaber erhellten den runden Tisch und verliehen den Gesichtern den dunklen Glanz neuer Jugend. Nachlässig zwischen das goldene Service verstreut, lagen Orchideen auf dem Tisch, rote Rosen rankten sich zierlich an den Kandelabern empor.

Bisher war alles perfekt verlaufen. Als Keyx sie zu Tisch gebeten hatte, war ein Zigeunerorchester erschienen und hatte begonnen, mit seinen sehnsüchtigen Weisen eine dezente Lautkulisse zu schaffen. Es war viel getrunken worden. Die Barkeeper hatten den Auftrag erhalten, kein Glas leerstehen zu lassen, Champagner und Whisky als Aperitif, polnischen Wodka zum weißen Kaviar, einen großen Bordeaux zum gegrillten Hummer, den Langusten und dem Steinbutt, und wieder Champagner, eine endlose Reihe von Flaschen. Diener in weißer Livree servierten.

Vor dem Essen hatte der Grieche die heikle Frage der Kleidung angeschnitten und zur Abstimmung freigegeben. Abendkleidung oder nicht? „Wir sind im Urlaub. Keine Rede von Festlichkeiten", hatten alle Damen mit seltener Einmütigkeit gezwitschert und waren in ihre Kabinen gestürzt, um herauszuholen, was sie an Elegantestem besaßen. Abendkleider, ganz einfache natürlich, von Dior oder Givenchy. Wichtig war nur, in diesem Aufzug so aufzutreten, als handle es sich um ein kleines Sommerfetzchen. Das gleiche beim Schmuck. Man trug wenig, dafür aber sollte das eine, ausgesuchte Stück alles in den Schatten stellen.

Für dieses kleine Spielchen besaß Lena alle Trümpfe. Seit Jahren überhäufte Sokrates sie mit Schmuck, so daß sie kaum eine Rivalin zu fürchten hatte, wenn man von Irene, ihrer Schwester, absah – und der gefürchteten Maharani von Baroda, die auf diesem Gebiet jederzeit für eine Überraschung gut war. Trotz des Fünfzigkaräters, den sie am Hals trug, mußte Lena gestehen, daß die Menelas mit ihrem Diamantenkollier beeindruckend war, ebenso Nut mit ihren Türkisohrringen – wenn auch an der Grenze des guten Geschmacks, dachte sie unwillkürlich, wie alles, was von Gustav Bambilt kam. Angesichts dieser Pracht konnte Nancy Pickman mit ihrem reingoldenen

Gürtel keinen Staat machen. Und die lächerliche kleine Kaufhausbrosche von Lady Eaglebond konnte wohl nur Achselzukken hervorrufen.

„Was würden Sie von gefüllten Orangen und Zitronen halten?" fragte der Grieche. „Eine Spezialität meines Küchenchefs."

Alle waren einverstanden. Bei den Mengen an Alkohol, die sie vertilgt hatten, wären ihnen auch Würstchen mit Kraut nicht ungelegen gekommen. S. S. war strahlendster Laune. Mit Ausnahme von Lena, die absolut unnötig war, umgab ihn nun alles, was er liebte: das Meer, Luxus, seine Jacht, bedeutende Männer und schöne Frauen. Das Dessert wurde serviert. Aufmerksam beobachtete er seine Gäste. Nancy Pickman stieß als erste einen spitzen Schrei aus. Alle sahen sie an. Der Grieche heuchelte Erstaunen. Nancy hatte ihre Zitrone geköpft und zog aus dem Inneren einen herrlichen Brillantring hervor. Verblüfft hielt sie ihn zwischen Daumen und Zeigefinger; sie wagte kaum, ihn aus der Nähe zu betrachten, und blickte fragend ihre ebenso erstaunten Tischnachbarn an. Lady Eaglebond reagierte als nächste. Sie öffnete ihre Zitrone und fuhr mit dem Finger in den Hohlraum. Die Menelas, Lindy Nut und Lena machten es ihr nach. Mit kleinen Ausrufen des Entzückens brachten sie jede ein Schmuckstück zum Vorschein, ein Topasarmband für die Eaglebondsche Maus, deren Wangen sich rosig färbten, diamantenbesetzte Ohrringe für Lena, einen birnenförmigen Perlenanhänger für Nut, eine Rubinbrosche für die Menelas.

Lord Eaglebond applaudierte. Mimi wollte nicht zurückstehen und klatschte ebenfalls in seine kleinen Händchen, obwohl es ihn eigentlich verstimmte, daß ein anderer als er seinem „Panther" Schmuck schenkte. Stany Pickman setzte sein charmant-blasiertes Lächeln auf, das ihm in den Studios Millionen einbrachte. Das Zigeunerorchester stimmte einen Csárdás an. Lady Eaglebond sprang unvermittelt auf und fiel dem Griechen um den Hals. Nut wollte ebenfalls, aber Lenas Blick hielt sie davon ab.

„Ich schlage vor, wir bringen einen Toast auf unsere Gastgeber aus", trompetete der greise Politiker. Bereits leicht betrunken, drehte er sich zu Lena um und fügte hinzu: „Glücklich diejenigen, die die Schönheit ihrer Frauen zu schmücken vermögen."

Allgemeine Dankbezeigungen. Der Grieche bemühte sich, nichts von seinem Air der Bescheidenheit einzubüßen, und bedankte sich ebenfalls. Erneut wurden die Gläser gefüllt. Galant beugte sich Lord Eaglebond zur Menelas und sagte: „Sie werden mir gestatten, Ihnen mein Leid zu klagen. Madame, ich habe Sie vor acht Jahren in London spielen gehört. Ich werde es nie vergessen."

Bescheiden senkte die Menelas die Augen.

„Es schmerzt mich, daß ich nicht das Glück habe, Sie noch einmal spielen zu hören, es wäre ein würdiger Abschluß dieses wunderbaren Abends."

Die Menelas trat nur vor vollen Häusern und um horrende Gagen auf, daß wußte jedermann. Um so größer war das Erstaunen, als sie sagte: „Ich hätte gerne für Sie gespielt. Leider habe ich kein Klavier."

Damit vergab sie sich nichts, da man sie nicht beim Wort nehmen konnte.

„Aber! . . ." warf Nut spöttisch ein. „Du hättest wirklich gespielt?"

„Sicherlich", antwortete sie. „Mit Vergnügen."

Mimi war am Boden zerstört. Er wußte am besten, wie schwer es war, sie an ein Klavier zu bringen und ihre Verträge einzuhalten. Und doch schien sie aufrichtig.

„Ich hätte nie gewagt, Sie darum zu bitten . . .", sagte S. S.

Lena sah ihn mit eisiger Miene an. Was mußte er sich vor dieser Frau so aufplustern? Er haßte klassische Musik. Mehr noch, er verstand nichts davon.

„Ich habe kein Klavier . . .", sagte die Menelas, und ihr Lächeln brachte Mimi und Lena aus der Fassung.

„Aber ja, Sie haben ein Klavier . . . Keyx!"

Der *Maître d'hôtel* des Griechen tauchte auf. Satrapoulos flüsterte ihm etwas ins Ohr. Zuerst wurde die Zigeunermusik leiser. Männer verrichteten eine seltsame Arbeit am unbeleuchteten Ende des Oberdecks, andere brachten Fackeln. Mißtrauisch sah die Menelas in die Runde. Niemand sprach mehr. Man vernahm das leise Singen eines Nylonseils, das Scharren eines schweren Gegenstands auf dem Mahagoniparkett. Kandelaber wurden angezündet und beleuchteten einen riesigen Flügel, der dunkel und massiv auf dem Podium stand.

Langsam erhob sich die Menelas und ging auf das Ding zu,

wo sie eine weitere Überraschung erwartete: es war kein Bösendorfer, kein Steinway, sondern ein Bechstein, ein echter Bechstein.

Verträumt strichen ihre Finger über die Tasten. Die Angestellten verharrten unbeweglich in der Lage, in der der erste Ton sie getroffen hatte.

Sie spielte den Walzer in Ges-Dur, Opus 70. Manchmal hatte man in Anwesenheit des Griechen den Namen Chopin erwähnt, und er hatte stets der Versuchung widerstanden, eine Frage zu stellen. Und doch wußte er jetzt mit Bestimmtheit, daß diese Musik nur für ihn, für ihn allein, komponiert worden war. Besser als eine Rede der Menelas sagte sie ihm, was er von ihr hören wollte. Beglückt hörte er zu, die Töne wurden zu Worten, die Worte zu Träumen. Ja, jetzt verstand er es. Sie sagte ihm, daß sie ihn liebte.

Die zitternde Melancholie verlor sich in der warmen Nacht. Lord Eaglebond nuckelte mit geschlossenen Augen an seiner Zigarre. Nut sah Sokrates an, unverkennbar beunruhigt und eifersüchtig, Lena sah verbissen an ihm vorbei. Stany Pickman blieb wie immer stumm, vielleicht hörte er gar nichts.

Sokrates fühlte plötzlich Verlangen in sich aufsteigen, heißes Verlangen nach dieser Frau.

Am nächsten Morgen verließ die „Pegasus" um sechs Uhr den Hafen von Palma und nahm Kurs auf Ibiza. Um acht tauchten Lord und Lady Eaglebond auf dem Oberdeck auf, wo man ihnen das Frühstück servierte, Tee für sie, ein Alkaseltzer für ihn und einen Schluck Whisky zum Nachspülen. Es war ein herrlicher Tag. Die Jacht durchfurchte träge die Wellen. Lord Eaglebond steckte seine erste Zigarre an und schenkte sich heimlich einen zweiten Whisky ein. Seine Frau sah ihn strafend an: „George! . . ."

Er sah auf die Uhr: „Meine Liebe, ich habe es mir zur absoluten Regel gemacht, nie vor acht Uhr morgens Alkohol zu trinken. Es ist acht Uhr zehn."

„Guten Morgen."

Die Menelas tauchte auf, strahlender Laune, in roter Hose, weißer Bluse, schwarzem Kopftuch. Hinter ihr trottete, eher schlecht gelaunt, Mimi.

„Gut geschlafen?"

„Herrlich."

„Nehmen Sie doch Platz."

Wenig später kam Nut, schließlich erschienen Stany und Nancy Pickman. Lena war die letzte und setzte sich mit den anderen zu Tisch.

„Wo ist Sokrates?"

„In seinem Arbeitszimmer, er hat zu tun."

Sie nahm einen Schluck Kaffee. Hinter der riesigen Sonnenbrille konnte man ihre Augen nicht erkennen. Erneut beglückwünschte man die Menelas zu ihrer nächtlichen Darbietung. Es wurde von Mode gesprochen, von Kreuzfahrten, gemeinsamen Bekannten.

„Wer will braun werden?"

„Alle!" erwiderte Nut fröhlich. „Machen Sie es wie wir, meine Herren, schlüpfen Sie in den Badeanzug!"

Mimi sah mit Verblüffung, daß die Menelas es den anderen gleichtat. Dabei hatte sie die Sonne immer gehaßt! Jetzt sagte sie zu Nancy: „Könnten Sie mir den Rücken einölen?"

Kirillis ließ die Maschinen stoppen. Das Wasserflugzeug landete nicht weit von der „Pegasus" in einer Schaumwolke. Ein Motorboot setzte von der Jacht ab und nahm beim Flugzeug ein Paket in Empfang. Die „Riva" kehrte unverzüglich zum Mutterschiff zurück.

„Was ist das?" wollte Pickman wissen.

„Die Zeitungen. Man hat sie aus Barcelona geholt. Wenn mein Mann auf See ist, schickt er immer das Wasserflugzeug oder den Hubschrauber in den nächsten Hafen. Sokrates verträgt es nicht, nicht informiert zu sein. Ach! Diese Geschäfte sind die reinste Qual!"

Sie drehte sich auf den Bauch und musterte die Rückenansicht der Menelas. Seltsam ... Sie hätte schwören können, daß sie Zellulitis hatte.

Matrosen eilten geschäftig hin und her und bereiteten alles vor, um das Wasserflugzeug und die „Riva" emporzuhieven.

Wie immer hatte Sokrates sich eine genaue Liste aller Telefongespräche gemacht, die er mit den Hochburgen der Weltfinanz zu führen beabsichtigte. Mit Ausnahme der Frauen konnte nichts ihn von seinen Geschäften ablenken: verwirrenden Börsenspekulationen, komplizierten und verworrenen Machinationen, von der Art etwa wie die, daß eine Olivenölfabrik Geld für Docke und Werften zu liefern hatte, eine Firma für Flüssigluft aus den Gewinnen eines Immobilienbüros finanziert wurde, ganz zu schweigen von den Millionen Dollar, die er wie durch schwarze Magie hervorzauberte. Es genügte, eine nie gesehene Gasfabrik zu kaufen und das Gerücht verbreiten zu lassen, daß er sie erstanden habe. Zwei Stunden später stieß er sie um den doppelten Betrag ab, sie hatte schon durch die Tatsache ihren Wert verdoppelt, daß er sie besessen hatte. Seine Makler hatten die Übersicht verloren. Satrapoulos' Entscheidungen waren so überraschend, sein Spürsinn so unfehlbar, er schien stets Wahnsinnsideen durchsetzen zu wollen. Erst im nachhinein legten die Zahlen beredtes Zeugnis davon ab, wie recht er gehabt hatte. Man versuchte vergeblich, seinen Entscheidungen zu folgen. Selbst seine engsten Mitarbeiter waren immer wieder bestürzt, wenn er innerhalb von Sekunden Fragen mit ja oder nein beantwortete, deren Für und Wider sie in wochenlanger Arbeit erwogen hatten.

„New York ist da!"

Er ergriff den Hörer. „Ich höre."

„Alles unterschrieben, Boß. Alles erledigt."

Lächelnd legte der Grieche auf. Der Tag begann nicht schlecht. Er hatte eine Chance, das Geld wieder hereinzubringen, das der amerikanische Zoll ihm abgeknöpft hatte. Er steckte mitten in einer gigantischen Schlacht, von der nicht einmal er selbst hätte sagen können, ob sie politischer oder wirtschaftlicher Natur war. Jedenfalls besaß er die Macht, den „Dow Jones" durcheinanderzubringen, den berühmten Index der Wall-Street-Aktien, verläßlichstes Thermometer der amerikanischen Wirtschaft.

In den arabischen Ländern, dort, wo der wahre Reichtum lag, das Erdöl, war sein Einfluß so groß, daß ihm kaum etwas unmöglich war. Zusammen mit Hadsch Thami el-Sadek hatte er den saudiarabischen Emiren geholfen, sich von der Vormundschaft der britischen und amerikanischen Erdölgesellschaften zu lösen, die sie unter Druck gehalten hatten. Es hatte ihm nicht wenige Feindschaften eingetragen. In zehn Jahren würde die Welt jährlich drei Milliarden Tonnen Erdöl verbrauchen. Ein Wort von ihm, und die Quellen versiegten. Jetzt hatte er sie in der Hand. Zufrieden lehnte er sich zurück und rief seinen Sekretär zu sich. „Verbinden Sie mich mit Paris, Tokio, London, Caracas und München. In dieser Reihenfolge. Versuchen Sie auch, Rio zu bekommen."

Um elf wurden die ersten Aperitifs gereicht, die Lord Eaglebond gierig in Empfang nahm. Trockene Kekse, Salzmandeln, Champagner, Whisky. Die Menelas fürchtete einen Sonnenbrand und zog ihre Bluse an. Die Beine ließ sie nackt. Die Gäste lehnten an der Reling oder fläzten sich in Liegestühlen und blickten auf das vorbeiziehende Meer.

„Da kommt er!"

Der Grieche erklomm die letzten Stufen. Nut scherzte: „Du hast schon wieder etwas angestellt! Wieviel hast du verdient?"

Er lachte zufrieden, fast wie ein kleiner Junge . . . Er sah bubenhaft aus in seinen verwaschenen Shorts, dem lose um die Hüften flatternden Hemd und den alten, vertretenen Sandalen.

„Schlechter Tag! . . . Alles Routineangelegenheiten . . ."

Die Gäste lachten.

„Wollen Sie gleich baden oder lieber am Nachmittag? Ich kenne auf Ibiza einen herrlichen Strand! Völlig verlassen."

Verstohlen musterte er die Beine der Pianistin, ohne Lena aus den Augen zu lassen. Sie waren herrlich. Lena begann ihm ernstlich auf die Nerven zu gehen. Am Abend war sie noch in seine Kabine gekommen und hatte ihm wegen der Geschenke eine Szene gemacht. Er hatte ihr die Tür vor der Nase zugeschlagen. Wäre nicht die Menelas gewesen, er hätte wie üblich die Flucht ergriffen.

Er streichelte Hermann, der sich gegen seine Beine drückte. Die Sonne brannte heiß, eine leichte Brise brachte Kühlung, das Leben war wunderschön. Der Dackel stupste ihn mit einem Gummiring, den er im Maul hielt. S. S. warf ihn quer über das Oberdeck. Hermann lief ihm nach und hätte beinahe einen mit Gläsern, Flaschen und Eiskübeln beladenen Steward umgestoßen. Sokrates begann ein Gespräch mit Lord Eaglebond und kümmerte sich nicht mehr um das Tier, das seine feuchte Schnauze gegen seine Hose rieb.

Mimi ergriff den Ring und schleuderte ihn weit von sich. Hermann wie eine Rakete hinterher. Seine kurzen Pfoten bewegten sich so schnell, daß er auf dem Bauch zu rutschen schien. Der Gummiring querte die ganze Breite des Decks und kippte ohne ein Hindernis gefunden zu haben über Bord. Als Hermann bremsen wollte, war es zu spät. Seine Krallen kratzten vergeblich über das gebohnerte Holz des Decks. Einen kurzen Augenblick lang schien er sein Geichgewicht wiedergefunden zu haben. Dann fiel er ins Meer.

„Oh! Der Hund!..." rief Nancy... „Sokrates!... Der Hund!..." Der Politiker redete gerade. Satrapoulos wandte sich ab von ihm. „Bitte?... Was ist mit dem Hund?..."

„Er ist ins Meer gefallen!..."

„Mein Gott!..."

Satrapoulos war ein anderer geworden. Er stürzte zur Reling, Angst im Blick. Ohne zu zögern, sprang er hinunter.

„Mann über Bord!" ächzte Lord Eaglebond erschrocken.

„Maschinen stop!..." ertönte Kirillis Stimme.

Schwer erzitterte der Motor unter der Belastung, die „Pegasus" glitt ein gutes Stück weiter. Alle waren zur Reling gestürzt. Weit hinter dem Schiff sah man den Griechen im Kielwasser kräftig schwimmen. Matrosen beeilten sich, das Motorboot klar zu bekommen.

„Aber er ist ja verrückt!... Er ist verrückt!..." schrie Lena.

Heulend legte die „Riva" ab. Als die Matrosen bei Satrapoulos angelangt waren, beschimpfte er sie auf griechisch: er wollte retten, nicht gerettet werden.

„Idioten! Wer hat euch befohlen zu kommen? Ich kann schwimmen, oder nicht?"

Er hielt Hermann an seine Brust gepreßt. Sie wurden beide an Bord gezogen. Wenige Minuten später betrat der Grieche tropfend die „Pegasus", wo man ihn begeistert wie einen Helden empfing. Er brach in Lachen aus: „Und ich hatte mir geschworen, erst auf Ibiza zu baden! Das Wasser ist übrigens herrlich!..."

Jemand reichte ihm einen Whisky, den er triumphierend hinunterkippte. Aus den Augenwinkeln sah er nach der Menelas, die nur für ihn Blicke hatte.

16

„Zu Tisch! Zu Tisch! Sie müssen ja vor Hunger sterben!"
Seit der Rettung des Hundes waren einige Flaschen geleert
worden. Der Grieche sah auf die Uhr: ein Uhr mittags. Er
nahm Lady Eaglebonds Arm, Lena hängte sich bei dem bereits
leicht schwankenden Staatsmann ein. In der Ferne erkannte
man schon die Felsen von Ibiza, eine graue und verschwom-
mene Masse, die in der Sonne flirrte. Nach dem Essen
allgemeine Siesta. Baden erst gegen fünf. Sokrates drehte sich zu
der Menelas um: „Was essen Sie am liebsten?"
„Es ist mir leider verboten . . . Meine Linie."
„Spaghetti?"
Sie brach in Lachen aus: „Kartoffeln!"
„Nein? . . . Das kann nicht wahr sein! . . . Ich auch!"
Um den blumengeschmückten Tisch standen wartend Diener, um die Sessel zurechtzurücken. Lena kochte vor Wut.

Von der kleinen, tief in die Steilwand eingeschnittenen Bucht
aus erkannte man weit draußen die „Pegasus", die dort, etwa
einen Kilometer von der Küste entfernt, vor Anker lag. Der
Grieche hatte nicht zuviel versprochen, der Strand war wunderschön und völlig einsam. Stavenos und die beiden Matrosen, die
sie gefahren hatten, trieben die Diskretion so weit, das Motorboot hinter einen Felsen zu fahren, wo sie es nicht sehen
konnten.
„Warum sind die Eaglebonds nicht mitgekommen?"
„George haßt das Wasser" – Sokrates sprach gerne und
genüßlich von „George", um seine freundschaftliche Beziehung
zum Lord zu unterstreichen – „und da Lady Eaglebond
prinzipiell nicht mag, was ihrem Mann mißfällt . . ."

„Wie schade", sagte Nancy. „Das Wasser ist herrlich."

„Whisky ist herrlicher", murmelte Stany, der seinen Kopf unter einem Badetuch vergraben hatte.

„Aber er kann ja plötzlich sprechen!" spottete Nut. „Warum haben Sie denn kein Wort geredet, seit wir die ‚Pegasus' verlassen haben?"

„Bis jetzt war kein Grund, sich über irgend etwas zu beklagen", grunzte Pickman.

Sie lagen auf dem feinen Sand. Das Bad hatte die Gehirne von den Alkoholschwaden des Mittagessens befreit. Der Grieche hatte es so eingerichtet, daß er seinen Platz neben der Menelas hatte. Er lag auf dem Bauch und starrte aus einem geöffneten Auge auf das Stück Haut vor ihm, noch glänzend von der Nässe und mit goldenen Sandkörnern bedeckt.

„Zigarette? . . ." wandte sich Pickman an alle und begann in einem Plastiksack zu kramen.

Ein Paket Camel, ein goldenes Feuerzeug, ein Kamm, ein Spiegel und ein Lippenstift. Stany ließ alles auf den Boden fallen. Er ergriff den Lippenstift und begann seiner Frau ein Herz auf den Bauch zu malen . . .

„Stany! Hör auf! . . . Was machst du denn?" protestierte sie, ohne die Augen zu öffnen.

„Bleib liegen! . . . Ein Kunstwerk . . . Ich tätowiere dich."

„Stany . . .", gurrte sie.

„Nicht schlecht . . .", lobte Nut das Werk.

„Als Kind", erklärte der Schauspieler, „habe ich einmal ein Märchen gelesen. Ein kleiner Junge, dem eine Fee die Gabe verliehen hatte, daß alles, was er zeichnete, lebendig wurde. Könnt ihr euch das vorstellen?"

„Was fehlt Ihnen jetzt, in diesem Augenblick?" fragte Satrapoulos.

„Jetzt? . . . Nun . . . fast nichts . . . Doch! . . . Ein Klavier! . . . Ich würde ein Klavier zeichnen, und unsere Freundin würde uns etwas vorspielen."

„Olympia, was halten Sie davon?" wollte der Grieche wissen. „Soll ich das Klavier bringen lassen?"

„Nein!" warf Pickman ein. „Das wäre geschummelt!"

Die Menelas lachte – sie lachte überhaupt sehr viel, seit sie auf der „Pegasus" war. Mimi warf ihr einen mißtrauischen Blick zu. Man hatte ihm den „Panther" verändert.

„Moment . . .", sagte Stany. „Bewegen Sie sich nicht . . ."

Mit breiten Strichen malte er dem Griechen eine Tastatur auf den Rücken. „Man kann nie wissen . . . Vielleicht geschieht ein Wunder . . ." Mit pathetischer Geste wandte er sich an die Menelas: „Madame, Ihr Bechstein ist eingetroffen. Was werden wir die Ehre haben, von Ihnen zu hören?"

Die Menelas machte das Spiel mit. „Was halten Sie vom Walzer in cis-Moll, Opus 64, Nummer 2?"

„Maestra, wir hören Ihnen zu", verneigte sich Pickman.

Die Menelas kniete neben Sokrates nieder. Sie hob beide Hände, ließ die Finger spielen und begann die Melodie. Der Grieche hatte den Eindruck, als müßten sich alle Haare auf seinem Kopf sträuben, als er ihre Finger auf seinem Rücken spürte.

Die Menelas summte beim Spielen die Melodie vor sich hin. Lena hatte sich aufgesetzt und verfolgte kalt die Szene. Mimi war sichtlich wütend. Nancy stand neben ihrem Mann, der den Musikkenner spielte, und wußte nicht recht, wie sie sich verhalten sollte. Schließlich hämmerte die Menelas einen Schlußakkord auf Sokrates' Rücken.

„Bravo!" klatschte Nancy.

„Wundervoll!" bekräftigte Pickman.

Der Grieche hörte nichts von alldem. Er lag still da, vor Stolz und Verlegenheit tief errötet, dachte an die Menelas und fragte sich, ob Lena oder die anderen seine Schamröte bemerkt hatten.

In Ibiza erwartete Sokrates eine unangenehme Überraschung. Die „Pegasus" hatte die Mole umfahren, als der Grieche feststellen mußte, daß auf seinem ganzjährig gemieteten Ankerplatz bereits ein wundervoller schwarzer Segler lag, dessen Schönheit einfach atemberaubend war.

„Was ist das für eine Schweinerei?"

Er fühlte sich gedemütigt. Leise sagte Lena zu ihm: „So einen hätte ich gern."

Der Grieche zuckte verärgert die Achseln. Nicht nur daß sein Platz besetzt war, der einzige, der groß genug war, die „Pegasus" aufzunehmen, mußte es auch noch ein Segler von solcher Schönheit sein. Neben diesem Wunder, dachte er, mußte sich seine eigene Jacht klein und lächerlich ausnehmen.

„Für den Hafen nicht schlecht", meinte er, „aber auf See! . . .
Die Maste sind viel zu hoch, sie müssen ja zusammenklappen,
wenn man die Segel hißt!"

Niemand machte sich die Mühe, ihm zu antworten, alle
bewunderten den schwarzen Dreimaster. Sokrates' Ärger nahm
zu. Die Schönheit von Wesen oder Dingen, die nicht ihm
gehörten, empfand er als persönliche Beleidigung. Wieso hatte
er noch nie von dieser Jacht gehört?

„Kirillis! Lassen Sie hier ankern. Nehmen Sie das Boot und
fragen Sie im Hafenamt, was das soll!"

Das Boot wurde zu Wasser gelassen.

„George, wollen Sie nicht ein Glas?"

Lord Eaglebond hätte gerne angenommen, aber er hielt
bereits eines in der Hand. Die Gäste kehrten auf das Hinterdeck
zurück, wo Cocktails serviert wurden.

„Wenn Sie wollen, essen wir heute an Land", sagte der
Grieche. „Ich kenne da ein kleines Fischrestaurant, wo sie
gefüllte Kalamares haben, eine Köstlichkeit! Haben Sie Kalamares gern, Nancy?"

Nichts konnte ihm im Augenblick unwichtiger sein, als zu
wissen, ob sie gefüllte Kalamares mochte. Er wollte den Namen
dieses Schweinehundes wissen, der sich erlaubt hatte, ihm
seinen Ankerplatz wegzuschnappen.

„Nicht möglich . . . nicht möglich!" rief Lena, diese Idiotin
ununterbrochen.

Alle liefen zur Reling. Der Grieche widerstand zwei Sekunden, nicht länger, dann tat er es ihnen nach. Dort war dann der
Schock gewaltig. Es traf ihn wie ein Faustschlag in den Bauch.

„Nun, ihr Süßwassermatrosen!"

„Hermann! Hermann!" rief Lena.

Blaubart kam auf die „Pegasus" geklettert und brüllte, übers
ganze Gesicht strahlend: „Auf der ‚Vagrant' haben wir euch
gleich erkannt! Wie geht es? So eine Überraschung! Wie geht es
euch?"

Er drückte Hände, knuffte den Griechen kräftig in die
Schulter, küßte Lena auf beide Wangen. Er war überall
gleichzeitig, der Grieche hätte schwören mögen, daß er sich
einem Dutzend Kallenbergs gegenübersah. Ein Alptraum.

„Und du, alter Pirat! . . . Noch immer nicht Schiffbruch erlitten auf dem alten Kahn?"

Sokrates hatte Lust, ihn umzubringen. Und doch setzte er ein joviales Lächeln auf, als er ausholte, um Kallenberg den freundschaftlichen Schlag auf die Schulter mit aller Kraft zurückzugeben, die er im Arm hatte.

„Was für eine nette Überraschung! Ist Irene auch hier?"

„Die ganze Familie, mein Guter, die ganze Familie!"

„Seid ihr schon lange da?"

„Zwei Tage. Und morgen fahren wir nach Capri. Und ihr?"

„Wir fahren noch heute abend."

Lena sah ihn an. Sie begriff den Sinn dieser seltsamen Entscheidung und beschloß, öffentliche Rache an ihrem Mann zu nehmen. In dem Kampf, den sich Kallenberg und Satrapoulos offen lieferten, hatte sie immer auf der Seite des Griechen gestanden. Diesmal würde sie für eine Nacht Kallenbergs Verbündete sein.

„Du hast uns doch vorhin gesagt, daß wir die Nacht hier verbringen?" wandte sie sich an ihren Mann, und Kallenberg kam ihr sofort zu Hilfe und rief laut: „Natürlich bleibt ihr über Nacht hier! Wir essen alle an Bord der ‚Vagrant'."

Der Grieche biß die Zähne zusammen. Er saß in der Falle.

Irene spielte eifrige Gastgeberin.

„Er hat mich damit überrascht. Ich wollte nicht, daß das Schiff meinen Namen trägt. Er wollte es Irene nennen . . . Nein, nein . . . Es war nett von ihm, aber es wäre anmaßend von mir gewesen . . . Lena, wie gefällt es dir?"

„Es ist phantastisch!"

Sie meinte es ernst. Es war keine Jacht, auf der sie sich befanden, sondern ein schwimmendes Museum. Jeder Salon, jede einzelne Kabine war mit Bildern geschmückt, flämische Meister des 17. Jahrhunderts, schillernde Impressionisten, und, im Speisesaal, das Wunder aller Wunder, ein lebensgroßer Frauenakt von Rembrandt, seine geheimnisvolle Bathseba.

„Fragen Sie mich nicht, wo Hermann dieses Bild aufgetrieben hat, ich weiß es nicht. Er will es niemandem sagen."

Irene spielte Fremdenführer und zeigte den Gästen die Innereien der Jacht. Die Wände waren aus Palisanderholz, kostbares Mobiliar stand in den Räumen. Seltene Teppiche, Blumen, signierte Kunstgegenstände von unschätzbarem Wert.

Nancy Pickman murmelte: „Das unwahrscheinliche ist, daß das Ganze auch noch schwimmt."

Als sie das Arbeitszimmer betraten, erhob sich eine Blondine und verließ den Raum, ohne einen Blick auf sie zu werfen. Der Grieche sah ihr nach, bis sie die Tür hinter sich schloß.

„Ein Aushilfsmatrose?"

„Meine Sekretärin."

„Jetzt verstehe ich, warum Irene so an Schlaflosigkeit leidet ..."

„Wenn ich Mitarbeiter einstelle, frage ich Irene nicht um Rat. Fragst du vielleicht Lena um Erlaubnis?"

Blaubart sprach in einem so persiflierenden Ton, daß Sokrates seine ohnehin bereits strapazierten Nerven kaum noch im Zaum halten konnte.

„Wie hast du es angestellt, die Menelas aufzutreiben? Man hat sie mir immer als menschenscheu beschrieben?"

Sokrates sah ihm kalt in die Augen, ohne ein Wort zu sagen.

„Ein herrliches Stück Weib! ... Ich wüßte schon, was ich ihr sagen würde ..."

„Und wer hindert dich daran?"

„Sie ist doch verheiratet, oder? ... Ach, Sokrates! ... Wenn ich dein Geschick bei Frauen hätte! ... Nuts Rosenkavalier ..."

Alles an ihm war eine einzige Herausforderung.

„Nun, wie gefällt dir die ‚Vagrant'? ... Zigarre? ..."

„Nein, danke. Nicht schlecht. Wo hat du sie bauen lassen?"

„In Hamburg. Mit doppeltem Lohn für die Arbeiter. Sechs Monate lang haben sie Tag und Nacht rund um die Uhr daran gearbeitet. Fünf Millionen Dollar. Und Kunstwerke für drei Millionen. Die schönste Jacht der Welt. Siehst du, das Geld ist doch dazu da, um Schönheit zu kaufen."

Zuerst hatte er ihn lächerlich gemacht, und jetzt wollte er ihm noch Unterricht erteilen! Verzweifelt suchte der Grieche nach einer Möglichkeit, ihn von seinem Podest zu stürzen. Er wollte ihm weh tun, es ihn spüren lassen. Er wußte, daß sein ganzes Gehabe des aufgeklärten Ästheten nur Fassade war.

„Die Schönheit ... Die Schönheit ... Das ist nicht alles."

„Und was gibt es sonst noch?"

S. S. zog eine seiner eigenen Zigarren aus der Tasche, steckte sie sich in den Mund und erklärte: „Busineß."

„Aber, Sokrates . . .", rief Kallenberg mitleidig aus. „Was kann ich mir noch wünschen?"

Sokrates beantwortete seine Frage nicht und zündete langsam seine Zigarre an. Nachlässig warf er seinem Feind die Bombe hin.

„Übrigens . . . ich habe heute etwas gekauft."

„Ein neues Hemd?" witzelte Blaubart ahnungslos.

„Nein, die Haidoko-Werften."

Kallenberg vermochte den Schock nicht zu verbergen. Der Grieche sah ihn grinsend an und beobachtete, was seine Worte angerichtet hatten.

Seit Jahren wollten alle Reeder der Welt die Werften kaufen, einschließlich Satrapoulos und Kallenberg. Der alte Haidoko hatte kein Glück gehabt, nach seinem Tod ließ er als Alleinerbinnen eine halbverrückte Tochter aus erster Ehe und eine hysterische Witwe zurück. Beide wollten nur eines: die Werften loswerden. Aber dazu mußten sie sich einig werden und gemeinsam den Kaufvertrag unterzeichnen, so stand es ausdrücklich im Testament. Sie haßten einander jedoch so sehr, daß sich jede prinzipiell gegen die Entscheidungen der anderen stellte.

Die Angelegenheit dauerte nun bereits fünf Jahre, und selbst die versessensten Interessenten hatten aufgegeben. Alle – nur der Grieche nicht. Im Gegensatz zu Kallenberg hatte er seine Angebote nicht erhöht. Wozu auch? Es nütze nichts. Aber er bezahlte zwei Männer, die die Sache verfolgten und ihn ständig auf dem laufenden hielten. Die gute Nachricht war vor achtundvierzig Stunden eingetroffen: die Witwe hatte einen Autounfall gehabt und war tot. Die Bevollmächtigten des Griechen hatten sich auf das Mädchen gestürzt und den Vertrag zu außergewöhnlich guten Bedingungen bekommen.

Endlich fand Kallenberg die Sprache wieder: „Wie hast du es angestellt?"

„Was denn? . . ."

„Teuer?"

„Aber nein", lachte der Grieche. „Ein lächerlicher Betrag. Plus eine Reise."

„Was für eine Reise? . . ." brachte Blaubart hervor.

„Die Witwe ist gestorben. Meine Leute haben nur zu zahlen brauchen. Und der Verrückten haben sie eine einjährige Kreuzfahrt versprochen. Und sie hat zugesagt! Du bist der erste, dem ich es sage. Es ist noch gar nicht lange her, weißt du." Er sah auf die Uhr. „Der Vertrag ist vor . . . vor einer Stunde in Tokio unterzeichnet worden."

Kallenberg sah S. S. nachdenklich an. Mit dem Fuß drückte er auf einen unter seinem Schreibtisch angebrachten Knopf, und wenig später öffnete die Blonde die Tür. Blaubart ließ ihr keine Zeit, etwas zu sagen: „Ach ja, Greta! Ich komme!" Und zu Satrapoulos: „Du entschuldigst mich? Ich brauche nicht lang . . ."

Er verließ mit ihr das Zimmer. Satrapoulos hatte allerdings nicht lange Zeit, sich seines Siegs zu erfreuen, schon war sein Schwager wieder zurück.

„Gehen wir hinauf? Unsere Freunde werden warten."

Wie immer verniedlichte er seine Niederlagen, indem er nicht mehr von ihnen sprach. Belustigt sah der Grieche ihn an. Der gute Kallenberg! . . . Studium in Harvard, und nicht ein bißchen Sportsgeist. Was lernte man eigentlich in so einer Universität?

„Und sehen Sie, mein Mann kann innerhalb von fünf Minuten die ganze Welt erreichen!"

„Wenn ich so etwas in meinem Hauptquartier gehabt hätte, wäre der Krieg wahrscheinlich schneller zu gewinnen gewesen!"

Alle lachten über Lord Eaglebonds Scherz. Kallenberg auch, lauter noch als alle anderen, obwohl ihn Irenes Zirkusnummer von der treusorgenden und bewundernden Gattin maßlos ärgerte.

„Wollen wir nicht hinaufgehen?" schlug er vor.

Die Gäste gingen auf die mit einem fliederfarbenen Spannteppich belegte Treppe zu. Hermann ließ sie an sich vorbei. Nut ging als letzte in der Reihe. Als sie vor ihm stand, runzelte sie die Brauen, als fiele ihr etwas ein. „Hermann, ich möchte telefonieren. Darf ich?"

„Aber natürlich! Wohin?"

„Nach New York."

„Spiridon!"

Der Bordfunker kam.

„Sie stellen sich Madame zur Verfügung."

„Danke. Ich komme hinauf, sobald ich fertig bin."

„Sie werden nicht lange warten müssen . . .", brüstete sich Kallenberg.

„Ich rufe Peggy Nash-Belmont an. Soll ich ihr etwas ausrichten?"

„Sagen Sie ihr, daß wir sie alle ungeduldig erwarten. Ich wäre entzückt, sie an Bord begrüßen zu dürfen."

„Aber du bist ja eine Zauberin! Wie hast du das gewußt?"

Trotz der gigantischen Entfernung von mehreren tausend Kilometern vernahm sie Peggys Stimme, als stünde sie neben ihr.

„Wie habe ich was gewußt?"

Sie sah zu dem Offizier auf, der augenblicklich diskret die Funkkabine verließ. Peggy teilte ihr mit begeisterter Stimme etwas mit. Nut war versteinert. „Nein! . . . Ist das wahr?"

„Aber ja!" sagte Peggy ungestüm. „Gestern abend! . . . Einfach so! . . . Niemand hat es gewußt! . . . Oh! Nut! . . . Es war herrlich!"

„Mrs. Baltimore", hob Nut mit tiefer Stimme an, „ich erwarte von Ihnen, daß Sie mir alles erzählen, ohne etwas auszulassen . . . Oh, Peggy! . . . Es freut mich so für dich! . . . Wirklich! . . . Meinen Glückwunsch! . . . Es ist wunderbar, herrlich! . . . Und wann ist die Hochzeitsreise?"

„Keine Rede davon! Scott steckt mitten im Wahlkampf! Weißt du, wie ich die erste Nacht meiner Flitterwochen verbracht habe? Auf einem Bahnsteig in einem Kaff in Illinois. Warren hieß es. Scott hat einen Vortrag gehalten. Er war wunderbar! Ich wußte von nichts. Als wir hinausgingen, hat er mich allen vorgestellt. Und dann, als alle weg waren, ist nur einer geblieben. Scott hat zu mir gesagt: ‚Und den da, willst du ihn kennenlernen?' Ich habe ja gesagt. Und dann hat er ihn mir vorgestellt. ‚Herr Billcott ist der Pastor von Warren. Er ist einverstanden, uns jetzt sofort zu trauen.' Nut, du kannst es dir nicht vorstellen! Mir ist übel geworden, ich habe es nicht glauben können! Zehn Minuten später war ich verheiratet!

Scott wollte mich überraschen! Ich bin so glücklich! Die Eheringe hat er in der Tasche gehabt. Ich glaube, ich habe geweint. Warte! Das ist noch nicht alles. Als wir wegwollten, war das Auto kaputt. Scott hat gesagt: ‚Siehst du, es fängt schon gut an.‘ Wir haben beide lachen müssen. Wir wollten allein sein. Und er hat gesagt: ‚Komm, wir gehen auf den Bahnhof, ich kann diese Rattengesichter nicht mehr sehen. Wir nehmen einen Zug.‘ Auf dem Bahnsteig war kein Mensch. Wir sind wie zwei Idioten dagestanden und haben gelacht. Er hat meine Hand gehalten. Wir haben uns geküßt. Aus dem Automaten hat er zwei Sandwiches und Cola geholt: ‚Weißt du‘, hat er gesagt, ‚wenn man eine Erbin heiratet, muß das gefeiert werden!‘ Nut, oh, Nut! Nut! Ich habe es geschafft! Ich wollte schon so lange seine Frau sein!“

„Und seine Familie, was hat die gesagt?“

„Woher soll ich das wissen? Alles ist so schnell gegangen. Ich habe seither mit niemandem gesprochen. Scott hat gesagt, es wird alles in Ordnung gehen.“

„Vergiß nicht, du bist schließlich eine der besten Partien in den Staaten.“

„Ich war es, Nut, ich war es! Jetzt bin ich nur mehr seine Frau!“

„Wissen es die Zeitungen?“

„Keine Rede! Wegen der Journalisten hat Scott es ja so eingerichtet. Niemand weiß etwas. Sag einmal, wieso hast du eigentlich gewußt, daß ich zu Hause bin? . . . Weißt du, warum ich das frage? Ich ziehe aus! Zu ihm, für ein paar Wochen.“

„Und dein Penthouse?“

„Behalte ich natürlich. Wo soll ich denn hin, wenn wir uns streiten! Er ist wundervoll, weißt du. Wir suchen uns später etwas Größeres.“

„Weißt du, von wo ich anrufe?“

„Aus Europa?“

„Ja, aber wo genau?“

„Sag schon!“

„Ibiza. Ich bin auf einer Jacht, die noch schöner ist als die von Gus.“

„Satrapoulos?“

„Nein. Kallenberg.“

„Ich dachte, du seist auf dem Schiff des Griechen?“

313

„Bin ich auch. Aber in Ibiza haben wir Hermann getroffen. Wir essen heute abend bei ihm."

„Phantastisch! . . . Wir würden so gern kommen, Scott und ich!"

„Alle warten auf euch! . . . Kommt doch!"

„Unmöglich! Politik ist so langweilig! Aber warte nur, wir holen das nach!"

„Peggy?"

„Ja?"

„Ich muß jetzt wieder zu den anderen. Ich rufe dich in zwei oder drei Tagen an. Du weißt nicht, wieviel Freude du mir mit deiner Neuigkeit bereitet hast."

„Nut! Du kannst mich noch eine Woche hier erreichen. Ich komme jeden Tag vorbei. Lebwohl!"

„Ich melde mich! . . . Lebwohl."

Gedankenverloren legte Nut den Hörer auf. Vor der Tür sah sie den Offizier, der ihr ostentativ den Rücken zukehrte. Die Ohren hatte er sicherlich nicht verschlossen.

„Bitte!"

„Ja, Madame?"

„Ich brauche ein zweites Gespräch, wieder New York."

„Sofort, bitte."

Die Gäste verlangten nie Gespräche, die innerhalb eines Radius von dreitausend Kilometern lagen, dachte er, während er wählte. Und das Geklatsche dauerte manchmal ganze Stunden! Aber was ging es ihn an. Zahlen mußte doch der Affe – nicht ohne vorher genau überprüft zu haben, ob nicht jemand von der Mannschaft telefoniert hatte.

„New York ist hier."

Nut griff nach dem Hörer und warf ihm den gleichen Blick zu wie vorhin. Er zog sich zurück. Sie meldete sich. „Mrs. Bambilt spricht hier . . ."

Sie brauchte nichts mehr hinzuzufügen. Was sie aus New York erfuhr, veränderte ihren Gesichtsausdruck. Ihre Züge entspannten sich, die Wangen überzogen sich mit freudiger Röte.

„Sind Sie sicher?" stammelte sie. „Absolut sicher?"

„Ja, Mrs. Bambilt. Völlig. Das Gericht . . ."

Sie hörte nicht mehr zu. Das Leben war wieder schön, angenehm, herrlich, einzigartig!

„Danke, Tom! Danke!"

Sie legte auf und stieß einen tiefen Seufzer der Erleichterung aus. Nach wochenlangen Ängsten war das Glück, das sie so ersehnt hatte, zur Wirklichkeit geworden. Sie bedachte den Funkoffizier mit einem verführerischen Lächeln und strich ihm über die Wange. „Danke . . ."

Er war ziemlich verblüfft und wußte nicht recht, wie er sich verhalten sollte. Instinktiv nahm er Haltung an. Nut ging schneller.

„Da ist sie!" rief Kallenberg.

Aber Nut achtete auf nichts, sah niemanden, hörte nichts mehr. Einen Augenblick mußte sie den Triumph, die Freude noch für sich behalten. Ihr bester Freund sollte es als erster erfahren. Sie ging zu Satrapoulos, der, ein Glas in der Hand, in einem Sessel lümmelte. Ganz aufgeregt flüsterte sie ihm ins Ohr:

„Sokrates! . . . Es ist phantastisch! . . . Ich bin Witwe! . . ." Und zu den anderen gewendet: „Ich habe etwas Herrliches erfahren! Scott und Peggy haben gestern geheiratet!"

Bei der Hinfahrt war es etwas eng gewesen, und man beschloß, die Rückkehr zur „Pegasus" in zwei Gruppen anzutreten. „Die Damen haben Vorrang!" hatte Lena leichthin erklärt.

Damit konnte sie ein Auge auf ihre beiden gefährlichsten Rivalinnen haben, die Menelas und Nut. Bei der zweiten Fahrt waren der Grieche, Emilio, Lord Eaglebond und Stany Pickman beisammen. Der greise Politiker und der Filmstar waren in ein angeregtes Gespräch mit Kallenbergs Gästen vertieft, einer italienischen Filmschauspielerin und deren Mann, einem ehemaligen deutschen General, der in der Stahlproduktion tätig war und nun mit Eaglebond Erinnerungen über den Krieg austauschte, den sie vor fünfundzwanzig Jahren als Gegner geführt hatten.

Blaubart zog Sokrates zur Seite. „Eigentlich, du und ich, wir sind Idioten! Wie Kinder!"

S. S. sah das Kind von zwei Meter Größe und hundert Kilogramm Lebendgewicht mißtrauisch an. Eine neue Masche? Was sollte das? War es der Alkohol oder die moralische Niederlage von vorhin?

„Wirklich! Wir versuchen uns immer eins auszuwischen, und wer hat etwas davon? Die Konkurrenz. Wenn ich denke, daß wir Verbündete sein könnten . . . eine Partnerschaft!"

War er auf den Kopf gefallen, oder was? Es war an der Zeit, ihn in die Wirklichkeit zurückzuführen. Mit Gefühl.

„Meinst du die Haidoko-Werften?" Der Grieche nahm einen tiefen Zug aus seiner Zigarre und wartete auf die Antwort. Er war ruhig und gelassen.

Kallenberg zögerte: „Ja . . . zum Beispiel. Und anderes. Du bist nicht sehr für Zusammenarbeit."

„Und wenn du irgendwo Kuchen riechst, holst du mich dann vielleicht?" gluckste der Grieche.

„Mein Gott, wir gehören ja zur selben Familie."

„Blödsinn! Die Familie, das sind Leute, die das Blut verbindet und das Geld trennt. Wir haben zwei Schwestern geheiratet, na und? Sind wir deswegen Freunde? Du hast mich immer ums Ohr hauen wollen! Du kannst mich nicht riechen, das ist die Wahrheit!" Er senkte den Kopf, wartete etwas und fügte hinzu: „Im übrigen, ich bleibe dir nichts schuldig. Du bist für mich nur eine kleine Nummer."

Unter anderen Umständen hätte Kallenberg gebrüllt, auf ihn eingedroschen, ihn erwürgt. Aber jetzt, wozu denn? Der arme Narr zog selbst, ohne es zu ahnen, die Schlinge zusammen, die ihm um den Hals lag. Blaubart setzte ein maliziöses Lächeln auf. „Schade . . . schade. Du hast zur Zeit wirklich kein Glück, mein armer Sokrates!"

In diesem Augenblick hatte sich die Situation um 180 Grad gewendet. Kallenbergs schwache Stelle war der Zorn. Es genügte, ihn wütend zu machen, und schon verlor er einen beträchtlichen Teil seiner Fähigkeiten. Doch diesmal hatte der Grieche sich gehenlassen. Und wieso vermochte Kallenberg die Ruhe zu bewahren? Satrapoulos wagte nicht, nach einer Antwort darauf zu suchen, aber er begann sich unwohl zu fühlen. Irgend etwas stimmte nicht. Gefahr. Er mußte den Bann durchbrechen. „Ciao. Ich gehe."

Man vernahm das Heulen der Motoren. Der Grieche machte drei Schritte, das Ärgste erwartend. Er spürte die Gefahr in seinem Rücken, zwischen den Schulterblättern, konnte sie nicht definieren.

„Sag einmal . . ."

Er drehte sich um. Kallenberg sah ihn böse an. Er hatte die Hände in die Hüften gestemmt.

„Ja?"

„Ich habe vergessen, dir etwas zu sagen . . ."

Jetzt kam es! S. S. spannte seine Muskeln an und bereitete sich darauf vor, den Schlag einzustecken.

Jemand rief: „Sokrates! . . . Der Anker wird gelichtet! . . ."

Lord Eaglebond tauchte auf, von zwei Matrosen mehr getragen als gestützt. Der Grieche winkte ihm freundlich zu und drehte sich wieder zu Kallenberg.

Blaubart sagte etwas Seltsames: „Kannst du mir sagen, wie spät es ist?"

„Zwei Uhr früh", antwortete S. S. automatisch.

„Und in Japan, wie spät ist es da?"

Der Grieche fühlte sich wie ein Fisch an der Angel. Dann begriff er, wie man ihn hereingelegt hatte. Der unausbleibliche Satz wurde ausgesprochen: „Ich habe soeben die Haidoko-Werften gekauft."

Unnötig, nach Einzelheiten zu fragen . . . Kallenberg hatte sich den Zeitunterschied zwischen Europa und Asien zunutze gemacht, und während er hier den freundlichen Gastgeber spielte, hetzte er seine Leute in Tokio auf die Erbin. Sie machten ein besseres Angebot und erhielten den Vertrag. S. S. konnte sich nicht dagegen auflehnen: an seiner Stelle hätte er ebenso gehandelt. Er hatte den Mund nicht halten können. Er hatte der Versuchung nicht widerstehen können, sich aufzuspielen, einen Sieg hinauszutrompeten, der noch nicht gesichert war. Das hatte er jetzt davon!

„Scheußlich, nicht wahr?" fügte Hermann spöttisch hinzu. „Aber du bist ein Kämpfer, du kannst schon einiges einstecken."

Als Satrapoulos immer noch schwieg, setzte er fort: „Du wirst schon nicht daran sterben! Ich sage dir etwas, wir können vielleicht sogar eine Lösung finden . . ."

Der Grieche starrte ihn an: „Ich höre . . ."

„Willst du, daß wir morgen darüber reden?"

„Jetzt."

„Eigentlich sind sie mir gar nicht so wichtig, diese Werften. Ja, es stimmt. Sie stören mich sogar . . ."

Kallenberg kämpfte seit fünf Jahren, sie zu kaufen. Wenn er

317

jetzt vorgab, sie wieder herzugeben, so mußte er noch Besseres in Aussicht haben. Nachlässig hob er von neuem an: „Ich kann darauf verzichten und sie dir verkaufen. Du sollst auch etwas davon haben."

„Das hatte ich ganz vergessen... die Familie, nicht wahr...?"

„Du sagst es!... Du könntest mir zum Beispiel dreißig Prozent deiner Anteile am Transport in Saudiarabien überlassen. Du siehst, ich gebe mich schon mit wenig zufrieden."

„Leck mich am Arsch."

„... und ich verkaufe dir dafür die Werften. Ohne Gewinn. Nur die üblichen zehn Prozent für Unkosten. Einverstanden?"

„Leck mich am Arsch."

„Siehst du, wir regen uns auf... Und verlieren den Geschäftssinn! Denk doch nach... Ich warte bis morgen mittag auf deine Antwort. Du hast die ganze Nacht zum Überlegen. Und ich lasse die Verträge vorbereiten... Falls du deine Ansicht ändern solltest..."

„Geh scheißen!" schrie der Grieche, so laut er konnte.

Er drehte sich um und sprang in das Motorboot. Selbst der Lärm der Motoren konnte die Stimme Kallenbergs nicht überdecken, der ihm von der Jacht aus nachbrüllte: „Morgen mittag!"

Als er sich zurückziehen wollte und zum Abschied der Menelas die Hand küßte, murmelte sie besorgt: „Haben Sie Schwierigkeiten?"

Dieses weibliche Einfühlungsvermögen erstaunte ihn. Er schüttelte den Kopf: „Aber nein... Gute Nacht." Und zu den anderen gewandt: „Gute Nacht! Wenn Sie aufstehen, sind wir bereits auf dem offenen Meer!"

Nachdem sich auch der letzte Gast zurückgezogen hatte, begab sich der Grieche auf die Kommandobrücke, wo Stavros wachte. „Bei Tagesanbruch werden die Anker gelichtet. Spätestens um sechs. Kurs auf Nordost. Einzelheiten folgen, wenn ich aufstehe."

„Ich werde es dem Kapitän melden."

Der Grieche verließ den Raum und überquerte mit Riesenschritten die Brücke. Jetzt hieß es abrechnen. Ohne zu klopfen, riß er die Tür zu Lenas Kabine auf. Sie lag angezogen auf dem Bett und richtete sich bei seinem Eintritt auf. „Was fällt dir ein?"

„Du bist an allem schuld!"

„Was? . . . Woran bin ich schuld?"

„Du bist mein größter Feind. Du arbeitest mit meinen Gegnern!"

Sie sah ihn sprachlos an. „Ich bin müde, ich will schlafen. Ich weiß nicht, wovon du redest, laß mich in Ruhe."

„Ich wollte heute abend wieder weg! Und du hast deinen Kopf wieder durchsetzen müssen!"

Er ging in der Kabine auf und ab. Er mußte seine Wut an jemandem auslassen.

„Weißt du, wieviel mich dieser Idiotenabend gekostet hat? Sechzig Millionen Dollar! Aber das ist dir egal. Du verlierst sie ja nicht! Du hast ja deine Mama!"

„Sokrates!"

„Schweig!"

Lena war den Tränen nahe, doch mit dem Mut der Schwachen bäumte sie sich auf und ging zum Gegenangriff über. „Du hast kein Recht, so mit mir zu reden! Ich habe genug von den Weibern, mit denen du mein Schiff vollstopfst!"

„*Dein* Schiff!"

„Ja, *mein* Schiff! Ich bin hier zu Hause!"

„Dann bleib auch da! Ich gehe! Von dir habe ich genug gesehen!"

„Schwein! O du Schwein du!"

Sie wurden immer lauter, man mußte sie bereits hören.

„Wirst du ruhig sein!"

„Ich bin ruhig, wann es mir paßt! Du bist verrückt! Mitten in der Nacht! In meiner Kabine!"

Sie brach in Tränen aus. „Ich werde es schon sagen, was du gemacht hast . . . wie du mich behandelst . . ."

„Deinetwegen verliere ich sechzig Millionen! Und du hast mir nichts anderes vorzuwerfen als die Freunde, die ich einlade! Keine Frau gefällt dir! Du bist eifersüchtig, krankhaft eifersüchtig!"

„Ich werde es sagen!"

„Und wem wirst du es sagen?"

„Meiner Mama!" Sie schneuzte sich trotzig.

Der Grieche war am Ende seiner Beherrschung. Er verließ die Kabine und knallte die Tür hinter sich zu. Nervös ging er auf der Brücke auf und ab. Er wollte alles liegen und stehen lassen, sich im Hafen besaufen. Zuerst mußte er sich beruhigen. Er zündete eine Zigarre an und setzte sich aufs Achterdeck, neben ein Rettungsboot. Er saß vielleicht eine Stunde da und rauchte. Die Nacht war von berückender Stille. Vom Kai her erklang Musik aus noch geöffneten Lokalen. Er lauschte dem Geplätscher der Wellen. Wenn er die Augen schloß, konnte er sich auf offener See wähnen, einziger Überlebender der von Mann und Maus verlassenen „Pegasus". Er hob den Kopf. Überall waren Sterne. Er suchte seinen Stern, den er als Kind gefunden hatte, einen kleinen, kaum sichtbaren, von dem er wußte, daß er ihm allein gehörte. Er zitterte leicht im schwarzen Nachthimmel. Der Grieche seufzte. Er würde sich doch nicht von diesem Trottel ausbooten lassen. Er mußte einen Ausweg finden. Er ging zur Kommandobrücke zurück, wo er Kirillis und Stavros über eine Karte gebeugt vorfand.

„Ich habe es mir überlegt. Wir bleiben. Stavros, sagen Sie Keyx, er soll mich um acht wecken. Aufbruch vor dem Mittagessen. Guten Abend."

Etwas ruhiger geworden, ging er in seine Kabine. Er schenkte sich einen Whisky ein, steckte eine Zigarre an und konzentrierte sich. Es war nach drei Uhr morgens, es blieben ihm noch vier oder fünf Stunden. Sich von diesem Dieb widerstandslos ausrauben zu lassen kam gar nicht in Frage. Er versuchte sich vorzustellen, wieviel er einem Genie bieten würde, das ihn aus dieser Lage befreien könnte. Aber wer? Er selber hatte im Augenblick keine rettende Idee.

Um neun Uhr setzte ihn das Motorboot ab. Der Grieche sprang auf den Kai und betrat die „Vagrant". Er trug eine schwarze Aktentasche. Mit Ausnahme von einigen Matrosen, die das Deck schrubbten, schien die Jacht zu schlafen. Ein Offizier trat auf ihn zu: „Was kann ich für Sie tun, Sir?"

„Sagen Sie Herrn Kallenberg, daß ich gekommen bin."

„Bitte, Sir."

Ein *Maître d'hôtel* tauchte auf. „Kann ich Ihnen etwas zu trinken bringen, Monsieur!"

„Danke, nein."

Der Grieche spazierte auf der Brücke herum und bewunderte den Bau des Schiffes, das feingliedrig und mächtig zugleich war. Ein wahrer Traum. Er blickte nach oben, stellte sich das Knattern der Segel im Wind vor. Drüben, im Hafen, sah er die Leute in den Terrassencafés sitzen, in der schon hochstehenden Sonne leuchteten ihre hellen Kleider. Er mußte lächeln, als er an sich herabblickte. Ohne darauf zu achten, hatte er seine „Uniform" angezogen, den schwarzen Anzug.

Er hörte Kallenberg erst, als dieser hinter ihm stand: „Nun, du Seeräuber! Alles okay?"

Kallenberg sah fröhlich aus. Er war unrasiert, seine Augen noch vom Schlaf verquollen. Satrapoulos blieb kühl und ergriff die ausgestreckte Hand nicht. „Gehen wir in dein Arbeitszimmer hinunter?"

„Komm."

Sie saßen einander gegenüber, zwischen ihnen Kallenbergs riesiger Louis-XVI-Schreibtisch.

„Hast du die Verträge vorbereiten lassen?"

„Natürlich . . .", erklärte Blaubart mit überlegener Miene.

„Ausgezeichnet. Gib her."

Kallenberg gab ihm die Dokumente. Ohne sie zu lesen, zerriß sie der Grieche. Blaubart riß die Augen auf.

„Wundert dich das? Hältst du mich für einen Idioten?" lachte Satrapoulos.

„Was ist? Lehnst du ab?"

„Zu deinen Bedingungen, ja. Du hast mich erwischt, das gebe ich zu, aber so arg, wie du glaubst, ist es nun wieder nicht."

„Was schlägst du vor?"

„Du willst dreißig Prozent der Aktien meiner Gesellschaft. Du bekommst nur zwanzig Prozent. Du willst mir Haidoko zehn Prozent teurer verkaufen. Ich lehne ab. Ich kaufe um zehn Prozent weniger, als du bezahlt hast."

Hermann brach in Lachen aus. „Also so etwas! Jetzt stellt *er* mir Bedingungen!"

„Ja oder nein?"

„Wenn man dir zuhört, könnte man glauben, du hast die Wahl!"

„Du schlägst mir ein Geschäft vor, ich dir auch. Ich verhandle nicht unter Zwang."

„Also, also, beruhigen wir uns! Ich bin keine Bestie."

Selbst zu diesen Bedingungen war das Geschäft für Kallenberg noch phantastisch. Und warum sollte er dem Griechen nicht die Möglichkeit lassen, mit ein bißchen Wirbel sein Selbstbewußtsein aufzumöbeln?"

„Hör zu, Sokrates . . ."

Der Kampf dauerte eine halbe Stunde. Kallenberg schien nachzugeben und baute in Wahrheit seine Position aus. Der Grieche war wirklich nicht auf der Höhe. Vielleicht das Trauma vom vergangenen Abend? Zu guter Letzt einigten sie sich darauf, daß Blaubart fünfunddreißig Prozent der Aktien vom Erdöltransport erwarb. Dafür stieß er die Haidoko-Werften zehn Prozent unter seinem Kaufpreis an S. S. ab. Greta wurde beauftragt, die neuen Verträge auszufertigen, die ihr die beiden Schwiegersöhne von Medea Mikolofides gemeinsam diktierten. Aus banktechnischen und gewerkschaftlichen Gründen einigten sie sich über eine Klausel, die es beiden untersagte, den Verkauf vor Ablauf von drei Monaten publik zu machen. In der Zwischenzeit blieben die Dokumente in den Safes liegen.

„Lies!" Kallenberg hielt ihm den Vertrag hin.

Der Grieche überflog den Text. „Gut. Unterschreib."

Hermann sah ihn mißtrauisch an. „Unterschreiben wir gleichzeitig."

„Wenn du willst", zuckte der Grieche ironisch die Achseln. Er legte die Dokumente vor Kallenberg auf den Tisch. Blaubart unterzeichnete. Satrapoulos zog seine Füllfeder aus der Tasche und unterfertigte den Vertrag ebenfalls. Sie tauschten die Dokumente aus.

Geschafft! Kallenberg vermochte nur mühsam seine unbändige Freude zu zügeln. „Übrigens, weißt du, wie ich die Verrückte dazu gebracht habe, die Werften mir zu verkaufen? Dein Vertrauensmann hatte ihr eine Kreuzfahrt angeboten. Meiner hat dich nicht überboten: Sechzig Millionen Dollar, plus die Kreuzfahrt, plus . . . rate mal! . . . Ach! Diese Frauen . . . einen Scheck auf das Haus Dior! . . . Die Garderobe, verstehst du! . . ." Er lachte fröhlich. „Und als Garderobe wird sie bald nicht mehr als eine Zwangsjacke brauchen! . . ."

„Gratuliere! Gut gemacht."

„Ich sage dir, Sokrates . . . du gefällst mir. Du bist fair! Ich weiß nicht, ob ich in deiner Lage so durchgehalten hätte!"

„Ach!" antwortete ihm der Grieche mißlaunig. „Man muß auch verlieren können."

Sie tauschten einen Händedruck.

„Zwischen Partnern . . .", triumphierte Kallenberg.

Der Grieche sah ihn kalt an und enthielt sich jeder Antwort. Von der Brücke seines Superschiffs aus sah Kallenberg S. S. in seinem Motorboot nach. Er hatte große Lust, seine Freude hinauszuschreien. Diesmal hatte er den Griechen erwischt, und zwar gründlich! Entschlossenen Schrittes begab er sich nach unten. Er wußte nicht, daß er drei Monate später beim Öffnen seines Safes die unangenehmste Überraschung seines Lebens erleben sollte.

Am zweiten Tag, sie kreuzten vor Spanien, wollte die Menelas einen Ouzo trinken. Es war keiner mehr da. Der Grieche ging in die Küche hinab und brüllte Keyx an: „Beim nächsten Hafen schmeiße ich dich raus!"

Er ließ Kirillis kommen, der das Wasserflugzeug klarmachen mußte. Der Pilot flog nach Palamos, den Schnaps zu holen. S. S. ging auf Deck zurück und berichtete Olympia: „Diese idiotischen Esel lassen meinen Keller leer! . . . Sie bekommen ihren Ouzo noch vor dem Essen . . ."

„Aber Sokrates, so wichtig ist das nicht."

„Und ob es wichtig ist!"

Das Flugzeug nahm auf dem Meer Geschwindigkeit auf und hob ab. Als es zurückkehrte, wurde eine Kiste mit Flaschen von der Maschine ins Boot und vom Boot auf die „Pegasus" verladen. Keyx, der schon ganz andere Sachen erlebt hatte, erschien gleichmütig an Deck, die Flasche auf einem Silbertablett vor sich hertragend. Er verbeugte sich vor der Menelas: „Madame . . ."

„Was ist?"

„Der Ouzo, den Madame gewünscht haben."

„Nein danke, ich will nicht. Ich bleibe beim Whisky."

17

Am fünften Tag blieben sie in Cadaqués. Stany Pickman wollte bei Dali einen Dali erstehen. Am nächsten Tag begann der Sturm, die „Pegasus" kreuzte im Golfe du Lion. Zunächst fanden die Gäste den aufgekommenen Wind amüsant. Die Wellen zeigten Schaumkronen, die Jacht zitterte und ächzte. Von allen Seiten tobten die Wassermassen gegen das Schiff, zum Stampfen kam bald das Schlingern, zum Schlingern die Wellentäler. Der Kapitän ersuchte die Passagiere, den Salon nicht zu verlassen. Lord Eaglebond übergab sich als erster, direkt auf den Tisch, wo er Karten spielte. Nancy übergab sich bei dem Anblick ebenfalls. Stany Pickman, der sich nicht besonders frisch fühlte, begleitete seine Gattin in die Kabine. Als er ihren Kopf über der Badewanne hielt, wurde ihm totenübel.

„Ich fühle mich nicht sehr wohl . . .", gurgelte er mühsam.

Im Salon leisteten noch Emilio – er hatte sich geschworen, seine Frau, was immer auch kommen möge, nie mehr allein mit dem Griechen zu lassen – und Lena – aus ähnlichen Gründen – eisern Widerstand.

Weder Sokrates noch Olympia schienen sich durch den Sturm gestört zu fühlen. Im großen Salon begann alles, was nicht niet- und nagelfest war, herumzuschlittern. Ein Paravent stürzte um, Vasen zerschellten am Boden.

„Sollten wir nicht lieber in die Kabine gehen?" wandte sich Mimi an die Menelas. Er war bereits grün im Gesicht.

„Aber wozu denn?" sagte sie mit unschuldigem Augenaufschlag. „Ob hier oder woanders . . ."

„Fühlen Sie sich nicht wohl?" mischte S. S. sich ins Gespräch.

„Doch . . . doch . . . ausgezeichnet . . .", würgte Mimi hervor.

„Ich gehe!" Lena stand auf. Sie war weiß wie ein Laken. Um

nicht ohne Unterlaß auf die Menelas starren zu müssen, hatte sie aus dem Bullauge geblickt, wo die Wasserlinie alle sechs Sekunden in der Vertikalen stand. Sie rannte hinaus. Mimi tat, als läse er in einer Zeitschrift.

Sokrates merkte sein krampfhaftes Bemühen und lächelte. „Ich glaube, Sie halten Ihre Zeitschrift verkehrt."

Nicht ohne Witz gab ihm Mimi zurück: „Meine Zeitschrift ist in Ordnung. Nur Ihr Boot ist verkehrt."

Mit diesen Worten stürzte er auf den Ausgang zu und rief noch „Olympia, komm! . . . Komm in die Kabine!" in den Salon zurück.

Es blieb nur noch der unerschütterliche Keyx, der auf allen vieren herumkroch und ausgeflossenes Blumenwasser und das Gekotze aufwischte.

„Laß das!" sagte Sokrates und fuhr, zur Menelas gewandt, fort: „Wie geht's? . . ."

„Es geht. Und Ihnen?"

„Gut, aber ich werde ohnehin nie seekrank. Ich hätte nie gedacht, daß Sie so widerstandsfähig sein könnten."

„Bis jetzt wußte ich nicht, was ein Sturm ist."

„In den Tropen habe ich ärgere erlebt."

Seit sie allein waren, sprachen sie griechisch miteinander.

„Sind Sie in Athen geboren?"

„Nein, auf Korfu."

„Und dort haben Sie Klavierspielen gelernt?"

„Begonnen, ja. Ich war sechs. Mein Vater ist Fischer, und ich habe seinen Fang immer in einer Villa in Paleokastrista abgeliefert. Sie gehörte einem ziemlich verkommenen und wahnsinnig charmanten Amerikaner. Er schenkte mir Bonbons. Mir war es lieber, wenn er Chopin spielte. Ich konnte ihm stundenlang zuhören. Der Ärmste . . . ich war sein einziges Publikum. Er hat mir die Grundbegriffe beigebracht. Er hat gesagt, ich sei begabt."

„Ein guter Prophet . . ."

„Na ja . . . Sie wissen ja, wie man Genie definiert: zehn Prozent Inspiration und neunzig Prozent Transpiration. Warum lächeln Sie?"

„Ach, nichts. Sie jonglieren mit Prozenten herum, und ich dachte an . . . Geschäfte . . ."

„Sie spielen kein Instrument?"

325

„Ich? Nein. Ich weiß nicht einmal, ob ich richtig höre."

„Sie müssen ja furchtbar leiden, wenn ich übe!"

„Aber nein!"

„Haben Ihre Eltern nicht versucht, Sie ein Instrument lernen zu lassen?"

„Meine Eltern haben es vorgezogen, mich anstatt mit dem Violinschlüssel mit den Prinzipien des Kopfrechnens zu befassen."

Er log, wußte es und schämte sich, obwohl er nicht anders konnte.

Mimi tauchte in der Salontür auf. Sein Gesicht war bereits leicht bläulich verfärbt. Sokrates stand auf und klammerte sich an die Lehne seines Fauteuils, um dem Ärmsten zu Hilfe zu kommen. Mimi raffte seine restliche Energie zusammen und machte eine Handbewegung, die man als Vorwurf, Beruhigung oder Ablehnung deuten konnte. Dann verschwand er wieder.

„Ich gehe ihm helfen", sagte die Menelas.

Kapitän Kirillis öffnete die Tür: „Kann ich Sie kurz sprechen?"

„Kommen Sie herein, Kirillis. Sie können vor Madame ruhig sprechen."

„Es sieht nicht gut aus! Die Neigung des Schiffes ist zu groß. Wir kriegen ständig Wasser aufs Deck."

„Was werden Sie unternehmen?"

„Man hat uns über Funk davor gewarnt, uns der Küste zu nähern. Wir könnten auf Grund laufen . . . Ich fürchte, daß die ‚Pegasus' nicht durchhält . . ."

„Drecksschiff! . . ."

„Nein, es ist ein gutes Schiff, aber für dieses Wetter ist es nicht gebaut."

„Kirillis, Sie bekommen bald ein besseres!"

„Danke. Aber im Augenblick . . ."

Der Grieche war bereits in einer anderen Welt. Er rechnete. Mit dem Geld, das er Kallenberg abgeknöpft hatte – zehn Prozent von sechzig Millionen, sechs Millionen Dollar –, würde er sich eine neue Jacht kaufen, schöner noch als die seines Schwagers.

Das Schlingern holte ihn wieder in die rauhe Wirklichkeit zurück. „Ich möchte noch wissen, ob alle Passagiere in ihren Kabinen sind. Madame Menelas . . ."

„Kümmern Sie sich nicht um mich! Wo Sie sind, bin ich auch! Und wenn Sie beide da sind", fügte die Menelas hinzu, „sehe ich überhaupt keinen Grund, warum ich es nicht sein sollte!"

„Aber . . .", warf Kirillis ein.

„Gehen wir auf die Brücke!" erklärte Sokrates.

„Unmöglich!"

„Ich will nachsehen, was los ist. Können Sie hier auf mich warten, meine Liebe?"

Kirillis und der Grieche mußten fast auf allen vieren kriechen, um sich an Deck fortbewegen zu können, und klammerten sich an, so gut es ging. Auf der Kommandobrücke stemmte sich Stavenos gegen das Ruder. Er hörte sie eintreten, drehte sich jedoch nicht um.

„Wie steht es?" brüllte der Grieche in den Wind.

„Halbwegs", antwortete der Erste Offizier mit zusammengebissenen Zähnen.

„Wohin fahren wir?"

„Nirgendshin", mischte sich Kirillis ein. „Wir drehen uns im Kreis."

„Was kann man tun?"

„Warten, bis es vorbeigeht."

„Wenn es die ‚Pegasus‘ schafft", warf Stavenos ein.

„Verdammt!" rief Kirillis und deutete mit dem ausgestreckten Finger auf einen Schatten draußen an Deck.

„O Gott!" flüsterte der Grieche.

„Ich gehe!" sagte Kirillis.

„Sie bleiben! Steuern Sie, das besorge ich!"

Er drückte mühsam die Tür auf und mußte sich mit seinem ganzen Gewicht gegen den Wind stemmen. So schnell es ging, arbeitete er sich auf die Stelle zu, wo die Menelas kniete und hilflos dem Sturm ausgesetzt war. Sie saß fest, konnte weder vor noch zurück. S. S. kam nur langsam näher.

„Die Hand!" versuchte er den Wind zu übertönen.

Mit einer Kopfbewegung gab sie ihm zu verstehen, daß sie nicht konnte. Sie hielt mit beiden Armen einen metallenen Träger des Geländers umklammert. Er selbst mußte alle seine Kraft aufbieten, um nicht über Bord gespült zu werden. Als der Sturm für einen Augenblick nachließ, war er bei ihr. Er kniete neben ihr nieder und packte ihre Hände, legte sich ihren linken

Arm um die Schulter. Sie sah ihm in die Augen. Sie blickten einander an. Alles war gesagt. Ihr Haar peitschte ihm ins Gesicht.

„Das war nötig", sagte er.

Ohne zu antworten, lehnte sie ihren Kopf gegen seine Brust.

„Halten Sie sich an mir fest! . . . Wir versuchen, zum Salon zurückzukehren . . ."

Stavenos und Kirillis verfolgten die Szene.

Als sich der Sturm auf See beruhigt hatte, brach er an Bord aus. Die Sterbenden hatten sich wieder erholt. Jeder von ihnen war auf den Griechen und die Menelas böse, weil sie nicht auch krank geworden waren. Lord Eaglebond stärkte sich mit einer Flasche Chivas. Auch Lady Eaglebond sprach dem Alkohol zu. Stany Pickman konnte Sokrates nicht verzeihen, ihn zu einer Kreuzfahrt eingeladen zu haben, ohne sich für das Wetter zu verbürgen. Die Seekrankheit hatte ihre Spuren auf seinem braungebrannten Filmgesicht hinterlassen. Nancy hatte lange vergeblich versucht, ihn zu trösten. Erst als sie böse wurde, willigte er ein, die Kabine zu verlassen und essen zu gehen. Aber es war ohnehin niemand hungrig, außer Nut, die vor Beginn dieses Weltuntergangs eingeschlafen war und nach fünf Stunden munter, erholt und hungrig aufwachte. Grimmig hatte Mimi den Griechen ersucht, sie im nächsten Hafen abzusetzen. Er hatte sein Martyrium in der Kabine verbracht. Lena war zweifach böse. Sie behauptete stets, gegen jede Art von Übelkeit gefeit zu sein, und jetzt hatte sie nicht nur ihr Körper, sondern auch ihr Mann im Stich gelassen.

In scheußlicher Stimmung zog sich das Dinner in die Länge. Lena und Mimi ließen Sokrates und Olympia nicht aus den Augen, die einander nicht anzusehen wagten, aus Angst, ihre Blicke könnten verraten, was sie einander zu sagen wünschten. Man einigte sich darauf, noch im Laufe der Nacht Saint-Tropez anzulaufen, während ursprünglich noch ein Tag in Cannes geplant gewesen war. Niemand nahm vom Dessert. Keiner wollte an Deck bleiben. Die Sterne strahlten, die Luft war angenehm warm, das Meer spiegelglatt. Der Abschied fiel eher frostig aus, man täuschte Migräne oder Kopfschmerzen vor.

Der Zwischenfall ereignete sich am nächsten Tag um zehn Uhr morgens. Eigentlich fast ohne Anlaß. Herr und Frau Menelas hatten sich von ihren Gastgebern auf dem Hinterschiff der „Pegasus" verabschiedet. Der Händedruck zwischen Lena und Olympia war nicht der herzlichste gewesen, Sokrates begleitete seine Gäste bis zum Laufsteg.

„Danke für diese angenehme Reise . . .", sagte Mimi trocken.

„Ich habe mich gefreut, Sie an Bord begrüßen zu dürfen", erwiderte ihm der Grieche im gleichen Ton.

Vor ihnen, auf dem Kai, halfen zwei Matrosen einem livrierten Chauffeur, das Gepäck der Menelas in einem schwarzen Cadillac unterzubringen. Noch weiter entfernt saßen Urlauber auf der Terrasse des „Sénequier" und frühstückten gemächlich. Als sich der Grieche und die Menelas unter Mimis wachsamem Auge die Hand zum Abschied reichten, sagte S. S. einen Satz auf griechisch, der auf den Lippen der Diva ein Lächeln hervorzauberte. Sie nickte und gurrte, ebenfalls auf griechisch, eine Antwort. Mimi, der sich von diesem Dialog ausgeschlossen fühlte, warf Satrapoulos einen giftigen Blick zu. Der Grieche brach in Lachen aus.

„Sie Flegel!" rief Mimi und krallte sich im Hemd von Sokrates fest. „Ich habe genug von Ihren Manieren, Sie verliebter Bauernflegel! Sie brauchen nicht zu glauben, daß Sie sich alles erlauben können, nur weil Sie Geld haben! . . . Und Ihre Geschenke! . . . Und übrigens" – er deutete auf die Rubinbrosche, das Geschenk des Griechen, das die Menelas trug –, „Olympia, gib ihm den Schmuck sofort zurück!"

„Aber Emilio! Was ist denn los? Bist du verrückt, schrei nicht so! Das ist doch alles der reinste Unsinn! Komm, gehen wir! Emilio, ich bitte dich um alles in der Welt, mach jetzt keinen Skandal!"

„Lieber Freund, das ist doch lächerlich!" schlug Sokrates in die Kerbe. „Das ist ein fürchterlicher Irrtum! Kommen Sie! Gehen wir an Bord! Kommen Sie, wir trinken noch etwas!"

„Niemals! Hören Sie mich, niemals!"

Die Menelas reagierte schnell. Sie packte Mimi um die Taille und verfrachtete ihn im Cadillac, nicht ohne mit einer Handbewegung geprüft zu haben, ob die Brosche noch an ihrem Platz war. Als der Grieche wieder an Bord war, erwartete ihn Lena, die vor Zorn totenblaß war.

329

„Bravo! Das hat uns noch gefehlt! . . . Also wirklich, überall, wo die Person vorbeikommt!"

Sokrates wollte ihr antworten, doch Lena drehte sich um und verschwand im Inneren der „Pegasus".

Es war Mittag. Sokrates bemühte sich um Lord und Lady Eaglebond, Nut, Stany und Nancy Pickman. Seine Gäste taten, als hätten sie nicht bemerkt, daß es am Kai zu einer Auseinandersetzung gekommen war. Die Pickmans wollten noch am selben Abend in Monte Carlo das Schiff verlassen, wo sie einen Besitz hatten. Die Eaglebonds wurden erst am nächsten Nachmittag in London erwartet, Sokrates' Flugzeug würde sie von Nizza aus hinbringen. Lena hatte sich unter einem Vorwand entschuldigt.

„Es ist unser letzter Tag. Gehen wir uns die Nudisten auf der Ile du Levant ansehen?" schlug der Grieche vor.

„Ist es weit?" wollte Stany wissen.

„Eine Stunde", beruhigte ihn S. S.

Der Schauspieler war sichtlich nicht erpicht, sich nochmals dem Meer und seinen Gefahren auszusetzen. Er wandte sich an die anderen: „Wir könnten dort baden?"

„Ich möchte die Nudisten gerne sehen."

„George!" sagte Lady Eaglebond streng.

„Ich auch!" meldete sich Nancy.

Stany zögerte immer noch.

„Warten Sie!" erklärte der Grieche. „Ich habe eine bessere Idee! Wir fahren nach Tahiti! Ein herrlicher Strand, und voll von Nudisten. Okay?"

„Nehmen wir das kleine Boot?" fragte Lady Eaglebond besorgt.

„Sokrates! Nehmen wir den Hubschrauber!" sagte Lindy Nut.

„Unmöglich. Wir haben nicht alle Platz. Aber wozu ist die ‚Pegasus' da? . . . Keyx! . . ."

Der *Maître d'hôtel*, der eifrig die Gläser nachfüllte, richtete sich auf. „Ja, Sir."

„Sagen Sie dem Kapitän, er soll die Anker lichten. Kurs auf Tahiti!"

Keyx blickte ihn betroffen an.

Der Grieche grinste. „Das ist ein Strand, ganz in der Nähe!"

„Sie haben mir Angst gemacht", meinte Pickman.

„Haben Sie schon Nudisten gesehen?" wollte Lady Eaglebond wissen.

„Ja, mich selber. Vor dem Badezimmerspiegel", lächelte Nut.

„Sie sollen ganz rot sein . . . hinten."

„Aber nein! Wer hat Ihnen denn das erzählt?"

„Haben Sie die Absicht, sich auszuziehen!?"

Der Grieche war zufrieden. Seine Gäste redeten wieder. In zehn Minuten waren die Anker gelichtet, aber es verging eine halbe Stunde, bevor die „Pegasus" den Hafen verließ. Für Kirillis auf der Kommandobrücke war es immer schwierig, die Riesenjacht zu manövrieren, ohne etwas zu beschädigen. Sokrates war nicht unzufrieden. Auf dem Kai hatten sich Hunderte von Schaulustigen angesammelt, um das Schiff zu bestaunen und die Kunst des Kapitäns zu bewundern. Die „Vagrant" Kallenbergs fiel ihm ein, doch er verjagte den unangenehmen Gedanken.

Die „Pegasus" umrundete den Leuchtturm, gelangte aufs offene Meer und lief mit normaler Geschwindigkeit an der Bai des Canouviers vorbei. Auf dem Achterdeck unterhielt man sich angeregt.

„Ist ihnen überhaupt erlaubt, nackt zu sein?"

„Aber nein! Wenn die Polizei auftaucht, müssen sie sofort etwas anziehen."

„Und die Polente, ist die auch nackt?"

„Ein nackter Polizist ist kein Polizist."

„Sondern?"

„Wo würden Sie Ihr Pfeifchen hinstecken?"

„Ich sehe nur eine Möglichkeit."

„In den Mund?"

„Keineswegs!"

Nut kraulte den Griechen am Arm. „Sokrates, wo hast du Lena gelassen?"

„Vergiß sie. Sie spielt beleidigt."

„Was hast du schon wieder angestellt?"

„Nichts! . . . Überhaupt nichts! Sie ist sicher beleidigt, weil die Menelas und ich als einzige nicht gekotzt haben."

„Wie findest du sie?"

Sokrates zögerte. Freund oder Feind? Er entschloß sich zur Wahrheit. „Ich finde sie einzigartig."

„Hat es dich erwischt?"

„Ich glaube, wir sind bald da . . . Keyx! Bring uns die Ferngläser!"

„Hat es dich erwischt?"

„Ich finde es vor allem traurig, daß eine solche Frau mit diesem Idioten zusammenlebt."

„Ich sehe sie!" brüllte Nancy entzückt. „Nein! . . . So etwas! Phantastisch!"

Sie hatte das einzige Fernglas, das zur Verfügung stand, mit Beschlag belegt und ignorierte Lady Eaglebonds Bemühungen, es ihr wegzunehmen.

„Aber das ist ja unglaublich! . . . Sie sind wirklich nackt!"

„Laß sehen!" drängte Stany . . .

„Warte! . . . Mein Gott! . . . Nein! . . . Das ist nicht möglich! . . . Wie scheußlich!"

„Was denn? Was ist denn los? . . ."

„Sie ist ja ein Monstrum! Wie kann man nur . . ."

„Hier sind die Ferngläser", erklärte Keyx feierlich, und alle stürzten sich auf ihn. Sie rissen sie ihm förmlich aus den Händen.

„Ach! Ich sehe nichts . . .", beklagte sich Lord Eaglebond.

„Vielleicht halten Sie es verkehrt?" meinte Nut ironisch.

„Leider ist es nicht das! Ich bin kurzsichtig."

„Die Blonde da . . . nicht schlecht. Seht doch!"

„Wo, Stany? Wo?"

„Da rechts, ganz am Ende."

„Ich will eine genaue Beschreibung!" jammerte Lord Eaglebond.

„Soll ich wirklich?" wandte sich seine Frau an ihn.

„Nein, nicht du. Wir haben zu verschiedene Auffassungen."

Die Lady ließ sich nichts entgehen. Die anderen auch nicht. Selbst die Offiziere und die Mannschaft genossen heimlich das Schauspiel.

„Das ist ungerecht!" meinte Sokrates, der sich über die Begeisterung seiner Gäste freute. „Warum soll George nichts davon haben!"

„Lassen Sie nur! Lassen Sie! Daran bin ich gewöhnt!"

„Spielst du damit auf mich an?" scherzte seine Gattin.

„Nein, Virginia, auf die Politik."

„Warten Sie!" rief der Grieche. „Ich habe eine Idee! Wir nehmen das Motorboot und bewundern sie aus der Nähe!"

„Ja! Fahren wir!" riefen sie im Chor.

„Keyx! Sagen Sie Stavenos, er soll das Boot startklar machen! Mit zwei Mann!"

„Fahren Sie ohne mich", sagte der Lord lächelnd. „Wirklich, es macht mir nichts. Ich bleibe hier und vertreibe mir die Zeit damit . . ." Er deutete auf einen Punsch von Davidoff, seine Lieblingszigarre und eine Flasche Dom Pérignon in einem Eiskübel.

„Sicher?" fragte Satrapoulos besorgt.

„Absolut."

„Ich melde mich zum Rapport, sobald wir zurück sind."

„Ich bleibe bei ihm", beschloß Virginia.

„Willst du keine schönen nackten Männer sehen? So zur Abwechslung?" fragte der Lord.

„Keine Angst, ich habe das Fernglas."

„Ins Boot!" rief S. S.

Sie zwängten sich in das Motorboot, das Kurs auf den Strand nahm. Als sie bis auf hundert Meter herangekommen waren, stoppte man die Motoren. Das Boot schaukelte angenehm. Man konnte deutlich die Silhouetten der Nackten erkennen.

„Wirklich skandalös!" erklärte Nancy, ohne ein Auge davon zu wenden.

„Allerdings. Sie übertreiben etwas", bekräftigte ihr Mann, dessen puritanische Erziehung ihn nicht davon abhielt, unablässig den Blick von Hintern zu Busen oder umgekehrt wandern zu lassen.

Ein braungebrannter Mann löste sich von einer der Gruppen und rief ihnen etwas zu, was sie nicht verstanden.

„Was sagt er?"

„Ich weiß nicht."

„Fahren wir", sagte Nut. „Schließlich sehen wir sie wirklich wie Tiere im Zoo an."

„Dann sollen sie sich nicht zur Schau stellen", erklärte Nancy, ohne den Blick abzuwenden.

Einer der Matrosen blickte Satrapoulos an, ob er den Motor wieder anlassen solle. Am Strand hatte sich eine kleine Gruppe gebildet, die sie beschimpfte.

„Voyeure!"

„Schweinigel!"

Einige junge Burschen sprangen ins Wasser und kamen näher geschwommen.

„Was sagen sie?" wollte Stany wissen.

Mit Begeisterung übersetzte Nut es ihm ins Englische.

„Kommt uns doch aus der Nähe anschauen, Idioten!"

„Traut euch wohl nicht, was?"

„Was sagen sie?" fragte Nancy wieder.

„Sie laden uns ein, näher zu kommen", murmelte der Grieche. „Dann eben vorwärts! . . . Auf den Strand! . . ."

Mit gedrosselten Motoren fuhren sie in Richtung Land. Die Burschen im Wasser betrachteten sie teils ironisch, teils drohend.

„Wer hat gesagt, wir trauen uns nicht?" wollte Sokrates mit einem Blick in die Runde wissen.

„Ich", erklärte ein stämmiger Rotkopf. „Man muß wirklich ein Warmer sein, oder ein Schwein, um Leute so anzustarren!"

„Der Strand gehört allen, oder?"

„Hier sind wir unter uns", sagte ein anderer.

Die Lage schien äußerst gespannt.

„Wenn Sie schon so neugierig sind", begann der Rotschopf von neuem, „dann kommen Sie doch herunter. Machen wir einen kleinen Spaziergang!"

„Okay!" gab der Grieche zurück und sprang ins lauwarme Wasser. „Wer kommt mit?"

„Ich", erklärte Pickman, der das Gesicht nicht verlieren wollte.

„Ich auch", meldete sich Nut.

„Aber . . . Sie werden doch nicht . . .", warf Nancy ängstlich ein.

„Sie werden uns schon nicht auffressen", meinte Stany, um sich gut zu machen. Er trachtete, das martialische Gesicht aufzusetzen, das ihm auf der Leinwand so gut stand, wenn er allein einen von Rowdys überfüllten *Saloon* betrat.

Von den Nudisten eskortiert, gingen sie auf den Strand, ohne die nackten Körper anzusehen, die sich unbeweglich in der Sonne liegend darboten.

„Gut sehen Sie in den Kleidern aus!" kommentierte der Rotschopf.

„Und Sie würden erst gut aussehen splitternackt unter Angezogenen auf den Champs-Elysées."

„Uns ist so was ganz egal", brüstete sich der Rothaarige.

„Wirklich?" hakte Sokrates ein. „Wenn ihr keine Waschlappen seid, so kommt auf das Schiff, ich lade euch ein."

Er zog es vor, sie nackt auf seinem Schiff zu haben, als sich jetzt hier ausziehen zu müssen.

„Gehen wir?"

Augenblicklich waren vier Burschen und drei Mädchen, zwei sehr hübsche und eine, die auch nicht übel war, bereit.

Sie kehrten zu dem Motorboot zurück, und ein Matrose steuerte auf die „Pegasus" zu. Während der kurzen Fahrt vermochte der Grieche nicht der Versuchung zu widerstehen. Er starrte auf die eine Blonde, die im Gedränge des Bootes ihr Hinterteil, kaum dreißig Zentimeter vor seiner Nase, verstaut hatte.

Nut bemerkte seine Blicke. „Sokrates! Man könnte meinen, es ist das erste Mal . . ."

Die Kleine lächelte ihn an. „Dieses Schiff gehört Ihnen? Nicht schlecht!"

Pickman nahm die Sonnenbrille ab.

„He!" rief der Rote. „Schaut mal! Den kennen wir! Der ist doch Schauspieler!"

„Stany Pickman!" rief die Brünette – die von den dreien, die gar nicht übel war – entzückt.

Nancy schwoll der Kamm. Sie haßte es, wenn man ihrem Stargatten zu nahe trat, aber ihn erkennen und bewundern durfte man.

Das Motorboot war bei der „Pegasus" angelangt. Der Grieche ließ sie alle an Deck steigen. Er kletterte als letzter hoch, seiner Mannschaft traten die Augen schier aus den Höhlen.

„George! George!" rief S. S. „Ich habe eine Überraschung für Sie!" Dann fragte er seine neuen Gäste, ob sie etwas trinken wollten. „Champagner?" schlug er vor.

Der Rotschopf hätte es nie zugegeben, aber der Luxus dieser herrlichen Jacht schüchterte ihn ein. Nackt fühlte er sich hier völlig fehl am Platz. Die Mädchen gaben sich viel ungezwungener.

„Ist die Jacht groß?" wollte eine von ihnen wissen.

„Ich zeige euch alles", versprach Sokrates.

„Wir warten hier auf euch", sagten die Burschen. Es war ihnen unangenehm, sich nackt den spöttischen Blicken der Matrosen auszusetzen, die alle in weißer Uniform steckten.

„Hier geht's lang, bitte", lud er sie mit einer Handbewegung ein, ihm zu folgen.

Er hatte sich an die Spitze des Trios gesetzt und war sichtlich begeistert, den unkonventionellen Cicerone spielen zu dürfen. Man mußte allem begegnen können, jeder Situation, und war sie auch noch so außergewöhnlich.

Er hakte sich bei den beiden Hübschesten unter. Sie gelangte aufs Achterdeck. Er sah Lena. Sie war allein. In einem Liegestuhl ausgestreckt, blätterte sie in einer Zeitschrift. Als sie Sokrates mit zwei nackten Mädchen am Arm erblickte, ein drittes hinter sich, blieb ihr der Mund offen. Sokrates blieb triumphierend stehen. Er ließ eine Kunstpause eintreten, bevor er jovial zu den Mädchen sagte: „Das ist Helena, meine Frau. Sie wird sich freuen, Sie kennenzulernen."

Lena sprang mit einem gewaltigen Satz auf. Die Kinnlade klappte wieder zu. Sie war zu sehr außer sich, um ein Wort hervorbringen zu können. Beschwichtigend ging Sokrates mit ausgebreiteten Armen auf sie zu.

„Komm mir nicht in die Nähe!" kreischte sie. „Morgen schicke ich dir meinen Anwalt . . ." Und mit diesen Worten wich sie vor ihm zurück, drehte sich dann abrupt um und begann mit ausgebreiteten Armen wie eine Blinde davonzulaufen.

Angewidert zerknüllte der Grieche die noch druckfrische Zeitung. Er machte einen Schluck ungezuckerten Kaffees. Der Artikel war von einem gewissen Jean-Paul Sarian und berichtete in schmalzigem Stil von seiner Auseinandersetzung mit Mimi. Idioten!

In seinem Umgang mit Journalisten hielt es Sokrates so, daß er nie mit ihnen sprach, damit sie um so mehr über ihn schrieben. Wenn man ihm stoßweise die Zeitungsstapel brachte, in denen von ihm die Rede war, fühlte er sich förmlich aufleben. Natürlich haßte er es, wenn man über ihn schrieb, doch mochte er es noch weniger, wenn man über ihn kein Wort verlor.

„Sir . . . eine Dame ist da. Sie wartet an Deck."

„Wie spät ist es?"

„Zehn Uhr, Sir."

„Wer ist die Dame?"

„Mrs. Medea Mikolofides, Sir."

Er sprang aus dem Bett. Lena hatte ihm mit ihrem Anwalt gedroht, und jetzt war ihre Mutter da!

Das auch noch! Es mußte sehr schlecht stehen, wenn Lena ihre Mutter auffahren ließ! Wahrscheinlich war die Alte nach einem Anruf ihrer Tochter ohne zu zögern aus Griechenland hergekommen. Er schlüpfte in die Hose, stopfte die Schöße seines Hemds in den Hosenbund und warf einen traurigen Blick in den Badezimmerspiegel. Ohne Brille hatte er eine verteufelte Ähnlichkeit mit einem Tukan.

Als er an Deck kam, drehte seine Schwiegermutter ihm den Rücken zu. Ungeduldig stampfte sie mit dem Fuß auf. Sokrates versuchte es mit bedachtsamem Nähertasten.

„Medea . . ."

Ruckartig drehte sie sich um: „Schweinehund!"

„Medea", versuchte er sie zu beschwichtigen.

In der Hosentasche hielt seine Hand ein Dollarbündel umklammert, als befände sich da die Quelle allen Heils.

„Was ist das jetzt wieder für eine Trottelei!" brüllte die Witwe mit ihrer gefürchteten rauhen Stimme. Auf der „Pegasus" war Totenstille eingetreten: die Matrosen ließen sich kein Wort entgehen. S. S. knetete krampfhaft die Banknotenrolle.

„Was meinen Sie, Medea?"

Den Griechen hatte seine Schwiegermutter immer beeindruckt. Erstens war sie bereits einer der reichsten Reeder der Welt gewesen, als er selbst noch herumstreunte. Darüber hinaus hatte er in dem erbarmungslosen Konkurrenzkampf, den sie einander lieferten, noch keine Möglichkeit entdeckt, an ihrer Macht zu rütteln. Und zu guter Letzt legte die Alte ihm gegenüber ein mütterliches und beschützerisches Gehaben an den Tag, das auszuhalten ihm schwerfiel.

„Was hast du meiner Tochter angetan, du Schwein? . . ."

Unter seiner sonnengebräunten Haut wurde der Grieche bleich. „Wiederholen Sie das!" zischte er.

„Ja, Schwein! Ich werde es nicht zulassen, daß ein mieser Abenteurer meiner kleinen Lena etwas antut!"

„Wie? . . . Wie? . . .“ stotterte Sokrates.

„Wenn sie sich noch ein einziges Mal beschweren kommt, ein einziges Mal, vernichte ich dich! . . . Ich trete dich in die Gosse zurück! Ich bin schon mit ganz anderen fertig geworden!“

Der Grieche spürte, wie ihm das Blut zu Kopf stieg. Seine Mutter hatte es als einzige gewagt, ihn als kleinen Jungen zu behandeln. Die Jacht, der Himmel, das Meer, alles verschmolz vor seinen Augen. Es wurde schwarz um ihn. Flimmernde Blitze zuckten durch seine Nacht. Er hörte seine eigene Stimme, als wäre es die eines Fremden.

„Hauen Sie ab!“

Medea war gereizt. In einem Wutanfall hatte sie Athen Hals über Kopf verlassen. Unter anderen Umständen hätte sie die Gefahr erkannt. Jetzt nicht.

„Was sagst du da, du kleiner Hosenscheißer? Du willst mich rausschmeißen?“ stieß sie hervor.

„Hinaus, altes Luder!“

„Was hast du gesagt, du dreckiger Zuhälter?“

Sokrates stürzte sich auf sie und packte sie am Hals.

Kirillis kam ihr zu Hilfe, versuchte sie aus seiner Umklammerung zu befreien. Es gelang ihm mit Mühe.

„Dreckstück!“ schäumte Satrapoulos.

Stavenos kam herbei. Er packte Medea unter den Armen und zerrte sie über Deck bis zum Laufsteg.

„Ich bitte Sie, Madame! Bleiben Sie nicht da! Bleiben Sie nicht!“

„Lassen Sie mich los! Lassen Sie mich los!“ kreischte die Alte.

Sie griff sich mit der Hand an den Hals, der rot und striemig war. Oben auf der „Pegasus“ stand Sokrates, gurgelnde Laute von sich gebend und wie ein Ertrinkender nach Luft schnappend.

18

Als der Hubschrauber am Flughafen von Nizza aufsetzte, hatte der Grieche nur zwanzig Schritte zu seinem Flugzeug zu gehen. Jeff erhielt fast augenblicklich die Starterlaubnis und hob ab. Die Maschine flog zunächst in östlicher Richtung, drehte nach rechts, schwenkte um 270 Grad auf Nordkurs. In Richtung Hamburg. Die Befehle des Griechen waren so plötzlich gekommen, daß Jeff kaum Zeit gehabt hatte aufzutanken. Und was den Rückflug anging ... Satrapoulos hockte verkrampft und mit verbissener Miene in seinem Sitz und versuchte, seinem Ärger mit Whisky beizukommen. Mit sturem Blick sah er auf die Wolken unter seinem Flugzeug. Innerhalb von vierundzwanzig Stunden war es ihm gelungen, sich einen eifersüchtigen Ehemann und eine strenge Schwiegermutter auf den Hals zu hetzen. Er hatte nicht einmal die physische Befriedigung gehabt, sie verprügeln zu können. Er nahm seine Brille ab. Die Wolken verschwammen, alles außerhalb eines Sichtkreises von zwei Metern verlor seine Gestalt. Der Grieche nickte ein. Bei der Landung weckte ihn das Holpern des Flugzeuges auf der Landebahn. Erstaunt bemerkte er, daß er sein halbvolles Glas in der Hand behalten hatte. Er trank es in einem Zug leer. Der Whisky schmeckte schal.

Jeff baute sich vor ihm auf: „Hamburg, Sir."

„Danke. Wenn Sie es mir nicht gesagt hätten, hätte ich es mit Dakar verwechseln können", murrte der Grieche.

Er verließ die Maschine, kam jedoch gleich wieder zurück. „Sie bleiben da und halten sich zum Abflug bereit. Übrigens, sagen Sie Keyx, daß er sofort nach Athen fliegen soll. Nein! Warten Sie! Er soll in Nizza auf uns warten, wir nehmen ihn mit."

„Bitte, Sir."

Der Pilot wußte, was solche Anordnungen zu bedeuten hatten. In die Alltagssprache übertragen, hieß es ungefähr das: „Ich habe Lust, mich bei ‚Papa‘ zu besaufen. Und ich brauche meinen Kammerdiener, damit er mich nach Hause befördert."

Wenn Probleme von anderen abhingen, vermochte der Grieche sie immer zu lösen. Aber wenn es um seine eigenen Stimmungen ging, lief er zu „Papa", um sich zu betrinken. Er konnte sich am entferntesten Ende der Welt befinden, eine Schiffsladung Alkohol an der Hand haben, es half nichts, es mußte bei „Papa" in Athen sein und nicht anderswo. Jeff konnte es nur recht sein. Satrapoulos war so geeicht, daß er stundenlang trinken mußte, wollte er ein Resultat sehen. Und in Athen kannte Jeff ein Mädchen. Falls ihr Mann nicht da war – auch ein Pilot –, könnte er die Nacht mit ihr verbringen. Jeff war ein Weiser, der den Lehren des Lebens ein offenes Ohr lieh. Da er mit den Gattinnen der meisten seiner Kollegen ins Bett gegangen war, war er Junggeselle geblieben.

„Nieblung und Fust" stand in protzigen gotischen Goldlettern auf Marmorgrund auf der Tafel. Kaum war er eingetreten, stand der Grieche einer blonden Bohnenstange in schwarzem Kleid gegenüber, die sichtlich zwischen zwei Lösungen rang: ihm die Stiefel zu lecken oder sich vor ihm auf dem Boden zu wälzen.

„Die Herren warten bereits auf Sie, mein Herr."

Im achten Stockwerk kam Herr Fust persönlich auf den Griechen zu: „Lieber Freund! Lieber Freund . . .!"

„Sind Ihre Ingenieure da?"

„Aber selbstverständlich. Wie Sie es gewünscht hatten!"

„Die Architekten?"

„Warten ebenfalls auf Sie. Wissen Sie, leicht ist es mir nicht gefallen. Ihr Anruf kam so plötzlich! Einige mußten anreisen."

Getäfelte Türen gingen auf und wieder zu, während sie vorwärtsschritten. Die letzte öffnete sich zu einem riesigen Konferenzraum, in dessen Mitte sich ein langer schwarzer Tisch befand. Um ihn zwei Dutzend Personen, die sich beim Eintritt von Satrapoulos und Herrn Fust erhoben. Der Grieche bedeutete ihnen, Platz zu nehmen.

„Meine Herren, ich habe es eilig. Ich spreche daher ohne Umschweife. Ich möchte eine Jacht . . . Nein, nicht eine Jacht –

340

die Jacht! In Wahrheit möchte ich, daß sie mir das schönste Vergnügungsschiff der Welt bauen."

Schweigen. Jeder versuchte, dem anderen den Vortritt zu lassen.

„Was für eine Jacht?" faßte sich endlich Fust.

„Eine einzigartige. Verstehen Sie, was ich meine?"

„Aber selbstverständlich!" rieb Fust sich servil die Hände. „Selbstverständlich!"

„Nein, Sie verstehen überhaupt nichts! Und zwar deswegen nicht, weil eine solche Jacht noch nicht existiert. Ich will etwas noch nie Dagewesenes, perfekt von der Mastspitze bis zur Schraube. Ein Swimming-pool, der zum Tanzparkett oder zur Rodelbahn werden kann. Keine Kabinen, sondern riesige Appartements. „Sechs, mehr nicht! Badezimmer in Marmor und mit echten Goldarmaturen."

„Was für eine Wasserverdrängung?"

„Und der Antrieb?"

„Welcher Motor?"

„Wie lang?"

„Spitzengeschwindigkeit?"

„Ist mir egal!" hob der Grieche abwehrend die Hand. „Sie sind die beste Werft der Welt! Bauen Sie mir die schönste Jacht der Welt!"

„Wir brauchen Zeit", warf Fust schüchtern ein.

„Ja, Herr Fust. Es braucht Zeit. Aber weniger, als Sie denken. Ich möchte Ihre ersten Vorschläge in acht Tagen haben. Die Arbeiten beginnen am neunten. Ich möchte, daß Ihre Arbeiter Tag und Nacht . . ."

„Herr Satrapoulos . . ."

„Ich möchte, daß zwischen den Entwürfen und der Anfertigung der Einzelteile nicht ein Tag vergeht."

„Aber . . . aber . . .", stammelte Fust. „Das ist unmöglich. Wir haben Aufträge . . . wir können nicht . . . andere Kunden . . ."

„Ich eröffne Ihnen einen ersten Vorschuß von sechs Millionen Dollar . . . Wie sagten Sie? . . . Welche Kunden?"

Von der Summe überwältigt, senkte Fust den Kopf. Welche Werft konnte es sich leisten, einen Auftrag von sechs Millionen Dollar abzulehnen, während auf der ganzen Welt die Dänen und die Japaner alles an sich rissen?"

„Herr Satrapoulos . . .“

„Ja oder nein?“

Fust zuckte zusammen und suchte mit den Augen Unterstützung bei seinem versammelten Braintrust. Kein einziger dieser Verräter hob den Blick.

„Nun, wir werden unser möglichstes tun. Meine Mitarbeiter und ich . . .“

„Ich verlange nicht Ihr möglichstes, ich verlange das Unmögliche. Und ich verlange eine klare Antwort: Ja oder nein?“

Fust schluckte mühsam. Ein sterbendes „Ja“ kam über seine Lippen. Er wollte lächeln, aber mehr als eine Grimasse brachte er nicht zustande.

„Gestatten Sie mir nur eines. Man kann ein solches Schiff nicht ausgehend von der Idee eines Swimming-pools bauen . . .“

Er lächelte schüchtern in die totale Stille der anderen hinein.

„Doch, mein Herr! Dieses Schiff werden Sie rund um den Pool konzipieren!“ erwiderte der Grieche. Er beugte sich ganz nahe zu Fust hin und flüsterte an seinem Ohr: „Kennen Sie sich in Malerei aus?“

„Ich? . . .“ krächzte Fust verblüfft.

„Finden Sie mir jemanden, der mir Bilder kaufen kann, ohne sich übers Ohr hauen zu lassen. Fürs erste will ich für zwei Millionen Dollar investieren . . . etwas Nettes, Lustiges . . . Ich zähle auf Sie . . .“

Und zu den anderen gewandt: „Nun, meine Herren, alles scheint geregelt! In sechzig Minuten verlasse ich Hamburg. Dreißig davon stehen Ihnen zur Verfügung. Ich warte auf Ihre Fragen!“

Eines war nett an Epaphos: bei ihm konnte man jeden treffen. Jeder konnte zu ihm. Einfache Matrosen saßen neben echten Prinzen, Jet-set verkehrte mit Halbwelt, schöne Frauen, zwielichtige Existenzen, ganz junge Männer, alte Herren, befrackte Fettwänste, halbnackte Epheben: sie alle verband die Lust und die Freude am Ungewöhnlichen. Und über allem herrschte ein Koloß von hundertzwanzig Kilo, Epaphos höchstpersönlich. Wenn die Leute ihm gefielen, die Rechnungen ungeahnte Höhen erreichten und er ein Gesicht mit dem dazugehörigen

Namen verband, erlaubte er es, daß der Betreffende ihn „Papa"
nannte. Und in Athen galt es etwas, Epaphos „Papa" zu rufen!
Papa hatte so vieles gesehen, gehört und erlebt, daß er denen,
die in seiner Gunst standen, verraten konnte, welches Pferd in
Vincennes Chancen besaß, welche Aktie innerhalb von achtundvierzig Stunden in Wall Street steigen würde, wer für die
Boxweltmeisterschaft in Rom Favorit war oder wie man am
besten in Nassau investierte.

Als der Grieche die Tür aufstieß, drehte er sich erbost zu
Keyx um und sagte mürrisch: „Steig mir nicht nach. Warte
woanders!"

Keyx empfahl sich stumm. Schon wälzte „Papa" seine
Fleischmassen auf S. S. zu: „Mein Bruder!" brüllte er begeistert.

S. S. breitete die Arme aus und ließ sich von Epaphos in die
Höhe heben. Die Kapelle hielt mitten im Stück inne und spielte
das Lieblingslied des Griechen, mit dem er hier stets empfangen
wurde.

„Eine Runde!" übertönte der Grieche den Lärm.

„Papa" brachte ihn zu einem Tisch, von dem er zwei Leute
vertrieb. Unbekannte. Bei „Papa" hatten Unbekannte ihren
Platz den Leuten zu überlassen, die bereits einen Namen
besaßen. Erstens weil ihnen ohnehin nichts anderes übrigblieb,
und dann auch, weil sie später vielleicht einmal selbst von
diesem Privileg profitieren würden.

„Was trinkst du, mein Bruder?"

„Chivas."

„Chivas her! . . ."

Das Lokal war nicht groß. Einfache Strohsessel, Holztische,
Kerzen, eine lange Theke aus dem Bug eines Segelschiffes,
Fässer an den weißgekalkten Mauern. Eine echte Taverne.

„Nun, ‚Papa', wie geht das Geschäft?"

„Du siehst! Bist du allein?"

„Du siehst."

„Was willst du? Blond? Brünett? Rot? Einen Elefanten? Sag
es mir! Mein Haus ist dein Haus!"

„Weiß ich nicht. Trinkst du mit mir?"

„Trinken wir, mein Bruder!"

Der Spiegel in der Flasche sank um ein beträchtliches.

„Ex?"

„Ex!"

„Ich komme gleich wieder", erklärte „Papa". „Heute ist was los, du wirst es noch sehen!"

Leichtfüßig überquerte er die Tanzfläche. Der Grieche schenkte sich ein zweites Glas ein und blickte in die Runde. Ihm gegenüber saßen fünf Personen an einem Tisch, zwei Matrosen und drei Mädchen. Einer der beiden sah Satrapoulos direkt in die Augen und hob mit einem ironischen Grinsen sein Glas auf sein Wohl. Dann beugte er sich zu seinen Begleitern und sagte ihnen etwas, worauf alle lachten. S. S. ärgerte es, außerhalb zu stehen, und er deutete dem Matrosen, an seinen Tisch zu kommen. Dieser erhob sich und kam näher.

„Was hast du zu lachen?"

„Erkennen Sie mich nicht wieder? Ich habe vor zwei Jahren auf Ihrem Schiff gearbeitet . . . Eugenio . . ."

„Auf der ‚Pegasus'?"

„Ja. Ich hatte das Boot über."

S. S. erinnerte sich. Ein guter Matrose, aber er war mehrmals bei Ankerungen der „Pegasus" nicht rechtzeitig an Bord zurückgekehrt, und Kirillis hatte ihn entlassen. Wenn man dem Kapitän glauben wollte, hatte Eugenio an jedem Finger zehn Frauen.

„Nun, was hast du zu lachen gehabt?"

Eugenio zeigte ein treuherziges Lächeln. „Mein Freund und die Mädchen da . . . ich habe ihnen gesagt, daß ich sie auf Whisky eingeladen hätte, anstatt auf Raki, wenn ich so viel Geld hätte wie Sie."

„Magst du Whisky?"

„Und ob!"

„Setz dich! Willst du mit mir trinken? He! Ein Glas!"

„Lassen Sie, es ist eines da."

„Das gehört dem Chef. Nimm ein anderes."

Sokrates war aggressiv. Dieser Bursche besaß alles, was er nicht hatte: Jugend, Natürlichkeit, Anmut.

„Verträgst du Alkohol?"

„Wie jeder andere."

„Auch wie ich?"

„Warum nicht?"

„Also dann prost!"

Gleichzeitig leerten sie ihr Glas. Der Grieche füllte nach.

„Einmal du, einmal ich. Okay?"

„Okay."

„Prost!"

„Prost!"

„Was gehst du mir mit meinem Geld auf die Nerven. Was würdest du damit anfangen?"

„Alles, was Sie tun."

„Und was glaubst du, daß ich tue?"

„Sie kaufen."

„Was?"

„Alles."

„Was fehlt dir?"

„Alles. Ich habe nichts."

„Deine Jugend."

„Darum kann ich mir nichts kaufen."

„Brauchst du Geld für die Frauen?"

„Für manche ja."

Der Grieche zuckte die Achseln. „Laß die in Ruh. Mach's mit den anderen! Cin?"

„Cin!"

„Was sind das für Mädchen am Tisch?"

„Mädchen eben."

„Lieben sie dich?"

„Fft! . . . Ich kenne sie seit vorhin."

„Chivas!" bestellte Sokrates.

„Sirtaki!" brüllte „Papa" im Echo.

„Geh tanzen!" sagte der Grieche.

„Warum ich? Gehen doch Sie!"

„Wenn ich geh', gehst du auch?"

„Einverstanden."

„Komm!"

Eugenio knüpfte das rote Halstuch auf, das er umgeschlungen hatte, nahm das eine Ende in die Hand und gab dem Griechen das zweite. Den Stoff zwischen ihnen beiden gespannt, gingen sie auf die Tanzfläche, wo sich bereits eine Reihe gebildet hatte. Applaus. Geschickt führte der Grieche die Schritte des Sirtaki aus, kreuzte die Beine übereinander und schritt im Takt der Musik seitwärts vor.

„Sie tanzen gut!"

„Glaubst du, daß das Geld einen lähmt?" Von Zeit zu Zeit

nahm er einen Geldschein aus der Tasche, rollte ihn zu einer Kugel und bombardierte einen Musiker damit, der vor Aufregung falsche Töne produzierte. Sie kehrten an ihren Tisch zurück.

„Ex?"

„Ex!"

Ein Kellner ging vorbei, einen gigantischen Stapel Teller vor sich balancierend. Der Grieche stellte ihm ein Bein, der Kellner strauchelte, die Teller zerbrachen in tausend Scherben. Die Leute johlten vor Begeisterung.

„Mein Bruder!" brüllte „Papa" von seiner Schiffsbar her. „Willst du noch mehr zertrümmern?"

„Ja!" rief man von allen Seiten . . .

„Ich wette mit dir, daß ich mehr Teller habe, als du zerschlagen kannst!" überbrüllte Epaphos die Menge.

„Bring sie her!" schrie Sokrates zurück.

Neben dem Alkohol war das Zertrümmern von Tellern die wichtigste Einnahmequelle des Lokals. Bei „Papa" konnte man überhaupt alles zerschlagen, wenn man nachher zahlte. Manchmal ging die gesamte Einrichtung drauf, bis Tische, Sessel und Lampen auf einen Haufen lagen. Das war das Erfolgsgeheimnis von „Papa": Zertrümmern Sie, zahlen Sie, hauen Sie ab.

„Große oder kleine?"

„Was du hast! Gib allen welche! Eugenio! Bist du in Form?"

„Ja."

„Prost?"

„Prost!"

„Wer mehr zerschlägt!"

„Einverstanden."

In gedrängten Reihen kamen die Kellner tellerbeladen aus der Küche. Manche konnten nicht mehr als ein paar Schritte machen, von allen Seiten gezerrt und gestoßen, torkelten sie verzweifelt im Lokal herum, versuchten, das Gleichgewicht zu halten, fielen hin, bis der infernalische Lärm des zersplitternden Geschirrs alles andere übertönte. Die Gäste stürzten sich ins Getümmel, traten, warfen, schleuderten blindlings, was ihnen unter die Hände kam.

„Einzeln!" brüllte der Grieche Eugenio ins Ohr. Er wollte dem Geschehen eine gewisse Regelmäßigkeit aufzwingen.

So schnell es ging, griffen sie nach den Tellern, die zwei

eigens dafür abgestellte Domestiken ihnen reichten, und schleuderten sie auf den Boden. Sie waren vor Aufregung hochrot, ernst wie Gerichtsvollzieher. Die Angestellten lösten einander ab, um neue Munition zu holen. „Papa" richtete es ein, daß die beiden zum Zentrum des Geschehens wurden und bald von einem Kreis umgeben waren. Bald waren keine Teller übrig . . .

„Weiter! Mit allem, was wir finden!" forderte der Grieche den Matrosen heraus.

„Einverstanden!"

Wie ein Mann hoben sie ihre Sessel hoch in die Luft und ließen sie auf den Tisch krachen. Sie gingen in Splitter. Sokrates stieß den Tisch um und begann, ihm die Füße auszureißen. Eugenio war an der Bar und fegte mit einer einzigen Handbewegung alle Flaschen zu Boden. Der Grieche machte es ihm nach. Mit einem Tischbein bewaffnet, zertrümmerte er, was ihm unter die Hände fiel. Als nichts mehr übrigblieb, hatte er einen genialen Einfall: er ergriff eine Hacke, die an der Wand hing, und nahm den Kampf gegen die Fässer auf, von denen manche voll waren. Wein schoß in dunkelrotem Strahl aus den Spundlöchern.

Eugenio wollte nach der Axt greifen: „Daran hättest du vorher denken müssen!" brüllte ihn der Grieche an, ohne sein Zerstörungswerk zu unterbrechen.

Als nichts mehr intakt war, hielt er ein. Er schnaufte wie ein Walroß. Applaus brandete auf.

„Also? Wer hat gewonnen?" rief S. S. zu Epaphos.

„Papa" hob Sokrates' Hand in die Höhe. „Der Sieger!"

Eugenio kam, ihm zu gratulieren. Der Grieche flüsterte ihm zu: „Wo sind deine Mädchen?"

„Ich weiß nicht. Da irgendwo."

„Gehen wir sie ficken?"

„Einverstanden!"

„Hast du ein Bett?"

„Ja, um die Ecke. Im Hotel."

„Gehen wir?"

„Gehen wir!"

„Wo ist dein Freund?"

„Lassen Sie ihn. Er mag so was nicht."

„Andere Fakultät?"

„Und wie."

„Auch nicht schlecht! Papa! Schick mir die Rechnung!"

„Das eilt nicht, mein Bruder! Das eilt nicht!"

„Halt mich nicht für blöd! Ich weiß, daß du sie morgen schickst!"

„Komm wieder, wann du willst. Ich mag es, wenn du alles zerschlägst!"

Der Grieche und der Matrose faßten einander an den Schultern und verließen das verwüstete Lokal im Sirtaki-Schritt. Mit den wenigen Instrumenten, die sie vor der Apokalypse hatten bewahren können, spielten ihnen die Musiker zum Abschied auf. „Papa" brüllte noch einmal über das Chaos aus Trümmern, Scherben und Gästen hinweg, so laut, daß es auch die Hauptperson hören konnte, zum Abschied: „Seht ihn euch an! Das ist ein Mann!"

Keyx kämpfte mit dem Schlaf. Er hatte nicht die Kraft, weiter zu warten, und auch nicht den Mut zu desertieren. Fünf Uhr früh. Der erste Sonnenstrahl wagte sich auf die Straße, schnüffelte hinter Randsteinen und Mülleimern, strich über Abfallhaufen und warf lange Schatten über das Pflaster. Aus dem Hotel traten von Zeit zu Zeit Matrosen, streckten sich, zündeten sich eine Zigarette an, bevor sie zum Hafen hinuntergingen. Oder ein Mädchen. Es bückte sich, eine Sandale fester zu binden, ging weiter, zog einen Spiegel aus der Handtasche und leckte sich über die Lippen, während es die Augenschatten nachzog. Eine Schiffssirene ertönte. Keyx sah auf die Uhr und beschloß, noch bis halb sechs zu warten. Wenn er nicht innerhalb der nächsten fünfzehn Minuten auftauchte, würde er ohne ihn nach Hause finden müssen. Um 5 Uhr 20 betrat der Grieche die Straße mit der Selbstsicherheit eines Schauspielers, ohne den das Stück nicht zu Ende gehen kann. Er ging ein paar Meter, nahm die Brille ab, putzte sie mit seinem weißen Taschentuch, zwinkerte mit den Augen und stellte sich behaglich in die Sonne.

Er setzte die Brille wieder auf, sah Keyx an und atmete tief ein. Sein Gesicht zeigte Befriedigung. Er zog sein schwarzes Sakko aus, warf es sich burschikos über die Schulter und nahm seinen Gang wieder auf.

„Sir!"

„Was willst du?"

Keyx war verblüfft. Er wollte nichts, nur schlafen. Er wartete, mehr nicht.

„Wohin soll ich Sie fahren?"

„Wieso, hast du ein Auto?"

„Nein."

„Also?"

„Weiter unten ist ein Taxistandplatz."

Sie gingen hin und stiegen in einen antiken Chevrolet. „Zum Flughafen."

Während der Fahrt sprach er kein Wort. Als sie ankamen, verlangte er von Keyx Geld, um den Chauffeur zu bezahlen. Keyx reichte ihm einen Schein und wies mit einer Handbewegung das Wechselgeld zurück.

Der Grieche sah es. „Bist du verrückt, so ein Trinkgeld zu lassen? Du wirst nie reich werden."

Keyx ließ Jeff wecken, der im Pilotenraum eingeschlafen war. Seine Freundin war nicht zu Hause gewesen, und er hatte es vorgezogen, zu schlafen, anstatt sich eine andere aufzugabeln.

„Ist er schon da?" fragte Jeff.

„Ja."

„Hat er Wirbel gemacht?"

„Alles bei Papa zerschlagen."

„Dann geht's ihm gut!"

„Weiß nicht. Er hat den Mund nur aufgetan, um mich sein Taxi zahlen zu lassen."

„Mach dir nichts draus, du wirst es schon zurückbekommen."

„Sagst du! Bei diesem Geizhals. Achtung, da ist er!"

Der Grieche wartete auf sie, die Arme hinter dem Rücken verschränkt.

„Starten wir?" fragte Jeff.

„Zurück nach Nizza."

„Wir werden einige Minuten in Rom bleiben müssen. Der Motor heizt."

„Hast du das nicht vorher machen können! Ich hab' es eilig!"

Sokrates hatte eine Idee geboren, deren Ausführung sofortiges Handeln erforderte.

Mit Lena ist es aus, ich kann nicht mehr. Die anderen

349

langweilen mich, sobald ich sie gehabt habe. Ja, aber ich brauche es. Was will ich eigentlich? Ideal ist, eine Frau zu Hause zu haben, die man liebt, und mit anderen ins Bett zu gehen. Aber die, die man liebt, will nicht, daß man andere vögelt. Es trotzdem tun? Sie kränken? Na und? Meine Schuld vielleicht? Und was ist, wenn sie mit einem anderen Mann? Lauter Huren! Ich bin nicht fähig, allein zu leben. Ich bin nicht fähig, zu zweit zu leben. Und was sonst? Wie es die anderen machen? Vielleicht stellen sie sich dieselben Fragen. Aber es spricht ja nie jemand davon. Und die Kinder? Sie werden unglücklich sein, wenn ich offiziell mit der Menelas lebe. Das Glück der Kinder kommt vor allem anderen! Kinder sind heilig! Aber wenn sie groß sind, lachen sie einen aus! Ich habe es bei meiner Mutter auch getan. Hätte sie mich eben mehr geliebt! Vielleicht hat sie mich geliebt? Wissen meine Kinder, daß ich sie liebe? Woher sollen sie es wissen! Woran könnten sie es merken, ich sage es ihnen ja nie? Und liebe ich sie eigentlich überhaupt? Und ihr Mann, wie wird der reagieren? Egal! Soll er sich wehren, wenn er sie behalten will! Sie hat mir nie etwas gesagt, aber ich bin sicher, daß sie einverstanden ist. Ich werde sie heiraten! Wozu sollte sonst mein Geld da sein? Hab' ich nicht das Recht, glücklich zu sein, wie alle Welt?

Das Flugzeug setzte auf der Landebahn von Nizza auf. Seltsamerweise fühlte er sich nicht müde, obwohl er seit vierundzwanzig Stunden kein Auge zugetan hatte. In seiner Jugend hatte er einmal fünf Tage und fünf Nächte durchgepokert. Und der Gewinn hatte für nicht mehr gereicht als für einen neuen Anzug.

Als sie den Schlüssel im Schloß hörte, sprang Lena auf. Marc öffnete die Tür. Sie wartete nicht einmal ab, bis er sie geschlossen hatte, um sich ihm an den Hals zu werfen.

„Ach, mein Liebling! Fürs Leben, wir beide zusammen! Es ist soweit! Ich bin frei! . . ."

Marc versuchte, sich aus ihrer Umarmung zu lösen. Er wollte nicht bis zu seinem Gehirn vordringen lassen, was seine Ohren gehört hatten. Sein Herz klopfte wie rasend.

„Ich habe ihn sitzengelassen! Es ist aus! Wir werden zusammen leben!"

Langsam nahm auch in seinen Gedanken die Katastrophe Form an.

„Bist du glücklich? Du sagst nichts!"

„Es ist phantastisch, mein Liebling, phantastisch . . .", vermochte er endlich zu sagen.

„Sobald du geschieden bist, ziehen wir zusammen. Wir brauchen gar nicht zu warten. Sprich noch heute mit ihr, sag ihr, daß du deine Freiheit zurückwillst. Liebst du mich?"

Er unterdrückte das Gefühl der Panik und Auflehnung. „Ja . . . ja . . . ich liebe dich . . ."

„Marc! Mein Marc! Verstehst du? Ich bleibe für immer bei dir! Wenn du einen Film drehst, warte ich im Studio auf dich! Ach, Marc! Ich kann es noch gar nicht fassen!"

Er konnte es noch weniger. Er mußte etwas sagen, sie bremsen, auf den Boden der Wirklichkeit zurückholen. Er war nur auf einen Sprung vorbeigekommen, Belle erwartete ihn. Sie war in letzter Zeit äußerst nervös. Wenn sie das je erfuhr! Wenn Lena sie anrief!

„Hör zu, Lena . . ."

„Ja, mein Geliebter, sag mir . . . Oder nein, sag nichts, ich habe eine Idee! Ich werde selbst deine Frau anrufen. Ich will nicht feige oder hinterhältig sein, verstehst du!"

„Lena, ich bitte dich . . . Vielleicht sollte man . . . Laß mich es ihr sagen . . ."

„Glaubst du?"

„Ja, es ist besser so, wirklich. Alles kommt so plötzlich. Ich war nicht darauf eingestellt."

„Du warst nicht darauf eingestellt?" unterbrach sie ihn, plötzlich hellhörig. „Wir reden seit sechs Jahren davon!"

„Ich weiß, ich weiß, aber verstehst du? . . ."

„Was verstehe ich?"

„Laß mich erst an die Vorstellung gewöhnen. Übereilen wir nichts."

„Aber Marc . . ."

Er redete immer lauter. Irgendwie mußte er die Angst loswerden. „Was, aber! Du sagst mir das wie eine Bombe, nicht einmal vorbereitet hast du mich! Du bist vielleicht frei, du, aber ich, ich muß noch etliches regeln. Ich kann nicht eine zehnjährige Ehe in fünf Minuten aus der Welt schaffen!"

„Marc! Aber du hast doch immer gesagt . . ."

Jetzt wollte sie nicht verstehen. „Gesagt! . . . Gesagt! . . . Glaubst du, es ist so einfach!"

„Deinetwegen habe ich Sokrates verlassen, meine Kinder, mein Leben, alles. Du hast mir geschworen . . . Du . . ."

„Du willst mich zwingen! Ich hasse das, verstehst du! Ich hasse es! . . . Ja? . . ."

„Marc . . ."

„Marc! Marc! Immer nur Marc! Was, Marc? Wer sitzt in der Scheiße, du oder ich? Du läßt mir nicht einmal Zeit, zu überlegen! Wie ein Kind bist du! Alles muß sofort sein! Ich kann nicht mehr! So! Und jetzt gehe ich, mir reicht's!"

Bevor sie noch eine Bewegung machen konnte, war er bei der Tür und stürmte die Stiegen hinunter.

„Marc! . . ."

Sie fühlte, wie die Tränen ihr über die Wangen strömten. Sie setzte sich auf das Bett und schluchzte lautlos vor sich hin.

19

In Antibes die erste Enttäuschung. Die Jacht der Menelas war zwar da, aber an Bord befanden sich nur drei Matrosen. Der Grieche wollte unbedingt prüfen, ob man ihn nicht anlog. Sein Mißtrauen wurde kopfschüttelnd zur Kenntnis genommen.

„Wann sind Monsieur und Madame weg?"

„Heute morgen, Monsieur. Gegen zehn Uhr."

„Wohin?"

„Ich glaube, daß Madame von ihrem Haus in Genf sprach."

„Sind Sie sicher?"

„Nun . . . ich glaube schon . . ."

Niki wartete im Wagen, neben ihm ein todmüder Keyx.

„He! Mach keinen Unsinn! Du wirst doch nicht einschlafen!"

„Ich bin total fertig. Weck mich, wenn er kommt . . ."

„Achtung, da ist er!"

Keyx' Augen waren wie verklebt. Er machte eine gewaltige Anstrengung, sich von den herrlich weichen Ledersitzen loszureißen, öffnete die Tür und setzte sich vorne neben den Chauffeur. Der Grieche schien energiegeladener denn je.

„Zurück zum Flughafen."

Sie fuhren denselben Weg zurück. Jeff hatte Pech. Sie kamen an, als er gerade sein Auto bestieg, um davonzubrausen.

„Hupe!"

Niki hupte mehrmals. Jeff drehte sich um, sah den heranbrausenden Rolls und öffnete seine Wagentür. Keyx gestikulierte. Jeff stellte den Motor nicht ab. Wütend stieg er aus und kam auf sie zu. Der Grieche war bereits aus dem Wagen.

„Stell ihn hier ab. Wir fliegen weiter."

„Wohin, Sir?" Der Pilot beherrschte sich, um S. S. nicht ins Gesicht zu schleudern, was er von ihm hielt.

„Nach Genf. Ich gebe dir zehn Minuten für die Startvorbereitungen."

Dem Ton nach zu schließen, hatte Jeff gut daran getan, nichts zu sagen.

Während des Flugs hatte Jeff das Genfer Büro angewiesen, einen Wagen auf den Flugplatz zu schicken. Satrapoulos schien abwesend und nervös, er trank ohne Unterlaß. Sein ganzes Verhalten war so bedrohlich, daß Keyx ihn nicht aus den Augen ließ, obwohl er vor Müdigkeit am liebsten losgeheult hätte. S. S. hatte sich sogar dazu herbeigelassen, ihm einen doppelten Whisky anzutragen. „Trink! Dann geht's wieder. Schlafe ich vielleicht?"

Die Villa der Gonzales del Salvador lag in einem ruhigen Vorort von Genf. Auf einer der roten Ziegelmauern, zwischen die sich das schwarze Gittertor drängte, war eine Tafel mit der Aufschrift „Sonate" befestigt.

Er läutete. Stimme aus einer Sprechanlage: „Wer ist da?"

„Satrapoulos."

Er hatte Lust, das Tor mit den Füßen aufzutreten. Es ging von allein auf. Im Laufschritt legte er die fünfzig Meter einer Rhododendronallee zurück, stürzte die Stufen hinauf und stieß in der geöffneten Tür gegen einen livrierten Diener.

„Wo ist Herr Gonzales?"

„Ist Monsieur angemeldet?"

„Ist er da oder nicht?"

„Ich weiß nicht, ob Monsieur del Salvador zugegen ist, Monsieur. Ich werde nachsehen."

S. S. schob ihn mit einer Handbewegung beiseite. „Unnötig, ich finde ihn selbst . . . Emilio!"

Im ersten Stock, in den man über eine Freitreppe gelangte, ging eine Tür.

„Aurélien, wer ist es?"

Mimi tauchte in einem roten Morgenrock auf. Sein Gesicht wurde weiß wie ein Laken, als er den Griechen erblickte. Ohne es fassen zu können, sah er den kleinen Mann in Schwarz an, der bei ihm eingedrungen war.

„Wenn Sie sich entschuldigen wollen, ist das unnötig. Ich will nichts von Ihnen hören."

354

„Ich wüßte nicht, wofür ich mich zu entschuldigen hätte. Ich komme, Ihre Frau abzuholen."

„Was? . . . Was sagen Sie?"

„Sie haben mich richtig verstanden! Wo ist sie?"

„Aurélien, lassen Sie uns bitte allein!"

Der livrierte Diener verschwand.

„Olympia!" erschallte Sokrates' kräftiges Organ.

„Sie sind ja verrückt! Sie sind hier in meinem Haus!"

„Olympia! Wo sind Sie!"

„Sie ist nicht da! Sie ist nicht da!" rief Mimi mit einer Stimme, die mit jeder Silbe schriller und hysterischer klang.

„Gut! Da Sie es nicht sagen wollen, suche ich Sie selbst!"

Der Grieche begann die Treppe zu ersteigen. Mimi verstellte ihm mit ausgebreiteten Armen den Weg. „Beruhigen Sie sich doch! . . . Beruhigen Sie sich! . . . Kommen Sie da lang. In mein Arbeitszimmer . . ."

„Ihr Arbeitszimmer ist mir scheißegal! Ich will Ihre Frau!"

„So, da wären wir. Ich gebe Ihnen etwas zu trinken. Setzen Sie sich doch."

Beinahe hätte S. S. ihm geantwortet, wäre er ihm in die Falle gegangen. Er drehte sich um, verließ das Arbeitszimmer und stürzte in den Gang, wo er die Türen eine nach der anderen aufriß.

„Olympia!"

Völlig verdattert lief Mimi hinter ihm her.

„Aber! Sie können doch nicht! Sie haben kein Recht! Sie sind nicht normal!"

„Olympia! . . . Olympia! . . ."

Er fand sie in ihrem Zimmer. Die Menelas hatte von Anfang an alles mit angehört. Anstatt sich zu zeigen und eine Entscheidung fällen zu müssen, hatte sie sich in eine Ecke zurückgezogen und wartete. Primitivreflex des Weibchens, um das zwei Männchen kämpfen. Sie wagte kaum, den Griechen anzusehen.

„Olympia, ich hole Sie, um Sie zu heiraten. Wenn Sie mir jetzt nicht folgen, komme ich wieder, morgen, übermorgen und alle Tage meines Lebens, bis Sie mit mir gehen. Ich warte unten auf Sie."

„Er ist verrückt!" jammerte Mimi. „Er ist verrückt!"

„Sie lassen mich in Ruhe! Wenn Sie glauben, etwas tun zu können, dann los! Verteidigen Sie sich! Tun Sie etwas!"

Er stieg die Treppe hinab, ohne Mimi eines Blickes zu würdigen.

„Ich rufe die Polizei! Das lasse ich nicht zu! Das wird Sie teuer zu stehen kommen!"

„Das hoffe ich doch. Eine Frau wie Olympia kann gar nicht teuer genug zu stehen kommen. Das hätten Sie begreifen müssen, schon längst."

Die Stimme der Menelas war zu hören. „Aurélien!"

Der Livrierte kam, ohne einen Blick auf die beiden Männer zu werfen.

„Sie glauben doch nicht wirklich, daß sie mit Ihnen geht", sagte Mimi nervös.

Der Grieche stand unbeweglich.

„Sie sind ein Abenteurer! Nicht einmal das, Sie sind ein Falott! Und meine Frau denkt über Sie nicht anders!"

Aurélien kam an ihnen vorbei. Unter dem Arm trug er zwei riesige Koffer.

„Aurélien! Wohin gehen Sie?" stammelte Mimi.

„Madame . . . Monsieur . . .", antwortete er düster und schicksalsergeben.

„Nein, das geht zu weit! Das geht zu weit!"

Mimi verließ das Schlachtfeld und lief in sein Arbeitszimmer, dessen Tür hinter ihm zuknallte. Die Menelas erschien auf der Treppe. Langsam schritt sie die Stufen hinab. Am Fuße der Treppe blieb sie stehen und strich sacht über das Mahagonigeländer. Abschied. Dann ging sie weiter. Als sie vor dem Griechen stand, blickte sie ihm starr in die Augen. „Ich bin fertig."

„Wollen Sie ihn noch sehen?"

Sie schüttelte den Kopf: „Ich bin fertig."

Sokrates ergriff ihre Hand, drückte sie wortlos und ging mit ihr hinaus. Am Ende der Allee warteten der Wagen, die Straßen, das Meer, der Himmel und die Wolken.

Leise spielte die Kapelle an Bord der „Pegasus", die zwei Meilen vor dem Strand von „Tahiti" vor Anker lag. Die Gänge hatten einander abgelöst, ohne daß Sokrates oder Olympia etwas gegessen hätten. Sie sprachen nicht, bewegten sich nicht, berührten einander nicht. Nur ihre Augen hatten sich über dem flackernden Licht der Kerzen zu einem fragenden Blick getroffen. Diesmal hatte der Grieche es nicht eilig, sein Recht in Besitz zu nehmen. Er hatte Zeit. Er hatte die Menelas in seiner eigenen Kabine unterbringen lassen und war mit allen seinen Sachen in eine andere übersiedelt. Der Nachmittag und der Sonnenuntergang waren ruhig und ohne Fieber vorbeigegangen.

„Ihr Klavier bleibt für immer in Ihrem Appartement. Sie haben nichts gegessen . . . Wollen Sie etwas trinken?“

„Nein. Sie haben für mich mitgetrunken.“

„Ich trinke seit achtundvierzig Stunden. Wenn ich nicht schlafe, trinke ich.“

„Überhaupt nicht geschlafen?“

„Nein.“

„Müde?“

„Nein. Es ist, als schwebte ich. Ein herrliches Gefühl. Und Sie?“

„Ich schwebe auch.“

„Ich möchte mit Ihnen über den Sand spazieren.“

„Ja.“

Einen Augenblick später war das Motorboot startklar. Vorne verdeckte eine Plane einen großen Gegenstand. Als das Boot am Strand anlangte, flüsterte der Grieche Stavenos etwas zu. Er half der Menelas beim Aussteigen. Sie legte ihre Sandalen ab und machte einige Schritte. Das Boot fuhr aufs offene Meer hinaus und gab der Nacht ihre Stille zurück. Weit entfernt konnte man Lichter erkennen, die im Dunkel zitterten. Sokrates hob den Kopf und sah in den Himmel: „Kennen Sie die Sterne?“

„Ja.“

„Was ist das da, oben links?“

„Da hinten? Arkturus. Und da oben die Kassiopeia. Sehen Sie sie? Rechts vom Großen Bären. Und noch weiter rechts der Andromedanebel.“

„Es gibt so viele Dinge, die ich nicht weiß.“

Sie ergriff seine Hand. „Wissen Sie, wie viele Sterne es am Himmel gibt?“

„Hmm.“

„Stellen Sie sich die gesamte Erdoberfläche vor und daß sie der Oberfläche des Himmels entspricht. Auf jeden Quadratzentimeter kämen ungefähr fünfzehnhundert Sterne.“

„Wirklich?"

„Ja, wirklich. Und jeder dieser Sterne wird geboren, lebt und stirbt."

„Wie sterben sie?"

„Meistens explodieren sie."

Der Grieche lachte leise. „Dann muß ich wohl auch ein Stern sein."

„Haben Sie auch Lust zu explodieren?"

„Manchmal. Jedenfalls weiß ich, daß ich nicht erlöschen will."

Sie stand ihm gegenüber. Die Nacht war so dunkel, daß er ihre Augen nicht erkennen konnte. Er spürte ihren Atem in seinem Gesicht.

„Ich auch nicht. Nicht jetzt", murmelte sie.

Er fühlte ihr Haar an seiner Wange. Zärtlich nahm er sie in seine Arme. Sie zitterte.

„Kommen Sie. Ich muß Ihnen etwas zeigen."

Er kehrte mit ihr zu ihrem Ausgangspunkt zurück. Wo sie das Boot verlassen hatten, sah man drei massige Schatten im Sand, zwei große und einen kleineren.

„Was ist das?" wollte sie wissen.

„Ihr Gepäck. Sie wissen, was drinnen ist?"

„Kleider, Schmuck, Pelze. Was ich an Wertvollem habe. Warum?"

„Ich werde alles verbrennen."

Man hatte ihm so viel von den Wutausbrüchen des „Panthers" erzählt, daß ihn ihre Reaktion verblüffte. Ohne mit der Wimper zu zucken, sagte sie: „Ah! Und warum?"

„Weil heute abend für uns alles beginnt. Ich will, daß nichts von der Vergangenheit übrigbleibt. Ich will Sie nackt haben, wie bei Ihrer Geburt."

Er nahm einen Benzinkanister zur Hand und leerte ihn über die drei Koffer aus. Als er fertig war, stellte er eine letzte Frage: „Olympia, kein Zurück?"

Sie drückte ihm nur die Hand. Er rieb ein Streichholz an. Eine Stichflamme loderte empor, löschte die Sterne aus und erhellte den Strand. Sie gingen landeinwärts.

Der Grieche hatte sich in den Sand gesetzt. Er wollte sie an sich ziehen. Sie widerstand seinem Druck. Ihre Gestalt zeichnete sich deutlich gegen die sterbenden Flammen ab. Langsam schlüpfte sie aus ihrem Kleid. Sie kam zu ihm.

„Da . . .", flüsterte sie. „Das hast du vergessen."

Zwischen seinen Fingern spürte er die großen Perlen eines Halsbandes.

„Wirf es weg!"

Er warf es weit von sich, in die Nacht. Sie nahm sein Gesicht zwischen die Hände und streckte sich neben ihm aus, bis ihre Lippen zueinander fanden.

„Und jetzt? Bin ich jetzt nackt genug?"

Kallenberg zerknüllte ärgerlich die Zeitung. Seit Wochen geisterte die Entführung der Menelas durch Satrapoulos in den Klatschkolumnen der Presse. Man wollte sie gleichzeitig an den verschiedensten Orten gesehen haben. Sie hatten in Acapulco gefrühstückt, in Beirut Schmuck gekauft, in Florida ein Fest gegeben, in Berlin übernachtet. Wieviel zahlte der Grieche dafür, nicht aus dem Gespräch zu kommen? Wenn die Öffentlichkeit wüßte, daß sich ihr Talmiheld um mehrere Millionen Dollar hatte ums Ohr hauen lassen!

Aber Kallenberg zog es vor, im Dunkeln zu bleiben und die Fäden zu ziehen. Vielleicht war es weniger ruhmreich, wirkungsvoller aber auf jeden Fall.

„Danke, Greta, ich rufe Sie später."

Als sie gegangen war, drehte Blaubart am Kombinationsschloß seines Safes. Die schwere Tür schwang langsam auf. Er griff nach einer Akte, auf der einfach „Baran" stand, sonst nichts.

„Und nun wirst du zur Kassa gebeten, du armer Idiot!" sagte er laut.

Er zog den Vertrag hervor, in dem Sokrates sich verpflichtete, ihm fünfunddreißig Prozent der Transporte aus Saudi-Arabien zu verkaufen. Irgend etwas stimmte nicht. Er fühlte es, aber wußte nicht, was es war. Noch nicht. Was sein Auge gesehen hatte, wollte einfach nicht bis zu seinen Gehirnwindungen vordringen. Und doch! Rechts unten, wo der Grieche das Blatt unterzeichnet hatte, war die Unterschrift verschwunden! . . . Zitternd hielt er das Blatt gegen das Licht: nichts. Ihr Fehlen war enorm, unmöglich, jedem Gesetz der Logik zuwider. Er drehte den Vertrag um, wollte noch immer nicht glauben, daß ihn seine Augen so täuschen konnten. Aber nein, das

Papier war weiß und fleckenlos, als hätte nie eine Feder es berührt.

Er sprang aus seinem Fauteuil und stürzte wie ein Irrer auf den Gang hinaus.

„Greta! . . . Greta! . . ."

Und wußte, daß es keinen Ausweg gab. Mit einer Finte, die er sich nicht erklären konnte, hatte dieses Stück Dreck von einem Griechen es geschafft, ihn hereinzulegen.

3. TEIL

20

Der Taxichauffeur warf seinem seltsamen Fahrgast einen ironischen Blick zu. Er hielt sich für einen guten Menschenkenner, aber in hundert Kilometern hatte er es nicht vermocht, herauszubringen, wer diese Frau war, was sie wollte oder wohin er sie genau zu bringen hatte. Ob sie es überhaupt selbst wußte?

„Ich möchte weiter als nach Carpentras. Kennen Sie sich da aus?" hatte sie ihn ohne ein weiteres Wort beim Verlassen des Flughafens von Marignane gefragt. Sie sprach ausgezeichnet Französisch, aber mit einem unmerklichen Akzent, den er nicht zu lokalisieren vermochte.

Meistens ließen sich seine Fahrgäste nicht weiter als bis Marseille bringen. Woher kam sie überhaupt? Im Laufe eines Tages kamen so viele Maschinen an und flogen wieder ab. Als er ihre Tasche im Kofferraum verstaute, hatte er am Träger die Etikette einer italienischen Luftverkehrsgesellschaft gesehen. Aber das hatte nicht viel zu besagen, auch italienische Maschinen fliegen bis Grönland oder Südafrika. Jedenfalls hatte er die weite Fuhre angenommen, obwohl er sich eines gewissen Unbehagens – das er sich jetzt vorwarf – nicht erwehren konnte. Und wenn sie nicht zahlte? Doch dieses Mädchen stank geradezu nach Geld. Nicht etwa ihre Kleidung, sie trug nur Bluejeans und einen dunkelblauen Matrosenpullover mit Rollkragen, aber man spürte es an ihrem ganzen Gehaben. Er hatte mehrmals versucht, mit ihr ins Gespräch zu kommen, hatte über die Gegend geplaudert, die sie durchfuhren, lauthals auf „die anderen" und ihre Unachtsamkeit geschimpft, wenn er ein riskantes Überholmanöver machte, ihr Zigaretten angeboten, die sie zurückwies, Witze erzählt, von denen er nicht recht wußte, ob sie sie verstand, und laut über die Pointen gelacht. Irgendwann war ihm klargeworden, daß nichts aus ihr herauszuholen war, und er hatte sie nicht mehr angesprochen. Der Wagen fuhr zwischen zwei Platanenreihen, deren harte Schatten den Asphalt der Straße unterteilten. Von Zeit zu Zeit winkten ihnen Bauern zu, die am Straßenrand Melonen verkauften.

„Wie heißt der Ort genau, wo Sie hinwollen?"

„Er hat keinen Namen."

Ihre Antwort, die erste seit Beginn der Fahrt, ärgerte ihn.

„Nein, ich meine, nach Carpentras, wie geht es da weiter?" fragte er hartnäckig weiter.

„Warten Sie ... es ist zwischen ..." – sie zog ein Blatt Papier aus der Hosentasche – „... zwischen Oppède und Roussillon. Ich weiß nur, daß zu Beginn des Wegs zum Dorf hinaus ein Transformatorhäuschen steht."

„Ja, aber wie heißt das Dorf?"

„Früher hieß es Cagoulet."

„Hat man es umbenannt?"

„Nein. Es wohnt niemand mehr dort."

„Ah!"

Immer seltsamer. Ein Mädchen, dem Aussehen nach eine arme Studentin, nicht jung genug, um Studentin zu sein, und auch nicht arm genug, da sie sich die Taxe leisten konnte, und fuhr in ein Dorf ohne Namen und ohne Einwohner.

„Haben Sie Freunde, die auf Sie warten?"

Sie antwortete nicht mehr, und er quittierte es mit einem Achselzucken. Lange Zeit hindurch war nichts außer der stechenden Sonne, den Schatten der Bäume, dem Geräusch des Motors, das nur der Mistral oder das Zirpen der Grillen unterbrach, und weit in der Ferne der blaue Fleck eines Lavendelfelds, der tiefschwarze Finger einer Zypresse, der hellrote Aufschrei des Mohns auf dem trockenen Gras zwischen den Felsen. Sie überquerten eine Brücke.

„Die Durance ... Da links, das ist Avignon. Aber wir fahren ja rechts, wir wollen nach Carpentras ..."

Er brach in helles Lachen aus und freute sich über seinen sinnlosen Scherz. Er drehte sich um, ob sie ihm folgte. Sie hatte es nicht einmal gehört, sah aus dem Fenster und ließ ihr Haar im Fahrtwind flattern, der an ihrem Kopftuch zerrte.

Das wütende Hupen eines Lastwagens riß ihn aus seinen Betrachtungen, und er beeilte sich, wieder auf die rechte

Fahrbahnseite zurückzusteuern. Einmal blieben sie bei einer Tankstelle stehen, er stieg aus, ging rund um den Wagen und beugte sich zu ihrem Fenster. „Wollen Sie nicht ein bißchen heraus, sich die Beine vertreten?"

Sie bedankte sich mit einem strahlenden Lächeln, das ihn umwarf. Mein Gott, war dieses Mädchen schön! Er hatte sie bisher nicht richtig angesehen, aber sie hatte das Gesicht eines Filmstars. Jetzt, da sie die riesige Sonnenbrille von der Nase genommen hatte, wirkte dieses perfekte Gesicht wie ein Schock auf ihn. Und beruhigte ihn gleichzeitig. Wenn man so aussah, konnte man sich ein Taxi leisten.

Er klemmte sich erneut hinter den Volant, und sie fuhren weiter. Rechts konnte man bereits die ersten graublauen Berge erahnen. Sie ließen Carpentras hinter sich, Vaison-la-Romaine. Das Zirpen der Grillen war so aufdringlich geworden, daß man es nicht mehr bewußt vernahm, mit dem Wind hatte es sich zur Harmonie der Kulisse vereinigt.

„Achtung! Wir sind bald da!" drehte er sich zu ihr um.

„Nach Roussillon sind es noch acht Kilometer."

„Wir sind in Roussillon, da, das ist es . . ."

Ockerfarbene Häuser, hundertjährige Platanen, Kinder vor den Gebäuden, von alten Menschen beaufsichtigt. Ein Ball rollte vor das Taxi, ein Kind ihm nach. Bremsgequietsche.

„Nerven haben die hier!"

Sie verließen das Dorf. Nach wenigen Kilometern verlangsamte der Chauffeur seine Fahrt, bewegte sich fast im Schritttempo weiter. „Ein Transformator, haben Sie gesagt?"

Er erwartete sich keine Antwort. Er warf einen Blick auf die Gebührenuhr. 52.398 Francs! Wie würde er diese astronomische Zahl überhaupt über die Lippen bringen? Schließlich war sie schuld, warum hatte sie kein Pauschale ausgemacht . . .

„Da ist er, Ihr Transformator!"

Ein Betonklotz an der Kreuzung zwischen der Hauptstraße und einem steinigen Weg, der in die Berge führte. Der Chauffeur stieg aus, fand einen verwitterten Wegweiser und rief triumphierend: „Cagoulet! Sehen Sie, hier steht es! Zwei Kilometer. Fahren wir hinauf?"

Sie verneinte mit einem Kopfschütteln, und er fuhr fort:

„Hätte mich auch gewundert! Ein Dorf ohne Namen, das kann sich nur ein Pariser ausgedacht haben!"

„Geben Sie mir bitte meine Tasche?"

Er öffnete den Kofferraum und holte die Tasche heraus. Er behielt sie in der Hand, ohne sie ihr hinzuhalten, und stellte sie auch nicht auf den Boden.

„Wieviel bin ich Ihnen schuldig?"

Er hatte ein schlechtes Gewissen, als er auf die Gebührenuhr blickte: „52.720 Francs."

Er senkte den Kopf, als hätte er etwas Unanständiges gesagt. Er wollte mit sich reden lassen. „Sagen wir fünfzig, das geht dann schon."

Sie lächelte ihn an, griff in die Tasche und zog ein gigantisches Bündel großer Banknoten hervor. Es traf ihn wie ein Schock. „Gehen Sie immer mit dem spazieren?"

Wieder Lächeln. Sie hielt ihm sechs Scheine hin. Er nahm nur fünf, wollte ihr den einen lassen. Nein.

„Gut, dann gebe ich Ihnen heraus."

„Behalten Sie alles", hielt sie ihn mit einer Handbewegung zurück. „Ich habe mich gefreut, mit Ihnen zu fahren."

Jetzt wußte er wirklich nicht mehr aus und ein. Wie ein Junge stand er vor ihr, die Scheine immer noch in der Hand. Wenn er das seinen Freunden in Marseille erzählte. Sie schwang den Sack über die Schulter, lächelte ihm ein letztes Mal zu und erklomm den Seitenweg. Er sah ihr noch eine gute Minute nach, bis ihre Silhouette kleiner wurde. Endlich schüttelte er den Kopf, wie um sich aus einem Traum zu befreien, setzte sich ans Steuer und fuhr zurück.

Einmal folgte der Weg dem Einschnitt eines Tals, und Lena verlor beim Hinabsteigen für einige Minuten die Häuser aus den Augen, die oben am Berg klebten. Was sie am meisten beeindruckte, war die außergewöhnliche Stille und der Geruch, der sie umgab. Manchmal löste das Geräusch ihrer Schritte ein kurzes Rascheln im Gestrüpp aus, eine Echse vielleicht oder ein Hase. Trotz der Angelegenheit, die auf sie wartete, fühlte sie sich seltsam frei und jung. Sie konnte sich nicht vorstellen, daß es Aufrichtigeres, Wahreres geben könnte als diese Landschaft. Ohne zu wissen, warum, begann sie zu laufen und freute sich der Geschmeidigkeit ihrer Beine und des lockeren Spiels ihrer Muskeln. Wie lange war sie schon nicht mehr gelaufen, nur um der Freude am Laufen willen, ohne anderes Ziel als die Erregung des eigenen Körpers? Sie erreichte das Ende des aufsteigenden Hanges und sah wieder Stück um Stück die drei oder vier großen Bauernhöfe auftauchen, das Dach zuerst, an dem so viele Schindeln fehlten, dann die von runden Löchern durchbohrten Mauern, die Fenster mit ihren alten grauen Läden. Die Luft trug die Töne unglaublich weit. Sie vernahm das Gackern eines Huhns und die metallischen Akkorde einer Gitarre. Links von den Häusern erkannte sie, etwas abseits, eine Art Scheune mit einem Heuhaufen davor, und einen Brunnen, nicht weit von einem Olivenbaum. Vor dem Brunnen zeichnete sich die Gestalt eines Mannes ab, der einen Eimer Wasser heraufkurbelte. Er war bis zum Gürtel nackt und sang nach den Tönen der Gitarre. Lena blieb stehen, er konnte sie noch nicht sehen. Sie setzte ihre Tasche ab und nahm das Licht, die Melodie, den Geruch dieser Szene in sich auf, betrachtete den nackten und muskulösen Oberkörper des Mannes, der, wie sie jetzt erkannte, das Haar lang und hinten zu einer Art Zopf geflochten trug. Sie vermeinte, einen einzigartigen Augenblick zu erleben, und ließ doch ihren Gedanken nicht freien Lauf. Dennoch erinnerte es sie an einen anderen Augenblick der Reinheit, der schon Jahre zurücklag, in Griechenland, eine Kreuzfahrt auf der Jacht ihres Mannes, sie schwamm vom Meeresboden immer höher, der Oberfläche zu, wo sie, orangefarben schimmernd, den Körper ihres Geliebten sah. Sie atmete durch, erhob sich und schritt entschlossen zu den Häusern weiter. Auf dem Boden machten ihre Sandalen keinen Lärm. Kaum mehr als zehn Meter mochten sie noch von dem Mann trennen, als er sich umdrehte, den Kübel in der Hand.

„Guten Tag!"

„Guten Tag", antwortete sie mit einem linkischen Lächeln.

Keiner der beiden bewegte sich. Er mit dem Eimer, sie mit der Tasche. Sie sahen einander wortlos an. Er mochte zwanzig sein, fünfundzwanzig vielleicht. Er war groß, fast mager, bärtig und dunkelhäutig, fast schwarz, sonnenverbrannt, nur die Zähne zerteilten sein Gesicht wie eine helle Linie, und die hellen Augen waren wie Löcher in der dunklen Maske. Lena dachte, daß sie mit Ausnahme Marcs noch nie einen so schönen Mann gesehen hatte. Was trieben die Produzenten in Hollywood, anstatt ihre Götter hier auf dem Land zu suchen. Sie versuchte verzweifelt, wieder in die Wirklichkeit zurückzufinden, und setzte ein abwesendes Gesicht auf, das streng aussehen sollte. Im Haus war die Gitarre verstummt, die Stille wurde noch greifbarer. Er sah sie immer noch freundlich an, lächelnd, zuvorkommend, selbstsicher.

„Ich komme, meine Schwester zu holen", erklärte Lena kurz.

Die rechte Augenbraue des Jungen hob sich unmerklich. Er stellte seinen Eimer ab. „Wer ist deine Schwester?"

Lena war verblüfft, daß man sie duzen konnte. Sie schluckte. „Melina. Melina Mikolofides."

„Also so etwas!" strahlte er. „Du bist die Schwester von Melina? Sie ist Holz suchen gegangen. Willst du etwas trinken?"

Lena merkte, daß sie vor Durst fast umkam. „Nein, danke."

„Nimm nur. Das Wasser ist frisch!"

„Danke, nein."

„Versuch es doch! Da, komm, schau . . ."

Er kam auf sie zu, nahm ihre Hand und zog sie zum Brunnen. Sie leistete keine Gegenwehr. „Da . . . trink . . ."

Sie konnte nicht mehr widerstehen und beugte sich über den von blauen Schatten erfüllten Eimer, benetzte ihre Lippen. Das Wasser war so kalt, daß es ihr den Mund verbrannte. Sie trank gierig.

„Also du bist die Frau von Satrapoulos, dem Erdölheini?"

Er brach in Lachen aus. Es schien ihn kaum zu beeindrucken. Obwohl er nicht hämisch gesprochen hatte, antwortete Lena kühl: „Sie sind fünf Jahre hinter der Zeit zurück. Ich bin die Herzogin von Sunderland."

Sie hatte Lust, ihn zu erwürgen, als er sich vor ihr verbeugte: „Verzeihen Sie, *Your Grace*, das wußte ich nicht." Und er setzte fort: „So oder so, hier bei uns ist es egal, ob du Herzogin oder Putzfrau bist."

„Bei uns?"

„Na ja. Wir sind sieben, drei Mädchen und vier Burschen. Mit dir wird es noch besser, dann haben wir eine gerade Zahl."

Lena hätte es vorgezogen, über die Frechheit hinwegzugehen, aber sie sagte: „Sie irren sich. Ohne mich und Melina sind sie nur mehr sechs."

„Wer hat dir gesagt, daß Melina weg will? Und wer sagt dir, daß du nicht bleiben willst?"

Lena hatte Mühe, dieses Maß an Frechheit zu verdauen. „Wo ist meine Schwester?"

„Komm herein, laß deine Tasche da und begrab das Kriegsbeil. Hast du Hunger?"

„Nein."

„Vor einer Minute hast du auch keinen Durst gehabt. Und doch hast du getrunken."

Er nahm seinen Eimer auf und ging zum Haus. Aus der Nähe betrachtet, waren die Gebäude armselig, zusammengeflickt und repariert, aber sie hatten eine warme, von der Sonne getönte ockerbraune Farbe. Lena folgte ihm. Als sie einen Fuß auf die einzige Stufe des Vorbaus setzte, ließ er sie an sich vorbei und sagte halblaut: „Übrigens, ich heiße Fast."

Sie kam in ein riesiges Zimmer, in dem beherrschend ein großer Kamin in der Ecke stand. Lehmboden, ein paar Geräte an den steinernen Wänden, Spinnennetze an Querbalken, über denen es keine Decke gab, sondern nur das Dach. In einer Ecke ein breites Strohlager. Mitten im Raum ein grobgehauener massiver Holztisch, voll mit schmutzigem Geschirr und zwei nackten Füßen, die einem Jungen mit Gitarre gehörten.

„Das ist Julien." Und zu Julien, der herüberlächelte: „Die Schwester von Melina. Wie heißt du eigentlich? Dein Vorname!"

„Lena ... Also ... Helena ..."

„Gut. Nun, Lena, wenn du schon da bist, wirst du mithelfen. Da du zu unserer kleinen Familie gehörst, wirst du Bohnen putzen. Du wirst sehen, es ist lustig, ich wette mit dir, du hast es noch nie gemacht!"

Lena warf einen schnellen Blick auf ihre zartgliedrigen Hände mit den bemalten Krallen. Entweder träumte sie, oder dieser Bursche war völlig verrückt!

Irene kam als erste in ihr Zimmer, streifte mit den Füßen ihre Schuhe ab und schleuderte die Sandalen in die Gegend. Wütend warf sie ihnen die Handtasche nach, die gegen das Bett prallte, aufging und ihren Inhalt entleerte. Ihr Kammerdiener und das Mädchen waren ihr gefolgt und wechselten einen Blick des Einverständnisses. Irene brüstete sich damit, ihren Gemütszustand stets vor dem Personal zu verbergen, und jetzt ließ sie ihre

Wut an diesem nebensächlichen Vorfall aus, den sie zu allem Überfluß selbst verursacht hatte.

„Nun! Helft mir doch, anstatt dazustehen und zu gaffen!"

Liza eilte zum Bett, um die herausgefallenen Gegenstände aufzuheben. Irene stürzte auf sie zu. „Nein, lassen Sie das! Ich mache das selbst. Ich läute später, wenn ich Tee möchte . . ."

Liza spürte, daß etwas in der Luft lag. Sie blickte Albert beschwörend an und verschwand mit ihm. Kaum hatten sie das Zimmer verlassen, warf sich Irene auf das Bett und suchte hastig nach ihrer Pillenschachtel. Sie nahm drei Pillen und steckte sie sich in den Mund, verzog das Gesicht und öffnete eine Kommode, aus der sie eine Flasche Cognac nahm. Sie trank aus der Flasche, wischte sich mit dem Handrücken über den Mund, bekam einen Hustenanfall und schleppte sich ins Badezimmer. Sie drehte den Wasserhahn auf, formte ihre Hände zu einer Muschel und trank gierig. Der Husten wurde ärger. Sie setzte sich auf den Rand der Badewanne, stützte den Kopf in ihre Hände und versuchte, ihre Wut und Enttäuschung zu zähmen.

Vor drei Tagen hatte sie einen Anruf ihrer Mutter erhalten, der keine Widerrede zuließ: „Nimm das erste Flugzeug und komm! Keine Ausreden! Es geht um die Familie!"

Sie hätte gerne den Mut gehabt, den Hörer einfach aufzulegen, aber sie hatte sich mit einem kläglichen: „Ja, Mama. Ich komme!" begnügt. Wie immer.

In Athen wartete die unangenehme Überraschung auf sie, ihre Schwester vorzufinden. Auch Lena war gerade angekommen, auch sie hatte man aus denselben mysteriösen Gründen herbeizitiert. Medea Mikolofides hatte sie nicht auf die lange Folter gespannt. Sie waren ihr in ihr Arbeitszimmer gefolgt, und Medea hatte die schwere gepolsterte Tür geschlossen. Sie hatte in ihrem Lieblingssessel Platz genommen und ein strenges, feierliches Gesicht aufgesetzt. Als sie den Mund öffnete, überlegte sie es sich plötzlich wieder, stand auf und schlich leise zur Tür, die sie mit einem Ruck aufriß, als erwartete sie sich, daß jemand daran horche. Der lange Gang war leer. Sie setzte sich erneut, ohne den verwunderten Blick zu bemerken, den Lena und Irene wechselten.

Sie begann: „Wir sind entehrt. Und dann bleibt nur mehr der Ruin."

Irene und Lena schwiegen und warteten auf die Fortsetzung.

Mit Verschwörermiene nahm ihre Mutter einen Zeitungsausschnitt aus dem Safe. „Lest das. Wenn es euer Vater gesehen hätte, er wäre daran gestorben!"

Die beiden Schwestern beugten sich vor, um gemeinsam zu lesen. Es war ein Artikel aus einer französischen Zeitung. Lena schien unruhig, aber Irene triumphierte. Von Melina war die Rede, ihrer Schwester, die sie immer mit Verachtung gestraft hatte. Eine feine Sache! Dem Blatt zufolge führte Melina „unter Mißachtung der traditionellen Moralität und Arbeitsfreude der Familie" ein „äußerst" freies Leben in einer Hippiekommune in Südfrankreich. In dieser Kommune, fügte der Reporter hinzu, würde alles geteilt, „die Freizeit, das tägliche Brot, der Schlaf und die Liebe".

„Nun, was haltet ihr davon?"

Medea hatte den Satz brutal in den Raum geworfen. Sie klammerte sich mit beiden Händen an ihren Schreibtisch und beugte sich nach vor. Irene nahm es nicht ohne Stolz auf, daß ihre Mutter sie, zum ersten Mal in ihrem Leben, um ihre Meinung fragte, an ihren Entscheidungen teilhaben ließ. Sicher, es war kein vollkommenes Glück, denn auch Lena wurde ins Vertrauen gezogen. Aber die war ohnedies zu dumm, um es zu würdigen.

„Das ist noch nicht alles. Seht her!" fuhr Medea fort.

Sie zog ein mit einem Gummiband versehenes Bündel Zeitungsausschnitte hervor. „Die meisten europäischen Zeitschriften haben die Story von diesem französischen Schundblatt übernommen!"

Sie erwartete sich sichtlich eine Reaktion. Irene entschloß sich, das Schweigen zu brechen, und meinte mit gespieltem Mitleid: „Arme Melina . . . Wie unglücklich sie sein muß . . ."

„Und ich?" unterbrach sie entrüstet die Witwe Mikolofides. „Und wir! Ich wünsche, daß eure Schwester mit diesem Blödsinn aufhört. Habt ihr mich verstanden! Ich wünsche, daß sie nach Hause zurückkehrt! Und wenn sie euch nicht folgen will, schicke ich ihr die Polizei!"

„Willst du, daß wir sie zurückholen?" fragte Lena.

„Wir beide?" mischte sich Irene ein.

Medea antwortete nicht. Sie dachte nach, wie sie das verlorene Schaf am besten wieder heimholen könnte. Endlich: „Eure Meinung?"

Irene ließ es sich nicht zweimal sagen. Wie herrlich, Mittler zu sein zwischen zwei zerrissenen Teilen der Familie!

„Mama, es ist vielleicht besser, wenn nur eine von uns fährt. Diskreter. Kein Skandal."

Medea starrte sie an. „Das denkst du?"

„Ja, Mama, das ist meine Meinung."

Sie wandte sich an Lena. „Und du?"

„Ich glaube, Irene hat recht. Wenn wir beide fahren, würde Melina sich vielleicht sträuben."

Die Witwe legte die Hände flach auf den Tisch. „Gut. Lena, du fährst."

Irene fühlte einen Stich im Herzen. Das war zu ungerecht! Mit einem Satz beraubte ihre Mutter sie der Bedeutung, die sie ihr minutenlang vorgespiegelt hatte. Wie stets wagte sie keinen Einspruch und versteckte ihre Enttäuschung hinter den folgenden Worten. „Mama hat recht", sagte sie zu Lena. „Du bist viel diplomatischer als ich." Sie sprach unter äußerster Anstrengung. Sie fuhr fort: „Ich habe wahnsinnig viel zu tun, in London . . ."

Ihre Mutter sah sie streng an. „Keine Rede davon, daß du nach London zurückkehrst! Du bleibst hier bei mir, bis Lena eure Schwester zurückbringt. Wir müssen zusammenhalten!"

„Aber . . .", warf Irene ein, „mein Mann . . ."

„Dein Mann!" lachte Medea verächtlich.

Mit den Jahren war die Witwe Mikolofides immer schwerer zu ertragen, darüber bestand kein Zweifel. In den achtundvierzig Stunden, die auf diese Besprechung folgten, hatte Irene es an einer Fülle von Einzelheiten bestätigt gefunden. Medea hatte einen Verfolgungswahn entwickelt, der sie überall Räuber vermuten ließ. Sie zögerte nicht, selbst ihre engsten Mitarbeiter als Gauner zu bezeichnen, sobald sie sich die geringste eigenmächtige Entscheidung gestatteten, das winzigste Maß an Selbständigkeit an den Tag legten. Darüber hinaus hatte sie Irene gestanden, wie sehr sie Kallenberg und Satrapoulos haßte, nicht nur weil sie ihr auf den Weltmeeren trotz der zahlreichen Geschäftsverbindungen der drei Reeder untereinander zur ärgsten Konkurrenz geworden waren, sondern auch weil sie den unglaublichen Erfolg ihrer beiden Schwiegersöhne – sie hatte sich an die vor kurzem erfolgte Scheidung Lenas von Satrapoulos noch nicht gewöhnt – als eine arge Beschneidung

372

ihrer eigenen Autorität betrachtete. Irene hatte neben dieser mißtrauischen Despotin alptraumartige Stunden verbringen müssen. Am dritten Tag endlich, als sie immer noch ohne Nachricht von Lena waren, hatte sie ihre Mutter anflehen müssen, sie nach London zurückkehren zu lassen. Sie hatte schwören müssen, weiterhin zu ihrer Verfügung zu stehen und sie täglich anzurufen. Medea, von einem Wutanfall in den nächsten taumelnd, hatte endlich zugestimmt.

Und jetzt saß sie hier in ihrer Londoner Wohnung wie eine Verrückte und war unglücklich wie schon lange nicht mehr. Sie hörte, wie draußen die Tür ihres Zimmers aufging, und dachte, Liza sei zurückgekommen. Ohne ihre Stellung zu verändern, drückte sie die Badezimmertür zu. Die Tür klappte wieder zurück, jemand hatte sie von außen aufgestoßen. Sie hob den Kopf. Hermann. Er betrachtete sie mit unsagbarem Ekel. Sie war so überrascht, daß sie sitzenblieb. In Gedanken immer noch bei ihrer Mutter und Lena, wandte sie sich an ihren Mann: „Sie, sie! . . . Immer sie!"

Blaubart schwieg.

Sie erklärte: „Mama ist verrückt! Sie hat Lena geschickt, um Melina zu holen!"

Kallenberg explodierte: „Ich pfeife auf deine Hurenschwester! Es ist etwas Furchtbares geschehen!"

Irene wischte sich mit dem Handrücken über das Gesicht. Was konnte Ärgeres geschehen? Ihre Mutter hatte sie erniedrigt, und ihr Mann behandelte sie wie einen Hund.

Melina richtete sich auf, strich sich über den schmerzenden Rücken und fluchte. Sie ließ sich unter einem Olivenbaum auf den Boden fallen, zog eine zerknitterte Gauloise aus ihrem Hemd und zündete sie an. Sie hatte genug davon, Holz zu sammeln. Sie hatte von allem genug. Ihre Gedanken kreisten immer um den einen Punkt: Das bürgerliche Leben widerte sie an, aber ihre jetzige Existenz am Busen der Natur machte sie auch nicht zufriedener.

Die Gegenwart von Fast machte sie glücklich, auch wenn er mit seinem Körper sparsamer umging als mit seinem Sarkasmus. Aber es half nichts, sie fühlte sich nicht wohl, und das nicht erst seit gestern.

Als sie das Alter der Vernunft erreicht hatte, war ihr klargeworden, daß sie, im Gegensatz zu ihren Schwestern, das System nicht akzeptieren konnte. Die Familie, vor allem ihre eigene, widerte sie an. Also hatte sie sich dem Zufall überlassen: erste Zigarette mit zehn – um zu sehen, wie es ist –, erster Liebhaber mit dreizehn – wieder um zu sehen, wie es ist –, Gruppensex mit fünfzehn, Marihuana fast gleichzeitig. Und in der Familie betrachtete man sie als das ewige Kind, weil ihre ständige Auflehnung gegen die Gesetze des Clans sie zu unüberlegten Handlungen hinriß.

Medea Mikolofides hatte beschlossen, daß es besser war, sie als Original hinzustellen denn als Verrückte, Drogensüchtige oder Perverse. Die Rollen wurden nach diesem Schema verteilt, und Melina bemühte sich, die in sie gesetzten Erwartungen zu erfüllen. Als die Mutter sie auf die Universität schickte, war sie mit dem Erstbesten durchgebrannt. Sie besaß Geld für zwei, er Phantasie für vier. Das süße Leben dauerte zwei Wochen. Als sie ihr letztes Geld ausgegeben hatte, war von seinem Humor nichts mehr übriggeblieben. Rückkehr der verlorenen Tochter. Man regelt alles und beginnt von neuem. Von Zeit zu Zeit stellte Medea ihr Heiratskandidaten vor, die ihr auf die herkömmliche Art den Hof machten. Die Idioten! Schwerfällige, aufgeblähte, elegante Hohlköpfe, die den Mund öffneten, um nichts zu sagen, nur über sich sprachen; ängstliche Jugendliche mit Weltschmerz; gebildete Nervensägen, die ihr auf den Wecker fielen. Verächtlich hatte sie das letztklassige Eheleben ihrer Schwestern mitverfolgt, die in die Fänge dieser beiden gräßlichen Kannibalen geraten waren. Sie gestand ihnen allerdings mildernde Umstände zu: Irene war verrückt und Lena ebenso unbedeutend wie hübsch. Sie war nicht in die gleichen Fallen gelaufen, aber sie fragte sich jetzt, ob sie nicht vom Regen in die Traufe gekommen war. Mit zwanzig war sie noch überzeugt gewesen, die Jungen, mit denen sie herumzog, würden eines Tages zu dem werden, was sie zu werden versprachen. Jetzt war sie ernüchtert. Sie hatte einen sechsten Sinn entwickelt und wußte genau, in welchem von ihren Begleitern der zukünftige Versager steckte. Das waren meist solche, die glaubten, saufen genüge, wenn man Talent hatte.

Sie war zu stolz, um jetzt noch umzukehren, nachdem sie so viele Brücken hinter sich abgebrochen hatte. Manchmal fühlte sie, daß der größte Sieg über sich selbst darin bestanden hätte, sich ihre Niederlage einzugestehen. Aber im letzten Augenblick hielt sie immer etwas zurück. Wenn nicht Fast gewesen wäre, hätte sie schon lange diese verfluchte Gesellschaft hier verlassen!

Sie schulterte den Sack mit den Holzresten, trat den Zigarettenstummel im trockenen Gras aus und machte sich auf den Weg nach Hause. Vor dem Eingang wartete Fast auf sie. Sie sah sein zweideutiges Lächeln und wußte, daß er ihr etwas zu sagen hatte. Sie ließ ihren Sack auf den Boden fallen und blieb vor ihm stehen. Er kaute an einem Strohhalm und sah sie an. Dann deutete er mit maliziösem Lächeln auf das Haus und sagte: „Jemand ist dich holen gekommen."

Sie runzelte die Stirn: „Wer?"

„Deine Schwester."

21

Irene wußte nicht, wie lange sie nun schon im Badezimmer saß. Nachdem Hermann gegangen war, hatte sie lange vor sich hingeweint. Danach war sie in steinerner Unbeweglichkeit dagesessen, den Kopf auf die Arme gestützt, den Blick im Nichts. Mühsam stand sie auf, drehte an den Hähnen der Badewanne und wankte zum Spiegel. Sie sah gräßlich aus. Aus dem Arzneischrank über dem Waschbecken nahm sie ein kleines Fläschchen mit der Aufschrift „Jodtinktur", zog den Stöpsel heraus und nahm einen tüchtigen Schluck.

Seit langem schon versteckte sie ihren Whisky an den unglaublichsten Orten: in Tintenfässern, Medikamentenflaschen, Parfümflakons. Ohne Grund. Niemand stellte sie zur Rede, wenn sie betrunken war.

Sie stöpselte das Fläschchen wieder zu, entledigte sich ihres Kleides, ließ es fallen, stieg achtlos über den kostbaren Stoff und wollte die Tür öffnen. Es ging nicht. Nichts zu machen, Hermann hatte sie eingeschlossen. Sie trommelte mit beiden Fäusten gegen die Tür, vielleicht war Liza in der Nähe, aber nichts geschah. Das Haustelefon! Sie nahm den Hörer ab: nichts, kein Ton. Wütend schmiß sie den Apparat gegen die Wand, wo er an den Kacheln zerschellte. Rachegedanken schwirrten ihr durch den Kopf. Wenn Kallenberg sich wie das letzte Schwein benahm, so würde er ihr das büßen!

Sie öffnete das Fenster, das nach hinten hinaus ging. Wenig Hoffnung, denn der Garten war riesengroß, und die Angestellten kamen nur selten hin. Fluchtweg war es ebenfalls keiner: das Badezimmer lag im dritten Stock, und die Außenwand war spiegelglatt. Sie drehte das Wasser ab. Alles in dem kleinen Raum war vom Dunst angelaufen, die Luft war zum Schneiden dick. Sie öffnete den Kaltwasserhahn, setzte sich erneut auf den

Badewannenrand und faßte einen Entschluß. Sie wußte, daß sich unter ihr, im Parterre, die Angestelltenzimmer und ein Teil der Küche befanden. Es müßte mit dem Teufel zugehen, wenn sich dort niemand befände, es genügte, wenn man die Aufmerksamkeit der Leute weckte. Sie kehrte zum Arzneischrank zurück, nahm vorsichtig die „Jodtinktur" heraus, stellte sie auf einem kleinen Glastischchen ab und begann nun, den Inhalt des Kastens methodisch beim Fenster hinauszuwerfen. Ein riesiges Flakon „Heure Bleue" zerschellte am Boden. Nichts. Weitere Parfümflaschen folgten. Wo waren diese Idioten bloß? Wofür wurden sie eigentlich bezahlt? Sie stemmte sich gegen die Wand, um das Kästchen aus der Aufhängung zu heben, schaffte es, konnte das Gewicht kaum heben, lehnte es gegen das Fensterbrett und ließ es hinunterfallen. Es kam unten mit unglaublichem Lärm an. Sie beugte sich hinaus und hörte, wie eine Tür geöffnet wurde. Martha, ein Küchenmädel, blickte verblüfft in die Höhe. Irene brüllte sie an: „Sehen Sie nicht, daß ich eingeschlossen bin? Worauf warten Sie noch?"

Martha verschwand. Wenige Minuten später befreite Albert sie. Sie stürzte an ihm vorbei, um schneller in ihr Zimmer zu gelangen, und griff nach dem Telefon.

„Sag mir wenigstens, was dir fehlt . . ."

„Du würdest es nicht verstehen."

„Sag schon, dann sehen wir weiter."

„Das Gegenteil von allem."

„Was meinst du damit?"

„Das Gegenteil dessen, was du bist, was du fühlst, was du denkst, der Leute, die du kennst, der Sachen, die du ißt. Das Gegenteil dessen, was dein Leben ausmacht, Kleider, Parties, alte Weiber, fette Männer, Geld, beschissene Kreuzfahrten, helle Zigaretten, süße Liköre – und zu allem Überfluß noch Mama . . ."

„Was hat Mama dir denn getan?"

„Ach, laß es sein! Wir kommen ohnedies nicht weiter . . . Was hat Mama denn getan? Nichts, das ist es ja, sie hat mir nichts getan. Sie bleibt einfach verschlossen vor dem, was ich liebe!"

„Und was liebst du?"

„Das Gegenteil von dem, was du liebst. So, bist du jetzt zufrieden?"

Einmal im Fahrwasser pseudodialektischer Beweisführung, wurde Melina zur Marathonrednerin. Und doch brachte die Leidenschaftslosigkeit ihrer Schwester sie aus dem Konzept. Anstatt jemandem gegenüberzusitzen, der mit ihr diskutierte, stieß sie nur auf freundliche, verständnisvolle Neutralität, in der ihre Argumente im Sand verliefen. Insgeheim fühlte sie sich geschmeichelt, daß man ihr Lena geschickt hatte, um sie in die goldenen Netze ihrer Familie zurückzuholen. Sie nahm es als einen Beweis dafür, daß doch noch ein Platz für sie vorhanden war, wo sie Schutz finden konnte, wenn und falls sie ihre verbissenen Überzeugungen einmal ablegte.

„In unserem Milieu heiratet man keine Männer, sondern Aktienpakete und Geldschränke!" fuhr sie aggressiv fort.

Lena hörte ihr wortlos zu.

„Verstehst du, was ich sage? Was hast du denn anderes mit Sokrates getan? Du hast ein zweites Mal deinen Vater geheiratet, mit einer neuen Flotte von Erdöltankern. Du hast es dir nicht einmal ausgesucht. Er hat dich gekauft wie ein Stück Vieh. Und wenn er nicht genug Geld gehabt hätte, bei der Versteigerung mitzumachen, hätte dich ein anderer Geldsack erstanden. Du warst seit jeher dazu bestimmt, zwischen zwei Börsennotierungen oder Kontoauszügen zu leben. Und du hast dich dem System gefügt, du hast dasselbe getan wie alle diese Idiotinnen: ein heimlicher Liebhaber zwischen fünf und sieben, nach dem Tee im Kreise der Lieben und vor dem Nachtmahl deiner Gören. Und dein Mann dito! Ich sag' dir was: Mir wird schlecht, wenn ich mir die Männer ansehe, mit denen du verkehrst! Sie sind häßlich und unappetitlich. Und sie können nicht einmal ficken!"

„Hast du es einmal versucht?"

„Was glaubst du wohl, davon rede ich ja! Aber ich, ich suche es mir aus! Wenn ich einen sehe, der mir gefällt, dann nehme ich ihn mir. Und wenn es mir reicht, haue ich ab. Was kaufst du dir eigentlich mit deinem herrlichen Geld? Ob du auf deinem Hintern Persianer trägst oder einen Slip aus dem Warenhaus, was ändert das an dem Hintern?"

Nervös zündete sich Melina eine Zigarette an und rauchte hastig. Sie saß unter einer bemoosten Korkeiche im trockenen

Gras und hatte ihre Rede mit wütenden Stößen eines Stückchens Holz gegen den Eingang eines Ameisenhaufens begleitet.

Lena blieb gelassen. Nichts in ihrem Gesicht verriet, ob sie ihrer Schwester zuhörte oder nicht.

„Gut", schloß Melina böse. „Genug geredet. Wozu bist du da?"

„Ich komme dich holen."

„Wer hat dich geschickt?"

„Mama."

„Was ist plötzlich in sie gefahren?"

„Sie will, daß du zurückkommst."

„Warum?"

„Du bist ihre Tochter."

„Wirklich? Sie hat aber lange gebraucht, um das zu begreifen!"

„Sie hat es immer gewußt. Du hast nicht verstanden, daß sie deine Mutter ist."

„Wir haben einander nichts zu sagen."

„Du vielleicht..."

„...und was sie mir zu sagen hat, ist mir egal!"

Lena legte eine lange Pause ein, bevor sie weitersprach.

„Melina! Wie alt bist du?"

„Was hat das damit zu tun?"

„Antworte!"

„Du weißt nicht, wie alt ich bin?"

„Ich möchte es von dir hören."

„Was ist das für ein Spielchen?"

„Du bist dreißig."

„Na und!" schrie Melina wütend.

„Nichts und! Seit mehr als zehn Jahren streunst du herum, beschäftigst dich mit dem, was du *deine Erfahrungen* nennst. Nach all diesen Jahren der sogenannten Erfahrungen kann ich doch annehmen, daß du fähig bist, zu erkennen, was diese Art zu leben dir gebracht hat?"

Melina mußte innerlich zugeben, daß diese oberflächliche Gans eigentlich gar nicht so dumm war, wie sie gedacht hatte. Lenas Frage stellte sie sich seit Tagen und versuchte immer wieder, sie zu verdrängen, weil sie keine Antwort darauf fand. Und doch war es genau das, wonach sie suchte: ihrem Leben einen Sinn zu geben.

Lena sprach weiter, ohne sie anzusehen, den Blick in die Ferne gerichtet: „Ich verstehe sehr gut, daß du das Milieu ablehnst, in das du hineingeboren bist. Du hast es dir schließlich nicht aussuchen können. Aber glaubst du, daß ich mich nie wie eine Gefangene gefühlt habe? Glaubst du, daß ich nie ausbrechen wollte? Ich kann leider nichts. Ich habe nichts gelernt. Ich kann nicht malen, spiele kein Instrument, ich kann nicht schreiben, und ich habe auch keine Ideen. Ich bin eine Null, und ich weiß es. Ich kann nichts anderes tun, als in der Konsumgesellschaft leben und die Werke anderer bewundern, wenn sie nicht zu hoch für mich sind."

Melina konnte sich nicht erinnern, von ihrer Schwester je eine so lange und zusammenhängende Rede gehört zu haben.

„Ja und?"

„Nichts und. Ich habe mir einfach die Frage gestellt, ob du mit diesem allem deshalb gebrochen hast, um die Freiheit zu haben, etwas zu schaffen."

Melinas Gedanken überstürzten sich. Was kann man jemandem Böses sagen, der seine eigene Unfähigkeit eingesteht? Im letzten Augenblick fand sie ein Argument: „Ich konsumiere auch, aber, sagen wir, ich finde meine Artikel nicht in denselben Geschäften wie du."

„Was für Artikel?"

„Alles, was über die tägliche Notwendigkeit hinausgeht, sie verschönert, ihr einen Sinn verleiht. Nimm einen Reeder, unter welches Kunstwerk setzt er in seinem Leben seine Signatur? Höchstens auf einen Scheck! Und die Renoirs, die Degas, die sie stapeln, bist du sicher, daß sie sie überhaupt sehen?"

„Auf jeden Fall besitzen sie sie."

Melina lachte triumphierend auf. „Was hat man von einer Frau, nur weil man sie besitzt?"

„Du vergißt, daß ich geschieden bin."

„Du hast nicht viel davon! Fühlst du dich besser, seit du Herzogin geworden bist?"

„Und du, fühlst du dich besser, seit du die Bäuerin spielst?"

„Ich habe keine langweiligen Teekränzchen mit Idioten oder Kreuzfahrten mit senilen Trotteln!"

„Vielleicht. Aber du gehst Holz suchen und fütterst Hühner."

„Ich liebe das!"

Lena warf ihr einen ironischen Blick zu. „Wirklich?"

„Du gehst mir auf den Zahn! Was willst du? Du hast dein Leben! Was kümmerst du dich um mich? Warum kommst du her? Interessiere ich mich vielleicht für dich?"

„Das kann man nicht gerade behaupten."

„Also! Mama kann ruhig auf mich verzichten! Ich verzichte jedenfalls gern auf sie! Ich fürchtete zu sehr, wie sie zu werden, wenn ich mit ihr leben müßte!"

„Verabscheust du sie so sehr?"

Die Antwort war ein Schrei: „Ich hasse sie! Sie verkörpert alles das, was mich speien macht!"

„Und mich . . . Haßt du mich?"

„Ich weiß es nicht! . . . Aber dein Leben kotzt mich an!"

Lena erhob sich und klopfte den Staub von ihrer Hose: „Gut. Ich glaube, du warst deutlich genug. Ich möchte zum Haus zurück und ein Taxi rufen."

Melina triefte vor Hohn. „Wo glaubst du, daß du eigentlich bist? In der Fifth Avenue? Hier gibt es kein Telefon!"

Lena schien verstört. „Macht nichts", preßte sie hervor. „Würdest du so nett sein, mich bis zum nächsten Dorf bringen zu lassen?"

„Bringen lassen? Mit der Schubkarre?"

„Ihr habt keinen Wagen?"

„Du hast überhaupt nichts begriffen!"

„Entschuldige. Dann gehe ich zu Fuß."

„Wann?"

„Sofort."

„Das würde mich wundern! In einer Viertelstunde ist es stockfinster. Du würdest nicht einmal die Straße finden."

„Ich werde es schon schaffen."

„Red keinen Unsinn! Du würdest drei Stunden im Finstern gehen! Und selbst wenn es Tag wäre. Bist du in deinem ganzen Leben überhaupt schon drei Stunden ohne Unterbrechung marschiert?"

Lena wußte es nicht. In Melinas Hirn nahm gleichzeitig eine Idee Form an. Wie sich diese kleine egoistische Gans mit ihren verwöhnten Bourgeoismanieren wohl in einer unvorhergesehenen Situation aufführen würde. Sie nahm ihre ganze Freundlichkeit zusammen: „Du mußt doch nicht gleich verschwinden, nur weil wir nicht dieselbe Auffassung vom Leben haben. Bleib die Nacht über bei uns, du wirst schon nicht daran sterben. Sicher, Buckinghampalast ist es keiner, aber du wirst sehen, man gewöhnt sich! Morgen gehe ich mit dir bis zur Straße und wir werden Auto stoppen. Einverstanden?"

Lena zögerte lange mit der Antwort. „Ich glaube, es bleibt mir nichts anderes übrig . . ."

„Also komm, sei nicht so schwierig! Komm, wir gehen nach Hause! Die anderen werden sich schon Sorgen machen!"

Sie drehte sich um und ging rasch auf den Bauernhof zu.

Es war 17 Uhr 30, als das Telefon läutete. Das Geräusch war laut und barsch, fast indezent und zerriß die heilige Stille der Teezeit im großen Salon des Schlosses der Sunderland. Mortimer rührte mit seinem Löffel in der Tasse, um den Zucker zu lösen, zwei Stück, stets nur zwei, die Herzoginmutter überflog gelangweilt und herrschsüchtig die „Times". Als der scheußliche Lärm sich in ihre Ohren bohrte, schien sie zwar schockiert, aber sie hob dennoch ab. In ihrer Gegenwart beging Mortimer nie die Unhöflichkeit, vor ihr nach dem Hörer zu greifen. Sie hörte zu, ihr Gesicht nahm einen pikierten, schmerzlichen Ausdruck an, als sie den Hörer mit spitzen Fingern wie ein schmutziges Wäschestück an Mortimer weitergab.

„Es ist für dich."

Mortimer ergriff den Hörer, seine Mutter tat, als vertiefe sie sich erneut in die Lektüre. Er hörte einige Sekunden zu, dann: „Wer, sagten Sie? . . .", obwohl er genau verstanden hatte, daß er mit Irene Kallenberg sprach. Er konnte sich nicht daran gewöhnen, daß diese Person nun seine Schwägerin war. „Ach ja! Sie sind es, gnädige Frau . . ."

Die Herzogin betrachtete ihren Sohn über den Zeitungsrand hinweg und fragte sich, was ihn wohl so durcheinanderbringen mochte.

„Nein", brachte er mühsam hervor. „Sie ist nicht hier . . ."

Er hörte noch eine ganze Weile zu, nickte und schloß: „Ich danke Ihnen, gnädige Frau. Ich werde mich darum kümmern. Mama, Satrapoulos, der frühere Mann von Lena, ist gestorben. Irene, Lenas Schwester, dachte, sie sei hier. Sie weiß nicht, wo sie sie erreichen kann, um sie zu verständigen. Sie will auch wissen, wo die Kinder sind. Was soll ich tun?"

„Habe ich dir nicht oft genug wiederholt, daß ich gegen diese Bindung bin!" erklärte die Herzogin, sich nicht allzuviel Mühe gebend, ihre Freude zu verbergen.

Der Herzog hob die rechte Augenbraue. „Verzeih, Mama, aber ich sehe keinen Zusammenhang."

„Nun", erklärte die Herzogin. „Wenn man eine Geschiedene heiratet, die außerhalb der Kirche steht, muß man gewärtig sein, die Konsequenzen zu tragen."

Mortimer zuckte wortlos die Achseln, was bei ihm ein tiefgehendes Gefühl der Auflehnung bedeutete. Er setzte sich und lehnte sich mit der Resignation des Schuldigen in seinem Fauteuil zurück.

Der Herzog von Sunderland hatte fatale Ähnlichkeit mit einem Truthahn. Die Feierlichkeit seiner Bewegungen, die kleinen, unter schweren Lidern verborgenen Augen und die langen Beine, die in groteskem Widerspruch zu der Kürze seines dicklichen Oberkörpers standen, erinnerten an dieses Tier. Seine seltsam schmalen Schultern schienen ihre Fortsetzung in der Säule des Halses zu finden. Und diesen Rumpf krönte ein winziger Insektenkopf, dessen Gesicht stets einen erstaunten Ausdruck zeigte. Ein unerzogener Domestike hatte ihm, nachdem er ihn gefeuert hatte, zum Abschied einmal erklärt: „Dir fehlt nur noch die Feder im Arsch, dann beginnst du zu gackern!"

Mortimer hatte würdevoll die Achseln gezuckt, ohne zu verstehen, was der andere meinte. Wenn eine Ahnentafel bis weit über die Kreuzzüge hinaufreicht, wenn man einen Teil von Lancashire besitzt und die Sicherheit hat, eines Tages ein riesiges Erbe antreten zu können, so gleiten die verletzenden Anspielungen einer Dienerseele von einem ab. Im übrigen besaß Mortimer noch seine Religion und ein gerüttelt Maß an Tugend. Die Herzoginmutter, die besser an einen viktorianischen Hof als ins 20. Jahrhundert gepaßt hätte, hatte ihm die Prinzipien eines absoluten Puritanismus eingehämmert. Mortimer versäumte es nie, zur Messe zu gehen, er gab einmal wöchentlich ein Almosen an einen Bedürftigen und brachte, wenn er im Schloß war, seiner Mutter um 17 Uhr selbst den Tee. Er versuchte, der Sünde aus dem Weg zu gehen, wenn ihn der Hauch der Versuchung streifte. Und von Zeit zu Zeit gelang es ihm auch.

Sein größter Stolz war eine märchenhafte Sammlung von Zinnsoldaten, um die ihn seit dreißig Jahren seine Kameraden aus dem College beneideten. Oft boten ihm Liebhaber ein Vermögen dafür, aber Mortimer lächelte scheu und zufrieden und weigerte sich, sie herzugeben oder auch nur aufzusplittern.

Dann war Lena Satrapoulos gekommen. Eine große Enttäuschung für die Herzogin, die nur unter Aufbietung all seiner Überredungskunst eingewilligt hatte, daß er eine nicht nur geschiedene Frau heiratete, sondern eine, die sichtlich nicht auf Geburt, dafür aber auf Reichtum hinweisen konnte. Mortimer hatte nie verstanden, wie Lena ihn hatte heiraten können. In seiner Umgebung stellte man sich dieselbe Frage, und vor allem Lena war sich darüber im unklaren, warum sie in diese Ehe eingewilligt hatte. Mortimer war sich bewußt, daß er im Augenblick des Ringwechsels aus der Tochter levantinischer Händler eine Herzogin machte. Und das Ärgste: sie konnte Zinnsoldaten nicht ausstehen.

Nach einem Monat hatte die junge Herzogin Besorgungen in den Vereinigten Staaten vorgeschützt, eine Krankheit ihrer Mutter oder die Erziehung ihrer Kinder, sie war weg. Die Herzoginmutter las mit Empörung in den Klatschspalten von Sensationsblättern, die ihr Personal in der Küche liegenließ, die Herzogin von Sunderland sei aus Monte Carlo abgereist beziehungsweise soeben in Rom angekommen, als wäre es möglich, daß zwei Frauen sich einen solchen Titel teilten!

Wenn sie die Wahrheit wüßte, dachte er verzweifelt! Er hatte geglaubt, Lena sei bei ihrer Familie in Athen, und Irene hatte ihm eben mitgeteilt, daß sie sich seit mehreren Tagen in einer Hippiekommune in Südfrankreich befand! Was hatte dort eine verheiratete Frau zu suchen? Und wie sollte er sich in einer so unerwarteten Lage verhalten? Er seufzte. Bislang hatte sich sein erotisches Leben im Schatten lockiger Jünglinge abgespielt, und sie hatten ihm stets die unangenehme Frage der Nachkommenschaft erspart. Seine Mutter hatte alles getan, um ihn in diesem Zustand zu halten. In der Hochzeit mit einer Frau sah er eine Möglichkeit, sich selbst ein Mindestmaß an Unabhängigkeit zu beweisen. Das kam ihn jetzt teuer zu stehen!

„Weißt du wenigstens, wo sich deine Gattin befindet?"

Jetzt kam es darauf an. Er stotterte: „In Südfrankreich, bei gemeinsamen Freunden."

„Nun, dann telefoniere doch!"

Kläglich gestand er ein: „Diese Freunde sind ein wenig . . . seltsam . . . Sie haben kein Telefon."

Die Herzoginmutter ging in sich. Mortimer unterbrach ihr Schweigen nicht. In ihrem Schatten hatte er nie Entscheidungen zu fällen gehabt, sie tat es für ihn.

„Es ist jetzt deine Pflicht, sie zu holen und von den Vorgängen in Kenntnis zu setzen!"

„Wann, Mama?"

„Sofort! Wir nehmen ein Flugzeug bis Marseille und mieten dort ein Automobil."

„Wir? . . ." brachte Mortimer mühsam hervor.

„Selbstverständlich! Ich kümmere mich um das Gepäck. Laß am Flughafen fragen, wann wir abfliegen können!"

Die Insel hieß Orangine. Es war nicht mehr als eine Sandbank, die ihre Existenz dem darunter befindlichen Korallenriff verdankte. Die Flora bestand aus acht Palmen, von denen eine von der „Krankheit" befallen war, die ihre Blätter mit rötlichen Flecken bedeckte und schwitzen ließ. Von den Vermeers eingeflogene Agronomen hatten nur zu sagen gewußt, daß diese Variante der Baumkrankheit auf den Bahamas häufig auftrete. Mittel, sie zu bekämpfen, hatten sie keines mitgebracht. Hans Vermeer blieb nichts anderes übrig, als das Ausbreiten der Krankheit auf seiner Palme machtlos zu verfolgen. Vor zwei Jahren, als er die Insel gekauft hatte, waren auf seine Anordnung hin wahllos hundert Bäume gepflanzt worden, aber anscheinend bekam ihnen der Sand nicht. Sie blieben klein und verkümmert, wollten einfach nicht wachsen. Hans gedachte gerade ärgerlich dieses Umstands, als er hinter der Veranda das Geräusch von Metall auf Holz hörte. Wohl einer seiner Matrosen, der etwas reparierte, dachte er, und ging nachsehen. Als er um die Ecke bog, bot sich seinen Augen ein Anblick, der ihm die Haare hätte zu Berge stehen lassen, wenn er noch welche gehabt hätte. Ein blonder Junge hackte mit aller Kraft auf eine seiner sieben gesunden Palmen ein. Neben ihm saß ein gleichfalls blondes Mädchen und sah ihm lachend zu.

385

„Achilles! Wirst du diese Axt sofort hergeben!"

Der Junge drehte sich um, lachte ihn frech an und hieb erneut auf den Baum ein. Hans riß ihm die Axt aus den Händen und mußte an sich halten, ihn nicht zu ohrfeigen. Schließlich hatte er die Zwillinge hier haben wollen. Obwohl ihre Eltern geschieden waren, hatten sie sich darauf geeinigt, sie ihm für zwei Wochen anzuvertrauen.

„Maria, wo sind eure Gouvernanten? Und der Hauslehrer?"

„Der Hauslehrer ist bei den Gouvernanten", sagte das Mädchen.

„Kommt mit!"

Er nahm sie beide bei der Hand und zog sie auf das Haus zu. In den unendlich grünen Gewässern der Bucht schaukelte die „Hankie" träge. Hans war kein großer Seefahrer und sah sie lieber an, als sich an Bord zu begeben. Hankie wieder liebte Kreuzfahrten. Wenn sie Freunde auf die Jacht einluden, machte sie die gesamte Reise mit, während er erst Tage später mit dem Flugzeug nachkam. Dabei hätte er seinen Widerwillen überwunden und wäre an Bord geblieben, wenn seine Frau darauf bestanden hätte. Er wollte sie um keinen Preis kränken und häufte einen Berg von Schuldgefühlen an, weil er ihr nicht geben konnte, was sie sich als einziges wirklich ersehnte: Kinder. Hankie hatte die Gewohnheit, aus allen ihren Häusern Ferienlager zu machen. Mit den Kindern der anderen. Meist waren sie braver als die kleinen Satrapoulos.

Er betrat den Salon. „Weißt du, was sie gemacht haben?"

Hankie ließ ihre Stickerei sinken. Hans fand das idiotisch, in der Südsee zu sticken.

„Was haben sie gemacht?"

„Er war dabei, mir eine Palme umzuhacken!"

„Laß ihn doch! Wenn es ihm Spaß macht."

Hankie legte die Handarbeit beiseite und strich Achilles über den Kopf. „Du kleiner Lauser!"

Das kleine Mädchen mischte sich ein: „Es war lustig!"

„Mein Gott, so viel Gerede um einen kranken Baum!" fügte ihr Bruder hinzu.

Hankie beruhigte sie: „Onkel Hans weiß nicht mehr, daß er auch einmal ein Kind war."

„Du solltest ihnen das nicht sagen", protestierte Hans, dessen Ärger bereits verflogen war.

„Und warum nicht? Ich habe noch nie so intelligente Kinder gesehen!"

„Meine Palmen . . ."

„Deine Palmen sind ihnen egal. Es gibt wichtigere Dinge im Leben als Palmen!" Sie drehte sich zu den Kindern: „Wir werden sie gemeinsam umhacken gehen."

Brummend ging Hans sich einen Whisky einschenken. Mehr wollte er wirklich nicht mehr hören, aber die Stimme Hankies verfolgte ihn: „Verstehst du denn nicht, daß diese Kinder durcheinander sind? Denk doch, was in ihrer Familie vorgeht!"

Achilles und Maria ließen sich kein Wort entgehen. Hankie fuhr fort: „Was wirst du einmal, Achilles, wenn du groß bist?"

„Reeder, wie Papa und Onkel Hans."

„Hörst du es!" rief Hankie begeistert. „Wie Papa und Onkel Hans!"

„Wo ist die Person, die dafür bezahlt wird, auf sie aufzupassen?" lenkte Hans ab.

„Ich habe es dir schon gesagt, Onkel", warf Achilles ein, „bei den Gouvernanten!"

„Aber was macht er mit den Gouvernanten?"

Der zwölfjährige Achilles produzierte einen verblüffenden Satz: „Was soll er schon tun. Er ist ja ein Homo."

Hankie verging fast vor Begeisterung. „Nein, hast du das gehört? . . . Hast du das gehört? . . ." Sie fuhr fort: „Was ist das, ein Homo, mein kleiner Liebling?"

„Ach, laß das! Ihr wißt es genauso gut wie ich!"

Leider bohrte Hankie weiter: „Ja, aber ich möchte, daß du es mir erklärst!"

Archilles sah sie mit dem gelangweilten Gesicht eines Erwachsenen an, dem man eine dumme Frage gestellt hat. „Na, einer, der sich in den Arsch ficken läßt . . ."

22

Lena wollte sich die Ohren zuhalten. Sie hatte dieses Ekelgefühl zum letzten Mal gehabt, als sie zwölf war und ihren kleinen Kopf unter dem Kopfkissen vergrub, um nicht die Geräusche zu hören, die aus dem Zimmer ihrer Eltern herüberdrangen, diese fürchterlichen Geräusche, deren Ursache sie um nichts in der Welt hätte näher kennenlernen wollen. Sie versuchte sich einzureden, daß diese Geheimnisse längst keine mehr waren, aber es half nichts. Sie wälzte sich auf die andere Seite, preßte sich an die Mauer, so weit als möglich weg von den anderen, deren Keuchen sie deutlich vernahm. Vor ihren Augen, im selben Bett, liebte sich ein Paar. Eigentlich war es gar kein Bett, sondern ein riesiges Ruhelager aus aneinandergereihten Matratzen, die auf dem nackten Boden lagen. Das einzige echte Bett des Bauernhofs war ein antiker Käfig mit hohen eisernen Gitterstäben, in dem zwei Kinder lagen, ein zweijähriger Bub und ein Mädchen von achtzehn Monaten.

„Von wem sind sie?" hatte Lena während des Essens wissen wollen.

Die Hippies hatten einander lächelnd angeblickt, und Melina hatte nicht ohne Bosheit für alle gesprochen: „Die Mütter kann ich dir nennen. Und was die Papas betrifft, wollen wir einfach sagen, es ist einer von diesen Nichtsnutzen. Aber welcher?" Sie wandte sich an die Burschen: „Wißt ihr es vielleicht?"

Sie schwiegen belustigt.

„Siehst du, sie haben keine Ahnung. Sagen wir, sie gehören uns allen. Schließlich sind wir doch eine Kommune."

Beim Decken des Tisches hatte jeder geholfen. Beim Essen dann hatte sich das Gespräch um Kunst gedreht, das Wetter, die Jahreszeiten, die Laibe Brot, die man morgen aus dem Dorf holen müßte. Melina und ein weiteres der drei Mädchen saßen mit entblößter Brust bei Tisch. Man hätte glauben können, sie unternähme alles, um ihre Schwester zu schockieren. Aber Lena reagierte nicht. Was sie sah, verblüffte sie derart, war so unendlich weit entfernt, daß sie hätte meinen können, einen Abend bei Marsmenschen zu verbringen. Nach dem Essen hatten sie sich auf dem gemeinschaftlichen „Bett" ausgestreckt und Zigaretten angezündet.

„Willst du? Es ist Gras . . ."

Mutig hatte Lena ihre erste Haschischzigarette geraucht. Nach ein paar ungeschickten Zügen wartete sie vergeblich auf das herrliche Paradies, das man ihr so glühend geschildert hatte. Aber es war nichts geschehen, nur im Kopf hatte sie ein dumpfes Gefühl, das aber genausogut vom Wein herrühren konnte. Julien hatte seine Gitarre zur Hand genommen. Außer diesem und Fast war noch Eric da, ein flötenblasender Holländer, und Alain, ein Franzose. Eines der Mädchen hieß „Squaw", mehr wußte sie von ihr nicht. Lena hatte es peinlichst vermieden, Fragen zu stellen, um sich nicht Melinas Aggressionen auszuliefern. Das andere Mädchen hieß „Zize". Dicklich und stets gut aufgelegt, schien sie mit ihrem Schicksal zufrieden zu sein. Sie sprang immer als erste auf, noch bevor „Squaw" ihren schlanken, biegsamen Körper in Bewegung setzte oder Melina geruht haben mochte, festzustellen, daß bei Tisch etwas fehlte. Anscheinend gab es keine fixen Paare innerhalb der Gruppe, jeder schien der Eingebung des Augenblicks zu folgen. Obwohl Lena zwei- oder dreimal die Blicke ihrer Schwester aufgefangen hatte, die plötzlich schneidend werden konnten, wenn Fast die nackte Haut von „Squaw" oder „Zize" tätschelte. Alain war einmal aufgestanden und hatte Melina eine Feldblume gepflückt, die sie strahlend in Empfang nahm. Alain hatte sie freundschaftlich auf den Mund geküßt, und Melina hatte, zu ihrer Schwester gewandt, kommentiert: „*Peace and love.*"

Instinktiv wußte Lena, daß ihre Schwester ihr etwas vorspielte, und sich selbst wahrscheinlich auch. *Love* vielleicht, aber *peace* sicher nicht. Der Blick, den Melina Fast zugeworfen hatte, war für Lena aufschlußreicher gewesen als ein Gespräch von zwei Stunden. Wahrscheinlich schlief sie auch mit den drei anderen, aber in Fast war sie hoffnungslos verliebt. Und daher eifersüchtig.

„Siehst du, wir teilen uns alles. Den Dreck, das Glück, das Essen, das Wasser und die Männer. Das Wichtige eben."

Dann blickte sie zu „Squaw" und „Zize". „In der Liebe haben wir nichts zu klagen, oder?" Und zu Lena: „Du wirst sehen, diese Nacht, wenn einer der Herren dich beglücken will, Herzogin."

Trotz ihres Wunsches, ihrer Schwester über den Schnabel zu fahren, hatte Lena nur verlegen stammeln können: „Ich? Ich bin nur zu Besuch da. Und ich suche es mir aus, bevor ich mit jemandem ins Bett gehe."

„Ja, aber wir doch auch!" hatte Melina ihr geantwortet. „Alles hängt von der Stimmung ab. Julien zum Beispiel ist herrlich, wenn man traurig ist. Er ist zärtlich und langsam. Alain besitzt Phantasie, und gar nicht wenig. Eric ist ein Schwärmer, und Fast . . . Squaw, wie könnte man Fast definieren?"

„Squaw" hatte Melina ohne zu antworten aus ihren riesigen Augen angeblickt. Lena spürte, daß Spannung aufkam, sie wußte nicht, woher, aber um diese Stimmung im Keim zu ersticken, hatte sie sich direkt an Fast gewandt: „Ist das Ihr wirklicher Name, Fast?"

„Zize" hatte hell aufgelacht. „Das ist viel mehr als nur ein Name. Das ist ein ganzes Aktionsprogramm!"

Die anderen hatten in das Lachen eingestimmt, und Lena war sich dumm und verlegen vorgekommen. Seit einiger Zeit schon streichelte Alain die nackten Brüste von „Zize". Nun wechselten sie einen Blick und gingen in die Nacht hinaus. Lena spürte, daß Melina auf ihre Reaktion harrte.

„Wir haben nichts zu verstecken. Man will? Man tut es. Man liebt einander. Wenn es draußen kalt ist oder wenn der Ofen brennt, dann eben hier, auf den Matratzen. Niemand schert sich darum." Sie rauchte ihre vierte Haschzigarette, und in ihre Augen war ein eigenartiger Glanz getreten. Lena vermochte beim besten Willen nicht, die bourgeoisen Gedanken zu unterdrücken, die in ihr aufstiegen. Etwa den: Wenn Papa sie so sähe! Und doch wollte sie um keinen Preis urteilen, sie wußte, damit würde zu viel in Bewegung gesetzt, in Frage gestellt.

Neben ihr auf dem Lager stieß jemand einen Lustschrei aus. Außerdem bekam sie von jemandem einen Schubs. Lena biß sich auf die Lippen. Es konnte jeder gewesen sein. In der

Finsternis hatten die anderen Stellung gewechselt, sie hatte es an dem andauernden Kichern erkannt. Sie hätte nicht sagen können, wer jetzt neben ihr lag. Sie hielt es nicht mehr aus. Sie erhob sich leise, tastete sich an der Wand entlang und fand die Tür. Draußen war es taghell, der strahlende Mond zeichnete scharfe Schatten unter die Olivenbäume.

„Und ich habe immer gehört, daß die Mädchen aus guter Familie sofort einschlafen."

Lena erschrak. Sie drehte sich um. Fast stand vor ihr, völlig nackt. Sie tat, als bemerke sie es nicht, und antwortete ohne zu überlegen: „Nicht wenn sieben Leute im selben Bett Liebe machen."

Fast fuhr sich mit der Hand durch das wuschelige Haar. „Wer hat dir denn das gesagt? Eric und Julien schlafen wie die Klötze. Und deine Schwester ist todmüde. Rück ein Stück."

Er setzte sich neben sie auf das Heu. Lena trug nur einen Slip und einen Rollkragenpullover. Sie vermied es peinlich, Fast anzusehen, und blickte in den Himmel hinauf.

„Das hier wundert dich wohl?"

Sie antwortete nicht. Die Fortsetzung war unerwartet. „Deine Schwester geht uns auf den Wecker."

Von geheimer Freude erfüllt, erklärte Lena pikiert: „Kann man erfahren, was Sie zu dieser Ansicht bewogen hat?"

„Als ob du es nicht wüßtest. Hier ist genausowenig ihr Platz wie zwischen den Geldsäcken von Papi. Sie tut nur so. Sie fühlt sich nicht wohl. Ein bißchen hysterisch und so . . ."

„Melina ist völlig normal."

„Das glaubst du wohl selber nicht", erklärte Fast kalt. „Und du bist begeistert, daß ich dir das alles sage. Weil ihr euch haßt."

Er kratzte sich kräftig den Rücken und fügte hinzu: „Wahrscheinlich, weil ihr zuviel Geld habt."

„Geld stört meistens nur Leute, die keine Ahnung haben, wie es aussieht!" gab Lena bissig zurück. „Leute wie Sie, zum Beispiel."

„Was weißt denn du davon! Neben meiner Familie ist die deine klein und mickrig!"

Lena spürte einen Hoffnungsstrahl. „Wirklich?"

„Wenn ich dir sage. Da staunst du, was? Du bist in Schiffen, ich in Stahl."

„Wie heißen Sie wirklich?"

391

„Mein Name ist Fast Steel Illimited Junior."

Lena zuckte die Achseln: „Ich wußte ja, daß Sie bluffen."

„Enttäuscht, was? Du hängst nur von deinem Geld ab. Ohne diese Basis bist du unfähig, dir ein Urteil über die Leute zu bilden, die mit dir reden. Da ist ein schöner Mann, hast du dir gesagt, ich kann ihn mir sehr gut als Direktor von irgend etwas vorstellen. Gewonnen! Ich bin mein eigener Direktor!"

„Ich habe nie gesagt, daß Sie ein schöner Mann sind."

„Nein, aber gedacht. Schau mir in die Augen und behaupte das Gegenteil."

Lena blieb unbeweglich.

„Und jetzt, in diesem Augenblick, fragst du dich, was ich hier verloren habe, wer ich eigentlich bin, was ich denke und ob ich dich schön finde. Stimmt's? Ich werde dir helfen: Zuerst einmal bin ich Romantiker, wie du sie gern hast."

Er erhob sich geschmeidig, ging einige Schritte in die Nacht hinaus und begann zu urinieren. Trotz ihrer Ratlosigkeit konnte Lena nicht umhin, die Silhouette zu bewundern, die sich gegen den Himmel abzeichnete, die schmalen Hüften und breiten Schultern, das kostbare Dreieck, wie die Ägypter es in ihren Skulpturen gezeichnet hatten, wenn sie ihren Göttern ein Gesicht und einen Körper verleihen wollten.

„Siehst du, ich spreche von Ästhetik und pisse gleichzeitig. Das ist Fast. Weiter? Gut. Wenn du noch da bist, so wartest du auf den Rest. Du hast gesagt, ich bluffe mit dem Stahl. Es war nicht einmal eine Lüge. Kennst du Detroit? Nein, nicht. Ich war eine Woche dort, bis ich begriffen habe, was vorgeht, und um das zu vergessen, ziehe ich seit sieben Jahren herum."

Er schwieg, und Stille senkte sich über sie, in die sich nach und nach die Geräusche der Nacht mengten.

„Waren Sie oft in Kommunen?"

„Die Kommune bin ich. Nicht weil du etwas teilst, gibst du irgend etwas her. Zusammen leben, das heißt noch lange nicht einer für alle, alle für einen. Es heißt nur, daß jeder versucht, die anderen so gut es geht zu beschützen, um sich selber über Wasser zu halten. Für bestimmte Zeit. Lange dauert es nie."

„Warum?"

„Weil die Leute wie deine Schwester sind. Sie spielen nur. Und die einzigen, die nicht spielen, sind Verrückte. Uninteressant."

„In welche Kategorie reihen Sie sich selbst ein. Verrückt oder Simulant?"

„Beides zugleich."

„Und . . . das gefällt Ihnen?"

„Überhaupt nicht."

„Was würden Sie gerne sein?"

„Wenn ich das wüßte, wäre ich nicht hier. Oder vielmehr: um es zu erfahren, bin ich hier."

„Haben Sie gefunden?"

„Absolut nicht."

„Sie wissen nicht, was Sie sein wollen?"

„Erraten. Aber ich weiß genau, was ich nicht sein möchte."

„Was?"

„Jemand wie du."

Lena fröstelte plötzlich. Aber schon hatte sich Fast erhoben, gähnte laut und sagte: „Also ciao, ich gehe schlafen."

Bald war sein geschmeidiger Körper im Dunkel des Bauernhofs verschwunden. Von drinnen hörte sie Flüstern und ein kurzes, hartes Wort, das sie nicht verstand. Dem Tonfall nach mußte es ein Schimpfwort sein. Die Tür ging quietschend auf. Melina trat heraus, im Slip und ohne Büstenhalter. Höhnisch rief sie herüber: „Na? Fickt er nicht gut?"

Lena spürte, wie ihr die Tränen in die Augen traten. Sie konnte es sich nicht erklären.

Irene war voll freudiger Ungeduld. Es war alles in die Wege geleitet. Dieser Idiot von einem Sunderland hatte sie am Telefon mit Herablassung behandelt, aber sie wußte, daß ihr Gespräch eine Kettenreaktion auslösen würde. Gibt es einen Mann, der ohne weiteres hinnimmt, daß seine Frau sich in einer Sexkommune herumtreibt? Irene saß auf ihrem Bett, zündete eine Zigarette nach der anderen an und wartete darauf, ihre zweite Telefonverbindung zu erhalten. Als sie endlich Athen am Apparat hatte, mußte sie noch einige Minuten warten, bis man Medea Mikolofides in einem der Räume ihrer weitläufigen Residenz gefunden hatte. Sie war versucht gewesen, ihre Mutter ein wenig hinzuhalten, aber der Wunsch, ihr alles gleich zu sagen, war doch stärker. In angstvollem Tonfall rief sie ins Telefon: „Mama, es ist entsetzlich! Sokrates ist tot!"

Nach einem spitzen Freudenschrei ließ sich die Alte die Angelegenheit dreimal wiederholen und forderte Einzelheiten. Irene erzählte ihr, daß Kallenberg bereits nach Paris geflogen sei, um das Begräbnis vorzubereiten. „Aber vor allem", fügte sie hinzu, „darf er nie erfahren, daß ich es dir gesagt habe! Ich habe ihm schwören müssen, niemandem etwas zu sagen!"

„Kein Wunder", lachte die Mutter, „dieses Schwein will alles für sich selbst!"

„Ich dachte, es sei meine Pflicht...", beteuerte Irene unterwürfig.

„Du hast völlig recht, mein Kleines!" unterbrach Medea sie. „Ich mache mich sofort an die Arbeit."

Sie wollte noch fragen, ob sie etwas von Lena wisse, aber die Alte hatte bereits eingehängt. Nicht einmal bedankt hatte sie sich! Sie tröstete sich mit dem Gedanken an die Unannehmlichkeiten, die über Kallenberg hereinbrechen würden. Jetzt mußte sie die Neuigkeit noch bei einigen Freundinnen anbringen, deren Männer Kallenbergs Rivalen waren. Und darauf hinweisen, daß absolute Geheimhaltung erforderlich sei – sonst würde die Neuigkeit nicht schnell genug verbreitet.

Sie rieb sich die Hände und freute sich über das Chaos, das sie hier anrichtete. Ein Spiegel warf ihr ihr Bild zurück. Sie war unausgeschlafen, ungeschminkt, das Haar zerrauft. Doch selbst ihre Häßlichkeit ließ sie kalt, wenn sie daran dachte, was sie ihrem geliebten Ehemann einbrockte. Sie nahm ihr Telefonverzeichnis und suchte nach einer Nummer, griff nach dem Hörer und legte ihn wieder auf. Sie hatte eine außergewöhnliche Idee. Sie nahm den Hörer wieder auf: „Fräulein, ich möchte bitte die Bahamas ..."

Zum dritten Mal ging Kallenberg an dem Haus vorbei, ohne einzutreten. Wenn sein Informant sich getäuscht hatte, verlor er das Gesicht. Aber er mußte es wissen, der kleinste Irrtum konnte gefährlich werden, ja sein ganzes Imperium in Frage stellen.

Für Juni war es ziemlich heiß. Starker Benzingestank lag über der Avenue Foch, auf der sich die Autos Stoßstange an Stoßstange drängten. Hermann war mit einem Linienflugzeug nach Paris gekommen, er wollte diskret sein. Dem Chauffeur, der ihn am Flughafen abholte, hatte er Anweisung gegeben, nur auf Umwegen hierherzufahren. Um keinen Preis durfte jemand die Nachricht verbreiten, bevor er nicht davon profitiert hatte. Alles hing von Stunden ab. Irene, diese Hysterikerin, hatte das nicht begriffen. Er hörte noch ihr Gebrüll. „Immer sie!" hatte sie zwischen Tränenströmen immer wieder geschrien. „Warum nicht ich?"

„Halt den Mund, du Idiotin! Es gibt Wichtigeres!"

„Eine Hure! Sie entehrt mich und wälzt sich mit Hippies im Dreck herum! Und nimmt Rauschgift!"

„Und du! Sind deine Beruhigungsmittel kein Rauschgift?"

„Wir sind das Gespött von ganz Europa!" jammerte Irene, ohne ihm zuzuhören „Entehrt! . . ."

Kallenberg verlor endgültig die Geduld. „Wirst du mir jetzt zuhören! Soll ich dir den Schädel einschlagen, damit du endlich ruhig bist?"

Sie schien aus einem Traum zu erwachen. „Was? . . . Was ist los? . . . Was sagst du? . . ."

Hermann brüllte sie an: „Sie wird bald Witwe sein, deine Schwester!"

Irene starrte ihn verständnislos an: „Wer? Melina?"

„Nein, du Idiotin! Nicht die Hure! Ich spreche von Lena! Deiner geliebten Lena!"

Irene schluchzte auf und produzierte einen herrlichen Satz: „Der Herzog liegt im Sterben!"

Kallenbergs Kinnbacken zitterten. „Welcher Herzog, du Dummkopf! Seit wann ist Satrapoulos Herzog?"

Hermann hatte vom Griechen ganz natürlich als von Lenas Mann gesprochen. In seinen Augen hatte ihre vor kurzem erfolgte Scheidung überhaupt keine Bedeutung.

Irenes Augen wurden groß. „Ist Sokrates krank?"

„Er ist im Begriff zu krepieren!"

„Mein Gott! Was fehlt ihm?"

„Herzinfarkt. Er überlebt den heutigen Tag nicht mehr."

„Von wem weißt du es?"

„Das kann dir doch egal sein. Ich weiß es eben!"

„Entsetzlich! Was wirst du tun?"

„Einen Popen anrufen und Blumen bestellen."

„Schwein! Du könntest wenigstens ein bißchen Mitgefühl heucheln."

„Wegen dem? Soll er doch krepieren!"

Irene schwieg. Mit erhobenem Zeigefinger dozierte er: „Jetzt hör mir gut zu! Aus Gründen, die du viel zu blöd bist zu begreifen, darf niemand etwas davon wissen, niemand, hörst du mich! Ein Wort, wenn du nur weitersagst, und ich mache aus dir Hackfleisch!"

„Das ist auch das einzige, was du aus mir noch machen kannst", rief sie ihm spitz nach.

Kallenberg erstarrte, als er plötzlich zwei Männer mit ernster Miene aus Satrapoulos' Haus kommen sah. Beide trugen Aktenmappen: Geschäftsleute oder Ärzte? Er hatte genug davon, hier herumzuschleichen, und schritt zum Angriff. Er durchquerte den winzigen Vorgarten und stieß im marmorverkleideten Eingang auf einen Portier in Admiralsuniform, der ihm den Weg verstellte.

Kallenberg sah ihn ungnädig an und sagte auf französisch: „Ich werde von Sokrates Satrapoulos erwartet."

Der Mann warf ihm einen mißtrauischen Blick zu: „Ich glaube nicht, daß Monsieur zugegen ist."

„Ich bin Hermann Kallenberg, sein Schwager. Man hat mich verständigt, und ich lasse mich nicht hinhalten."

Der Admiral zögerte. Kallenbergs Selbstsicherheit beeindruckte ihn, aber die Krankenschwester, die ihn vor zwei Stunden eingeweiht hatte, hatte strikte Anweisungen gegeben. Er hatte schwören müssen, niemandem zu sagen, daß Satrapoulos krank sei. Blaubart spürte das Zögern des Zerberus und schloß darauf, daß Sokrates wirklich im Sterben lag. Zuerst mußte er es mit Sicherheit wissen, dann blieb ihm wahrscheinlich immer noch Zeit, seine Geschäftchen zu regeln. Er schob den Livrierten beiseite. Der Admiral trat einen Schritt zurück, legte sein Gesicht in nachdenkliche Falten und griff nach dem Haustelefon.

Kallenberg ging über die Treppe nach oben, wo er atemlos an der Tür des Appartements läutete. Ein *Maître d'hôtel* öffnete ihm augenblicklich. Hinter ihm tauchte François, der französische Sekretär von S. S., auf. Er schien verwirrt. „Monsieur Kallenberg. Wie soll ich es Ihnen sagen . . . Monsieur Satrapoulos ist heute morgen von einer kleinen Übelkeit befallen worden. Ich glaube nicht, daß er Sie empfangen kann."

Hermann legte Gefühl in seinen Blick. Er faßte den Sekretär

bei den Schultern, blickte ihm gerade in die Augen und erklärte mit vor Erschütterung verschleierter Stimme: „Ich bitte Sie, François, keine frommen Lügen unter uns. Ich weiß alles. Wie ist es gekommen?"

François wollte antworten, aber er wandte den Kopf und biß sich schmerzlich auf die Lippen.

Kallenberg legte Wärme in seine Stimme: „François! Irene und ich müssen es wissen!"

Als S. S. zusammenbrach, hatte der Sekretär panikartig in London um Instruktionen ersucht. Man hatte ihm befohlen, kein Wort über Herzinfarkt verlauten zu lassen, bis einige Geschäfte geregelt seien. Aber galt das auch für Kallenberg? Sein entsetztes Gesicht war ärger als jedes Geständnis.

„Es ist furchtbar, Monsieur. Man weiß nicht, ob er die nächste Stunde überlebt. Die Professoren waren gerade hier. Sie haben mir gesagt" – seine Stimme war kaum mehr vernehmbar –, „ich soll die Familie verständigen. Ich habe es auf mich genommen, einen Popen anzurufen. Ich habe versucht, Madame zu erreichen, wegen der Kinder . . . Ich weiß nicht, wo sie ist . . . Ich meine, Madame Helena . . ."

Gütig sah Kallenberg ihn an: „Es ist gut so, François", sagte er väterlich. „Ich bin jetzt da und kümmere mich um alles! Kann ich ihn sehen?"

„Ich weiß nicht, Monsieur, ich weiß nichts mehr . . . Kommen Sie."

Sie gingen durch einen endlos langen Gang. Blaubart fragte sich unwillkürlich, wie ein Mensch in einer auf so geschmacklose Weise eingerichteten Behausung leben konnte. François klopfte leise gegen die Tür zum Zimmer des Griechen. Eine Krankenschwester öffnete und sah sie fragend an. Der Sekretär flüsterte: „Monsieur Kallenberg ist der Schwager von Monsieur Sokrates. Er möchte Monsieur sehen."

Die Schwester deutete mit dem Kopf nein. Hermann sah sie an: „Nur einen Augenblick, es ist wichtig." Er schob sie beiseite.

Anfangs konnte er nicht viel erkennen. Die Vorhänge waren zugezogen, das riesige Zimmer wirkte unheimlich. In einer Ecke kniete ein bärtiger Pope auf einem niedrigen Betschemel und psalmodierte unbeweglich im Licht einer Kerze. Dann erriet Hermann die Formen des Bettes, auf dem Satrapoulos lag.

Das diffuse Licht einer winzigen Nachtlampe ließ die Konturen verschwimmen. Kallenberg kam näher. Der Grieche schien geschrumpft, er lag unbeweglich, die Augen waren geschlossen. Sein Gesicht war wächsern, die Haut pergamentartig.

In diesem Augenblick wußte Kallenberg mit Sicherheit, daß dieser Mann sterben würde, wenn er nicht schon tot war. Sie verließen den Raum.

„Die Wahrheit, bitte!" sagte Kallenberg.

Die Schwester blickte François fragend an, der mit einem resignierten Nicken seine Zustimmung gab.

„Gibt es noch Hoffnung?" bestürmte Blaubart sie.

Sie drehte sich ganz zu ihm herum: „Er ist verloren."

Damit wollte Hermann sich nicht begnügen. Er mußte Genaueres wissen: „Sind Sie wirklich sicher! ... Nicht die geringste Chance?"

„Es ist eine Angelegenheit von Minuten."

Diesmal wußte er genug. Zu François, mit erhobenem Zeigefinger: „Vor allem: kein Wort, Sie verstehen mich doch? Ich kümmere mich um alles. Rufen Sie mich in zwei Stunden in London an. Ich erwarte Ihren Anruf."

Er ließ sie beide ohne ein weiteres Wort stehen, lief die Stiegen hinunter, stieß den Admiral beiseite, sprang in seinen Wagen und hetzte den Chauffeur: „Nach Villacoublay!"

Sein Privatflugzeug wartete schon. Der Pilot hatte Anweisung erhalten, jederzeit startklar zu sein. Im Augenblick gab es Dringendes und Lebenswichtiges zu erledigen. Durch den komplizierten Mechanismus des Börsengeschäfts und das verzweigte System von Gesellschaften und aufgeteilten Investitionen war er an fast allen Firmen und Geschäften von Satrapoulos beteiligt. In manchen Holdings besaß er Anteile, die bis zu dreißig Prozent des Kapitals ausmachten. Wenn der Grieche von der Bildfläche verschwand, mußte das noch am nächsten Tag Panik in den Finanzkreisen der ganzen Welt auslösen. Die von Einzelgängern geschaffenen Geschäftsimperien überlebten nur selten ihre Gründer. Zwei Möglichkeiten: Satrapoulos' Anteile kaufen. Aber wann? Und von wem? Und wie? Und in welcher Höhe? Hatte er überhaupt ein Testament hinterlassen, er, der sich unsterblich wähnte? Oder aber alles abstoßen, bevor die Nachricht von seinem Tod die Kurse ins Bodenlose stürzen ließ. Im ersten Fall müßte er auch die Passiva des Griechen mitkaufen, denn die Geschäftsdynamik von Satrapoulos lebte von ihrer eigenen Geschwindigkeit und Rotation. Nach S. S.' Tod würden zuerst einmal die Werften die sofortige Bezahlung aller bestellten Erdöltanker fordern, und nach Hermanns Informationen waren es nicht wenige. Auch mit dem amerikanischen Fiskus waren Schwierigkeiten zu erwarten, und Kallenberg würde wohl tief in die Tasche greifen müssen, um das zu erledigen. Ganz zu schweigen von den offenen Aktiengesellschaften, wo alle Besitzer von winzigen Titeln nur eine Sorge haben würden: in die Banken zu stürmen, um sie abzustoßen, bevor die Kurse fielen. Alles in allem mußte es sich um mehrere Dutzend Milliarden handeln. Was tun? Einen Augenblick dachte er daran, seine Schwiegermutter um finanzielle Hilfe zu ersuchen, aber die alte Mikolofides würde nur zu froh sein, selbst in die Sache einzusteigen und gegen ihn zu manövrieren.

Vielleicht gab es eine dritte Möglichkeit, die die beiden vorhergehenden vereinte: Wenn das Geheimnis um den Tod nicht gelüftet wurde, so konnte er beides gleichzeitig versuchen. Zuerst zu normalen Kursen verkaufen, bevor sich der Tod herumgesprochen hatte, und dann zur allgemeinen Verwirrung kräftig beitragen. So könnte er die fallenden Papiere wieder aufkaufen, wenn sie nur mehr zu einem Fünftel ihres Börsenwerts gehandelt wurden. Irgendwie würde er es dann auch schaffen, Medea Mikolofides auszuschalten, und er stünde an der Spitze einer gigantischen Machtpyramide. Er sah sich schon als Herrn und Beherrscher der Welt.

Er schloß mit einem Knopfdruck die Verbindungsscheibe zum Chauffeur und griff zum Telefon. „Hallo Jack? . . . Morgen früh verkaufen Sie alle Aktien . . . Ja, ich sagte alle . . . die ich in den Geschäften meines Schwagers besitze! Sie verständigen augenblicklich London, Tokio, Athen, New York und Stockholm! . . . Ich wünsche über Nacht eine vollständige Bilanz zu haben! Und verständigen Sie die Agenten! Zu Mittag muß alles vorbei sein! . . . Keine Widerrede! Und versuchen Sie nicht, den Dingen auf den Grund zu gehen! Ich rufe Sie in einer Stunde an!"

Er hängte ein und unterbrach damit die verwirrten Fragen seines Mitarbeiters, der sich wohl dachte, er müsse verrückt geworden sein. Er, Kallenberg, wußte sehr genau, daß die Finanzwelt aufhorchen würde, wenn man plötzlich den Weltmarkt so überschwemmte. Na und? War er vielleicht Milliardär geworden, ohne ein Risiko einzugehen?

Während der Bentley durch die scheußlichen Vororte von Paris flitzte, brach Kallenberg in Lachen aus. Zu seinen Lebzeiten hatte der Grieche ihm immer Schwierigkeiten gemacht. Jetzt war er tot, und Blaubart konnte sein Vermögen verdoppeln. Wirklich, wie konnte man ihm unter diesen Umständen nachtrauern?

Paris, zehn Uhr morgens. Redaktionskonferenz. Die Ressortchefs sitzen herum. Es geht um das Mittagsjournal. Das Problem: Soll man den Tod des millionenschweren Reeders Satrapoulos ankündigen oder nicht. Es ist noch nicht offiziell, aber das Gerücht allein hat schon genügt, um die Börse zu lähmen.

„Wer ist vor dem Haus?" will Antoine Vitaly, der Chefredakteur, aufgeregt wissen.

Der kleine Max Frey, seit undenklichen Zeiten im Beruf, aber noch neu in dieser Mannschaft, ist seit zwei Wochen für die Reportagen verantwortlich. Er kommt aus einer großen Tageszeitung, wo er Stellvertreter des Chefredakteurs war, bevor sie sich über eine lächerliche Frauenaffäre zerstritten. Es handelte sich allerdings um die Frau des Chefredakteurs.

Frey antwortet: „Jolivet und Duruy. Sie sitzen im Auto."

„Ruf sie an!"

In der beängstigenden Stille greift Frey nach dem Telefon. Niemand sagt etwas. Die Sache ist zu wichtig. Seit zwei Stunden wühlen sie im Archiv, um Bänder über das Leben des Griechen zu finden. In einem Montageraum schnipseln sie die Stücke auseinander und kleben sie zusammen.

„Was ist mit der Montage?" fragt der Chefredakteur herrisch.

„Sie arbeiten daran", antwortet jemand.

Während er die Nummer wählt, muß Frey lächeln. Bei seiner früheren Zeitung ist das Dossier von Satrapoulos schon seit langem fertig, und das von Maurice Chevalier, de Gaulle oder der Piaf auch. Die Herrschaften brauchen nur noch zu sterben, der Aufmacher ist bereits gesetzt. Nur das Datum fehlt noch. Jede Woche wird überprüft, ob nichts Neues dazugekommen

ist. An die hundert Aufmacher liegen in den Archiven: „ . . .
gestorben" über die ganze Breite in Fettschrift. Von Zeit zu
Zeit holt man sie hervor, wenn es dem Betreffenden schlecht
geht. Aber leider ist nicht immer Feiertag, sie sterben nicht
jeden Morgen, und so muß man sich mit einem kleinen
hochgezüchteten Mord begnügen, einer Regierungskrise oder,
wenn schon gar nichts mehr hilft, dem Wetter. Seltsam, daß sie
sich hier beim Radio so aufscheuchen lassen.

„Bist du es, Jolivet?" Frey deckt den Hörer mit seiner Hand
zu und erklärt laut: „Es ist Duruy!"

Vitaly ist nah am Zusammenbruch: „Das ist mir scheißegal,
welcher von den beiden es ist! Ist er jetzt tot, ja oder nein?"

Frey spielt Echo und brüllt in den Apparat: „Also? . . . Ist er
tot, ja oder nein?"

Gespannt horcht er. Zu den anderen: „Er hat keine Ahnung,
er glaubt schon . . ."

Vitaly reißt Frey den Hörer aus der Hand: „Was ist das für
ein Blödsinn? Was macht ihr dort überhaupt?"

Während er den Erklärungen des Reporters zuhört, zeichnet
er auf einen kleinen Block kleine Penisse mit Engelsflügeln.
Nach einer Weile beendet er das Gespräch: „Okay! Kommt
zurück, wir warten auf euch!" Und zu den anderen: „Im Haus
geht es drunter und drüber. Sie haben eine Krankenschwester
und den Sekretär aufgetrieben, aber keiner wollte den Mund
aufmachen. Der Sekretär hat Jolivet versprochen, daß er um
14 Uhr eine offizielle Erklärung abgeben wird. Was machen wir
jetzt, sollen wir warten?"

„Und die Konkurrenz?"

„Also dann raus damit! Umschreiben wir es wenigstens."

„Und der Pope?" wirft jemand ein.

„Er hat zehn Minuten gequasselt. Auf griechisch. Wer kann
hier Griechisch?"

„Niemand."

„Bravo!"

Vitaly beruhigt seine Meute mit einer Handbewegung. Er
sagt: „Wir wissen alle, daß er hin ist. Es dauert schon seit
gestern morgen. Man hat beobachtet, wie Kallenberg heimlich
in der Avenue Foch war. Und bei den Summen, um die es geht,
kann ich mir vorstellen, daß sie es nicht gleich an die große
Glocke hängen!"

Und zu Frey: „Sobald die beiden Witzfiguren zurück sind, macht ihr euch an die Arbeit! Ich will die gesamte Story in der 13-Uhr-Sendung!"

„Hallo, ja!" rief Hans. Er verstand nur sehr schlecht und preßte den Hörer fest gegen sein Ohr. Hankie hatte das Telefon einleiten lassen, er wäre ganz gut ohne ausgekommen. Der Funker auf seiner Jacht genügte ihm vollkommen, um mit der Außenwelt in Kontakt zu bleiben, wenn er es wünschte. Wozu kaufte man eine Insel, wenn einen dann jeder wie in seinem Amsterdamer Büro anrufen konnte? Die unbekannte Stimme versuchte verzweifelt, sich durch einen Vorhang von Pfeifen und Schrillen Gehör zu verschaffen. Plötzlich verschwanden die Nebengeräusche, und Hans verstand, was man ihm sagte. Sein Ausdruck verhärtete sich. „Wann?" sagte er. Und: „Sind Sie sicher?" Und schließlich: „Ganz sicher?" Und dann noch: „Ich danke Ihnen, ich kümmere mich augenblicklich darum."

Er legte auf, rannte los und rief Hankie im Vorbeilaufen zu: „Ich muß aufs Schiff! . . . Dringend! . . . Ein Kabel! Ich komme gleich zurück! . . ."

Nachsichtig zuckte Hankie die Achseln. Sie begnügte sich damit, zu leben, ganz einfach zu leben, und verstand nicht, warum ihr Mann stets herumhasten mußte. Geld? Sie hatten mehr davon, als sie je würden ausgeben können. Was aber sonst? Sie beugte sich erneut über ihre Handarbeit, eine Stickerei nach Lurçat, an der sie seit fast einem Jahr arbeitete.

Als Hans zurückkehrte, erklärte er ihr: „Ich habe etwas Entsetzliches erfahren: Sokrates Satrapoulos ist tot."

Hankies Reaktion kam prompt: „Adoptieren wir die Kinder!"

Hans sah sie vorwurfsvoll an: „Hankie! . . . Sie haben eine Mutter."

Hankie wich aus: „Wie hast du es erfahren?"

„Vorhin, am Telefon."

„Und du sagst es mir erst jetzt!"

„Hankie, ich hatte zu tun, die Börse, es ging um Minuten."

„Man sagt dir, daß diese armen Kleinen ihren Vater verloren haben, und anstatt es mir zu erzählen, anstatt sie zu trösten, kümmerst du dich um die Börse!"

402

„Du verstehst das nicht, die Geschäfte . . .“

„Das ist grauenhaft, einfach grauenhaft . . . Man darf ihnen auf keinen Fall etwas sagen!“

„Ich weiß nicht. Irene Kallenberg hat mich angerufen, um es mir zu sagen. Sie weiß nicht, wo Lena ist. Sie versucht, alles in ihrer Abwesenheit zu regeln. Schließlich ist sie die Tante der Kinder.“

„Entsetzlich.“

„Sie wollte, daß ich es den Kindern sage. Ihr Vater hätte es so gewollt.“

„Niemals! Das ist nicht unsere Aufgabe! Bist du verrückt? Sie sind erst zwölf!“

„Auf jeden Fall müssen sie dringend nach Europa zurück. Nach Paris.“

Hankie sah ihn fassungslos an: „Sie kommen weg? Man nimmt sie uns weg?“

„Hankie, es sind nicht unsere Kinder.“

Sie seufzte. „Was wirst du jetzt tun?“

„Es ihnen sagen.“

„Entsetzlich.“

„Ja.“

„Wann müssen sie weg?“

„Ich habe schon in Miami um ein Wasserflugzeug gebeten. Es muß bald da sein.“

„Hans!“

„Sag es ihnen nicht.“

„Hankie . . .“

„Sag es ihnen nicht! Wir haben nicht das Recht, eine solche Verantwortung zu übernehmen. Ich werde dort sehen, was ich tun kann.“

„Dort?“

„Du denkst doch nicht, daß ich sie allein nach Europa fliegen lasse!“

„Jedes hat seine Gouvernante . . . der Hauslehrer ist auch da . . .“

„Ich gehe meinen Koffer packen.“

Die Kinder wurden geholt, die Gouvernante und der Hauslehrer eingeweiht, und man einigte sich darauf, ihnen zu sagen, daß ihr Vater leicht erkrankt sei und sie aus diesem Grund zu Hause haben wolle.

Mißmutig wartete Hans im Salon auf Hankie, die packte. Als sie, einem Matrosen folgend, der ihren Koffer trug, an ihm vorbeiging, beugte sie sich zu ihm hin und küßte ihn auf die Stirn. „Geh nicht weg, während ich nicht da bin. Du weißt doch, daß du immer Dummheiten machst . . ."

Sie nahm Maria und Achilles an der Hand. Die Kinder lachten fröhlich und freuten sich über den Programmwechsel. Die Palme würden sie ein andermal umhacken. An der Tür kehrte Hankie noch einmal um und holte ihre Handarbeit.

23

Mortimer hätte am liebsten seine Krawatte gelockert, aber er hielt sich eisern zurück.

„Mama, findest du nicht, daß es gräßlich heiß ist?"

„Mir ist nicht weniger heiß als dir."

„Mama, warum öffnen wir nicht eine Scheibe ein wenig?"

„Ich fürchte den Luftzug."

Mißmutig lehnte sich Mortimer auf der uralten Sitzbank des riesigen Gefährts, das die Herzogin für die Reise gemietet hatte, zurück. In Marignane hatte die Leihwagenfirma eigens ihre Zentrale in Marseille anrufen müssen, um diesen antiken Austin zu erhalten, der mit seinen übergroßen Rädern und dem schwarzen Lack wie ein alptraumartiger Leichenwagen aussah. Der Chauffeur schien ebenso antik zu sein wie seine Kalesche, aber wenigstens hatte er vorn die Fenster heruntergekurbelt. Die Herzogin hatte darauf bestanden, daß die Trennungsscheibe zwischen Fahrerkabine und Fond geschlossen blieb. Seit zwei Stunden fuhren sie nun im Schneckentempo in der Hitze dahin. Die Herzogin haßte Geschwindigkeit. Wenn es nach ihr gegangen wäre, hätte sie ein Gesetz zum sofortigen Verbot mechanisch betriebener Fortbewegungsmittel beschließen lassen und wäre zur Sänfte zurückgekehrt. Mortimer hatte diskret darauf bestanden, daß sie wenigstens ihren unglaublichen Hut nicht aufsetzte, ein scheußliches Stück mit reichem Aufputz. Sie hatte ihm aufsässig zur Antwort gegeben, daß Frühling sei und die Französinnen als kokett gälten. Der Herzog, sein Vater, habe jedenfalls vor zwanzig Jahren für diesen Hut geschwärmt. Ihr Kostüm, oder was sie so nannte, war kaum weniger auffällig, schreiende Blumen auf apfelgrünem Grund. Beim Abflug von London war es fast unbemerkt geblieben, nicht aber bei der Ankunft in Marseille!

„Dieser Mann fährt zu schnell, Mortimer."

„Aber Mutter, er fährt nicht über sechzig!"

„Ich fühle mich nicht wohl."

„Willst du, daß wir stehenbleiben?"

„Nein, sag ihm, er soll langsamer fahren."

Erbittert klopfte Mortimer gegen die Trennungsscheibe, und der Chauffeur verriß erschrocken den Volant. Er fluchte, das sah man an seinem maulenden Gesicht. Mortimer bedeutete ihm, langsamer zu fahren, aber der Alte faßte es falsch auf und beschleunigte mit Genuß.

„Wirklich, ich fühle mich nicht sehr wohl. Haben wir noch weit?"

Die Herzogin hatte sich ihrem Sohn zur Verfügung gestellt – wie gerne hätte er darauf verzichtet! –, aber sie beabsichtigte, es ihn auch spüren zu lassen. Mortimer entzifferte einen Wegweiser: *Vaison La Romaine, 10 km.*

„Wir nähern uns, Mutter. Willst du, daß wir anhalten, oder sollen wir weiterfahren?"

Sie nickte dumpf mit dem Kopf, als wollte sie sagen: Ich mache weiter, aber du trägst die alleinige Verantwortung. Mortimer zog den Zettel mit der seltsamen Adresse hervor, dazu die Karte mit der darauf eingezeichneten Reiseroute. Er hatte noch anrufen müssen, um weitere Einzelheiten zu erbitten, der Rest war ein Kinderspiel gewesen.

Plötzlich verlangsamte das Auto seine Fahrt, zuckelte ein Stück dahin und rollte im Leerlauf an den Straßenrand. Gleichzeitig begann der Motor zu rauchen. Mortimer stieg mit Erleichterung aus und begab sich nach vorn, wo der Chauffeur bereits die Motorhaube öffnete, unter der dicker weißer Rauch hervorqualmte.

„Er raucht", kommentierte der Chauffeur verwundert.

Mortimer war versucht, ihm zu erklären, daß er dies selber sehe. Dann fragte er nur: „Wann können wir weiterfahren?"

Freudestrahlend gab ihm der andere zur Antwort: „Das hängt nicht von mir ab, sondern von diesem Karren!" Und fügte als Chauvinist hinzu: „Sie haben ja einen englischen Wagen haben wollen. So, da haben Sie ihn jetzt! Diese Motoren sind nichts für unser Klima."

Würdevoll schritt Mortimer zur Herzogin zurück.

„Was geschieht, Mortimer?"

„Der Motor ist überhitzt, Mama."

„Man soll ihn auskühlen lassen!"

„Eben, Mama, eben. Willst du nicht aussteigen und ein paar Schritte machen?"

„Ist es windig?"

„Kaum, Mama."

„Hilf mir."

Mit seiner Unterstützung gelang es ihr, sich aus dem Wagen herauszuwinden. Ihre Glieder waren steif, und sie konnte sich kaum aufrecht halten. Sie taumelte und hielt sich an Mortimers Arm fest. Es war drei Uhr nachmittags, der Chauffeur hatte sich ins Gras gesetzt. Er zog eine Flasche Wein aus einem Proviantsack. „Wollen Sie?"

Die Herzogin musterte ihn eiskalt, aber es schien ihn nicht zu stören. Er trank aus der Flasche, zu hastig, denn er verschluckte sich, spuckte aus und fluchte laut.

„Entfernen wir uns, Mortimer."

Auf dem mit Schotter bestreuten Straßenbankett knickte sie mit dem Fuß ein, und ihr Gesicht nahm einen schmerzvollen, in sich gekehrten Ausdruck an. Mortimer wußte ihre Zurückhaltung zu schätzen.

„Hast du dich verletzt, Mama?"

„Ich bitte dich, bring mich zum Automobil zurück."

Er half ihr, erneut in dem Backofen Platz zu nehmen. Die Fenster blieben nach wie vor geschlossen.

„Danke, Mortimer. Du kannst mich jetzt allein lassen."

Eine halbe Stunde später brachen sie erneut auf. Sie mußten oft an Tankstellen halten, um frisches Wasser in den Kühler zu gießen, dessen Verschluß man nur mit ansonsten Teufelsmaschinen vorbehaltenen Vorkehrungen öffnen konnte. Während einer dieser Pausen holte Mortimer eine Flasche Coca-Cola aus einem Automaten und brachte sie seiner Mutter.

Sie verzog das Gesicht. „Gibt es keine Gläser?"

„Ich fürchte nein, Mama."

Sie fügte sich und hob mißtrauisch die Flasche an. Bevor sie den ersten Schluck nahm, fragte sie: „Was ist das?"

„Eine Art Soda. Es ist amerikanisch."

Widerwillig blickte sie auf das braune Getränk. Mortimer fragte sich, ob sie es absichtlich tat oder ob sie tatsächlich so rückständig war. Ohne sich selbst für einen Revolutionär zu halten, fand er es doch unvorstellbar, daß es im Zeitalter der Düsengiganten noch solche Menschen gab. Und ausgerechnet seine Mutter!

Sie nahm einen Schluck, verzog das Gesicht zu einer Grimasse des Abscheus und hielt die Flasche Mortimer hin. „Tausend Dank, Mortimer. Ich glaube, ich bin nicht mehr sehr durstig."

Der Klapperkasten fuhr weiter. Um sieben Uhr abends waren sie bei der unbefahrbaren Straße angelangt, die nach Cagoulet hinaufführte. Der Chauffeur stieg aus und öffnete der Herzogin den Schlag. „Hier sind wir. Sie sind angekommen."

Sie fragte erstaunt: „Wo sind denn die Häuser?"

„Einen Augenblick, Mama, ich sehe nach." Und zum Chauffeur: „Wir sind noch nicht in Cagoulet. Sie haben uns dort abzusetzen."

„Sie machen wohl einen Witz! Haben Sie die Straße gesehen? Ich kann kaum fahren, wenn die Straße eben ist, und da soll ich da hinauf!"

„Mama, er sagt, das Auto würde die Steigung nicht bewältigen können."

„Mortimer, sag diesem Mann, daß ich mich über ihn beschweren werde, wenn er uns nicht an unserem Reiseziel absetzt. Oder nein, sag ihm gar nichts, er soll fahren!"

Der Herzog war geniert. Er kehrte zum Chauffeur zurück und drückte ihm verstohlen zehntausend Francs in die Hand.

„Ich bitte Sie, mein Guter, versuchen Sie es. Meine Mutter kann kaum gehen."

Der Geldschein verschwand in der Tasche. „Ich würde ja gern . . . Aber der Karren . . ."

„Hören Sie, es muß doch eine Lösung geben. Wie es bei Ihnen heißt: *Impossible n'est pas français* . . ."

„Das, mein lieber Herr, ist reiner Unsinn. Wenn man anschiebt, vielleicht . . ."

„Warum nicht? Wenn Sie am Steuer bleiben, gehe ich hinten nach. Und wenn es nötig ist, werde ich anschieben. Wollen wir es versuchen?"

„Zuerst muß er auskühlen."

„Ausgezeichnet. Dann lassen wir ihn auskühlen."

Zwanzig Minuten später wagte sich der Konvoi an den Schotter, der Chauffeur am Volant, die Herzogin auf dem

Rücksitz und Mortimer als Nachhut, gegen den Kofferraum gestemmt. Als der Austin die Steigung erklommen hatte, rollte er mit eigener Kraft in das kleine Tal. Mortimer lief ihm nach und holte ihn auf der Kuppe der zweiten Steigung ein. Der Bauernhof war in Sicht. Die Herzogin kurbelte die Scheibe herunter und bedeutete ihrem Sohn, näher zu kommen. „Hier ist es, Mortimer! Steig doch jetzt ein. Es ist geziemender . . ."

Vor dem Haus saß Zize und schälte Kartoffeln für das Abendbrot. Julien hatte das Knattern des Motors gehört und trat heraus. In der Hand hielt er seine indische Flöte. Verblüfft sah er das schwarze Vehikel näher kommen.

„So etwas . . . Da ist jemand gestorben . . ."

Kallenberg keuchte ins Telefon. Den Hörer hielt er umkrampft, als wollte er ihn zerbrechen. Er konnte nicht anders, er schrie: „Also . . . Also . . ."

In Paris unterdrückte François ein Schluchzen: „Es ist aus, Monsieur. Es ist aus."

Hermann versuchte seine Freude zu verbergen. Am liebsten hätte er Bravo! gerufen. Das kostete ihn solche Anstrengung, daß er vor Erregung stotterte: „François . . . François . . . Ich komme morgen gegen vierzehn Uhr nach Paris. Bis dahin regle ich alles."

Er setzte sich nieder. Mit dieser phantastischen Nachricht mußte er sich erst abfinden, obwohl er den Tod des Griechen hundertmal herbeigewünscht hatte. Seltsam, er fühlte angesichts der Unsinnigkeit dieses plötzlichen Todes, an dem er, Kallenberg, nicht beteiligt war, beinahe Enttäuschung, so als hätte Sokrates ihn betrogen. Solange er lebte, hatte er ihm nichts anhaben können, und selbst im Tod entwischte er ihm noch. Was für ein mickriges Ende! Hermann konnte ihm nicht verzeihen, auf so farblose Weise aus dem Leben geschieden zu sein. Wie hatte er jemanden zum Rivalen haben können, der einfach wie der Nächstbeste auf der Straße mit zweiundfünfzig an einem Herzinfarkt starb. Seine Jacht hätte vor den Antillen untergehen können. Und nach dreißig Tagen hilflosen Dahintreibens im Meer wäre er verdurstet. Oder er hätte unter den Dolchstichen einer Verrückten sterben können wie einst Marat, im Flugzeug explodieren wie Mattei oder gemartert werden wie

Christus, aber doch nicht so ein Tod, wie jedermann ihn haben konnte. Ein Hinscheiden mit Aplomb, das das zweideutige Gefühl des Endgültigen und zugleich Unvollendeten hinterließ, weit entfernt von der Trivialität eines Herzinfarkts.

Hermann schloß sich die Nacht über in seinem Arbeitszimmer ein und rechnete wieder und wieder seine Konten durch. Er stopfte sich mit Kaviar voll, trank etwas Champagner, nahm ein Schlafmittel, als es dämmerte, und war überhaupt nicht müde. Morgens begann alles zusammenzubrechen. Es begann mit einem verstörten Anruf von Jack.

„Eine Katastrophe! Alle wollen verkaufen, schon seit der Eröffnung! Niemand will kaufen!"

Er fügte mit einem schmerzlich vorwurfsvollen Ton hinzu: „Mr. Kallenberg, warum haben Sie mir gestern abend nicht gesagt, daß Mr. Satrapoulos tot ist?"

Hermann wurde übel.

„Woher wissen Sie es?" stammelte er.

„Aber alle Welt weiß es! Seit einer Stunde ist an allen Börsen auch der kleinste Makler auf dem laufenden! Mr. Kallenberg, Sie hätten . . ."

Blaubart explodierte: „Lassen Sie mich in Ruhe! Sie werden nicht bezahlt, um mir zu sagen, was ich hätte!"

„Und ich, was soll ich jetzt tun?"

„Bleiben Sie am Apparat . . . ich muß nachdenken . . ."

Die Gedanken jagten in seinem Kopf herum. Er mußte eine Entscheidung treffen, und zwar sofort. Wie war die Nachricht verbreitet worden? Schon aus Gewohnheit dachte er an den Griechen, um dann kopfschüttelnd festzustellen, daß er ja tot war. François? Die Krankenschwester? Der Portier, die Ärzte? Jetzt war nicht Zeit, sich darüber den Kopf zu zerbrechen.

„Um wieviel Punkte sind die Notierungen gefallen?"

„Das hängt von den Gesellschaften ab. Sagen wir, daß sie derzeit im Durchschnitt vier Fünftel verloren haben."

„Wer kauft?"

„Niemand! Wer würde dieses Risiko eingehen?"

Was tun? Es war zu früh, um zurückzukaufen, aber vielleicht noch nicht zu spät, um abzustoßen.

„Glauben Sie, werden sie noch fallen?"

Jack zögerte: „Leicht möglich . . . Sie kennen die Gesetze von Angebot und Nachfrage besser als ich . . ."

„Schon gut, schon gut! Seien Sie ruhig, ich denke nach . . ."

Jetzt oder nie! In diesen Sekunden ging es um Milliarden. Wieso war nicht alles so gelaufen, wie er es vorhergesehen hatte?

Er hätte einen gigantischen Gewinn gehabt – seine eigenen Aktien zum Höchstkurs abgestoßen und ein wenig später in der Baisse zurückgekauft. Und diesen Gewinn hätte er dazu verwendet, kleinere Guthaben des Griechen aufzukaufen. Und jetzt konnte er alles verlieren, wenn es so weiterging . . .

„Jack? . . . Sind Sie noch da?"

„Ja, Sir."

„Verkaufen Sie!"

„Kann man nicht noch warten? Es ist wirklich der schlechteste Augenblick . . ."

„Ich sage Ihnen, Sie sollen verkaufen!"

„Eine Stunde noch . . ."

„Führen Sie meine Anweisungen aus, Sie Idiot! Verkaufen Sie!"

„Wie Sie wollen. Aber ich lehne jede Verantwortung ab. Bis zu welchem Preis kann ich heruntergehen?"

„Woher soll ich das wissen? Sie sitzen schließlich am Hebel. Beeilen Sie sich und verkaufen Sie, so gut es geht. Das ist alles!"

Wütend legte Hermann auf. Sein Hemd war schweißnaß.

Zwei Stunden später, es war genau zwölf Uhr mittags, war der Spuk vorbei. Selbst nach seinem Tod hatte der Grieche Hermann überlistet. Aktien, die am Vortag noch hundert Dollar wert gewesen waren, mußten zu einem Kurs von dreißig verkauft werden, ein Nettoverlust von siebzig Prozent innerhalb weniger Stunden. Und dabei mußte man sich noch glücklich schätzen, zu diesem Preis überhaupt Käufer gefunden zu haben. In weniger als vierundzwanzig Stunden würde sich der Fiskus in die Angelegenheit mischen, die Gläubiger, das Gericht. Jack hatte sich selbst übertroffen und eine Reihe südamerikanischer Bankiers aufgetrieben, von jener Sorte Geier, die sich an Verlustgeschäften gesundstießen. Diesmal würden sie draufzahlen. Noch vor Ende der Woche würden ihre Aktien kaum mehr als den Papierwert darstellen. Leider. Nicht ohne Melancholie dachte Kallenberg daran, daß es ihm gelungen war, wenigstens kleinere Besitztümer aus dem Sog dieses Schiffbruchs zu retten. Die Vorstellung, am nächsten Tag noch dem Begräbnis des toten Gauners beiwohnen zu müssen, war gräßlich. Aber er hatte versprochen, am Nachmittag nach Paris zu kommen. Hoffentlich war Irene fertig.

Irene! . . . Eine Erleuchtung. Und wenn sie es war! Das würde er auf der Stelle feststellen. Er stürzte aus seinem Arbeitszimmer und rannte brüllend die Stiegen hinauf: „Irene! . . . Irene! . . ."

Wo er vorbeikam, drückten sich die Angestellten in dunkle Nischen, wie Hasen am Tag der Treibjagd.

Die Herzogin hatte das sichere Gefühl, Mortimer würde ihr einen der schönsten Auftritte ihres Lebens verpatzen. Sie kam ihm daher zuvor. „Laß mich nur machen! Mir obliegt es, ihr die Nachricht zu überbringen."

Mit weit geöffneten Armen schritt sie auf Lena zu.

„Mein Kind, ich habe Ihnen eine schreckliche Nachricht mitzuteilen . . ."

Vor dem Bauernhaus fühlten sich alle überflüssig. Mortimer, weil er sich plötzlich in die Rolle des stummen Zusehers gedrängt sah. Lena, weil sie nicht verstand, daß ihre Schwiegermutter sich ihretwegen Strapazen aussetzte. Und die anderen standen schweigend um die Hauptdarsteller herum und fragten sich, was eigentlich los war.

„Mein Kind, Sokrates Satrapoulos ist tot. Da wir Sie nicht erreichen konnten, hielt ich es für meine Pflicht . . ."

Mortimer dachte, daß er an ihrer Stelle es weniger brutal gesagt hätte. Er beobachtete die Gesichtszüge dieser Frau, die seine Gattin war, obwohl er sich so wenig mit ihr verheiratet fühlte, wartete auf irgendeine Reaktion. Nichts. Lena blieb unbeweglich, als verstünde sie nicht, was man ihr gesagt hatte. Auch die Herzogin war unsicher geworden, hatte sie doch auf etwas gewartet, um ihren Faden weiterzuspinnen. Einen Augenblick war völlige Stille, nur der Chauffeur, der abseits geblieben war, räusperte sich. Dann nickte Lena und sagte: „Ah? . . ."

Das war alles. Es gab keine Komödie zu spielen, keine Tränen zu vergießen, nichts. Lena sah die Herzogin an.

„Gestatten Sie, daß ich vorstelle . . ." Sie deutete auf die kleine Gruppe und hielt mit sichtlicher Überwindung bei Melina inne: „Melina, meine Schwester . . . Melina, das ist mein Mann . . . die Herzogin von Sunderland."

„Ich dachte, daß es . . . für Ihre Kinder . . .", sagte die Herzogin.

„Danke, ich danke Ihnen."

Mortimer fühlte, daß es nun an ihm lag, etwas zu tun oder zu sagen, aber er wußte nicht, was oder wie. Während der ganzen Szene hatte er Fast beobachtet und versucht, seine Bewunderung für dessen Schönheit unter der Maske der Unbeweglichkeit zu verstecken.

„Wie ist es gekommen?" fragte Melina. Sie hatte Mortimer angesprochen, und er fühlte die durch die Anwesenheit seiner Mutter abhandengekommene Individualität wiederkehren.

„Er ist einem Herzinfarkt erlegen."

„Also, was ist jetzt?" machte sich der Chauffeur bemerkbar, der von den Kondolenzen genug hatte.

„Ich bin gekommen, dich zu holen, Helena."

„Ich bin selbst gekommen, meine Schwester zu holen."

„Sie kann mit uns kommen."

„Sie will nicht."

Zize bot der Herzogin an, ins Haus zu kommen, um sich niederzusetzen und etwas zu sich zu nehmen. Diese lehnte höflich ab, nicht ohne diesem Mädchen einen Blick zu schenken, die als einzige der Anwesenden ihr ein wenig Aufmerksamkeit gewidmet hatte. Mit schwerem Schritt kehrte sie zum Auto zurück. Der Chauffeur öffnete ihr den Schlag. Ihre Rolle war zu Ende. Sie mochte kurz gewesen sein angesichts einer so beschwerlichen Reise, aber sie war wichtig. Sie ließ sich in die Polster fallen und wartete auf die Fortsetzung des Geschehens, das nun nicht mehr in ihrer Hand lag.

Mortimer kam zu ihr: „Mama, ich bitte dich, mich einen Augenblick zu entschuldigen. Aber ich muß mich mit Lena besprechen, was jetzt zu tun ist."

Sie entließ ihn mit einer Handbewegung. Bis auf Melina, die am Brunnenrand lehnte, hatten sich alle anderen diskret zurückgezogen.

„Willst du dein Gepäck holen?"

„Ich habe nur eine Tasche, und die ist leer."

413

„Irene hat mich benachrichtigt."

„Wann ist die Beerdigung?"

„Morgen, nehme ich an. Wünschst du, daß man deine Kinder holt?"

„Wozu?"

„Wenn wir jetzt abfahren, können wir in drei Stunden in Marseille sein. Vielleicht bekommen wir einen Nachtzug . . ."

„Ich komme . . ."

Lena drehte ihm den Rücken zu und verschwand im Haus. Fast kam heraus. Mortimer fragte ihn: „Kannten Sie ihn?"

„Vom Hörensagen."

„Leben Sie schon lange hier?"

„Einige Monate."

„Wem gehört der Besitz?"

„Niemandem. Wir sind einfach gekommen."

Mortimer brannte vor Neugier, aber sein Verhör schien ihm unschicklich. Er hätte alles über Fast wissen, ihn stundenlang ausfragen, sein Geheimnis durchdringen wollen. Mehr als drei Minuten hatte er nicht, dann war alles vorbei.

„Kennen Sie die Schwester meiner Frau seit langem?"

„Schon einige Zeit."

„Ich selbst kenne sie sehr wenig."

Sie standen beide etwas überflüssig herum, Mortimer wußte nicht mehr, was er sagen sollte.

„Sind Sie Amerikaner?"

„Ja."

„Woher?"

„Von überall ein bißchen."

Mit so einem Burschen leben, die Winterabende mit ihm verbringen, ihn in die Geheimnisse seiner Sammlung einweihen . . .

„Haben Sie Zinnsoldaten gern?"

Fast runzelte die Stirn: „Bitte?"

„Entschuldigen Sie, ich bin blöd. Ich bin nämlich Sammler. Ich fragte mich einen Augenblick, ob nicht auch Sie . . ."

„Keineswegs. Ich mag Dinge nicht, Objekte."

„Ich bin fertig", sagte Lena. Sie hatten sie gar nicht gehört. Sie hielt ihre Tasche in der Hand.

„Wohin fahren Sie?" wollte Fast wissen.

Lena und Mortimer sahen einander an, sie hatten beide

dieselbe Idee gehabt. Im Chor antworteten sie: „Nach Marseille."

„Können Sie mich mitnehmen?"

„Aber gern", sagte Mortimer.

„Aber . . .", warf Lena ein.

Fast war bereits im Inneren des Gebäudes verschwunden. Lena und Mortimer wagten nicht mehr, einander anzusehen, jeder fürchtete, der andere könnte erraten.

Plötzlich stand Melina neben ihnen: „Lena . . . Es tut mir leid . . . Sag Mama . . . Ach nein, sag ihr nichts, ich werde ihr schreiben. Du hast andere Sachen im Kopf."

„Gehen wir?"

Fast war aufgetaucht. Er hatte eine Jacke über die Schulter geworfen, mehr nicht.

„Aber . . . Ihr Gepäck . . .?" wandte Mortimer ein.

Fast zog eine Zahnbürste aus der Tasche. „Bitte sehr."

„Du gehst weg?" fragte Melina.

„Wie du siehst."

„Aber . . . wohin denn?"

„Ich weiß nicht. Ich gehe weg."

„Fast . . ."

„Also, ciao!"

„Fast! . . ."

Melina war verstört. Es kam so unglaublich schnell. Sie fühlte förmlich, wie sie bleich wurde, aber sie konnte nur wiederholen: „Fast! . . ."

Er ging zum Wagen, öffnete den Schlag und machte es sich neben dem Chauffeur bequem. Lena und Mortimer stiegen hinten ein, der Motor keuchte gequält, und das Vehikel setzte sich in Bewegung. Melina biß sich mit aller Kraft auf die Lippen, um nicht zu schreien. Es wurde langsam Abend. Sie stand da und verstand nichts mehr. Sie konnte nur mehr wie in einer endlosen Litanei murmeln: „Fast . . . Fast . . . Fast . . ."

24

„. . . Sokrates Satrapoulos ist gestern an den Folgen eines
Herzinfarkts verstorben. Dem Reeder nahestehende Kreise
verweigern bislang jede Auskunft über die Einzelheiten seines
Ablebens. Seit heute morgen hat Panikstimmung die Finanzwelt und die wichtigsten Börsen erfaßt . . .“

Mit einem Satz sprang der Grieche aus dem Bett und zog einen
Knäuel von Leintüchern und Decken hinter sich her. Mitten im
Zimmer hielt er inne, schlug sich mit den Händen auf die
Schenkel und stieß einen Freudenschrei aus.
„Ah! . . . Hahaha! . . . Diese Idioten! . . . Hahaha! . . .“
Er legte ein paar Sirtaki-Schritte aufs Parkett und fuchtelte in
der Luft herum. Beim Tanz fand er sich plötzlich vor einem
großen Spiegel wieder und begann aufs neue vor Begeisterung
zu brüllen, während er mit dem Zeigefinger auf sein Spiegelbild
deutete. „Diese Idioten! . . .“
Er rollte ein Leintuch zu einer Kopfbedeckung zusammen
und begann einen wilden Bauchtanz. In seinem gestreiften
Pyjama und mit dem Turban fand er sich unwiderstehlich. Er
ließ sich auf den Rücken fallen, rollte auf dem Boden hin und
her, sprang wieder auf und hüpfte auf das Bett, das er als
Trampolin benützte. Als er dabei eine Flasche Wein umwarf,
die sich auf einem Tablett befand, kam er kurz wieder zu sich
und hörte weitere Teile dieser herrlichen Radiosendung über
seinen Tod.
Er begann wieder zu lachen und tanzte weiter. Seit genau
einer Stunde war er alleiniger Aktionär seiner Unternehmen.
Mit einem Schlag war es ihm dank einiger Strohmänner aus
südamerikanischen Banken gelungen, für einen Bissen Brot

sämtliche Aktien der Unternehmungen, an denen er beteiligt gewesen war, in seinen Händen zu vereinigen. Jetzt gab es keine Aufsichtsräte mehr, keine Komplimente an Gläubiger und Kompagnons: allein würde er jetzt die Entscheidungen fällen, die Verantwortung übernehmen! Nicht einmal mehr vorgeben müssen, sie mit anderen zu teilen! Kein Kallenberg mehr! Keine alte Mikolofides! Jetzt konnte er sein Kapital umschichten. Und alles nur noch für ihn allein! . . .

Er ließ sich auf den niederen Stuhl fallen, auf dem noch vor wenigen Stunden der Pope seine Gebete gemurmelt hatte – ein dreckiger Pope, der es ihm um einen Pappenstiel gemacht hatte.

„Ihr seid verrückt! Ihr seid völlig von Gott verlassen!"

Vitaly hat eine neue Konferenz in seinem Arbeitszimmer einberufen. Der Fehlgriff war nicht von schlechten Eltern! Der Sender hatte offiziell den Tod eines Mannes verkündet, der vor zehn Minuten höchstpersönlich angerufen hatte, um ein sofortiges Dementi zu verlangen!

„Wie stehen wir jetzt da?"

Vitaly wünscht zu vergessen, daß er selbst befohlen hat, die Sendung zu produzieren. Vielleicht hat er es wirklich vergessen? Jetzt aber mußten Köpfe rollen.

„Ich werde herauskriegen, wer daran schuld ist! Ich finde es raus! Und was soll ich Ribot sagen, wenn er von mir Rechenschaft verlangt? Daß ich Nullen als Mitarbeiter habe?"

Vitalys Reaktion überraschte keinen. An die Macht kommen, das hieß die Fähigkeit besitzen, sich vorzudrängen, wenn alles gutging, und sich zu verdrücken, wenn alles im Eimer war. Keinem von ihnen war diese Regel unbekannt, und sie waren bereit, sie anzuwenden, sobald sich die Möglichkeit ergab, eine Sprosse der Karriereleiter zu erklimmen. Ribot war Hauptbesitzer des Senders. Er hatte in der Buttererzeugung begonnen und sich bis zu den Ätherwellen aufgeschwungen. Vitaly, der die Pariser Gesellschaft wie kein zweiter kannte, hatte ihn überall eingeführt, so daß Ribot zu der Auffassung gelangen konnte, Vitaly sei für ihn unentbehrlich. Wie die meisten Großverdiener wußte Ribot nicht, daß „Botschafter" wie Vitaly nur Parasiten waren und daß allein der Anblick seines Scheckhefts genügte, ihm Freundschaften einzutragen, die zumindest so lange dauerten, als die Schecks gedeckt waren. Aber das war nicht alles. Vitaly hatte Ribot Tennisspielen gelehrt. Als Ribot zum ersten Mal einen Schläger unter dem Arm, Gummisohlen auf den Schuhen und eine kurze weiße Hose auf dem Hintern hatte, dachte er, jetzt sei er endgültig Mitglied einer Elite. In der Butterindustrie hatte niemand Tennis gespielt. Vitaly wußte also, daß er tabu war, was immer geschehen mochte. Die anderen wußten es ebenfalls. Niemand würde die Taktlosigkeit besitzen, den Chefredakteur daran zu erinnern, daß er selbst die Entscheidung getroffen hatte. Langsam wich die Spannung von ihnen. Vitaly überhäufte sie, sie persönlich, mit Vorwürfen, und das bedeutete, daß er nichts gegen sie im Schilde führte. Wenn Vitaly jemand loswerden wollte, zog er ein gerissenes Billardspiel auf, schimpfte auf ihn, um deutlich zu zeigen, daß eigentlich Kunz, zu dem er nichts sagte, gemeint war. Man mußte Vitaly genau kennen und das alles wissen, wenn man mit vierzig seinen Job ohne Herzinfarkt behalten wollte. Und augenblicklich brüllte er mit allen, außer mit Frey, dem Neuankömmling. Verstanden: Frey würde auf seinem Sessel nicht alt werden. Auch Frey fürchtete, verstanden zu haben. Ärger noch: er fühlte sich *wirklich* schuldig.

Zehn Tage vorher hatte S. S. sich in Cascais beim Propheten eingefunden. Er hatte ihm eine Frage zu stellen, aber er wußte nicht, wie er beginnen sollte, und fürchtete, sein „Astralberater“ könnte ihn lächerlich finden.

Zögernd saß er da, und der Prophet spürte genau, daß in diesem langen Schweigen der eigentliche Grund seines Kommens lag.

Endlich legte der Grieche linkisch los: „Und das Herz, Sie sprechen nie vom Herzen.“

„Ich dachte, das Ihre schlägt nur für das Geschäft?“

„Frauen und Geschäfte gehen oft Hand in Hand.“

„Was möchten Sie wissen?“

„Ich möchte, daß Sie mir von einer Frau erzählen.“

„Sagen Sie mir . . . Nein, lieber nicht, sagen Sie nichts, ich werde selbst sehen.“

Kawolzyak breitete die Karten aus.

„Sie ist jung . . .“

„Natürlich."

„Sie wird sehr beschützt. Ich sehe sie von hohen Mauern umgeben . . ."

Satrapoulos blickte resigniert auf: „Das ist es!"

„Aber diese Mauern, nicht sie hat sie zwischen Ihnen errichtet . . . Sie ist von vielen Menschen umgeben . . . Sie langweilt sich. Ist ihr Name bekannt?"

„O ja!"

„Schauspielerin?"

„Nein. Obwohl, in gewissem Sinne . . ."

„Handelt es sich um die Frau, mit der Sie leben?"

„Keineswegs, nein. Eine andere."

„Sie spielt eine Rolle . . . oder man zwingt sie dazu . . . Was kann es nur sein?"

„Politik . . ."

„Nun, ich kann Ihnen sagen, daß sie es nicht durchhält. Sie bricht zusammen!"

„Unmöglich."

„Mein Gott, welche Drohungen! Der Tod . . ."

Der Grieche verkrampfte sich in seinem Sessel: „Sie?"

„Nein, nein . . . Überall Tod . . . Aber sie wird beschützt . . . Ist sie verheiratet?"

„Ja."

„Wo liegt Ihr Problem?"

„Ich möchte wissen . . . ich habe den Eindruck, sie findet mich . . . sympathisch. Sie schickt mir Postkarten, wie ein Kind. Und morgen liegt ihr vielleicht ein ganzes Land zu Füßen."

„Sehen Sie sie oft?"

„Nein. Einmal ist sie zu einer Kreuzfahrt auf meine Jacht gekommen. Sie hat mir gesagt, daß sie am liebsten da leben würde, wenn sie die Wahl hätte."

„Was bringt Sie durcheinander?"

„Sie schüchtert mich ein."

„Sind Sie verliebt?"

„Ich weiß es nicht. Ich komme Ihnen dumm vor, nicht?"

„Nicht mehr als jeder andere Verliebte . . .", meinte der Prophet nachdenklich. „Später werden wir uns Ihr Horoskop ansehen. Ich werde Ihnen sagen, ob Sie sich dieser Frau nähern sollen und wann. Jetzt habe ich Ihnen etwas zu erzählen. Kallenberg ist vor drei Tagen bei mir gewesen."

Der Grieche wurde wieder hart und unbeugsam: „Wann wird er endlich aufhören, mir auf die Nerven zu gehen. Ich dachte, daß ich nach meiner Scheidung Ruhe haben würde, und nach den Rückschlägen, die er mir zu verdanken hat. Warum will er sich mit mir anlegen?"

„Sie machen ihm das Leben schwer."

„Reine Selbstverteidigung."

„Nein, nicht das. Sie machen ihm das Leben schwer, weil sie stets rascher reagieren als er selbst. Sie zwingen ihn in eine Nebenrolle, obwohl er zu den Leuten gehört, die krank werden, wenn sie nicht die erste Geige spielen können."

Satrapoulos zeigte ein raubtierhaftes und doch kindliches Lächeln: „Was kann ich dafür?"

„Er kauft hinter Ihrem Rücken zu jedem Preis die Aktien Ihrer Gesellschaften auf."

„Das kann mich nicht stören. Selbst wenn er alle kauft, bin immer noch ich mehrheitlich beteiligt. Ich habe zweiundfünfzig Prozent?"

„Sie allein?"

„Ja, praktisch schon. Der Form halber haben meine Kinder zwei Prozent und Lena drei."

„Nehmen wir einmal an, daß er sich dieser fünf Prozent bemächtigt . . ."

„Unmöglich! Achilles und Maria sind zwölf!"

„Schon, aber Lena?"

Mein Gott, er hatte recht! Wenn sie Lust hatte, konnte Lena ihn in echte Schwierigkeiten bringen. In diesem Augenblick reifte die Idee heran. Es war eigentlich kein Reifeprozeß, sondern eine Art plötzlicher Eingebung, ein Gedankenablauf im Zeitraffer: Ursachen, Auswirkungen, Durchführung, Vorteile. Schon seit langem wollte er die Leute über Bord werfen, die er anfangs benötigt hatte, um seine Macht aufzubauen. Und jetzt hatte er die Möglichkeit dazu gefunden!

„Ich glaube, ich werde sehr krank werden – sehr, sehr krank. Ich glaube sogar, daß ich sterben werde."

Der Prophet sah ihn gekränkt an: „Hmm . . . das müßte ich doch wissen . . ."

Der Grieche ergriff seine Hände, und der Strom der Worte ergoß sich stoßweise aus seinem Mund. „Hören Sie mir zu! . . . Nehmen Sie an, ich sterbe . . . Nehmen Sie an, daß man die

Nachricht geheimhalten will, aber daß etwas durchsickert ...
aus einer einzigen Quelle ... Also, ich sterbe, und die Börse
steht kopf. Verstehen Sie mich? ... Nach meinem Tod sind
meine Geschäfte nicht mehr viel wert, mein ganzer Besitz ist in
den Bau von Tankern investiert, in meine Superflotte. Wer wird
diese Unsicherheiten schon mit übernehmen wollen? ... Niemand! Die Aktionäre bekommen Angst, daß die Kurse fallen!
Also verkaufen sie. Und wer kauft wenig später alles auf? ..."

„Haben Sie schon an Ihre Todesart gedacht?"

„Diese Mühe überlasse ich Ihnen."

Der Prophet lächelte nachsichtig: „Eine hervorragende Idee!
Aber nur nichts überstürzen! ... Warten Sie ... Wir werden
sehen, zu welchem Zeitpunkt Ihnen das Totenhemd am besten
steht ..."

Mortimer war von Fasts Händen fasziniert. Sie waren lang und
schmal, mager und doch gleichzeitig stark. Mortimer fieberte
danach, diese Hände zu ergreifen. Diese lebendigen Finger
riefen unwiderstehlich nach den seinen. Er mußte danach
greifen. Selbst bei Gemälden mußte er die Oberfläche eines
Bilds mit den Fingerspitzen befühlen, wenn er es wirklich
„sehen" wollte. Einmal, in der Schule, er mußte an die zwölf
gewesen sein, hatte der Professor vor seiner Bank gestanden, er
drehte ihm den Rücken zu und erklärte der Klasse etwas. Er
hatte seine Hände genau vor Mortimers Nase verschränkt,
kurze und dicke Hände, die einander erfaßten und wieder
losließen, sich verkrampften, erzitterten, sich ineinander ver-
schränkten. Mortimer hörte schon lange nicht mehr, was der
Lehrer sagte, ging allein in dem Wunsch auf, nach den Händen
vor ihm zu greifen. Er hatte es nicht gewollt, es war einfach
geschehen, ohne sein Zutun. Der Professor dachte wohl, er
mache sich über ihn lustig, und hatte ihm eine gigantische
Ohrfeige versetzt. Auch heute noch stand die Erinnerung an
diese Berührung in Verbindung mit der Vorstellung der Ohrfeige, der augenblicklichen Strafe. Das Gefühl war so stark, daß
er sich rasch zurückzog, sobald man ihm die Hand reichte, da er
fürchtete, für längeren körperlichen Kontakt gezüchtigt zu
werden.

Ob Fast ihn ohrfeigen würde? Nach ihrer Ankunft in

Marseille waren sie im Hotel „Noailles" abgestiegen. Noch bevor Mortimer seine Überredungskunst hatte aufwenden müssen, hatte die Herzogin erklärt, daß sie bereits am nächsten Tag nach London zurückkehren wolle. Sie habe ihre Pflicht getan und wünsche sich nicht in die Eheprobleme ihres Sohnes einzumischen, hatte sie spitz gemeint. Die Worte waren an Lena gerichtet, galten aber eindeutig Mortimer. Nachdem ihr Sohn ihr mit einem Kuß auf die Stirn eine gute Nacht gewünscht hatte, war die Herzogin auf ihr Zimmer gegangen. Am nächsten Morgen hatte sie um acht Uhr das erste Flugzeug nach London bestiegen. Mortimer hatte einen Seufzer der Erleichterung ausgestoßen und war ins Hotel zurückgefahren, wo Lena und Fast gemeinsam frühstückten.

Fast schien schlechter Laune. Lena sprach ebenfalls nicht. Mortimer hatte vergeblich versucht, ein Gespräch anzuknüpfen, aber mehr als einsilbige Antworten hatte er nicht erhalten. Es blieben noch drei Stunden, bevor sie zum Flughafen mußten. Am Vorabend hatte Fast einfach gefragt: „Können Sie mich bis Paris mitnehmen?" Und das, ohne ein Wort darüber zu verlieren, wie er den Preis für das Ticket zurückzuerstatten gedenke, das Mortimer in freudiger Hoffnung ebenso bezahlt hatte wie die Hotelrechnung. Fast stand weit über diesen niedrigen Dingen, es schien, als betrachte er allein seine Anwesenheit für die anderen als eine Auszeichnung. Nicht ein einziges Mal hatte er sich bedankt, und trotz seines ausgeprägten Sinns für Sparsamkeit und Schicklichkeit, der bei den Sunderlands schon Tradition war, hatte Mortimer kein Wort gesagt.

„Wo werden Sie in Paris absteigen?"

„Keine Ahnung."

Fast trank genüßlich einen Whisky. Mortimer saß neben ihm. Lena hatte in derselben Reihe, jedoch auf der anderen Seite des Gangs, einen Platz gefunden. Mortimer konnte seinen Blick wieder nicht von Fasts Händen abwenden, es sei denn, um sein Gesicht anzusehen.

„Im Hotel?"

„Nein."

„Bei Freunden?"

„Weiß nicht. Kenne niemanden."

„Werden Sie lange bleiben?"

„Weiß nicht."

„Wenn Sie zufällig in Schwierigkeiten sein sollten ... aus irgendeinem Grund ... ich habe in Paris viele Freunde, die sich ein Vergnügen machen würden, Sie bei sich aufzunehmen."

„Wieso glauben Sie, daß ich in Schwierigkeiten bin?"

„Nein, aber nicht doch. Jedenfalls bleibt mein Angebot aufrecht. Und wenn es Ihnen Freude machen könnte, eine Zeitlang auf unser Schloß in Lancashire zu kommen ..."

„Wollen Sie einen Whisky?"

Mortimer verstand augenblicklich, daß dies bedeutete, daß er einen Whisky wollte, und fühlte sich insgeheim durch den Wortlaut der Frage geehrt, der aus dem Mund von Fast beinahe ein Zeichen der Höflichkeit war. Er winkte die Hosteß herbei, um nachzubestellen. Lena tat es ihnen nach und starrte dann wie vorhin unbeteiligt vor sich hin.

„Sind Sie Student?"

„Manchmal."

„Und was studieren Sie?"

Fast sah ihn zutiefst gelangweilt an: „Ich male."

„Wie aufregend! Stellen Sie aus?"

„Nein."

„Verkaufen Sie?"

„Nie."

„Aber warum denn nicht?"

„Wahrscheinlich gefällt es niemandem."

„Aber, aber! Und Ihnen?"

„Null."

„Sie mögen Ihre Bilder nicht?"

„Scheiße." Jetzt sah Fast ihn aufmerksam an. „Ihre Frau scheint sich zu langweilen."

Mortimer wurde bis zu den Ohren rot. Er sah nach Lena und bemerkte, daß auch sie Fast mit Begierde anblickte. Es war wohl das erste Mal, daß sie den gleichen Geschmack hatten. Ein Gedanke drängte sich ihm auf, er hielt ihn für lächerlich: Sollte er der Rivale seiner eigenen Frau werden?

Er stand auf und drängte sich an Fast vorbei, dessen Knie seine Beine berührten. „Entschuldigen Sie ..."

Er nahm in dem Fauteuil neben Lena Platz, den sein Inhaber für einen Augenblick verlassen hatte. „Wie fühlst du dich?"

Lena seufzte diskret auf. „Sehr gut, Mortimer, danke."

„Du weißt, daß ich bei dir bleibe, was auch geschehen mag?"

„Ich weiß es, Mortimer."

„Wir landen in einer Viertelstunde. Möchtest du, daß wir gleich in die Avenue Foch fahren?"

„Natürlich."

„Weißt du, daß dieser junge Mann Talent hat? Er ist Maler. Wußtest du das?"

„Nein."

Mortimer war beglückt, daß er weiter in Fasts Innenleben vorgedrungen war als sie. Er fuhr fort: „Er scheint ziemlich verloren zu sein. Würde es dich stören, ihn für einige Tage zu uns einzuladen? Ich meine, wenn diese gräßliche Angelegenheit geregelt ist?"

„Tu, wie es dir beliebt, Mortimer."

Lena starrte auf die roten Linien einer kleinen Weltkarte: das feine Netz der Flugrouten, das sich von Kontinent zu Kontinent spannte. Nur jetzt nichts von ihren Gefühlen zeigen.

Während der Grieche, immer noch von seinem Erfolg berauscht, auf dem Bett herumhüpfte, ging die Tür auf. Lena trat herein. Sie blickte Sokrates an, der sie ansah. Die Verblüffung war auf beiden Seiten gleich groß. Sokrates, der immer noch seinen improvisierten Turban trug, hielt mitten in der Bewegung inne. Lena griff nach ihrem Kiefer, der die unangenehme Gewohnheit hatte, bei solchen Gelegenheiten einfach herunterzuklappen. Die Situation war so unglaublich, daß eine halbe Minute lang keiner von ihnen ein Wort hervorbrachte. S. S. war von dem unsinnigen Gedanken befangen, daß seine Exgattin einen Wohnungsschlüssel behalten hatte, und konnte an nichts anderes denken. Als das Schweigen jene absolute Intensität erreicht hatte, bei der notwendigerweise etwas geschehen muß, sah er zu seinem Entsetzen den Herzog von Sunderland schüchtern den Kopf durch die halboffene Tür stecken, während hinter diesem François hilflos und verzweifelt gestikulierte. Lena war so verblüfft, daß sie Mortimers Arm packte. Der Herzog starrte auf diesen Mann im Pyjama, der um den Kopf ein Leintuch geschlungen hatte und auf einem von Wein und Speiseresten besudelten Bett stand, diesen Mann, den er als Kadaver vorzufinden gedacht hatte.

„Wollen Sie etwas trinken?"

Das war alles, was Satrapoulos zu sagen fand. Das Absurde seiner Worte, die Szene und die Umstände, die dazu geführt hatten, wurden ihm plötzlich bewußt. Er brach in Gelächter aus. Lena sah ihm eine Weile zu und ließ dann dem Lachreiz freien Lauf. Mortimer wurde ebenfalls angesteckt und gackerte trotz seiner Bemühungen, ernst zu bleiben, lauthals los. Sokrates läutete nach dem Stubenmädchen, das sie alle drei brüllend vor Lachen vorfand, mit den Fingern aufeinander deutend, ohne sich beruhigen zu können. Nur mit Mühe brachte der Grieche die drei Silben von „Champagner" hervor, bevor er sich in einem gigantischen Lachkrampf auf dem Bett ausstrekken mußte. Lena ließ sich neben ihn fallen und hielt sich die Seiten. Mortimer war in einen Fauteuil gesunken. Die Wahnsinnsszene dauerte einige Minuten.

Endlich fand Sokrates seine Selbstbeherrschung wieder. Er stand auf, ging auf den Herzog zu und streckte die Hand aus: „Es freut mich, Sie kennenzulernen . . ."

Sie tranken einander zu. Sokrates erklärte, daß er Opfer eines üblen Scherzes geworden sei, dessen Urheber er noch ausfindig zu machen hoffe.

Aber noch war keine Rückkehr zum Normalen möglich. Das Haus war zum reinsten Tollhaus geworden. Plötzlich und ohne daß sie jemand angemeldet hätte, trat Hankie Vermeer, im schwarzen Kleid und in Tränen aufgelöst, ins Zimmer, Achilles und Maria an der Hand.

Maria hatte sich in die Arme ihrer Mutter gestürzt und fiel nun dem Griechen um den Hals. „Papa, du bist aber komisch im Pyjama!"

Hankie war einer Ohnmacht nahe und stammelte wirres Zeug vor sich hin. Es war zuviel für sie. Weinend fiel sie Lena in die Arme. „Ich war sicher, daß es nicht stimmte. Absolut sicher! Mein Gott, ich danke dir! . . . Den Kindern habe ich nichts zu sagen gewagt! . . ."

„Sokrates!"

Der Aufschrei ließ alle Köpfe sich der Tür zuwenden. In Tränen aufgelöst, stürzte die Menelas in den Raum und rannte auf den Griechen zu, den sie mit Küssen überschüttete. „Grauenhaft! . . . Ich bin um die halbe Welt geflogen! . . . Ich glaubte zu sterben! . . . Mein Gott! . . . Mein Gott! . . ."

Sie begann auf griechisch auf ihn einzureden, kurze, heftige Wortkaskaden, drückte ihm die Hände, küßte ihn immer noch ab. Endlich geruhte sie zu bemerken, daß die Szene ein halbes Dutzend Zeugen hatte. Sie schien auf den Boden der Wirklichkeit zurückzufinden und sah sie nacheinander an.

„Olympia, ich muß Sie bekannt machen... Mrs. Vermeer... Sie kennen ja Lena und Achilles und Maria..."

„Wie hübsch sie sind!"

„... und den Herzog von Sunderland, den Mann meiner Frau..."

„Jetzt erklär mir aber!"

S. S. erzählte nochmals seine Geschichte, während man die Kinder in den Salon brachte und mit Eis fütterte. François sorgte dafür, daß Hankie im „Plaza" ein Zimmer bekam. Lena und Mortimer lehnten mit bemerkenswerter Einmütigkeit die Einladung Sokrates' ab, zum Abendessen zu bleiben. Sie sollten Fast gegen acht Uhr im „Ritz" treffen, und keiner von ihnen wollte sich auch nur einen Bruchteil seiner Gegenwart entgehen lassen.

Insgeheim war der Grieche von ihrer Ablehnung begeistert. Er konnte sich nur schlecht ein Diner mit dem neuen Mann seiner früheren Gattin vorstellen, an dem dazu noch die Frau teilnahm, die sich als seine Zukünftige ansah. Die Menelas hatte eine Tournee in Australien absagen müssen, um an sein Totenbett zu kommen. Ihr Eifer würde sich nicht bezahlt machen, dachte Sokrates, denn schon am nächsten Tag mußte er nach Baran. Seine Berater hatten ihm ein gewichtiges Dossier zusammengestellt, das er noch heute bearbeiten mußte, so daß er den „Panther" nicht einmal in Paris ausführen konnte. Er würde ihr ein Schmuckstück schenken, um ihre aufgewühlten Gefühle zu glätten. Der Grieche überließ nie etwas dem Zufall und hielt immer Schmuck in Reserve.

25

Der Prophet war schon so lange in sein Doppelspiel verstrickt, daß die Katastrophe unausbleiblich war. Diesmal war es soweit. Kallenberg mußte jeden Augenblick da sein. Am Telephon hatte er gefährlich wütend geklungen, als er auf einem sofortigen Treffen bestand, hätte man meinen mögen, es sei, um alle ausstehenden Rechnungen zu begleichen. Der Prophet verstand ihn sehr gut, da in seinem eigenen Handeln etwas Unlogisches war, eine Kleinigkeit, die seinem Sinn für Geradlinigkeit und Ehre widersprach: einerseits verriet er Kallenberg, ohne mit der Wimper zu zucken, an Satrapoulos, auf der anderen Seite steckte er ebenso gelassen die enormen Beträge ein, die Blaubart ihm für seine ausgezeichneten und ehrlichen Dienste zukommen ließ. Seltsam. Dabei hatte der Prophet gar nicht die Visage dazu. Eigentlich hatte er, und dies zu seinem größten Mißfallen, ein Allerweltsgesicht. Er mochte an die Sechzig sein, war fast kahl, liebte die stumme Betrachtung und das Nichtstun, hatte Spinoza gern, dessen „Ethik" ihn begeisterte, nannte eine spät erwachte Leidenschaft für Geld sein eigen und brachte seinem Beruf, der Hellseherei, riesiges Mißtrauen entgegen. Und nicht etwa, weil er ihn nicht ernst nahm, im Gegenteil.

Zu seiner Verblüffung mußte er oft erleben, wie die Wirklichkeit seine Ankündigungen bestätigte, und diese flagrante Verletzung des logisch-rationalen Systems, das seinem Leben vorstand, berührte ihn unangenehm. Nach Temperament und Erziehung ein Skeptiker, konnte er nicht zugeben, daß das Denken Einfluß auf die natürliche Entwicklung der Dinge haben könne oder der Verstand eines Menschen ihren chronologischen Ablauf zu durchschauen vermöchte. Als ihm zum ersten Mal solches widerfuhr, schrieb er es dem Zufall zu. Beim

zweiten Mal dem Zusammentreffen von Umständen. Beim
dritten Mal hatte er sein Handwerkszeug, Karten, Kristallkugel
und Statuen, in einem Koffer vergraben und sich geschworen,
nie wieder zum Zauberlehrling zu werden. Das war kurz nach
dem Krieg gewesen. Die Zeiten waren schwer, sein Verbleib in
Paris nicht unbedingt ratsam, da er den Nazi-Besatzern eine zu
offen zur Schau getragene Bewunderung entgegengebracht
hatte.

Bevor Kawolzyak jedoch als Hellseher und Prophet tätig
wurde, wollte er als Schriftsteller Karriere machen, sah sich als
Genie, trug einen Konfektionsanzug, der noch aus der Zeit vor
dem Krieg stammte, und ernährte sich tagtäglich von einem
einzigen Hering, den er in seinem armseligen Domizil in der
Rue du Château-des-Rentiers verzehrte. Um seinen zukünftigen Ruhm als Literat mit einem Paukenschlag einzuleiten, hatte
er beschlossen, eine Art gigantischen Freskos über erotische
Minderheiten in die Welt zu setzen: über die Abseitsstehenden
der Liebeskunst, mit einem Wort alle jene Bedauernswerten, die
nur unter Schwierigkeiten ihren sexuellen Wünschen Ausdruck
zu verleihen vermochten, dazu die Verkleidung brauchten oder
Requisiten, den Rohrstock und die Peitsche, das Verspeisen
seltsamer Dinge, wonach es die Perversion verlangt und die der
Magen zurückweist, so daß nach seinem Buch – tausend Seiten
Umfang schienen ein Minimum – niemand mehr das Thema
anfassen konnte, ohne automatisch des Plagiats bezichtigt zu
werden. Ein williger Verleger hatte sich nicht abhalten lassen,
ein wenig Geld von der Aussteuer seiner zuletzt geehelichten
Gattin abzuzweigen, die selbst Witwe eines polnischen Grafen
war – falscher Adel wahrscheinlich, aber echte Millionen –, um
den Beginn des grandiosen Unternehmens zu finanzieren.
Leider stellten sich die praktischen Forschungen, die sein Autor
persönlich in der Gegend zwischen Pigalle und der Place
Blanche anstellte, sehr rasch als kostspielig heraus. Darüber
hinaus hatte ihn ein unvorsichtiger Satz des Bestselleraspiranten
aufhorchen lassen. Der Hoffnungsfrohe hatte ihm in einem
Augenblick der Rührseligkeit anvertraut: „Wenn alles klaglos
läuft, dauert allein die Vorarbeit für mein Buch zwei Jahre."

Unheilschwangere Worte, die das Glas zum Überlaufen
brachten. Über Nacht war der Prophet, der damals nur Hilarius
Kawolzyak war, seit Generationen Staatenloser mit polnischer

Abstammung und französischem Geist, zum Arbeitslosen geworden, das Projekt war fallengelassen, und er trug ein unausgegorenes Buch mit sich herum.

Ausgehend von dem Prinzip, daß in Friedenszeiten im Abendland niemand Hungers stirbt und sich alles auf die eine oder die andere Art regelt, hatte er beschlossen, sich dahintreiben zu lassen, und war ohne Bitternis zu seinem täglichen Hering zurückgekehrt, setzte Vertrauen in sein Talent und wartete neugierig darauf, was die Zukunft bringen würde. Dieses sollte allerdings ungewöhnlich sein. Wenige Tage nach seinem Hinauswurf spazierte er gegen drei Uhr nachmittags sinnierend den Boulevard Clichy zwischen zwei Reihen von Jahrmarktsbuden entlang, als er hörte, wie jemand seinen Namen rief. Er drehte sich um und erblickte im Inneren einer Lotteriebude einen dicklichen Mann, der ihm freudig zuwinkte. „Was ist denn? Erkennst du mich nicht? Arthur!"

Nicht das lustige Gesicht des braungebrannten Mopses ließ Kawolzyak den Mann sofort erkennen, sondern seine spitze Lausbubenstimme: Arthur. Er hatte ihn zu Beginn des Krieges in Vesoul kennengelernt, in einem Rekrutierungslager, wo man Hilarius trotz seines Gezeters einige Tage behalten hatte. Was für unelegante Methoden, ihn, einen bloßen Freund Frankreichs ohne Staatsbürgerschaft, gleich in die Armee stecken zu wollen.

Damals gedachte Kawolzyak, seine materielle Sicherheit mittels Hühnerzucht zu garantieren – Leghornhennen vor allem, die in so schöner Regelmäßigkeit legten –, aber von seinem Hühnerbestand war nicht viel übriggeblieben, nachdem eine Horde diebischer Zigeuner auf dem Durchzug nach südlicheren Gegenden ihn heimgesucht hatte. Arthur hatte ihm gefallen, seine Fähigkeit, Essen aufzutreiben, wo es keines gab, sein Talent zu „organisieren", seine Jovialität. Die Tatsache, daß sie gemeinsam, wenn auch aus verschiedenen Gründen, „untauglich zum Dienst mit der Waffe" erklärt worden waren, hatte ihre Beziehung noch gefestigt: sie hatten ein Stück Wegs miteinander verlebt, einige Wochen oder Monate, Kawolzyak wußte es nicht mehr. Sehr geschmeichelt hatte ihm auch die Faszination, die er auf Arthur ausübte, der ihm auf einem Gebiet Allmacht zusprach, auf dem ihn selbst die Natur nur spärlich bedacht hatte: auf jenem der theoretischen Intelligenz.

Hilarius benötigte nur wenige Stichworte, um stundenlang über Montaigne, Hegel oder den Willen zur Macht bei Nietzsche zu referieren oder aber Verse zu rezitieren, die von Villon und Mallarmé bis zu Racine und Ronsard reichten. Sein flatterhafter Geist und sein immenses Gedächtnis ermöglichten es ihm, über Stilrichtungen und Jahrhunderte hinwegzufliegen und seine Zuhörerschaft mit Helden und Namen zu berauschen.

Er hatte ein Medizinstudium begonnen, das ein unglücklicher Abortus im zweiten Jahr des Praktikums schnell unterbrochen hatte, just in jenem schwierigen und ungewissen Studienabschnitt, wo man die Feinheiten des Berufs noch zu wenig beherrscht, um Leben zu retten, und doch genug weiß, um einen unnötigen Exitus zu verhindern.

„Also erzähl, was wird denn so aus dir?"

„Ich sammle Material für ein Buch."

„Brauchst du dafür den ganzen Tag? Komm, ich will dir etwas erzählen. Wir gehen ins Bistro hinüber. Louise!"

Als sie die Bude verließen, hatte er ganz automatisch gerufen: „Hier gibt's nur Gewinne, jedes Los ein Preis! . . ." und leise zu Hilarius hinzugefügt: „Kein Wort wahr natürlich! Lauter Nieten! Die Dicke da, die mich vertritt, das ist Louise, meine Frau."

Als sie vor einem Glas Wein saßen, hatte Kawolzyak die Ohren gespitzt, während Arthur ihm seinen Vorschlag unterbreitete. Er wollte nicht mehr und nicht weniger, als daß Hilarius – für kurze Zeit nur, selbstverständlich – einen Hellseher, ein Mittelding zwischen Kartenleger und Astrologen, vertrat, der in einer angrenzenden Bude Hof hielt.

„Und du wirst sehen", hatte er erklärt, „an Dummen mangelt es wirklich nicht! Man kann ein Wahnsinnsgeld dabei machen! Du brauchst ihnen nur den Unsinn erzählen, den sie gerne hören möchten, mehr nicht! Und mit dem, was du im Kopf hast, kann dir das nicht schwerfallen!"

Hilarius war interessiert und hatte nur der Form halber ein paar Einwände vorgetragen, etwa daß er keinerlei Schulung habe, um einer solchen Situation zu begegnen. Arthur hatte seine Zurückhaltung mit einer Handbewegung beiseite gefegt und eine zweite Runde bestellt. „Keine Sorge! Du kannst ihnen einfach alles an den Kopf schmeißen, die fressen alles, wenn du nur einen Turban auf dem Kopf hast und den Inder spielst . . ."

Hilarius hatte sich die Entscheidung bis zum nächsten Tag vorbehalten und war in eine Buchhandlung gestürzt, die auf Esoterik spezialisiert war, wo er mit seinen letzten Francs – Arthur hatte ihn zum Essen eingeladen, so daß er zumindest auf diesem Gebiet keine Sorgen hatte – einen Stapel obschon primitiver, aber doch höchst interessanter und aufschlußreicher Bücher erstand. In allererster Linie interessierte ihn die Ätiologie, die Lehre von den Ursachen. Warum hatte die Menschheit diesen Drang nach dem Übernatürlichen, diesen Durst nach Wissen? Er hatte immer in den Tag hinein gelebt, weil er es mußte, aber auch weil es ihm gefiel, und verstand nicht, wie man seine Handlungen dem Willen einer höheren Macht unterordnen konnte, Gott, dem Zen, Mohammed, Buddha oder dem Planeten Pluto. Es ergab einfach keinen Sinn und nahm dem Leben jegliche Würze, indem es das Risiko verleugnete. Er schwor sich, seine Kenntnisse über das Problem der Ursachen später zu vertiefen und vorläufig einmal einzig jenes der Wirkungen zu lösen. Also drang er weiter vor in den Symbolismus der Karten, die Stellung der Planeten und vertiefte sich mit Neugier und Ekel in die Geheimnisse der Zukunftsdeutung durch den Kaffeesud, die Linien der Hand und die pseudomathematische Lösung der Physiognomik. Er saß in einem Bistro nicht weit von Arthurs Bude. Als die Zeit des Abendessens gekommen war, war auch seine Entscheidung gefallen: er würde sich als Magier versuchen. Er war seiner selbst sicher genug, um bei seiner zukünftigen Kundschaft keine Tragödien zu provozieren, und schätzte seine psychologischen Fähigkeiten als genügend ein, um Leuten ein wenig Optimismus und Kampfgeist mit auf den Weg zu geben, die unfähig waren, zu wagen, wenn sie nicht die verbriefte Sicherheit des Erfolges besaßen.

Arthur hatte seine Entscheidung mit Enthusiasmus aufgenommen. „Du wirst sehen, wir werden noch reich!"

„Wir? . . ."

„Na sicher, was denkst denn du? Die Bude gehört mir, und wir machen halbe-halbe!"

Schon am nächsten Morgen empfing er, noch etwas verlegen, seine erste Kundin, eine von ihrem Mann sitzengelassene Schlächtersgattin. Er hatte ihr aufmerksam zugehört und sich gewundert, daß eine so einfache Kreatur derartiges Leid zu empfinden in der Lage war. Sie redete und redete, schluchzte und redete wieder, ohne daß der „Prophet von Cascais" daran gedacht hätte, sie zu unterbrechen oder ihr etwas zu sagen. Höchstens nickte er manchmal verständnisvoll, wenn der Redefluß seiner Besucherin nachzulassen schien oder zögerte, sich zwischen verschiedenen Richtungen des Unglücks zu entscheiden, um dann doch wieder zu ihrem Fixstern zurückzukehren: dem entflohenen Fleischer. Als sie endlich schwieg, ihr Unglück an den Mann gebracht hatte und die Geschichte aus war, war es zu einem kurzen, unerträglichen Schweigen gekommen, das wieder sie gebrochen hatte: „Danke, Herr Professor, Sie ahnen nicht, wie Sie mir geholfen haben. Danke . . . Danke . . ."

Und sie war verschwunden, nachdem sie einen großen Schein auf den Tisch gelegt hatte. Verblüfft hatte der „Professor" das erste Prinzip seines neuen Brotverdienstes begriffen: Ohr zu sein. Diese Frau hatte ihn nur bezahlt, um angehört zu werden, sie hatte in seinem Schweigen eine Stärkung erfahren, zu der er nichts beigetragen hatte. Vor Zeugen hatte sie sich ihre jämmerliche Geschichte selbst erzählt, und nun war für sie der Bann gebrochen.

Arthur hatte einen Blick hereingeworfen: „Nun, alles gut gegangen?"

Dann hatte er den Schein entdeckt: „Sag einmal, nicht schlecht für den Anfang! Was hast du ihr erzählt, daß sie dir so viel gegeben hat?"

„Nichts. Kein Wort. Ich habe den Mund nicht aufgemacht."

Bewundernd hatte Arthur ihm auf die Schulter geklopft: „Du bist ein As! Wir machen weiter!"

Und der Prophet hatte weitergemacht, an seiner eigenen Dialektik Gefallen gefunden und sich eine Ehre daraus gemacht, die Leute zufrieden weggehen zu lassen. Nur wenn jemand sich aggressiv oder überlegen gebärdete, handelte er anders und fand Freude daran, ihn zu zermalmen und in Unsicherheit zu stürzen. Für ihn war es ein völlig neues Gefühl der Macht, dessen Ausmaß er noch nicht erforscht hatte und dessen Verantwortung ihm noch fremd war.

Am Vortag hatte Arthur zu ihm gesagt: „Du mußt dir einen Namen zulegen, etwas Ordentliches, Exotisches, der Wudu-Zauberer oder so etwas. Wie willst du heißen?"

„Der Prophet?"

„Zuwenig. Man muß glauben, daß du von weither kommst. Ist doch nicht seriös, wenn du aus der Gegend bist, verstehst du. Der Prophet vom Pigalle ist gar nichts! Also, von wo willst du kommen?"

„Cascais."

„Wo ist denn das?"

„In Portugal, in der Nähe von Lissabon, bei Estoril."

„Gibt's dort Zauberer?"

„Nein. Aber ich bin einmal dort gewesen. Ich hätte bleiben wollen, um dort zu leben."

„Cascais ist in Ordnung! He! Louise! Hör mal her! Der Prophet von Cascais! Klingt nicht schlecht, was?"

Zwischen den Sitzungen holte Kawolzyak die Bücher hervor und vervollkommnete sich in seiner „Kunst", wenn man so nennen konnte, was in seinen Augen nur Sophismus und Schwindel war. Zum eigenen Vergnügen ließ er manchmal seinen angeborenen Sinn für Psychologie beiseite und erstellte auf rein mathematischer Basis Himmelskarten, wobei er sich jeder persönlichen Interpretation enthielt und die Stellung der Planeten einfach für sich sprechen ließ. Er tat es wie ein Fließbandarbeiter, der kein Interesse an der Arbeit hat und sie doch mechanisch verrichtet, ohne etwas dazuzutun, in Gedanken woanders. Man mußte auch sagen, daß er für den Beginn seiner hellseherischen Tätigkeit ideale Versuchskaninchen hatte, Soldaten auf Ausgang, verlorene Bauernmädchen, vom Dämon der Menopause geplagte Endfünfzigerinnen, anonyme Gesichter der Vorstadt. Je nach Lust und Anzahl der Kunden, die stetig im Ansteigen begriffen war, hielt er mehr oder minder lange Exkurse über die drei Schlüsselthemen Geld, Liebe und Gesundheit, um die jede Konsultation eines Magiers kreist. Er war erstaunt, mit welcher Schnelligkeit sich sein Ruf verbreitete und sein Name von Mund zu Mund weitergetragen wurde. Man kam aus den Nobelbezirken, ihn zu konsultieren, er erhielt Briefe aus der Provinz und wurde nach Brüssel eingeladen. In dem Maße, da sein „Wissen" wuchs, bemerkte er in seinem Verhalten eine Veränderung, die sein scharfer Geist sich natürlich ironisch eingestand. Er überraschte sich dabei, einen „Kollegen" zu kritisieren, von dessen Fähigkeiten man ihm begeistert gesprochen hatte, indem er sich gegen einen rein technischen Aspekt seiner Methode stellte. Im gegebenen Fall war es eine Schachtel Streichhölzer, die, auf dem Tisch verstreut, den Ausgangspunkt der extraluziden Tätigkeit des Magier-Kollegen bildeten. Wieso sollten diese Streichhölzer, die der andere gewiß ebensowenig ernst nahm wie er, lächerlicher oder weniger zweckdienlich sein als Karten, ein Tintenfleck oder eine Kristallkugel? Ein weiterer Zwischenfall dieser Art zeigte ihm, wie sehr er bereits im eigenen Räderwerk steckte. Louise, die dicke Louise, die seinen Bluff von allem Anfang an mitgemacht hatte, bettelte ihn hinter Arthurs Rücken an, ihr doch die Karten zu legen. Wie war es möglich, daß diese so vernunftgeleitete Matrone in eine Grube fiel, die auszuheben sie mitgeholfen hatte.

Für den erstaunten Hilarius ergab dies ein zweites Prinzip: Es genügt, sich als Prophet zu bezeichnen und die entsprechenden Insignien zu tragen, um auch einer zu werden. Was ihn vor allem nachdenklich stimmte, war die Tatsache, Leute zu empfangen, deren Wissen und Intelligenz er bewunderte und die sich dennoch wie Milchmädchen den Gesetzen seines Geschwätzes unterwarfen, als genügte es, selbst betroffen zu sein, um seinen kritischen Verstand einzubüßen und infantilen Wunschvorstellungen zu erliegen: Geld, Gesundheit, Liebe. Nicht ohne trauriges Staunen empfing er wohlhabende Geschäftsleute und hochstrebende Politiker, die ihm unterwürfig ihre Akten vorlegten und auf seine Entscheidung warteten, über zu unterzeichnende Dokumente, von denen riesige Geldsummen abhingen, zu bauende oder nicht zu bauende Staudämme, den Ruin der einen, das Glück der anderen. Manchmal packte ihn die Lust, sie an der Schulter zu packen und zu schütteln, ihnen ins Gesicht zu schreien, daß sie verrückt seien, ihm zu glauben, ihre eigene Realität von den Phantastereien ihres Aberglaubens abhängig zu machen. Und doch schwieg er, stopfte wütend die Geldscheine unter seine Robe und ärgerte sich, Komplimente über seine Kunst und seine Prophezeiungen zu hören. Er konnte nicht glauben, daß die Menschheit unter dem Einfluß von Führern stand, die unfähig waren, selbst zu handeln, selbst zu entscheiden, von einer Elite geleitet wurde, die noch kindischer war als ihre eigenen Kinder.

Und dann kam das erste Ereignis, nach dem er beinahe zugegeben, wenn nicht gar verstanden hätte, was in den Köpfen dieser Verantwortungslosen vor sich ging. Er hatte für einen Großindustriellen aus Bordeaux eine Himmelskarte erstellt, die er, wie es die Tradition erforderte, mit großen grünen, roten, blauen und gelben Farbstiften bemalt hatte, um je nach dem Stand der Gestirne günstige und ungünstige Perioden zu unterscheiden. Ein Tag vor allem schien ihm widrig, der 9. Februar, an dem alle planetaren Aspekte seines Kunden – eines gewissen Michel Jurvilliers – in Dissonanz zu stehen schienen. „Vor allem", hatte er ihm geschrieben, „steigen Sie an diesem Tag in kein Flugzeug." Zehn Tage später, als er in einer Zeitung vom 10. Februar „Entgleisung des Paris–San-Remo-Expreß" und den Namen des einzigen Todesopfers las, Michel Jurvilliers, erhielt er eine am Vortag in Marseille aufgegebene Postkarte: „Muß absolut nach Italien. Denke an Ihren Rat, Flugzeug zu vermeiden. In einer Stunde geht mein Zug. Bravo noch für Ihre Arbeit, sie ist erstaunenswert genau! . . ." Zufall?

Das zweite Mal hatte er einer Pigalle-Hure die Karten gelegt.

„Sie können mir alles sagen, Herr Professor. Ich glaube ohnehin nicht daran."

„Warum kommen Sie dann zu mir?"

„Ach, die Freundinnen . . . Und dann ist es doch lustig, oder nicht, wenn alles Schwindel ist?"

Er hatte es dreimal versucht, mit dem Kreis, dem Vornamen und dem großen Kartenmysterium. Jedesmal war Tod dabei herausgekommen. Der unverzügliche Tod. Hilarius glaubte nicht daran, sicher, aber aus Mitleid und obwohl er sich über die Skepsis des Mädchens ärgerte, denn Skepsis der Kunden bedeutete schließlich Versiegen des Goldflusses, hatte er es vorgezogen, ihr die Nachricht nicht mitzuteilen. Am nächsten Morgen wurde das Mädchen tot aufgefunden, einer ihrer Kunden hatte sie ermordet. Der Tod anderer ist für uns immer leicht, dieser aber bedrückte das Gewissen und den Seelenfrieden des Propheten. Vielleicht hätte sie ihrem Ende entgehen können, wenn er sie gewarnt hätte? Seine Schuldgefühle brachten ihn durcheinander, und er zog Arthur ins Vertrauen, der sein Glücksrad stillgelegt hatte, um nur mehr dem Würfelspiel zu frönen und in den umliegenden Gasthäusern die Dividenden seiner Prophetie durchzubringen.

Der Budenbesitzer sah kein Problem: „Wenn du den Tod ziehst, sagst du es ihnen eben nicht."

„Eben, ihr habe ich nichts gesagt."

„Dann bist du unschuldig!"

Nach dieser nicht sehr befriedigenden Absolution begann Hilarius, sich zahlreiche Fragen zu stellen. Wenn in diesem Unsinn doch ein Körnchen Wahrheit steckte? Wenn er den Zauberlehrling spielte, ohne zu wissen, wohin es ihn treiben mochte? Würde jetzt auch er der Versuchung dieser Wald- und Wiesenzauberei verfallen?

Einen Monat darauf ereignete sich der dritte Fall.

Er sollte ausschlaggebend sein für den weiteren Fortgang seines Lebens. Er saß mit Louise und Arthur beim Essen, und Arthur bestand darauf, daß er ihm seine „Technik" verriet. „Doch nicht möglich, daß sie blöd genug sind, einfach so ihr Geld auszuspucken. Erklär mir schon!"

Louise, die mehr und mehr nach Parapsychologie und dergleichen dürstete, schloß sich den Bitten ihres Mannes an: „Bitte, Herr Kawolzyak, zeigen Sie es ihm! Er macht sich lustig darüber. Er glaubt immer, er ist was Besseres."

Belustigt hatte Hilarius ein Paket Karten hervorgezogen und auf dem Tisch ausgebreitet. „Also gut. Zieh sechs Karten."

Und er hatte die Geheimnisse seiner Technik enthüllt, vor allem auf die Hilfe verwiesen, die der Gesichtsausdruck seiner Kunden dabei leistete, weil er ihm meist viel von ihren Problemen verriet. Alles keine Hexerei. Während er sprach, hatte er gedankenverloren die von Arthur gezogenen Karten und ihre symbolische Anordnung betrachtet, als er plötzlich innehielt: Wieder der Tod, umgeben von Wasser, unverzüglich.

Arthur unterbrach die eingetretene Stille: „Was siehst du? Du siehst beunruhigt drein?"

„Reden Sie, Herr Professor, sagen Sie doch, was Sie sehen", drängte ihn Louise, die ihn in ihrer Aufregung „Professor" nannte. Der Prophet hatte herumgedrückt und schließlich eine Geschichte von einer Erbschaft erfunden, die man ihm streitig machen wolle.

„Jedenfalls", hatte er geschlossen, „glaubst ja diesen Unsinn du doch nicht!"

Drei Tage später starb Arthur unter außergewöhnlichen Umständen. Einmal im Monat begab er sich in eine öffentliche Badeanstalt in der Rue des Martyrs, um sich der Prozedur der „kompletten Toilette" zu unterziehen. Ansonsten begnügte er sich damit, den Kopf mit Wasser zu besprengen, da, wie er sagte, übermäßige Hygiene jeder Krankheit Tür und Tor öffne. Als er in die Badewanne stieg, glitt er aus und brach sich beim Sturz das Genick.

An diesem Tag beschloß Kawolzyak, die Hellseherei für immer an den Nagel zu hängen, da es zu vieles gab, was sein Verstand nicht erfassen konnte. Er verabschiedete sich von der durch ihre plötzliche Witwenschaft gebrochenen Louise, ließ sich bei der Bank seine Ersparnisse aushändigen und bestieg den ersten Zug nach Portugal. In Cascais würde er weitersehen. Instinktiv hatte er diesen winzigen Fischerhafen zu seinem Reiseziel erwählt, und sich damit, ohne es zu ahnen, jenem Determinismus gefügt, der ihn bereits dazu gebracht hatte, diesen Ortsnamen als Aushängeschild seiner Tätigkeit zu wählen. Im Laufe der Reise mußte er sich eingestehen, daß drei Voraussagen dieser Art, mit solcher Deutlichkeit in den Karten aufgetaucht und von den Tatsachen bestätigt, nicht allein auf Zufall beruhen konnten. Demnach stand er vor der Wahl: entweder auf etwas verzichten, was ein ideales Mittel zu sein schien, seinen Lebensunterhalt zu verdienen, oder in dieser Richtung weiterwirken und damit auf immer und ewig der Verläßlichkeit seines logischen Denkens abschwören. Er entschied sich für die erste Lösung und setzte ohne Zögern sein intellektuelles Wohlbefinden vor den Reichtum. Und doch ist die Gewohnheit zweite Natur des Menschen. Unter dem Vorwand, sich so besser befreien zu können, wollte er sich zum ersten Mal in seinem Leben selber die Karten legen.

Die Karten erzählten ihm vom Reichtum, der über ihn hereinbrechen würde, wenn er sich nur die Mühe machte, ihn dort zu holen, wo er lag und auf ihn wartete: in einem Spielkasino. Der Prophet hatte noch nie gespielt und legte ein zusätzliches Mal die Karten, um Einzelheiten zu erfahren. Und die Karten bestätigten ihre Botschaft erneut.

Der Zug kam in Lissabon an. Kawolzyak stieg um und fuhr nach dem dreißig Kilometer entfernten Estoril weiter. Als er den Bahnhof verließ, fiel sein Blick sofort auf das Casino, das wie ein herrlicher Kuchen inmitten von Rosenbeeten und französischen Gärten lag. Instinktiv tastete er mit der Hand nach der Tasche, in der sich sein Kapital befand, und erkannte zu seinem Entsetzen, daß er bereit war, es aufs Spiel zu setzen.

Er nahm ein Taxi nach Cascais, fand ein kleines Hotel namens „Fin de mundo", das mit seinen gekachelten Wänden an eine öffentliche Bedürfnisanstalt erinnerte, stellte seinen Koffer ab und fuhr ohne sich umzuziehen nach Estoril zurück. Da er Angst hatte, bestohlen zu werden, hatte er das gesamte Geld mit und schwor sich, nur einen geringen Teil davon aufs Spiel zu setzen. Er war über sein Tun wütend, weil es ihn auf das Niveau jener Leute hinabdrückte, die er verachtete. Und doch, die drei Todesfälle ... Er spielte wie ein König, mit Gelassenheit, ging Risiken ein, bei denen erfahrungsgemäß nur Anfänger ungeschoren davonkam. Zwei Stunden später war er begeistert und zufrieden: er hatte keinen Groschen mehr! Die Karten hatten gelogen, also hatte er recht, waren es Zufälle gewesen. Déscartes und Kant waren stärker als Nostradamus und Pluto, alles war wieder in Ordnung.

Bis auf eine Kleinigkeit: Wovon sollte er leben? Er hatte nicht einmal die elementare Vorsicht besessen, jene Voraussicht echter Spielernaturen, wenigstens das Hotel im vorhinein zu bezahlen. Sein Erlebnis hatte ihm bewiesen, daß es keine Vorsehung gab. Er wußte jetzt, er konnte nur auf sich selbst zählen. Viel war das nicht. Etwas später an diesem Tag hatte er im Casinogarten seine Karten auf einer Bank ausgebreitet und einer freundlichen, bereits ergrauten Engländerin die Zukunft gelesen. Er hatte sich in Unmengen froher und positiver Voraussagen ergangen, nur um die Abendmahlzeit zu sichern. Seine begeisterte Klientin lud ihn für den nächsten Tag zum Tee in ihre Villa ein, wo er, wie sie versprach, andere Freunde finden würde. Er ging hin und begann mit einem resignierten Seufzer die Urzelle seines internationalen Kundenstocks zu bilden.

Das alles war vor sechzehn Jahren gewesen, doch es kam auch jetzt noch vor, daß er seinen Chauffeur langsamer fahren ließ, wenn sein Cadillac am „Fin de mundo" vorbeikam. Heute lebte er in einer herrlichen Villa neben dem Golfplatz, Arthur und die Jahrmarktsbude waren in den Tiefen der Vergangenheit versunken. Seine Klientel setzte sich aus den Herrschern aller Domänen zusammen, echten Monarchen, Großherzoginnen im Exil, Finanzgiganten, bedeutenden Politikern, die kein Dekret ohne seine Zustimmung unterzeichneten, Öl- und Stahlmagnaten. Manche zögerten nicht, mit ihrem Privatjet Tausende

Kilometer zurückzulegen, nur um das Privileg einer halbstündigen Unterredung in Anspruch zu nehmen.

Mario trat ein. Er schien eher beunruhigt: „Herr Kallenberg wartet im Salon."

„Er soll hereinkommen."

Kawolzyak versuchte alle Kraft in sich zu sammeln. Er fürchtete, der geballten Energie seines Kunden nicht gewachsen zu sein. Blaubart stürmte in den Raum. Er hatte die Hände zu Fäusten geballt, in seinen Augen stand die Wut. Ohne zu grüßen, stieß er hervor: „Ich habe Milliarden verloren! Und Sie sind schuld!"

„Herr Kallenberg . . ."

Verzögern, nur verzögern, ihn beruhigen.

„Schweigen Sie! Sie haben mich betrogen!"

„Ich bitte Sie . . ."

„Sie haben ihn tot gesehen, Sie und Ihre Karten! Und ist er vielleicht tot? Nein! Er lebt, und wie! Und lacht sich ins Fäustchen, mit meinem Geld!"

„Hören Sie mir zu! Ich hatte Ihnen gesagt, daß der Tod um ihn ist, ich habe nie . . ."

„Dann hätten Sie sich eben klarer ausgedrückt! Mir ist scheißegal, ob der Tod um ihn gewesen ist oder nicht, wenn er dann nicht krepiert ist!"

„Ich wollte nicht . . ."

„Er lebt doch, oder?"

„Ich habe Ihnen nie das Gegenteil gesagt . . ."

„Aber ich habe Ihnen geglaubt, ich habe Ihnen vertraut!"

„Aber Herr Kallenberg, wieso habe ich Sie betrogen?"

„Wieso? Sie haben mir Blödsinn erzählt!"

Angesichts dieser Beschuldigung begnügte sich der Prophet, mit dem Kopf zu nicken und von Zeit zu Zeit abwehrend die Hände zu heben. Blaubart war nicht der einzige Gegner des Griechen, den er mit falschen Informationen fütterte. Aber er tat es stets so geschickt, drückte sich immer so vage aus, daß er nachher jederzeit sagen konnte, man habe seine Worte falsch interpretiert. Die Geschichte vom bevorstehenden Tod des Griechen war das erste echte Risiko, das er Kallenberg gegenüber eingegangen war. Er versuchte erneut, sich zu rechtfertigen: „Erinnern Sie sich . . . Ich habe gesagt, daß er in großer Gefahr sei, daß der Tod . . . Nun, habe ich Sie belogen?"

„Er lebt!" wiederholte Hermann böse.

„Man könnte meinen, Sie machen es mir zum Vorwurf . . ."

„Ja!"

„Aber mein lieber Kallenberg, ich kann ihn schließlich nicht umbringen, nur um in meinen Voraussagen recht zu behalten. Auch ich kann irren."

„Sie kosten mich genug Geld!"

Der Prophet hielt die Zeit für gekommen, das Heil im Angriff zu suchen. Er legte sein Gesicht in beleidigte Falten und erhob sich. „Diesmal sind Sie zu weit gegangen."

„Verschonen Sie mich mit Ihrer Nummer. Ihr Geld ist schließlich nicht weg, sondern meins!"

Kawolzyak blieb stehen. „In Zukunft werden Sie durch meine Schuld kein Geld mehr verlieren. Ich lehne es ab, Sie weiter zu empfangen."

„Nein, wirklich? Das wäre denn doch zu einfach! In Ordnung bringen werden Sie alles!"

Trotz Kallenbergs Drohung hörte der Prophet eine winzige Veränderung im Tonfall der Stimme, sie klang um eine Spur weniger selbstsicher als sonst. Der Kerl brauchte ihn noch! Er stieß in die Kerbe: „Selbstverständlich werde ich Ihnen die Honorare zurückerstatten, die Sie an mich überwiesen haben."

„Das wird Ihnen schwerfallen!"

„Sie glauben mir nicht?"

Er läutete mit einer kleinen goldenen Glocke nach Mario. Der Diener steckte den Kopf durch die Tür.

„Mario, mein Scheckheft."

Wenn er jetzt nicht Federn lassen wollte, mußte er den Bluff durchhalten.

„Wieviel?"

Blaubart sah, daß es ihm ernst war. Wenn man ihn des Wortes „Wieviel" beraubte, seines stärksten Arguments, fühlte er sich unterlegen. Er schluckte seinen Zorn hinunter und lachte nervös. Es klang wie rostiges Blech: „Aber, aber . . . Beruhigen wir uns . . ."

Der Prophet stand immer noch.

„Kommen Sie, setzen Sie sich doch! . . . Ich wollte Sie nicht verletzen . . . Sie müssen schon zugeben, daß . . ."

Der Prophet setzte sich wieder, zögernd und nur sehr langsam.

„Ob Sie mir die Honorare zurückgeben oder nicht, ist für mich nebensächlich. Bei mir geht es um Hunderte von Millionen. Denken wir praktisch! Wir haben noch einiges zu erledigen, Herr Kawolzyak!"

Daß er mit seinem bürgerlichen Namen angesprochen wurde, berührte den Propheten unangenehm. Es verhieß Gefahr. Wenn man den Namen vor ihm aussprach, fühlte er sich nackt und hilflos.

„Sie haben kein Vertrauen mehr."

„Das habe ich nie gesagt! Wir regen uns auf, wir reden, sagen dummes Zeug. Jeder Mensch kann sich irren . . ."

„Wenn er überlebt hat, so ist das ein Wunder. Die Karten . . ."

Die Karten! Kallenberg dachte an seine Aktien, die er zum Altpapierpreis verschleudert hatte! Und doch kannte er sich bei diesem Scharlatan nicht aus. Vielleicht war er ehrlich? Der Rest eines Zweifels blieb bestehen. War Satrapoulos wirklich beinahe gestorben, oder war sein Pseudotod nur eine Komödie?

„War er wirklich sterbenskrank?"

„Sie glauben es nicht? Wissen Sie, was die Sichel bedeutet, wenn sie neben die Person zu liegen kommt?"

Nichts konnte Herman unwichtiger sein. Er war wütend, daß sein Vermögen in den Händen solcher Clowns lag. Vor aller Welt war er der Agnostiker, der nicht im entferntesten an den Unsinn mit Karten und Sterndeutung glaubte. Um so erstaunter war er, als er sich sagen hörte: „Übrigens, wenn Sie mir schon Karten legen, sagen Sie mir doch etwas über meine Frau. Ich glaube, ich will mich scheiden lassen."

Er brachte ein verlegenes Lächeln zustande. So eine Dummheit hervorzubringen! Der Prophet stimmte mit einem undurchdringlichen Nicken zu.

Der Grieche legte die Akten auf das Tischchen und ließ seinen müden Blick über die Wolken schweifen, die unter den Tragflächen des Flugzeugs wegzogen. In Baran wurde der Emir langsam ungemütlich. Seit ungefähr fünf Jahren hatte sein Einfluß im Nahen Osten und in der arabischen Welt zugenommen, und die Suez-Krise hatte nicht wenig dazu beigetragen, seine Macht zu vergrößern. Er hatte seither tiefe Griffe in die

Kassen seiner Fürsten getan und mit dem Geld die arabischen Brüder hüben und drüben des Kanals unterstützt.

Satrapoulos hatte auf die kategorische Aufforderung des Emirs hin, sich für eines der beiden Lager zu entscheiden, die Partei der Araber ergriffen. Er wußte, daß er damit zu einer wichtigen Karte im gigantischen Politpoker wurde, der in den Staaten des Persischen Golfs gespielt wurde. Natürlich hatte man in „informierten Kreisen" erfahren, daß Satrapoulos für die arabische Welt optiert hatte und damit zum ungewollten Verbündeten der Russen geworden war – und mit ihm Kallenberg, Medea Mikolofides und eine Reihe weiterer Reeder. In Washington hatte das State Department geschworen, ihm die Haut über die Ohren zu ziehen, man belästigte ihn mit tausend Schikanen, die aus dem Weg zu räumen Sokrates ein Heer von Rechtsanwälten beschäftigte. Nach der Schließung des Kanals hatten die Japaner begonnen, Arbeitskräfte für ihre Werften zu suchen, und bauten Supertanker, um das schwarze Gold um die Südspitze Afrikas heranzuschaffen, über den *camino real* des Vasco da Gama, der Portugal und England zu Reichtum und Macht verholfen hatte, bevor er Ägypten und Venedig ruinierte. Bislang war die Kanalzone für neutral erklärt worden. Kein Krieg und keine Revolution hatte daran etwas ändern können, da alle kriegführenden Parteien darauf bestanden. Die Engländer und Amerikaner, die zuerst alles getan hatten, um den Kanal offenzuhalten, waren anschließend selbst unter Säbelgerassel bemüht, eine Wiedereröffnung zu verhindern, da sie lieber die katastrophalen wirtschaftlichen Konsequenzen in Kauf nahmen, als den Sowjets die Möglichkeit geben zu wollen, ihren Nachschub nach Vietnam durch den Kanal zu befördern. Nichtsdestoweniger hatten die Russen sich im Mittelmeerraum eingenistet, dessen Stützpunkte in Algerien, Ägypten und Irak sie mit „Beratern" und „Experten" bevölkerten und mit modernsten Radaranlagen und Abschußrampen bestückten, ganz zu schweigen von der ständigen Drohung, welche die Präsenz der Chinesen in Albanien darstellte. Satrapoulos hatte lange vor den anderen erkannt, daß Suez nunmehr jenen entglitten war, die es erbaut hatten: den Europäern.

Aber er sah noch weiter in die Zukunft. Er sah voraus, daß das Erdöl eines Tages nur mehr jenen gehören würde, die es unter ihren Füßen hatten. Sokrates war zwar dem Herzen und dem Verstand nach Grieche, aber seine eigentliche Staatszugehörigkeit war die zur Finanzwelt. In seinen Augen hatte ein Jude, ein Araber oder selbst ein Türke nur *einen* Wert, nämlich den des Marktes, den er kontrollierte. Ein Reporter hatte ihn einmal gefragt, welches Land er allen anderen vorziehe. „Das Land", hatte er ihm zur Antwort gegeben, „das mich am besten vor Abgaben und Wirtschaftsrestriktionen schützt. Ein Land eben, das Geschäftssinn hat."

Durch seine kompromißlose Unterstützung Hadsch Thami el-Sadeks hatte er sich allerdings, trotz der riesigen Gewinne, die er aus diesem Bündnis zog, mehr engagiert, als ihm lieb sein konnte. Das Kartell der großen Erdölkonzerne bezichtigte ihn des „Verrats" – was für eines Verrats eigentlich, wenn es um Geld ging? –, die Russen mißtrauten seiner Macht, die Amerikaner wollten ihn um jeden Preis unterkriegen, seine Exschwiegermutter und sein Exschwager schadeten ihm, wo es nur ging, und der Emir, den er vor allem am Geld interessiert geglaubt hatte, begann sich in seiner Rolle als politischer Führer ernst zu nehmen. Im Nahen Osten nannte man ihn den „großen Schlichter". Und was der Grieche vorausgesehen hatte, begann nun im Kopf des Emirs Gestalt anzunehmen. Arabisches Erdöl den Arabern! Nur leider handelte er, um dieses wunderbare Projekt in die Tat umzusetzen, nicht so, wie der Grieche es sich vorgestellt hatte. Der alte Gnom hatte erkannt, daß es ein sehr einfaches Mittel gab, die Europäer in die Knie zu zwingen: es genügte, die Ausbeutung der Quellen zu stoppen, bis die Staatsoberhäupter um Gnade bettelten. Das Erdöl war an seinem Platz recht gut aufgehoben! Und in der Zwischenzeit würde die westliche Welt ihre Vorräte aufbrauchen, bis sie nichts mehr hatte, um ihre Autos und Flugzeuge anzutreiben. Während der Suez-Krise hatte man einen ersten Vorgeschmack von den Folgen dieser Politik bekommen.

Und was die Ausbeutung der neuen Funde anging, in Alaska oder in der Nordsee – es würde ohnehin noch dauern –, so konnte sie nur wieder den Preis für das schwarze Gold neuerlich in die Höhe schnellen lassen. El-Sadek war längst nicht mehr der einsame Wolf unter ergebenen Lämmern. Eine Kohorte arabischer Intelligenzler, die an den besten Universitäten Europas und Amerikas die Winkelzüge des internationalen Rechts studiert hatten, gaben ihm recht und meinten, daß die bestmögliche Investition eben darin bestünde, das Rohöl im Sand zu belassen, wo niemand etwas davon hatte. Sie waren überzeugt, daß es ihnen in Bälde, mit oder ohne Gewalt, gelingen würde, die großen Gesellschaften auszubooten, die die Ausbeutung der Ölvorkommen in ihrem Land· in die Wege geleitet hatten.

Derzeit schien dieses gigantische Programm zu verfrüht, um dem Griechen in den Kram zu passen. Was würden seine Tanker transportieren, wenn man den Ölhahn zudrehte? Puppen vielleicht? Er war an dem Punkt angelangt, wo das Geld an sich keine übergroße Bedeutung mehr besaß.

König Faisal von Saudiarabien steckte jährlich eine runde Milliarde Dollar ein, die ihm die Gesellschaften als Entschädigung und Abgaben zahlten. Und den Emiren des arabischen Raums ging es kaum schlechter. Als sie sich an Cadillacs aus purem Gold gesättigt hatten und keine Rolls-Royce mehr benötigten, die auf einem zehn Kilometer langen Stück asphaltierter Straße ins Nichts fuhren, denn die Wege kamen aus dem Sand und verloren sich erneut darin, als sie genug hatten von ihren vergoldeten Marmorpalästen, deren Harems sie mit fetten blonden Nordländerinnen füllten, als sie in ihren Ali-Baba-Höhlen Tonne um Tonne wertvoller Barren aufgeschichtet hatten, kam der Tag, da sie an ihrem eigenen Reichtum erstickten und nicht mehr ein Hundertstel dessen ausgeben konnten, was in ihre Taschen floß. Und so taten sie ein übriges – wie der Grieche es übrigens ebenfalls vorausgesehen hatte. Sie stellten Regimenter auf, rüsteten sie mit den modernsten Waffen aus, mit Boden-Boden-Raketen und Jagdflugzeugen, deren Bedienung die Russen ihnen nur zu gern beibrachten. Als Dirigent dieses gigantischen Orchesters der Emanzipation hatte el-Sadek bei jeder Transaktion seinen Teil eingestrichen. Heute genügte ihm das nicht mehr. Er wollte die westliche Welt zu seinen Füßen sehen, sie rationieren, wenn es ihm gefiel, oder den Hahn völlig zudrehen, wenn er schlechter Laune war.

Der Grieche nahm seine Brille ab und putzte sie sorgfältig. Aus Erfahrung wußte er, daß philosophische, politische oder ideologische Überzeugungen sich zu guter Letzt doch der wirtschaftlichen Realität unterordneten. Einerseits wollte er um keinen Preis el-Sadek verärgern, er hatte zu viel geopfert, um sich seine Freundschaft zu sichern, aber auf der anderen Seite

444

war ihm klar, daß es den Europäern und Amerikanern nicht erspart bleiben würde, sich dem Willen der Könige im Taschenformat zu fügen. Man mußte also die Aktionen des Emirs zu verzögern trachten und gleichzeitig Frieden mit seinen zukünftigen Verbündeten in Washington schließen. Der Prophet hatte ihm ans Herz gelegt, nichts zu überstürzen und sich die Freunde auf der gegnerischen Seite warmzuhalten.

Er konnte nicht hoffen, die derzeitige amerikanische Regierung umzustimmen, die ihn mit ihrem Haß verfolgte, aber er versprach sich viel von den unmittelbar bevorstehenden Wahlen, um den Wind zu seinen Gunsten umschlagen zu lassen. Er hatte alle möglichen Kandidaten erheblich unterstützt. Im Geschäftsleben nannte man so etwas eine langfristige Investition. Seltsamerweise fürchtete er am meisten die Wahl jenes Mannes, den er am besten kannte: Scott Baltimore, den die letzten Meinungsumfragen als den gefährlichsten Outsider auswiesen. Scott war ein geradliniger Kerl, der ohne ein Wort zu verlieren einsteckte, was man ihm hinhielt, aber nie auch nur das geringste versprach. Man konnte sicher nicht auf eine Gefälligkeit von seiner Seite rechnen, wenn es seiner Politik widerstrebte oder gar seinen Prinzipien widersprach. Der Grieche bewunderte ihn maßlos wegen seines Muts, seiner Energie, seiner Arbeitsfähigkeit und seines Talents, in Sekundenschnelle Entscheidungen zu fällen. Die geborene Führernatur. Aber wie konnte man einen Führer lenken? Darüber hinaus sagte ihm sein Gefühl, daß er dem jungen Politiker unsympathisch war. Die Freundschaft, die Peggy ihm entgegenbrachte, spielte sicher keine geringe Rolle in dieser Einstellung. Würde Scott einen Verbündeten oder einen Feind abgeben, wenn er gewählt wurde? Schwer vorauszusagen.

Mit el-Sadek hatte er es da einfacher. S. S. besaß eine Waffe, mit der er den Emir jederzeit zwingen konnte, selbst die patriotischsten Stellungnahmen zurückzunehmen: den herrlichen Film, dessen Hauptdarsteller el-Sadek ungewollt vor zehn Jahren gewesen war. Aber Sokrates zog Verhandlungen dem offenen Krieg vor und wollte den Film nur im Falle höchster Gefahr als Argument gebrauchen. Eine rote Lampe begann vor ihm zu blinken. Der Pilot setzte zur Landung an. Der Grieche schloß die Gurte und blickte nach unten. Dort, wo das Meer in Land überging, bohrten sich unzählige Flammenfinger Tag und Nacht in den Himmel. Hinter diesem Lichtervorhang würde die Landebahn auftauchen, an deren Ende wie üblich der Wagen des „großen Schlichters" auf ihn wartete.

Acht Tage vor dem Wahltermin sanken Scotts Chancen, ohne daß man wußte, warum. Liebe und Haß fliegen wie der Wind in die verschiedensten Richtungen. In einer ersten Etappe hatten sich Baltimore und seine Anhänger als Outsider vorgestellt. Im Verlauf der unbarmherzigen Wahlkampagne, die nun schon seit Monaten andauerte, hatte die öffentliche Meinung sich in diesem aktiven jungen Mann zu erkennen geglaubt, und viele hatten sich mit ihm und seinen Ideen identifiziert. Man glaubte an Scott. Ein wenig zu rasch. Und jetzt stellte sich für sein Beraterteam die Frage, wie man diesen Glauben bis zum Tag X an seinem höchsten Pegelstand halten konnte. Vor zwei Wochen noch war alles problemlos gewesen, Scott wäre ohne jede Frage gewählt worden. Heute war er zwar immer noch Favorit, aber seine Rivalen waren im Aufwind.

Pust Belidschan beschäftigte sich Tag und Nacht mit dieser Frage. Er sagte: „Wir müssen etwas finden."

Belidschan war das Zentrum von Scotts Brain-Trust. Wenn niemand mehr einen Gedanken fassen konnte, dachte er für die anderen. Und seine besten Ideen hatte er, wenn er nicht mehr dachte. Er kannte die Wahlmänner jedes einzelnen Staats und vermochte die Lebensläufe aller Senatoren der Vereinigten Staaten seit der Unabhängigkeitserklärung herunterzuleiern. Er baute Männer auf und zerstörte sie wieder, er hielt alle Fäden in seiner Hand vereinigt und ließ die öffentliche Meinung umschlagen, wie es ihm gefiel. Scott hatte ihn nur mit Mühe von einem sehr bekannten Meinungsforschungsinstitut losgeeist, wo er in seiner lässigen Art die Antworten der Computer vorwegnahm. Noch nie hatte Belidschan mit einer Begabung wie Scott Baltimore zu tun gehabt. Und doch kamen ihm Zweifel: Es ließ sich alles zu gut an. Zwanzig Tage vor den Wahlen schien ihm nichts mehr sicher.

„Denkt nach, Burschen. Ich mache Pause."

Er legte die Füße auf den mit Papieren bedeckten Tisch und schloß die Augen, was ihn keineswegs daran hinderte, sich ein

Bier einzuschenken. Fasziniert warteten seine Mitarbeiter darauf, daß er etwas verschüttete. Doch kein Tropfen ging daneben. Sie waren sechs, mit offenen Hemdkragen und geröteten Augen, völlig übermüdet und überdreht. Seit Wochen schon schliefen sie nie mehr als drei Stunden, dort, wo sie gerade waren, in Bahnhofshallen, Hotelzimmern in den finstersten Kaffs, wo sie sich aufs Bett fallen ließen, ohne die Decken zu lüften. Sie rasierten sich im Auto, in der Bahn oder im Flugzeug und konnten sich überhaupt nur mit Aufputschmitteln und schwarzem Kaffee auf den Beinen halten, um ihr gemeinsames Ziel anzupeilen: Scott an die Macht zu bringen.

Als die Stille bereits lange genug gedauert hatte, erklärte Pust plötzlich: „Also was ist? Schlaft ihr, oder was?"

Scott war todmüde und hatte sich in einem Nebenraum niedergelegt. Heute abend hatte er eine andere Partie zu gewinnen, er mußte sich als unwiderstehlicher Eroberer zeigen.

„Und ich sage euch, wir werden verlieren!" meinte Pust.

„Hast du was Besseres vorzuschlagen?" warf Trendy ein, der älteste der Truppe.

„Nein. Laßt euch was einfallen."

„Er hat schon alles versprochen, was man versprechen kann."

„Mir egal! Findet noch was. Ich will eine Sicherheit haben, versteht ihr? Ich persönlich hätte ja eine Idee . . ."

Schlagartig wandten sich alle Gesichter ihm zu. Pust ließ sich bitten. „Nein, nein. Es ist zwar unfehlbar, aber viel zu riskant. Und Scott würde es ohnehin ablehnen."

„Also sag schon!"

Er wich aus: „Mich machen die Republikaner nervös. Gesetz und Ordnung! Sie beruhigen den Wähler. Wenn uns jemand den Sieg wegschnappt, dann sie. Die anderen machen mir keine Angst. Wir haben uns schon so viele Negerstimmen gesichert, daß wir keine einzige mehr bekommen können. Okay, Freiheit. Läßt sich hinausposaunen, aber wen interessiert das schon? Angst haben wir ihnen gemacht, das ist es!"

„Und du willst, daß wir zurückdrehen?" unterbrach Trendy ihn mißtrauisch.

„Zwanzig Tage vor dem Zieleinlauf? Nein, das wäre idiotisch. Und zu spät. Aber man könnte etwas provozieren. Wir haben also zu viel nach links geschwenkt: jetzt brauchen wir einen kleinen Coup, der uns wieder mehr zum Zentrum bringt."

„Sag schon!"

„Nehmen wir zum Beispiel an, daß Scott eine Woche vor den Wahlen ermordet wird . . . Ich habe gesagt, nehmen wir an, ihr Idioten! Ihr braucht mich nicht so anzustarren! Nehmen wir weiter an, daß der Täter als Linker bekannt ist und ein Geständnis ablegt. Glaubt ihr, daß dann immer noch die Kretins aus dem Zentrum und von rechts zögern würden, für Scott zu wählen, weil sie ihn für zu liberal halten?"

„Warte, noch einmal . . . Nicht so schnell!"

„Bist du taub, oder was? Wir haben bis zum Umfallen Sozialmaßnahmen propagiert, um von links Stimmen zu ergattern. Gut. Das hat manchen nicht gefallen. Wenn aber jetzt ein Linksradikaler versucht, Scott umzulegen, so werden die Leute denken, daß seine Wahl eine Gefahr für die Linke ist. Verstanden?"

„Deine Idee ist völlig vertrottelt . . .", meinte Trendy. „Was tust du mehr, als die Wählerschaft von einer Schicht in die andere zu transponieren. Wenn ein Linksradikaler ihm die Haut abzieht, werden wir vielleicht von der anderen Seite ein paar Stimmen gewinnen, einverstanden, aber auf dem linken Flügel würden so viele verlorengehen, daß das Ganze sinnlos ist."

„Aber nein! . . .", mischte sich Bosfeld, der Psychiater, ein, der für Massenmotivationen zuständig war. „Kaum ist Scott tot, können wir seinen Brain-Trust auflösen und uns alle schlafen legen!"

Pust schüttelte enttäuscht den Kopf. „Ihr habt kein Wort verstanden! Die Würfel sind längst gefallen, was die Leute angeht, die bereit sind, uns ihre Stimme zu geben. Ich sage euch, daß bei dieser Wahl Prozentbruchteile entscheiden werden, ob wir sie nun verlieren oder gewinnen. Und ihr vergeßt, daß die Öffentlichkeit nichts lieber hat als Helden und Märtyrer. Wenn es uns gelingt, wenige Tage vor der Stunde X Scott einen Heiligenschein aufzusetzen, haben wir die Wahl in der Tasche! Aufregung brauchen sie, mehr nicht!"

„Allerdings . . .", zögerte Bosfeld.

Bosfeld war einer der wenigen politischen Berater, die nicht ständig mit Abstraktem wie „links" oder „rechts" um sich warfen, ohne begriffen zu haben, worum es wirklich ging. Zu Beginn des Wahlkampfs hatte er den übrigen Mitgliedern des Brain-Trusts geduldig erklärt, daß „Politik" und „Polizei" auf dasselbe griechische Wort zurückgingen: auf *polis*, die Stadt. Politik war also die Kunst, mit Hilfe der Polizei eine Stadt, einen Staat, ein Land zu verwalten und zu leiten. Seine Zuhörer hatten ihn angewidert angeblickt. Wie konnte er ihnen solche Binsenweisheiten verzapfen? Ohne sich darum zu scheren, war Bosfeld in seiner Beweisführung weitergegangen: „Wenn ich wirklich mit dem Beginn beginne, so will ich sicher sein, daß ihr auch wirklich die Fortsetzung versteht!"

„Wir haben keinen Psychiater eingestellt, damit er uns auf einem Gebiet Lehren erteilt, das wir besser kennen als er! Du sag uns lieber, wodurch die Massen ihre Meinung ändern, den Rest kannst du uns überlassen! . . ." hatte Trendy eingeworfen.

Bosfeld hatte ihn mit einem breiten Lächeln unterbrochen. „Eben, ich fange schon an . . . Wenn du schon so gescheit bist, dann erklär mir den Unterschied zwischen rechts und links?"

Trendy hatte seine Freunde verzweifelt angeblickt, als hätte ihm soeben ein Mongoloider eine infantile Frage gestellt.

„Nein, Trendy, nein, ich meine es ernst. Antworte mir!"

„Jedes Kind weiß, daß die Linke ein sozialistisches oder kommunistisches System ist, zum Unterschied von einem kapitalistischen, reaktionären oder faschistischen System."

„Ich habe dich nicht gefragt, worin diese Systeme bestehen. Das ist ohnehin allen egal, nachdem sich in der Praxis nicht viel ändert, wenn es ans Regieren, Ausbeuten oder Unterdrücken geht. Ich habe dich gefragt, warum man von ,links' und ,rechts' spricht, um sie zu definieren."

„Was tut das schon? . . ." brauste Trendy auf.

„Viel!" antwortete Bosfeld sanft. „Du hast doch wissen wollen, wodurch die Massen ihre Meinung ändern?"

An jenem Tag hatte Scott an der Sitzung teilgenommen. Er kannte Bosfeld zu gut, um zu wissen, daß es kein Zeitverlust war, und wartete neugierig, wie es weitergehen würde. Es störte ihn gar nicht, daß jetzt der alte Fuchs Trendy von einem Eierkopf belehrt werden sollte, der sein Sohn hätte sein können.

„Sag schon!" hatte er den Psychiater amüsiert aufgefordert.

„Man hat zu Unrecht behauptet, daß in der Politik Macht-systeme einander gegenüberstehen. Es handelt sich nämlich nicht um Ideologie. An der Oberfläche vielleicht, dem Schein nach. Aber in Wirklichkeit! In Wirklichkeit geht es um Affekte."

„Kannst du dich nicht deutlicher ausdrücken!"

Bosfeld sah ihn verschmitzt an. „Trendy, wen hast du lieber, deinen Vater oder deine Mutter?"

„Die beiden sollen zum Teufel gehen!"

Alle brachen in Lachen aus. Bosfeld fuhr fort: „Und du, Scott? Papa oder Mama?"

Scott wollte nicht unbedingt zur Zielscheibe werden und wich geschickt aus: „Ich verweigere in Abwesenheit meines Rechtsanwalts jede Aussage. Frag lieber John."

„Also, John?"

„Mein Vater war ein saumäßiger Trinker. Ich habe meine Mutter tausendmal lieber!"

„Daraus schließe ich, daß du links stehst."

„Aber! . . . Und warum, bitte?"

„Weil es in der Psychoanalyse eine Basissymbolik gibt, aus der die meisten unserer zukünftigen Einstellungen entspringen. Die Linke, das ist die Frau, die Mutter. Die Rechte der Mann, der Vater."

„Na und, wo ist der Zusammenhang?"

„Wenn du deine Mutter lieber hast, lehnst du dich gegen deinen Vater auf, das heißt gegen die bestehende Ordnung, das Gesetz und die Regel, die will, daß du männlich und kraftvoll bist. Die Linke besteht aus Leuten, die mit Mama ins Bett gehen und Papa erschlagen wollen."

„Wo du das nur herhast!"

„Die Rechte ist das Gegenteil. Weil man Papa lieber hat, wahrscheinlich hat man vor ihm Angst, macht man es wie er und entscheidet sich für die Ordnung, deren Gesetz man passiv erträgt."

„Gar nicht blöd", hatte Scott träumerisch gemurmelt.

Das war Wochen her. Aber seither hatte der Alte einigen Respekt, und jetzt wollte er Bosfeld nicht widersprechen, wenn der Psychiater Belidschans Pläne gutzuheißen schien.

Bosfeld fuhr fort: „Pust, wie stellst du es dir vor?"

„Ganz einfach! Wir simulieren ein Attentat, das gute Volk schreit entsetzt auf und schenkt uns in seiner Entrüstung die lieben kleinen Stimmzettel, die es woanders eingeworfen hätte."

„Und Scott? Weihen wir ihn ein?"

„Seid ihr verrückt! Er würde nie mittun! Nein, wir müssen es hinter seinem Rücken machen, zu seinem eigenen Wohl!"

„Und hast du den passenden Mann bei der Hand?"

„Vielleicht, aber nicht zu schnell! Bevor wir weiterüberlegen, will ich sicher sein, daß wir alle einverstanden sind. Ihr müßt mir alle schwören, daß niemand, was immer auch geschieht – niemand! –, je erfahren wird, was wir hier und heute beschlossen haben. Kein Wort!"

„Aber nachher? Scott? Vielleicht sollten wir?..."

„Er auf keinen Fall!... Wir sieben, keiner sonst! Ja oder nein? Mir ist nicht zum Lachen zumute!"

Sie hatten lange gezögert, bevor sie sich schließlich Belidschans Meinung anschlossen. Der Zweck heiligte die Mittel. Mehr noch, er bestimmte sie. Sie hatten feierlich geschworen. Anschließend hatte Pust ihnen eine Namensliste vorgelegt, und sie hatten begonnen, die Einzelheiten auszuarbeiten. Es blieben ihnen nur noch zehn Tage, um alles zu regeln. Von diesem Unternehmen hing es ab, ob Scott Baltimore jr. gewählt würde oder nicht.

Während sie alles berieten, schlief das zukünftige Pseudoopfer friedlich im Nebenzimmer.

Peggy legte wütend den Hörer auf. Sie probierte bereits seit einer halben Stunde, das Hotel in Missouri zu erreichen, in dem Scott abgestiegen sein sollte. Nicht daß sie eine dringende Notwendigkeit verspürt hätte, ihn zu sprechen, sie wollte bloß wissen, ob er auch wirklich da war, wo er sein sollte. In einer Stunde traf sie ihren neuesten Liebhaber, einen jungen französischen Botschaftsattaché. Er war achtundzwanzig, hieß Pierre, und wenn er lachte, hatte man den Eindruck, er habe falsche Zähne, so perfekt waren sie. Sie hatten einander bei einem Empfang kennengelernt, den Peggy nur besucht hatte, um ein direkt aus Paris eingetroffenes Kleid bewundern zu lassen. Als

Mrs. Baltimore an einer Gruppe von Männern vorbeikam, in der sich auch Pierre befand, hörte sie, wie einer etwas von „Liebe auf französisch" sagte, und konnte ein Lächeln nicht unterdrücken. Pierre hatte sich frech vor ihr aufgebaut und sie gefragt: „Sie lachen über französische Liebe? Wissen Sie überhaupt, was das ist?"

Ein gefährlicher Satz – alles oder nichts. Peggy hatte richtig reagiert: „Dachten Sie, man muß Franzose sein, um es zu wissen?"

Eine so überraschend begonnene Konversation konnte nur zu noch galoppierenderer Entwicklung führen. Die Fortsetzung folgte bereits am nächsten Tag – im Bett. Pierre hatte sich unwillkürlich gefragt, wie eine Frau dieser Klasse sich so einfach herumkriegen ließ, noch dazu, wenn ihr eigener Mann der erklärte Liebling der Vereinigten Staaten war. Er hatte wohl gehört, daß dieses berühmte Paar am Rande einer Trennung stand, daß jeder der beiden sein eigenes Leben lebte, aber es wurde so viel geklatscht ... Und doch wagte er es nicht, diese Frau, die nackt in seinen Armen lag, nach der Wahrheit zu fragen. Peggy ließ sich seine Umarmungen gefallen, aber sie schienen sie kaum zu berühren. Im Augenblick der Erfüllung schien sie noch einsamer, in Gefühle eingekapselt, für die der Partner nur auslösendes Instrument war. Vor Pierre hatte dieses Verhalten schon viele andere erniedrigt, Männer, die von Peggy zu reinen Objekten degradiert worden waren, als wären sie von der Rolle aktiver Mitspieler in die Rolle entfernter Zeugen einer wütenden Masturbation gedrängt worden. In ihrem männlichen Stolz zutiefst getroffen, holten sie alle Kniffe aus ihrer erotischen Trickkiste, um dieses widerspenstige Objekt zu zähmen: es half nichts. Peggy blieb stets außerhalb ihrer Reichweite, und sie gaben verbittert auf, an sich selbst verzweifelnd und ihrer Verführungskunst, zugleich wütend darüber, sich so leichtfertig in die geöffneten Arme der unnahbaren Mrs. Baltimore begeben zu haben. Wo sie zu besitzen dachten, wurden sie besessen.

Nach ihrer Hochzeit war Peggy ein ganzes Jahr lang Scott treu geblieben. Der Machteinfluß ihres Mannes hatte sie so berauscht, daß es einige Zeit dauerte, bis sie begriff, daß sie nur eine „Konvention" war. Ein Staatsmann muß gewissen Kriterien des Reichtums, der Moral und der Familienverhältnisse entsprechen. Und sie spielte in diesem System, dessen Lauterkeit Scott nie angetastet zu sehen wünschte, die Rolle der „Gattin". Eine Abstraktion. Ihr Narzißmus lehnte sich gegen die Beschäftigung auf, die ihr zugedacht war. Sie war immer die Erste gewesen, und es schien ihr unerträglich, in jemandes System eingebaut zu werden, und sei es das eines zukünftigen Präsidenten. Monatelang hatten die Reisen, die sie beide unternahmen, das Ausmaß der Katastrophe verschleiert. Niemand wollte nachgeben, und so kam es, daß ihre Trennungen sie mehr vereinten als gemeinsam Erlebtes. Als Peggy erfuhr, daß Scott es bei keiner seiner Reisen verabsäumte, kurze Abenteuer mit irgendwelchen Mädchen zu haben, verlangte sie eine Erklärung. Zu ihrem Erstaunen stritt Scott nichts ab. Er versuchte einfach, ihr verständlich zu machen, daß er diese Erlebnisse ohne Folgen und Wiedersehen benötigte, um seine nervliche Spannung zu lösen.

„Andere trinken Alkohol. Warum kannst du nicht dasselbe machen?"

„Ich trinke auch Alkohol."

„Und wenn ich meinerseits . . .?"

Er hatte sie ungläubig angesehen: „Du? . . . Aber . . . du bist doch meine Frau!"

„Nicht deine Frau. Eine Frau. Von jetzt an mache ich dasselbe. Ich habe dich gewarnt."

Er hatte ihr kein Wort geglaubt. Zwei Tage später war Scott auf einer Vortragsreise in Oregon, und Peggy gab sich einem Jugendfreund hin, der ihr seit Jahren hoffnungslos den Hof machte. Auf beiden Seiten ein kompletter Fehlschlag. Als sie ging, sagte sie nur „Danke", was den Ärmsten in ratlose Verzweiflung stürzte.

Und es war nicht bei diesem einen Mal geblieben. Peggy nahm auf provozierende Weise nur bekannte Männer zu Geliebten und zögerte nie, sich mit ihnen in der Öffentlichkeit zur Schau zu stellen, tat es jedoch auf so natürliche und unschuldige Art, daß man einfach denken mußte, „die Frau Cäsars ist über jeden Verdacht erhaben". Scott war noch nicht Cäsar, aber niemand zweifelte, daß der Tag seines Machtantritts in nicht weiter Ferne lag. Erst seine eigene Mutter öffnete ihm die Augen über die Flatterhaftigkeit seiner Frau. Erste Reaktion: Er wollte sich scheiden lassen. Als sei es eine Selbstverständlichkeit, gab die alte Dame ihm zu bedenken: „In unserer

Position läßt man sich nicht scheiden. Man duldet." In einem Ton, der jede Widerrede ausschloß und ahnen ließ, was sie selbst ertragen hatte.

Am selben Abend erklärte Peggy ihrem Mann: „Ich glaube, ich werde mich scheiden lassen."

Er war kampfbereit nach Hause gekommen und hatte sich seine Anklage zurechtgelegt. Und nun kam sie ihm zuvor.

„Warum?"

„Weil wir uns nichts mehr zu sagen haben."

„Zu sagen, vielleicht. Aber zu tun?"

„Dein Leben interessiert mich nicht mehr, genausowenig wie deine Person."

„Du willst nicht mehr Präsidentin werden?"

„Nicht um diesen Preis, nein."

Scott war entsetzt. Auch nicht die geringste Beschädigung seiner ethischen Person durfte passieren. Eine Scheidung kostete seine Karriere! Auf jeden Fall aber würde sie ihn noch jahrelang auf der Stelle treten lassen, wo er sich dem Ziel so nahe wußte. Und diese Nutte wollte nicht hören! Sie, nur sie! Und was war mit ihm?

Baltimore senior mußte sich herbeilassen, Vermittler zu spielen. Als er alle Künste seiner Dialektik aufgebraucht hatte, sein Mund schon ausgetrocknet war vom Aussprechen all dieser Worte, die er nur unter Aufbietung aller Kräfte und Hintansetzung seines Stolzes über die Lippen brachte, ließ er endlich sein Hauptargument von Stapel: „Mein Mädchen, es ist von allergrößter Bedeutung, daß kein Skandal das Bild trübt, welches sich dieses Land von Scott macht. Ich gebe zu, daß seine Karriere Sie derzeit hindert, ein normales Leben zu führen, und es erscheint mir normal, daß diese nachteilige Lage wieder wettgemacht wird. Ich schlage Ihnen also eine Summe von einer Million Dollar vor, die ich Ihnen morgen früh überweisen lasse, damit Sie sich bis zum Wahltag als perfekte Gattin benehmen. Wenn Scott Präsident ist, werden wir ein zweites Gespräch führen. Ich bin überzeugt, daß Sie bis dahin Ihre Meinung ändern – alle Ehen haben Krisenzeiten durchzustehen. Im gegenteiligen Fall jedoch werde ich der erste sein, der von Scott verlangt, Ihnen die Freiheit zurückzugeben. Nehmen Sie meinen Vorschlag an?"

Verstockt hatte Peggy Für und Wider erwogen. Und nach

einer langen Stille geantwortet: „Mein Konto ist bei der Chase Manhattan."

Seit diesem Tag geschah es nicht selten, daß sie ihren Mann auf Wahlreisen begleitete und an seinem Arm das Bild einer glücklichen Ehefrau abgab. Aber sie ließ es ihn etwas kosten. Ihre Verschwendungssucht, die Freude am Geldausgeben, ihre Tyrannei, selbst die kapriziösesten Wünsche augenblicklich ausgeführt zu sehen, waren grenzenlos geworden. Kleider und Schuhe bestellte sie nur mehr im Dutzend, ihre Wäsche lag in riesigen Schränken in Stapeln, von denen sich ihre Zimmermädchen schamlos bedienten. Entsetzt unterzeichnete Scott Rechnungen, die von überall in seine Sekretariate flatterten. Er wußte wohl, daß sich dahinter Ansprüche und Forderungen seiner Frau verbargen, aber es war stärker als er, er durfte es nicht wahrhaben. Es kam zu entsetzlichen Szenen, doch es half nichts. Peggy warf weiterhin das Geld ihres Mannes aus dem Fenster.

Zu allem Überfluß hatte Nut sich eingemischt und erwirkt, daß sie eine Einladung des Griechen zu einer Kreuzfahrt im Mittelmeer annahm. Sie war von der neuen Jacht des Reeders überwältigt. Jeden Morgen fanden sich vor ihrer Kabinentür die unglaublichsten Geschenke, deren Wert sich auf eine runde Million Dollar belaufen mußte. Am vierten Tag hatte der wütende Scott zwei seiner Leibwächter auf die „Pegasus II" gesandt, um Peggy in die Staaten zurückzuholen, mit Gewalt, wenn es sein mußte.

Sie hatte sich enttäuscht von Satrapoulos verabschiedet und bedauernd erklärt: „Ich glaube, ich könnte mein ganzes Leben auf diesem wundervollen Schiff verbringen . . ."

Scott tobte. „Wenn ich noch ein einziges Mal den Namen dieses Griechen höre!"

„Dieser Grieche versteht wenigstens zu leben." Und sie warf ihm den Schmuck vor die Füße, den S. S. ihr geschenkt hatte.

„Und du hast ihn angenommen! Du bist eine Hure!"

„Und du, bist du etwas anderes? . . . Du hast genauso sein Geld genommen, als du es nötig hattest! Hast du vielleicht nein gesagt?"

„Du willst das vergleichen? In der Politik stinkt Geld nicht, wenn man sich durchsetzen will! Mit dem Geld von Schweinen wie ihm kann man eine gerechte Sache voranbringen!"

„Du glaubst wohl, du bist bei einer Wahlversammlung! Wen willst du eigentlich überzeugen? Dich selbst? Kannst du mir erklären, wo das Geld ist, das er deiner Partei gegeben hat?"

„Sobald ich gewählt bin . . ."

„Noch ist es nicht soweit!"

„Du möchtest wohl, daß ich nicht gewählt werde, was!"

„Genau! Deine beschissenen Wahlen haben alles zwischen uns zerstört!"

„Du verstehst es also nicht? . . . Du verstehst nichts!"

„Es gibt nichts zu verstehen! Ich will nicht Instrument zum Aufpolieren deiner vertrottelten Popularität sein!"

„Setz dich mit den Anwälten in Verbindung. Am Tag nach den Wahlen trennen wir uns. Ich will deine Fratze nicht mehr sehen!"

„Es könnte gar nicht besser sein. Mir geht es genauso!"

Manchmal, wenn es besonders schlimm war, fanden sie in wütender Umarmung zueinander, und Scott riß sie zu einer Leidenschaftlichkeit hin, wie sie sie keinem ihrer vielen Liebhaber entgegenbrachte. Und dann begann alles von neuem. Benötigte er in der Öffentlichkeit ihre Anwesenheit, schlossen sie vorübergehend Waffenstillstand und zeigten sich lächelnd und entspannt, Hand in Hand, zärtlich und offen. Hinter die Kulissen zurückgekehrt, ging jeder seiner Wege.

„Und ich sage Ihnen, daß dieser Scharlatan alle Chancen hat! Es wird zu spät sein, wenn wir endlich erwachen! Dann ist er gewählt!"

„Er kann nicht gewählt werden."

„Das sagen Sie! So wie die Sache steht . . . Sie wissen, wie seine Politik aussehen wird, er hat es genügend herumgeschrien! Nicht einmal dreißig ist er und will den Reichtum des Landes vergeuden! Unter dem Vorwand, liberal zu sein! Liberal mit unserem Kapital! Wenn Kerle wie er uns unser Vermögen zerstören, kommt es zum größten Krach, den unser Land je erlebt hat! Und alle werden dabei draufgehen, nicht nur Amerika!"

„Aber, William, was können wir dagegen tun? Wir leben in einer Demokratie. Wir können die Wahlen nicht fälschen, wir haben nicht die Mittel dazu."

„Es hat Zeiten gegeben, da zögerten die Mächtigen nicht, ihre Macht einzusetzen, wenn sie in Gefahr waren! Wenn er Präsident wird, bedeutet das den Bankrott einer Politik, die unseren Wohlstand ausmacht. Wofür hätten sich unsere Väter zu Tode gerackert? Damit dieser Emporkömmling uns jetzt das Gesetz der Neger und der Einwanderer aufzwingt?"

Unruhe kam im Kreis der fünfzehn Anwesenden auf. Die geheime Versammlung fand im letzten Stockwerk eines New Yorker Wolkenkratzers aus Stahl und Glas statt. Wäre in dem Raum eine Bombe explodiert und hätte die fünfzehn Herren ins Jenseits befördert, so hätte das von einem Tag auf den anderen einen Börsenkrach zur Folge gehabt.

William fuhr fort: „Dürfen wir einen Träumer, den nur sein Ehrgeiz leitet, all das zerstören lassen, was wir aufgebaut haben?"

„Haben wir Kompromittierendes über ihn gefunden?"

„Nichts, das ist es ja, nichts! . . . Nur seine Mätressen. Und seine Frau, die auch ein zügelloses Leben führt!"

„Wird sein Brain-Trust noch überwacht?"

„Selbstverständlich. Tag und Nacht. Kein Resultat."

„Irgendwo muß ein wunder Punkt sein!"

„Finden wir ihn nicht innerhalb einer Woche, sitzen wir da! Warum ist so ein kleines Schwein überhaupt am Leben? . . ."

Schweigen. Gedanken wurden in Sekundenschnelle gefaßt und wieder verworfen.

William fühlte das Zögern. „Diesem Kerl ist doch nichts heilig! Er hat sich wie der ärgste Demagoge aufgeführt, nur um gewählt zu werden. Wenn er an die Macht kommt, wird er seine Versprechen halten müssen! Meine Herren, ich werde Ihnen etwas sagen: Tag für Tag sterben Hunderttausende von Menschen und es regt keinen auf."

„Aber, William, was meinen Sie damit?"

„Sie wissen, was ich meine. Würde es Sie vielleicht stören?"

„Sie wissen doch, daß es unmöglich ist. So nahe am Sieg zieht man sich nicht zurück."

„Dann sorgen wir eben dafür, daß er zurückgezogen wird! Sollen wir Zeuge unseres Selbstmordes sein?"

„Was schlagen Sie vor?"

„Wir geben zwei Fragen zur Abstimmung frei. Wenn Sie schon nicht den Tatsachen ins Gesicht sehen wollen, will ich es für Sie tun."

Er zerriß ein Blatt Papier in mehrere Stücke, die er verteilte, bis jeder einen improvisierten Stimmzettel hatte.

„Und nun die beiden Fragen, auf die ich von Ihnen eine Antwort möchte. Das Abstimmungsergebnis bleibt geheim. Erste Frage: Wünschen Sie, daß Scott Baltimore Präsident wird? Zweite Frage: Wenn er es nicht wird, halten Sie es für unbedingt nötig, daß Sie erfahren, auf welche Weise er daran gehindert wurde? So, das ist alles. Nach Maßgabe Ihrer Antworten werde ich in Ihrem Namen und für unsere gemeinsamen Interessen handeln, die sich mit jenen des Landes decken. Schreiben Sie nichts auf Ihre Zettel. Wenn Ihre Antwort ja ist, machen Sie einen vertikalen Strich, wenn Sie mit Nein stimmen, ein Kreuz. Wir benützen alle dieselbe Feder."

Er zog seinen Füllhalter hervor und malte rasch etwas auf seinen Stimmzettel. Dann gab er ihn an seinen linken Nachbarn weiter, der ihn erneut weiterreichte, bis alle Anwesenden ihre Antworten niedergeschrieben hatten.

„Falten Sie das Papier und geben Sie es mir."

Er sammelte sie ein und mischte sie durcheinander.

„Bill, Sie erledigen die Auszählung . . . Lesen Sie vor!"

Langsam entfaltete Bill den ersten Stimmzettel. „Zwei Kreuze . . ."

„Weiter!"

„Zwei Kreuze . . ."

Und weiter so, bis zum elften.

„Ein Kreuz, ein Strich."

„Weiter!"

Von da ab gab es nur noch Kreuze. William zog einen Vergleich: „Meine Herren, wenn man an ein Exekutionskommando die Waffen verteilt, will es die Tradition, daß eine blind geladen ist. So kann jeder denken, daß nicht er getötet hat. Wir sind keine Scharfrichter, sondern die Stützen der amerikanischen Wirtschaft. Dank Ihrer Stimmabgabe werden Sie möglicherweise verhindern, daß die Geschichte Ungeheuerliches begeht. Ich danke Ihnen."

Einer der Anwesenden stieß seinen Nachbarn mit dem Ellbogen an und sah ihn fragend an. „Aber was will er damit sagen?" flüsterte er. „Was kann er nur damit meinen. Verstehen Sie etwas? . . ."

„Überhaupt nichts. Und Sie?"

26

„Da, siehst du, in dieser Bucht wird der Hafen sein ... Das Haus lasse ich hier bauen, rechts vom Kap ... Auf der anderen Seite die Dependancen für die Angestellten ... Hier vorne die Bungalows für unsere Gäste ... Von da an Wald ... Olivenbäume, Eukalyptus, Zypressen ...“

„Aber wo siehst du Bäume? Es gibt nicht einmal einen Buschen Gras!“

Der Grieche schüttelte ärgerlich den Kopf. „Ich werde sie pflanzen lassen! Ich beschreibe dir die Insel, wie sie sein wird, nicht wie sie ist!“

„Aber Sokrates, es sind ja nur Felsen hier!“

„Ich werde tonnenweise Erde herbringen lassen!“

„Wozu, es gibt ja gar kein Wasser ...“

„Mir egal! Ich lasse es eben in Tankern herführen!“

„Das wird Jahre dauern ...“

„Nein, Gnädigste! Ich werde Bäume pflanzen, die in zehn Jahren groß sind! Das Gras wächst in drei Monaten, und eine Armee von Handwerkern und Architekten wird Tag und Nacht an den Gebäuden arbeiten! Jeff! Landen Sie am zukünftigen Hafen!“

Der Hubschrauber hatte die Insel dreimal umrundet und war mehrmals auf S. S.' Anweisung in der Luft schweben geblieben. Sicher, es war nur ein Felsen, der größte einer Dreiergruppe, aber er lag in den herrlichsten Gewässern der Ägäis, wo sie am durchsichtigsten war und seicht erschien, obwohl ihre Tiefe rasch zunahm, sobald man sich vom Strand entfernte. Die Insel sah ungefähr wie ein Hufeisen aus, dessen beide Enden etwa zweieinhalb Kilometer voneinander entfernt waren. Sie gehörte dem Staat, und es hatte schon einiger Überredungskunst bedurft, um sie für zweihunderttausend Dollar und das Versprechen zu bekommen, eine Zementfabrik im Peloponnes mitzufinanzieren.

„Hat sie einen Namen?" wollte die Menelas wissen, als der Hubschrauber aufsetzte.

„Serpentella."

S. S. sprang aus der Kabine und lief wenige Schritte. „Komm!"

Olympia folgte ihm. Sie fühlte sich auf ihren hohen Absätzen unbehaglich, die zwischen den Felsbrocken und dem Gesteinsschotter steckenblieben.

„Siehst du diesen Strauch? Hier beginnt das Haus . . ."

Er entfernte sich und rief aus einiger Entfernung herüber: „. . . bis hierher! Glaubst du, daß es groß genug ist?"

Sie nickte ohne rechte Überzeugung. Der Grieche sprach weiter. Er fühlte sich sichtlich bereits zu Hause.

„Dein Appartement ist hier. Und dein Tonstudio da!"

Er sprang von einem Stein auf den anderen, markierte die Mauern mit einem Fußtritt gegen den Fels und gestikulierte wild. „Warte, ich zeige dir noch das Schwimmbassin! . . ."

Er lief auf das unglaublich klare Meer zu. Die Menelas zog ihre hochhackigen Schuhe aus und setzte sich auf einen großen Felsblock, in dessen Schatten ein magerer Fenchelstrauch vegetierte. Zweihundert Meter von ihr entfernt hatte Jeff den Hubschrauber verlassen und sich eine Zigarette angezündet. Nach dem Lärm der Rotoren wirkte die Stille aufreizend. Plötzlich hatte die Menelas Lust zu singen, um die Stille zu durchbrechen, oder vielmehr zu „testen". Sie stieß einen hohen Ton hervor, der in den Himmel stieg, getragen von der kristallklaren und reinen Luft. Als der Ton erstorben war, vernahm sie einen anderen, der verhaltener war und aus der Gegend kam, wo sie ihren linken Fuß hingestellt hatte. Mit Entsetzen sah sie zwei Dinge, die ihr das Blut in den Adern erstarren ließen: eine Schlange, die zwischen den Felsen verschwand, und einen schwarzen, vielleicht fünf Zentimeter langen Skorpion, der in Richtung auf ihre Ferse kroch. Sie stieß einen Schrei aus, der kilometerweit zu hören sein mußte.

„Olympia!" rief der Grieche im Echo und rannte auf sie zu. Jeff tat es ihm nach und sprintete ebenfalls. Sie fanden die Menelas bleich wie ein Laken und an allen Gliedern zitternd vor.

„Bist du gestochen worden? . . . Sag schon . . .! . . . Wo? . . . Wo denn? . . .“

„Du Schwein!“ heulte sie. „Du hast es gewußt!“

„Jeff! Holen Sie den Arzneikasten! Olympia, zeig mir, wo!“

„Nie mehr! Niemals, hörst du! . . .“

„Zeig her!“

„Laß mich in Ruhe! Deinetwegen wäre ich fast gestorben!“

„Fast? . . .“ Mit einem Tritt zermalmte Sokrates den Skorpion, der vergeblich nach einem Unterschlupf suchte. Neben seinem Schuh sah er einen zweiten, der sich eben unter einem Stein verkroch. Er ließ ihn laufen, um Olympia nicht noch mehr zu verschrecken.

Sie schluchzte: „Und die Schlange! . . .“

Er sah, daß ihr nur der Schrecken in den Gliedern saß, ihr aber nichts passiert war, und meinte jovial: „Aber, aber! In einer Woche gibt es auf der Insel kein einziges Insekt mehr! Und keine Schlangen! Wir werden alles mit zwanzig Tonnen Insektenpulver überschütten!“

„Gehen wir!“

Er sah, daß sie fröstelte. Jetzt war nicht der Augenblick, sie zu überzeugen. Am nächsten Morgen sollten sie in die Karibische See, wo sich bereits die „Pegasus II“ befand. Er nahm sie zärtlich bei den Schultern, aber sie riß sich los. Erbost ließ er seinen Arm fallen und rief Jeff, der mit einer Erste-Hilfe-Ausstattung angerannt kam, zu: „Nicht nötig! Alles in Ordnung!“

Zwischen zusammengebissenen Zähnen stieß sie hervor: „Ach! Du glaubst, daß alles in Ordnung ist! Ich sage dir, ich werde dir das Gegenteil schwarz auf weiß beweisen!“

Slim Scobb kam aus dem Keller herauf, die Arme voller Bierflaschen. Als er die letzten Stufen emporstieg, stieß er gegen seine Frau, die ihm entgegenkam. Sie war im Morgenrock und hielt eine Milchflasche in der Hand: „Slim! Da ist einer, der dich sehen will.“

„Was will er denn?“

„Er hat's nicht gesagt.“

„Geh hinauf. Ich komme schon.“

Mit zwei Schritten war er erneut im Keller. Hinter einem Kohlenberg war eine alte Waschmaschine. Slim hockte sich nieder und griff hinein. Er brachte eine Luger zum Vorschein, die er dort mit Leukoplast festgeklebt hatte. Er überprüfte, ob das Magazin voll war, ließ eine Kugel in den Lauf gleiten und entsicherte die Waffe. Er steckte sie in den Hosenbund, zwischen die nackte Haut und den Stoff der Hose. Er ging langsam auf die Stiege zu, ließ sich plötzlich in die Hocke fallen und zog in der Bewegung die Pistole, die er auf ein nichtvorhandenes Ziel in Anschlag brachte. Er nickte befriedigt, steckte die Luger wieder ein und ging hinauf. Oben stand Trendy, den Hut in der Hand.

„Also so was!..."

„Hallo, Slim! Wie geht's?"

Das jüngste seiner drei Kinder, noch ein Baby, begann zu brüllen: „Annie, kannst du sie in mein Zimmer bringen?"

„Trinken Sie etwas?" Slim sah Trendy fragend an. „Ein Bier? Annie, hol uns ein Bier. Ich habe es neben der Stiege vergessen."

Sie verschwand, das Baby auf dem Arm. Slim deutete auf einen Stuhl. Der Raum war von Spielzeug, Geschirr und Kleidern übersät, die auf dem Fußboden herumlagen. Durch die dünnen Mauern drangen deutlich Laute aus den Nachbarwohnungen, das Bellen eines Hundes, Kindergeschrei, die schimpfende Stimme eines Mannes, das scheltende Organ einer Frau.

„Setzen Sie sich."

Annie kam zurück, stellte die Flaschen auf den Tisch, zog zwei Gläser aus einem Schrank, rief die Kinder zusammen und ging nach nebenan. Die Tür schloß sich hinter ihr. Slim und Trendy sahen einander an.

„Also, Slim. Sind lieb, deine Kinder."

„Der Älteste ist Klassenbester."

„Wie alt ist er?"

„Zwölf."

„Wie die Zeit vergeht!"

Sie tranken beide.

„Cin, auf die gute alte Zeit!"

„Cin, Mr. Trendy!"

„Schaut nicht schlecht bei dir aus. Gar nicht schlecht. Wie geht es dir?"

„Es könnte schlimmer sein. Ich bin Wächter in einer Garage, Nachtwächter."

„Zufrieden?"

„Naja. Wie Sie sagten, es ist nicht mehr die gute alte Zeit."

„Eben."

„Annie, die Kinder, ich habe mir eben ein neues Leben gekauft."

„Siehst du die alten Freunde noch?"

„Nein. Wissen Sie, die Familie . . ."

„Ja, da hast du recht, es gibt nichts Schöneres. Aber man verliert seine Fähigkeiten, leider . . ."

„Nicht unbedingt. Ich bleibe in Schuß."

„Nein? . . . Wirklich? . . ."

„Ja, zweimal die Woche."

„Und du bist immer noch in Form?"

„Ja. Aber warum wollen Sie das wissen?"

„Nur so. Falls du wieder ein bißchen arbeiten möchtest."

Slim zögerte: „Haben Sie etwas für mich?"

„Mein Gott, vielleicht habe ich etwas . . . Aber ob es für dich ist, wer soll das wissen."

„Mr. Trendy! Sie wissen doch, daß ich für Sie alles . . . wann Sie wollen . . . Ich vergesse nicht so leicht!"

„Ich glaube es schon, Slim, ich glaube es."

„Ist es etwas . . . Wichtiges?"

„Mehr noch, als du denkst."

„Ich bin Ihr Mann! Sehen Sie, für nichts auf der Welt würde ich Annie oder die Kinder verlassen. Ich meine es so, wie ich sage. Aber bei Ihnen . . ."

„Sei nicht vorschnell, Slim. Du weißt nicht, worum es geht."

„Sagen Sie es mir . . ."

„Nur die Ruhe. Es ist nicht leicht. Aber es könnte dir genug einbringen, um dir ein Traumhaus zu kaufen, in Florida zum Beispiel, weißt du, wo immer die Sonne scheint. Die Kinder gehen dort in eine Freiluftschule!"

„Ich höre!"

„Nur würdest du Sie vielleicht nicht sofort sehen können. Es müßte Zeit vergehen . . ."

„Wieviel Zeit?"

„Je mehr Zeit verginge, desto reicher würdest du sein! Jeden Monat, den du von deiner Familie getrennt bist, bekommst du . . ."

„Wieviel?"

„Ich weiß nicht, wieviel hattest du dir denn vorgestellt? Was war dein Sold bei der Marineinfanterie?"

„Genug, um mich zu besaufen und Poker zu spielen. Aber ich war allein."

„Was würdest du sagen, zu . . . zwanzigtausend Dollar *cash* und fünftausend im Monat?"

„Wieviel sagten Sie?"

„Ich sagte zwanzigtausend."

„Wirklich! Und Sie übertreiben nicht?"

„Paßt das zu mir?"

„Nein, sicher nicht, aber es ist so enorm! . . .."

„Was du zu tun hast auch. Kannst du noch immer mit einem Gewehr umgehen?"

„Und wie! Im Sperrfeuer treffe ich immer noch das Zentrum der Scheibe!"

„Und mit dem Karabiner?"

„Noch leichter! Ich glaube, ich könnte nicht danebenschießen, selbst wenn ich wollte!"

Trendy lächelte unmerklich: „Eben, das ist es, was mich stört. Siehst du, in der Angelegenheit, die uns interessiert, geht es nicht darum, zu treffen, sondern danebenzuschießen und so zu tun, als ob man hätte treffen wollen."

Slim sperrte die Ohren auf. „Ich verstehe nicht recht, Mr. Trendy . . .."

„Ich erkläre es dir. Aber zuerst will ich wissen, ob du bereit bist, auf der Basis mitzutun, die ich dir angeboten habe?"

„Bis in die Hölle würde ich für Sie gehen! Bis in die Hölle!"

„So viel brauche ich gar nicht! Hör zu! Du brauchst nicht mehr zu tun, als auf einen Mann zu schießen, der in einem offenen Wagen an dir vorbeifährt. Und ihn nicht treffen! Du wirst sehen, es ist ganz einfach."

Mortimer hatte seine Armeen vor dem uninteressierten Fast aufgebaut. Im riesigen Salon war niemand mehr: die Herzoginmutter war auf Kur, Lena hatte eine Migräne vorgetäuscht. Mortimer zitterte vor Erregung und wußte nicht, was er alles tun sollte, um vor seinem Begleiter, dessen Gehaben so unerwartet und befremdend war, angenehm zu erscheinen. Fast gebärdete sich in seiner Rolle als Ehrengast auf Schloß Sunderland wie ein zufriedener Monarch, dem alles zustand. Mortimer hatte mit Begeisterung seine Vasallenschaft angenommen, die ihn einem Vagabunden unterwarf und zum Rivalen seiner eigenen Frau machte. Er hatte von allem Anfang an begriffen, daß Lena nach diesem Burschen verrückt war, dessen raubtierhafte Bewegungen sie ebenso faszinierten wie sein ständig abwesender Blick. Bei ihm war es noch ärger, er war wie benommen. Es kam vor, daß er in Fasts Anwesenheit zu stottern begann, rot wurde oder linkische und ungeschickte Bewegungen machte. Manchmal beobachtete er ihn heimlich, bewunderte seine perfekten Gesichtszüge, die scharfe Linie des Kinns, die feingezeichnete Nase.

Wenn sie zu dritt bei Tisch saßen, trafen Lenas und Mortimers Blicke einander auf Fasts Gesicht, der diese doppelte Huldigung mit der Gelassenheit eines Fürsten entgegennahm. Sie hatten gemeinsam beschlossen, ihn auf das Schloß einzuladen, ohne über die Dauer seines Aufenthalts zu sprechen. Beide wünschten, er könnte nie enden, und hatten jeder für sich geschworen, ihn mit allen Mitteln zu verführen. Was dann zu Gesprächen führte, über die François, der antiquierte Butler, nur die rechte Augenbraue heben konnte.

„Mortimer, hör doch auf, Fast mit diesen Stammbaumgeschichten zu langweilen, die ihn nicht interessieren!"

„Was weißt du schon davon? Fast, hören Sie? Sagen Sie doch etwas!"

„Du siehst doch, Mortimer, er antwortet dir nicht einmal!"

„Ich wüßte nicht, warum er sich in einen Streit einmischen sollte, der ihn nicht berührt. Nicht wahr, Fast?"

„Fast, sagen Sie ihm doch, daß er uns auf die Nerven geht mit seinen Geschichten von Herzogtümern und Grafschaften!"

„Helena, wenn ich dir auf die Nerven gehe, kannst du uns ruhig allein lassen, Fast und mich. Obwohl uns diese Vorstellung unerträglich erscheint, werden wir versuchen, ohne dich auszukommen!"

Einmal hatte Fast, am Ende seiner Geduld, ohne auch nur von seinem Lachs aufzublicken, sie angeknurrt: „Wird jetzt Ruhe sein mit diesem idiotischen Kram!"

Mortimer und Lena hatten sich das nicht zweimal sagen lassen, und so trat ihre Rivalität eben doppelt so stark zum Vorschein, wenn sie unter sich waren. Lena dachte wohl, daß ihr Gatte in der Befriedigung seiner Libido seltsame Wege ging. Sie wußte nicht genau, woran sie war, aber sie spürte es ganz deutlich. Nie hatte Mortimer sich vor ihr nackt gezeigt, nie hatte er sie im Licht geliebt. Die seltenen Male, da er sie genommen hatte, wenn man überhaupt so sagen konnte, waren im Finsteren abgewickelt worden, ohne Umarmung, ohne Zärtlichkeit, eine schwächliche, fast heimliche Begattung von einigen Sekunden Dauer. Er langweilte sich neben ihr. Sie hielt es nur mühsam mit ihm aus. Sie hatte seinen Namen geheiratet und verdankte ihrer Schönheit, seine Frau geworden zu sein. Üblicherweise nannte man dies eine perfekte Ehe. Aber auf Fast paßte das Vokabel „üblich" nicht. Sein plötzliches Auftauchen hatte sie viel deutlicher den Graben erkennen lassen, der sie trennte. Lena, die nun Herzogin geworden war und es für ihr ganzes Leben bleiben würde, wartete auf eine Gelegenheit, ihre Freiheit zurückzugewinnen. Auch Mortimer hätte sich auf der Stelle scheiden lassen, wenn nicht die Angst vor seiner Mutter so groß gewesen wäre: Er hatte ihr eine Bürgerliche aufgezwungen, und sie bestand nun darauf, daß er den Kelch bis zur Neige trank.

Wieder versuchte Mortimer, aus Fast ein Wort herauszubringen. Er lag auf dem Teppich, seine bestrumpften Füße ruhten auf einem Tischchen.

„Und jetzt, Fast, was würden Sie tun, wenn ich Ihre Grenadiere am rechten Flügel angriffe?"

„Hören Sie schon auf! Was soll ich mit Ihren verblödeten Zinnsoldaten?"

„Sagen Sie mir, was interessiert Sie . . . ich meine, außer der Malerei? Ich muß auch sagen, Sie malen nicht sehr viel."

„Was soll ich auch mit der verblödeten Malerei."

„Aber, ich dachte . . ."

„Hätten nicht denken sollen."

„Aber Sie sind doch Maler?"

„Und Sie, was sind Sie? Gentleman-Farmer, sagen Sie, aber ich habe Sie noch nie auf dem Acker gesehen!"

„Wahrscheinlich bin ich mehr Gentleman als Farmer . . . Fast . . ."

„Was?"

„Sie bringen mich durcheinander, Fast. Darf ich Ihnen eine Frage stellen? Sind Sie in meine Frau verliebt?"

„Ich? Ihre vertrottelte Schwester hat mir genügt! Nicht für mich, die Familie Gogolifides!"

„Mikolofides . . ."

„Sie ist ja recht nett, Ihre Lena, aber für mich, wissen Sie, die Frauen! . . ."

Mortimer war einer Ohnmacht nahe. Wollte er ihm mit seiner Verachtung für das schwache Geschlecht etwa eine Anspielung machen, daß er sich zum starken hingezogen fühlte? Aber dann war ja alles möglich! Er verbarg seine Erregung und säuselte: „Haben Sie etwas für Pornografie übrig?"

Fast sah ihn perplex an. „Wie das?"

„Fotos zum Beispiel . . ."

„Haben Sie welche?"

„Ja, ein paar."

„Lustige?"

„Wollen Sie sie sehen?"

„Holen Sie sie."

„Bleiben Sie . . . Ich meine . . . ich komme gleich wieder!"

Mortimer verschwand für zehn Minuten und tauchte dann mit einem schweren Koffer aus hartem Leder auf. Mit fiebrigen Bewegungen zog er einen Schlüsselbund aus der Tasche, löste einen der Schlüssel und steckte ihn in eines der riesigen Schlösser. Er wiederholte die Zeremonie.

Fast lächelte. „Sagen Sie, einbrechen kann man da nicht!"

„Es ist nur wegen Mama, verstehen Sie . . ."

„Mortimer, wie alt sind Sie?"

„Ich? Zwischen vierzig und fünfzig."

„Und Sie haben immer noch vor Mama Angst!"

„Was wollen Sie, die Herzogin ist so zartbesaitet, von unserer Generation so weit entfernt, diese Dinge sind ihr fremd."

„Sie sollten sie nicht für eine Idiotin halten! Die Herzogin hat sich ohne Zweifel auch einen abgewichst, wie jeder!"

„Oh! . . . Fast!"

„Na und? Die Idee ist Ihnen nie gekommen?"

„Aber Fast! Mama! Warum wollen Sie mich schockieren?"

„Zeigen Sie schon her!"

Aus dem endlich geöffneten Koffer quoll eine Kaskade von erotischen Magazinen und Fotos internationaler Modelle. Mit

Erstaunen bemerkte Fast, daß die meisten Zeitschriften männliche Geschlechtsorgane und virile Kunstwerke zeigten, die über den Geschmack des Herzogs von Sunderland keine Zweifel mehr offenließen.

Er sah Mortimer an, der den Kopf gesenkt hielt. „Also, mein Guter!"

Mortimer war in höchster Erregung und blieb wortlos auf dem Teppich hocken. Plötzlich, ohne die geringste Überleitung stürzte er sich auf Fast und barg seinen Kopf zwischen den Knien des Vagabunden.

„Oh! Fast! Oh! Fast!"

„Mortimer! Sie sind wohl übergeschnappt!"

„Oh! Fast! Ich liebe Sie!"

Fast versuchte, von Mortimer loszukommen, aber es gelang ihm nicht. Mortimer rollte auf dem Boden hin und her, ohne Fast loszulassen, der seitwärts aus dieser lächerlichen Umarmung zu entkommen trachtete. Und jetzt heulte Mortimer auch noch!

„Fast! Ich flehe Sie an! O mein Gott, ich liebe Sie!"

Fast lag unter dem schweren Körper des Herzogs von Sunderland und spürte, wie Mortimers Kopf sich dem seinen näherte und seine Lippen gierig die seinen suchten. Er hatte sich beinahe befreit, als eine Stimme ihn auf dem Boden festnagelte: „Schweine!"

Lena! Sie hatte die Salontür geöffnet und stand vor ihnen. Mortimer und Fast wagten keine Bewegung auf ihrem Teppich von Pornofotos.

„Wir haben einander nichts mehr zu sagen, Mortimer. Ich packe auf der Stelle meine Koffer."

Das Geräusch ihrer Schritte verklang. Fast stand mit einem Satz auf und schrie Mortimer überaus verächtlich an: „Kretin, du!"

Mit zwei Schritten war er über den Armeen des Herzogs von Wellington, die er wütend mit Fußtritten in alle Ecken des Salons zerstreute.

Mortimer wankte ihm auf den Knien nach. „Nein, Fast! Nein! Nicht das! Die Sammlung von Papa!"

„Da, du Idiot, schau, was ich mit der Sammlung von Papa mache!"

Mit dem Absatz zermalmte er ganze Bataillone, deren Reste

unter die kostbaren Möbel rollten. Mortimer hatte erneut zu weinen begonnen und schluchzte endlos weiter: „O Fast! Sie sind so böse! Sie sind so böse!..."

William war der Ansicht, daß Profit eine gute Sache war, solange er die vitalen Reflexe nicht einschläferte. Ein reicher und zufriedener Mann läßt in seiner Aufmerksamkeit nach. Allein schon sein Reichtum liefert ihn seinen Feinden aus. Und William war mehr als reich. Dennoch hatte er sich in seinem Innersten eine Art beständiges Hungergefühl bewahrt, das seine Sinne geschärft hielt und ihn vor jeder Gefahr warnte. Gefahren sah er überall. Er fühlte sich für die Sicherheit der anderen verantwortlich und hätte nicht einmal sagen können, warum. Einmal war sein Land in Gefahr. Dann wieder seine Familie, oder seine Freunde, oder sein Hab und Gut. Wenn die anderen schliefen, behielt er stets ein Auge offen.

Als er diese Versammlung einberufen hatte, wußte er, daß er das letzte Bollwerk ihrer gemeinsamen Interessen war. Ohne ihn würde Baltimore anstandslos gewinnen und sie in Armut stürzen. Und dabei hatte er noch alles umschreiben müssen, um überhaupt ihr Einverständnis zu erhalten. Nicht ein einziges Mal war das Wort Mord gefallen! Diese armseligen Feiglinge!

Die Gegensprechanlage summte leise. „Mr. Bert ist da."

„Er soll heraufkommen!"

Bert war vor einigen Jahren vom FBI entlassen worden. Offizieller Grund: Er war zu sehr Individualist. In Wirklichkeit war er in eine Rauschgiftsache verwickelt gewesen und hatte Bestechungsgelder angenommen. Seine speziellen Talente und seine Vorliebe für Bargeld hatten ihm die Position eines Vertrauensmanns im Trust eingetragen. William verachtete ihn ob seiner mangelnden Staatsbürgertreue, aber er respektierte seine Effizienz. Wo niemand mehr handeln konnte, schlug Bert zu und verschwand wieder. Vielleicht hatte er Neuigkeiten.

„Nun?" drängte William.

„Da ist eine interessante Sache. Sie haben den alten Trendy zu einem ehemaligen Marineinfanteristen geschickt."

„Wozu?"

„Das weiß ich noch nicht. Aber ich werde es bald wissen. Der Junge heißt Slim Scobb. Wir führten ihn als Kommunisten, aber wir haben nie herausbekommen, ob er es aus Überzeugung war oder nicht."

„Na und?"

„Warten Sie! Seit dem Besuch von Trendy geht Scobb jeden Tag vier Stunden zum Karabinertraining in einen Schießstand in der 9. Straße."

„Und was interessiert uns daran?"

„Zwei Gründe. Erstens war Scobb ein Eliteschütze. Es heißt, daß er in Korea zu den besten gehörte. Spezialist für Kopfschüsse. Er soll wahnsinnig viele Wetten damit gewonnen haben. Und zweitens hat er sein Training sicher nicht aus Sportsgeist wiederaufgenommen."

„Und wen soll er umlegen? Sicher niemanden aus dem eigenen Lager. Vergessen Sie nicht, daß Trendy der Vertrauensmann von Scott Baltimore ist."

„Das weiß ich alles. Trotzdem ist etwas faul. Sie arbeiten an irgendeiner Sache, aber an was?"

Wem sagt er das, dachte William. Bert war wie er, ließ sich nicht von einer unschuldigen Fassade einlullen. Selbst wenn alles klar schien, spürte er instinktiv, daß etwas dreckig war.

„Was halten Sie davon?"

„Ich weiß nicht. Slim geht jeden Morgen nach seiner Arbeit auf den Schießstand. Er ist Nachtwärter in einer Garage."

„Haben Sie jemand auf ihn angesetzt?"

„Ja, zwei Mann."

„Und Sie lassen ihn nicht aus den Augen?"

„Tag und Nacht nicht."

„Ausgezeichnet. Und was Sie angeht, möchte ich, daß Sie mir eine komplette Akte über diesen Scobb anlegen. Alles. Bankkonto, Geschäfte, Familie, wenn es sie gibt, Vergangenheit, Neigungen, eben alles! Baltimore hält seine letzte Wahlrede in drei Tagen in New Orleans. Versuchen Sie, herauszubekommen, ob es einen Zusammenhang gibt. Vielleicht haben Sie ihn nur als Leibwächter eingestellt?"

„Würde mich wundern! Sie haben eine komplette Mannschaft!"

William dachte nach. „Irgend etwas ist wirklich faul. Vielleicht haben wir eine Spur. Halten Sie die Augen offen! Sie halten mich auf dem laufenden?"

„Einverstanden, Mr. William. Sobald es Neues gibt."

„Okay. Auf Wiedersehen!"

„Auf Wiedersehen."

Bert drehte sich um und ging auf die Tür zu. Plötzlich drehte er sich um. „Übrigens, beinahe hätte ich es vergessen. Die Akte, die Sie über Slim Scobb wollten, da ist sie. Ich habe sie schon anlegen lassen."

William nahm den Ordner mit einer Mischung von Ärger und Zufriedenheit entgegen.

Keyx war begeistert. Er hockte vor dem Schlüsselloch und mimte für die hinter ihm stehenden Offiziere die Szene, die er verfolgte. Nach seinen Gesten zu schließen, mußte es hoch hergehen. Manchmal griff sich Keyx mit beiden Händen an den Kopf, damit Hiebe andeutend, die jemand erhielt. Aus dem Appartement hörte man Flüche in den verschiedensten Sprachen, welche die Matrosen je nach ihrer Nationalität für ihre Kameraden übersetzten. Manche waren so wüst, daß der Chefdolmetsch für Griechisch sie kaum wiederzugeben wagte. Die Szene dauerte nun bereits zwanzig Minuten und wurde nur von Aufschreien und dem Lärm berstenden Geschirrs unterbrochen. Der Grieche war dafür bekannt, stets seine Ruhe zu bewahren. Wie hatte die Menelas es geschafft, ihn in diesen Zustand zu versetzen?

Die Kampfhandlungen hatten mild eingesetzt, genau genommen durch Tonleitern auf dem Klavier, die *lento* begonnen hatten. Dann war der Rhythmus *vivace* geworden, Schreie hatten ihn hie und da unterbrochen. Als die Menelas zum *furioso* überging, war die aggressive Musik verstummt, und man hörte nur mehr die Stimmen von Olympia und Satrapoulos. Jeff war erst am Morgen aus Athen zurückgekehrt und hatte der Mannschaft erzählt, was er auf der griechischen Insel mit angesehen hatte. In seiner Zuhörerschaft hatten sich zwei Lager gebildet: die Sanftmütigen, die die Lage der Menelas verstanden – Skorpione und Schlangen waren wirklich nicht angenehm für eine Frau –, und die anderen, die harten Burschen, die lachten und die Menelas als zimperlich bezeichneten. Über den Ausgang des Kampfs waren die Meinungen geteilt. Die Alteingesessenen meinten, der Grieche würde es nicht mehr lange aushalten und sie hinausschmeißen. Die Neuen, mit Satrapoulos und seinen Möglichkeiten noch wenig vertraut, gaben sich überzeugt, daß er das Schlachtfeld als erster verlassen würde. Beide Lager sollten unrecht behalten: anscheinend ging der Kampf unentschieden aus. Ein Auflachen der Menelas warnte sie, daß die Wut in einen gefährlichen Waffenstillstand übergegangen war, den bereits der kleinste Vorwand wieder zu brechen imstande sein konnte. Bald stimmte der Grieche in das Lachen des „Panthers" ein, aber bei seiner knurrenden Raubtierstimme wußte man nie, ob er sich nur die Lefzen ablecken oder einen mit Haut und Haar auffressen würde. Als die Tür mit einem Ruck aufging, kniete Keyx vor dem Schlüsselloch. S. S. zuckte nur verächtlich die Achseln, als er ihn erblickte, während sich die Mannschaft plötzlich dringenden Beschäftigungen zuwandte.

„Hol uns Champagner, du Kretin!"

Keyx war heilfroh, seinem Schicksal so glücklich entronnen zu sein, und richtete sich auf, um davonzueilen. Die Stimme Satrapoulos' hielt ihn zurück: „Ah, Keyx! Komm einen Augenblick her!"

Mißtrauisch kam er näher. Aber S. S. schien guter Laune zu sein. „Sag einmal Keyx, was ist denn das da oben?" Er wies hinauf. Keyx drehte sich um und blickte in die angedeutete Richtung. Ein Schock traf ihn, und er rollte plötzlich über das Deck. Der Grieche hatte ihn mit einem gigantischen Tritt in den Hintern überrascht.

„Das wird dir eine Lehre sein, an Türen zu horchen!" Und zu den Matrosen: „Und ihr kommt auch noch dran! Im ersten Hafen, den wir anlaufen, schmeiße ich euch hinaus!"

Er knallte die Tür zu. Als Keyx seinen Champagner abgeliefert hatte, schien er seine Erniedrigung bereits vergessen zu haben und erklärte Stavenos von oben herab: „Es geht schon wieder. Sie scheinen sich zu beruhigen."

Stavenos dachte, daß alle an Bord langsam nervös wurden. Vor acht Tagen hatten sie in Pointe-à-Pitre Station gemacht, um Treibstoff aufzunehmen, bevor sie Saint-Barthélémy anliefen, wo S. S. und die Menelas für eine Kreuzfahrt zwischen Guadeloupe und Portoriko erwartet wurden. Und dann war der Grieche wütend eingetroffen, hinter ihm eine mürrische und verschlossene Menelas. Sie hatte sich stundenlang in ihrem Probenraum eingeschlossen und ohne Unterlaß Tonleitern gespielt, in die sie je nach Laune Themen von Chopin einflocht. Nach ihrem Anschlag konnte man auf ihren Gemütszustand schließen; euphorisch war er sicher nicht! In achtundvierzig Stunden sollten die anderen Gäste aus aller Welt eintreffen, die über New York auf die „Pegasus II" eingeflogen wurden. Wenn es so weiterging, konnte man sich auf einiges gefaßt machen!

Der Offizier vernahm hinter seinem Rücken ein Geräusch. Er drehte sich um und sah die Menelas, die im Badeanzug auf den Swimming-pool zuging. Sie betrat den Sprungturm, schien ihre Meinung wieder zu ändern, drehte sich um, lief die Brücke entlang bis zur Reling, kletterte darüber und hechtete ins Meer.

Der Grieche kam angelaufen: „Olympia! Komm zurück! Es ist gefährlich! Es gibt hier Haie!"

Die Jacht ankerte nicht in der schützenden Lagune, sondern eine Meile außerhalb. Die Karibische See wimmelt von riesigen Mantas, giftigen Fischen, Barrakudas und Haien. S. S. beugte sich über die Reling und rief so laut er konnte: „Ich sage dir, du sollst zurückkommen!"

Die Menelas zeigte ihm die Zunge und entfernte sich weiter. Stavenos stand neben dem Griechen und hörte ihn „Idiotin!..." murmeln. Er bot seine Hilfe an: „Soll ich das Boot klarmachen?"

„Sei ruhig! Ich habe dich nichts gefragt!... Olympia!... Olympia!... Warte, du wirst schon sehen! Stavenos! Nimm vier Mann und komm mit!"

Der Grieche ging auf den Probenraum zu und öffnete die Tür mit einem Fußtritt.

„Schmeißt mir das ins Wasser!"

Sprachlos wechselten die fünf Männer einen Blick. Es schien ihnen unglaublich, daß mit „das" der Bechstein gemeint sein konnte, der da auf einem kleinen Podest stand, umgeben von einem halben Dutzend schwerer Lederfauteuils, die im Halbkreis um ihn gruppiert waren.

„Also was ist? Seid ihr taub? Ins Meer damit!"

Die Matrosen zögerten immer noch. Stavenos faßte sich zuerst. Er kauerte sich nieder und ergriff das Klavier an einem Bein. Die anderen kamen ihm zu Hilfe. Mit großer Mühe wurde der monumentale Flügel aus dem Raum bugsiert und bis auf die Brücke geschafft, wo sich der zu öffnende Teil der

Reling befand, in den beim Anlegen der Laufsteg **münd**ete. Der Grieche umrundete unentwegt die Gruppe **und** **er**munterte sie mit Flüchen und Handbewegungen. Bald hing das Klavier auf der Kante der Bordwand. Die ganze Mannschaft hatte ihre Arbeit eingestellt, um mit weitaufgerissenen Augen nichts von diesem seltsamen Happening zu verlieren, diesem schwarzen Bechstein auf der weißen Jacht, der beim kleinsten Stoß ins grüne Meer fallen mußte. Der Grieche stand neben dem Flügel und brüllte ein letztes Mal: „Olympia!"

Die Menelas trieb zweihundert Meter von der „Pegasus II" entfernt auf dem Rücken. Sie drehte sich um und sah, was vor sich ging. Sie rief etwas, was man auf dem Schiff nicht verstehen konnte. Dann richtete sie sich im Wasser auf und deutete mit der geballten Faust herüber. Der Grieche unterdrückte ein Lächeln. „Ins Meer!" entschied er.

Er stemmte sich mit aller Kraft gegen den Flügel, der langsam aus dem Gleichgewicht kam und majestätisch ins klare Wasser fiel. Ein dumpfes Geräusch, ein platschender Aufprall, und der Bechstein schoß in die Tiefe. Draußen, auf dem Meer, entfernte sich die Menelas immer weiter von ihnen, als ginge sie das Ganze nichts an.

27

Die Schüsse wurden so schnell hintereinander abgefeuert, daß sie nur ein einziges Getöse ergaben. In weniger als fünf Sekunden zehn Schuß. Slim setzte langsam den Kolben von seiner schweißnassen Wange ab. Heiß war es in diesem Keller! Fünf Stockwerke weiter oben, über den Betonmassen, die die Keller von den Hochgeschossen trennten, war ein Kinosaal. Der Korditgeruch drang angenehm in Slims Nase. Man vernahm nur mehr das regelmäßig surrende Geräusch der Maschine, die die laufenden Zielscheiben auswechselte. Er drückte auf einen Knopf, und die mit roten Kreisen versehenen Zinkplatten hielten in ihrer Bewegung ein. Nachdenklich betrachtete er jene, auf die er sein Magazin leergeschossen hatte. Die zehn Kugeln befanden sich im Zentrum und waren innerhalb eines Kreises von nicht mehr als drei Zentimetern Durchmesser eingeschlagen. Slim hatte die Automatik auf Maximalgeschwindigkeit eingestellt, zudem konnte man nie voraussagen, in welche Richtung sich die Scheiben bewegen würden. Er war wirklich noch in Form. Sicher, es war weniger lustig, als auf Menschen zu schießen, aber man durfte nicht zu viel verlangen, man hatte nicht jeden Tag den Vorwand eines Kriegs, der einem zu Medaillen verhalf anstatt zum Tod auf dem elektrischen Stuhl. Morgen würden ihn die anderen an den Operationsort bringen, damit er sich umsehen konnte. Er würde die Stadt wohl für sehr lange verlassen müssen. Natürlich hatte er Annie nichts gesagt. Später dann, wenn er in Sicherheit war und sie sich mit den Kindern unter der Sonne von Florida rekelte. Bei dieser Art von Geschäft ging es Männern und Geschäften nur gut, solange die Frauen nichts wußten. Heute abend würde sie nicht wissen, warum er sie mit besonderer Leidenschaft liebte. Vielleicht würde er ihr sogar ein viertes Kind machen. Und wenn schon. Slim liebte Gören! Er lächelte und begann seinen Karabiner mit den raschen und präzisen Bewegungen des Profis zu zerlegen.

Wie immer in solchen Fällen war es ein dummer Zufall. Als Lena mit dem Taxi am Flughafen ankam, stieß sie auf Kallenberg, der aus seinem Wagen stieg.

„Lena!"

Sie versuchte ihm zuzulächeln, aber es gelang ihr nicht. Der Anblick ihres Mannes und des jungen Burschen, wie sie sich in einem Meer gräßlicher Pornohefte herumbalgten, war wie ein Alptraum und ließ sie nicht los. Ihre Empfindungen waren nicht zu beschreiben, nie hatte sie ähnliche Gefühle des Ekels an sich erfahren. Wie eine Verrückte hatte sie ihre Sachen auf einen Haufen geworfen, das wichtigste in zwei oder drei Koffer gepackt und das Schloß verlassen, ohne Mortimer oder Fast wiederzusehen. Sie ließ sich zum Flughafen bringen, um das erste Flugzeug zu nehmen, egal wohin.

„Lena! Ist etwas?"

„Nichts."

„Wo ist dein Mann?"

Sie schwieg.

„Gehst du weg?"

„Ja."

„Wohin?"

„Ich weiß nicht. Nach Athen, wenn es geht."

„Warum soll es nicht gehen?"

„Ich weiß nicht, ob es ein Flugzeug gibt . . ."

„Aber Lena! Miete doch eines! Nimm ein Flugtaxi! Soll ich mich darum kümmern? Willst du meine Maschine?"

Lena hatte nie besonders auf Kallenberg geachtet, solange sie mit dem Griechen verheiratet gewesen war. Aber jetzt schien ihr seine Stimme so beruhigend, beschützend. Sie sah, wie er kurz mit seinem Chauffeur sprach, der sich an die Mütze griff und wegging. Alles war wieder einfach. Hermann kam zu ihr zurück, nahm sie bei der Hand und zog sie mit sich: „Komm, du wirst mir jetzt alles erzählen! Und mach dir keine Sorgen! Wenn du Schwierigkeiten hast, bin ich ja da!"

Wenig später befanden sie sich in der V.I.P.-Lounge des

Flughafens. Blaubart schenkte ihr einen Whisky ein. „Trink das, Herzogin. Es ist nicht gut, aber es wird deine Nerven beruhigen."

Lena leerte das Glas in einem Zug. Er beugte sich zu ihr vor: „Hör zu, Lena, ich weiß nicht, was vorgefallen ist, aber ich sehe, daß du durcheinander bist. Ich sage dir ein für alle Mal, daß du auf meine totale und bedingungslose Hilfe zählen kannst, was immer auch geschieht. Wenn du mir jetzt nichts sagen willst, verstehe ich das. Aber ich glaube, es würde dir guttun. Kann ich dir helfen? Willst du es mir erzählen?"

„Wie geht es Irene?"

Kallenberg verzog das Gesicht: „Ach! Deine Schwester! Was für ein Problem! Ich glaube, wir sind schon zu lange miteinander verheiratet. Nein, aber jetzt sag einmal, du steckst in Schwierigkeiten, und ich soll dir mein Leben erzählen?"

Lena lächelte. Der Alkohol wirkte bereits. Hermann schenkte ihr ein zweites Glas ein.

„Wo ist Mortimer?"

„Ach, der! . . ."

Kallenberg lachte. „Na, dann sind wir ja beide in einer herrlichen Lage!"

„Was hast du meiner Schwester schon wieder angetan?"

„Nein, da bist du ungerecht! Du solltest mich eher fragen, was sie mir schon wieder angetan hat."

„Du bist wirklich ein kleiner Märtyrer . . ."

„Das wird mich auch noch umbringen! Bist du mit Mortimer zerstritten?"

„Es ist aus."

„Ernstlich?"

„Aus, vergessen."

„Wirklich?"

„Noch wirklicher."

„Überleg es dir gut."

„Hab' ich schon."

„Hat er dich gekränkt?"

„Mir egal."

„Soll ich ihm den Hosenboden versohlen?"

„Nur das nicht. Es könnte ihm gefallen."

„Siehst du, und du wolltest mir nicht glauben, als ich es dir gesagt habe!"

„Was denn?"

„Daß du und ich hätten heiraten sollen!"

„Das hätte nur eine Katastrophe mehr in der Familie gegeben."

„Das kannst du nicht wissen. Jedenfalls, ich mag es nicht, wenn man mir den Hintern versohlt."

Eine Hosteß trat mit einem Rosenstrauß ein. Sie übergab ihn Lena und ging wieder.

Hermann deutete auf die Flasche: „Noch einen?"

„Nein. Aber danke für die Blumen."

„Lena! Du siehst drein, als wärest du ein kleines, verlassenes Tier!"

„Das bin ich auch."

„Aber! Du machst dich über mich lustig!"

„Nein, wirklich, du mußt mir glauben. Ich bin ganz verloren."

„Trotz deiner Schönheit?"

„Glaubst du, das ist ein Gemütszustand?"

„Millionen von Frauen würden sich damit zufriedengeben!"

„Erzähl mir von dir."

„Ach, ich. Schwierigkeiten, wo man hinsieht. Sokrates macht es mir nicht leicht. Deine Mutter übrigens auch nicht!"

„Ihr benehmt euch wie Kinder!"

„Möglich. Was für eine Familie!"

Hermann spürte zum ersten Mal, daß er mit Lena reden konnte. Sie nahm Notiz von ihm, hörte ihm zu.

„Lena! Ich habe dir einen Vorschlag zu machen. Wir lassen mein Flugzeug auftanken, und ich fliege dich hin, wohin du willst. Aber warum solltest du nicht vorher ein paar Tage an Bord der ‚Vagrant' kommen, anstatt zu deiner Mutter zu gehen, die dich nur ausfragen wird? Du würdest Ruhe haben, niemand würde dich stören, du könntest dich ausruhen und nachdenken, bevor du deiner Mutter gegenübertrittst. Was hältst du davon?"

„Wo ist dein Schiff?"

„In Portofino."

„Ich weiß nicht recht . . ."

„Gestattest du, daß ich die Sache in die Hand nehme?"

Sie sah ihn nachdenklich an. „Woher diese plötzlichen karitativen Anwandlungen?"

„Da haben wir's! Wieder mein schlechter Ruf! Aber was

habe ich ihnen denn allen getan! Mein Gott, du redest zu mir, als hättest du einen Menschenfresser vor dir!"

„Und wenn Irene es erfährt?"

„Na und?"

„Sie wird sich Gedanken machen."

„Das tut sie ohnehin den ganzen Tag!"

„Du bringst mich in Versuchung."

„Um so besser, das will ich ja gerade!"

„Nun . . ."

„Und weißt du", fuhr er mit einem ziemlich verkrampften Lächeln fort, „mein Vorschlag gilt immer noch . . ."

„Welcher Vorschlag?"

„Du hast es vergessen? Ich heirate dich, sobald du willst!"

„Hermann, hör auf!"

„Du glaubst, ich scherze. Warum auch sollten wir nicht? Ich war ja immer schon in dich verliebt!"

„Sei bitte ernst."

„Ich war noch nie so ernst!"

An seinem Ton erkannte sie, daß er meinte, was er sagte. Wie seltsam das Leben war. Genau an dem Tag, da sie ihren Mann verließ, schlug ihr ihr Exschwager vor, sie zu heiraten! Sie wollte ihn provozieren, um mehr zu erfahren. „Wunderbar! Du brauchst nur noch mit Irene zu sprechen, sobald du nach Hause kommst!"

„Einverstanden?"

„Einverstanden! Die wird sich freuen!"

„Daß ich dich heirate, sicher nicht. Sie ist auf dich eifersüchtig. Wir haben jedenfalls bereits beschlossen, uns scheiden zu lassen."

„Wirklich?"

„Ruf sie an, wenn du willst."

„Aber warum?"

„Warum hast du dich von Sokrates getrennt? Und warum wirst du dich von Mortimer scheiden lassen?"

Ein Mann in Uniform trat ein. „Entschuldigen Sie, gnädige Frau. Ihr Flugzeug ist bereit, Herr Kallenberg. Der Wagen wartet draußen, um Sie auf die Landebahn zu bringen."

„Wunderbar. Ich komme."

Er blickte Lena tief in die Augen und sagte: „Also?"

„Also was?"

„Ich lasse dich auf die ‚Vagrant' bringen?"

„Einverstanden."

Er stieß einen tiefen Seufzer der Erleichterung aus. „Und du heiratest mich?"

Sie brach in Lachen aus. „Natürlich heirate ich dich!"

„Nein, Lena, ich meine es ernst! Ich warne dich, ich spreche noch heute abend mit deiner Schwester!"

„Sie wird mir die Haare ausreißen!"

„Das möchte ich erleben! Schließlich kann sie immer noch Sokrates heiraten!" Er fühlte, daß er zu weit gegangen war, und lenkte ab. „Komm, dein Flugzeug ist vorgefahren!"

Sie griff nach den Rosen. Er nahm sie beim Arm und ging mit ihr zum Wagen. Den Weg bis zur Maschine legten sie wortlos zurück. Als sie bereits auf der Gangway stand, sagte er: „Wenn dir langweilig ist oder du etwas brauchst, sag nur meinem Kapitän, er soll mich anrufen. In drei Stunden bin ich da. Einverstanden?"

„Einverstanden."

„Gute Reise!"

Er beugte seinen riesigen Körper zu ihr hinunter und drückte sie in einer seltsamen Umarmung an sich, halb Freund, halb Geliebter. Einen winzigen Augenblick spürte er, wie sie sich an seine Schulter lehnte. Er küßte sie auf die Wange, seine Lippen wanderten und berührten ihren Mundwinkel. Es traf ihn etwas wie ein elektrischer Schlag. Er mußte sich erst wieder in die Gewalt bekommen, bevor er mit unbewegter Stimme sagen konnte: „Ich sage dir noch einmal, es stimmt alles. Ich werde mit Irene sprechen."

Sie antwortete ihm mit einer undefinierbaren Bewegung, vielleicht war es ein freundliches Achselzucken.

„Danke, Hermann. Danke für alles. Ich bin froh, dich getroffen zu haben."

Sie drehte sich um und erstieg die wenigen Stufen. Hinter ihr schloß der Steward die Schiebetür.

„Was Neues!"

Bert hatte sich kaum anmelden lassen, als er bereits in Williams Büro stürmte.

„Es geht los! Es geht los! Der Bursche, Slim Scobb, den die

Leute von Baltimore angeheuert haben, ist gestern abend abgehauen! Und wissen Sie, wohin! Nach New Orleans!"

„Na und?"

„Na und? Dort hält doch Scott Baltimore seine letzte Wahlrede!"

„Ich weiß, ich weiß!" unterbrach William ihn zornig. Er haßte es, wenn man so brutal in sein Arbeitszimmer einbrach, und hatte es sich zur Regel gemacht, selbst wenn es brennen mochte, seine Besucher warten zu lassen, um sie mürbe zu machen.

„Er ist heute morgen unter falschem Namen in einer Familienpension in der Saint Charles Avenue abgestiegen." Er griff nach einem Papier, auf dem er sich Notizen gemacht hatte. „ ,The Columns' heißt sie. Sehr diskret. Ehrwürdige Greise, ältere Damen, pensionierte Offiziere."

„Ja?"

„Ich habe zwei meiner Leute auf ihn angesetzt. In der Stadt geht es schon hoch her. Heute nachmittag wird Scott Baltimore vom Bürgermeister im ,Royal Orleans' empfangen. Zuerst hatten sie das ,Howard Johnson' vorgesehen, aber sie haben es sich überlegt. Es ist ein altes Palais mitten im Stadtzentrum."

„Hören Sie zu, Bert. Wenn Sie gekommen sind, um mit mir über Tourismus zu sprechen, darf ich Sie darauf aufmerksam machen, daß ich eine Reisebürokette besitze!"

„Warten Sie! Scobb war kaum angekommen, als er auch schon spazieren ging, zumindest hat er so getan. Gegenüber dem ,Royal Orleans' ist ein Bürohaus. Er ist durch einen Hintereingang hinein. In den vierten Stock hinauf. Er trug ein Paket in der Hand. Als er aus dem Zimmer herauskam, zu dem er einen Schlüssel besaß, war das Paket weg."

William brannte darauf, zu erfahren, was in dem Paket war. Er versuchte, sich zurückzuhalten. Aber Bert schwieg und wartete darauf, daß sein Boß ihm Fragen stellte. Zehn Sekunden hielt William es aus, mehr nicht. Dann explodierte er: „Also was? Werden Sie mir jetzt endlich sagen, was in diesem verdammten Paket war?"

„Ein Karabiner tschechischen Fabrikats. Zerlegt. Die Seriennummer ist ausgefeilt."

„Woher wissen Sie das?"

„Bei seiner Ankunft im Hotel hat er seine Tasche auf dem

Zimmer gelassen und ist Kaffee trinken gegangen. Während einer meiner Männer ihn beschattete, hat der andere sein Gepäck durchsucht. Er hat den Karabiner gefunden. Aber das ist noch nicht alles! Das Büro, wo er ihn versteckt hat, ist vor drei Tagen über eine New Yorker Agentur für sechs Monate gemietet worden. Und rein zufällig hat man vom Fenster aus einen herrlichen Ausblick auf den Platz, wo der Wagen von Scott Baltimore stehenbleiben wird! Wie auf einem Schießstand! Was halten Sie davon?"

Eisig erklärte William: „Nichts."

„Aber . . ."

„Aber ihre Geschichte ist doch absurd! Einerseits sagen Sie mir, daß Trendy Scobb kontaktiert hat. Und Trendy ist ein Vertrauensmann von Scott Baltimore. Dann erzählen Sie mir, daß Ihr Bursche, dieser Slim Scobb, ein Gewehr versteckt hat. Was wollen Sie mir damit beweisen? Daß er Baltimore abschießen will? Und auf wessen Befehl? Auf den Befehl von Trendy vielleicht? Finden Sie, daß diese Geschichte Hand und Fuß hat? Da können Sie mir gleich erzählen, daß Scott Baltimore jemanden bezahlt, um auf sich schießen zu lassen!"

William biß zornig in eine Zigarre, um sie zu köpfen. In seiner Wut biß er die Hälfte ab. Drei Tage noch bis zu den Wahlen, und es war nichts geschehen, um Baltimores Chancen zu mindern. Aber William hatte noch ein letztes Atout im Ärmel. Wenn man diesen kleinen Emporkömmling nicht zart beiseite schieben konnte, würde man es eben mit Gewalt tun. Wer will schon wissen, wieviel Tote der Absturz eines Privatflugzeugs fordern kann? Alles, nur nicht Scott Baltimore an der Macht!

Bert unterbrach das Schweigen: „Es stimmt, daß ich noch nicht weiß, was eigentlich gespielt wird. Aber eines ist sicher, es bereitet sich etwas vor. Was, weiß ich noch nicht. Aber heute nachmittag um vier geht es los! Glauben Sie, daß meine Geschichte nur auf einer Reihe von Zufällen beruht?"

„Aber was! Er wird doch nicht Baltimore umlegen!"

„Ich weiß nicht. Zum Teufel! Was wollen die wirklich?"

„Vielleicht ist Ihr Slim da, um ihn zu beschützen?"

„Undenkbar! Baltimore hat seine eigene Polizei. Vier bewaffnete Gorillas lassen ihn nicht aus den Augen. Ich habe es überprüft. Sagen Sie mir: Wie sind die letzten Umfragen?"

„Baltimore sinkt seit achtundvierzig Stunden rapid ab. Aber das hat nichts zu sagen."

„Darf ich Ihnen eine Frage stellen? Glauben Sie, daß er eine Chance hat, nicht gewählt zu werden?"

„Natürlich! Aber glauben Sie vielleicht, daß wir das Risiko eingehen wollen, dieses Schwein zum Präsidenten zu haben?"

„Warten Sie. Sie sagen, daß sein Stimmenpotential schwindet? Ich versuche mir vorzustellen, was ich in seinem Brain-Trust täte. Nehmen wir an . . ."

„Nehmen wir was an?"

„Natürlich erfährt er als erster von den Umfragen. An seiner Stelle würde ich mich gar nicht wohl fühlen."

„Ich sage Ihnen doch, daß das nichts zu besagen hat! Eine Meinung kann man in einer Stunde ändern, man weiß nicht einmal, wie, so schnell geht das!"

„Eben. Wenn augenblicklich die Meinung gegen ihn steht, wenn er spürt, daß die Wähler ihn verlassen, möchte er diese Meinung wieder umschlagen lassen, Sympathien erwerben. Ein tschechischer Karabiner. Scheiße! Ich hab's! Sie simulieren ein Attentat! Slim hat den Auftrag, auf Scott zu schießen und ihn zu verfehlen! . . . Können Sie sich das vorstellen! . . . Alle Fernsehstationen, die Presse, die Radiosender! . . . Vom kleinen nörgelnden Progressiven wird er plötzlich zum Nationalhelden! Der Märtyrer! Der Mann, der dem Tod entging! So wird er die Wählermeinung umdrehen!"

„Bei Gott!" schrie William. „Das ist es! Ah! Dieses Schwein! Wie spät ist es?"

„Neun Uhr."

„Worauf warten Sie noch! Machen Sie etwas! Nehmen Sie sich ein Flugzeug. Nichts wie hin!"

„Und was soll ich tun?"

„Was weiß ich! Sie werden schon sehen, beeilen Sie sich, wir verlieren nur Zeit!"

„Moment, Moment! Vielleicht gibt es Besseres zu tun, als nach New Orleans zu fliegen. Die Lösung des Problems liegt hier, in New York. Scobb hat drei Kinder und eine Frau, die er über alles liebt. Sie haben den Bericht ja gelesen. Wir haben ihn in der Hand! Wenn ich mich nicht getäuscht habe und er wirklich für ein vorgetäuschtes Attentat angeheuert wurde, so wird Scott Baltimore kein Haar gekrümmt. Nicht umsonst haben sie einen Elitemann genommen! Aber nehmen wir jetzt an, daß Slim danebenschießt und ihn trifft?"

„Halten Sie ihn für dumm genug, sich von uns bestechen zu lassen? Er weiß ganz genau, daß ihn die anderen finden und umlegen lassen."

„Es geht nicht darum, ihn zu bestechen, sondern seine Familie zu entführen."

Bei William kam das Bürgerliche durch. „Ein Kidnapping!"

Bert sah ihn kalt an „Na und? Was bereiten die denn jetzt vor? Eine Kartenpartie oder einen Mord? Wenn wir damit Druck auf ihn ausüben können, wird er vielleicht geruhen, uns anzuhören."

„Möglicherweise ist er ein Fanatiker. Wer sagt, daß er mittut?"

„Niemand. Wenn Sie etwas Besseres auf Lager haben . . ."

William fand Berts Schlußfolgerungen und seine Idee einfach genial. Nur weil er wütend war, nicht selbst daraufgekommen zu sein, gab er sich jetzt unschlüssig. Er räusperte sich: „Was schlagen Sie vor?"

„Ich gehe direkt zu Scobb. Ich will das selber erledigen. Wenn alles gutgeht, habe ich in weniger als einer Stunde die Frau und die Gören. Ich weiß schon, wo ich sie hinbringe. Dann rufe ich Philly in New Orleans an, es muß zu diesem Zeitpunkt etwa elf Uhr früh sein. Er wird Slim mitteilen, daß wir im Besitz seiner besseren Hälfte sind. Von da an hängt alles von ihm ab. Entweder will er sie wiedersehen, oder er zieht ein neues Leben als Junggeselle vor. Wenn er seine lieben Kleinen nicht verlieren will, muß Scott Baltimore eine Kugel in den Kopf kriegen."

„Wenn er annimmt, unterschreibt er sein eigenes Todesurteil."

„Glauben Sie im Ernst, daß Trendy und seine Freunde ihn nicht ohnehin zum Tod verurteilt haben? Sie meinen doch nicht, daß sie verrückt genug sind, einen Zeugen am Leben zu lassen, der sie ihr ganzes Leben lang erpressen kann?"

Wenn man die Dinge so betrachtete, blieb natürlich für Gefühle nicht viel Platz übrig.

Zwischen Guadeloupe und Portoriko befinden sich fast vier-
hundert Inseln, von denen viele nicht einmal einen Namen
haben. Die winzigen Häufchen Land scheinen oft gar nicht auf
den Seekarten auf und erstrecken sich über Hunderte von
Kilometern zwischen Montserrat, Barbuda, Saint Kitts, Anti-
gua, Saint Martin, Anguilla, Sombrero, Nevis und den Jung-
ferninseln. Unter den Lavaströmen dieser ehemaligen Vulkane
sollen einst die Piraten ihre Schätze versteckt haben. Auf
manchen Stränden hat seit Jahren kein menschlicher Fuß mehr
den schwarzen oder rosafarbenen Sand berührt. Die Matrosen
der Küstenschiffahrt bleiben auf hoher See, weil sie fürchten,
ihre Schiffe auf den rasiermesserscharfen Korallenriffen aufzu-
schlitzen. Am Tag zuvor war die Menelas nach ihrer Pflicht-
übung im Rückenschwimmen an Bord zurückgekehrt, als
sei nichts geschehen. Sie sah entspannt aus und hatte den
Griechen gebeten, mit ihr am nächsten Tag über diese menschenleeren Inseln zu fliegen. Nicht ein Wort über das Klavier, auf
dessen Tasten in dreißig Meter Tiefe die Strömungen spielen
mochten. Mißtrauisch hatte der Grieche mitgespielt und schien
seinen Wutanfall vergessen zu haben, aber er fürchtete ihre
Rache. Abends war jeder für sich schlafen gegangen. Und doch
hatte es der Grieche nicht fertiggebracht, den „Panther" seines
Klaviers zu berauben, und hatte über Funk in Miami einen
Bechstein bestellt: der Preis war egal, Hauptsache, das Klavier
war am nächsten Tag auf der „Pegasus II". Nach zweistündi-
gem Suchen hatte Kirillis das Glück gehabt, das seltene Stück
aufzutreiben, dank der Vermittlung eines Industrieölmagnaten,
der zu Satrapoulos' Geschäftsfreunden gehörte und einen
privaten Musikfreund hatte überreden können, ihm sein Exem-
plar abzutreten. Der Grieche hatte es nicht für richtig befunden,
Olympia mitzuteilen, daß der Schaden wiedergutgemacht
würde. Als er am nächsten Morgen aufwachte, fand er sie auf
der Brücke, wo sie sich in einem Liegestuhl bräunen ließ. Zur
Begrüßung hatten sie einander ein Lächeln zugeworfen, das
alles besagen konnte. Niemand von ihnen wollte sprechen, und
so verging eine Stunde, bevor die Menelas das Schweigen brach:
    „Du hast mir gestern versprochen, mit mir die Inseln zu
überfliegen?"
    Sokrates war drauf und dran, Frieden zu schließen, ihr zu
sagen, daß sie noch am Abend einen neuen Flügel bekommen

würde, und sich auch zu entschuldigen. Aber dann sagte er bloß: „Einverstanden. Komm . . .“

Nun flogen sie schon seit einer Stunde gemächlich über die Inseln. Jeff folgte im Zickzackkurs einem riesigen Rochen, der im glasklaren, durchsichtigen Wasser schwer mit den Flossen schlug. Der Hubschrauber hielt sich in einer Höhe von zwanzig Metern. Sie hatten bereits drei oder vier der kleinen Inseln überflogen, ohne daß der Pilot Anweisung erhalten hätte, langsamer zu werden oder aufzusetzen. Jeff wurde langsam schneller und überließ den Rochen seinem Schicksal. Drei Meilen weiter entfernt konnte man einen grauen Fleck im stählernen Glitzern der Sonne erkennen.

„Sehen wir uns diese Insel an!“ sagte Olympia. „Nein, Jeff, nicht so schnell! Fliegen Sie weiter so langsam, und tiefer, knapp über dem Meer . . .“

Der Grieche verzog das Gesicht. Er haßte es, wenn jemand seinem Piloten Befehle erteilte. Im Cockpit war es zum Umkommen heiß, obwohl beide Schiebetüren offen standen. Man hatte den Eindruck, die Hand ins Wasser tauchen zu können, so tief flogen sie. Auf Backbord tauchte ein Schiff auf, und Jeff flog hin. Aus der Nähe betrachtet, war es ein alter verrosteter Kahn. Kein Mensch an Deck.

„Die werden jeden Augenblick sinken!“ sagte die Menelas.

Jeff brach in Lachen aus: „Nein, Madame! Schmuggel. Alles Tarnung! An Bord haben sie die modernsten Radaranlagen und die stärksten Motoren, mit denen es nicht einmal die Polizeiboote aufnehmen können.“

„Was schmuggeln sie?“

Jeff entfernte sich von dem Rosthaufen. „Das weiß ich nicht, Madame. Waffen . . . Rauschgift . . .“

Er nahm Kurs auf die Insel und ging erneut bis knapp über die Wasserfläche hinunter.

„Das war gar nicht nett, was du gestern getan hast.“

Immer noch der gefährliche Unterton. Der Grieche hatte den breiten Sicherheitsgurt gelöst, der ihm an der Haut klebte und sah schlecht gelaunt ins Weite. Wie morgens schon war er versucht, ihr zu verraten, daß der Bechstein dank seines Reichtums und seiner Beziehungen ersetzt würde. Aber er schwieg.

Die Menelas redete weiter, sie schien ganz ruhig: „Es war nicht nur nicht nett, sondern du weißt ganz genau, daß es für mich dasselbe ist, ob man sich an meiner Person oder an meinem Klavier vergreift. Du kannst dir ja denken, daß ich einen solchen Affront nicht auf mir sitzenlasse!"

Der Grieche drehte sich ruckartig um, um ihr darauf zu entgegnen. Zu spät: er fühlte sich von seinem Sitz gehoben und merkte mit Entsetzen, daß der Horizont sich plötzlich verändert hatte. Die Wellen, die er unter den Füßen gehabt hatte, waren nun über seinem Kopf. Verzweifelt krallte er sich mit Händen und Füßen an, um nicht aus dem Hubschrauber zu fallen. Alles war so schnell vor sich gegangen, daß Jeff, der ihnen den Rücken zudrehte, nichts bemerkt hatte. Die Menelas stemmte sich mit ihrer ganzen Kraft gegen den Griechen, um ihn aus dem Cockpit zu stoßen. Er hatte sich mit den Beinen verkrallt und hing mit dem halben Körper in der Luft. Er schlug wie wild um sich, und einer seiner Hiebe mußte getroffen haben, denn plötzlich ließ der „Panther" los und griff sich an die Brust. Satrapoulos unternahm eine übermenschliche Anstrengung, um sein Gleichgewicht wiederzuerlangen, und fiel ausgepumpt in seinen Stuhl, wo ihn der grenzenlos erstaunte Blick von Jeff traf, der endlich begriffen hatte, was los war. Die Menelas biß sich vor Schmerzen die Lippen wund.

„Also was ist jetzt mit dieser Insel, sind wir da?" keuchte der Grieche.

Jeff beschleunigte. Wenige Augenblicke später kreiste er über einem schwarzsandigen Strand und unzähligen bunten Muscheln. In der Mitte der Insel, die eineinhalb Kilometer lang sein mochte, erhob sich eine felsige Anhöhe, auf der vereinzelte Wildziegen weideten.

„Soll ich landen?"

„Ja! Runter!"

Der Hubschrauber setzte am einen Ende des Eilands auf. Kaum waren die Rotoren ausgelaufen, sprang die Menelas auf den Sand und lief davon. Sie hatte noch immer kein Wort gesprochen. Der Grieche sah ihr feindselig nach. Von Zeit zu Zeit bückte sie sich, griff nach einer Muschel, die sie lässig betrachtete, bevor sie sie wieder wegwarf. Die Ziegen sahen verblüfft von ihrem Hügel herunter. Die Menelas war nicht stehengeblieben und entfernte sich immer mehr vom Hubschrauber. Als sie bereits zweihundert Meter zurückgelegt hatte, befahl der Grieche kalt: „Motor an!"

„Aber . . ."

„Laß den Motor an, zum Teufel!"

S. S.' Blick genügte, Jeff beugte sich. Als sie das Geräusch der gestarteten Motoren vernahm, drehte die Menelas sich um. Das Heulen der Rotoren wurde stärker, sie drehte sich um und kam mit raschen Schritten in Richtung auf die Maschine zurück. Sie war noch hundert Meter entfernt, als der Hubschrauber aufstieg und rasch an Höhe gewann. Sie begann zu laufen. Ihre weißen Beine sanken tief im schwarzen Sand ein und hinterließen deutliche Spuren. Aber der Hubschrauber war nur noch ein kleiner grauer Punkt, der am Himmel nordwärts flog.

An diesem Tag waren die beiden Ältesten nicht in der Schule. Es war zehn Uhr morgens. Slim war seit zwei Tagen weg. Er hatte nicht gesagt, wo er war, er hatte es auch früher nicht getan. Er hatte nur seine Reisetasche geschlossen und zu Annie erklärt: „Mach dir keine Sorgen. Ich bin bald wieder da." Am Ende seines Satzes hatte er gezögert, als wollte er etwas hinzufügen, aber er hatte geschwiegen. Annie hatte es nicht gewagt, ihm eine Frage zu stellen. Sie waren seit acht Jahren verheiratet, aber sie wußte kaum etwas von ihm. Nur von einer Bekannten, die es wieder von ihrem Liebhaber, einem ehemaligen Marineinfanteristen, wußte, hatte sie erfahren, daß er in Korea eine Art Held gewesen sein mußte. Als sie ihn einmal schüchtern danach gefragt hatte, war er nur zu einem Achselzucken bereit: „Unsinn! . . . Das ist alles schon so lange her."

Letztlich konnte es ihr egal sein. Slim war ein guter Vater, ein guter Gatte und, nach so vielen Jahren der Ehe, ein stets zuvorkommender Liebhaber. In der Nacht vor seiner Abreise hatte er sie stundenlang gestreichelt. Als er sich eine Zigarette anzündete, hatte er einen Satz ausgesprochen, der sie jetzt nicht in Ruhe ließ: „Würdest du gern mit den Kindern in der Sonne leben?"

Die Sonne! . . . Sie dachte ohne Unterlaß daran! Sie hatten nie Urlaub gehabt, und für die Kinder waren die Mauern ihres verfallenen kleinen Hauses der einzige Horizont, eingepfercht zwischen den Wolkenkratzern der Bronx.

Sie schrak auf: es hatte an der Tür geläutet. Vielleicht Nachrichten von Slim?

„Morty", wandte sie sich an den ältesten der drei. „Paß auf
deine Brüder auf! . . . Morty! . . . Achtung! Louis wird vom
Tisch fallen!"

Sie zupfte ihren Morgenrock zurecht und ging öffnen. Vor
der Tür stand ein gutangezogener Mann, der sie lächelnd ansah.

„Mrs. Scobb?"

„Ja, das bin ich . . ."

„Ich komme von Ihrem Mann."

„Ah!"

„Darf ich hinein?"

Er trat ein.

„Guten Morgen, junger Mann! Na, da ist Ihnen wohl nie
langweilig, mit den drei Rangen! . . . Der Kleine da, auf dem
Tisch, ist das ein Mädchen?"

„Louis? . . . Nein, ein Bub."

„Mrs. Scobb, ich habe eine gute Nachricht für Sie. Stellen Sie
mir keine Fragen, es ist eine Überraschung! Slim hat mir gesagt,
hol Annie und bring sie mit den Kindern her."

„Wie? Aber wohin denn?"

„Das möchten Sie wohl gerne wissen, nicht wahr! Aber das
ist ja die Überraschung! Slim hat auch gesagt, Sie sollen nicht zu
viel mitnehmen. Nur das Notwendigste! Sie werden sehen, dort
ist es schön warm! Kann ich Ihnen beim Kofferpacken behilflich sein?"

„Nun, ich weiß nicht. Slim hat mir nichts gesagt. Hat er mir
schon von Ihnen erzählt? . . ."

„Baden mein Name! Ich bin ein alter Freund. Sachen haben
wir zusammen ausgefressen, ich sage Ihnen . . ."

„Baden?"

„Ja, Baden!" Er sah zerknirscht drein. „Natürlich, ich bin ein
Idiot! . . . Sie kennen mich ja nicht! Da, bitte! . . ."

Er zeigte ihr einen Ausweis, auf dem unter seinem Foto der
Name John Baden und „Vertreter" stand. Dann zog er einen
Brief hervor. „Das hätte ich beinahe vergessen! Lesen Sie, es ist
von Slim . . ."

Annie riß das Kuvert auf. Sie erkannte augenblicklich die
schwere, mühselige Schrift ihres Mannes. Sie las:

„Annie, stell meinem Freund Baden keine Fragen. Geh mit
ihm, das ist alles. Du wirst eine Überraschung erleben. Ich
glaube, es wird Dir gefallen. In Liebe: Slim."

Sie blickte den Mann erneut an: „Aber ... Ist es für lange? ... Ich meine, werden wir das Haus für längere Zeit verlassen?"

„Gehen wir weg, Mama?" wollte Morty begeistert wissen.

„Warte eine Sekunde, mein Liebling ..."

Baden lachte fröhlich: „Ja, mein Junge! Wir gehen weg! Wir gehen zu Papa! Du wirst sehen, das Meer und eine Menge lustiger Sachen warten auf dich!"

Unentschlossen versuchte Annie zu verstehen, was vor sich ging. Es kam alles so rasch!

„Kommen Sie, Mrs. Scobb, machen wir schnell! Der Wagen wartet draußen auf uns!"

„Mister ..."

„Nennen Sie mich Johnny, wie alle! Kommt, Burschen, ein bißchen Bewegung! Macht eure Sachen fertig!"

„Mama, darf ich?"

Annie zögerte ein letztes Mal. „Ja, Morty, geh nur."

„Fein!"

Annie war es nicht gewohnt, Slims Befehle in Frage zu stellen. Wenn er wollte, daß sie Mr. Baden folgen sollte, dann hatte sie eben Mr. Baden zu folgen. Sie hatte wohl Lust, ihre Nachbarin zu verständigen, die manchmal auf die Kinder achtgab, aber der Freund ihres Mannes schien es eilig zu haben.

„Mr. Baden, wieviel Zeit habe ich?"

„Johnny, zum Teufel! ... Johnny heiße ich! Zehn Minuten! Keine Minute länger. Ja?"

„Sehr gut, ich beeile mich."

Sie nahm Louis auf den Arm und trug ihn in sein Zimmer, wo sie ihn aufs Bett legte. Sie öffnete einen Kasten. Viel Auswahl war ohnehin nicht! Sie hatte alles in allem nur ein Kleid! Durch die offene Tür sah sie John Baden, der sich niedergesetzt hatte. Er kaute an einem Kaugummi und sah sehr sympathisch aus.

28

„Weißt du was? Du wirst lachen!"

Irene strich mit einem silbernen Messer ein Stück Butter auf ihren Toast. Sie war gerade aufgestanden und hatte mit Erstaunen bemerkt, daß Hermann zu ihr ins Zimmer gekommen war. Eigentlich konnte es sich nur um eine Gemeinheit handeln, wenn er sagte, er würde sie zum Lachen bringen. Und sie hatte seltsamerweise den Wunsch, es möge schon soweit sein, sie brannte darauf, für die Rolle bestraft zu werden, die sie beim falschen Tod von Satrapoulos gespielt hatte. Gemeinheit gegen Gemeinheit. Da war nichts zu sagen. Sie warf ihm einen Blick zu, der gute Laune verheißen sollte. Nur nicht zeigen, daß sie Angst hatte und daß diese Angst für sie etwas Herrliches war ...

„Sag schon, mein Liebling. Ich möchte lachen."

„Ich gehe."

„Ja, also das ist wirklich lustig ..."

„Und weißt du, warum ich gehe?"

„Ich nehme an, du hast Lust dazu."

„Genau."

„Und wann gehst du?"

„Heute abend, sobald ich die Einzelheiten mit meinem Anwalt geregelt habe."

„Gehst du ins Gefängnis?"

„Im Gegenteil. Ich verlasse es. Ich lasse mich scheiden."

„Ach so! Du solltest es vielleicht deiner Frau sagen!"

„Das bin ich dabei zu tun."

Irene biß kräftig in ihren Toast. Indem sie spürte, wie ihr langsam übel wurde, lächelte sie Kallenberg freundlich zu. „Aber mein Liebling, dann bist du ja böse!"

„Nicht gegen dich. Gegen mich."

„Ach, das ist aber schlimm! Und was hast du dir denn angetan?"

„Ich bin böse auf mich, weil ich so lange eine Idiotin deines Kalibers ertragen habe."

„Aber, aber!"

„Im übrigen kannst du nichts dafür, du bist eben verrückt. Du gehörst einfach in ein Irrenhaus."

„Hm. Und du wärst mein Wärter. Du würdest mich streicheln, bevor du mir die Zwangsjacke überziehst..."

Sie ließ heimlich drei Beruhigungstabletten in ihren Löffel mit Erdbeerkonfitüre fallen. Meist nahm sie die erste Dosis erst gegen Mittag. Aber diesmal schien ein Dringlichkeitsfall vorzuliegen. Am schlimmsten war die unerschütterliche Ruhe von Blaubart, die keine Ironie, kein Sarkasmus durchdringen zu können schien.

„Versuche nicht, mich zu ködern, mein Schatz, du schaffst es nicht. Ich hätte dich letztens umbringen sollen. Ich habe es nicht getan, weil du verrückt bist, aber du bist für mich noch viel mehr als tot, es ist, als hätte ich dich vor zehn Jahren begraben."

„Das hätte dir so gepaßt! Das Geld vom Weib ohne das Weib."

Er fuhr fort: „Ich nehme an, du verstehst, daß ich nicht mit dir unter einem Dach leben möchte, nach alldem, was vorgefallen ist. Dummheit kann ich noch ertragen. Verrat nicht."

„Oh! Das große Wort!"

„Spiel nur weiter den Hanswurst, wir werden schon sehen, wer als letzter lacht!"

„Also will mein kleiner Liebling seine Freiheit? Hast du auch schon ein Auge auf die nächste geworfen?"

„Ja."

„Kenne ich sie?"

„Sehr gut sogar."

„Dürfte ich ihren Namen wissen?"

„Deine Schwester."

Irene verstand nicht gleich – vielleicht wollte sie nicht verstehen. Neben der Übelkeit, die sie jetzt stärker fühlte, spürte sie, wie ihr Herz wie rasend schlug. Sie riß sich zusammen, um ihr Entsetzen nicht zu zeigen. Mit fast normaler Stimme fragte sie: „Wer, hast du gesagt?"

„Lena, deine kleine Lieblingsschwester, das Vorbild der Familie."

„Nein, das ist zu komisch!"

„Hör auf, Brote zu streichen! Es liegen schon zwölf vor dir! Wirst du das alles fressen?"

Sie schrie plötzlich: „Ich streiche, solange es mir paßt!"

Hermann war zufrieden. Diesmal hatte er sie erwischt! Die Rollen waren vertauscht! Zuckersüß sprach er auf sie ein: „Sehr gut, mein Liebling, sehr gut. Streiche nur, streiche nur! Übe inzwischen, du wirst noch viel Freizeit haben . . ."

Irene vermochte nicht mehr, sich zu beherrschen. „Und du glaubst, ich werde das so einfach schlucken? Du bildest dir doch nicht ein, daß du mich wegen meiner verblödeten Schwester verlassen wirst? Ah! Warte nur, bis ich Mama Bescheid gesagt habe! Ich rufe sie jetzt gleich an!"

„Tu das, mein Liebling, laß dich nur nicht aufhalten. Beim Telefonieren kennst du dich wenigstens aus. Du hättest Karriere machen können, bei der Post . . ."

„Hermann! Stimmt es?"

„Natürlich. Letzten Endes kannst du immer noch deinen Exschwager heiraten. Mit der grandiosen Hilfe, die er von dir bekommen hat, wird er sich vielleicht mit einer Nutte wie dir abgeben?"

„Du Schwein! . . . Schwein! . . . Schwein! . . ."

Sie griff nach einer Untertasse, um sie ihm ins Gesicht zu schleudern. Er schlug ihren Arm herunter und hielt ihn mit seinen Pranken nieder. „Irene, Irene! Wie nervös du bist! Komm, beruhige dich doch! Wenn du hübsch brav bist, lade ich dich zu meiner Hochzeit ein. Lena ist sicher einverstanden. Weißt du, sie hat dich gern, deine kleine Schwester!"

„Du Schwein! Dreckstück! Unsere Kinder!"

„Mach dir keine Sorgen, du brauchst dich nicht um sie zu kümmern! Lena und ich haben beschlossen, sie zu uns zu nehmen."

Mit der freigebliebenen Hand versuchte sie, ihm ins Gesicht zu fahren, aber es gelang ihr nicht. Mit einer seiner riesigen Hände hielt Blaubart ihre beiden Hände fest. Mit der anderen verabreichte er ihr eine gewaltige Ohrfeige. „Beruhige dich doch, mein Liebling. Siehst du nicht, wozu du mich zwingst?"

Irene begann in seinem eisernen Griff wild zu zappeln und

laut zu jammern. Plötzlich gelang es ihr freizukommen. Sie machte zwei Schritte auf die Tür zu, fiel der Länge nach hin und blieb regungslos liegen. Mißtrauisch kam Kallenberg näher. Als er sich überzeugt hatte, daß ihre Ohnmacht nicht gespielt war, wandte er sich ab. Er trat er in die Halle hinaus und schrie mit Stentorstimme: „Jeanine! . . . Jeanine! . . .“

Das Zimmermädchen kam angelaufen.

„Kommen Sie schnell, Jeanine! Madame hat wieder eine Krise gehabt!“

Slim war die Südstaatenarchitektur mit ihren Säulen egal. Ihn interessierte nur, daß es in seinem Zimmer keine Klimaanlage gab. Es war entsetzlich heiß, und seine Uhr zeigte 13 Uhr. Er hatte geduscht und sich tropfnaß aufs Bett geworfen. Wozu auch? Selbst wenn er unbeweglich blieb, lief der Schweiß über seinen nackten Oberkörper. Wie Trendy ihm geraten hatte, war er nur morgens ausgegangen, um seinen Karabiner und drei Magazine im Gebäude abzustellen, das gegenüber vom „Royal Orleans“ stand. Die Stadt war voll von Menschen, niemand hatte auf ihn geachtet. Als er in den Büroraum kam, hatte er sich zum Fenster gestellt und die verschiedensten Schußrichtungen erwogen. Kinderleicht. Es war ausgemacht, daß er mehrere Kugeln in die Karosserie setzte und die Windschutzscheibe zerschoß. Nach dem „Attentat“ würden Unordnung und Panik so groß sein, daß er in aller Ruhe in die Kellergänge gelangen konnte, die sich unter mehrere Blocks verzweigten. Um 16 Uhr 45 ging sein Zug, zum Bahnhof gelangte er zu Fuß. Wenn die Polizei die Bahnhöfe sperren ließ, saß er längst in seinem Abteil. Eine halbe Stunde später hatte er die Grenze von Louisiana überschritten und befand sich in Mississippi. Die Bahnlinie folgte kilometerlang einem See und durchquerte Gulfport, Biloxi, Ocean Springs, Theodore und noch ein paar unwichtige Dörfer. Er stieg erst in Mobile aus, fuhr mit dem Taxi zum Flughafen und flog nach Albuquerque, New Mexico. Mit dem Autobus dann nach Pecos, wo er sich eine Woche verstecken sollte. Trendy hatte ihm versprochen, sich dann zu melden. Man mußte den Dingen Zeit lassen, sich wieder zu beruhigen, bevor er mit Annie und den Kindern die Früchte seiner Arbeit genießen konnte. Trendy hatte nicht versucht zu bluffen: „Nimm an, daß es schiefgeht, kann ja passieren, nicht, wer weiß das schon? Und wenn du ins Kittchen kommst, faßt du wegen Mordversuchs zehn Jahre. Getötet hast du ja niemanden, nicht? In drei Jahren bist du wieder draußen. Vielleicht schaffen wir es auch schon früher. Aber in deinem Interesse kann es nicht sein: du kriegst doppelt bezahlt, wenn sie dich einlochen. Da kommt schon was zusammen, bis du wieder heraus bist!"

Allerdings, das konnte viel Geld werden. Aber es störte ihn, die Kinder so lange nicht sehen zu können. Zu diesem Preis war der Reichtum recht teuer erkauft.

Er erhob sich vom Bett und zog die Jalousie vor dem Fenster etwas hoch. Vor dem Hoteleingang stand ein alter Herr, der eine silberhaarige Dame in schwarzem Kleid zu beschwatzen trachtete. Auf der Straße herrschte reger Verkehr. Man spürte, daß die Stadt etwas erwartete. Er lächelte bei dem Gedanken, daß er in dem Schauspiel einen wichtigen, unvorhergesehenen Auftritt hatte. Dann bekam er Durst. Er beschloß, in einer diskreten Bar auf die Stunde „X" zu warten. Es genügte völlig, wenn er eine Stunde vor den Honoratioren in seinem kleinen Büro auftauchte. Er sah sich prüfend in seinem Zimmer um, ob er auch nichts zurückgelassen hatte, was auf seine Spur führen konnte. Nein, es war alles so unpersönlich, als hätte er nie einen Fuß in dieses Zimmer gesetzt. Er wischte mit dem Taschentuch über seinen Kunststoffkoffer, den er zurücklassen mußte, um den Portier nicht mißtrauisch zu machen. Er hatte für eine Woche im voraus bezahlt. Er hängte sich die Weste um, schritt pfeifend die Treppe hinunter, grüßte den Portier, bat entschuldigend den ältlichen Don Juan, der Oma eine faszinierende Geschichte erzählte, ihn vorbeizulassen, bog rechts in die Straße ein und verschwand in der Menge. Zwanzig Meter hinter ihm folgte Philly. Philly hatte in den Augen jener Leute, die sich seiner Dienste versicherten, in diesem Fall Bert, einen riesigen Vorteil: er war mittelmäßig, in seiner Größe, seinem Gehaben, seinem Gesicht, der Stirn und selbst der Intelligenz. Ein Mann, dem man hundertmal begegnen konnte, ohne ihn zu bemerken. Aber wenn man ihm eine Arbeit anvertraute, ließ er nicht mehr locker. Was ihn manchmal in seiner Rolle als unscheinbarer Bürger verriet, das waren seine Wutanfälle. Am eiskalten Glanz seiner sonst so sanft blickenden Augen erkannte man dann, daß man es mit einem gefährlichen Burschen zu tun hatte.

Nach zehn Minuten der Beschattung sah er, wie Slim rechts in die Iberville Street einbog. Anscheinend merkte er nicht, daß er verfolgt wurde, er tat so entspannt und unschuldig, als ginge er zu Freunden Karten spielen. Als er eine Bar betrat, wußte Philly, daß es Zeit war zu handeln. Bert hatte ihm am Telefon erklärt, was er zu tun habe: „Zeig ihm, daß du weißt, was er vorhat. Außerdem steht die Chance neun zu eins, daß es sogar stimmt. Schlag ihm das Geschäft direkt vor, ohne Umschweife. Wenn du es richtig anstellst, steigt er ein. Wenn nicht, laß ihn und such dir ein Telefon. Ruf mich an. Ich gebe dir dann neue Anweisungen.“

Philly ließ fünf Minuten verstreichen und trat ebenfalls in die Bar ein. „Felix“ hieß sie. Ein nettes kleines Lokal, gestopft voll. Die meisten Gäste tranken Bier und aßen gebackene Austern oder Krevetten. Philly sah Slim sofort. Er stand an der Theke und blickte traumverloren in sein zweites Bier. Er stellte sich neben ihn und studierte eingehend die Tafel mit den Getränkepreisen. Um nicht aufzufallen, bestellte er ein Bier. Während er trank, suchte er krampfhaft nach der besten Möglichkeit, seine Offensive zu starten. Er mochte Feinheiten nicht und entschloß sich für den einfachsten Weg: geradeheraus zu sagen, was er zu sagen hatte. Ohne seinen Kopf zu Scobb zu wenden – sie standen fast auf Tuchfühlung nebeneinander – sagte er deutlich, aber so leise, daß nur Slim es hören konnte: „He, Sportsfreund! Hör gut zu, was ich dir zu sagen habe! Beweg dich nicht, bleib ganz ruhig, hör nur zu, das ist alles . . .“

Er glaubte, aus den Augenwinkeln eine Bewegung bei seinem Nachbarn entdeckt zu haben. Das war alles. Slim trank weiter, ohne sich zu rühren, als hätte er nicht gehört. Philly sprach sehr schnell. „Du heißt Slim Scobb. Du wohnst in der Bronx. Später wirst du zum ‚Royal Orleans‘ gehen, die Straße überqueren und im Haus gegenüber in den vierten Stock steigen . . .“

Er beobachtete Slim wieder. Scobb bewegte sich nicht.

„Dort sperrst du dich im Büro 472 ein. In einem Sack, den du versteckt hast, ist ein tschechischer Karabiner. Und Magazine sind auch drin. Wenn Scott Baltimore vor dem Hotel auftaucht, wirst du auf ihn schießen. Und nicht treffen.“

In dem Lärm der Bar war Phillys Stimme nicht mehr als ein

Flüstern. Und selbst wenn man verstanden hätte, was er sagte, war es nicht sicher, daß man es mit ihm in Verbindung bringen würde, so unbeweglich blieben seine Lippen beim Sprechen.

„Nur ist da leider ein Hund drinnen, Sportsfreund. Du mußt ihn nämlich treffen. Wenn du zufällig schlecht zielen solltest, würdest du deine Frau und deine drei Kinder nicht mehr wiedersehen. Die hübsche Annie und die Gören haben wir uns nämlich geritzt! Und jetzt werde ich dir beweisen, daß ich nicht bluffe. Ich gehe zum Telefon und wähle eine Nummer. Wenn du mich sprechen siehst, kommst du. Ich werde dich mit deiner Frau verbunden haben, sie wird es dir erklären. Das ist alles. Hast du mich verstanden?"

„He! Ein Bier!" rief Slim dem Barmann zu.

Philly blieb die Spucke weg. Er hatte überhaupt keine Reaktion gezeigt. Er warf zwei Münzen auf die Theke und flüsterte Scobb noch zu: „Halt dich bereit!"

Dann ging er auf die Kabine zu. Sein frei gewordener Platz wurde augenblicklich von zwei jungen Burschen eingenommen, die Slim stießen, um es sich bequem zu machen. Er sah sie nicht. Langsam drehte er sich um und sah, wie der Mann wählte. Er konnte die Nummer nicht erkennen, in der Glaskabine drehte er ihm den Rücken zu. Slim schossen tausend Gedanken durch den Kopf. Wenn das wahr war! Er würde sie alle umbringen! Ein Blutbad anrichten! Aber wer waren sie? Einen Augenblick kreuzten sich sein Blick und der des Unbekannten, der sich jetzt zu ihm umgedreht hatte. Er begriff, daß es soweit war, und ging lässig zum Telefon. Als der andere ihn näher kommen sah, verließ er die Kabine, ohne den Hörer aufgehängt zu haben.

Slim zitterte leicht, als er nach dem Telefon griff. „Hallo?" Seine Handflächen waren schweißnaß, und der Hörer rutschte ihm aus der Hand.

Eine Männerstimme. „Bleib am Apparat, häng nicht auf. Ich gebe dir gleich jemanden, den du gut kennst. In der Zwischenzeit darf ich dich daran erinnern, was man dir vorhin gesagt hat: Er oder deine Familie."

Einen Augenblick hörte er gar nichts, dann war Annies Stimme da. „Slim . . ."

„Wo bist du, zum Teufel?"

„Slim . . .", wiederholte sie nur.

„Annie, stimmt es?"

„O Slim!"

Er hörte deutlich, wie sie schluchzte. Ihr Weinen wurde leiser.

Die Männerstimme. „Okay, zufrieden? Hör mir gut zu. Wenn alles sich so abspielt, wie wir es verlangt haben, ist sie in zwei Stunden zu Hause zurück, und die Kinder auch. Die Wahl liegt jetzt bei dir, wir haben dich gewarnt!"

Slim nahm sich zusammen, um drei Worte auszusprechen, die einfach nicht über seine Lippen kommen wollten: „Wer beweist mir . . ."

„Niemand. Aber denk nach, du hast keine andere Wahl. Was sollen wir mit deiner Familie? Glaubst du, wir machen extra einen Kindergarten auf? Wenn du deinen Teil erledigst, lassen wir sie frei. Es hängt nur von dir ab!"

Die Leitung war tot. Slim hielt den Hörer immer noch in der Hand, als hätte er noch eine Chance, Annies Stimme zu hören. Er verließ die Kabine, ohne ihn auf die Gabel gelegt zu haben, warf einen Geldschein auf die Theke, verließ das Lokal und begab sich in Richtung auf das „Royal Orleans". Er hatte Watte in den Beinen.

Auf der ganzen Strecke waren die Wände mit Wahlplakaten überklebt; sie wiederholten unendliche Male zwei Gesichter und zwei Namen: Scott und Peggy Baltimore.

Es gab drei verschiedene Plakate. Auf dem einen war Scott allein und zeigte ein strahlendes Lächeln und die zwei Reihen seiner blendendweißen Zähne. Text: „Damit es sich ändert." Es stand am oberen Rand, in seinen Haaren. Unten, auf der Höhe seines Krawattenknotens: „Scott Baltimore." Auf der zweiten Version sah man Peggy mit windzerzaustem Haar in einem hellen Kleid. Großgedruckt: „Peggy", etwas kleiner: „we want you", und dann wieder groß: „for president", so daß man beim ersten flüchtigen Blick nur „Peggy" . . . „for president" sah und genau hinsehen mußte, um das „we want you" zu erkennen. Das letzte Plakat schließlich zeigte Peggy und Scott, wie sie einander umarmten, den Blick auf die Zukunft, das heißt die Passanten, gerichtet. Der Slogan: „Scott und Peggy Baltimore – die jüngsten Präsidenten in der Geschichte der Vereinigten Staaten."

„Gefällt es dir?"

Der Wagen war ohne Verdeck und glitt zwischen zwei applaudierenden Menschenwänden dahin. Scott und Peggy standen im Fond und dankten mit freundlichen und herzlichen Gesten für die Ovationen, die man ihnen darbrachte. Peggy fühlte, wie ihre Schenkel von schmerzhaften Krämpfen verzerrt wurden und sie überdies am ganzen Körper zu zittern begann, weil sie schon zu lange die Lippen zum strahlenden Lächeln verzogen hatte. Immer noch lächelnd, meinte sie zu Scott: „Ich hab' genug von diesem Zirkus. Ich muß mich am Rücken kratzen."

„Und ich muß Pipi. Du siehst, wir können uns gegenseitig leider nicht helfen. Geduld . . ."

Während er sprach, hob Scott beide Hände hoch in die Luft und verschränkte sie in Siegergeste über dem Kopf. Peggy wollte es sich nicht eingestehen, aber die Begeisterung des Volks, die ihrem Mann entgegenschlug, beeindruckte sie. Sie hatte gedacht, Massenovationen bereits kennengelernt zu haben, als sie Reitturniere siegreich beendet hatte, aber im Vergleich zum politischen Enthusiasmus waren die diskreten Bravorufe der Pferdeliebhaber nichts. Sie wußte mittlerweile genau, wie man einen Supermann „aufbaute", denn sie hatte, wenn auch gelangweilt und resigniert, einige Male an den Vorbereitungen der Wahlkampagne teilgenommen und sich gegen die Leute gestemmt, die auch ihr eine Rolle zugedacht hatten. Wenn man Pust Belidschan glaubte – Peggy konnte ihn nicht ausstehen, sie fand ihn gewöhnlich –, war es sogar notwendig, daß ihre beiden Söhne Michael und Christopher, die erst drei und vier waren, an dem allgemeinen Exhibitionismus teilnahmen. Peggy hatte sich mit allen Mitteln dagegen zur Wehr gesetzt, und selbst Scott hatte es nicht gewagt, darauf zu bestehen. Peggy sah ihn aus den Augenwinkeln an. Er war wirklich herrlich, ein Abbild der triumphierenden Jugend, braungebrannt, gesund, entschlossen, schön und sympathisch. Mit Bitterkeit dachte sie, daß auch nicht ein einziger ihrer Liebhaber ihm das Wasser reichen konnte. Warum war es ihm nicht gelungen, Ehrgeiz und Liebe auf einen gemeinsamen Nenner zu bringen. Plötzlich fühlte sie Eifersucht; die anonymen Kundgebungen der Leidenschaft, die er auslöste, störten sie. Sie begriff, daß sie noch an ihm hing, weil er vorausbestimmt war, der Erste zu sein, seit jeher schon. Sie griff zärtlich nach seiner Hand und blickte ihn genau in dem Augenblick an, als ihr Wagen auf den Platz einfuhr. Ein wenig überrascht sah er sie an. Er hatte sie zwingen müssen mitzukommen. Er gab ihr das Lächeln zurück. Der Wagen zog einen Halbkreis, um vor dem „Royal Orleans" vorzufahren. Trotz der Begeisterungsschreie in der Menge ließen Scott und Peggy ihre Augen ineinander ruhen, erkannten, daß noch alles möglich war, verziehen einander, versprachen, schworen tausend schweigende Eide, die einem nur aus den Augen, nie über die Lippen kommen. In einem Augenblick war das Unaussprechliche gesagt.

Genau in diesem Moment zersplitterte die Windschutzscheibe unter der ersten Kugel.

Die Menelas bekam langsam wirklich Angst. Und was, wenn Sokrates nicht zurückkam, um sie zu holen? Sie saß im Sand und döste vor sich hin, malte mit dem Finger unbestimmbare Arabesken auf den Boden. Als sie den Hubschrauber hatte verschwinden sehen, dachte sie, es sei ein vorübergehender Bluff und er würde umdrehen, um sie zu holen. Aber der Stille war nur die Stille gefolgt, der Wut die Angst und der Furcht die Panik. Seltsame Gedanken gingen ihr durch den Kopf, Gedanken, die man haben mußte, wenn es ans Sterben ging, Fetzen der Vergangenheit, Fragmente aus überfüllten Konzertsälen, Applaus, Männergesichter, der seltsame Amerikaner, der sie die Musik hatte entdecken lassen, die kleine Mauer aus getrockneten Steinen auf Korfu, in deren Schatten sie stundenlang sitzen konnte, wenn sie abseits sein, sich überzeugen wollte, sie sei allein, endgültig allein, einzige Überlebende einer verschwundenen Menschheit. Aber damals hatte es genügt, über die Mauer zu sehen, um ihr Haus zu erblicken und ihre Angst zu vergessen!

Auf dieser Insel gab es keine Mauer, kein Haus, keinen Menschen. Sie war allein, wie man nur in einem Sarg allein sein kann. Sie hatte geschrien so laut es ging, gebrüllt, um sich Mut zu machen, sobald sie fühlte, daß ihre Nerven nachgaben. Nur die Ziegen hatten sich noch weiter auf ihren Felsen zurückgezogen, mehr hatte sie nicht erreicht. Sie hatte sie streicheln wollen

500

und war ihnen nachgelaufen, aber sie kam nie näher als fünfzig Meter an die Tiere heran, riß sich dabei die Füße auf dem felsigen Boden wund. Einmal hatte sie sich ermattet gegen einen riesigen stachellosen Kaktus gelehnt und wäre beinahe in Ohnmacht gefallen. Aus dem Stamm ragte ein grüner Ast hervor, aufgerauht wie Baumrinde. Am Ende des Astes zwei Augen, halb unter schweren Lidern verborgen, und eine schmale gespaltene Zunge: ein Iguan. Sie hatte es sich als Warnung dienen lassen und war allen Kakteen ausgewichen, von denen jede einzelne ganzen Iguanfamilien Unterschlupf zu gewähren schien. Manche der Tiere waren über einen Meter lang. Sie paßten sich der Pflanze, die sie trug, so perfekt an, daß es kaum möglich war, sie auf den ersten Blick zu erkennen. Fröstelnd ging sie zum Strand zurück, diesem Strand, der ihr so verlassen vorgekommen war und sich jetzt mit ungeheuerlichen Krabben bevölkerte. Auch das so klare Meer schien von Bewegung erfüllt, die von intensivem Leben unter Wasser Zeugnis ablegte. Sie stellte sich die großen Fische vor, wie sie die kleineren fraßen, ewiges, unerträgliches Naturgesetz ... Und dann begann sie zu weinen, denn sie wußte, daß sie eine Nacht des Grauens in diesem falschen Paradies nicht überleben würde.

Ein ganz leises Geräusch riß sie aus ihrer Starre und ließ ihr Herz schneller schlagen. Das herrliche, beruhigende Motorengeräusch wurde bald deutlicher. Sie suchte nervös den Himmel ab, bis ihre schon tränenden Augen endlich einen kleinen schwarzen Punkt ausmachten, der rasch näher kam. Nur für einen kurzen Augenblick wandte sie den Blick vom Hubschrauber, um auf die Uhr zu sehen: seit vier Stunden starb sie bereits tausend Tode. Die Angst war verflogen, Wut und Erleichterung machten sich in ihr breit. Seltsam nur, der Punkt hatte sich in zwei Hälften geteilt, die übereinander flogen. Das Bild wurde klarer, und die Menelas vermochte die beiden Teile deutlicher zu sehen. Der untere war deutlich kleiner. Ja. Der Hubschrauber trug unter seinem Bauch ein großes schwarzes Ding mit, das an einem Seil hing und schaukelte. Im Cockpit vermochte sie bereits die Gestalten von Jeff und Satrapoulos zu erkennen. Sie mußten sie ebenfalls sehen. Obwohl sie die nun verflogene Angst noch deutlich verspürte, trieb sie die Koketterie so weit, nicht zu winken – trotz ihrer unbändigen Lust zu schreien, applaudieren, sich bemerkbar zu machen. Sie würde ihnen schon zeigen, daß sie nicht feige war, daß es ihr egal sein konnte, ob man sie jetzt oder später holte, daß sie sich letzten Endes sehr wohl fühlte und keineswegs auf sie angewiesen war. Sie spielte also mit den bunten Muscheln und blieb in einer sorgsam einstudierten Pose sitzen, ganz als kreise dieser Hubschrauber nicht über ihrem Kopf und . . . mein Gott! Er flog weiter! Sie sprang auf und begann zu schreien. Die Maschine überflog mit ohrenbetäubendem Lärm den Strand, ohne die Geschwindigkeit zu verlangsamen. Achthundert Meter von ihr entfernt hielt er in zehn Meter Höhe über dem Strand inne und begann langsam und vorsichtig abzusinken, bis das seltsame Ding, das er mitschleppte, den Boden berührte. Ein Seil wurde gekappt, sie erriet es mehr, als sie es sah. Sie begann wie eine Wahnsinnige zu rennen, als der Helikopter, nun von seiner Last befreit, sich in die Lüfte erhob und wieder nach Norden zurückflog. Es war nicht möglich, er konnte ihr das nicht antun . . . Als sie nur mehr fünfzig Meter von dem riesigen Paket trennten, blieb sie ausgepumpt stehen. Entsetzlich: Dieses Schwein hatte ihr ihr Klavier gebracht! Sie brach in ein nervöses Lachen aus, das nur von krampfhaftem Schluchzen unterbrochen wurde. Die berühmteste Pianistin der Welt saß allein auf einer verlassenen Insel der Karibischen See, allein mit ihrem Bechstein! Denn es war ein Bechstein! Zu ihren Füßen entdeckte sie ein kleines Päckchen mit Wollwesten, Wein, Früchten und Konservendosen. Sie fühlte Brechreiz in sich aufsteigen. Zitternd lehnte sie sich gegen das dunkle Holz des Flügels. In einer völlig unsinnigen Reflexbewegung nahm sie das Stahlseil herunter, öffnete den Deckel und strich über die Tasten. Inmitten dieser Unendlichkeit gaben sie einen ungewöhnlichen, fast piepsenden Ton von sich. Das Kuvert entdeckte sie im Sand. Sie öffnete es und las:

„Goethe hat sich sechs Monate auf eine Insel zurückgezogen, um Spinoza zu verstehen. Die Menelas wird es wohl drei oder vier Tage auf ihrer Insel ertragen, um die Feinheiten von Chopin zu vertiefen. Angenehme Einsamkeit. Sokrates."

Ohne ihren Tränenstrom zu unterbrechen, begann die Menelas geistesabwesend eine Banane zu schälen.

Slim kniete in dem kleinen Raum vor dem Fenster. Er schwitzte das getrunkene Bier aus. Sein Hemd war tropfnaß. Sein Blick war schon so lange auf das Meer von Köpfen unter ihm gerichtet, daß seine Augen nicht mehr gehorchen wollten und ihm seltsame Bilder vorspiegelten. Er sah bunte Streifen auf plötzlich schwarz oder purpur gewordenem Grund. Der Schweiß machte die Sache auch nicht besser. Zum zehnten Mal wischte er sich über die Stirn, wo seine Augenbrauen die lauen Tröpfchen nicht mehr zurückhalten konnten. Er zwang sich, nicht mehr nach draußen zu sehen, und rollte seine Augäpfel mehrmals nach links: Metallkasten, verchromter Stuhl, Wanduhr, und dann wieder nach rechts: hellgrauer Schreibtisch, eine alte Schreibmaschine, zwei weitere Sessel und ein Plakat mit einem herrlich gewachsenen Mädchen, das mit halbgeöffneten Lippen sinnlich-begierig auf eine Flasche Coca-Cola blickte.

Er stellte seinen Karabiner auf dem beigen Linoleumboden ab und schlug die Arme in die Luft. Dann hüpfte er abwechselnd auf dem einen und dem anderen Bein, um wieder Blut in seine eingeschlafenen Füße zu pumpen. 16 Uhr. Jetzt ging es um Sekunden. Er ließ sich erneut auf die Knie nieder. Von seinem Beobachtungsplatz aus konnte er die Allee überblicken, in der Baltimores Wagen auftauchen mußte. Er hatte sich auf alles eingestellt, den Weg vorausberechnet, die verschiedensten Stellungen eingenommen, alle Schußpositionen durchexerziert. Er versuchte, sich auf seine Arbeit zu konzentrieren, nur um nicht mehr daran zu denken, daß Annie und die Kinder sich in den Händen dieser Schweinehunde befanden, die sie ohnehin umbringen würden, was immer er auch tun mochte. Durch das Zielfernrohr seines Gewehrs hatte er unter der tausendköpfigen Menge einzelne Gesichter·herausgeholt und versucht, die Drecksvisage des Burschen zu finden, der ihn angesprochen hatte. Eine Kugel genau zwischen die Augen, er brannte darauf.

Als er den Raum betreten hatte, war er wie gelähmt, unfähig, eine Entscheidung zu treffen. Niemand konnte ihm helfen. Es war zu spät, um Trendy noch aufzutreiben und ihm zu sagen, was sich ereignet hatte. Und selbst wenn, was hätte der tun können? Was hätte er ihm sagen können? Er wurde bezahlt, um eine Aufgabe zu erledigen. Man hatte die Seinen entführt, damit er das Gegenteil von dem tue. Wie immer er entschied, er saß in der Falle. Wenn er Baltimore umbrachte, konnte er noch so sehr seine Ungeschicklichkeit oder sonst etwas ins Treffen führen, er wußte, daß Trendy es ihm nie verzeihen würde: man würde ihn umlegen. Und wenn er danebenschoß, brachten die anderen seine Frau und die Kinder um. Er wußte nicht mehr . . .

Auf dem Platz unten wurde es lauter. Slim erstarrte. Am Ende der Allee tauchte die mit geringer Geschwindigkeit fahrende Kolonne auf. Mehrere Motorräder eröffneten den Zug der Wagen. Die schwarze, offene Limousine schien sich im Zielfernrohr direkt auf ihn zuzubewegen. Er konnte zwei stehende Gestalten erkennen, die mit den Händen nach allen Seiten grüßten. Er drückte den Karabiner fester an die Schulter, der Kolben lag ruhig, die schweißnasse Wange war gegen das warme Metall gepreßt. Er stellte das Zielfernrohr ein und betrachtete abwechselnd die Gesichter von Scott und Peggy. Selbst auf diese Entfernung hätte er sie nicht verfehlen können, hätte er jetzt schon geschossen. Jetzt trafen die Polizisten auf ihren Motorrädern auf dem Platz ein. Der Lauf von Slims Gewehr ließ den Wagen des zukünftigen Präsidenten nicht mehr los. Er sah, wie die Kolonne eine weitausholende Kurve beschrieb, um vor dem „Royal Orleans" vorzufahren. Schon trat der Bürgermeister von New Orleans heraus, um seine Gäste willkommen zu heißen. Noch drei Meter, dann mußte der Cadillac stehenbleiben. Da sah Slim, wie Baltimore und seine Frau einander in die Augen blickten, als seien sie allein auf der Welt. Mit dem Zielfernrohr konnte er sie so deutlich erkennen, als stünde er neben ihnen. Sie waren beide ernst, ihre Augen erzählten sich eine Geschichte, eine Liebesgeschichte. Ja, das war es, sie erzählten einander eine Liebesgeschichte, der Mann und seine Frau, sie waren jung, reich, unverwundbar, allmächtig.

„Annie . . . Annie . . .", brachte Slim mit rauher Stimme hervor.

Fast ohne sein Zutun streichelte sein Finger um eine Spur kräftiger über den Abzug, der sich um einen Millimeter nach hinten verschob. Der erste Schuß ließ die Windschutzscheibe zersplittern.

„Annie, Annie! . . . Schweinehunde!"

Slim riß den Abzug durch. Im Fadenkreuz hatte er Scotts Kopf, der nach dem ersten Schuß augenblicklich den Ausdruck ungläubigen Entsetzens angenommen hatte. Auf Baltimores Stirn explodierte ein roter, sternförmiger Fleck, und Slim sah deutlich das Blut aus der gräßlichen Wunde schießen. Dann fiel Baltimore in sich zusammen, während Peggy, den Mund zu einem grauenhaften Schrei geöffnet, den Slim nicht hören konnte, sich über den Körper stürzte und ihn umarmte. Slim erhob sich hastig, zerlegte mit Windeseile den Karabiner und steckte die Teile in eine Reisetasche, eine Art Plastiksack für Golfschläger. Er öffnete die Tür und trat auf den Gang hinaus, den er bedächtig entlangging. Von überall waren Angestellte aufgetaucht, aber niemand würdigte ihn eines Blickes. Er nahm die Notstiege, ließ den Straßenausgang links liegen und stieg in den zweiten Keller hinunter. Den Plan des Kellers hatte er im Kopf. Drei Türen noch, und er befand sich in einem Haus der Bourbon Street. Trendy hatte ihm drei verschiedene Schlüssel übergeben. Sie klickten leise in seiner Hosentasche. Er wußte, welcher Schlüssel zu welcher Tür gehörte, ohne hinzusehen, schon beim Greifen. Jetzt hatten Annie und die Kinder vielleicht eine winzige Chance, sich zu retten. Lebend oder tot, er war nun ein Verfolgter. Verurteilt. Wo immer er war, was er auch tat, wohin er sich begeben mochte, er würde im Alarmzustand leben müssen, nur mit einem Auge schlafen, lustlos essen, das ständige Gefühl der Angst in den Eingeweiden. Und doch hatte er beschlossen gehabt, sich nicht erpressen zu lassen, wollte er Scott Baltimore nicht töten. Erst bei ihrer stummen Liebeserklärung hatte sich sein Finger verkrampft, sich selbständig gemacht. Der Finger hatte an seiner Stelle gehandelt, die Nerven waren stärker gewesen als der Wille.

Am Ende des langen Ganges sah er die erste Tür. Er entledigte sich des Sacks mit dem Karabiner, indem er ihn über die Latten eines Kellerabteils warf. Er schritt jetzt schneller aus und zog Schlüssel Nummer eins aus der Tasche. Er steckte ihn in das Schloß: es war der falsche. Er probierte den zweiten: er paßte wieder nicht. Mit dem Ärmel wischte er sich den Schweiß von den Augen und versuchte, den dritten ins Schloß zu stecken: Nichts zu machen! Keiner der Schlüssel war der richtige. Man hatte ihn hereingelegt, er saß in der Falle! Er kehrte um und begann wie ein Wahnsinniger den alptraumhaften Gang entlangzulaufen. Jeden Augenblick konnte er einem Mörder begegnen, der ihn umzulegen hatte. Wenn Trendy ihn an der Flucht hinderte, so wollte man ihn sicher nicht am Leben lassen. Er verfluchte sich, ihm vertraut, seine Befehle ausgeführt zu haben. Warum hatte er sich so schnell seiner Waffe entledigt? Er lief noch schneller. Er hatte nur eine Chance: er mußte zu seinem Ausgangspunkt zurück, bevor die anderen sich formiert hatten. Wenn sie ihn oben erwarteten, war es ihm vielleicht möglich, in dem herrschenden Durcheinander zu entkommen. Er erreichte die Stiege, rannte hinauf und fand sich im Erdgeschoß wieder, wo sich schreiende Menschenmassen drängten.

„He, Sie! Wo gehen Sie hin?"

Ein Polizeikordon versperrte den Ausgang. Wie von Sinnen drehte Slim sich um und wollte zur Stiege zurück, obwohl er wußte, daß sie ihn nirgendshin führte. Jemand packte ihn am Arm. Verzweifelt versuchte Slim sich zu befreien. Zwei andere stürzten sich auf ihn.

„Er ist es!"

Polizisten rannten auf ihn zu. Die Arme auf den Rücken gedreht, ging er ein paar Schritte, den Oberkörper nach vorne gebeugt, gestoßen, gezogen, er wußte es nicht mehr. Sein Hemd war zerrissen, Schläge hagelten auf ihn ein. Wie unter dem Eindruck eines entsetzlichen Schocks richtete er sich plötzlich auf: Inmitten der Gesichter, die ihn wie in einem verrückten Walzer umtanzten, hatte er Trendy erkannt, der einen Mann vor sich her zu schieben schien. Slims Augen starrten auf den rechten Vorderarm des Mannes, auf seine Hand: sie war leer. Der Tod kam von der linken Seite. Drei Schüsse in den Bauch.

„Das Schwein!... Schwein, du! Er hat den zukünftigen Präsidenten ermordet!"

All diese haßerfüllten Gesichter gingen plötzlich in einer absolut weißen Sonne auf. In seinen letzten bewußten Momenten sah Slim Scobb den Mann, der ihn getötet hatte. Er stieß mit den Ellbogen nach den Seiten, um sich in der Menge einen Weg zu bahnen, und verschwand.

Als Jeff höher ging, nachdem sie das Klavier abgesetzt hatten, spürte der Grieche Gewissensbisse. Ob die Lehre für die Menelas nicht zu hart war? Er sah, wie sie unter ihm lief, eine grazile Gestalt, die blaß und winzig auf dieser schwarzen

Sandzunge rannte, auf der er sie acht Tage sitzenzulassen beschlossen hatte. Beinahe hätte er dem Piloten gesagt, zu landen und dem schlechten Scherz ein Ende zu machen. Aber Jeff tat einen unglücklichen Ausspruch: „Sir . . .“

Er sah den Griechen vorwurfsvoll, fast flehend an.

„Was ist los?“ bellte der Grieche ihn an.

„Glauben Sie nicht, daß . . .“

So wurde Sokrates wieder hart und war fest entschlossen, sich nicht gehenzulassen.

„Was mischst du dich ein? Du sollst steuern, sonst nichts!“

Jeff nickte schmerzlich und erinnerte dabei sehr an einen geprügelten Hund. Der Grieche lehnte sich mißmutig zurück und versuchte, nicht mehr daran zu denken. Und wenn sie krank war? Oder Selbstmord verübte? Dieses Risiko mußte er eingehen. Sie würde schon sehen, wer ihr Herr und Meister war! Sie hatte ihn zweimal vor seinem Personal erniedrigt. Zweimal zuviel!

„Sir!“

Erbost schwor sich der Grieche auf der Stelle, diesen Idioten zu entlassen, der sich um Sachen kümmerte, die ihn nichts angingen. Und doch ließ ihn etwas an Jeffs Ton erkennen, daß es etwas anderes war, daß er eine unangenehme Nachricht erhalten hatte. Der Pilot hatte die Kopfhörer des Funkgeräts aufgesetzt. Er nahm sie ab und hielt sie dem Griechen hin. Er vernahm durch den Motorenlärm die näselnde und erschütterte Stimme eines Radiosprechers, der ein unglaubliches Ereignis wiedergab: Scott Baltimore war ermordet worden! Der Sprecher berichtete in abgehackten Sätzen, wie es geschehen war. Der Grieche riß die Kopfhörer herunter. „Was für ein Sender ist das?“

„Miami.“

„Zurück!“

„Zum Schiff?“

„Zur Insel!“

Jeff nahm eine breite Kurve und flog südwärts. Zehn Minuten später befanden sie sich erneut über der Insel. Der Grieche sah die Menelas, die neben der riesigen Masse des Konzertflügels noch winziger erschien. Sie fuhr mit den Armen verzweifelt in der Luft umher. Paradoxerweise überflutete ihn eine Welle der Zärtlichkeit. Als der Hubschrauber nur fünfzig

507

Meter neben ihr aufsetzte, stürzte sie auf ihn zu. Sokrates reichte ihr die Hand zum Einsteigen. Sie verlor keinen Blick an den Bechstein, der zurückgelassen wurde. Er sah, daß sie geweint hatte und sich zurückhalten mußte, um es nicht jetzt auch noch zu tun. Trotz der Hitze schien sie zu frieren und kuschelte sich mit den zitternden und ängstlichen Bewegungen der Überlebenden von Naturkatastrophen in ihren Sitz. Sie sprach kein Wort, er auch nicht. Einmal nahm sie seine Hand und drückte sie, ohne ihn anzusehen. Er gab den Druck zurück und sagte leise: „Man hat Scott Baltimore ermordet."

Das war alles. Als sie auf die Jacht zurückkehrten, diktierte der Grieche augenblicklich ein Kabel an Peggy Baltimore:

„Erschüttert von grauenhafter Nachricht. Denke mit aller Kraft meines Herzens an Sie. Halte mich in allen Belangen demütigst zu Ihrer vollen Verfügung. Sokrates."

Zwei Stunden später dachte er immer noch nach, als Kirillis ihm den Schock seines Lebens versetzte: er brachte eine Antwort auf sein Telegramm! Es war mit „Peggy" unterzeichnet, und er mußte es dreimal lesen, bevor er es verstand:

„Danke. Fühle mich furchtbar verlassen und allein. Sehe Sie beim Begräbnis."

4. TEIL

29

„Jetzt sehen Sie mir tief in die Augen ... Ihr Blick wird schwer ... schwer ... Ihre Beine wiegen eine Tonne ... Ihre Arme sind schwer ... schwer ... sehr schwer ... Ihr ganzer Körper wird schwer ... Sie wollen die Augen schließen, weil sie schwer werden ... Zu schwer für Ihre Lider ... Aber Sie widerstehen noch ... Schließen Sie sie noch nicht ... Versuchen Sie, sie offenzuhalten ... Und doch sind Ihre Lider schwer wie Blei ... Sie haben Blei auf den Lidern ... Sie werden schlafen ... schlafen ... Ja, jetzt ... Ihre bleischweren Lider schließen sich ... Es ist unmöglich, nicht zu schlafen ... Unmöglich ... Ihre Augen sind geschlossen ... Ihre Lider sind geschlossen ... Bewegen Sie sich nicht! Sie können nicht aufstehen, bevor ich es Ihnen gestatte! ... Und jetzt stehen Sie auf und setzen sich auf diesen Stuhl ...“

„Soll ich dabei die Augen geschlossen halten?“

Der Arzt seufzte entsetzt auf: „Hören Sie, Sie helfen mir ja wirklich nicht gerade!“

An diesem seltsamen Patienten ärgerte ihn alles. Und zuallererst seine Anonymität, die jeglicher Berufsregel widersprach. Aber war der Mann wirklich ein Patient? Vor zehn Tagen hatte Dr. Schwob von Prof. Herbert, dem bekannten New Yorker Kardiologen, einen Anruf erhalten.

„Einer meiner Freunde möchte sich in die Geheimnisse der Hypnose einweihen lassen. Können Sie ihn aufklären?“

Schwob war ziemlich erstaunt gewesen und wollte bereits einwenden, daß er keinen Unterricht gebe, als sein Kollege hinzufügte: „Es ist mir natürlich bekannt, wie kostbar Ihre Zeit ist. Mein Freund schätzt sie auf fünfhundert Dollar pro Sitzung ein. Wenn es Ihnen zuwenig ist, zögern Sie nicht, es zu sagen. Er ist bereit, jede Summe zu zahlen, um Ihren Rat einzuholen.“

Schwob war über die vorgeschlagene Summe verblüfft. „Aber . . . Herr Professor . . . Ist Ihr Freund Arzt?"

Herbert hatte gelacht: „Lieber Freund, glauben Sie, daß er sich dann erlauben könnte, Ihnen derartige Honorare zu bezahlen?"

Sie hatten einen Termin für den geheimnisvollen „Freund" vereinbart, und seither kam der kleine Mann im schwarzen Alpakaanzug jeden Morgen pünktlich um zehn zu Doktor Schwob. Der Arzt hatte gleich bei der ersten Sitzung die Angelegenheit klarzustellen versucht: „Hypnose ist eine Therapie und als solche gefährlich. Bevor wir beginnen können, möchte ich wissen, auf welchem Gebiet Sie die Kenntnisse anzuwenden gedenken, die Sie sich anzueignen wünschen."

Ohne Umschweife hatte der Mann ihm geantwortet: „Es ist für eine Frau."

„Sie wollen einer Frau die Hypnose beibringen?"

„Keineswegs. Ich möchte mit der Hypnose eine Frau verführen."

Schwob glaubte, er traue seinen Ohren nicht: „Aber Sir! . . ."

Er wollte zu verstehen geben, daß er als praktizierender Arzt nicht für gebrochene Herzen zuständig war, aber Mr. Smith – zumindest hatte Herbert ihn unter diesem Namen avisiert – hatte ihm dazu keine Zeit gelassen: „Vielleicht sind Sie mit der Höhe des Honorars nicht einverstanden? Sagen Sie . . . Professor Herbert sprach doch von tausend Dollar pro Sitzung, oder nicht?"

Diesem unwiderstehlichen Argument hatte Schwob nichts entgegenzusetzen. „Ausgezeichnet. Beginnen wir also."

Letztlich fand man sein Geld wirklich nicht auf der Straße, und wer außer Gesichtschirurgen oder Modekardiologen konnte von sich behaupten, zu derartigen Tarifen zu praktizieren? Und doch tat es ihm nun beinahe leid, das Geld nicht ausgeschlagen zu haben. Um seinem Patienten die Grundbegriffe der Hypnose näherzubringen, hatte Schwob mehrmals versucht, ihn einzuschläfern. Unmöglich! Seine Person strahlte eine unzulässige Kraft aus, die ihm, dem Praktiker, bald bewiesen hatte, daß sein Patient sich keiner Art der Überzeugung unterwarf. Nie hatte er auch nur im entferntesten den Beginn des Trancezustands erreicht! Trotz seines ersichtlichen guten Willens schien eine zweite Persönlichkeit über ihn zu wachen und nahm, wenn notwendig, den Platz der ersten ein. Schwob hatte sogar daran gedacht, daß der Mann ein Spezialist war und Herbert ihm hatte einen Streich spielen wollen. Aber Scherze zu derartigen Preisen? Nach jeder Sitzung überreichte der Schüler seinem Meister eine Tausend-Dollar-Note, diskret gefaltet und in der Handfläche verborgen. Heute konnte Schwob den Schein nicht mehr annehmen. Nach fünf vergeblichen Versuchen hatte er beschlossen, sein Scheitern offen einzugestehen.

„Hören Sie zu. Ich möchte Ihnen sagen . . . ich gebe auf."

Smith sah ihn erstaunt an: „Warum?"

„Ich habe keinerlei Einfluß auf Sie."

„Aber Herr Doktor . . . Sie vertauschen ja die Rollen. Ich bin nicht gekommen, um eingeschläfert zu werden, sondern um zu lernen, wie man es bei anderen macht. Oder . . . bei der anderen . . . Wie viele Lektionen werde ich noch benötigen, um zu einem Resultat zu kommen?"

Schwob zuckte ohnmächtig die Achseln. „Unter uns gesagt, Mister . . . Smith . . . glauben Sie wirklich, daß Sie die Hilfe der Hypnose benötigen, um jemanden zu verführen?"

„Was würde ich sonst hier tun, Herr Doktor?"

Schwob räusperte sich. „Sie besitzen aber eine außergewöhnliche innere Kraft."

„Bei gewissen Gelegenheiten, sagen wir . . . geschäftlicher Natur, ist das durchaus möglich. Aber in meinem Privatleben . . ."

Der Mediziner lächelte versteckt. Sein Patient schien noch nicht verstanden zu haben, daß der Reichtum des Privatlebens völlig dem Vermögen untergeordnet war. Wie konnte man so mächtig sein und seine Zeit mit derartigen Kindereien verlieren? Leise sagte er: „Wenn ich Sie richtig verstehe, wollen Sie mit der Hypnose eine Frau zwingen, Sie zu lieben?"

„Ich bitte Sie! Was ich mir von Ihnen erwarte, ist, daß Sie mir etwas in den Blick legen, das sie zwingt, mich zu sehen, ihre Augen auf mich zu richten. Mehr brauche ich nicht. Den Rest mache ich allein."

Schwob verfiel in tiefes Schweigen. Dieses Eingeständnis verlieh ihm neuen Auftrieb und gab ihm einen Teil der Selbstsicherheit zurück, die er beim Kontakt mit seinem seltsamen Schüler verloren hatte. Nun sprach er bereits entschlossener: „Gut! Dann kümmern wir uns um das Wichtigste. Ich werde Ihnen ein paar praktische Tips geben, mit denen Sie die Situation beherrschen ..."

Sein Gegenüber hob fragend den Finger. Schwob mußte seinen Vortrag unterbrechen. „Ja? ... Was ist? ..." fragte er ärgerlich.

„Vergessen Sie nicht, wenn Sie mich nicht sieht ..."

„Ich weiß ... ich weiß! Aber Sie sind doch nicht sechs! Es gibt so viele Möglichkeiten, die Aufmerksamkeit auf sich zu ziehen!"

„Die Aufmerksamkeit der Dame wird bereits außergewöhnlich beansprucht."

„Aber, aber! Sie wissen ganz genau, daß Sie es nie versucht haben. Sagen Sie mir nicht, daß sie Sie nicht sehen würde, wenn Sie mit einer Ladung Bananen auf dem Kopf an ihr vorbeigingen!"

Schwob lachte allein über seinen Scherz, sein Visavis verzog keine Miene.

„Hören Sie zu, lieber Freund, ich bin sicher, daß Sie sich nicht dermaßen anstrengen werden müssen. Es geht ganz von allein! Es sind ja nicht nur die Augen, die zählen. Was ist denn mit der Stimme, dem Ton, dem Gehaben! Wirklich, eine Frage unter Männern: Was erwarten Sie sich von ihr? Wollen Sie sie heiraten?"

Der Grieche lachte resigniert auf. „Nein. Niemand wird sie je heiraten ..."

„Sie wollen Sie vielleicht zur Geliebten ..."

„Nicht einmal das. So viel verlange ich gar nicht. Eine Freundin, nichts als eine Freundin."

Schwob zog das Gesicht in betroffene Falten. „Ich möchte nicht indiskret sein, aber ... haben Sie Probleme sexueller Art?"

Satrapoulos brach in ein fröhliches Lachen aus. „Nein, Doktor, nein! ... Entschuldigen Sie ... Ich glaube nicht, daß Sie verstehen könnten ..."

Wozu hätte er ihm erklären sollen, daß er den bohrenden Wunsch verspürte, die berühmteste Frau der Vereinigten Staaten zu erobern? Und wie ihm verständlich machen, daß ihre Person ihn erstarren ließ, als sei bereits die Vorstellung, sie zu lieben, eine Inzesthandlung? Ja, genau das war es! Er fühlte sich

514

unbehaglich, wenn er daran dachte, das Idol könnte von seinem Sockel steigen und sich neben ihm in ein Bett legen. Wenn diese Bilder vor seinem inneren Auge auftauchten, fühlte er sich jedesmal in ein intensives Schuldgefühl verstrickt. Als hätte man ihm vorgeschlagen, mit seiner eigenen Mutter zu schlafen.

Aber warum nur, zum Teufel! Warum?

Fast hatte sich sehr verändert. Lena versteifte sich nicht darauf, der Sache auf den Grund zu gehen, denn seine Veränderung war ihr eher unangenehm. Der wilde Hippy, als der er ihr vor fünf Jahren begegnet war, hatte von seiner beängstigenden Schönheit nichts eingebüßt. Nur seine Sorgen waren nicht mehr dieselben. Jetzt hatte er Geldsorgen. Nicht daß er keines besessen hätte – was er in der Vergangenheit lässig ertragen hatte –, aber er hatte an sich eine Besitzwut entdeckt, die ihn in die verrücktesten Ausgaben stürzte. Dank Lena, die ihn beschützt, bekanntgemacht und der Welt geschenkt hatte, hingen in mehreren Museen Bilder von Fast, und seine Werke waren der Stolz der Avantgardesammler. „Bilder" war eigentlich nicht der richtige Ausdruck für Fasts Erzeugnisse. Fast hatte die Malerei gesprengt. Er hatte dem grafischen Ausdruck und der Farbe die berühmte dritte Dimension hinzugesellt, welche die armseligen Kleckser der Vergangenheit wie Piero della Francesca nur mit Hilfe der lächerlichen List der Perspektive gewonnen hatten. Fast hingegen hatte der Kunst aller Zeiten das Element gebracht, das ihr fehlte, um zum Leben erweckt zu werden: die Tiefe. Es konnte keine Rede davon sein, seine Errungenschaften an eine Wand zu hängen: sie hatten an einem hervorragenden Platz Raum und Tiefe einzunehmen. In New York war seine erste Ausstellung zu einem Triumph für die Ästheten geworden. In einen von bläulichem Licht nur schwach erhellten Saal hatte er ein altes Metallbett gestellt, das von einem Müllhaufen in Istanbul stammte. Auf dem Bett ein zerdrücktes und von seltsamen Flecken beschmutztes Leintuch. Und zwischen den Flecken getrocknetes bräunliches Blut. Aber nicht irgendwelches! In dithyrambischer Begeisterung ging der Katalog darauf ein: „Dieses Blut sieht auf eine schmerzliche Geschichte zurück: es ist das Menstruationsblut einer jungen Frau aus dem Leben des

Künstlers, deren Namen er aus verständlichen Gründen der Scham zu nennen sich weigert." Das Objekt, kaputtes Bett plus Menstruationsblut, hieß „Endspiel". Die Kritiker hatten nur bewundern können. Einer der berühmtesten aus ihren Reihen mußte sich wohl geängstigt haben, von seinen Kollegen überflügelt zu werden, denn in seinem Artikel hatte er Fast als „diesen Unbekannten, der weiter geht als alle anderen" bezeichnet.

Nach diesem eklatanten Beginn hatte Fast Werk an Werk gereiht und die allerletzten Zweifler mit einem atemberaubenden Œuvre zu überzeugen vermocht: Hunderte von abgebissenen Fingernägeln in einem schnabelförmigen Muranoglas. Der Titel: „Die Frauen, die ich liebte", samt Untertitel: *„Unguibus et rostro"*. Lena war rasch vom Erfolg ihres Liebhabers und Schützlings überrollt worden. Manchmal ließ er sich herab, sie in New York zu treffen, wo er eine riesige Lagerhalle, die Lena ihm am Hafen um teures Geld erstanden hatte, in ein Atelier umfunktioniert hatte. Wenn sie sich in Europa befand, überschüttete sie ihn mit Telefonanrufen, flehte ihn an, doch zu kommen, und schickte ihm Flugkarten nach Paris, wo ihr Appartement in der Rue de la Faisanderie, das sie nach der Trennung von Marc behalten hatte, von kleineren Objekten seiner Kunst erfüllt war, die sie seinem Genie um Millionenbeträge abgetrotzt hatte – Fast behauptete nämlich, man könne ein Kunstwerk nur lieben, wenn man es teuer bezahlt hatte.

Lena hatte für alles, was von ihm kam, teuer bezahlt. Ihre plötzliche Liebe für den jungen Strolch hatte zwei Scheidungen erfordert, von denen zumindest die eine dank ihrer Geschwindigkeit in die Annalen der ehelichen Trennungen eingegangen war. Lena hatte Mortimer verlassen und auf ihren Titel einer Herzogin von Sunderland verzichtet, um ihrem eigenen Schwager in die Arme zu sinken. Ohne Überleitung. Sie war verzweifelt gewesen und hatte seine Einladung, in Portofino auf die „Vagrant" zu kommen, angenommen. Schon am nächsten Morgen war Blaubart eingetroffen und hatte sie in ihrem Zimmer aufgesucht, wo er sie mit der Brutalität eines Mannes nahm, der schon zu lange gewartet hatte. Sie nahm den Vorschlag Hermanns an, der sein Angebot, sie zu heiraten, aufrechthielt: um ihre Schwester zu ärgern, S. S. herauszufordern oder einfach Mortimer zu zeigen, daß er leicht und schnell zu ersetzen war. Kallenberg hatte die Formalitäten, was seine Scheidung von Irene betraf, beschleunigen lassen und Lena zu seiner Frau gemacht. Für ihn war die Operation doppelt von Vorteil: Er tauschte eine gebrauchte Frau gegen eine neue Gattin, ohne Schwiegermutter wechseln zu müssen – was ihm aus zahlreichen Gründen gelegen kam. Darüber hinaus war seine Eitelkeit befriedigt: Er trat die Nachfolge seines Erzfeindes Satrapoulos an.

Aus reinem Sadismus hatte er darauf bestanden, die Hochzeit auf dem Landsitz zu feiern, den er Irene nach jenem Zwischenfall bei der Jauchegrube nicht gekauft hatte.

Der Tag der Hochzeitsfeier war gekommen. Vor der Auffahrt des Schlosses drängten sich die kostbarsten Automarken der Welt. Eine Hundertschaft „intimster" Freunde nahm an der Zeremonie teil, die Blaubart einfach und ländlich hatte gestalten wollen. Während der Tafel beugte sich Kallenberg oft zu seiner neuen Gattin und küßte sie besitzerisch, damit es auch alle sahen. Plötzlich legte er ihr eine schwarze Lederschatulle auf die Knie. Sie öffnete sie. Ein traumhaftes Kollier kam zum Vorschein, offenbar sehr alt und ganz sicher traumhaft teuer.

„Gefällt es dir?"

„Legen Sie es doch um! . . . " riefen zahlreiche Gäste.

Lena tat es. Bewunderndes Murmeln war im Raum zu hören, und Kallenberg sah, daß er sein Geld nicht umsonst ausgegeben hatte. Und dann ereignete sich innerhalb weniger Sekunden etwas, das diese raffinierte und doch diskrete Freudenstimmung plötzlich zerstören sollte. Kallenberg hob sein Glas und bemerkte, daß das Lenas leer war. Er winkte einem Kammerdiener, der mit einer Flasche altem Bordeaux in der Hand vortrat. Während man ihr einschenkte, blickte Lena zufällig auf und erlitt den Schock ihres Lebens. Ihr gegenüber, auf der anderen Seite des Tisches, schön wie ein Märchenprinz und in Dienerlivree, stand Fast! Selbstsicher und mit seinem leicht ironischen Lächeln auf den Lippen blickte er sie an. Lenas Herz begann wie wild zu schlagen. Die verrücktesten Gedanken schossen ihr durch den Kopf. Was machte sie hier? Ach ja! Sie heiratete! . . . Wen? Sie wußte es nicht mehr . . . Warum? Keine Ahnung . . . Und er, den sie liebte, wie kam er her? Fast! . . . Fast! . . .

„Wie schön Ihr Kleid ist!" rief ihr Nachbar links. Ihr Kleid?

Was für ein Kleid? Sie fühlte sich nackt, den Blicken Fasts ausgesetzt, und sie wollte es so. Sie bemerkte, wie er ihr ein Zeichen gab, das außer ihr niemand hatte sehen können. Dann wandte er sich an den *Maître d'hôtel*, der ärgerlich die Achsel zuckte. Fast verließ den Raum, ohne sich umzudrehen.

„... in Capri, Acapulco, Hongkong, ganz zu schweigen von ..."

„Wie? ... Was?"

„Ich frage dich, wohin wir jetzt fahren wollen. Woran denkst du?"

Hermann sah sie prüfend an. Ohne zu lügen, antwortete sie ihm: „Ich glaube, ich werde glücklich sein. Willst du mich einen Augenblick entschuldigen?"

Sie stand auf und ging auf den Ausgang zu, rechts und links in das Nichts lächelnd. Die Diener zogen sich respektvoll zurück. Als sie auf der Auffahrt angekommen war, warf sie einen Blick in die Runde. Links von ihr sah sie Fast, der auf sie zu warten schien. Dreißig Meter trennten sie von ihm. Als er sie erblickte, ging er um die Hausecke und verschwand hinter dem Dienertrakt. Sie folgte ihm. Sie kam an die Stelle, wo er eben noch gestanden hatte, aber er war verschwunden. Sie hörte eine Tür in den Angeln kreischen und erahnte seine Gestalt, mehr als sie sie sah, im Eingang eines kleinen Pferdestalls, in dem Stuten und ihre jungen Fohlen untergebracht waren. Sie hob den Saum ihres Kleides an und ging hin. Sie erreichte die Tür und stieß sie schüchtern auf.

„Fast? Fast? ..."

Die Pferde schnaubten leise und scharrten mit den Hufen auf dem Boden. Er war zu dunkel, um etwas zu erkennen. Nur die Boxen zeichneten sich undeutlich ab.

„Fast ..."

Sie hätte beinahe aufgeschrien. Zwei Arme hatten sich von hinten um ihren Körper gelegt, und Fasts Hände umklammerten in eindeutiger Absicht ihre Brüste. Sie wollte protestieren und zappelte. „Fast! ... Fast!"

Eine der Hände verließ ihre Brust und wanderte zu ihrem Gesicht hinauf, wo sie ihren Mund verschloß.

„Psst!"

„Mmmm ..."

„Psst!"

Sie wollte zu ihm sprechen, ihn fragen, durch welches Wunder er zu ihrem Hochzeitsmahl gekommen war, warum er nie von sich hören ließ, seit jener erinnerungswürdigen Szene, als sie ihn unter Mortimer auf dem Boden liegend entdeckt hatte. Sie hätte sagen wollen, daß sie an ihn gedacht hatte, gebetet, ihn wiederzusehen, daß sie jedesmal nur seinen Namen auf den Lippen gehabt hatte, wenn Kallenberg sie nahm. Aber Fast ließ sie nicht los. Sie versuchte sich umzudrehen. Plötzlich berührten ihre Gesichter einander. Langsam nahm er seine Finger von Lenas Mund, aber jeder frei gewordene Millimeter wurde von seinen Lippen in Besitz genommen, die so warm, zärtlich und hart waren, wie sie es sich in ihren Träumen ersehnt hatte. Als ihre Münder aufeinander klebten, als er sicher war, daß sie nicht mehr schreien konnte, daß sie es nicht wollte, hob er ihr Kleid an und streichelte ihre nackten Schenkel, ging höher, ein letztes Mal schien sie sich auflehnen zu wollen – und ließ sich leise stöhnend gehen. Sie keuchte, überwältigt, der süße Tod war nicht mehr fern. Immer noch stehend, rollten sie gegen die Boxenwand, bis Lenas Rücken an den Flanken einer Stute zum Stillstand kam, die zu schnauben begann. Als Fast in sie eindrang, stemmte sie sich gegen das warme, lebendige Fell des Tieres. Er hatte noch immer nicht gesprochen und nahm sie langsam und mächtig. Sie stemmte ihm ihr Becken entgegen, versuchte, den wunderbaren Rhythmus zu beschleunigen. Plötzlich wurde es hell im Stall, die beiden Flügel der Tür waren offen, der Tag drang herein. Mit einem Fluch stürzte sich Kallenberg auf Fast und Lena. „Ich wußte doch, daß dieser Schweinehund von einem Griechen nur eine Hure heiraten konnte!"

Er riß eine Reitpeitsche von der Wand, deren lederner Riemen in die Luft schnellte und klatschend auf Fasts Rücken fiel. Die verängstigte Stute sprang beiseite. Fast riß sich los und versuchte, sich mit vorgehaltenen Armen zu schützen. Er hatte Lena losgelassen, die mit weit gespreizten Schenkeln rücklings ins Stroh fiel.

„Du Drecksau!" brüllte Blaubart. Er beging den Fehler, sie schlagen zu wollen. Blitzschnell streckte Fast ein Bein vor. Kallenberg fiel nach vorne. Noch bevor er den Boden erreicht hatte, versetzte Fast ihm einen Handkantenschlag in den Nacken. Der Koloß stöhnte vor Schmerz, krachte zwischen den

Beinen der Stute auf den Boden und kroch auf allen vieren herum.

„Komm!" sagte Fast. Er nahm Lena bei der Hand und zog sie mit sich fort. Laufend überquerten sie den mit roten Ziegeln gepflasterten Gesindehof. Wenig später erreichten sie ein kleines Auto und fuhren wie von Teufeln gehetzt ab. Viele Kilometer weiter entfernt waren sie auf einer verlassenen Straße stehengeblieben. Fast hatte sie lange angesehen. Das Stroh in ihrem blonden Haar erinnerte an kostbaren Schmuck.

„Und jetzt?" fragte er.

Sie wußten nicht, warum, aber sie waren gleichzeitig in Lachen ausgebrochen.

„Und deine Gäste?" hatte Fast hinzugefügt.

Lena erfuhr später, daß Kallenberg sich bei den Gästen für die Abwesenheit seiner Frau entschuldigt und ein plötzliches Unwohlsein, das Übliche eben, vorgeschützt hatte. Die Verblüffung des Reeders war nur von kurzer Dauer gewesen. Als Lena nach Hause kam, um die Post zu holen, fand sie ein Telegramm vor: „Bleib, wo du bist, aber schicke Schmuck zurück. Hermann." Die Anwälte hatten den Rest erledigt. Die Scheidung wurde erst sechs Monate später ausgesprochen, so lange dauerten die notwendigen Formalitäten. Alles in allem waren Lena und Kallenberg offiziell zwei Stunden lang verheiratet gewesen. In der Zwischenzeit hatte sie alles darangesetzt, Fasts Talent zu fördern, ihm Anerkennung widerfahren zu lassen. Sie verstand nicht viel von seinen Kunstwerken, aber das Gefühl zu haben, sie seien großartig, verlieh ihr eine intellektuelle Befriedigung, die ihrem Glück genügte. Sie dachte, Fast würde sie, wie es sich gehörte, heiraten, wenn er arriviert sei. Das dachte sie. Aber Fast schien anders zu denken. Er fand immer einen Vorwand, um sich von ihr zu entfernen, und sie hatte sich darein fügen müssen, in ihm stets nur einen vorübergehenden Liebhaber zu sehen. Wie es mit Marc Costa gewesen war. Warum mußte sie sich wieder in der gleichen mißlichen Lage befinden? Beinahe hätte sie ihn gefragt. Er lag neben ihr auf dem Bett ihrer Pariser Wohnung in der Rue de la Faisanderie. Sie sah, wie er auf seine Uhr blickte.

„Langweilst du dich?"

„Nein, aber ich muß gehen."

„Möchtest du nicht, daß wir für ein paar Tage in den Sommer

fahren, nach Afrika oder Jamaika? Nur du und ich! Ich kümmere mich um alles! Willst du?"

„Und meine Ausstellung in Genf, die bereitest auch du vor?"

„Du könntest dort arbeiten."

„Natürlich. Ich werde eine Boeing chartern, um mein Werkzeug und eine Tonne Alteisen nach Timbuktu zu bringen!"

„Fast, wir sind schon so lange nicht mehr zusammen weggefahren."

„Vielleicht sind wir sogar schon angekommen."

Es war immer so: sobald sie ihn zu überreden suchte und er keinen Ausweg fand, sagte er etwas Gemeines.

„Wie alt bist du?"

„Laß mich nachdenken."

Nachlässig schien Achilles auf den Fingern nachzurechnen: „Wir schreiben 68. Geboren bin ich . . . 50? Ja, stimmt das? Nun, das würde achtzehn Jahre ergeben. Wie die Zeit vergeht!"

Er sah seinen Vater hochmütig an. Wie gewöhnlich konnte sich der Grieche nicht zwischen Zorn, Entmutigung und Resignation entscheiden. Er hatte das größte Finanzimperium der Welt errichtet, Staatsoberhäupter lagen vor ihm auf den Knien, aber vor seinem einzigen männlichen Erben mußte er trotz seiner Wutanfälle die Waffen strecken: er liebte ihn zu sehr. Achilles nützte die Lage genial aus. Trotz der Geschenke, mit denen man ihn überschüttete, trotz der Vorteile, die ihm aus seiner Position als Sohn eines Milliardärs erwuchsen, fühlte er undeutlich, daß sein Vater in seiner Schuld stand. Es kam vor, daß er ihn nur zum Vergnügen herausforderte, um unbewußte Rachegefühle zu stillen. Er hatte ihm ebensowenig seine Scheidung verziehen wie seine Schwester. Lena war taktvoll genug gewesen, die Kinder nie gegen ihren Vater aufzustacheln. Aber das hinderte diese nicht, Wunschträumen nachzuhängen, und sie ersannen ganze Komplotte, um ihre Eltern zu zwingen, wieder zueinanderzufinden. Mit absolut unschuldiger Miene konnte Maria den Griechen fragen: „Papa, wann wirst du dich entschließen, Mama zu heiraten?" Und Achilles versäumte keine Gelegenheit, verletzend zu werden: „Sag einmal, der große Rotschopf von gestern abend, der dir so schmachtende Blicke zugeworfen hat, was war denn das für ein Fettpatzen?"

Die Kinder ließen über alles mit sich reden, nur nicht über die gegenseitige Treue ihrer Eltern. Als Sokrates und Lena sich getrennt hatten, war Maria durchgebrannt. Man hatte sie erst nach einer die Nacht über andauernden angsterfüllten Suchaktion auf einem Schiff entdeckt, wo sie sich vor Kälte schlotternd im Laderaum verkrochen hatte. Achilles' Aufstand war aggressiver und gefährlicher gewesen. Mit elf Jahren hatte der trotz seiner schmächtigen Gestalt frühreife Bub es geschafft, den Maserati des Vaters in Gang zu setzen und war mit hundertachtzig über die Straße gerast, bevor ihm der Motor abgestorben war. Sein entsetzter Vater hatte eine Erklärung gefordert und versucht, ihm begreiflich zu machen, daß er sein Leben aufs Spiel gesetzt habe. Achilles hatte ihm unbewegt zur Antwort gegeben: „Was macht das? Wen interessiert es schon, ob ich sterbe?"

Ein herbeigerufener Psychiater hatte das Verhalten des Buben als normal bezeichnet: „Er ist durch die Scheidung seiner Eltern gestört. Er weiß nicht mehr, was los ist, welchen der beiden Elternteile er lieben soll, ob er selbst noch geliebt wird. Durch seine Handlung wollte er die Liebe seiner Eltern wiedergewinnen, die er verloren glaubte."

Der Grieche hatte die Schlußfolgerung gezogen, daß Achilles nicht mehr zu den Garagen dürfe, die ab nun abgeschlossen und bewacht wurden.

Dann war die Menelas ins Leben des Reeders getreten. Mit seltener Einmütigkeit hatten Achilles und Maria ihren latenten Haß gegen sie gerichtet und ihr die ärgsten Streiche gespielt: eine Schlange im Klavier, eine Eidechse im Bett, mit Klebstoff verschmierte Tasten des Bechstein, ein zerfetztes Abendkleid, und eines Tages hatte Achilles sogar aus eigener Tasche eine Claque bezahlt, um einen ihrer Konzertabende zu stören. Die Menelas gab sich diplomatisch und versuchte nie, die Lage zuzuspitzen. Sie ging über vor Freundlichkeit den kleinen Monstern gegenüber und versuchte ehrlich, sie sich zu Freunden zu machen. Umsonst. Der Grieche war verzweifelt und bezahlte die Rechnungen.

Aber es gab Grenzen! Und diesmal hatte Achilles sie deutlich überschritten. Am Vortag hatte er unter dem Vorwand eines unschuldigen Spiels die Menelas im Swimming-pool beinahe ertränkt.

Sie hatte davon einen solchen Schock davongetragen, daß sie sich mit hoher Temperatur ins Bett legen mußte. Trotzdem war ihre Selbstbeherrschung so groß gewesen, Sokrates nichts zu sagen. Erst das Personal hatte ihn eingeweiht. Achilles war begeistert und verängstigt zugleich und ertrug bewegungslos den Blick seines Vaters. Er wartete auf ein Urteil, das ihn im vorhinein kalt ließ. Er hatte schon anderes erlebt!

„Warum willst du mein Alter wissen, Papa?"

„Ganz einfach. Ab einem gewissen Alter ist nicht mehr die Jugendfürsorge, sondern das Gericht für Kinder zuständig."

„Ach! Du übertreibst! Das Gericht! Wegen ein bißchen Wasser, das diese . . ."

„Ich warne dich, Archilles! Paß auf, was du sagst! Noch kann ich mit dir fertig werden! Ich werde nicht zulassen, daß du dich wie ein Rowdy benimmst!"

„Papa . . ."

„Mund halten! . . . Du wirst dich jetzt bei Olympia entschuldigen! Und zwar gleich!"

„Niemals!"

Der Schrei kam wie eine Explosion.

„Was hast du gesagt?"

„Niemals! Und du kannst mir den Kopf abhacken! Niemals! Nie! Nie! Ich hasse sie! Sie ist eine Schlampe!"

Die rechte Hand des Griechen schoß vor und erreichte Achilles auf der Wange. Die Finger zeichneten sich deutlich ab.

„Auf der Stelle! Hast du verstanden? . . . Jetzt gleich!"

„Niemals!"

Fünf unendliche Sekunden lang starrten sie einander an, keiner von ihnen senkte den Blick. Der Grieche hatte praktisch nie die Hand gegen seine Kinder erhoben und war fassungslos, jetzt seinen Sohn geschlagen zu haben, in gewisser Hinsicht ungewollt. Mit erstickter Stimme keuchte er: „Achilles, hör mir gut zu! Das ist ein Ultimatum! Wenn du dich jetzt nicht entschuldigen gehst, schwöre ich dir, daß du nie wieder einen Groschen von mir siehst!"

„Behalte doch dein Geld! Ich will es nicht! Das ist es nicht, was ich will!"

„Was willst du denn?" brüllte der Grieche.

„Nichts! Gar nichts!" schrie Achilles zurück.

In ihm war etwas zerbrochen, was er seinem Vater ins Gesicht schleudern wollte und doch wütend zurückhielt. Er biß die Zähne zusammen. Er hätte alles sagen wollen, alles – Mama, Papa, die Liebe, die er ihnen beiden entgegenbrachte, seine Verzweiflung, als sie einander verlassen hatten, seine Scham, seinen Zorn, seinen Haß auf alle Frauen, die den Platz seiner Mutter einnahmen, seine Verachtung für diese sogenannten Erwachsenen, die einander nicht einmal zu lieben vermochten, seine Angst, verlassen zu werden, die Jahre des Schreckens und der Verheimlichungen, die Panik, die er empfand, als die Mutter, geheiligtes Liebesobjekt, gegangen war.

„Papa . . .", stammelte er.

Aber der Grieche war zu erbost, um zu verstehen, was mit diesem einen Wort alles an die Oberfläche drängte. Bissig erklärte er: „Ich warne dich feierlich zum letzten Mal: sie oder du. Ich werde sie heiraten!"

Der Satz traf Achilles mit der Gewalt einer Naturkatastrophe. Er schüttelte den Kopf, während ihm die Tränen in die Augen schossen, und stammelte dann leise: „Nein, Papa . . . Nein!"

Dann drehte er sich um und rannte aus dem Arbeitszimmer seines Vaters.

„Maria! . . . Maria! . . . Maria! . . ."

Irene betrachtete begeistert das Spiegelbild, das ihr die blauen Flecken auf Gesicht und Körper zurückwarf. Sie hatte Hermann wiedererobert! Die Wunden und Beulen, die aufgeschürfte Haut, ihr blaues Auge waren unwiderlegliche Beweise ihres Sieges. Sie hätte sie auf der Straße jedermann zeigen wollen, damit jeder erkennen konnte, daß sie wieder Kallenbergs Frau war. Zu dem Glück, gemeinsam unglücklich zu sein, gesellte sich die subtilere Freude, Hermann mehr und mehr jähzornig, das heißt mehr und mehr verletzlich zu sehen. Als er die groteske Hochzeit mit diesem Schwein eingegangen war, wollte sie sich umbringen. Sie konnte sich ein Leben ohne Blaubarts Brutalität nicht vorstellen. Man hatte ihr den Magen ausgepumpt, und beim Wiedereintritt in das Leben hatte sie das gleiche Bedürfnis wie in dem Augenblick, da sie es zu verlassen glaubte: sie mußte erbrechen. Die Nachricht vom Skandal hatte sie am nächsten Morgen mit Begeisterung aufgenommen. In ihrer Naivität dachte sie, er würde noch am selben Abend nach Hause zurückkehren. In Wirklichkeit hatte sie drei Jahre warten müssen. Blaubart hatte fast im selben Atemzug Barbara geheiratet, die Tochter eines texanischen Erdölmagnaten, acht-undzwanzig Jahre jünger als er. Irene war zuversichtlich geblieben. Sie wußte, daß Hermann und sie einander ergänzten, nicht wie die Finger einer Hand, sondern wie Amboß und Hammer, was letztlich das gleiche war. In der Zwischenzeit rannte Lena hinter ihrem malenden Gigolo her, und Melina hatte ihre geliebten anthropologischen Studien in einer neuen Hippiekommune im Süden Kaliforniens wiederaufgenommen. Gottlob gab es noch sie, Irene, um die Tugenden des Familien-lebens und die Tradition der um ihre Kinder besorgten Mutter hochzuhalten!

Als Hermann unter dem Vorwand zurückgekommen war, sich mehr um die Erziehung seiner Brut zu kümmern, war Irene nicht darauf hereingefallen. Hermann konnte ohne sie nicht auskommen! Sie war in aufreizenden Kleidern aufmarschiert, die sie ihre Kammerzofe in zweifelhafte Wäscheboutiquen von Soho kaufen geschickt hatte, und paradierte vor ihm in schwarzen Strümpfen, violetten Strapsen und durchsichtigen Büstenhaltern. Sie hatten ganz einfach nochmals geheiratet, unter den mißtrauisch-rührseligen Blicken der alten Mikolofi-des, die insgeheim über die Rückkehr des verlorenen Schwie-gersohnes hochzufrieden war, da sie nun wieder Einblick in seine Geschäfte und krummen Touren bekam. Kallenberg hatte sich natürlich von seiner amerikanischen Ölsquaw scheiden lassen, mit der er ein Kind hatte. Das gemeinsame Leben hatte erneut begonnen. Kallenberg machte sich rarer denn je. Irene trank mehr, und auf beiden Seiten vertrieben in doppelten Dosen eingenommene Beruhigungspillen die Sorgen. Von Zeit zu Zeit leisteten sie sich einen ordentlichen Krach. An solchen Abenden konnten sie ohne Schlafmittel ins Bett sinken. Manch-mal liebten sie einander auch, in einer Atmosphäre des Hasses und der Verachtung, aber in einem solchen Klima der Leiden-schaft, daß ihre Lust beinahe echt wurde. Gestern abend war es wunderbar gewesen. Irene hatte Hermann außer Rand und Band gebracht. Nach den Schlägen hatte sie ein Anrecht auf Belohnung gehabt, drei vollkommene Minuten, in denen sie über den Dingen schwebte. Anscheinend konnte Hermann ihr die Lust nicht verzeihen, die er ihr ganz ohne es zu wollen gegeben hatte. Er fühlte sich frustriert und war mitten in der Nacht wutentbrannt davongelaufen. Irene wußte, daß er sich eine Hure suchte. Aber was konnte es sie stören? Sie hatte ihren Mann wieder, und gleichzeitig – was den Charme ihres Lebens ausmachte – die Stellung einer verheirateten Frau, den kinderliebenden Vater, die Prügel, die Szenen, die perverse Liebe. Die Geborgenheit des Reichtums und das ständige Einnehmen von Pillen, zusammen mit der Idee, daß sie die einzige Normale und Ausgeglichene der Familie war, taten ein übriges: das Glück ...

30

Der kleine Matrose lachte hell auf, als die alte Dame ihn zum
Tanzen aufforderte. Die alte Dame ließ sich nicht abschütteln:
„Nur einen einzigen Tanz, schöner junger Mann!"

Der Matrose brüllte vor Lachen. „Nein danke, ich tanze
nicht Tango!"

Die alte Dame schien pikiert. „Keinen Tango? Aber Sie
werden doch nicht einer Person meines Alters diese letzte
Freude verwehren!"

Sie hatte eine riesige Adlernase, ihr Lippenrot reichte fast bis
zum Kinn. Ihre von schweren Lidschatten umrandeten Augen
funkelten unternehmungslustig. Die Kleider, die sie trug, waren
lächerlich. Durch das schlecht geschnürte Korsett konnte man
den Träger ihres Büstenhalters erkennen. Die dickwadigen
Beine steckten in schwarzen Leinenstrümpfen. Immer noch
lachend erhob sich der Matrose und preßte sich gegen die Alte.
Er war um einen guten halben Kopf größer als sie. Sie stürzten
sich in einen Wirrwarr komplizierter anachronistischer Tanz-
schritte im Rhythmus des Tangos.

Nut klatschte in die Hände. „Bravo! Ihr startet beide außer
Konkurrenz!"

Der Matrose beugte sich zu der Alten hinunter und murmelte
ihr ins Ohr: „Oh! Sokrates! Sie sind einfach zu lustig!"

„Gefällt es Ihnen, mein kleiner Matrose?"

„Es ist phantastisch."

Die Alte sprach nun mit ernster Stimme: „Sie müssen
zugeben, ich habe gewonnen! Wissen Sie, Peggy, Sie sind fürs
Leben geschaffen. Nicht für die Trauer oder die Tränen."

Die Mainacht war noch kühl. Es war die letzte an Bord der
„Pegasus II". Am nächsten Tag mußte Peggy in ihren vergoldeten Käfig Amerika zurück. Seit Scotts Tod hatte die ganze

Nation Hoffnung und Glauben, die sie in ihren zukünftigen Präsidenten gesetzt hatte, auf sie übertragen. Es war keine Rede davon, seine Witwe als eine Frau zu betrachten: Sie war ein Symbol.

Peggy hätte gern darauf verzichtet. Was immer ihr Freude am Leben machte, war von ihrem Stundenplan gestrichen. Keine Rede mehr davon, stundenlang in den Boutiquen der großen Couturiers zu verbringen, verrückte Gesellschaften für lustige oder außergewöhnliche Leute zu geben, in den Straßen herumzuflanieren oder ganz einfach mit einem Freund abends auszugehen. Sie, die immer zuerst an neuen Schauplätzen des öffentlichen Interesses auftauchte, war nun darauf angewiesen, sich von dritten Personen erzählen zu lassen, was in ihrer Stadt los war! Selten genug hatte sie sich ohne Eskorte in die Straßen gewagt, und jedesmal hatte die Polizei sie aus der Menge befreien müssen. Unzählige Verrückte umringten sie, teils um ihr zu schwören, daß sie ihren Mann rächen würden, teils um von ihr zu verlangen, sie möge ihren Sohn zum zukünftigen Staatschef heranziehen und auf die Macht vorbereiten. Und Scotts Familie schien es normal zu finden, daß Peggy nichts weiter war als eine dem Kult der Erinnerung geweihte Vestalin. Selbst wenn sie versucht hätte, sich dieser Bevormundung zu entziehen, es wäre nicht möglich gewesen. Man hatte ihr mehr als einmal zu verstehen gegeben, daß das öffentliche Leben ein dem öffentlichen Leben angemessenes Gehabe erfordere. Man hatte ihr nicht vorgeschlagen, sich auf dem Scheiterhaufen ihres Gatten zu entleiben, wie es im witwenlosen Indien die Sitte ist, aber es hätte nicht viel gefehlt ...

Nut war die einzige, die Peggy in dieser Prüfung moralisch unterstützte. Nut brachte sie zum Lachen, Nut vertrieb das morbide Gift ihrer grauenhaften Erinnerungen. Nut betrachtete sie als Frau. Und, vor allem, Nut erzählte ihr von Satrapoulos. Der Reeder hatte sie sehr oft besucht. Er kam mit fürstlichen Geschenken beladen und war einfühlsam, zuvorkommend und diskret. Aber die umfangreichen Vorsichtsmaßnahmen, die seine Besuche umgaben, vertrieben die Freude, die sie eigentlich hätten hervorrufen sollen. Wenn man jetzt in Peggys Haus in der Park Avenue eintreten wollte, mußte man sich vor Leibwächtern des Geheimdienstes ausweisen, die praktisch alle

Stockwerke besetzt hielten und sich in wahren Trauben vor dem Eingang ihres Penthouse herumtrieben. Zweimal war es Peggy gelungen, in der Verkleidung einer Putzfrau auszureißen und den Journalisten zu entkommen, die ständig auf der Lauer lagen. Sonne, Freiheit! Mit einem Flügelschlag fand sie sich im herrlichen Licht der griechischen Inseln wieder, halbnackt, ohne Protokoll, ohne jeden Satz überdenken zu müssen, und in Gesellschaft eines Mannes, der ihr alle Verantwortung abnahm, sie jeder Sorge enthob und an alles zu denken schien. Macht ist etwas Gutes, solange sie nicht jenen Punkt der Maßlosigkeit erreicht, an dem der sie Ausübende zum Sklaven seiner Sklaven wird. An Bord der „Pegasus" hatte sie nichts anderes zu tun, als sich gehenzulassen. Sie konnte sich wohl fühlen. Diese beiden Eskapaden, die einzigen seit ihrer Witwenschaft, hatten in ihr solche Sehnsucht hervorgerufen, daß sie die Unvorsichtigkeit begangen hatte, sie ihren beiden jungen Schwägern zu erzählen. Sie hatten genauso wie Scott reagiert: „Wie kannst du dich mit diesem arrivierten Griechen kompromittieren?"

Heute genoß sie zum dritten Mal in fünf Jahren das Entkommen, das ihr der Grieche dank Nuts Mithilfe ermöglicht hatte. Sokrates schenkte ihr ein.

„Ich möchte mein Leben auf diesem Märchenschiff beenden", meinte sie mit einem Seufzer.

Der Grieche war in Versuchung, ihr zu antworten, es hinge schließlich nur von ihr ab, aber er zog es vor, sich hinter einem weniger direkten Satz zu verschanzen: „Mit oder ohne mir, es steht zu Ihrer vollen Verfügung."

„Ich ziehe es mit Ihnen vor."

Hatte sie das wirklich gesagt? Sie hatte so leise gesprochen, vielleicht war es nur eine Täuschung.

Er ließ es sie nicht wiederholen, aber als sie ihm eine Spazierfahrt im Motorboot vorschlug, wußte er, daß er sich nicht verhört hatte. Ohne weitere Umschweife nahm er sie beim Arm und stieg in das von seinen Männern zu Wasser gelassene Boot. Dann hörte er sich sagen, er wolle selber steuern, er brauche niemanden.

Als sie die „Pegasus" weit hinter sich gelassen hatten, stellte er den Motor ab, setzte sich neben Peggy und blickte in den Sternenhimmel. Dank des Wissens, das die Menelas ihm einst beigebracht hatte, erklärte er ihr die Sternbilder.

„Woran denken Sie?" fragte Peggy.

Er gab die übliche Antwort derer, die man beim Nichtdenken ertappt. „An Sie."

Sie lehnte ihren Kopf gegen seine Schulter. Er war wie versteinert und wagte nicht die geringste Bewegung, aus Angst, das Wunder könne zu Ende gehen. Peggy legte ihre Hand auf die seine und seufzte sehnsüchtig.

„Wie schade . . ."

„Was denn?"

„Daß ich Sie nicht so oft sehen kann, wie ich möchte."

„Möchten Sie denn oft?"

„Immer."

Jetzt mußte er etwas tun, wenn er nicht der letzte Idiot sein wollte. Zitternd nahm er das Gesicht Peggys in seine Hände. Zu seiner Verblüffung war sie es, die ihm die Lippen reichte. Als er ihr linkisch diesen ersten Kuß gab, hatte er den Eindruck, ganz Amerika zu küssen. Aber das Amerika an seinen Lippen war recht lebendig und schien einen gewissen Rückstand an Liebe wettmachen zu wollen, denn es ließ keinen Zweifel an der Authentizität seiner fleischlichen Konsistenz aufkommen.

„Ich bitte Sie, Gnädigste", meinte Amerika vorwurfsvoll, und löste sich von ihm. „Sie werden mich mit Lippenstift beschmieren . . ."

Peggys Bemerkung wirkte krampflösend. Er sagte scherzend: „Können Sie sich vorstellen, was geschieht, wenn wir jetzt Schiffbruch erleiden! Sie als Matrose, ich als altes Weib! Das Gesicht unserer Retter möchte ich sehen!"

Sein unglaubliches Glück verlieh ihm neuen Mut, und er legte seinen Kopf gegen Peggys Brust. Er bewegte sich nicht mehr, berauscht von ihrem Parfüm. In der Ferne schimmerten die Lichter der „Pegasus", die für ein geheimnisvolles, nutzloses Fest erleuchtet schien, dessen Sinn der Grieche plötzlich begriff: die Nacht, sein Schiff, die Sterne, sein Bemühen, sein Kampf, sein märchenhafter Aufstieg, alles, was diesem unglaublichen Augenblick vorausgegangen war, der ihn unbeweglich in der Ewigkeit der Gestirne festnagelte, das alles lag in der unumstößlichen Logik eines Schicksals und war nur geschehen, um die Intensität dieser aufwühlenden Minute besser vorzubereiten, in der er sich, einem Gott ebenbürtig, unsterblich fühlte.

Aber anstatt zu beten, wagte er sich vor und streichelte mit den Fingerspitzen die weiche Rundung ihrer Hüfte, während er seinen Kopf völlig auf Peggys Brust sinken ließ. Mit einer unendlich zarten Bewegung, deren Langsamkeit seine Sinne erregte, strich sie ihm durch das Haar. Manchmal verirrte sich die Spitze ihres zarten Fingers auf das Läppchen eines seiner Ohren, folgte dessen Rundung und beschrieb feinfühlig die Mäander seiner Haut, bevor sie sich im Ohr verlor.

„Wenn Ihre Matrosen uns jetzt vom Schiff aus sehen könnten!" meinte sie lachend.

Er vermochte nicht zu sprechen, schüttelte nur den Kopf. Das Geheimnis ihrer Gegenwart machte ihn kopflos. Er träumte. Eine Bewegung, nur eine einzige, brauchte er zu machen. Vielleicht half sie ihm sogar dabei? Alles wäre so einfach. Das Boot würde wie ein zerbrechliches Floß im Sturm zu schaukeln beginnen, obwohl das Meer spiegelglatt und ohne Wellen war.

Peggy beugte sich zu Sokrates hinunter: „Sind Sie wirklich sicher, daß man uns vom Schiff aus nicht sehen kann?"

„Genug jetzt!"

„Einmal noch! . . . Das letzte Mal! . . ."

„Nein, das ist ein idiotisches Spiel! Du bist nicht nett!"

„Wenn ich treffe, ertränkt er sie auf offenem Meer in ihrem Klavier. Wenn nicht . . ."

„Was, wenn nicht? Und was ist mit mir?"

„Mit dir? Nichts. Mit einer Kugel im Kopf sehe ich für deine Zukunft eher schwarz."

„Das war aber lustig. Also gut, mach schon!"

Achilles legte den Karabiner langsam an. Zehn Meter von ihm entfernt stand Maria. Sie lehnte bewegungslos an der Wand eines Bootshauses. Auf ihrem Kopf stand eine winzige Gipsstatue: die Jungfrau Maria, nicht größer als ein Zinnsoldat.

„Fertig?"

„Mach schon, beeil dich!"

„Achtung! Nicht mehr bewegen!"

Achilles drückte auf den Abzug. Die Statue zerstob in tausend Splitter, Maria nieste und schüttelte ihr langes schwarzes Haar aus, aus dem noch einige Gipsbrösel zu Boden fielen.

Achilles näherte sich der Mauer, um die Einschüsse der vorhergegangenen Übungen zu kontrollieren. Schon seit ihrer Kindheit begeisterten sich seine Schwester und er für dieses tödliche Spiel, das sie „Gottesurteil" getauft hatten. Es verlangte von jedem von ihnen absolute Kaltblütigkeit, gepaart mit unglaublicher Todesverachtung. Sie hatten auch schon russisches Roulette gespielt. Bisher hatte Maria immer als erste aufgegeben, außer an dem Tag, als sie, um ihren Bruder auf die Probe zu stellen und herauszubekommen, ob er bluffe, ohne sein Wissen die einzige Kugel aus dem sechsschüssigen Revolver entfernt hatte. Abwechselnd richteten sie den Lauf gegen ihre Schläfe und drückten ab. Maria, Achilles, Maria, Achilles, Maria – ohne ein anderes Resultat zu erreichen als das Klicken des Bolzens. Die Kugel mußte sich logischerweise in der sechsten und letzten Kammer befinden. Natürlich wußte Achilles es ebenso wie sie. Er wußte auch, daß ihm von tausend Milliarden Chancen nur eine einzige blieb. Er hatte herausfordernd den ironischen Blick seiner Schwester erwidert. Dann hatte er ohne zu zögern den Lauf des Colts mitten auf seine Stirn gedrückt. Und den Abzug betätigt.

„Nein, bist du verrückt?" hatte Maria entsetzt gestammelt.

„Und wenn ich die Kugel nicht herausgenommen hätte?"

„Warum hast du es getan? Ich habe es nicht wissen können."

„Du Verrückter du! Glaubst du, ich hätte dir zugesehen, wenn ich gewußt hätte, daß er geladen ist?"

„Na und? Was hätte das schon geändert?"

Sie waren von Nursen aufgezogen worden, die über die schmeichelhaftesten Referenzen verfügten. Immer war auch der geringste ihrer Wünsche in Erfüllung gegangen. Sie wurden traurig und jeder Träume beraubt. Des Namens wegen, den sie trugen, hatte man es vermieden, sie auf eine Schule zu schicken. Wozu auch, wenn die besten Professoren ins Haus kamen? Sie hatten sich in sich selbst zurückgezogen und die Gefahr gesucht, weil ihnen die Zärtlichkeit fehlte. Die Scheidung ihrer Eltern hatte sie zu unmöglichen Kindern werden lassen. Sie hatten sie immer schon wenig gesehen, jetzt trafen sie sie nur mehr von Zeit zu Zeit, in den verschiedenen Wohnungen, auf vielerlei Jachten, zwischen zwei Flugzeugen, zwei Leidenschaften oder zwei Affären. Mit zehn gibt ein Kind nie die Gründe seiner Furcht preis. Achilles und Maria, die beide außerordentlich begabt waren, machten keine Ausnahme: sie verstanden, was ihre Sicherheit in Gefahr brachte, und drückten es nicht in Worten, sondern in stets aggressiver werdenden Taten aus. Die Erwachsenen sprachen von „Launen", wo ein aufmerksamer und erfahrener Beobachter den Ausdruck „Bedrängnis" verwendet hätte. Sie waren zu hilflos gewesen, die Scheidung ihrer Eltern zu verhindern, und hatten ihre Bemühungen, soweit es ihre Mutter betraf, vergeblich darauf konzentriert, daß sie niemand anderen heirateten. Ihr Vater hatte es ihnen sogar feierlich versprochen. Acht Jahre hatte er sein Wort gehalten. Und jetzt wollte er wegen dieser gräßlichen Pianistin den Pakt brechen.

„Wenn er sie heiratet, ich . . ."

„Was?"

„Was? Du wirst doch nicht zulassen, daß dieses Weibsstück sich bei uns einnistet! Und was ist mit Mama?"

„Sie führt ihr eigenes Leben."

„Der ganze Unsinn, den sie gemacht hat . . . Er ist schuld, nur er!"

„Übertreib nicht."

„Was denn? Ihr Frauen seid komisch! Wenn ich ihn mit dieser Miesmuschel herumturteln sehe!"

„Ob die oder eine andere . . . Wenn du glaubst, daß Papa groß genug ist, um allein zu leben . . ."

„Und wir, leben wir vielleicht nicht allein? Und ich?"

„Na ja. Apropos Miesmuschel . . ."

„Was willst du damit sagen?"

„Nichts . . . Abgesehen davon, daß sie deine Mutter sein könnte . . ."

„Du arme Idiotin! Als ob du Joan beurteilen könntest! Du kannst ihr nicht einmal das Wasser reichen!"

„Sicher, mit vierzig!"

„Siebenunddreißig! Und wenn auch? Hindert es sie vielleicht daran, die anderen auszustechen?"

„Nicht einmal anschauen würde sie dich, wenn du nicht Satrapoulos hießest!"

„Wenn du wüßtest, wie egal ihr Geld ist!"

„Aber ja, aber ja."

„Und was ist mit deinen Gigolos? Die sehen erst aus! Mehr Fett am Bauch als Haare auf dem Kopf!"

„Das ist meine Angelegenheit. Ich mag die Bubis nicht."

„Du bist ja auch Luft für sie! Genug jetzt! Wenn du nicht zu mir hältst, kann ich es auch nicht ändern!"

„Wann kommt sie zurück?"

„Hoffentlich nie! Krepieren soll sie! Ich will diese Hochzeit nicht! Papa muß wirklich debil sein!"

„Wo ist sie jetzt?"

„Weiß nicht, bei den Papuas, mir egal!"

„Und Papa?"

„Weißt du es etwa? Zieht er dich neuerdings ins Vertrauen?"

„Vielleicht hat er sie begleitet?"

„Nein wirklich! Wenigstens ihr Taschengeld könnte sie sich allein verdienen! Komm, gehen wir, ich habe eine Verabredung!"

„Mit Joan?"

„Geht's dich was an?"

„Pardon."

„Du könntest dich frisieren, das wäre besser! Hast noch lauter Gips in den Haaren! Sie werden wieder glauben, daß du mit irgendeinem zahnlosen Fossil im Freien Spielchen getrieben hast!"

„Warte, du Schwein!"

Sie spielte die Zornige und rannte ihm nach. Der Form halber. Er hatte zehn Meter Vorsprung, und sie konnte ihn ohnedies nie einholen.

Der Grieche hatte Peggy zu überzeugen vermocht, ihre heimlichen Ferien um achtundvierzig Stunden zu verlängern. Zweck der Sache: eine Nacht in Paris. Er war noch ganz durcheinander von dem überraschenden Sieg, den er davongetragen hatte. Alles war ganz unvermutet gekommen. Eigentlich hatte sie die Rolle des Verfolgers übernommen, war praktisch zum Jäger geworden, der seine Beute herausforderte. Die Hypnosekurse des Dr. Schwob hatten sich als unnötig erwiesen. Natürlich brauchte er sich nicht der Hoffnung hinzugeben, diese gebenedeiten Tage könnten eine Wiederholung erfahren. Wo immer sie hinging, was immer sie tat, stand Peggy unablässig unter schärfster Bewachung. Er im übrigen auch. Die Menelas verließ ihn nur unwillig und schlug manchmal die besten Angebote aus, um ihm folgen zu können. Von Zeit zu Zeit riet er ihr, ihre Karriere nicht zu vernachlässigen. Sie lachte ihm ins Gesicht und meinte, ihr berufliches Leben habe keinen Vorrang vor ihrem Privatleben. Bei Sokrates stellte sich ein gewisses Unbehagen ein. Olympia hatte ihn nicht deutlich um etwas gebeten, aber er fühlte sich moralisch verpflichtet, ihr zu gewähren, was sie gar nicht verlangte. Früher oder später mußte er diese Liaison, die die Skandalpresse so begeisterte, vor dem Popen zu einer regulären Verbindung machen. Sie würde sicher nicht nein sagen. Und was Peggy anlangte, so würden hochpolitische Überlegungen sie immer daran hindern, mit ihm zu leben. Bei ihr war alles erlaubt, nur nicht eine Heirat.

Am Vorabend waren sie gegen zwei Uhr früh an der Seine spazierengegangen. Sokrates hatte sich eine breite Mütze aufgesetzt und einen anonymen Trenchcoat angezogen, Peggy hatte sich hinter einer riesigen Sonnenbrille versteckt und unter einem Kopftuch, das sie eng um ihr Haar gebunden hatte. Wenn ein Journalist sie erkannt hätte, wäre das nur zu seinem Vorteil gewesen. Sokrates konnte sich schon die Zeitungstitel ausmalen. Er war froh, daß niemand sie erkannt hatte, aber gleichzeitig bedauerte er heimlich, daß es doch nicht geschehen war. In Wirklichkeit hätte er es in alle Welt hinausschreien mögen. Aber er setzte sein ganzes Vertrauen in die Schwatzhaftigkeit seiner Mannschaft, die sicher bemerkt hatte, daß etwas vorgefallen war. Ein Verführer und eine schöne Frau bleiben nicht mitten in der Nacht allein zwei Stunden auf einem Motorboot, um über das Wetter zu reden. Bald würde er über den Umweg guter Bekannter von seinem Glück reden hören, und dann konnte er seine Lieblingsrolle spielen, ein schmerzlich erstauntes Gesicht aufsetzen und abstreiten. Je mehr er abstritt, um so weniger würde man ihm glauben. Natürlich hätte er es vorgezogen, mit Peggy eine gigantische Tour durch die Nachtlokale zu starten, sie jedermann zu zeigen, damit alle wußten, daß sie mit ihm war. Aber nichts ist vollkommen.

Er sah auf die Uhr. Es war elf Uhr, Zeit zu gehen. Er hatte seinem einzigen Gast eine ganze Boeing zur Verfügung gestellt, die diesen nach Amerika zurückbringen würde. Er hätte sie gerne begleitet, aber am nächsten Morgen sollte die Menelas aus Rio kommen. Er hatte es Peggy natürlich nicht gesagt. Er stand auf und klopfte diskret an ihre Tür. Sie öffnete ihm. Sie sah bezaubernd aus in ihrem Lederkostüm, frisch und ausgeruht, als hätte sie nicht drei Tage lang ohne Unterbrechung geliebt.

„Ich bin bereit."

„Nun, dann können wir gehen, wenn du willst."

Während ihres kurzen Aufenthalts hatte er es so eingerichtet, daß niemand vom Personal sie zu Gesicht bekam. Der *Maître d'hôtel* hatte Anweisung bekommen, einen mit den raffiniertesten Speisen und kostbarsten Getränken beladenen Servierwagen im Gang vor ihrem Zimmer abzustellen. Sokrates wartete, bis er gegangen war, öffnete die Tür, zog das Wägelchen herein, schob erneut den Riegel vor und verhängte das Schlüsselloch tagsüber mit ihrem Slip. Seinem Pariser Personal traute er nicht über den Weg. Madame Norbert, seine Hausverwalterin, hatte Auftrag, das Geld nicht aus dem Fenster zu werfen. Sie hielt sich so sehr an ihre Anweisungen, daß innerhalb eines Jahres zweimal das gesamte Personal, Köche inbegriffen, den Dienst quittiert hatte. Lyndon Johnson bramarbasierte in Vietnam herum, de Gaulle war unnahbar, Kossygin katzbuckelte im Nahen Osten, der Emir sorgte für Unruhe, und die Börse stand schlecht. Wie sollte man unter diesen Umständen noch ordentliches Personal finden.

Als sie auf den Gang hinaustraten, warf Peggy einen letzten Blick auf das Appartement.

„Wer weiß, ob ich es je wiedersehe!"

„Wann immer du willst."

„Gehen wir!"

„Gehen wir."

Der Grieche griff nach seiner rechten Sakkotasche und fühlte die Ausbuchtung der Schmuckschatulle. Sein Abschiedsgeschenk. Er würde es ihr erst beim Abflug überreichen. Er drückte auf den Knopf des Aufzugs. Doch das Rotlicht zeigte an, daß jemand herauffuhr.

„Gehen wir zu Fuß", schlug Peggy vor.

Sie ging voraus und betrat des Treppenhaus. Zwischen der zweiten und ersten Etage kreuzte der Aufzug ihren Weg, und der Grieche sah mit Entsetzen, daß die Menelas in der Kabine stand. Trotz seiner Erstarrung vermochte er gerade noch seinen Blick abzuwenden, als der „Panther" durch die Glastür der Aufzugkabine in seine Richtung sah. Es hatte nur Sekundenbruchteile gedauert. Ob sie ihn gesehen hatte? Er rannte die Stufen hinunter, Peggy nach, die bereits unten angekommen war. Wie vom Teufel verfolgt, riß er den Schlag des Rolls auf und schob Peggy hinein. Der Chauffeur hatte Anweisung erhalten, am Volant zu bleiben und sich nicht umzudrehen, was immer auch geschah.

„Schnell, Louis! Wir sind spät dran!"

Er lehnte sich mit klopfendem Herzen zurück, ein kleiner Junge, der Peggys fragendem Blick auswich. Auf der Autobahn entspannte er sich ein wenig, obwohl er sich mehrmals nicht zurückhalten konnte und nach hinten blickte, ob sie auch nicht verfolgt wurden. Sicher, es war lächerlich, er gestand es gerne ein, aber er konnte einfach nicht anders. Um seine Verwirrung zu verbergen oder vielmehr zu begründen, zog er die Schatulle aus der Tasche und reichte sie Peggy: „Das ist für dich! Und absolutes Verbot, es zu öffnen, bevor du in zehntausend Meter Höhe bist!"

„Was ist es denn? Ach, bitte, laß es mich doch ansehen!"

„Auf keinen Fall, sonst nehme ich es zurück!"

„Sokrates!" bettelte sie.

„Nein!"

„Aber ich schwöre dir, ich kann es nicht so lange aushalten!"

Er war begeistert, daß sie darauf bestand, und träumte davon, ihre Reaktion zu sehen, wenn sie das einzigartige Stück sehen würde. Er überzeugte sich davon, daß Louis seinen Anweisungen gemäß den Rückspiegel so verstellt hatte, daß er nicht sehen konnte, was im Fond vor sich ging.

„Gut. Du hast gewonnen! Mach es auf. Aber nur unter einer Bedingung . . ."

„Welche? Sag, welche!"

„Einen Kuß!"

Peggy umarmte ihn stürmisch. Sie hatte ihm die Arme um den Hals gelegt und öffnete hinter seinem Rücken die Schließe der Schatulle. Verzückt schloß sie sie ebenso diskret, wie sie sie geöffnet hatte, und konzentrierte sich nur mehr auf ihre Umarmung. Völlig außer Atem gab sie endlich den Mund des Griechen frei, der nur mehr schwach murmeln konnte: „So, jetzt darfst du."

„Wirklich? Und wenn ich lieber weiterküssen wollte?" Sie schob den Augenblick hinaus. „Sag mir zuerst, was es ist?"

„Rate."

„Ein Schmuckstück?"

„Ja."

„Eine Brosche?"

„Nein."

„Ein Armband?"

„Nein."

„Gold?"

„Nein."

„Ohrringe aus Platin?"

„Nein."

„Ich gebe auf."

„Mach doch auf."

Sie schob den winzigen Riegel beiseite. Der phantastische Diamant lag in nachtblauen Samt eingebettet und glitzerte millionenfach. Peggy blieb stumm. Jetzt, beim zweiten Mal, war sie noch überwältigter.

„Nun?" wartete der Grieche.

Peggys Augen schienen immer größer zu werden. Hilflos stammelte sie: „Ich scheine zu träumen! Das ist doch nicht möglich."

„Verglichen mit deiner Schönheit ist es nicht viel . . .", plusterte sich der Grieche auf.

„Oh! . . . Sokrates! . . ."

Sie warf sich ihm an den Hals und überschüttete ihn mit Küssen. Das diskrete Bremsen des Rolls warnte sie, daß sie angekommen waren.

„Sokrates . . . Wann?"

„Tag und Nacht, wann du willst, wo immer du bist. Du rufst die Nummer an, die ich dir gegeben habe. Ich kann sein, wo ich will, innerhalb von zehn Minuten habe ich deine Nachricht – selbst beim Wasserski!" fügte er hinzu, um seine Bewegtheit durch einen Scherz zu verbergen. „Und eine Stunde später bin ich da. Peggy? . . ."

„Ja?"

„Darf ich dich anrufen?"

„Ununterbrochen!"

Er lächelte. „Du vergißt nicht, ja? Eingang acht, der kleine Empfangssalon. Du wirst erwartet. Ich hätte dich so gerne bis zum Flugzeug begleitet . . ."

„Ich hätte es auch gerne gehabt . . ."

Sie küßte ihn ein letztes Mal, sprang aus dem Wagen und lief ohne sich umzudrehen auf das Flughafengebäude zu.

Irene versuchte zu sprechen. Ein Krächzen kam zwischen den Lippen hervor, die zusehends anschwollen.

„ . . . Arzt . . ."

Sie lag verkrampft auf dem Boden ihres Appartements und atmete schwer. Ihre Augen waren halb geschlossen. Hermann saß keuchend auf dem Bett.

„Sprich lauter, Liebling", sagte er mit einem freundlichen Lächeln. „Du sagst, du wünschst einen Arzt?"

Irene schüttelte den Kopf. Sie mußte mehrmals schlucken, bevor sie sprechen konnte: „ . . . Zeugnis vom Arzt . . . Gefängnis . . ."

Kallenberg verzog bedauernd das Gesicht: „Siehst du, so bist du! Man macht alles, nur um dir eine Freude zu bereiten, und du beklagst dich!"

Irene hatte ihn fast gezwungen, sie zu schlagen. Mit Schimpf-kanonaden stachelte sie ihn auf und ließ sich windelweich prügeln, weil sie hoffte, daß Hermann sie anschließend wie in der guten alten Zeit nehmen würde.

„Kann ich dir irgendwie behilflich sein?" wollte Blaubart wissen.

„Du . . . wirst . . . ins Gefängnis . . .", krächzte sie.

Kallenberg tat schockiert. „Aber! . . . Du würdest deinen lieben Gatten ins Gefängnis schicken? Mitten in den Flitter-wochen? Wie grausam du bist!"

„Verschwinde . . . du . . . Dreckstück!"

„Wie du wünschst, mein Liebling."

Er stand auf. Er schritt rücklings aus dem Zimmer, auf seinem Gesicht zeichnete sich echtes Mitleid ab. Irene vergrub ihren Kopf in dem flauschigen Leinenteppich und schluchzte wütend. Sie liebte es, verprügelt zu werden, vorausgesetzt daß man sie dann nahm. Aber das eine ohne das andere, nein. Mühsam kroch sie bis zu ihrem Nachttischchen, kramte ein metallenes Röhrchen aus der Lade und entnahm ihm mehrere Pillen.

31

Als der Grieche vom Flughafen nach Hause kam, fand er die Menelas im Salon sitzen. Sie hatte es sich auf einem riesigen Diwan bequem gemacht, ein Glas Whisky in der einen Hand, eine Illustrierte in der anderen. An ihrem Lächeln erkannte er, daß sie nichts von Peggys Aufenthalt in Paris wußte. Er küßte sie.

„Wir haben uns vorhin gekreuzt. Ich bin mit dem Aufzug hinaufgefahren, du bist zu Fuß hinuntergegangen. Ich habe dir nachgerufen, aber du hast es wahrscheinlich nicht gehört."

„Nein, ich habe nichts gehört. Ich habe dich erst morgen erwartet."

„Ich habe mich nach dir gesehnt."

Sie setzte ihr Glas ab und fuhr ihm mit dem Handrücken über die Wange.

„Wie war dein Konzert?"

„Wie immer. Und du, was hast du gemacht?"

„Ich war kurz in Griechenland. Ich sollte die Architekten auf der Insel treffen. Immer noch der Hafen."

„Und gestern abend, warst du da hier?"

„Ja, warum?"

„Allein?"

„Wie das?"

„Ich frage dich, ob jemand auf der Treppe war mit dir!"

„Aber nein, keineswegs!"

„Ich hätte schwören können . . ."

„Aber nein!"

„Ich muß eine Halluzination gehabt haben . . ."

„Nun . . . das kommt vor . . ."

„Aber ja . . . die Übermüdung . . . Wer war es?"

„Aber! . . ."

Sie konnte sich nicht mehr beherrschen. „Für wen hältst du mich eigentlich, du kleines Arschloch von einem Griechen? Wer war sie?"

„Niemand, zum Teufel! Ich war allein!"

„Du dreckiger Lügner. Ich habe sie gesehen!"

„Halt das Maul, ja? Wenn du gekommen bist, um diesen Blödsinn zu verzapfen, hättest du bleiben können, wo du warst!"

„Das würde dir wohl passen! Und wie stehe ich da vor dem Personal?"

Fast wollte er die Unvorsichtigkeit begehen, zu sagen, das Personal habe „sie" gar nicht zu Gesicht bekommen. Er hielt sich rechtzeitig zurück und tröstete sich mit dem Gedanken, daß der „Panther" imstande war, am nächsten Tag in Washington eine Pressekonferenz zu geben, wenn er erfuhr, um wen es sich handelte.

„Wirst du jetzt reden, ja oder nein?"

Der Grieche wurde aus seinen Überlegungen gerissen und war nun unfreiwilliger und entsetzter Zeuge einer Folge von fatalen Sätzen, die er auszusprechen begann, ohne sie bewußt sagen zu wollen. Es war, als würde ein anderer an seiner Stelle sprechen. Es begann mit einem einzigen Wort, das er nachlässig hinwarf: „Schade . . ."

„Was ist schade? Daß du hier Huren empfängst, während ich mich am Ende der Welt abplacke, um mein Geld zu verdienen!"

„Nein, nicht das. Siehst du, du machst mir genau an jenem Abend ungerechtfertigte Vorwürfe, an dem ich dir etwas Wichtiges mitteilen will."

„Sag schon, du Lügner!"

„Ich wollte dich um deine Hand bitten."

„Meine Hand? Du jämmerlicher Gnom! Und wer hat dir gesagt, daß du sie auch bekommst?"

Anstatt es gut sein zu lassen und einen Rückzug anzutreten, drehte der Grieche auf. „Wie?" stammelte er. „Du lehnst ab?"

„Ja! Ich gehe schon als deine Mätresse zugrunde, jetzt erst als deine Frau! Du glaubst vielleicht, daß du ein Geschenk für mich bist, daß du mir damit eine Freude machst, daß du mich damit entschädigst für das, was ich ausstehen mußte! Nein! Ich will nicht!"

Der Grieche schenkte sich einen Whisky ein. Sie riß ihm die Flasche aus der Hand und zertrümmerte sie am Boden.

„*Ich* bin nicht gekommen, dich zu holen, damals! *Du* hast mich einem Mann entrissen, der mich liebte, *du* hast mich dem Haß deiner Familie ausgesetzt, *deine* Kinder haben sich über mich lustig gemacht!"

„Ich habe mit ihnen gesprochen."

„Das stimmt nicht! Du hast dein großes Lügenmaul gehalten, das hast du getan!"

Plötzlich hatte er genug. „Du wirst jetzt dein Maul halten! Das Arschloch bist du! Ich bin viel zu gut für eine Idiotin wie dich! Den einzigen Orgasmus deines Lebens hast du mit Chopin gehabt!"

„Laß Chopin in Ruhe! Du warst nie fähig, ihn zu verstehen! Du bist nur für Additionen und Weiber zu gebrauchen!"

„Selbst Weib!"

Sie stürzte sich auf ihn und packte ihn an der Gurgel. „Sag das noch einmal!"

Er vermochte sich aus ihrer Umklammerung nicht zu lösen. Er griff nach ihrem Hals, und plötzlich befanden sie sich Nase an Nase, vor Wut schnaubend. Der Grieche war halb erstickt, als er sich endlich von der Menelas lösen konnte. Mit seiner letzten Luftreserve brüllte er sie an: „Du wirst mich heiraten, du Idiotin! Heiraten, hörst du!"

„Ja, du Schwein! Ja, Ja! Ja!" schrie sie zurück.

Wortlos sahen sie einander an. Sie keuchten beide, waren am Ende ihrer Kraft. Dann begann die Menelas leise zu weinen. Der Grieche konnte seine Tränen nur mit Mühe zurückhalten. Er war überwältigt, wütend, erleichtert, alles gleichzeitig. Jetzt leckte sie ihm mit kleinen Zungenschlägen die Wange und stammelte: „Wann, mein Geliebter? . . . Wann? . . ."

„In einem Monat in London, such dir den Tag aus. Willst du?"

„Ja, mein Geliebter, ja. Alles, was du willst . . ."

Sie riß die Knöpfe von seinem Hemd, kniff ihn in die Brustwarzen, rieb ihren Bauch gegen seinen und fiel auf den Teppich, ihn mit sich reißend. Er lächelte sie an. „Und das Personal?"

„Egal. Du wirst schon sehen, du! Paß nur auf!"

Während sie ihn umarmte, knurrte sie zärtlich, und bald existierte nichts mehr um sie.

„Warum habe ich mich in dich verlieben müssen? Du könntest mein Sohn sein!"

„Dann hättest du Mutter und Tochter gleichzeitig sein müssen."

„Nein, Achilles, es macht mir Angst. Ich bin fünfunddreißig. Ich gebe das ehrlich zu, du weißt es."

„Ich werde auch einmal fünfunddreißig."

„Ja, in . . . siebzehn Jahren. Wie schade, daß wir es uns nicht teilen können. Manchmal frage ich mich . . . Es ist zu dumm! Egal!"

Joan war herrlich schön. Sie hatte unglaublich langes Haar, das ihr bis zu den Hüften fiel, wenn sie es löste. Zu Achilles' liebsten Spielen gehörte es, wenn sie nackt war, ihren Hintern damit zu bedecken. Er liebte sie wahnsinnig und hätte nie gedacht, daß ihm solches Glück widerfahren könnte. Er war ihr erstmals vor zwei Jahren begegnet und hatte sich auf der Stelle in sie verliebt. Anfangs hatte sie ihn nicht ernst genommen, wenn er seine Schüchternheit überwand, um das Wort an sie zu richten oder ihr auf eine kindliche Art den Hof zu machen, die sie verwirrte. Joan hatte sich soeben zum dritten Mal scheiden lassen, von achthunderttausend Rindern, wie sie es ausdrückte. Ihr Mann war der reichste Viehbesitzer Argentiniens und wahrscheinlich das langweiligste Stück seiner Herde. Er hatte es fertiggebracht, den Tieren zu gleichen, die ihm den Lebensunterhalt eintrugen. Er aß nicht, er graste. Er sprach nicht, er machte sich durch einförmiges Muhen verständlich. Joan hatte ihn zu seinen immergrünen Weidegründen zurückgeschickt, nicht ohne ein paar tausend Hektar als Abfindung einzustecken. Anfangs hatte Achilles sie belustigt. Es war angenehm, einen jungen Burschen im Kielwasser zu haben. Sankt Moritz, die Côte d'Azur, die Bahamas, Acapulco, wo immer sie hinreiste – er war auch da. Natürlich wußte sie, daß er der Sohn von Satrapoulos war. Sie mochte den Griechen nicht, den sie hinterhältig fand, ebenso nicht seine Freunde und auch nicht seinen Schwager Kallenberg, der sich unter dem Vorwand, ihrer Schönheit zu huldigen, zu ihr wie ein Büffel benommen hatte.

Und dann hatte sie eines Abends Achilles' Avancen nachgegeben. Und saß in der Falle. Dieser Junge, an dem nichts außergewöhnlich war, hatte eine Fertigkeit an den Tag gelegt, um die ihn jeder Verführer beneiden konnte. Im Leben war er noch ein Kind, im Geschäft ein Mann, im Bett ein Gott. Joan hatte sich kopfüber in ein Abenteuer gestürzt, von dem sie jeden Tag annahm, daß es am folgenden Morgen zu Ende sein würde. Aber der Zauber dauerte an. Und jetzt war sie zu ihrem Entsetzen verliebt!

„Wenn ich vernünftig wäre, dürfte ich dich nie wiedersehen", sagte sie.

„Hast du Lust, vernünftig zu sein?"

„Nein."

„Küß mich."

Sie näherte ihr Gesicht dem seinen.

„Nicht bewegen."

Sie liebten die Raffinesse. Sie konnten zehn Minuten so ausharren, Mund gegen Mund, einander liebkosend, den Kuß ins Unendliche ausdehnend, vorbereitender Ritus, der die Tore zum totalen, maßlosen Sichgehenlassen aufstieß.

„Joan. Weißt du was?"

„Sag es mir."

„Ich werde dich heiraten."

„Du bist nicht einmal großjährig."

„Ich werde warten. Und du, kannst du warten?"

„Wie denkst du dir das?"

„Nichts. Sag nichts mehr."

Er wälzte sich über sie.

Am Morgen nach seinem turbulenten Heiratsantrag sollte der Grieche die größte Angst seines Lebens ausstehen. Er war zum Flughafen Le Bourget gefahren, wo er den Direktor einer Erdölgesellschaft des Balkans treffen sollte, der aus Moskau kam und nach Afrika weitermußte. Fast eine Stunde hatten sie über die Möglichkeiten einer direkten Kooperation mit den Sowjets gesprochen, die nicht das hochentwickelte Raffineriematerial besaßen. Nicht ohne einen Anflug von Humor dachte der Grieche, daß ihm seine Nahostpolitik den Haß der Amerikaner eintrug, was sehr wohl Absatzmöglichkeiten bei den Russen bedeuten konnte.

Simple Geistesspielchen, kindliche Sophismen. In Wirklichkeit war die Angelegenheit unendlich komplizierter und machte aus Gegnern momentane Verbündete, aus Verbündeten Erzfeinde, in deren Interesse es liegen konnte, vorübergehend gegen die eigenen Partner, das heißt letztlich gegen sich selbst, zu agieren. Aber die Gedanken des Griechen kamen ohne Unterlaß auf den vergangenen Abend zurück, der sein weiteres Leben verändern würde. Er hatte ihr ohne jeden Zweifel einen regelrechten Heiratsantrag gemacht. In der Rückschau wurde ihm klar, daß er eigentlich nur Abstand zwischen sich und der Witwe Baltimore hatte schaffen wollen, indem er seine Liaison mit der Menelas vor den Augen des Gesetzes verankerte. Peggy würde ihm niemals gehören. Es war wie bei den Bildern der National Gallery; man konnte hingehen und sich daran erfreuen, aber es sich aneignen auf keinen Fall. Peggy gehörte nicht mehr der Realität an, sie trug das Siegel des Symbolhaften. Also sie lieber gleich aus den Gedanken verbannen.

Der Wagen fuhr nun die Rue Geoffroy-Saint-Hilaire entlang.

Es herrschte eine seltsame Atmosphäre. Studenten gingen schweigend in Gruppen auf den Trottoirs, sie zeigten keinerlei Erregung, als kenne jeder sein Ziel, das für alle dasselbe war. An der Kreuzung bog der Wagen links in die Rue Jussieu ab. Die Burschen und Mädchen wurden zahlreicher, bildeten kompakte Menschentrauben, die oft mitten auf der Fahrbahn marschierten, sich folgsam vor dem Wagen teilten, den sie nicht beachteten, ja gar nicht zu sehen schienen. Alles schien absonderlich, irreal. Die Straße führte bergab, und Louis bog rechts in die Rue des Fossés-Saint-Bernard ab, um zur Seine zu gelangen, wo der Boulevard Saint-Germain beginnt.

„Was ist los da?" wollte der Grieche wissen.

„Ich weiß es nicht, Monsieur", antwortete der Chauffeur.

Jetzt füllten zahlreiche Gruppen die Straße, zuerst noch vereinzelt wie Schneeflocken, dann aber immer dichter werdend, sich zusammenballend, anschwellend wie ein Strom, der von seiner Quelle sich entfernt und seine Zuflüsse in sich aufnimmt. S. S. blickte nach hinten: die menschliche Masse hatte sie unmerklich eingeschlossen.

„Ich werde sie aufscheuchen!" meinte Louis.

„Laß das!"

Der Grieche besaß zu viel Einfühlungsvermögen, um nicht die Gefahr zu erkennen, die von diesem allzu ruhigen Menschenstrom ausging, der, ohne Bewegung, ohne einen Schrei, vorbeidefilierte. Durch die Scheiben konnte er die Gesichter der

Zwanzigjährigen erkennen, er hatte sie so dicht vor sich, daß ihm auch nicht die winzigsten Einzelheiten entgingen. Niemand schien sie zu bemerken, und doch wußte Sokrates, daß sie nicht in den Rahmen paßten. Einmal, als sich der Strom teilte, sah er am Ende der Straße eine Horde behelmter Polizisten, die in ihren schwarzen Uniformen, mit den mittelalterlichen Schilden und den Schlagstöcken unbeweglich wie Statuen einen dichten Wall bildeten. Der Grieche roch förmlich, daß Unangenehmes in der Luft lag. Und wie schon hunderte Male zuvor, wenn es in seinem Leben hart auf hart ging, hatte er einen genialen Einfall.

„Louis, deine Mütze!"

„Pardon?"

„Deine Mütze runter, Idiot! Versteck sie!"

Gleichzeitig riß er sich die Krawatte herunter und warf sie auf den Boden, öffnete seinen Hemdkragen und zerraufte sein Haar. Seinem natürlichen Hang zur Verkleidung verdankte er es, innerhalb weniger Augenblicke eine radikale Veränderung seines Aussehens zu erreichen, die er noch durch das Abnehmen seiner schweren Hornbrille vervollständigte. Jetzt glich er dem erstbesten Angestellten eines Ministeriums, ein Mann in den mittleren Jahren, ein wenig verknittert, ein bißchen müde . . .

„Bieg ab, wo es geht! Weg von hier!"

„Es ist keine Straße da, Monsieur."

„Fahr in die Garage, da links!"

„Sie ist geschlossen, Monsieur."

In diesem Augenblick bemerkte der Grieche, daß alle Geschäfte ihre schweren Rolläden herabgelassen hatten. Es war entsetzlich: er saß in seinem Rolls-Royce mitten in einem Strom von Demonstranten, dessen einzelne Wellen gegen eine Wand von Polizisten prallten! Kein Ausweg, keine Fluchtmöglichkeit, nichts! Der Wagen rollte im Schrittempo, paßte sich dem Rhythmus der Studenten an, die sich gegen die Fenster, die Stoßstangen drängten, seltsame Eskorte dieser Provokation. Sokrates' Nervosität nahm zu, er versuchte einige Male, verkrampft hinauszulächeln, aber niemand schenkte ihm Aufmerksamkeit. Trotz der Panikstimmung, die ihn ergriffen hatte, vermochte er mit halbwegs klarer Stimme zu sprechen: „Ich steige aus, Louis, ich warte weiter vorne auf sie . . ."

Der Chauffeur gab keinen Laut von sich. Auch er begann zu begreifen. Er sah, wie S. S. in der Masse untertauchte und verschwand. Und dann, ein Wunder! Als der Rolls, nun von allen Seiten eingeschlossen, nicht einen einzigen Meter mehr vorwärtszukommen schien, bemerkte Louis auf seiner Seite eine kleine Einbahnstraße. Mit unglaublicher Vorsicht schlug er das Lenkrad langsam ein. Nur niemanden berühren. Er las am Straßenschild, daß es die Rue du Chant war. Anscheinend hatten die Demonstranten sie vergessen. Louis hätte vor Freude singen können. In der Rue du Cardinal-Lemoine gabelte er dann den Griechen auf, den er beinahe gar nicht erkannt hätte, so sehr war S. S. zum nichtssagenden Fußgänger in der Masse geworden. Ein diskretes Handzeichen, bremsen, ein aufgehender Schlag, S. S. war wieder da. Nur hatte er sich diesmal vorne zu Louis geflüchtet, anstatt hinten einzusteigen.

„Weg von hier, nichts wie weg! Schnell! Siehst du nicht, daß das eine Revolution wird!" warf er seinem Chauffeur in abgehackten Sätzen zu. Er sprach hastig und ohne die Lippen zu bewegen, es war alles wie in einem Gangsterfilm der dreißiger Jahre.

Louis stieg aufs Gas, und der Wagen schoß davon, weg von der beängstigenden Ruhe, die dem Sturm vorauszugehen pflegt.

Am nächsten Morgen hatten in der ganzen Welt die Zeitungen ihren Aufmacher mit den „Ereignissen vom Mai 68", wie man sie später nennen sollte.

Dun winkte den Besitzer des Lokals herbei. „Wer ist diese fette Leberwurst dort drüben?"

„Wie? Du kennst sie nicht? Die Tochter von Satrapoulos!"

„Nein!"

„Aber ja!"

„Die ist aber scheußlich, Mensch!"

„Ab hundert Millionen Dollar sind alle Frauen schön."

„Wer vögelt sie?"

„Keine Ahnung."

„Läßt sie sich vögeln oder nicht?"

„Woher soll ich das wissen? Ich hab's nicht probiert!"

„Du Schwein! Wäre wohl das erste Mal! Und die Burschen, die bei ihr sind?"

„Muttersöhnchen, lauter kleine Idioten. Helliokis hat seine Jacht in Cannes."

„Kannst du sie mir organisieren?"

„Ich kenne sie kaum. Sie ist erst zum zweiten Mal da."

„Also mach schon!"

„Und was soll ich ihr sagen?"

„Sag ihr, wer ich bin, und frag sie, ob sie mit mir was trinken will."

„Okay. Ich versuch's."

Dun beobachtete, wie Carlos sich zwischen den Tänzern durchzwängte, auf den Tisch mit den Bubis zuging und mit ihnen plauderte. Während sie alle über seine Scherze lachten, beugte sich Carlos über das Mädchen und flüsterte ihm etwas ins Ohr. Unwillkürlich fuhr Raph sich durch die Frisur. Maria sah in seine Richtung und warf ihm einen Blick zu. Raph lächelte sie an. Jetzt flüsterte Maria Carlos etwas ins Ohr. Carlos lächelte, verließ den Tisch und kam zu Raph zurück. Vielleicht gelang Raph jetzt der Coup, auf den er und seine Gläubiger seit Wochen warteten. Die Kleine konnte ihm ordentlich etwas einbringen! Auf den Titelseiten der internationalen Zeitschriften ließ sich ihr Name in Gold aufwiegen. Wenn sie auch noch Fotos von sich machen ließ, konnte Raph ins „Ritz" zurückkehren und seine Rechnungen begleichen.

„Was hat sie gesagt?" fragte er begierig.

„Sie hat gesagt, daß du sie zum Tanzen einladen kannst."

„Scheiße! Werden wieder alle sagen, daß ich Minderjährige verführe!"

„Und? Stimmt es denn nicht?"

„Keineswegs, es macht nur einen schlechten Eindruck. Also gut, ich gehe."

Dun erhob sich und bemerkte, wie Maria seine großgewachsene Gestalt interessiert ansah. Das Alter hatte ihm nichts anhaben können, mit achtundvierzig hatte er nach wie vor Erfolg um Erfolg. Seine weiße, sorgfältig gewellte Haarpracht beeindruckte vom kleinen Mädchen angefangen über die Gräfin bis zum internationalen Star alle. Als er an ihren Tisch kam, stellten die Bubis ihr Gespräch ein und musterten ihn böse. Aber schon stand Maria auf. Er führte sie zur Tanzfläche.

„Ich dachte schon, Ihre kleinen Freunde würden mich umbringen!"

„Das werden sie wahrscheinlich auch tun, nachher . . ."

„Nachher?"

„Nach dem Tanz."

„Sie sind auf Urlaub?"

„Sie sind Journalist?"

„Sie leben bei Ihren Eltern?"

Sie begannen beide zu lachen.

„Nein, bei Freunden."

„Eine Villa?"

„Eine Jacht."

„Und die lassen Sie allein ausgehen?"

„Ich habe meinen Wächter umbringen müssen. Sie sind Franzose?"

„Nein. Aus dem Kongo. Ich habe eine Bananenplantage, aber um die kümmern sich meine elf Frauen."

„Nur elf?"

„Es ist eine kleine Plantage."

Aus der Nähe betrachtet, war sie gar nicht so häßlich. Der Körper, der sich jetzt schamlos gegen Dun preßte, war ein wenig plump, aber ihre goldfarbenen Augen waren unwahrscheinlich schön, und offenbar hatte sie auch ihren Verstand nicht zu Hause vergessen. Jetzt kam es darauf an.

„Wissen Sie, warum ich Sie kennenlernen wollte?"

„Ja. Ich bin die Frau Ihres Lebens."

„Nicht so voreilig. Sie könnten das Baby meines Lebens sein, aber das ist es nicht. Sie sind mir aufgefallen. Haben Sie schon Fotos von sich machen lassen?"

„Ob ich Modell war?"

„Ja."

„Nein, nie. Haben Sie mich eigentlich angesehen?"

„Schade. Sie würden kein schlechtes Modell abgeben. Wie heißen Sie?"

„Maria. Und Sie?"

„Raph. Raph Dun. Und wie ist Ihr Familienname?"

Er spürte, wie sie sich in seinen Armen verkrampfte. „Für wie dumm halten Sie mich?"

„Heiliger Bimbam! . . ."

„Sie wissen ganz genau, wer ich bin."

„Woher wissen Sie, daß ich es weiß?"

„Alle wissen es. Ich habe ständig Journalisten auf den Fersen.

Als ich noch klein war, haben sie sich als Priester verkleidet und mir Malzbonbons geschenkt."

„Tut mir leid, ich habe keine da."

„Um so besser, ich mag sie ohnehin nicht. Für welche Zeitung schreiben Sie?"

„Für alle und keine. Ich bin eine Hure in meinem Beruf. Ich verkaufe mich an den Meistbietenden."

„Wie häßlich!"

„Scheußlich! Aber ich stecke in der Kirche Kerzen an, zur Buße. Bleiben Sie lange in Cannes?"

„Und Sie?"

„Das hängt von Ihnen ab. Wenn ich über Sie Unsinn verzapfen kann, werde ich viel Geld dafür bekommen und länger bleiben können."

„Was wollen Sie wissen?"

„Glauben Sie, daß Sie sich an meinen Tisch wagen können, ohne daß Ihre lieben kleinen Freunde uns gleich umlegen?"

„Ich bin ein freier Mensch."

Der Tanz ging zu Ende.

„Gut, gehen wir!"

„Ich komme gleich. Ich hole nur meine Tasche."

Er behielt ihre Hand in der seinen, sie entzog sie ihm nicht.

„Einverstanden, ich erwarte Sie. Sie können ja sagen, daß ich Ihr Papa bin."

Sie sah ihn ernst an. „Seien Sie nicht dumm! Ich komme gleich . . ."

„Gnädige Frau, ich nehme an, Sie verstehen, wie heikel meine Lage ist. Aber ich konnte nicht anders. Zigarette?"

„Nein, danke."

Der Grieche rutschte unlustig auf seinem Stuhl hin und her. Diese Frau beeindruckte ihn. Trotz ihres Rufs als männermordendes Geschöpf benahm sie sich mit der Würde und Diskretion der *grande dame*.

„Es handelt sich um meinen Sohn . . ."

„Das dachte ich mir", antwortete Joan nicht ohne Ironie.

„Ich halte es für meine Pflicht . . . meine Pflicht . . ."

„Ja?"

„Ich muß ihn beschützen, verstehen Sie. Er ist noch so jung!"

„Zum Unterschied von mir. Das meinen Sie doch?"

„Nein, das wollte ich nicht sagen!"

„Aber Sie sagen es."

Er wich ihrem Blick nicht aus. Das Leben war nicht leicht. Sie war schön wie eine voll erblühte Blume und von heiterer Gelassenheit. Er war gekommen, um sie aufzufordern, mit Achilles zu brechen, und er wußte, daß er die richtigen Argumente hatte. Aber womit beginnen?

„Ich gebe zu", hob er an, „daß ich Sie mir anders vorgestellt habe. Ich kann Achilles verstehen. Er beweist Geschmack."

Sie nickte zum Zeichen des Dankes.

„Herr Satrapoulos, vielleicht könnten Sie aufhören, um den heißen Brei herumzureden, und mir sagen, warum Sie gekommen sind?"

Sie gab ihm noch Schützenhilfe, wunderbar!

„Sie können es sich vorstellen, nehme ich an . . ."

„Natürlich! Sie sind gekommen, mir zu sagen, ich soll mit Achilles brechen. Oder?"

„Ich bin erleichtert, festzustellen, daß Sie verstehen."

„Natürlich verstehe ich. Ich versetze mich in Ihre Lage. Eines der größten Vermögen der Welt, ein einziger Sohn, bestimmt dazu, alles zu erben und weiterzuführen. Auf der anderen Seite eine vierzigjährige Frau, dreimal geschieden, die ihm vielleicht gar kein Kind schenken wird. An Ihrer Stelle würde ich vielleicht genauso handeln. Vielleicht. Nur . . ."

„Nur?"

„Ich sage nein. Ich bin nicht an Ihrer Stelle. Und Achilles wird jetzt nicht anfangen, Frauen zu lieben oder nicht zu lieben, nur um Ihnen Freude zu bereiten. Glauben Sie nur ja nicht, ich will Sie herausfordern. Sie können es einfach nicht verstehen. Ich habe gewählt. Er hat gewählt. Wir lieben uns."

„Gnädige Frau, ich bitte Sie! Wenn Achilles ein Versicherungsvertreter wäre, ja. Aber Sie wissen ebensogut wie ich, daß das, was Sie Liebe nennen, nicht unvergänglich ist!"

„Allerdings. Und deswegen habe ich die Absicht, es auszunützen, solange es andauert."

„Ja. Aber er? Haben Sie an ihn gedacht?"

„Ich denke nur an ihn."

„Nehmen Sie doch an, es dauert . . . Wenn er ein junger Mann von dreißig ist, sind Sie . . . sind Sie . . ."

„Eine alte Dame von siebenundvierzig. Das meinen Sie doch?"

„Ja."

„Damit bleiben uns noch zehn Jahre, oder nicht?"

„Nein! Ich habe nicht die Absicht, das mit anzusehen. Ich habe für Achilles andere Pläne, in denen für Sie kein Platz ist!"

„Ich nehme an, Sie haben mit ihm darüber gesprochen?"

„Das ist meine Angelegenheit! Ich habe mich an Sie gewendet, nicht an ihn! Ich dachte, Sie würden die letzte sein wollen, die seine Zukunft zerstören würde. Ich warne Sie! Wenn diese Liaison nicht aufhört, sperre ich ihm die Mittel! Sie bekommen keinen Groschen!"

Joan blickte ihn zuckersüß an. „Herr Satrapoulos . . . Finden Sie in Ihrer Vergangenheit oder Ihrem derzeitigen Leben irgend etwas, was Sie in die Lage versetzen könnte, mir Lehren zu erteilen? Wenn wir schon bei der Wahrheit bleiben wollen, gestatten Sie, daß ich Ihnen sage, Sie sind so vertrocknet, daß manches gar nicht mehr in Ihren Kopf geht. Glauben Sie wirklich, daß ich so habgierig bin?"

„Das interessiert mich nicht! Ich will nicht, daß Achilles sein Leben mit einer Alten aufbaut!"

„Danke. Jetzt können Sie gehen."

„Ich gehe nicht, bevor . . ."

„Bevor?"

„Bevor Sie mir versprochen haben . . . Da . . .", sagte er und zog sein Scheckheft hervor. „Ich lasse Ihnen einen Blankoscheck da. Ich gebe Ihnen mein Ehrenwort, daß niemand es je erfahren wird! Sie können jede Summe einsetzen, wieviel Sie wollen, nur verschwinden müssen Sie!"

Er hielt ihr das blaue Rechteck aus Papier hin, das er wütend unterzeichnet hatte. „Da! Nehmen Sie ihn!"

Er drückte ihn ihr mit Gewalt in die Hand. Sie behielt ihn. Dann sagte sie sehr ruhig: „Adieu."

Der Grieche verneigte sich leicht, drehte sich um und ging. Er drückte auf den Aufzugsknopf, überlegte es sich und ging die fünf Stockwerke zu Fuß hinunter. Er war im Erdgeschoß angekommen, als Joans Stimme ihn von oben erreichte: „Bitte!"

Er hob den Kopf und sah sie oben stehen. Sie war ganz klein, und ihre rote Haarpracht hüllte sie ein. Sie ließ ein kleines Paket herunterfallen. Er hob es auf. Sein Scheck, um ein Geldstück gewickelt. Er entfaltete ihn. Wo der Betrag hätte eingezeichnet sein sollen, oberhalb seiner Unterschrift, sah er eine Unzahl kleiner Herzen, die sie mit dem Lippenstift hingemalt hatte.

„Sie sind scheußlich! Kommen Sie nie wieder!" rief sie zu ihm herunter.

Sie warf die Tür hinter sich ins Schloß. Er blieb unbeweglich stehen. Es war das erste Mal in seinem Leben, daß man ihm einen seiner Schecks ins Gesicht warf.

Peggy fand es idiotisch und rückständig, ein Tischgebet zu sprechen, nur weil man drei Blätter Salat knabbern wollte. In England hielt man sich nicht einmal in den katholischsten Familien mit solchem Getue auf! Sie dachte an Griechenland und Paris. Von Zeit zu Zeit fühlte sie nach dem Stein, den der Grieche ihr verehrt hatte. Sie wagte es nicht, ihn herzuzeigen, und trug ihn unter einer Bluse versteckt, die sie nach einer längst vergangenen Mode hochgeschlossen trug. Der Anblick ihrer Schwiegermutter wirkte deprimierend. Immerhin mußte man bedenken, daß diese Frau, die Königinmutter des Baltimore-Clans, ihr Leben mit Gebären, der Pflege ihres Mannes und der frühzeitigen Beerdigung der Toten unter ihren zahlreichen Nachkommenschaft verbracht hatte. Ihr Gesicht hatte einen endgültigen Ausdruck der Versteinerung und der Unnahbarkeit angenommen.

Das Dinner fand auf dem Sommersitz in Neuengland statt, nicht weit von Providence. Gras, Pferde, Bäume, die zu jeder Jahreszeit rötlich schimmerten, weißgestrichene Zäune, zutrauliche Eichkätzchen und Hennen, deren Eierproduktion zu überwachen und zu verbuchen Virginia als ihr allein zustehende Aufgabe ansah. Das furchtbare an dieser Familie war, daß jedes ihrer Mitglieder die Nachfolge der Ausgefallenen ohne die geringste Überleitung anzutreten vermochte. Scott war vor fünf Jahren ermordet worden, Peggy wurde genau in dem Augenblick Witwe, da sie vor der Scheidung stand. „Die Kinder . . .", hatte man ihr bedeutet. Wenn sie die Augen schloß und den Gesprächen zuhörte, die bei Tisch geführt wurden, konnte sie sich des schmerzlichen Eindrucks nicht erwehren, daß sich nie etwas geändert hatte, daß niemand gestorben war. Peter und

Stephen hatten Scotts Platz im Rennen um die Macht eingenommen. Es waren dieselben Gespräche wie früher, dieselben
Pläne, dieselben Finten um das ewige Thema Politik.

„Woran denkst du?" unterbrach Stephen ihre Träume.

„An meine Zukunft", antwortete sie zerstreut.

„Ah? Und wie stellst du sie dir vor?"

„Weit weg von hier."

Am anderen Ende des Tisches öffnete die Mumie Virginia ein
Auge. „New York?"

„Nein."

„Washington?"

„Nein."

„Wo?"

„Anderswo. Meist Europa, von Zeit zu Zeit auch Amerika."

Die Mumie öffnete das zweite Auge.

„Was hast du da um den Hals?" fragte Peter.

Peggy knöpfte ihre Bluse auf und ließ den birnenförmigen
Stein sehen.

„Wer hat dir das geschenkt?"

„Ein Freund. Sokrates Satrapoulos."

Entsetztes Schweigen folgte der Bombe. Jeder schien sich
plötzlich brennend für den Inhalt seines Tellers zu interessieren, sogar die Königinmutter machte keine Ausnahme. Peggy
fragte sich, ob sie nicht besser getan hätte, zu schweigen. Seit je
war in den Augen der Familie der Grieche ein Erzfeind
Amerikas, krankhaftes Symbol der levantinischen Unsauberkeit
und ein persönlicher Widersacher jedes einzelnen Baltimore. Es
machte nichts aus, daß sein Weg den Scotts einmal gekreuzt
hatte, man zog es vor, zu vergessen, daß er seinen Wahlkampf
mitfinanziert hatte. Aber daß er zu Peggy Beziehungen unterhielt, diese Vorstellung war einfach unerträglich. Brüderliche
Bande zu den Negern an den Tag zu legen war eine bloße
Einstellung, ein vorübergehender Slogan, eine unangenehme
Vorstellung, die vorüberging und für die Erreichung gewisser
Ziele notwendig war. Doch außerhalb von politischen Erwä-
gungen das Wort an einen Griechen zu richten war der
Abgrund der Erniedrigung. Und von diesem Affen auch noch
ein Geschenk anzunehmen!

Mitten in diese Gedanken hinein ließ Peggy die zweite
Bombe explodieren: „Ich glaube, ich werde ihn heiraten."

Rasch führte Virginia ihre Hand an den Mund, um nicht das von ihren bewundernswerten Jacketkronen zermalmte Essen auszuspeien. Stephen und Peter wechselten einen ungläubigen Blick. Die Mumie hatte sich wieder in der Gewalt und räusperte sich mühsam. Und da begriff Peggy, daß man sie nie als ein Mitglied des Clans akzeptiert hatte, sondern als seine Gefangene ad infinitum.

„Geht meine Hochzeit in Ordnung?"

„Mit wem?"

„Sie wissen es doch, mit der Menelas."

„Ja, Sie haben es mir gesagt. Aber die Karten sagen mir etwas anderes."

„Karten oder nicht Karten; ich bin fest entschlossen. Ich heirate!"

„Niemand hat das Gegenteil behauptet!"

„Was dann?"

„Daß Sie heiraten, ist sicher, aber vielleicht nicht die Frau, an die Sie denken."

Verblüfft sah der Grieche den Propheten an. Was wollte er damit sagen? Der Mann wurde auch nicht jünger. Irrte er sich bereits in seinen Voraussagen? Aber die Vergangenheit sprach für ihn. Kaum eine seiner Voraussagen war nicht eingetroffen. Satrapoulos schluckte mühsam. „Was wollen Sie damit sagen?"

„Ich? Gar nichts. Aber die da" – er deutete auf die Karten – „scheinen mit Ihren Plänen ganz und gar nicht einverstanden zu sein. Ziehen Sie acht Karten – für die acht Buchstaben Ihres Vornamens. Wir werden sehen . . ."

Er breitete die kleinen Rechtecke auf einem Mosaik roter und schwarzer Felder aus, Herz, Karo, Treff und Pik. Die Luft, die durch das offene Fenster drang, war schwer vom Duft des Eukalyptus und der Mimosen. Schweigend betrachtete Kawolzyak die neuen Konstellationen. Der Grieche machte keine Bewegung, er wußte, daß man den Orakelspruch ohne Ungeduld erwarten mußte.

Der Prophet hob an: „Hören Sie . . ."

Aber dann versenkte er sich erneut in seine Betrachtungen.

„Hören Sie: Zur Zeit werden Sie ‚getragen'. Das heißt, Ihr Wille hat nur wenig Einfluß auf die Entwicklung Ihres Schicksals. Sie glauben zu wollen, Sie glauben zu können, aber die Ereignisse entscheiden anders."

„Was soll ich tun?"

„Nichts, eben. Handeln Sie, wie Sie beschlossen haben, der Rest ergibt sich von selbst. Das Schicksal liegt nicht in Ihren Händen."

„Ist das schlimm?"

„Wer behauptet das? Im Gegenteil, es entscheidet für Sie, ich würde es eher als beruhigend bezeichnen!"

„Alles hängt davon ab, was es entscheidet."

„Bis jetzt haben Sie keinen Grund zur Klage gehabt."

„Was meinen Sie mit: ich heirate, aber vielleicht nicht die Frau, an die ich denke? Werde ich meine Hochzeit abblasen?"

„Hören Sie: Es ist das erste Mal, seit Sie zu mir kommen, daß ich Ihnen nicht alles sage. Es genügt, daß Sie wissen, Sie tragen das Zeichen des Schicksals. Es ist gut so, und die Zukunft wird Sie überraschen."

„Angenehm überraschen?"

„Sie werden schon sehen, haben Sie Vertrauen. Ich kann Ihnen nicht mehr enthüllen, als daß im Vergleich zu dem, was Sie erwartet, Ihr bisheriges Leben nichts war. Sie wissen so gut wie ich, daß ich Sie warnen würde, sollte Ihnen auch nur die geringste Gefahr drohen. Aber dem ist nicht so."

„Können Sie mir keine Einzelheiten mitteilen?"

„Ich könnte es, aber ich möchte nicht. Es gibt Augenblicke, in denen die Möglichkeiten so außerordentlich sind, daß sie eben dadurch leicht zerbrechlich werden. Schon mein Eingreifen allein könnte den Lauf der Geschehnisse beeinflussen. Dieses Risiko will ich nicht eingehen."

„Sie stellen mich vor ein Rätsel."

„Man soll das Schicksal nicht zwingen."

„Sie hätten mir schon mehr sagen können, wissen Sie. Ich bin schließlich nicht abergläubisch!" erklärte Sokrates Satrapoulos.

32

Nie war in der Vergangenheit ein Künstler so weit gegangen, nie würde in Zukunft einer weiter gehen. Manche hatten Haufen von Exkrementen ausgestellt, andere wieder, wie Yves Klein, riesige, von nur einer Farbe bedeckte Flächen, blau, weiß, rot, grün, orange oder gelb. Die Mutigsten unter ihnen hatten nicht davor zurückgeschreckt, das Bild als solches einfach wegzulassen, um ihren Bewunderern nur mehr den leeren Rahmen zu geben, der ihr Kunstwerk hätte abgrenzen sollen. Dies mit dem Hinweis, der Schöpfer zwinge ihnen nichts mehr auf. Innerhalb dieses strukturlosen Raums, der ja eine Absenz symbolisiere, könne ihre Phantasie das Kunstwerk ihrer eigenen Wahl erschaffen. Wieder ein anderer, ein einfallsreicher, von einer brasilianischen Witwe einigermaßen ausgehaltener Jugoslawe, hatte in München einen goldgerahmten Spiegel ausgestellt. Eine Notiz im Katalog diente den Besuchern zur Aufklärung: „Es handelt sich um eine perfekte Komposition, die Sie auf Ihre eigene Perfektion verweist." Ein Arbeiter hatte unabsichtlich den Spiegel zerbrochen, und die Versicherung hatte ein Vermögen auf den Tisch legen müssen.

Fast aber hatte Besseres gefunden. Fast hatte „die Idee" gehabt, die „absolute Idee". Er stellte sich selbst aus. Nackt. Lena fühlte sich geniert. In Rom hatte die Angelegenheit nicht wenig Staub aufgewirbelt; zweimal war die Polizei auf den Plan getreten, um den Künstler in Decken einzuhüllen. Die Linke hatte sich einmütig des Skandals angenommen und schlachtete ihn unter zahlreichen Rufen nach „Freiheit" weidlich aus, während die Rechte dank der offenen Unterstützung der Nuntiatur und der geheimen Billigung des Vatikans lautstark forderte, diese pornographische Provokation aus der Ewigen Stadt schleunigst zu entfernen.

Seit drei Tagen tat Fast es Symeon nach und posierte aufrecht auf einer Art Säule, die im Lichtkegel eines rötlichen Scheinwerfers stand. Von einem elektrischen Motor betrieben, drehte sich die Säule langsam und regelmäßig um ihre Achse und exponierte das Genie aus allen Gesichtswinkeln einer Schar leidenschaftlicher Anhänger, Frauen vor allem, die Fasts Attribute in Augenhöhe vorbeiziehen sahen. Lena war zum Sterben eifersüchtig, zog es aber letztlich doch vor, auszuharren und die Anwesenden zu beobachten, anstatt ihren Geliebten der Lüsternheit all dieser italienischen Hürchen zu überlassen.

Die Galerie schloß um acht. Fast, der mit stoischer Ruhe sechs volle Stunden absolut bewegungslos verharrte, stürzte als erster auf die Toilette und pißte in die Waschmuschel. Dann zog er sich an und machte in Lenas Begleitung die Restaurants und Nachtlokale der Via Veneto unsicher. Lena hatte alles versucht, ihn von seinem Vorhaben abzubringen, aber er hatte ihr nur ins Gesicht gelacht: „Wenn du mich ein bißchen gern hättest, würdest du keinen Unsinn reden, sondern dich mit mir ausziehen, und ich würde dich auch ausstellen."

So war Fast eben!

Es war Achilles' letzter Protestakt, ein Scherz, dessen Albernheit allein bewies, daß er sich damit abgefunden hatte, die Menelas als zweite Frau seines Vaters zu sehen. Er erzählte es Maria, aber sie zuckte nur die Achseln. „Ja, lustig ist es schon. Aber wenn du glaubst, daß sie das daran hindern wird, ihn zu heiraten."

Der Grieche war ein begeisterter Hobbyfilmer. Er liebte es, Gegenden, Dinge und Wesen aufzunehmen, die er gern hatte. Nach einem Essen auf Serpentella hatte er mit seiner Kamera das heitere, gelöste Gesicht der Menelas gefilmt, Achilles' und Marias trotzig-verbissene Gesichter und die aus Felsen, Himmel und Meer bestehende Landschaft, die er so liebte.

Er wurde aus Tokio am Telefon verlangt, ließ seine Ausrüstung liegen und begab sich in sein Arbeitszimmer. Als er zum Tisch zurückkehrte, erklärte er, noch am Abend nach London zu müssen. Am nächsten Morgen ließ Achilles eine Freundin in seine Athener Wohnung kommen, die als Mannequin mit ihrem Körper nicht geizte. Er filmte sie nackt, in

Nahaufnahme, Hintern und Brüste stolz in die Höhe gereckt, und zum Abschluß noch eine Sequenz, in der sie wollüstig ins Objektiv blickte. Im Verlauf der Nacht verstaute Achilles die väterliche Kamera am üblichen Platz. Satrapoulos kam zurück und verbrauchte den restlichen Film. Er nützte einen herrlichen Nachmittag aus, um sein Lieblingsobjekt, die Menelas, zu filmen. Mit seinen Talenten als Regisseur ziemlich zufrieden, bat der Grieche seinen Chauffeur, den Film unverzüglich entwickeln zu lassen. Die Rolle wurde ihm noch am selben Abend zurückgebracht, und nach dem Essen lud er, wie so oft, seine Gäste ein, mit ihm im Vorführraum sein Werk zu bewundern. An diesem Abend waren ein Herzchirurg mit Gattin da, der griechische Transportminister, ein nicht mehr ganz taufrischer Galan Marias und Satrapoulos' New Yorker Börsenmakler. Die Menelas nahm in der ersten Reihe Platz.

Schon die ersten Bilder riefen heiteres Gekicher hervor. Die Menelas lachte am lautesten, über ihre unmittelbare Zukunft außer Sorge und dazu noch erfreut, sich so schlank zu sehen. Achilles und Maria hatten diskret in der vierten Reihe des Saals, gleich neben dem Ausgang, Platz bezogen.

„Was für ein Appetit!" meinte gerade der Grieche. „Seht sie euch doch an! So wird sie mich verschlingen, genau so!"

Auf der Leinwand sah man die Menelas gierig in eine Weintraube beißen. Plötzlich wurde das Bild unscharf. Ohne Überleitung tauchte an der Stelle der zufrieden strahlenden Menelas ein nicht weniger strahlender Arsch auf, ein Arsch, nichts als ein Arsch, der die ganze Breite der Leinwand in Anspruch nahm. Der Chirurg brach in Lachen aus, kam spät aber doch darauf, daß seine Reaktion wohl nicht unbedingt passend war, und rettete sich in einen hartnäckigen Husten-anfall. Seine Frau, die in der besten Athener Gesellschaft an den verschiedensten Wohltätigkeitswerken beteiligt war, kniff ihn energisch in die Seite, wandte ihren Blick ab und gab vor, die Bilder nicht zu sehen, die nach wie vor zur Verblüffung aller über die Leinwand flimmerten. Achilles beobachtete die Mene-las, die sich krampfhaft an die Lehne ihres Fauteuils klammerte. Maria mußte sich zurückhalten, um nicht hell aufzulachen. Die Hinterbacken hatten jetzt die Projektionswand zugunsten zweier fester kleiner Brüste freigegeben, die arrogant auf die Zuschauer herabsahen. Der Grieche war so überrascht, daß er gar nicht auf den Gedanken kam, den Apparat abzustellen. Großes Finale: das verzückte Gesicht des Mädchens, wie es mit geöffneten Armen auf den Träger der Kamera zulief. Das Gesicht der Menelas ergriff erneut Besitz von der Leinwand. Aber Olympia hatte sich bereits erhoben und äußerte sich laut: „Bravo! Wenn Sie einen öffentlichen Affront gesucht haben, so ist es Ihnen gelungen!"

Der Transportminister erhob sich und lief ihr nach. „Liebe Freundin!"

Bestürzt drehte der Makler die Saalbeleuchtung an. Achilles und Maria hatten sich noch nicht gerührt. Der Grieche ging auf seinen Sohn zu. „Das war dumm und böse. Wenn ich denke, daß ich dich für einen Mann gehalten habe!"

Achilles riß erstaunt die Augen auf: „Wirklich, ich weiß nicht, was du sagen willst . . ."

„Du wirst es morgen sehen! Und jetzt ersuche ich dich, dich für diesen traurigen Scherz zu entschuldigen."

„Bei wem?" fragte Achilles scheinheilig.

„Raus!"

Um Olympias Vergebung für diese unter seinem Dach erlittene Schmach zu erheischen, schenkte der Grieche ihr am nächsten Tag ein herrliches Diamanthalsband, das von winzigen Saphirherzen verziert war. Achilles hatte sich an eine Reise nach Boston erinnert, die er dringend anzutreten habe, um Freunde zu besuchen. Sein Scherz würde seinen Alten nicht vor dieser Verrücktheit bewahren, diese Kuh zu heiraten, aber der Gesichtsausdruck der Menelas, als sie das nackte Mädchen erblickte, war ihm eine Entschädigung gewesen: an Stelle ihres eigenen Gesichts hatte sie einen Arsch angesehen!

„Die Würde Ihres Verhaltens ist der Stolz des Landes. Bleiben Sie in dem bevorstehenden Kampf an unserer Seite. Wir brauchen Sie."

Das Telegramm, gerichtet an die Witwe von Mr. Scott Baltimore, war vom bekanntesten Politiker der „Erneuerer" unterzeichnet, einem Strohmann, den Peter und Stephen wie eine Marionette vorgeschoben hatten, bis für sie die Zeit gekommen wäre, seinen Sessel selbst einzunehmen. Peggy lächelte bitter. Bei der Anschrift hatte man sogar ihren Vornamen ausgelassen!

Sie war nur mehr Scotts Witwe! Diese Schweine dachten nur an ihre beschissenen Wahlen! Daß sie eine junge Frau war und daran erstickte, war ihnen egal!

Sie vermochte die Politik nicht mehr zu ertragen. Das Bild von Scotts blutüberströmtem Kopf verfolgte sie Tag und Nacht. Sie wollte vergessen, vergessen. Eines wußte sie sicher: sie würde sich nicht mehr als Objekt in einen Wahlkampf einspannen lassen. Genug von der Rolle der schluchzenden Vestalin, der untröstlichen Bewahrerin der Erinnerung, genug von Trauerkleidern, heuchlerischen Komplimenten berechnender Greise. Genug! Ihr reichte es!

Seit sie am Familientisch den Namen des Griechen erwähnt hatte, waren alle Mitglieder des Clans im Gänsemarsch bei ihr aufgetaucht, um mit hinterhältigen Gesichtern ihre Klischees anzubringen: die Ehre – das Vaterland – die Kinder, die eines Tages – der nationale Stolz – die Kirche – die Pflicht – die Verantwortung... Aus! Sogar ihre beiden Schwägerinnen, Dolly und Suzan, die Frauen von Peter und Stephen, waren aufgetaucht und hatten ihr allen Ernstes erklärt, sie dürfe doch nicht „die Karriere ihrer Männer" ruinieren, eine Verbindung mit dem Griechen würde den Clan mit der gleichen Sicherheit all seiner Chancen berauben wie die Hochzeit mit einem Führer der Black-Power-Bewegung.

„Kannst du dir die Reaktion der Presse vorstellen?" fragte die eine.

„Was kannst du an ihm nur finden?" fügte die andere hinzu.

Wenn man sie so reden hörte, konnte man Satrapoulos für einen Marsmenschen halten! Sie hatte sie einfach hinausgeworfen. Wie vor den Wahlen, die Scotts Tod verursacht hatten, war auch diesmal ein Finanzbeauftragter der Familie Baltimore erschienen, um ihr einen Vorschlag zu unterbreiten: Wieviel wünschte sie, um diese seltsame Hochzeit bis nach dem Wahltermin zu verschieben? Sie hatte nur einen Augenblick gezögert und dann das Angebot herablassend ausgeschlagen.

„Aber", hatte der Bankier eingewendet, „Sie hatten doch schon einmal einen Vorschlag dieser Art angenommen..."

„Die Zeiten haben sich geändert!" hatte Peggy ihm scharf erwidert. Neben Sokrates' Vermögen wog das lächerliche Kleingeld der Korruption nicht schwer. Mit Ausnahme von Nut, die ihr natürlich zuredete, hatte Peggy nur ihre Mutter

561

eingeweiht. Was riet sie ihr? Mrs. Arthur Erwin Beckintosh tat unter dem Eindruck der Milliarden von Satrapoulos einen historischen Ausspruch: „Heirate! Und besser zweimal als einmal!"

Eine kleine Schwierigkeit blieb noch: Der Grieche hatte Peggy nie gesagt, daß er sie heiraten wolle. Und wenn er nein sagte? Aber eigentlich rechnete sie keinen Augenblick mit der Möglichkeit, daß er ablehen könnte. Auf der ganzen Welt hatte es nie jemanden gegeben, der ihr nein gesagt hätte. Warum sollte das aufhören? Wenn sie Sokrates heiratete, könnte sie nackt in der Sonne leben, ein Scheckheft zwischen den Brüsten. Juweliere und Couturiers ausrauben! Jede Nacht in Lokalen herumschwärmen. Niemand würde ihr mehr etwas verbieten, sie würde frei sein, verrückte Feste geben, frei, mit lustigen Leuten auszugehen. Verächtlich las sie den letzten Satz des Telegramms noch einmal: „Wir brauchen Sie." Sie zerknüllte das Stück Papier zu einer Kugel und warf es in den Abfalleimer.

Um die Journalisten zu täuschen, war ausgemacht, daß der Grieche und die Menelas getrennt nach London reisen sollten. Satrapoulos hatte nicht ohne Vergnügen eine blonde Perücke und einen falschen Schnurrbart angelegt, um sich unkenntlich zu machen. Die Zeremonie sollte in der kleinen orthodoxen Kapelle stattfinden, die für niemand sonst zugänglich sein würde. Nur Achilles und Maria waren verständigt worden. Beide hatten die Einladung ihres Vaters ausgeschlagen, und S. S. hatte nicht sehr darauf bestanden, da er noch in letzter Minute Reibereien zwischen seiner zukünftigen Gattin und seinen Kindern befürchtete.

Am Vorabend der Hochzeit gab Satrapoulos in seiner Pariser Wohnung in der Avenue Foch ein äußerst wichtiges Geschäfts-dinner für australische Reeder, deren Gesellschaft knapp vor dem Zusammenbruch stand. Der Grieche wollte die Firma um jeden Preis kaufen, aber seinen Gästen nicht zeigen, daß das Geschäft ihn interessierte. Die Australier wieder standen vor der dringenden Notwendigkeit zu liquidieren, wenn sie dem Bankrott und internationalen Rechtsfolgen entgehen wollten.

Das übliche Spielchen zwischen Käufern und Verkäufern.

Punkt neun Uhr betraten die Australier den Salon. Sie

benahmen sich ein wenig linkisch, der raffinierte Luxus des Raums schüchterte sie ein. Die Menelas, ganz Vorfreude, empfing sie, als wären sie alte Freunde der Familie, und verbarg ihre Mißbilligung angesichts ihrer uneleganten Anzüge mit den zu breiten Schultern, den zu schmalen Hosen und den zu auffälligen Farben. Alles an ihnen war zuviel oder zuwenig. Nur wogen diese Harlekins eben zwanzig Millionen Dollar. Acht Stück zählte die Menelas, als sie vor ihr katzbuckelten. Selbst am anderen Ende der Welt schienen diese Barbaren von ihrem Ruhm gehört zu haben. Während zwei Diener den Whisky servierten, wetzten sie unruhig auf der Kante ihrer grazilen Stühle herum, und die Menelas wollte jede Wette eingehen, daß sie ihre Sitzgelegenheiten noch vor Beginn des Essens zerbrochen haben würden. Der Grieche legte den berühmten Charme an den Tag, der ihm zur Hälfte seines Vermögens verholfen hatte, ging von einem zum anderen, scherzte, lachte und bereitete seine Opfer kunstvoll auf die Schlachtung vor. Als zwei Flaschen Scotch geleert waren, tauchte ein weißbehandschuhter Majordomus auf, um zu verkünden, daß das Essen bereitet sei. Sie setzten sich an die Tafel, die Kristallgläser funkelten im Licht der Luster.

„Da Sie sich in Frankreich befinden, habe ich mir gedacht, ein typisch französisches Essen . . .“, gurrte die Menelas, während zwei Diener mit einer gewissen Heftigkeit einen Suppentopf aus altem Porzellan auf den Tisch stellten. Der Grieche sah es und schwor sich, Madame Norbert zur Rede zu stellen, die ihm erst vor wenigen Tagen mit dummen Personalfragen auf die Nerven gegangen war.

„Ich hoffe, Sie mögen echte *bisque de homard*“, wandte sich die Menelas an die Gäste.

Natürlich, jeder mochte echte *bisque de homard*, sie schwärmten sogar dafür. Der Grieche lenkte das Gespräch auf das „herrliche Land“ seiner Gäste und vermied es, auch nur die geringste Anspielung auf das Geschäft zu machen, das sie hier zusammengeführt hatte. Er saß an der einen Schmalseite des Tisches, die Menelas ihm gegenüber, am anderen Ende, während die Australier zu je vieren die Längsseiten okkupierten. Alle stimmten ihr Tun auf das der Gastgeberin ab, die Lawine an Gedecken verwirrte sie sichtlich. Sie hätten viel lieber mit den Händen gegessen – und der Grieche auch. Sokrates' Taktik bestand darin, sie mit verschiedenen Weinen weichzukriegen. Nur nichts überhasten. Wenn sie dann halb betrunken waren, immer noch warten, bis sie den ersten Schritt taten und die Rede auf das Thema brachten, das ihnen allen am Herzen lag. Den Todesstoß erst beim Cognac versetzen, wie von ungefähr seine Zahlen nennen, über die Gegenvorschläge lachen und innerhalb von drei Minuten zum niedrigsten Preis abschließen – so stellte er es sich vor. Die Suppe war seit langem verzehrt, vom Personal keine Spur. Der Grieche warf einen erbosten Blick auf die Menelas. Sie drückte auf den unter dem Tisch verborgenen Knopf. In der Küche mußte das Läuten bereits infernalische Dimensionen angenommen haben, aber es tauchte noch immer niemand auf. Sie wartete weitere zwei Minuten und stand endlich auf, entschuldigte sich mit einem Lächeln bei ihren Gästen. Sokrates nahm das Gespräch wieder auf und nützte ihre Abwesenheit, um einen nicht ganz stubenreinen Witz an den Mann zu bringen: „Ein Australier . . . entschuldigen Sie, aber es ist nicht meine Schuld, daß ihre Männlichkeit sprichwörtlich ist . . . ein Australier also trifft eine Amerikanerin und schlägt ihr vor, bei ihm ein Gläschen zu trinken. ‚Wozu?‘ will sie wissen. Und er meint: ‚Ich werde Ihnen Sachen zeigen, die man Ihnen noch nie gezeigt hat.‘ Sie sagt: ‚Was denn zum Beispiel?‘ Und er: ‚Ich werde Ihnen den Nabel lecken.‘ Antwortet sie: ‚Aber man hat mir doch schon Dutzende Male den Nabel geleckt!‘ “ Hier begannen die ersten Gäste zu lachen. Der Grieche erzählte weiter: „Und da antwortete er ihr: ‚Von innen?‘ “

Die australischen Gesichter ergingen sich in schmerzlicher Konzentration. Der Grieche wiederholte: „Von innen, stellen Sie sich vor!" und klopfte sich auf die Schenkel. Nach kurzem Zögern taten es ihm die anderen um so lauter nach. Diskret blickte der Grieche zur Tür, die zu den Küchen führte. Was machte Olympia bloß? Ihn mit diesen Idioten allein zu lassen! Bald hielt er es nicht mehr aus.

„Meine lieben Freunde, entschuldigen Sie mich einen Augenblick . . . Ein kleiner Zwischenfall . . . Ich gehe nachsehen . . ."

Sobald er die Tür hinter sich geschlossen hatte, verzog sich sein Gesicht zu einer wütenden Grimasse. Wozu bezahlte er eigentlich sein Personal? Wo blieben sie alle? Im Sturmschritt hastete er, bereits leicht beunruhigt, den Gang entlang. Er stieß die Tür zu den Küchen auf. Die Menelas lag auf dem gekachelten Boden, starr wie eine Leiche, Reste von Erbrochenem auf dem wachsbleichen Gesicht. Er stürzte auf sie zu, kniete nieder, sah, daß sie noch atmete, versuchte, sie mit kleinen Ohrfeigen wiederzubeleben, während er die immer noch verschwundenen Bediensteten zu Hilfe rief. Die Menelas öffnete ein Auge, versuchte etwas zu sagen und versank erneut in der Ohnmacht. Hastig suchte der Grieche nach Essig, blickte auf die Regale, öffnete die Schränke. Nichts. Er kehrte zur Menelas zurück, zog sein Sakko aus, rollte es zusammen und stopfte es ihr unter den Kopf. Sie reagierte noch immer nicht. Endlich durchlief ein Zittern ihren Körper. Sie öffnete die Augen.

„Mein Liebling! Was ist passiert? Sag doch! . . .“

Schwach drehte sie den Kopf zu ihm und deutete mit zitterndem Finger auf einen Zettel über den Herden, auf den eine rachsüchtige Hand mit Lippenstift gemalt hatte:

„Wir hauen ab. Wir haben in die Suppe gepißt.“

Sie hatte einen Schluckauf und erbrach erneut. Der Grieche hielt sie, stützte ihr den Kopf, tröstete sie, wiegte sie.

In der Zwischenzeit begannen die Australier sich zu sorgen. Der Doyen der acht bechloß, im Namen aller auf Erkundung zu gehen. Planlos irrte er durch die leeren Gänge, fand die Tür zur Küche und erfaßte die Szene mit einem Blick: den über die Menelas gebeugten S. S. und das Schild. Er verdrängte die aufgekommene Übelkeit und eilte seinen Gastgebern zu Hilfe. Drei Minuten später waren sämtliche Australier in der Küche versammelt und versteckten ihren Ekel vor der Inschrift, die sie alle nicht gesehen zu haben vorgaben. Der Grieche bat sie, zu Tisch zurückzukehren, er würde ihnen alles erklären. Sie nahmen an der Tafel Platz, die Augen auf den Suppentopf gerichtet. Während Olympia sich im Badezimmer erfrischte, kehrte der Grieche jovial zu seinen Gästen zurück: „Ein schlechter Scherz der Diener. Sie haben mit der Verwalterin gestritten! Natürlich stimmt kein Wort von dem, was Sie gelesen haben! Und übrigens . . .“ Zum Schrecken der Australier tauchte er den silbernen Schöpflöffel in das kostbare Gefäß. „. . . ich nehme mir noch! Ich habe es ausgezeichnet gefunden!“ Er blickte seine Tischgefährten mitleidlos an: „Noch ein paar Löffel?“

Sie blickten einander wortlos an. Es war ihnen klar, daß S. S. ihnen diese Bürde auferlegte und dies der Preis für die Unterzeichnung des Vertrags war. Der Doyen der Gruppe entschloß sich: „Wir nehmen alle noch. Diese Suppe ist einfach köstlich!"

Der Australier bediente seine Tischnachbarn und reichte den Topf weiter. Jeder der acht hatte nun einen Teller der rötlich-suspekten Flüssigkeit vor sich.

„Meine Herren . . ."

Unter dem aufmerksamen Blick des Griechen tauchte er mutig seinen Löffel in den Teller. Er verdrängte, was ihm im Hals hochkam, führte die *bisque de homard* an seine Lippen und schluckte tapfer. Seine Partner taten es ihm nacheinander nach. Als die Teller leer waren, ergriff Satrapoulos das Wort: „Lassen wir den Rest des Essens! Es tut mir leid. Ich schlage Ihnen vor, unser Mahl im ‚Maxim‘ zu beenden."

Die Menelas lehnte es ab, sich ihnen anzuschließen. Sie war immer noch totenblaß. Sie ließ sich auf ein riesiges Lederkanapee fallen und trank mit gequälter Miene in kleinen raschen Schlucken eine halbe Flasche Whisky aus.

Zwei Stunden später war der Grieche zurück. Wütend. Das Geschäft war im Eimer. Er hatte sich aggressiv benommen und sich unnachgiebig gezeigt, als die Australier den Abend im „Crazy Horse" beenden wollten. Ohne Einleitung legte er los: „Bravo! Deinetwegen habe ich zehn Millionen Dollar verloren!"

Trotz ihres Zustands ließ die Menelas sich diese Anschuldigung nicht gefallen. „Wie kannst du es wagen! So hat man mich noch nie behandelt!"

Am Ende ihrer Nerven griff Olympia nach ihrem Mantel und brüllte Sokrates an: „Ich gehe!"

Anstatt sie zurückzuhalten, vergaß der Grieche, daß sie am nächsten Morgen zu heiraten gedacht hatten, und schrie zurück: „Wunderbar! Und vergiß nicht, in die Suppe zu pissen!"

Kaum war die Tür ins Schloß gefallen, läutete das Telefon. Sokrates kümmerte sich nicht darum. Er wollte die Nacht im „George V" beenden. Seid dem Tod seiner Mutter hatte er das „Ritz" nicht mehr betreten. Vielleicht konnte er noch in ein Lokal gehen und ein paar Mädchen auftreiben, die sich ein

Vergnügen daraus machen würden, seine aufgeputschten Nerven zu beruhigen.

Das Telefon ließ nicht locker. Wütend hob er ab: „Ja? Was ist?"

Am anderen Ende der Leitung vernahm er eine zaghafte Frauenstimme. „Ich bin's . . ."

„Peggy! Von wo sprichst du?"

„Aus New York. Sokrates, es ist schrecklich! Du mußt unbedingt etwas für mich tun!"

„Was du willst, Peggy! Ich höre."

„Du mußt mich unbedingt heiraten."

Er fiel aus allen Wolken und sah den Telefonhörer an, als erwartete er sich von dieser Betrachtung Antwort auf die verrückten Gedanken, die ihm durch den Kopf schwirrten.

„Wie bitte?"

„Heirate mich! Ich habe Scotts Familie erklärt, daß wir heiraten. Wir müssen, Sokrates!"

Er schluckte mühsam. „Aber Peggy . . ."

„Bist du einverstanden?"

„Ich . . ."

„Sokrates, es ist mir ernst. Du hast mich kompromittiert! Alle wissen es! Die ganze Familie Baltimore . . . Und Nut."

„Ah! Nut auch . . ."

„Ja, Sokrates, alle."

„Nun . . ."

„Sokrates, mein Liebling, ja oder nein?"

„Aber ja! Natürlich, ja!"

„Wann?"

„Warte, ich höre dich schlecht . . ."

Er hatte ausgezeichnet verstanden.

Sie wiederholte: „Wann?"

Er schluckte mühsam: „Wann du willst."

„Oh! Sokrates! Du bist herrlich! Ich komme . . ."

„Wohin?" vermochte er noch zu stottern.

„Nach Paris! Wir müssen doch alle Einzelheiten besprechen. Es gibt so viele Dinge zu erledigen! Und unsere Anwälte müssen noch zusammentreffen!"

„Peggy?"

„Ja?"

„Ist das dein Ernst?"

„Ja! Ich liebe dich. Ich will mit dir zusammen leben."

„Peggy . . ."

„Ja?"

„Ich auch."

„Oh! Mein Geliebter, ich komme!"

„Ich rufe augenblicklich in New York an, damit man dir ein Flugzeug zur Verfügung stellt."

„Liebling, du denkst auch an alles!"

„Peggy!"

„Ja?"

„Ich liebe dich."

„Ich komme!"

Die Verbindung brach ab. Nachdenklich öffnete der Grieche seinen Krawattenknoten. Er schenkte sich einen Whisky ein und setzte sich auf den Platz, wo er die Menelas gefunden hatte, als er aus dem „Maxim" gekommen war. Es ging alles so schnell, selbst für ihn. Die Menelas war fort. Er kannte sie gut genug, um zu wissen, daß sie nicht so bald wiederkommen würde, vielleicht gar nicht mehr. Und Peggy hatte sich gemeldet, Peggy die Unnahbare, Peggy die Einzigartige, für die er Hypnoseunterricht genommen hatte.

Er jubelte innerlich beim Gedanken an die zahlreichen neuen Feinde, die ihm diese Hochzeit eintragen würde. Der reichste Mann der Welt heiratet nicht ungestraft die berühmteste Frau der Erde! Er stellte sich vor, wie Kallenberg reagieren würde, der arme Kallenberg, dem in der Liebe wie im Geschäft nichts anderes übrigblieb, als sich mit den Resten zu begnügen, die er ihm zurückließ. Wie würde er es aufnehmen? Vielleicht würde er Geschmack genug besitzen, um zu krepieren? Und Achilles und Maria sollten sich gefälligst in acht nehmen! Er würde nicht den geringsten Widerspruch von ihrer Seite dulden! Aber wenn sie normal waren, mußten sie ohnehin stolz sein, daß ihr Vater mit zweiundsechzig noch fähig war, die begehrteste Frau des Erdballs heimzuführen. Wenn Gott auch nur ein bißchen nachsichtig war, konnte Sokrates hoffen, an die hundert Jahre alt zu werden. Auf jeden Fall blieb ihm somit eine Lebenserwartung von einigen Jahrzehnten! Phantastisch! Er war von seinem Glück wie benommen, begriff noch gar nicht, wie ihm geschah.

33

Der Grieche ist in seinem Arbeitszimmer. Allein. Er geht unablässig auf und ab und spricht laut zu den beiden Lederfauteuils, die vor seinem Schreibtisch stehen. Er wird vehement, stellt Behauptungen auf, beweist, überzeugt. Er begleitet seine Rede mit wütenden Fausthieben auf alles, was ihm in die Quere kommt. Und doch sitzt niemand in den Fauteuils. Der Grieche probt. Jedesmal wenn er vor einer schwierigen Partie steht, versucht er, alle Möglichkeiten vorauszusehen, und mimt die ganze Szene samt Dialog mit seinen abwesenden Gesprächspartnern. Er übernimmt seine und ihre Rollen, greift sich an und verteidigt sich in einem Kreuzfeuer von Fragen und Antworten, die ihn aus dem Konzept bringen, bis er eine Lösung gefunden hat. Jetzt hat er nichts mehr zu sagen, seine unsichtbaren Partner sind überzeugt. Er greift nach dem Haustelefon: „Achilles! Ich erwarte euch in meinem Arbeitszimmer, dich und deine Schwester."

Er setzt sich hinter den Schreibtisch, stützt den Kopf auf die Hände und konzentriert sich. Die Zwillinge treten ein. Achilles trägt Kaschmirpullover und Bluejeans. Er sieht wie ein braver Student aus. Auf seiner Stirn hat sich eine tiefe Falte gegraben, genau zwischen den Brauen. Maria erscheint im Tennisröckchen, weiße Bluse, weiße Schuhe, weiße Socken.

„Setzt euch."

Maria läßt sich in einen Fauteuil fallen. Achilles setzt sich auf die Lehne des anderen. In der Zwischenzeit hat der Grieche den improvisierten Beginn seiner Rede vergessen, der doch so brillant war. Jedesmal wenn seine Gefühle im Spiel sind, verliert er den Faden. Jetzt wieder: Er weiß nicht mehr, wie er beginnen soll. Er sagt: „Ich habe euch eine große Neuigkeit mitzuteilen."

Achilles und Maria bleiben unbeweglich.

Der Grieche fährt fort: „Zu Recht oder zu Unrecht habt ihr mehrmals geglaubt, euch in mein Privatleben einmischen zu müssen. Ihr habt euch zu einer Frau, die ich liebte und die immer sehr gut zu euch war, in abscheulicher Weise benommen."

Er blickt die Zwillinge fragend an. Sie reagieren nicht.

„Euretwegen habe ich mit Olympia gebrochen. Nebenbei sei gesagt, daß ich nur meinen Hut vor ihr ziehen kann, wenn ich an die Geduld denke, die sie euch gegenüber an den Tag gelegt hat. Heute habe ich euch eine große Neuigkeit mitzuteilen. Ich heirate wieder. Und diesmal könnt ihr nicht anders, als einverstanden sein!"

Achilles und Maria wenden keinen Blick vom Gesicht ihres Vaters. Er blickt befriedigt drein, Maria scheint als erste zu begreifen. Sie wirft sich ihm an den Hals: „Oh! Papa! Das ist ja herrlich! Du wirst Mama heiraten!"

Achilles springt freudestrahlend auf: „Hurra! Bravo! Du bist gigantisch!"

Auch er wirft sich seinem Vater in die Arme. Der Grieche versucht sich loszumachen. Er weiß jetzt, daß er sie so enttäuschen wird, daß er fast keinen Mut mehr hat, es ihnen zu sagen. Sein Gesicht verschließt sich. „Wer spricht von Mama? Ich werde Peggy Baltimore heiraten!"

So, jetzt ist es gesagt, mag kommen, was will. Die Zwillinge sind augenblicklich zurückgewichen, als hätte er die Pest. Achilles blickt ihn entsetzt an. Maria hat Tränen in den Augen. Sie sagt: „Wen? Sag das noch einmal."

Der Grieche windet sich. „Peggy Baltimore. Glaubt ihr, daß es auf der ganzen Welt eine würdigere Frau geben kann?"

Achilles gibt vor, nichts gehört zu haben. Das alles interessiert ihn nicht mehr. „Komm, Maria! Wir spielen einen Satz."

Der Grieche wird vor Wut puterrot: „Genug jetzt! Ihr habt mir mein Verhalten nicht vorzuschreiben! Sie ist die Größte! Die Größte!"

Aber die Zwillinge haben den Raum bereits verlassen.

In dem Augenblick, da die Boeing auf der Startpiste losziehen wollte, erhielt der Flugkapitän die Funkanweisung: „Befehl der Gesellschaft: Sie kehren zurück und laden die Passagiere aus."

Hinter sich spürte der Kapitän den Schub der Tausende von Pferdestärken, die die hundertdreißig Tonnen seiner Maschine vom Boden abheben würden. Er brauchte nur den Starthebel weiter nach vorn zu drücken, und die Düsen würden ihre ganze Schubkraft entwickeln. Er griff nach dem Mikrofon: „Flugkapitän an Kontrollturm: Wiederholen Sie!"

„Zurückkehren an die Abflugpiste. Passagiere ausladen."

„O. K. Verstanden."

Er blickte erstaunt zu seinem Kopiloten hinüber: „Scheiße! Muß eine Bombe an Bord sein! Wir bleiben da, Kumpel!"

„Soll ich die Hostessen verständigen?"

„Noch nicht."

An Bord des Linienflugzeuges befanden sich hundertdreißig Passagiere, die ohne Zwischenlandung von New York nach Athen geflogen werden sollten. Der Empfänger knatterte erneut: „Sie haben Piste sechs und Parkplatz elf. Bleiben Sie stehen, stellen Sie die Triebwerke ab, bleiben Sie auf Ihrem Posten und warten Sie auf weitere Order. Bitte sprechen."

„Verstanden. – Bob, sag Lily, sie soll eine Durchsage machen!"

„Was soll sie ihnen erzählen?"

„Keine Ahnung. Mir auch egal. Irgendwas."

Lily wurde verständigt und verkündete in strahlendem Tonfall: „Meine Damen und Herren, ein technischer Zwischenfall zwingt uns, auf den Startplatz zurückzurollen. Der Abflug wird dadurch leicht verzögert. Wir bitten Sie, Ihr Handgepäck an sich zu nehmen und sich zu gedulden, bis Grecian Air Lines ihnen eine neue Maschine zur Verfügung stellen. Danke!"

Die Passagiere sahen einander erstaunt an, während die Boeing umkehrte und auf den Abstellplatz zurollte. Manche protestierten. Lily fügte hinzu: „Sie werden gebeten, die Sicherheitsgurte nicht vor dem völligen Stillstand der Maschine zu lösen. Danke!"

Sie war so durcheinander, daß sie vergessen hatte, die rituelle Aufforderung durchzusagen. Sie stürmte in die Pilotenkanzel: „Was ist los?"

Der Funker fügte sich in sein Schicksal und zuckte nur die Achseln: „Wenn wir das wüßten . . ."

Der Flugkapitän stellte die Triebwerke ab. Aus Bauch und Schwanz der Boeing quollen die Menschenmassen in bereitstehende Autobusse. Männer im Overall mit den Initialen der Gesellschaft, GAL, luden das Gepäck aus dem Flugzeug auf kleine Wagen.

Alles hatte sich beruhigt, als die neue Nachricht aus dem Funkgerät kam: „Kontrollturm an GAL 112. Lassen Sie die Triebwerke wieder an. Sie fliegen in zehn Minuten ab, gleicher Zielort. Bitte sprechen."

„GAL 112 an Kontrollturm. Verstanden."

„Sind die verrückt geworden, oder was?" sagte Lily.

Die Antwort auf ihre Frage zeigte sich in Form von drei Autos, die sich rasch näherten und mit quietschenden Reifen unter der Maschine stehenblieben.

„Was ist denn das?" wollte einer der Stewards wissen.

„Jedenfalls nicht irgendwer! Die Passagiere sind ganz schön wütend. Zwei haben mit einem Prozeß gedroht", murmelte Pat, eine andere Hosteß, die versuchte, den Namen der entzückenden weiblichen Silhouette aus der Erinnerung zu holen, die mit entschlossenem Gesicht die Leiter heraufkam, an jeder Hand ein Kind.

„Also so etwas! Das ist ja Peggy Baltimore!"

Hinter Peggy folgten ihre Mutter, Mrs. Beckintosh, und Nut. Sodann zwei Nursen und eine Gouvernante. Vier Leibwächter schlossen den Konvoi ab, hatten einen großgewachsenen, mageren Mann in ihrer Mitte, einen Sekretär vielleicht. Zehn Personen im ganzen. Das Gepäck dieser zehn füllte einen ganzen Gepäckskarren.

Und wieder der Kontrollturm: „Kümmert euch um die Passagiere, wie ihr euch noch nie um jemanden gekümmert habt. Befehl der Gesellschaft. Bitte kommen!"

„Verstanden!" bestätigte der Flugkapitän übelgelaunt.

„Guter Flug!"

Er stellte sein eigenes Funkgerät ab und ließ die Boeing anrollen: „Schnell! Sonst kommen sie noch drauf, daß sie den Pudel vergessen haben."

„Morgen heiratet er sie!"

„Mir egal! Feine Reklame für die Gesellschaft!"

„Na und! Was kümmert das uns? Schließlich gehört sie ihm ja."

Pat richtete den Imbiß her, Kaviar, dazu Dom Perignon.

„Ach ja! Für mich würde kein Mann hundertdreißig Passagiere hinauswerfen, damit ich eine Maschine allein für mich habe. Die Liebe ist was Schönes!"

Das Schrillen der Düsen schwoll an und übertönte ihre Stimme. Die Maschine vibrierte unter der Schubkraft, bevor sie in den Himmel stach.

„Nein, ich gehe nicht! Nicht in dem Zustand!"

Irene deutete auf einen blauen Fleck unter ihrem Auge, den auch das kunstvolle Make-up nicht ganz verbergen konnte. Kallenberg zuckte die Achseln. „Auch gut. Geh' ich eben allein."

„Nein! Ich verbiete es dir!"

Eine Augenbraue hob sich drohend: „Du verbietest es mir?"

„Ja! Es geht schließlich um die Ehre meiner Familie! Ich werde nicht vor einem Mann herumstolzieren, der meine Schwester gequält hat!"

„Deine Schwester ist eine Hure! Und du haßt sie!"

„Du warst froh genug, sie zu heiraten!"

„Na, ihr beide, eine Hure und eine Idiotin, wenigstens ist es in der Familie geblieben!"

„Sokrates hat dich für dein ganzes Leben lächerlich gemacht! Merkst du denn nicht, daß er dir nur eine neue Falle stellt, indem er dich einlädt!"

„Du beginnst dich ja plötzlich um mich zu sorgen."

„Ich gehe nicht! Ich gehe nicht, und du auch nicht!"

„Genug jetzt!"

„Ich werde es Mama sagen!"

„Schreist du immer noch nach deiner Mutter?"

„Ich sage ihr, was du mir angetan hast! Du wirst schon sehen!"

„Deine Alte ist auch schon senil! Und du, du bist erblich belastet. Wenn ich wieder heirate, nehme ich mir eine Zwanzigjährige. Ich habe dein altes Gesicht lange genug gesehen."

„Du bilde dir nichts ein! Dir wachsen die Hörner zu Dutzenden."

„Du bist jedenfalls daran unschuldig. Dich nähme keiner mehr!"

„Ob Lena oder ich dich betrügen, das kommt aufs gleiche heraus."

„Das kann man wohl sagen!"

Es war der Vorabend der Hochzeit von Peggy Baltimore und Sokrates Satrapoulos. Obiger Dialog zwischen Kallenberg und Irene war kein eigentlicher Streit. Wenn sie miteinander redeten, ging es nie ohne gegenseitige Beschimpfung ab. Selbst die Dienstboten waren bereits so abgestumpft, daß sie nicht mehr an den Türen horchten. Sie kannten das Repertoire bereits auswendig.

Am Hochzeitsmorgen glich Serpentella einer Festung. Seit dem Tag, da eine Schlange die Menelas erschreckt hatte, waren mit der Insel erhebliche Veränderungen vorgenommen worden! Eine Armee von Gärtnern, Agronomen, Baumeistern und Architekten hatte sie völlig umgestaltet. Der östliche Teil mit den Wohngebäuden war zu einer einzigen blumenübersäten Wiese geworden, in die man tonnenweise herangeschaffte Zitronen-, Orangen- oder Olivenbäumchen und Eukalyptus gepflanzt hatte. Monatelang hatten sich Bulldozer in den Felsen gegraben und das Terrain begradigt, bevor es mit Tausenden Tonnen hervorragender Erde bedeckt wurde. Da und dort befanden sich riesige Zisternen, die Tankschiffe einmal die Woche mit Süßwasser füllen kamen. Trotz der langwierigen Suche von Geologen und Wünschelrutengängern hatte man auf der Insel selbst keines gefunden. Und doch waren den ganzen Tag Rasensprenger in Betrieb, und in das Schwimmbecken ergoß sich ein kleiner Wasserfall. Bevor die Landschaftsspezialisten ihre Arbeit begonnen hatten, waren riesige Flugzeuge über Serpentella geflogen, um tonnenweise Rattengift und Insektenpulver zu verstreuen, so daß man vergeblich nach einer Fliege, einem Skorpion oder gar einer Spinne Ausschau gehalten hätte. Einzig ein paar Ameisenhaufen wurden von den zweihundert Personen geduldet, die ständig über die Perfektion des Paradieses wachten: Gärtner, Stallburschen – es gab sechs reinrassige Pferde zum Ausritt –, Masseure, Friseur, Köche, Telefonfräulein, *Maître d'hôtel*, Sekretäre, Übersetzer, Barmixer, Kammerdiener, ein Arzt, Gouvernanten, Krankenschwestern, Verwalter, Schwimm- und Gymnastiklehrer, Kellermeister, ganz zu schweigen von den drei Feuerwerkern. Für das geringste Fest ließ man aus Paris oder aus Rom ein

Orchester kommen, das mit einer eigenen Maschine eingeflogen wurde. Am Ende des Hanges, der allmählich zum klaren grünen Wasser des Meeres abfiel, stand das Haus des Meisters, ein Wunderwerk an Zurückhaltung, dezent im griechischen Stil erbaut. S. S. hatte sich letzten Endes den Argumenten der Architekten und auch seiner eigenen Kinder gebeugt, die entgegen seinen Vorstellungen keine dorischen Säulen vor dem Hintergrund eines marmornen Parthenon im Miniaturformat haben wollten. Der Rest der Insel hatte seine ursprüngliche Wildheit behalten: Zypressen, Pinien, Tamarisken, Wermutsträucher. Wenn S. S. in seinem Arbeitsraum saß, konnte er rund um sich das Meer sehen, das Meer, dem er seinen Reichtum verdankte. Linker Hand, im Süden, geschützt vor den Winden, die im Winter und den ganzen Monat August bliesen, der Hafen, der auch den größten Schiffen Schutz zu bieten vermochte. Ein halbes Dutzend Jachten schaukelte träge vor der Einfahrt. Auf einem kreisrunden Betonfeld der Landeplatz für Hubschrauber, deren Wartungshallen in den Felsen gehauen lagen. Und überall Tausende freifliegender Vögel, die den ganzen Tag sangen, bis abends Nachtigallen das Konzert fortsetzten. In einem eigenen Gehöft waren Hühner, Enten, Ziegen, Pfauen, Rehe, Hunde und Katzen untergebracht. Zum Hauptgebäude gehörten noch ein Operationssaal, ein Kinosaal, in dem manchmal auch Theatergruppen eine Vorstellung gaben, ein Krankenraum und ein Konzertsaal.

Die Religion war in der Person eines Popen vertreten, der in einem Flügel der kleinen orthodoxen Kapelle am Ende der Zypressenallee lebte, welche ein Archimandrit persönlich geweiht hatte. Als die Journaille der westlichen Welt von der Existenz dieses Gartens Eden erfahren hatte, war sie in Massen aufgetaucht, um zu fotografieren. Aber der Grieche war wachsam. Es war schon zu' normalen Zeiten niemandem möglich, ungesehen heranzukommen. Um so weniger diesmal. Spezielle Matroseneinheiten, die man darauf geschult hatte, Fragen nicht zu beantworten, umkreisten Serpentella an Bord kleinerer Schnellboote, die rasch genug waren, um es mit jedem Motorboot aufzunehmen. Auch die Mutigsten unter den Journalisten hatten aufgegeben, nachdem sie von der Verführung über Korruption und Drohungen bis zur Erpressung alles versucht hatten: es war unmöglich, herauszufinden, was auf

Serpentella wirklich geschah. Und jene, die wußten, redeten nicht.

Am Tage der Hochzeit waren die Wachen an Land und auf See verdoppelt worden. Weißgekleidete Matrosen patrouillierten schon bei Tagesanbruch am Strand, um ungebetene Gäste zu verjagen, die sich nicht gescheut hatten, sich im Taucheranzug nächtlich anzupirschen. Journalisten von „Life" waren nachts sogar im Fallschirm über der Insel abgesprungen, wo sie trotz der Dunkelheit von einer Meute Polizeihunde aufgestöbert wurden. Die Matrosen hatten die beiden Reporter ins Meer geworfen und ihre Kameras zertrümmert. Die Behörde hatte an sämtliche Zivil- und Militärmaschinen Order erlassen, den Luftraum von fünf Seemeilen um die Insel nicht zu verletzen.

Der Grieche, der sich stets brüstete, an alles zu denken, hatte am Vortag nur eines vergessen: Peggy ein Flugzeug zur Verfügung zu stellen! Die Haare stellten sich ihm zu Berge, als der Direktor seiner Fluggesellschaft ihn aus New York anrief, um ihm die Katastrophe mitzuteilen: Peggy und ihre Suite seien bereits am Flughafen eingetroffen, und es sei nichts für sie vorbereitet!

„Was soll ich tun, Sir?"

„Treiben Sie mir sofort eine Boeing auf, zum Teufel!"

„Ich habe es bereits versucht, sie sind alle in der Luft!"

„Und unsere Linienflüge?"

„Wir haben heute nur einen einzigen. Er startet in zwei Minuten von hier."

„Aufhalten, sofort aufhalten!"

„Okay, Sir. Aber die Maschine ist vollbesetzt. Was mache ich mit den Passagieren?"

„Rausschmeißen!"

„Wie viele soll ich aussteigen lassen? Man könnte eventuell . . ."

„Alle rausschmeißen! Alle, verstehen Sie mich!"

„Aber, Sir . . . Es ist schwer . . . ich meine . . ."

„Wollen Sie Ihren Job behalten?"

„Welche Frage!"

„Dann leeren Sie mir diese verdammte Boeing, und wenn es sein muß, mit dem Flammenwerfer! Mir ist das egal! Ich heirate, hei-ra-te, verstehen Sie das! Rufen Sie mich an, sobald Sie alles erledigt haben!"

576

Wenig später hatte ihn ein Anruf aus New York beruhigt. Peggy war abgeflogen. Als sie in Athen landete, wartete der Grieche mit einem Blumenstrauß auf sie, schüchtern wie ein Primaner. Er hatte Anweisung gegeben, einige Tage lang die Zeitungen vor Peggy zu verstecken. Es war ein allgemeiner Aufstand. Ein britisches Blatt hatte seinen Aufmacher so betitelt: „Peggy, schämen Sie sich nicht?"

Die Artikel in den Tageszeitungen waren alle im gleichen Ton gehalten, aggressiv, bösartig, heimtückisch. „Sie heiratet einen Mann, der ihr Vater sein könnte", oder: „Das Idol steigt herab", oder auch: „Scott Baltimores Witwe entehrt Amerika". Das war der Tenor der Meinungen. Nur zwei oder drei Schreiber vertraten die Ansicht, daß die Hochzeit eigentlich nur jene anginge, die sie feierten.

Peggy küßte Sokrates linkisch auf beide Backen. „Darf ich dir Mama vorstellen?"

Obwohl der Grieche etwa gleich alt war wie die Dame, fühlte er sich angesichts der zukünftigen Schwiegermama plötzlich um zehn Jahre verjüngt. Er ließ Margaret Beckintoshs Hand nicht mehr los, während sie ihn strengen Blicks musterte. Zu guter Letzt sprach sie endlich, den Blick immer noch auf seine Augen geheftet: „Machen Sie mir meine Tochter glücklich!"

Satrapoulos fühlte sich dumm und gefühlsduselig, aber er konnte nur mehrmals nicken, bevor er hervorbrachte: „Ja ... ich schwöre es Ihnen."

Jetzt küßte sie ihn. Peggy schob ihre beiden Buben vor. „Kinder, gebt Sokrates doch ein Küßchen!"

S. S. beugte sich über den Älteren, der zwar steif und verkrampft dastand, aber alles über sich ergehen ließ. Als der Grieche sich jedoch dem Jüngeren zuwandte, begann das Kind zu weinen und versteckte sich hinter Peggys Minirock.

„Aber Christopher! Was hast du denn?"

Doch der Bub klammerte sich verzweifelt an die Schenkel seiner Mutter und versteckte sein tränenüberströmtes Gesicht in den Händen. Peggy versuchte ihn zu beruhigen: „Du wirst schon sehen! Wir sind ins schönste Land der Welt gekommen! Du wirst so glücklich sein, mein Kleiner!"

Sokrates wollte ihn emporheben. Das Kind zuckte zusammen und begann zu schreien. „Nein! Nein! Ich will nicht! Ich will nicht! Mama!"

Eine Nurse wollte sich einmischen, der Grieche hielt sie mit einer Handbewegung zurück. Peggy sah ihn lachend an. Der Grieche sagte: „Lassen Sie ihn, er wird sich an mich gewöhnen. Ich werde ihn so lieben, daß er mich wohl oder übel bemerken wird."

Am Ende der Landebahn warteten zwei Hubschrauber auf sie, um sie auf Serpentella zu bringen. Sie legten die wenigen Meter in großen Limousinen zurück. Als die Helikopter sich in die Luft erhoben, konnte man das gesamte Flughafengebäude übersehen: es war von Polizeikordons umstellt, die eine riesige Menschenmenge zurückhielten. In der Ferne sah man das Meer. Peggy ergriff zärtlich Sokrates' Hand und murmelte: „Du wirst sehen . . . Ich werde dich glücklich machen . . ."

Abends, nach dem im Familienkreis eingenommenen Abendessen, nahm Sokrates Peggy mit in sein Arbeitszimmer. Sie wurden von zwei Männern erwartet. Der lange, magere, der bereits mit ihr gereist war, und ein kleiner Fettwanst mit Brille. Beide gehörten zu den bekanntesten Anwälten der Welt. Der Lange war Peggys Berater, die kleine Kugel vertrat die Interessen des Griechen. Beide waren total erschöpft, aber sie erhoben sich, um die Verlobten zu begrüßen. Seit zwei Monaten hatte jeder von ihnen mit einer ganzen Mannschaft von Juristen gearbeitet, um den phantastischsten und außergewöhnlichsten aller Heiratsverträge auszutüfteln.

Alles war vorausgesehen, selbst das Unvoraussehbare: Tod, Unfälle, eventuelle Trennungen, Krankheiten, das Studium der Kinder, die Nationalität der Nursen, das Personal, alle Möglichkeit der Invalidität, des Wahnsinns und der Impotenz, die Häuser für die verschiedenen Urlaube, die Grenzen der Freiheit für die beiden Ehegatten, die Namen der bei Unfällen zu konsultierenden Ärzte, die Ausgabenposten für Garderobe, Massage, Pediküre, Schönheitssalon, Kosmetika; mit einem Wort: neunzig engbeschriebene Seiten. Ein Zusatz von dreißig Seiten führte auf getrennten Blättern den Besitz von Peggy Baltimore und Sokrates Satrapoulos an: für ihn allein waren es achtundzwanzig Seiten: Gesellschaften, Aktien, Immobilienbesitz, Gold, Teilhaberschaften, Öltanker, Banken, eine Fluggesellschaft, Grundbesitz, wertvolle Bilder, flüssiges Kapital:

alles in allem gigantisches Symbol des Reichtums, den ein gottgewordener Mensch zusammentragen kann.

Peggy wollte es nicht lesen, aber der Grieche bestand darauf. Der Lange blätterte ihr also die Seiten um und deutete mit dem Finger auf Punkte, die ihm wichtig erschienen, zum Beispiel den, daß sie im Falle des Ablebens ihres Mannes hundertfünfzig Millionen Dollar bekäme; oder den des jährlichen Wirtschaftsgeldes, unabhängig vom vorhergehenden Kapitel „Verschiedenes", das eine Million Dollar betrug.

„Wenn Sie unterzeichnen wollen . . .", meinte die Kugel.

Peggy unterschrieb mit ihren entschlossenen, kindlichen Schriftzügen. Dann sah sie Sokrates etwas ängstlich an.

Er lächelte. „Mach dir keine Sorgen, Liebling. Für alles ist vorgesorgt, einfach für alles."

Der Grieche sah so lächerlich aus, daß es einfach rührend wirkte. Er schien direkt aus dem Laden eines Trödlers zu kommen. Aus einem obskuren Aberglauben heraus hatte dieser Mann, der nie etwas wegwarf, darauf bestanden, denselben schwarzen Alpakaanzug anzuziehen, den er am Tag seiner Hochzeit mit Lena vor genau zwanzig Jahren getragen hatte. Er brüstete sich, auch jetzt noch die gleiche Figur zu haben wie damals. Nur die Haare waren schütterer, dafür aber ergraut, die Falten an den Mundwinkeln tiefer eingegraben. Aber wenn er lächelte, verschwanden die Furchen plötzlich, und seine braunen Augen strahlten Jugendfrische und Verführung aus. Er war gealtert, weil er nicht mehr an die Menschen glaubte. Aber er war auch jung geblieben, weil er nicht an das Geld glaubte, sondern an die fleischliche Schönheit, die Götter, die Wunder, das Glück, seine Unsterblichkeit, die Macht des Schicksals.

Er hatte darauf bestanden, seine Hochzeit nach orthodoxem Ritus zu feiern. Die Luft in der winzigen Kapelle war zum Schneiden, der Weihrauchgeruch kaum erträglich. Es waren etwa zwanzig Personen da, die sich an den Seitenwänden drängten. Der Grieche stand vor dem Altar, eine brennende Kerze in der linken Hand. Mit der Rechten umfaßte er Peggys Hand, die ebenfalls eine Kerze hielt. Der Pope von Serpentella ministrierte dem Archimandriten des Klosters von Korfu. Hinter Peggy standen ihre beiden Kinder, Christopher und

Michael, ein wenig verschreckt und beeindruckt von der Hochzeitszeremonie, den griechischen Chorälen, den Bärten der Priester, dem Gold der Ikonen, der Unbeweglichkeit der Anwesenden, dem diskreten Räuspern, wenn der Archimandrit vom Gesang zu seinen psalmodierenden Gebeten wechselte. Peggy war ebenso bewegt wie Sokrates, obwohl zu gleicher Zeit eine Zwangsvorstellung sie quälte. War das einfache weiße Kleid, das sie trug, nicht zu kurz? Unwillkürlich zog und zerrte sie daran, um den Saum über ihre unbedeckten Knie zu bringen, und die Hand des Griechen, die die ihre umfaßt hielt, folgte willig. Er strich mit den Fingerspitzen über die samtene Haut von Peggys Schenkel und verdammte die unheiligen Gedanken, die ihn bei dieser Berührung bestürmten. Kallenberg stand im Hintergrund der Kapelle, allein, ein Koloß, zu groß für den winzigen Raum. Er hatte der Einladung des Griechen Folge geleistet, weil er sie als Herausforderung verstanden hatte. Und so war sie auch gemeint gewesen. Irene war natürlich nicht gekommen. Sie hatte die Tatsache, zu diesem Fest gebeten zu werden, als eine persönliche Beleidigung und als einen Affront der Mikolofides aufgefaßt. Wenn Hermann an den Festlichkeiten teilnahm, so war das nur ein Verrat mehr von seiner Seite.

In der Apsis standen Maria und Achilles. Sie hatten die Augen gesenkt, als wollten sie zeigen, mit diesem Spektakel nichts zu tun haben zu wollen. Ihr Vater hatte ihnen ernsthaft drohen müssen, um ihre Anwesenheit bei der Zeremonie zu erzwingen. Bei der Begrüßung hatten sie sich kalt und zurückhaltend vor Peggy verbeugt, ohne die Hand zu ergreifen, die sie ihnen nichtsahnend entgegenstreckte. Nicht weit von ihnen stand Nut in einem herrlichen weißen Musselinkleid, von widersprüchlichen Gefühlen getragen, froh einerseits, ihre beste Freundin verkuppelt zu haben und doch auch ein wenig verbittert, ihren Einfluß auf den Griechen schwinden zu sehen.

Peggy und S. S. hielten einander immer noch an der Hand. Jetzt reichten sie ihre brennenden Kerzen einem Helfer. Der Archimandrit zeigte die Ringe vor, die auf dem Evangelium lagen. Der Tradition gemäß wurden die Ringe dreimal getauscht, bevor der Würdenträger der Kirche die rituelle Formel der Orthodoxie sprach: „Gottes Diener Sokrates ist durch die Bande der Ehe verbunden mit Gottes Dienerin Peggy im Namen des Vaters, des Sohnes und des Heiligen Geistes."

Sekundenlang hielt er eine Krone aus wilden Blumen und Laub über die Köpfe der Neuvermählten. Sokrates und Peggy tranken drei Schluck Wein und umschritten dreimal das Pult mit der Heiligen Schrift.

Vor dem Eingang der Kapelle drängten sich in der sengenden Sonne die zahlreichen Gäste, die ein Sonderflugdienst aus allen Teilen der Welt auf die Insel gebracht hatte. Dodino verzog sein Gesicht, als er Raph Dun entdeckte. „Ttt ... ein blinder Passagier!"

„Ganz im Gegenteil, ich bin hochoffiziell da!"

„Ach so. Gehörst du zu den Exliebhabern der Braut?"

„Keineswegs! Ich bin persönlicher Gast der Tochter des Bräutigams. In meiner Eigenschaft als zukünftiger Liebhaber."

. „Du könntest dich mit dieser in Dollar gewälzten Nudel liieren?"

„Warum nicht?"

„Wenn ich mich schon mit Großkapital prostituiere, dann noch lieber mit ihrem Bruder. Er ist so sexy!"

Zahlreiche Freudenschreie empfingen die Neuvermählten, als sie aus der Kapelle traten. Endlich konnten die Gäste den Reis und die gezuckerten Mandeln auf das Paar schleudern, nachdem ihnen bereits die Hände davon klebten. Ein alter griechischer Brauch: den Zucker fürs Glück, den Reis für die Fruchtbarkeit. Glück ließe man sich ja noch einreden! Aber Fruchtbarkeit? Keiner der Anwesenden hatte Punkt 9 des Vertrags gelesen: „In keinem Fall kann Peggy Satrapoulos ihrem Gatten einen Erben schenken." Von dieser Kleinigkeit konnte es abhängen, ob Amerika nur bitterböse war – oder ob Peggy sich nie mehr über den großen Teich wagen durfte. Trotz der Feierlichkeit des Augenblicks kam „Barbudo", der Privatsekretär des Griechen, zu S. S., ging ein paar Schritte neben ihm und drückte ihm verstohlen ein Stück Papier in die Hand. Niemand sah, wie Sokrates es in die Tasche steckte. Er wartete, bis Peggy in der Masse ihrer Bekannten verschwunden war, um einen diskreten Blick auf die Nachricht zu werfen. Es war ein Telegramm. Es bestand nur aus fünf Worten.

„Wünsche euch beiden baldiges Krepieren."

Keine Unterschrift. Nicht ohne ein gewisses Gefühl der Traurigkeit dachte der Grieche, daß die Menelas ihn nicht vergessen hatte.

5. TEIL

34

Vor Mykonos liegt, in den Zykladen verloren, eine kleine, atemberaubend schöne Insel. Sie heißt Ixion. Kallenberg hat sie vor zehn Jahren von der griechischen Regierung erstanden. Um zwei Millionen Dollar. Um sie seinem Geschmack entsprechend auszubauen, hat er vier weitere ausgeben müssen. Aus der Luft betrachtet, erinnert die Insel ein wenig an einen Knochen: ein schmales, langgezogenes Rechteck, das an beiden Enden in eine Art Wulst übergeht.

Beim Kauf hatte Irene, aus reinem Aberglauben, darauf bestanden, dieses wilde Stück Fels umzutaufen. Blaubart hatte es abgelehnt, teils weil er ihren Wunsch als Herausforderung seiner Autorität ansah, teils weil er sie ärgern wollte. Der Legende nach hatte Ixion, der König der Lapithen, auf dieser steinigen Insel das den Undankbaren im Orkus vorbehaltene Schicksal erlitten. Hermes hatte ihn mit Schlangen an ein Feuerrad gefesselt, das sich ohne Unterlaß in den Tiefen des Tartarus drehte.

Aber Kallenberg pfiff auf Homer. Was er wollte, hatte er geschafft: aus der Insel ein Paradies zu machen, das jenem auf Serpentella, der Insel des Griechen, ebenbürtig oder gar überlegen war.

Ihre gemeinsamen Freunde wären vor einem schwierigen Problem gestanden, hätte man von ihnen verlangt, über die beiden Wunder zu urteilen. Sie legten in ihren Äußerungen größte Vorsicht an den Tag: In Gegenwart von Satrapoulos wurde der Name Ixion nie ausgesprochen, und vor Kallenberg mied man das Wort Serpentella.

An diesem Abend war Irene allein in dem riesigen weißen Haus, das voll war von wertvollen Gemälden und seltenen Kunstwerken – allein mit der gut zwei Dutzend Mann zählenden Dienerschaft, die über das klaglose Funktionieren der Maschine wachte. Um die schlechte Laune zu vertreiben, die sie nach der Abreise ihrer beiden Kinder nach London überkommen hatte, war ihr eine halbe Flasche Whisky gerade recht erschienen. Seit dem Abflug des Hubschraubers mit den Kindern war kaum eine Stunde verflossen, als sie erneut das Jaulen der Rotoren vor dem Haus hörte. Irene hob vorsichtig die Vorhänge vor dem Fenster an und erblickte Hermann, der aus dem Hubschrauber sprang und galant einem blonden, hochgewachsenen Mädchen die Hand reichte. Rasch fuhr sich Irene mit dem Kamm durch das Haar, brachte ihr Make-up auf neuen Hochglanz, zog einen chinesischen Morgenrock über, streckte sich auf dem Bett aus und griff nach einem Buch, in dessen Lektüre sie sich mit dem Ausdruck höchster Konzentration vertiefte. Wenige Augenblicke später stieß Kallenberg die Tür auf.

Als er Irene erblickte, verzog er sein Gesicht zu einer Grimasse des Ekels: „Ach, du bist da? . . .“

„Na so etwas! Du bist also nach Hause gekommen?“

Er zuckte die Achseln. „Als hättest du mich nicht gehört! Sind die Kinder weg?“

„Ja, vorhin. Bist du allein?“

„Was geht das dich an?“

„Ach, nichts. Nur wegen des Essens.“

„Ich esse mit einer Freundin.“

„Ohne mich?“

„Ja, ohne dich. Bei dir vergeht mir der Appetit.“

„Und wer ist diese . . . Freundin?“

„Deine Sorge? Eine neue Mitarbeiterin, viersprachig.“

„Hast du sie in einem Bordell aufgetrieben?“ fragte Irene mit ihrem freundlichsten Lächeln.

„Ja, Liebling, an jenem Ort, wo ich dich nie hätte finden können. Du könntest nämlich keinen Groschen dabei verdienen.“

Das Buch flog durch die Luft und landete zwischen den Parfümflaschen auf dem Frisiertisch. Irene sagte mit eiskalter Stimme: „Du wirst dieses Hürchen ersuchen, augenblicklich von hier zu verschwinden! Wenn du es nicht tust, gehe ich sie hinauswerfen!“

„Marina wird mit mir zu Abend speisen. Mit mir allein! Wir

haben verschiedenes zu besprechen. Und wenn du jetzt noch ein Wort sagst, sperre ich dich in deinem Zimmer ein!"

Er drehte sich um, riß den Schlüssel von der Tür und war mit einem Satz auf dem Gang, wo er ihn von außen in das Loch zu stecken versuchte. Um nicht eingesperrt zu werden, stürzte Irene zur Tür. Jeder der beiden stemmte sich gegen die Tür, und Kallenberg brach siegesgewiß in Lachen aus, als Irene ihren Fuß zwischen Tür und Staffel stellte. Blaubart riß heftig an der Klinke. Irene brüllte: „Hör auf! Du brichst mir den Knöchel!" Er fiel auf sie herein und ließ nach. Sie nützte es aus, um ihr frei gewordenes Bein durch die Öffnung zu schieben. Hierauf ließ er plötzlich los, und sie flog rücklings auf den Boden. Er stürzte sich auf sie, und nun begann das übliche Gedresche, die üblichen Fußtritte. Nach einiger Zeit stellte Hermann aus Angst, sie könnte das Bewußtsein verlieren, seine Schläge ein. Er beugte sich über sie und knallte ihr zwei Ohrfeigen ins Gesicht. Sie öffnete ein Auge. Er verließ den Raum und schloß von außen ab. Irene blieb unbeweglich auf dem Boden liegen, ihr Atem ging flach und stoßweise, ihre glänzenden Augen starrten ins Leere. Sie wälzte sich auf den Bauch und blieb eine Weile so liegen, das Gesicht im Teppich vergraben. Dann kroch sie in Richtung auf die Kommode. Immer noch liegend, tastete sie nach der Whiskyflasche – eigentlich war es ein Parfümflakon von Guerlain – und trank gierig. Vorhin, in der Hitze des Gefechtes, hatte sie die Schläge kaum gespürt. Jetzt begann sie in allen Muskelpartien die Schmerzen zu fühlen. Jammernd griff sie nach ihrer Pillendose, leerte deren Inhalt in die offene Hand, schluckte alles und goß mit einem weiteren Schluck Scotch nach. Sie spürte förmlich, wie sie davonschwebte. Ein letztes Mal riß sie sich zusammen, um den Flakon mit „Heure Bleue" zu schließen – es durfte niemand erfahren, daß sie ihren Alkohol darin versteckte. Ihr letzter Gedanke bevor sie ohnmächtig wurde, galt ihrem Mann: „Diesmal ist Hermann zu weit gegangen!"

Peggy war wieder ein Kind. Sie war eine Königin. Sie befahl, man gehorchte. Sie verlangte, man beugte sich ihr. Sie wünschte, man erfüllte den Wunsch. Für ihre Reisen hatte sie eine Boeing für sich allein. Die größten Couturiers kamen mit

Mannequins und Kollektionen angetanzt, wenn sie ihrem Wunsch Ausdruck verlieh, ein Kleid zu kaufen. Wollte sie ein Schmuckstück, schon kamen die Juweliere Amerikas und Europas angerannt. Was sie auch tat, wohin sie sich begab, was immer sie mochte, sie hatte nichts weiter zu tun, als zu unterschreiben. Sokrates bezahlte die Rechnungen.

Natürlich hatte es manchmal kleine Reibereien gegeben. Aber im allgemeinen gab ihr Mann nach, und sie hatte das letzte Wort. Wenn er sehr wütend war, konnte er für mehrere Tage verschwinden, ohne daß jemand wußte, wo er sich aufhielt. In diesem Fall mußte man auf die Klatschblätter warten, die ihn in Paris aufgestöbert hatten, wo er bei Castel war, oder mit einer Blondine in Rom, oder vielleicht in München, oder in London in einem bekannten Restaurant. Ihr Honigmond hatte ein Jahr gedauert, wenn er ihnen auch teilweise durch die Journalistenmeute vergällt wurde, die ihnen beständig nachhetzte. Auch der einfältigste Fotoreporter wußte, daß eine Bilderserie über das bekannteste Paar der Welt ihm genug einbringen würde, daß er davon einige Zeit gut leben konnte. Die für gewöhnliche Sterbliche einfachsten Dinge, wie ein Kinobesuch, ein sportliches Ereignis oder ein Abend im Restaurant, wurden für Peggy und Sokrates regelmäßig zu einer Verfolgungsjagd. Glücklicherweise waren sie nicht immer beisammen! Am Tage nach der Hochzeit hatte der Grieche, sehr zu Peggys Empörung, wegen eines Zwei-Millionen-Dollar-Geschäfts nach Tokio fliegen müssen. Kaum war er auf Serpentella zurückgekehrt, mußte er nach Kopenhagen. Peggy wartete nicht auf ihn, sondern flog nach New York, von wo die Kinder bereits wenige Stunden nach der Hochzeit ihr telefonisch erklärt hatten, „daß sie ihnen abginge". Nachdem sie dergestalt ihren Mutterpflichten nachgekommen war, tauchte sie in London auf, wo sie mit Sokrates verabredet war. Sie hatten zwei herrliche Tage verbracht und ihr nächstes Treffen für die darauffolgende Woche in Nassau festgelegt. Obwohl sie nun verheiratet waren, benahmen sie sich wie Verliebte. Ihre Zusammenkünfte fanden statt, wenn der Terminkalender es erlaubte, sie versteckten sich vor den Journalisten, flogen von einer Stadt in die nächste. Die Reibereien waren aufgetreten, als sie an Bord der „Pegasus" ein gemeinsames Leben führten, gleich am ersten Tag. Peggy hatte sich in Rekordzeit beim gesamten Personal verhaßt gemacht.

Sie zögerte nicht, Keyx um 4 Uhr morgens zu wecken, nur um die Champagnerflasche zu wechseln, die nicht mehr kühl genug war. Sie hatte Freude an Innenarchitektur und ließ zu jeder Tages- und Nachtzeit die Möbel umstellen. Sie hatte fixe Ideen. Diesen zu widersprechen kam einem Urteil ohne Berufungs-möglichkeit gleich, dessen Vollstreckung mehr oder weniger rasch erfolgte, je nachdem wie lange der Grieche sich ihren kapriziösen Wünschen widersetzte. War ein Zimmermädchen zu hübsch? Weg mit ihr! Entsprach ein Gericht nicht ihren Vorstellungen? Weg mit dem Koch! Sokrates ärgerte sich maßlos darüber, denn aus Angst zuzunehmen, aß Peggy nur Steak mit Salat und begnügte sich damit, die von ihr gewünsch-ten komplizierten Gerichte zu beschnüffeln oder bestenfalls einen Bissen davon zu kosten. Es kam zu wilden Szenen. Satrapoulos, den die Furcht, seiner Gattin zu mißfallen, und die Angst, in den Augen seines Personals als Schwächling dazuste-hen, innerlich entzweite, ließ manchmal riesige Schimpfkanona-den vom Stapel, die außer ihm niemand ernst nahm.

In Wahrheit beherrschte Peggy alles, und ihrem Gatten blieb nur ein Ausweg: die Flucht. Er hatte heimlich die Menelas getroffen, um ihr seine Hochzeit zu „erklären". Von Zeit zu Zeit trafen sie einander in Mailand oder Paris und gingen „wie gute Freunde" in Restaurants essen, die sie an verflossene Tage erinnerten. Peggy traf sehr oft ihren ehemaligen Bekanntenkreis aus New York und fand an Sokrates' Verhalten nicht allzuviel auszusetzen. Sie wußte sich sicher, und war es auch, so daß sie sich wie eine Göttin benahm, die, weit über allem Menschlichen stehend, keine Rivalin zu fürchten hatte. Es ging kein Tag vorbei, an dem nicht Hunderte von Zeitungen in der ganzen Welt ihnen Artikel widmeten. Die Tatsache, nichts Neues über sie zu wissen, störte sie keineswegs: sie erfanden eben Neues. Es kam vor, daß sie völlig unabhängig voneinander am selben Abend eine Party in verschiedenen Ländern gaben. Und wenn sie dann zusammentrafen, beglückwünschten sie einander zum ausgezeichneten Echo, das ihre Feste in der Presse gefunden hatten. Von Zeit zu Zeit konnten sie von ihrer bevorstehenden Scheidung lesen, was die Auflage der Zeitschriften in die Höhe schnellen ließ. Seit ihrer Hochzeit vor vier Jahren waren die Scheidungsgerüchte und Peggys in sensationeller Aufmachung angekündigte Schwangerschaften ein gefundenes Fressen für die internationale Presse. Mit ein wenig Glück konnte das noch dreißig Jahre so weitergehen, da ihre Kinder als Erben ihres unermeßlichen Vermögens bald ihre Nachfolge antreten würden.

Doch es sollte anders kommen: Das Rad des Schicksals wurde durch eine Kette außergewöhnlicher Ereignisse in Gang gesetzt. Das erste Vorkommnis hatte nichts mit Sokrates und noch weniger mit Peggy zu tun.

Nachdem das Dinner mit der neuen „Mitarbeiterin" zu Ende war, zog Kallenberg sich in sein Arbeitszimmer zurück. Er war gräßlicher Laune. Es klopfte. Alain, sein Kammerdiener, stand in der Tür. „Monsieur, Sie müssen sofort kommen. Jeanine hat Madame in ihrem Zimmer gefunden, auf dem Boden."

„Was heißt auf dem Boden?"

Kallenberg erhob sich und folgte ihm.

„Kommen Sie schnell, Monsieur. Jeanine ist sehr beunruhigt . . ."

Jeanine stand auf, als sie eintraten. Sie war neben Irene gehockt und sah Blaubart tränenüberströmt an. „Schnell, Monsieur! Wir müssen etwas tun. Ein Arzt."

„Aber, aber! Es ist doch nicht das erste Mal, daß Madame diese Art von Unwohlsein hat!"

Hermann nahm Irene in seine Arme, trug sie zum Bett und ließ sie rücksichtslos darauffallen. Er bemerkte, daß sie ganz kalt war. Und doch hatte er den Eindruck, daß ihr Puls schwach klopfte.

„Holen Sie Riechsalz. Ich werde versuchen, sie zu sich zu bringen. Irene! Irene! Hör doch! Jeanine, helfen Sie mir. Stützen Sie sie ein wenig."

Er versetzte ihr eine Reihe von Ohrfeigen, aber einziges Resultat war, daß ihr Kopf von links nach rechts schwankte.

„Irene! Komm schon, Irene. Nun sag doch etwas. Alain, die Salze! Jeanine, wo ist die Krankenschwester?"

„Madame hat ihr heute morgen frei gegeben."

„Das auch noch! Warten Sie, stützen Sie sie noch! Irene . . ."

Irenes Lider flatterten leicht.

„Sehen Sie, sehen Sie? Gleich geht es besser! Strecken Sie sie aus, sie muß sich ausruhen. Alain, rufen Sie Professor Kirales an, er soll schnell kommen. Ich schicke ihm den Hubschrauber. Es ist nicht zum ersten Mal . . ."

Wenig später kam Alain zurück.

„Haben Sie ihn erreicht?"

„Er ist noch nicht zu Hause, Monsieur. Er wird jeden Augenblick erwartet. Ich habe gebeten, daß man Sie sofort verständigt, wenn er gekommen ist. Soll ich Doktor Salbacos anrufen?"

„Vor allem soll man diskret sein und die Angelegenheit nicht an die große Glocke hängen, verstanden? Da mein Freund Kirales jeden Moment eintreffen kann, bin ich dafür, zu warten. Sagen sie dem Piloten, er soll nach Athen fliegen, wir gewinnen dadurch Zeit."

Jeanine zögerte. „Und Madame, Monsieur?"

„Wir bleiben bei ihr. Haben Sie einen besseren Vorschlag?"

„Nein, Monsieur."

„Wenn sie sich bewegt, rufen Sie mich. Ich werde weiter versuchen, Professor Kirales zu erreichen."

Kallenberg ließ das Zimmermädchen allein, lief die Treppe hinunter und wählte die Privatnummer des Arztes. Kirales war noch nicht gekommen. Blaubart versuchte, Doktor Salbacos zu erreichen: er war soeben weggegangen.

Nach einer Dreiviertelstunde fruchtloser Bemühungen kehrte Kallenberg in Irenes Zimmer zurück, um Jeanine abzulösen. Er fand sie weinend vor.

„Nun?"

„Madame ist tot, Monsieur."

Das Mädchen sah ihn an, das Ereignis war für sie unvorstellbar. Kallenberg ging zum Bett, betrachtete das wachsbleiche Gesicht, legte ihr die Hand auf die Stirn. Unten läutete das Telefon. Alain mußte sofort abgehoben haben, denn das Geräusch verstummte fast augenblicklich. Jeanine schluchzte haltlos, stand auf und verließ den Raum. Auf der Treppe traf sie auf Alain.

„Ich habe den Arzt erreicht. Er kommt gleich . . ."

„Zu spät . . . es ist zu spät . . ."

Die Tränen rannen über ihre Wangen. Eine Stunde später traf Dr. Salbacos ein.

„Wo ist sie?"

Jeanine weinte immer noch, zwei Köchinnen und der Majordomus stützten sie. Sie schüttelte verzweifelt den Kopf, brachte nicht heraus, was sie sagen wollte, und ging die Treppe hinauf, ihm den Weg zu zeigen. Salbacos begriff, daß man seiner nicht mehr bedurfte. Ohne Kallenberg auch nur die Hand zu reichen, beugte er sich über den Körper, hob ein Lid an, tastete nach dem Puls und verzichtete darauf, das Ohr auf ihr Herz zu legen: er konnte nur feststellen, daß diese Frau seit mindestens zwei Stunden tot war, mehr nicht.

„Wie ist es geschehen?"

Blaubart deutete wortlos auf die leere Pillendose.

„Barbiturate?" wollte der Arzt wissen.

Blaubart nickte zustimmend.

„Waren viele in der Dose?"

„Sie nahm den ganzen Tag welche."

„Haben Sie nicht versucht, sie erbrechen zu lassen?"

„Wissen Sie . . . es ist so schnell gegangen. Warum hat sie sich umgebracht? Warum?"

„Herr Kallenberg, sehen Sie diese Spuren da auf dem Gesicht? Sie rühren von Schlägen her. Wer hat Frau Kallenberg aufgefunden, bitte?"

„Jeanine, ihr Zimmermädchen."

„Hatte Ihre Gattin vor ihrem Ableben einen Streit mit irgend jemandem?"

Kallenberg schien wie versteinert. „Sie meinen die Ohrfeigen? Aber das war ich! Wissen Sie, Jeanine und Alain können es Ihnen bestätigen. Ich habe versucht, sie wiederzubeleben . . ."

Jeanine und Alain nickten dezidiert, und Alain fügte hinzu: „Von dem Augenblick an, als Jeanine Madame gefunden hatte, war Monsieur ununterbrochen bei ihr. Er hat alles versucht, sie zu retten."

„Ja", nickte Jeanine beifällig.

„Darf ich telefonieren, Herr Kallenberg?"

„Alain, führen Sie Doktor Salbacos in den Salon."

Während der Arzt seinen Anruf tätigte, landete ein Hubschrauber nicht weit vom Haus. Blaubart lüftete einen Zipfel des Vorhangs und erkannte erleichtert, daß es Professor Kirales war. Kirales war einer seiner ältesten Freunde. Er hatte seine Klinik mitfinanziert.

„Lieber Freund! . . . Ich höre, ich komme zu spät!"

„Leider! . . ."

Auch Kirales untersuchte Irene oberflächlich, sah die Spuren der Schläge, sagte aber kein Wort. Er ergriff die leere Pillenschachtel und meinte bedauernd: „Arme Irene. Sie hat ihre Depressionen nicht überwinden können."

„Sie war ganz außer sich. Unsere Kinder sind erst heute morgen nach London gereist."

„Herr Professor", grüßte Salbacos, der den Salon betrat.

„Wie traurig!" sagte Kirales mit einem Seitenblick auf die Leiche. Und zu Kallenberg gewandt: „Mein ärmster Freund. Wie leid Sie mir tun. Leider ist keiner von uns vor dem Selbstmord sicher."

Salbacos runzelte die Brauen. „Herr Professor, haben Sie die Spuren auf dem Gesicht von Frau Kallenberg gesehen?"

„Ich habe Ihnen doch schon gesagt, daß ich sie geohrfeigt habe, um sie wiederzubeleben!" warf Blaubart ein. „Und meine Diener haben es Ihnen auch gesagt!"

„Mein lieber Kollege", erklärte Kirales nicht ohne Ironie, „Barbiturate sind weit weniger verzeihlich als ein paar Backpfeifen. Wenn Sie einverstanden sind, werden wir die Sterbeurkunde ausfertigen und den Beerdigungsschein unterzeichnen."

„Natürlich, Herr Professor."

„Warum heiratest du mich nicht?"

„Man würde sagen, ich bin hinter deinem Geld her."

„Welchem Geld? Papa hat mir doch alles gestrichen, um mich daran zu hindern, mit dir zu leben!"

„Ja, aber du wirst eines Tages erben. Die Leute sind scheußlich, weißt du."

„Uns sind die Leute egal! Wir leben für uns, oder?"

„Ich bin zu alt für dich."

„Laß diese Platte, Raph! Ich habe heute morgen schon wieder zwei Liebesbriefe in der Post gefunden!"

„In der Post?"

„Nun gut, in deinen Taschen."

„Warum stöberst du in meinen Taschen?"

„Du hast mich dein Feuerzeug holen geschickt . . ."

„Recht geschieht mir. Nächstes Mal stecke ich mir ein paar Streichhölzer in den Nabel."

„Raph . . .“

„Ja, Maria . . .“

„Warum versuchst du es nicht . . . mit meinem Vater?“

„Er würde mir sagen, du könntest meine Tochter sein!“

„Na und? Alle Frauen, die er besessen hat, hätten auch seine Töchter sein können. Selbst Mama!“

„Das ist nicht dasselbe. Er ist reich, ich nicht.“

„Raph, ich bitte dich, laß unsere Chance nicht aus, bitte ihn um meine Hand!“

„Wozu? Geht es uns vielleicht so nicht gut? Bis jetzt sind wir auch ohne seine Genehmigung ausgekommen!“

„Ich möchte mein Leben mit dir verbringen, Raph.“

„Aber das machst du doch!“

„Nein, nicht so! Offiziell!“

„Glaubst du, daß unsere Verbindung nicht ohnehin jedermann offiziell bekannt ist?“

„Ich möchte ein Kind von dir, Raph.“

„Aber sofort, Gnädigste! Legen Sie doch ab!“

„Nein, Raph, ich meine es ernst!“

Dun begann zornig zu werden. „Hör zu, Maria, genug jetzt! Du weißt sehr gut, daß mich dein Vater wie einen Stellungsuchenden hinauswerfen würde, wenn ich zu ihm ginge! In seinen Augen bin ich nur ein mickriger Journalist, der nicht einmal fähig ist, wie alle Welt seine zehn Millionen Dollar im Jahr zu verdienen!“

„Gut! Dann werde eben ich mit ihm sprechen. Wenn ich dir eine Verabredung vermittle, gehst du dann?“

„Warum nicht?“

„Sehr gut, ich kümmere mich darum.“

Dun mußte lächeln. Die Kleine war wirklich phantastisch, sie liebte ihn! Seit zwei Jahren lebte er mit ihr, zog mit ihr von einem Luxushotel zum anderen und gab die Hoffnung nicht auf, daß Satrapoulos von dieser Hartnäckigkeit genug bekommen und ihn bitten würde, die Lage zu regeln und sein Schwiegersohn zu werden. Und beeilen mußte er sich auch: die Mittel schwanden dahin, trotz des großzügigen Kredits, der ihm aus der offen zur Schau getragenen Leidenschaft der reichsten Erbin der Welt erwuchs. Wenn seine Gläubiger ihn bedrängten, fertigte Dun sie mit einem geheimnisvollen Blinzeln und dem stereotypen sybillinischen Satz ab: „Warten Sie noch ein bißchen. Vielleicht sind Sie dabei, eine gigantische Investition zu tätigen?"

Bislang hatte es funktioniert. Und im übrigen war er einer brandheißen Sache auf der Spur, die Story konnte ihm ein Vermögen einbringen – wenn alles gutging, natürlich. Letzten Endes hatte er für Maria zu sorgen, auch wenn sie ihm einen Aston Martin und nicht wenig wertvollen Schmuck geschenkt hatte, der bei einem eventuellen Verkauf die Investitionen wieder wettmachen würde. Er konnte sich denken, daß der Grieche ihn nie als Schwiegersohn akzeptieren würde. Aber konnte man das so sicher wissen? Eine alte Branchenweisheit fiel ihm ein: Der Journalismus führt zu allem, wenn man ihn rechtzeitig aufgibt.

Weit hatte ihn der Journalismus nicht geführt, wenn man von diesem zweibeinigen Panzerschrank absah, der ihm als Lebensgefährtin diente. Und er mußte sich beeilen. Bald war er fünfzig!

„Glaubst du, daß dein Onkel über den Tod seiner Frau traurig ist?"

„Ich weiß es nicht. Er ist ein Schwein, wie die anderen, genausoviel oder genausowenig . . ."

„Mehr als dein Vater?"

„Sie halten sich die Waage. Weißt du, auf diesem Niveau an Geld und Macht sind die traditionellen Werte überholt. Im Geschäftsleben spricht man nicht von einem Schwein. Man verwendet Ausdrücke wie erfolgreich oder effizient."

„Und du, warum bist du kein Schwein?"

„Ich bin es genauso wie sie, ich bin ja nicht fähig, außerhalb ihres Systems zu leben. Ich weiß nur, daß Kallenberg meine Tante nicht geliebt hat."

„Und was hat er dann geliebt?"

„Sich selbst. Und das Geld. Im Grunde ist mein Vater gleich. Bei der Wahl zwischen seinen Geschäften, seinen Kindern und seiner Frau hat er stets seine Geschäfte vorgezogen."

„Euch hat es aber doch nie an etwas gefehlt."

„Doch. Liebe. Wenn man klein ist, kann man daran sterben."

„Du siehst doch, daß du lebst!"

„In mancher Hinsicht nicht mehr. Manchmal frage ich mich

595

wirklich, ob ich noch am Leben bin. Aber es ist ohnehin klar, daß ich jung sterbe."

„Dummkopf! Willst du mir Angst machen?"

„Nein, ich habe so ein Gefühl. Siehst du, die Menschen dieser Generation haben in ihrer Kindheit zuviel leiden müssen. Es ist nicht normal, sich seine Macht so sehr beweisen zu wollen."

„Wie hat dein Vater begonnen?"

Achilles drückte seinen Arm stärker um Joans Hals. Sie küßte ihm die Hände.

„Großes Geheimnis. Diese Themen sind in der Familie tabu. So viele Leute wissen etwas über meinen Vater. Und ich, ausgerechnet ich, sein Sohn, weiß fast gar nichts."

„Dein Großvater war Reeder?"

„Nein. Kaufmann, glaube ich."

„Und deine Großmutter?"

„Sie ist gestorben, als ich zwei oder drei Jahre alt war. Auch da ist ein Geheimnis. Siehst du, bei Mama weiß man alles über die Ahnen, aber bei den Satrapoulos existiert man nicht, solange man nicht reich ist. Papa hat mir nie von seinem Vater, nie von seiner Mutter erzählt. Als sei er ein Findelkind gewesen."

„Hast du versucht, ihm Fragen zu stellen?"

„Nein."

„Warum?"

„Ich weiß nicht. Einmal wird man es sowieso müssen . . ."

„Willst du es denn nicht wissen?"

„Doch. Und gleichzeitig habe ich Angst. Wenn man mir nichts gesagt hat, so heißt das, es ist kein Grund, besonders stolz darauf zu sein!"

„Und doch haben die Mitglieder deiner Familie alles, was man braucht, um glücklich zu sein. Zumindest von der Warte des Außenstehenden aus!"

„Ganz falsch! Ihre Erfolge machen ihnen zuviel Appetit. Echten Heißhunger auf weitere Siege. Sie sind wie Kannibalen, sie müssen ständig etwas oder jemanden fressen. Und wenn sie niemanden finden, fressen sie sich gegenseitig auf!"

„Findest du das nicht schrecklich, so viel Geld zu haben und sich zu langweilen?"

„Man soll nicht zu viel haben. Es gibt nur eine Wahl. Leben oder Geld, Liebe oder Geld. Zusammen geht es nicht! Also, genug jetzt, wir wollen über die Inseln fliegen."

Achilles flog seit seinem sechzehnten Lebensjahr. Manchmal schaltete er über dem Meer die automatische Steuerung ein und liebte sie im Himmel.

„Ich frisiere mich noch!"

„Beeil dich! Ich will den Sonnenuntergang nicht versäumen!"

„Mein Herr, ich habe Sie einzig deshalb empfangen, weil meine Tochter darauf bestanden hat. Ich verhehle Ihnen nicht, daß ich es nur mit Widerwillen tue. Sie werden darüber hinaus verstehen, daß ich unter den gegebenen Umständen nur über wenig Zeit verfüge."

Für Dun war dieser aggressive und beleidigende Empfang eine kalte Dusche. Sicher, er hatte sich nicht erwartet, daß der Grieche ihn an sein Herz drücken und ihm „In meine Arme, Schwiegersohn!" entgegenrufen würde, aber trotz allem hatte er auf etwas mehr Höflichkeit gehofft. Ob dieser alte Besserwisser es nun wollte oder nicht, in gewisser Hinsicht gehörte er schließlich doch zur Familie und würde sich nicht hinausbluffen lassen.

„Können Sie mir sagen, was Sie gegen mich haben?"

„Nun, mein Herr, zur Sache! Meine Gefühle haben hier nichts verloren. Was wünschen Sie von mir?"

Dun war leicht aus der Fassung geraten. „Hat Maria Ihnen denn nicht gesagt . . .?"

„Was? Daß sie mit Ihnen schläft? Ich bedaure es, aber was kann ich daran ändern? Sie hat sich immer schon in Phantasmen verliebt, ein Torero, ein Autorennfahrer, ein Botschaftssekretär . . . und jetzt Sie!"

„Die Vergangenheit interessiert mich nicht."

„Wenn man sie kennt, kann das für die Zukunft sehr aufschlußreich sein."

„Ihre Belehrungen interessieren mich auch nicht. Ich war gekommen, Sie um die Hand Ihrer Tochter zu bitten. Angesichts Ihres Verhaltens setze ich Sie einfach davon in Kenntnis, daß ich sie heiraten werde."

„Herzlichen Glückwunsch. Ich nehme an, Sie sind gekommen, um sich etwas Geld für das Hochzeitskleid auszuleihen."

„Mein Herr, ich gestatte Ihnen nicht . . ."

„Blasen Sie sich nur nicht auf! Sie sind nichts als ein alter, verkommener Playboy, der für seine alten Tage einen Unterschlupf sucht!"

„Genug jetzt! Haben Sie sich in den Spiegel gesehen?"

Der Grieche kam drohend auf Dun zu und packte ihn am Aufschlag seines Sakkos, einem Wunderwerk von Ciffonelli in Rom, die Rechnung war erst voriges Monat gekommen. „Hören Sie mir jetzt zu. Wenn Sie also diese arme Maria heiraten werden, möchte ich Ihnen vorher etwas sagen. Sie sind ein mickriger Verbrecher, ein Spezialist für mondäne Arsch- und Schlüssellöcher . . . ein Gigolo. Ich habe Sie vor zwanzig Jahren aus einem einzigen Grund nicht umlegen lassen, als Sie indirekt den Tod meiner Mutter verschuldet haben, weil ich mir die Hände nicht mit dem Blut eines verfaulten Schreiberlings beschmutzen wollte!"

Raph fühlte, wie das erwähnte Blut aus seinem Gesicht wich. Wie konnte der Grieche erfahren haben, daß er Kallenbergs Bericht über die alte Tina verfaßt hatte? Er stammelte: „Was erzählen Sie da? . . . Was sagen Sie? . . . Ihre Mutter? . . ."

„Raus mit dir, du Schwein! Solange sie mit dir zusammen ist, bekommt sie nicht einen Groschen von mir, nichts! Nicht einen Groschen! Und du nimm dich in acht! . . . Ich warne dich! . . . Was damals nicht geschehen ist, könnte dir heute passieren, morgen, irgendwann! . . . Ein Unfall! Wer wird dir schon nachweinen, bei all dem Dreck, an dem du schuld bist?"

Raph kannte den Griechen nur als legendären Weiberhelden und millionenschweren Unternehmer. Und da hatte er plötzlich ein Raubtier vor sich, einen lupenreinen Gangster, der sich der Ausdrucksweise der Hafenzuhälter bediente. Er versuchte ein letztes Mal, zu retten, was ihm noch an Würde verblieben war: „Mein Herr . . . Was Ihre Mutter angeht . . ."

„Hau ab!"

„Und Maria . . ."

„Hau ab!"

35

„Achilles, bist du es? Hier ist Hermann, dein Onkel . . ."

„Ja . . .?"

„Kannst du mich verstehen?"

„Ja."

„Dann hör zu, es ist etwas Ernstes. Ich habe beschlossen, mit dir zu sprechen. Jetzt, wo meine Frau tot ist."

„Ich höre."

„Dein Vater ist ein Schweinehund, verstehst du?"

„Ja."

„Hat er dir je von deiner Großmutter erzählt?"

„N . . . nein."

„Du bist nicht neugierig, Achilles! Als du noch klein warst und auf meinem Schiff gespielt hast, warst du es mehr. Wir haben dich sehr gern gehabt, Irene und ich, weißt du. Frag deinen Vater, warum er seine Mutter hat verhungern lassen! Frag ihn auch, wie sie gestorben ist! Weißt du, wie sie begraben wurde?"

„Nein."

„Dein Vater wird sich eine Freude daraus machen, es dir zu erzählen! Und noch etwas, Achilles . . . Deine Tante hat dich vergöttert. Und jetzt, wo sie tot ist, möchte ich, daß du weißt, daß sich für dich nichts geändert hat. Wenn du etwas brauchst, einen Rat, Geld, Hilfe, ich bin immer da, du kannst auf mich zählen. Ich weiß, wie ungerecht dein Vater zu dir ist, ich meine in bezug auf Joan. Du siehst, ich weiß davon. Vergiß es nicht! Das geringste Problem, und Kallenberg kommt dir beistehen!"

„Danke, Onkel."

Achilles legte auf. Plötzlich stimmte im Leben etwas nicht mehr. Zu viel Widersprüchliches, Ermüdendes, Erniedrigendes – in zu kurzer Zeit. Irenes Begräbnis war vor einem Monat erfolgt, und sein Vater hatte Raph Dun vor die Tür gesetzt, diesen oberflächlichen, marionettenhaften Schürzenjäger, der bis zum Hals in Schulden steckte und wahnsinnig von sich eingenommen war.

Das gleiche hatte Sokrates bei Achilles versucht, als könnte man Joan mit dieser Marionette vergleichen! Bisher hatte er alles getan, um sie zu trennen: Einschüchterungen, Erpressung, Drohungen, ihn zu enterben. Er hatte sogar versucht, Joan zu kaufen! Joan, die sich mit Wasser und Brot zufriedengegeben hätte, nur um ihn nicht zu verlieren.

Achilles hatte heimlich eine Lebensversicherung zugunsten von Joan abgeschlossen. Wenn ihm etwas zustieß, würde sie für den Rest ihres Lebens keine Geldsorgen mehr haben. Natürlich hatte er es ihr nicht gesagt. Er fürchtete, sie könnte böse werden, wenn er ihr die unglaubliche Summe eingestehen mußte, die er gezahlt hatte.

Er sah auf die Uhr. Zeit zu gehen. Er war betrübt, wenn er an das Treffen dachte, das sein Vater ihm aufgezwungen hatte. Betrübt, ihm einmal mehr nein sagen zu müssen. Betrübt auch, daß Sokrates nichts an seiner Liebe für Joan begriff. Niedergeschlagen, die häßlichen Andeutungen seines Onkels bis zum Ende angehört zu haben.

Alle diese Geschichten waren letztklassig, sie gingen ihn nichts an. Er hatte nie jemanden verraten, er hatte nie gelogen, er hatte nicht darum gebeten, zu sein, was er war. Sollten sie ihn doch in Ruhe lassen!

Es kam zu einem langen Schweigen. Nur ihre Blicke trugen einen stillen Kampf aus. Jeder der beiden hatte, wenn auch aus verschiedenen Gründen, den Eindruck, daß der bevorstehende Kampf entscheidend war, daß keiner nachgeben würde: Achilles, weil er sich als Mann beweisen mußte; Sokrates, weil er es ablehnte, die über diesen einzigen Sohn so schwer erkämpfte Autorität aufzugeben, aus dem er seinen Nachfolger und Alleinerben zu schaffen gedachte.

Auf den stummen Wink seines Vaters hin hatte Achilles sich in den Fauteuil gesetzt, der vor dem übergroßen Schreibtisch stand. Er fand, daß sein Vater hinter diesem Tisch winzig aussah.

Der Grieche brach das Schweigen. „Armleuchter!"

Achilles reagierte nicht. Er wühlte in seiner Rocktasche herum, in der sich zwei Briefe von Joan befanden.

„Du hältst dich wohl für einen Mann, weil du mit einer Frau ins Bett gehst, die deine Mutter sein könnte!"

Achilles entgegnete ruhig: „Du heiratest auch Frauen, die deine Töchter sein könnten!"

Der Schlag kam so unerwartet – nie hatte Achilles es gewagt, in diesem Ton mit ihm zu reden –, daß Sokrates ihn wortlos einsteckte und weitersprach: „Sie ist nicht nur alt, geschieden und verbraucht, sondern du hältst sie auch noch aus!"

Was nicht stimmte. Achilles zog es vor, ungerührt zu bleiben und ihn herauszufordern: „Mein Gott, das muß in der Familie liegen."

Der Grieche sprang auf und brüllte ihn an: „Wirst du jetzt das Maul halten! Du bist ein blöder Kerl! Und sie hält dich auch für einen Idioten! Sie macht sich über dich lustig! Ich weiß alles! Die Versicherung, alles! Du bist wohl verrückt? Glaubst du, ich werde zulassen, daß mein Sohn für eine Hure das Geld beim Fenster hinauswirft, das ich so mühsam verdient habe!"

Achilles erlebte alles wie im Traum, sah, wie ein anderer an seiner Stelle seinem Vater die Stirn bot und ihm offen ins Gesicht sagte, was er nicht einmal heimlich zu denken gewagt hatte. Er hörte, wie dieser andere ruhig antwortete: „Eigentlich frage ich dich auch nicht, für wen du dein Geld ausgibst."

Sokrates blieb die Luft weg. „Was sagst du? Seit wann bin ich dir Rechenschaft schuldig? Halte ich dich aus, oder kommst du für mein Leben auf?"

„Vielleicht hältst du mich aus, aber ich lebe nicht nur von Geld allein!"

„Du armes kleines Würstchen! Wenn du ohne Geld dastündest, würdest du deine Joan keine zehn Minuten behalten!"

„Versuch doch einmal, selbst arm zu sein! Du wirst schon sehen, ob du Peggy behalten würdest!"

Der Grieche legte eine Pause ein. Er war wie versteinert. „Was soll das heißen?" fragte er schließlich.

„Nichts. Ich weiß, was ich damit gemeint habe."

Unter dem Schock wurde Sokrates' Gesicht um Jahre älter. Achilles fühlte Mitleid in sich aufsteigen, als er sah, wie der Alte seinen Kopf in beide Hände stützte und vor sich hinstarrte.

„Papa . . .“

Der Grieche antwortete nicht.

Achilles wiederholte: „Papa . . .“

Sokrates begann langsam zu reden, so als spräche er zu sich selbst: „Deine Schwester läßt sich mit einem Gigolo ein. Sie ist ein Mädchen. Aber du, du bist mein einziger Sohn. Ich habe es mir anders vorgestellt. Ich habe andere Pläne für dich gehabt . . .“

„Es tut mir leid, Papa. Aber ich kann nicht dein Leben für dich leben, und du nicht meines für mich. Aber das ist noch nicht alles . . .“

Der Grieche sah überrascht auf.

„Es ist das erste Mal, daß wir so ein Gespräch miteinander haben. Und ich möchte, daß es das letzte bleibt. Ich wünschte mir, ein für alle Mal alles zu klären.“

„Was meinst du?“

„Jahrelang haben wir uns Fragen gestellt, Maria und ich. Du warst ständig auf Reisen. Mama war nicht sehr oft zu Hause. Manchmal haben wir die Dienstboten tuscheln gehört. Wir taten, als bemerkten wir nichts. Eigentlich wollten wir gar nicht hören. Nur Gesprächsfetzen, Bemerkungen, aber sie machten uns neugierig. Ich bin vierundzwanzig, und es ist mir klar, daß du dein Vermögen nicht hast erwerben können, indem du dich wie ein Chorknabe benommen hast. Ich kann es mir denken, Papa, aber ich muß es wissen, du mußt es mir sagen. Es ist zu wichtig, ich kann so nicht mehr leben . . .“

Der Grieche bedeutete ihm fortzufahren: „Weiter.“

„Ich möchte, daß du mir von meiner Großmutter erzählst.“

„Wozu? Maria und du, ihr wart zwei Jahre alt, als sie starb.“

„Eben. Wenn du willst, sage ich Maria nichts, aber mir mußt du es sagen. Unter Männern.“

Der Grieche nickte und murmelte bitter: „Unter Männern . . .“

Achilles hörte sich sprechen: „Warum hast du sie verhungern lassen?“

Der Grieche wurde brutal aus seinen Träumen gerissen. „Wer hat dir diesen Unsinn erzählt?“

„Das tut nichts zur Sache.“ Achilles blieb ruhig, seine Stimme klang so, als ginge ihn das alles nichts an. „Stimmt es?“

Sokrates schwieg.

Achilles ließ nicht locker. „Stimmt es, Papa?"

„Ja, es stimmt!" brüllte der Grieche. „Na und?"

„Warum hast du sie verhungern lassen?"

„Was geht das dich an! Was glaubst du eigentlich? Hast du eine Ahnung, was ich habe machen müssen, um das zu werden, was ich jetzt bin? Glaubst du, das ist von allein gekommen? Ich war arm, als ich geboren wurde! Ich habe Schreckliches erlebt! Du hast nur auf die Welt zu kommen brauchen, und jetzt hast du die Frechheit, von mir Rechenschaft zu fordern, dich als Richter hinzustellen! Meine Vergangenheit geht dich nichts an! Weder dich noch sonst jemanden! So, und jetzt geh! Geh zu wem du willst, mir ist es egal. Recht geschieht mir!"

„Papa . . ."

„Laß Papa aus dem Spiel! Wenn du schon den erwachsenen Mann spielen willst, dann komm allein zurecht!"

Achilles' unaufdringliche Stimme formulierte einen schrecklichen Satz: „Selbst wenn ich allein zurechtkommen müßte, ich würde dich nie verhungern lassen."

Der Grieche nahm es wortlos hin, aber er sah seinen Sohn durchdringend an, bevor er anhob: „Gut! Du bestehst darauf, jetzt wirst du also alles erfahren! Es gibt gewisse Vorkommnisse, die ich dir ersparen wollte! Also gut! Wenn wir schon beim Großreinemachen sind! . . . Hör mir jetzt gut zu! Du sollst erfahren, aus was für einer berühmten Familie du stammst! Vielleicht weißt du es nicht, da du ja die amerikanische Staatsbürgerschaft besitzt, aber ich bin in den Armenvierteln von Smyrna geboren . . . In einer Holzbaracke, ohne Fenster und mit einer geteerten Leinwand als Dach . . . In der Türkei behandelte man die Griechen wie die Juden Kleinasiens . . . Ausländer, Fremdlinge! Die Griechen aus Griechenland spien vor uns aus, weil wir das Land verlassen hatten, aber wir mußten eben zu fressen finden, nicht wahr . . . Und die Türken haßten uns, weil wir in ihrem Land so zahlreich waren! Von Zeit zu Zeit paßten ihnen unsere Visagen nicht mehr, und sie massakrierten uns! Seit Jahrhunderten waren wir in allen Kriegen die Puffer! Bei der geringsten Streitigkeit zahlte die griechische Kolonie für das zerbrochene Porzellan! In dem Alter, wo du von mir das erste Segelboot bekamst, mit sechs, mußte ich mit ansehen, wie vier meiner Onkel gehenkt wurden! . . . Die Brüder meines Vaters! . . . Aber das ist nicht

alles! Wenn man nicht ermordet wurde, krepierte man eben vor
Hunger oder an einer Krankheit! Wir waren so arm, daß meine
Mutter für unser Fressen einen Kohlkopf in den Kessel
schmiß! ... Suppe nannten wir das! ... Und es reichte für drei
Tage! ... Ich habe mir damals geschworen, Rache zu üben! Nie
wieder arm zu sein, nie wieder! Alles zu tun, um dem zu
entgehen, dem langsamen Tod und den Massakern! ..."

Der Grieche schwieg erschöpft. Achilles saß völlig unbeweglich. Sein Gesicht war verkrampft. Er war totenbleich. Er wagte
es nicht mehr, Fragen zu stellen. Mit eintöniger und gebroche-
ner Stimme fuhr sein Vater fort: „Mit zwölf bin ich ausgerissen,
auf einem dreckigen Frachter ... Schiffsjunge war ich. In der
Küche Kartoffeln schälen und als Entlohnung einen Tritt in den
Arsch ... Drei Jahre hat es gedauert, und es war nicht
leicht! ... Eines Tages haben wir in Venezuela eine Zwischenlandung gehabt ... Ich bin nicht mehr an Bord gegangen ...
Vielleicht haben sie es gar nicht bemerkt, ich weiß es nicht ...
Ich stand in Caracas, ohne einen Groschen Geld, aber mit dem
Verlangen, eines zu verdienen ... Acht Jahre später habe ich
meine erste Million gefeiert! In Dollars! ... Und es war nicht
leicht! ... Alles habe ich getan! ... Dreimal die Woche habe
ich überhaupt nicht geschlafen, ich habe eine Nacht- und eine
Tagarbeit gehabt ... Ich habe viele Leute kennengelernt ...
Ich erzähle dir das ein anderes Mal, in Ruhe ... Ja, es stimmt,
als man deine Großmutter begraben hat, hatte ich sie seit
dreißig Jahren nicht mehr gesehen ..."

„Wo ist sie begraben?"

„Das Meer ist ihr Friedhof. Sie hatte es immer so gewollt. Ihr
Wunsch war, daß ihre Asche vor der griechischen Küste in die
See gestreut werde ... Das Schicksal hat es gewollt, daß sie,
einmal nach Griechenland zurückgekehrt, ihr Dorf nur noch
einmal verlassen hat; um in Paris zu sterben ... Im ‚Ritz'! Was
ich dir jetzt erzähle, weiß in der Familie jeder; deine Mutter,
manche meiner Angestellten und dieses Schwein Kallenberg. Er
ist schuld an ihrem Tod!"

Achilles gestand schüchtern: „Er hat mir gesagt, ich soll dir
über sie Fragen stellen ..."

„Ich wußte es. Er wollte sich rächen."

Achilles schämte sich. Gleichzeitig war er wütend. Er
schluckte mühsam. „Papa ..."

„Ja?"

„Du sagst, du hast meine Großmutter . . . dreißig Jahre lang nicht gesehen gehabt?"

„Ja, es stimmt. Du willst wissen, warum? Und wenn ich dir sagte, ich habe recht getan, ohne dir zu erklären, warum, würdest du mir glauben?"

„Ja. Aber ich will es wissen."

„Gut. Nun, als ich sechs war . . ."

Der Grieche zögerte, schwieg, es war furchtbar für ihn, dieses plötzliche Auftauchen von Erinnerungen, die er in alle Ewigkeit verdrängt zu haben glaubte und die ihn jetzt bestürmten. Er war der letzte, der diese gräßliche Sache noch wußte. Alle anderen Zeugen waren tot. Er räusperte sich, senkte den Kopf und sprach unter unsagbaren Leiden weiter: „Als ich sechs war, sie hatten meine Onkel aufgehängt und meinen Vater verprügelt, habe ich die Türken meine Mutter vergewaltigen sehen, vor mir . . . vor meinen Augen . . . Sie waren dreißig, mindestens. Sicher, ich war noch ein Kind, aber später, wenn ich sie ansah, jedesmal wenn ich sie sah, hörte ich ihre Schreie, immer wieder. Ich hatte so gewünscht, sie wäre tot. Ich konnte sie nicht mehr ansehen, verstehst du mich?"

Erschüttert erhob sich Achilles aus seinem Fauteuil, drückte schweigend die Hände seines Vaters, dem die Tränen über die Wangen liefen, und flüchtete aus dem Raum. Wie ein Verrückter.

Als er auf dem Privatflugplatz ankam, versuchte Achilles, sich ein normales Gesicht zurechtzulegen. Er zog die Handbremse seines Wagens an und ging die paar Schritte, die ihn von einem langgestreckten getünchten Gebäude trennten. Hier würde er die Antwort auf die Fragen finden, die er sich stellte. Er öffnete eine als „Direktion" gekennzeichnete Tür, durchquerte ein von Sekretärinnen bevölkertes Vorzimmer und trat ein. Er hatte Glück, Jeff war allein. Jeff war einer der ersten Piloten des Griechen gewesen und hatte ihm die Treue bewahrt. Er leitete jetzt eine auf Flugtaxis spezialisierte Filiale der Fluggesellschaft von Satrapoulos. Er hatte Achilles den ersten Flugunterricht erteilt. Achilles bemühte sich, die Bewegung seiner Stimme zu verbergen. „Jeff! Ich brauch' was von dir . . ."

„Schieß los!"

„Sind wir Freunde?"

Der alte Pilot lächelte: „Brauchst du Geld, oder wirst du von einem eifersüchtigen Ehemann verfolgt?"

„Hast du meinen Vater geflogen, als man die Asche meiner Großmutter ins Meer versenkt hat?"

Jeffs Gesicht verschloß sich augenblicklich. Er hatte strikte Anweisung, nie von diesem Ereignis zu sprechen. Zu niemandem. Er vergötterte Achilles, aber vor seinem Vater hatte er wahnsinnige Angst. Was tun? Er sah krampfhaft an dem Jungen vorbei und wich aus: „Wer hat dir das gesagt?"

„Ach, Jeff, ich bin doch kein Idiot! Ich bin nicht mehr sechs! Seit Jahren schon weiß ich es! Papa hat mir alles erzählt, wie ich großjährig geworden bin!"

„Es ist schon so lange her. Ja, vielleicht war ich es, damals."

„Also gut! Ich sehe, daß du noch mißtrauisch bist . . ."

„Du hast gewonnen! Also schieß los! Was willst du wissen?"

„An welcher Stelle hat man die Asche ins Wasser gestreut?"

„Warte . . . Da, komm her."

Er ging hinter seinen Schreibtisch und stellte sich vor eine Landkarte, die die gesamte Wand einnahm.

„Siehst du diesen Punkt an der Küste, hier? Kennst du die Stelle?"

„Ja, die habe ich schon überflogen."

„Von da sind wir weg von der Küste. Dein Vater wollte, daß wir ziemlich tief und mit gleichbleibender Geschwindigkeit fliegen, direkt nach Westen."

„Wie hoch war die Geschwindigkeit?"

„Wir flogen mit dem Hubschrauber. Sagen wir, hundert Meilen."

„Und wie lange?"

„Das weiß ich noch. Eine halbe Stunde. Was hast du eigentlich vor?"

„Ich muß die Bonanza testen, für die Einstellung. Ob da oder woanders. Ich habe mir gedacht, vielleicht finde ich den Ort. Wenigstens fliege ich nicht blind herum."

„Fliegst du jetzt?"

„Ja."

„Wann kommst du zurück?"

„Eine Stunde, oder zwei. Nur hin und zurück."

„Dann ist es zu spät, daß ich jetzt die Mechaniker draufhetze. Gib auf den Windmesser acht, ich glaube er spielt verrückt."

„Ja, ich sehe es mir an. Also bis nachher. Und – danke!"

„Bis nachher! He! Fliegt Joan mit dir?"

„Nein, ich fliege allein."

„Soll ich mitkommen?"

„Nein, Papa. Danke!"

Dreiviertel Stunden später überflog Achilles die unwirtliche Gegend, von der vor einundzwanzig Jahren der Leichenzug gestartet war, um aufs offene Meer zu gelangen. Er kreiste eine Weile über den wenigen Häusern des Dorfs. Dann drehte er ab und überflog das felsige Kap. Unter sich erblickte er die Gestalt eines Hirten, der ein paar zwischen den Gesteinsbrocken verstreute Schafe hütete. In zwei Stunden würde es Nacht sein. Er stellte den Antrieb ein, bis der Tacho hundert Meilen anzeigte, und nahm die rotgoldene Sonne zum Ziel, die sich bereits dem Horizont näherte. Er saß steif in seinem Sitz und begann an die Vergangenheit zu denken, die man ihm verheimlicht hatte. Jetzt, da er allein war, ließ er endlich den Gefühlen freien Lauf, die er während der Erzählung seines Vaters nicht hatte zeigen wollen. Man glaubt sich sicher, geschützt, alles problemlos, und dann muß man feststellen, daß die Vergangenheit chaotisch war, voll mit Tränen, Wahnsinn, Mord, Vergewaltigung und Blut. Er hatte nicht solche Erfahrungen hinter sich, nicht die gleichen Kämpfe und verstand nur schlecht, daß Menschen sich zerfleischen konnten, um eine Macht zu erlangen, die eher dem Bereich der Einbildung als der Realität zuzurechnen war. Die Realität, das waren nicht abstrakte Bilanzen, die Bewunderung der Mitmenschen oder die Tonnenzahl des auf allen Weltmeeren transportierten Erdöls. Die Realität: das war die Sonne, das waren die Wellen, der Sand, Joans Haar.

Er flog seit dreißig Minuten. Hier war es. Er drehte enge Kreise um die Stelle und drosselte die Geschwindigkeit so weit es ging. Er flog so tief, daß er die kleinen Wellenkämme fast berührte und stellte sich mit aller Kraft vor, was hier, genau an dieser Stelle, geschehen war, als er noch in der Wiege lag. Er sah seinen Vater vor sich, seine Mutter. Einmal, sie hatte ein weißes Kleid angehabt und ihn dennoch lachend in die Arme geschlossen, obwohl er schlammbedeckt gekommen war. Er sah auch die Asche, die im Wind zerstob. Die Tränen kamen ihm.

„Scheiße!"

Der Motor spuckte plötzlich! Der rechte Flügel seiner Maschine durchpflügte das Meer. Achilles riß die Bonanza in die Höhe, sie stieg ein paar Meter auf, trudelte hilflos ab und stürzte kopfüber in die See.

Sie schlug so schnell auf, daß Achilles keine Zeit blieb, seine Gurte zu lösen oder ein SOS zu senden.

Scheinwerfer tasteten die Nacht ab und hängten gespenstische Lichtreflexe auf die Wellenkämme. Vier Stunden dauerte die Suche nun bereits. Das Meer war von Schnellbooten bedeckt, die ein Meldeschiff der Seestreitkräfte umkreisten, während Wasserflugzeuge und Hubschrauber in einem Umkreis von mehreren Meilen die Wasserfläche absuchten. Manche der Maschinen flogen ganz knapp über dem Meeresspiegel, hielten nach dem geringsten Anzeichen Ausschau, Ölflecke, Wrackteile, das Auskunft geben konnte über die Absturzstelle.

Es stand außer Frage, daß die Bonanza nicht über dem Festland abgestürzt war. Suchmannschaften hatten jeden Teil von Achilles' Flugroute genau ausgeforscht. In jedem der umliegenden Dörfer war die Gendarmerie angewiesen worden, das Land abzusuchen: Niemand hatte etwas gesehen, gehört oder gefunden. Nur ein Hirte, Spiro nannte er sich, wollte kurz vor Sonnenuntergang ein Flugzeug gesehen haben, das über seiner Herde kreiste und dann westwärts auf die offene See hinausflog. Soldaten der Luftwaffe hatten ihn aus seiner Hütte geholt, und er hatte ihnen die von der Maschine eingeschlagene Richtung gezeigt.

Jeff hatte Alarm geschlagen. Als Achilles nicht rechtzeitig zurückkehrte, wurde er ängstlich. Trotzdem hatte er zwei tödliche Stunden abgewartet, bevor er in seiner Wahnsinnsangst den Griechen benachrichtigte. Er hatte ihm Wort für Wort das Gespräch wiederholt, das er mit seinem Sohn geführt hatte. Nicht einen Augenblick hatte er an sein eigenes Schicksal gedacht, nicht ein einziges Mal in Erwägung gezogen, daß sein Geständnis ihn seine Karriere kosten konnte. Jeff liebte Achilles. Als der Junge vierzehn war, hatte er ihm als Mentor, Amme, Berater und Leibwächter gedient, alles zugleich, und ihm sogar mit der Sorgfalt einer eifersüchtigen Mutter die ersten

Mädchen ausgesucht. Viel war ihm da allerdings nicht mehr beizubringen gewesen.

Als der Grieche die Katastrophe erfuhr, brach seine kämpferische Natur durch. Er hatte augenblicklich die Suche auf nationaler Ebene organisiert und war in seinen Hubschrauber gestiegen, um die Einsätze persönlich zu leiten. Er nahm an, die Bonanza habe auf offener See eine Havarie gehabt. Aber sein Sohn war ein zu guter Pilot, um sein Leben dabei zu lassen. Achilles mußte es einfach gelungen sein, eine Bauchlandung hinzulegen und sein Flugzeug noch vor dem Absacken zu verlassen. Auch das Schweigen des Bordfunkgeräts bestärkte ihn in dieser Annahme: Der Junge hatte keinen Augenblick damit verloren, eine Nachricht durchzugeben. Und nun mußte er irgendwo auf dem Meer sein und darauf warten, daß seine Retter ihn fanden. Und da sah der Grieche erst recht keine Gefahr: Achilles war ein außergewöhnlich guter Schwimmer, der sich stundenlang über Wasser halten konnte. Aber wo?

Um fünf Uhr früh wurde es hell. Blauschimmernder Nebel schien vom Meer Besitz zu ergreifen. Wenig später, fast ohne Überleitung, tauchte die Sonne in einer goldenen Wolke auf.

Um acht Uhr hatte man noch nichts gefunden.

Um zehn Uhr erhielt das an Bord des Meldeschiffs installierte Hauptquartier von einem Jagdflugzeug folgende Nachricht: „Ölfleck gesichtet. Position . . ." Es folgten die genauen Angaben. Die Schnellboote nahmen Kurs auf die Stelle. Auf einer hundert Meter langen Fläche bildete das Öl eine kreisförmige flüssige Kruste schwarzer, violetter und grünblauer Flecken. Die Suchschiffe waren alle eingetroffen. Der Grieche verlangte, man solle ein Lot ablassen, um die Wassertiefe festzustellen: fünfzehnhundert Meter. Damit war es praktisch unmöglich, ein Wrack flottzumachen, selbst im unwahrscheinlichen Fall, daß man es hätte orten können.

Da es für Sokrates undenkbar war, daß Achilles sich im Wrack befand, mußte er eben anderswo sein. Die anwesenden Offiziere wechselten einen undefinierbaren Blick, und der Kapitän gab Befehl, die Suche an der Wasseroberfläche fortzusetzen.

Der Grieche fegte die schüchternen Einwände mit einer Handbewegung beiseite und forderte die Bereitstellung der riesigen Maschinerie, die zur Bergung des Wracks nötig war.

„Es wird viel Zeit kosten . . .“

„Dann verlieren Sie sie nicht beim Reden! Fangen Sie gleich an, arbeiten Sie Tag und Nacht!“

Schlepper legten von der Küste ab und zogen schwimmende Docks mit riesigen Kränen in ihrem Kielwasser hinterher. Man wußte nicht, ob sie je etwas an die Oberfläche würden ziehen können, aber jedenfalls waren sie im Anmarsch. An der Absturzstelle installierten die Pioniere der Kriegsmarine ihre Radargeräte und die Tiefenmesser. Auf mehreren Kilometern Länge patrouillierte eine Unzahl von Aufklärern auf der Suche nach dem Schiffbrüchigen.

Als die erste Nacht hereinbrach, war Achilles noch immer nicht gefunden worden. Man beschloß daher, die Suche im Licht riesiger Scheinwerfer fortzusetzen. In der Zwischenzeit versuchten Spezialisten vergeblich, das Wrack zu orten. Der Grieche war überall gleichzeitig. Er hatte seit achtundvierzig Stunden nicht geschlafen. Im Verlauf seines Lebens hatte er ganze Nächte ruhelos verbracht, jetzt erschienen ihm diese Anstrengungen nur unbedeutend und lächerlich. Die gräßliche Angst, die er ausstand, gab ihm das Verständnis für die Relativität der Dinge zurück: der echte Schatz, den man vernachlässigte, weil man ihn als selbstverständlich betrachtete, war das Leben.

Mitten in der Nacht, gegen vier Uhr früh, brachte man ihm eine Botschaft. Er verzog sein Gesicht zu einer Grimasse, als er sie las. Sie war von Kallenberg:

„Äußerst besorgt. Stehe ganz zu deiner Verfügung, was immer du benötigst! Mit Leib und Seele. Hermann.“

Der Grieche zerknüllte das Papier völlig teilnahmslos zu einem Kügelchen, er warf es nicht einmal weg. Es fiel ihm einfach aus der Hand.

Bei Anbruch des zweiten Tages kam Peggy zu ihm. Sie war entsetzt, als sie seine Blässe sah, den zwei Tage alten Bart und die roten Äderchen in seinen Augäpfeln, die sichtbar wurden, wenn er seine Brille abnahm, um sie zu putzen. Sie bestand darauf, daß er sich ein wenig ausruhe. Er antwortete ihr mit abwesendem Blick, er werde daran denken.

Dann begab sich Sokrates zum Leiter der Suchaktion und ersuchte ihn unter dem Vorwand, seine eigenen Geräte seien eingetroffen, die Operation abzublasen. Aber der Offizier wollte nichts davon hören und gab lediglich kurz zur Antwort, die griechische Regierung habe dem Reeder nichts zu versagen. S. S. zuckte die Achseln. Ohne Peggy zu bemerken, die sich an seinen Arm geklammert hatte, stieg er in seinen Hubschrauber. Als Jeff abhob, war der Grieche bereits in tiefen Schlaf gefallen.

36

Am Nachmittag des dritten Tages ortete man das Wrack des Flugzeugs. Der Grieche war an Bord seiner Privatmaschine auf dem Flug nach Portugal, als er die Nachricht erhielt. Der Steward, der sie ihm überbrachte, bekam Anweisung, alles in die Wege zu leiten, um die Reste der Bonanza so schnell als möglich an die Oberfläche zu hieven. Er war sicher, daß Achilles' Körper sich nicht darin befand. Daß man ihn noch nicht gefunden hatte, bedeutete nicht unbedingt, daß er das Leben verloren hatte. Schiffbrüchige hatten schon zwei Wochen ohne Lebensmittel und Wasser auf hoher See verbracht, und unter wesentlich schlechteren Wetterbedingungen.

Jedenfalls würde er dann wissen, woran er war. Bevor er das Haus des Propheten betrat, wiederholte er dem Chauffeur seine Anweisungen: Er solle sofort geholt werden, sobald ein Anruf für ihn einträfe. Als zusätzliche Sicherheitsmaßnahme hatte er der Bergungsmannschaft drei Möglichkeiten gelassen, ihn ständig zu erreichen: Über Funk an Bord seiner Mystère XX, oder per Telefon, entweder im Wagen, auf dem Weg zwischen dem Flughafen und Cascais, oder im Haus des Propheten.

Er trat in den kleinen Salon ein, vor dessen Fenstern man das Meer glitzern sah. Wortlos drückte ihm der Prophet lange die Hände. Der Grieche setzte sich und nickte stumm.

„Die Karten!"

Seidig glitten sie über die nachtblaue Bespannung des Tisches. S. S. sah ihnen wie hypnotisiert zu. Er erwartete sich nichts anderes als die Entscheidung, die sie nach seinem Beschluß zu fällen hatten: Achilles lebte! Das Schweigen dauerte an. Der Grieche wurde nervös: „Also?"

„Es ist nicht viel Hoffnung ...", erklärte der Prophet vorsichtig.

„Wer spricht von Hoffnung? Ich will von Ihnen nicht ein Vielleicht! Ich verlange ein Ja oder ein Nein! Und ich weiß, daß es ja ist! Reden Sie schon!"

„Sie wissen, daß nicht ich hier spreche . . ."

„Ist mein Sohn tot oder nicht?"

In den fünfundzwanzig Jahren, die er den Griechen nun schon kannte, hatte der Prophet ihn nie seine Beherrschung verlieren gesehen. Aber jetzt fühlte er, daß er am Explodieren war, zu allem bereit. Vor allem durfte man ihm nicht direkt entgegentreten, Öl auf den Wogen, viel Öl. Achilles war nicht mehr in dieser Welt. Es war dem Propheten schon untergekommen, daß er sich irrte, und er wünschte nichts sehnlicher, als daß es diesmal der Fall wäre. Aber nein, es war nicht möglich, zu zahlreich waren die Indizien, die einander ergänzten und überschnitten. Das ganze Kartenpaket stank nach Tod, er hing im Raum, klammerte sich an die Gewänder seines Besuchers. Wie sollte er es ihm beibringen?

„Hören Sie zu . . . Warten Sie noch ein wenig . . . Ich kann mich nicht festlegen . . . Sie müssen wissen . . . Es sind da noch andere Dinge, die Sie berühren . . . Drohungen . . ."

Der Grieche preßte die geballten Fäuste auf die Tischplatte: „Ich stelle Ihnen die Frage jetzt zum allerletzten Mal: Lebt Achilles, ja oder nein?"

Den letzten Teil seines Satzes hatte er herausgeschrien. Der Prophet zögerte drei lange Sekunden und entschloß sich, die Wahrheit zu sagen, *seine* Wahrheit: „Ich fürchte, nein."

Satrapoulos sprang wie von einer Tarantel gestochen auf. Der Stuhl krachte hinter ihm auf den Boden. Mit einer einzigen Handbewegung fegte er über den Tisch. Die Karten flatterten zu Boden. Der Prophet stellte zu seinem Entsetzen fest, daß selbst auf dem Parkett der Tod obenauf zu liegen kam. Der Grieche brüllte: „Sie Scharlatan! Ich will ihn nicht, Ihren Tod! Nichts verstehen Sie davon, gar nichts! Achilles lebt!"

Der Prophet war wie betäubt. Er wagte keine Bewegung, sagte kein Wort. S. S. drehte sich um und rannte wie ein wildes Tier aus dem Salon. Eine Idee hatte Gestalt angenommen. Wenn er nicht mehr auf die Hilfe der Hellseher rechnen konnte, so würde er eben die Gnade der Religion in Anspruch nehmen: Die orthodoxe Kirche konnte ihm kein Wunder abschlagen! Nicht ihm! Er sprang in den Wagen. „Zum Flughafen!"

Während der Chauffeur mit kreischenden Reifen losfuhr, griff Satrapoulos zum Telefon und wählte seinen Funker an. Mit kurzer und abgehackter Stimme erteilte er seine Befehle: „Kündigen Sie an, daß ich eine Pressekonferenz gebe, heute abend, um 19 Uhr, in meinem Haus in Athen. Ich werde eine öffentliche Erklärung abgeben, in Anwesenheit des Archimandriten von Korfu. Man soll ihn sofort holen. Wiederholen Sie! . . ."

Der Funkoffizier wiederholte.

„Gut! Machen Sie die Maschine startklar. Ich komme!"

Nicht ohne Groll schwor sich der Grieche, nie wieder nach Cascais zurückzukehren.

Kallenberg fand, daß Medea Mikolofides immer mehr einem Saurier ähnelte. In der gegerbten und abgestorbenen Haut ihres Gesichts waren nur noch die Augen klar und wachsam, obwohl auch sie manchmal von einer trüben Schicht überzogen schienen, die ihren Ausdruck verwischte. Nachdem er Himmel und Hölle in Bewegung gesetzt hatte, um überhaupt einen Termin zu bekommen, war Blaubart mit eisiger Kälte empfangen worden.

Medea hatte nicht unbedingt unrecht, wenn sie die Ansicht vertrat, Kallenberg habe ihr beide Töchter genommen, ohne auch nur eine glücklich zu machen. Letztlich hatten die magischen Worte „dringende Geschäfte" sie bewogen, ihn vorzulassen. Seit einer halben Stunde bereits hielt Hermann sein Plädoyer.

„Ich bitte Sie, wir sind doch beide aus demselben Holz geschnitzt! Wir sind Realisten! Nur wegen eines Anfalls von Melancholie sollen wir jetzt verlieren, was wir mit so großer Mühe erworben haben?"

„Es handelt sich um meinen Enkel."

„Und meinen Neffen, vergessen Sie das nicht! Und außerdem haben wir keinen Beweis dafür, daß er wirklich tot ist . . ."

„Es besteht kaum noch Hoffnung."

„Aber ich bitte Sie! Man hat schon größere Wunder erlebt! Nur wird es zu spät sein, wenn man Achilles gefunden haben wird! Unsere Konkurrenten werden uns verschlungen haben!"

„Was wollen Sie eigentlich?"

614

„Satrapoulos ist nicht mehr auf der Höhe! Er wird untergehen und uns mit sich reißen! In der Persian Petroleum besitzt er neunundvierzig Prozent der Aktien. Ich weiß, daß Sie zwanzig haben. Ich selbst habe einundzwanzig."

„Und wo sind die restlichen zehn?" warf die dicke Frau ein, die sogleich wieder auf der Höhe war, sobald man ihr von Zahlen sprach oder zu rechnen verlangte.

„Sie sind in sechs Anteile aufgeteilt. Ein Franzose drei Prozent, zwei Engländer je zwei Prozent und drei weitere Industrielle, die je ein Prozent besitzen."

„Und?"

„Jeder von ihnen hat dem Verkauf zugestimmt. Ich habe ihnen ein Kaufangebot unterbreitet, das fünfmal so hoch ist wie der reale Wert. Wenn Sie einverstanden sind, Ihre Anteile mit den meinen zusammenzulegen, kaufe ich die Pakete der anderen. Wir beide werden mehrheitliche Besitzer und übernehmen das Kommando!"

„Wieviel für Sie und wieviel für mich?"

„Halbe-halbe! Wir bilden eine neue Gesellschaft. Natürlich übernehmen Sie auch zur Hälfte die Kosten aus der Überbewertung meines Anbots an die kleinen Aktienbesitzer."

„Wann sind sie bereit zu verhandeln?"

„Wann ich will. Jeder von ihnen hat einen von meinen Vertrauensmännern an seiner Seite, der ihn nicht aus den Augen läßt!"

„Armer Sokrates! Wie traurig."

„Entsetzlich! Wenn er es erfährt, falls er je wieder zu seinem Geschäftssinn zurückfindet, müßte er uns dankbar sein!"

„Die Menschen sind undankbar. Glauben Sie, daß wir es bereits morgen regeln können?"

„Selbstverständlich, wenn ich Ihre Einwilligung habe. Der Erfolg hängt von der Schnelligkeit ab, mit der wir verhandeln."

„Also gut. Ich lasse Ihnen freie Hand. Und merken Sie sich: Wenn ich so handle, dann nur zum Wohl meiner Enkelkinder!"

„Glauben Sie, ich hätte daran gezweifelt?"

Jetzt wußte Kallenberg, daß er nicht nur den Griechen in den Sand beißen ließ, sondern darüber hinaus noch ein nettes kleines Nebengeschäft realisierte: Er haute die Alte übers Ohr! Den kleinen Aktionären hatte er nur das Doppelte des Realwerts der Aktien angeboten.

Er konnte nicht ahnen, daß auch die „Witwe" sich geschworen hatte, ihn hereinzulegen. Bei der Vertragsunterzeichnung würde sie sich weigern, ihren Teil an den Mehrkosten aus dem Überanbot zu zahlen. Diese kleine Zuwaage – an die zwei Millionen Dollar – überließ sie dem bekannt guten Herzen des Exgatten ihrer zwei Töchter.

„Sag einmal! Viel gibt's hier nicht zu trinken!"
„Wo ist eigentlich die Bar?"
„Zieh dir inzwischen den weißen Kittel an, ich hole die Flaschen!"

Vor zwanzig Minuten hatte ein arrogant tuender Majordomus mit widerwärtigem Blick die Hundertschaft von Journalisten in den Salon geführt. Die meisten von ihnen waren bereits seit Bekanntwerden der Katastrophe in Griechenland. Wie ein Krähenschwarm waren sie über das Haus des Griechen hereingefallen, als sie erfuhren, daß er eine Pressekonferenz abzuhalten gedenke. Viele Jahre hindurch hatten sie ihre Leserschaft mit falschen Enthüllungen gefüttert, wenn sie kein echtes Material hatten, weil das sentimentale Leben ihrer Opfer gerade eine Periode der Windstille durchquerte. Und jetzt waren ihnen plötzlich zwei Knüller auf einmal in den Schoß gefallen, zwei saftige Geschichten gleichzeitig.

Im Hintergrund des Appartements öffnete sich eine Tür, und es erschienen zwei Diener, die eine fast einen Meter hohe Statue der Jungfrau Maria aus weißem Marmor trugen.

„Auf die Knie, Brüder!" machte sich einer lustig.
„Möchte wissen, warum er uns hat kommen lassen! Man weiß doch schon, daß sein Sohn ersoffen ist."

Die Diener zogen sich zurück, nachdem sie ihre Last auf einem kleinen Podium abgestellt hatten. Gleich darauf ging die Tür erneut auf.

„Ruhe, da sind sie!"

Ein weißbärtiger Prälat der orthodoxen Kirche in vollem Ornat hielt seinen feierlichen Einzug. Hinter ihm Peggy! Hinter Peggy schloß der Grieche den Aufmarsch, schwarzer Anzug, weißes Hemd, Krawatte und Brille, schwarz, bis zur letzten Einzelheit, von der Zigarre abgesehen, seiner Rolle entsprechend. Erst als er die Brille abnahm, bemerkte man, wie sehr er sich verändert hatte. Er war blaß, seine Züge abgeschlafft und müde, tiefe Ringe unter den Augen. Kameras surrten und durchbrachen diskret das Schweigen, das sich nach seinem Eintreten breitgemacht hatte. Der Geistliche und Peggy nahmen hinter einem kleinen Tisch Platz. Der Grieche blieb stehen.

„Meine Herren", begann der Grieche. „Ich erlaube mir, Ihnen Monsignore Corybantes vorzustellen. Er ist Archimandrit von Korfu. Er hat mir die Gnade erwiesen, Zeuge der Erklärung zu sein, die ich Ihnen geben werde. Ich danke ihm dafür und auch für eine andere barmherzige Gunst. Dank seiner Erlaubnis konnte die Weiße Jungfrau" – er deutete auf die Statue – „das Kloster von Korfu verlassen, wo ihr seit sechs Jahrhunderten die Gläubigen ihre Gebete zu Füßen legen. Vielleicht wird sie meines heute erhören, in dieser Stunde der Not . . ."

„Mein Gott, das darf doch nicht wahr sein!" ließ sich ein Journalist aus der hintersten Reihe vernehmen.

„Sie sehen vor sich", fuhr der Grieche fort, „einen gebrochenen Mann. Ich habe einen Sohn, einen einzigen Sohn, Achilles. Jetzt, in dem Augenblick, wo ich zu Ihnen spreche, weiß ich nicht, wo er sich befindet. Ich weiß nicht einmal, ob er noch lebt. Sein Leben ist mir kostbarer als mein eigenes. Nun, was ich Ihnen zu sagen habe ist dies: Wenn Gott meinen Sohn zu sich berufen hat, ziehe ich mich von den Geschäften und aus dem Leben zurück. Meine Gattin ist mit dieser Entscheidung absolut einverstanden. Wenn aber durch ein Wunder, durch Gottes Gnade, durch den Segen der Gottesmutter, Achilles noch lebt, so schwöre ich feierlich" – hier wandte sich der Grieche an den Archimandriten Corybantes – „schwöre ich feierlich, daß ich all meinen Besitz, ich sage, meinen gesamten Besitz, unserer heiligen Mutter der Kirche übergebe."

„Bei dieser Klausel ist es schon weniger sicher, daß seine Frau einverstanden ist!" sagte jemand boshaft.

„Meine Herren", schloß der Grieche, „ich danke Ihnen. Die Suche wird fortgesetzt."

Die Sitzung war aus. Noch bevor der Würdenträger der Kirche sich erhoben hatte, war die Hälfte der Journalisten bereits bei der Tür draußen und rannte zum Telefon.

617

Der Grieche sah Lewis erbost an. Seit wann stellte er sich ihm mitten in den Weg?

„Was wollen Sie?"

„Es ist wichtig, Sir . . ."

Der Privatsekretär nahm zwar den Ausdruck eines geprügelten Hundes an, aber aus dem Weg ging er nicht. Der Archimandrit blickte ihn neugierig an. Peggy zog ihn mit sich fort.

„Es ist sehr ernst, Sir."

„Was kann es Ernsteres geben als den Schmerz, den ich jetzt zu ertragen habe?"

„Ich weiß, Sir, nichts, aber . . ."

„Also raus damit!"

„Es ist wegen der Persian Petroleum."

„Sind Sie verrückt geworden oder was? Ich habe soeben bekanntgegeben, daß ich auf alles verzichte! Und in erster Linie auf meine Geschäfte! Also was soll ich da noch mit Ihrer verdammten Persian Petroleum?"

„Es ist nur, Mr. Kallenberg, Sir . . ."

„Was erzählen Sie da?"

„Und Mrs. Mikolofides . . ."

„Was, was ist los?"

„Sie haben sich assoziiert, Sir! Sie werden versuchen, Sie zu ruinieren!"

„Sie hassen einander!"

„Vielleicht. Auf jeden Fall kaufen sie die Anteile der kleinen Aktienbesitzer auf, um sich hernach zu fusionieren und die Mehrheit zu bekommen."

Der Grieche wurde noch blässer. „Die Schweinehunde! Sind Sie sicher?"

„Absolut, Sir."

„Sie wagen es! Sie wissen, daß ich vor Sorgen krepiere, und sie wagen es!"

„Nur deswegen wagen sie es, Sir."

„O nein! Niemals! Und sei es nur aus Respekt für Achilles, aber das, nie! Was können wir tun?"

„Alles hängt von zwei Prozent ab. Wir müssen sie daran hindern, sie alle aufzukaufen. Gestatten Sie, daß ich mich darum kümmere?"

„Machen Sie schon, Lewis! Sie haben freie Hand! Hauen Sie mir diese Geier zusammen!"

Seit acht Stunden wurde das Wrack unter unglaublichen Vorsichtsmaßnahmen Zentimeter für Zentimeter hochgehievt. Die Kranführer hatten sich nicht dafür verbürgen können, daß sie es ganz aus dem Wasser bringen würden. Bei fünfzehnhundert Meter Tiefe kann man nie genau sagen, in welchen Metallteil sich die stählernen Greifer verbohrt haben, die blind den Meeresboden abgetastet haben. Ein zu starker Zug, eine zu plötzliche Bewegung, und alles Bemühen ist umsonst. Der Aluminiumleib der Bonanza würde erneut in die Tiefe tauchen, und nie wieder könnte ihn jemand aus seinem feuchten Grab heraufholen.

Die griechische Marine hatte Froschmänner bis zu einer Tiefe von hundert Metern entlang der Trossen postiert. Sie sollten im Rahmen des Möglichen das Wrack besser befestigen und auf seinem Weg an die Oberfläche begleiten.

Der Grieche stand ohne Kopfbedeckung unter der sengenden Sonne aufrecht an Bord eines der Schnellboote, das sich im Seegang wiegte. Er war seiner Umgebung ein Fremder, die Augen ohne Unterlaß auf die stählernen Trossen gerichtet, die sich mit unendlicher Langsamkeit in der bedrückenden Stille aufrollten, einziges Geräusch das Knirschen der Rollen und der beängstigende Schrei der Möven. Plötzlich platzte sternförmig eine riesige hellrote Blase auf dem Schaum der Wellen: das Signal. Das Wrack hatte die Position des ersten Tauchers passiert. Noch eine halbe Stunde, und man würde wissen, ob die Reste des Flugzeugs Achilles zum Sarg geworden waren.

Alle an der Bergungsaktion teilnehmenden Personen beobachteten heimlich Satrapoulos.

Seit sechs Tagen war jeder Quadratmeter der See in einem Umkreis von hundert Kilometern Dutzende Male durch eine Unzahl von Booten und Schiffen abgesucht worden. Es war unvorstellbar, daß ein Schiffbrüchiger durch die Maschen dieses Netzes hatte schlüpfen können – wenn es einen solchen gab. Zumindest behaupteten es alle an der Aktion Beteiligten. Alle, nur der Grieche nicht. Keine logische Erklärung hatte seine tiefinnerste Überzeugung erschüttern können. Vor zwanzig Jahren hatten sie von ihm gefordert, diese Stelle hier mit der Asche seiner Mutter zu besäen. Und deshalb war es unmöglich, daß sie heute dem Meer gestattet haben sollten, als zusätzliches Opfer den Leib seines Sohnes zu behalten. Es gab von Zeichen bevölkerte Orte. Dieser hier war einer. Er hatte ihn nicht ausgesucht, und doch ging es zum zweiten Mal um sein Leben. Damals hatte der Tod seiner Mutter ihn neu geboren. Heute würde das Ableben seines Sohnes ihn töten.

Ein Froschmann tauchte plötzlich auf und bedeutete mit wilden Armbewegungen, das Emporhieven noch langsamer vorzunehmen. Die Matrosen stellten die Winden ein. Auf dem Achterdeck des Meldeschiffs, Schulter an Schulter, ohne ein Wort, ohne einander zu sehen, Lena und Peggy, die ehemalige Frau und die heutige. Mit der gleichen Bewegung verkrampften sich ihre Hände um die Reling. Die gleiche Bewegung, entgegengesetzte Gründe: Peggy, weil sie dem Tod bereits ins Auge gesehen hatte, Lena, weil sie vom Unglück noch nie berührt worden war. Und es bei dieser Feuertaufe um ihren Sohn ging.

Auf einen Pfiff hin glitten alle Boote zur Seite und bildeten einen Kreis um die drei wie Gitarrensaiten gespannten Trossen. Unter dem Wasser erkannte man bereits undeutlich den riesigen grauen Schatten. Nur das Boot des Griechen war nicht gewichen. Satrapoulos hatte eine so herrische Handbewegung gemacht, daß der Offizier es nicht gewagt hatte, ihm zuwiderzuhandeln. Der Schwanz der Maschine tauchte auf, das GAL der Grecian Airlines. Ein riesiger Stahlhaken hatte sich in den Steuerflügel gebohrt, der aufgerissen war. Der Rumpf der Bonanza löste sich von der Wassermasse und gab den Blick auf den zweiten Haken frei, der sich in den Bauch der Maschine verbissen hatte.

Gleich mußte man das Cockpit erkennen können. Der Grieche hatte beide Hände um den Kopf der steinernen Jungfrau Maria verkrampft. Der letzte stählerne Haken tauchte langsam auf, er hielt das Ende der rechten Tragfläche. Man konnte deutlich sehen, wie sie vibrierte.

Jetzt war das Flugzeug zu drei Viertel aus dem Wasser, hing in einem seltsamen Winkel, mit der Nase nach unten.

Das Plexiglas des sichtbaren Teils der Pilotenkanzel war von einer Art Dunst beschlagen, der jeden Blick ins Innere verwehrte.

„Halt!" schrie der kommandierende Offizier.

Die Mannschaft legte die Winden still. Jetzt war es an den Pionieren, ihre Kunst zu zeigen. Sie hatten Bojen an das Wrack zu hängen, um es an der Oberfläche zu halten. Dann würden die Reste des Flugzeugs an Bord eines schwimmenden Docks gehievt.

In dieser irrealen Stille geschah etwas Unglaubliches.

Der Grieche streckte die Hand aus und berührte eine Tragfläche. Er hängte sich an sie. Sein Boot schaukelte leicht unter der Gewichtsverlagerung. Ein Matrose machte eine Bewegung, um einzugreifen. Vor dem wütenden Blick des Griechen wich er zurück. Bevor noch jemand etwas tun konnte, um ihn daran zu hindern, hängte sich der Grieche mit beiden Händen an den Rand der Tragfläche, zog sich hinauf und begann, in Richtung auf das Cockpit zu kriechen . . .

„Sir!" rief der verängstigte Kapitän des Meldeschiffs von Deck herab.

Der Grieche hörte ihn nicht. Nicht einmal mit Kanonenkugeln hätte man ihn davon abhalten können, das zu tun, was er zu tun hatte. Er mußte wissen! Unter seinem Gewicht begann die Bonanza zu vibrieren. Jetzt war es für jedes Eingreifen zu spät. Noch das geringste Gewicht auf das Flugzeug, und das Metall, in das sich die Haken verbissen, würde wie schlechte Seide reißen.

Langsam bewegte sich der Grieche auf der Tragfläche vorwärts, manchmal rutschte er auf dem nassen Aluminium aus. Rund um ihn hielten auf den Booten alle den Atem an, ließen sich keine seiner Bewegungen entgehen. Es schien, als genüge ein lautes Wort, um ein unwiederbringliches Ende herbeizuführen. Und doch hatte der Grieche das Cockpit erreicht, er klammerte sich an der äußeren Verstrebung fest. Er tastete nach einem Halt für seine Füße, fand keinen und umklammerte mit beiden Armen die Plexiglaskuppel, auf die er sich rittlings hockte.

Der Kapitän versuchte es noch einmal. Mit einer Stimme, die er vergeblich neutral zu halten trachtete, rief er ihm zu: „Sir! . . . Lassen Sie sich auf die Tragfläche rutschen und kommen Sie zu Ihrem Ausgangspunkt zurück! Überlassen Sie das unseren Fachleuten . . ."

Diesmal hörte ihn der Grieche. In seiner Wut, gestört zu werden, machte er eine heftige Handbewegung, die ihn beinahe aus dem Gleichgewicht brachte. Der Flugzeugrumpf erzitterte und schlingerte drohend. Der Grieche wischte sich über die Stirn. Jetzt mußte er die Tür der Einstiegsluke aufschieben, die wahrscheinlich unter dem Wasserdruck zugeglitten war. Er legte sich auf den Bauch und bückte sich, den Kopf nach unten, um den Griff zu erreichen. Er berührte ihn mit den Fingerspitzen, faßte ihn mit der vollen Hand und stemmte sich mit seinem ganzen Gewicht dagegen. Er spürte, wie sie sich leicht bewegte ... Die Luke mußte aufgehen, ihr Geheimnis preisgeben! ... Noch ein Versuch ... Er spürte, es ging, er spürte es. Langsam öffnete sich die Luke und klappte auf. Der Grieche stemmte sich gegen sie. Jetzt mußte er mit dem Kopf in die Pilotenkanzel, versuchen, hineinzukommen, wenn das Gewicht dieser verfluchten Tür ihn nicht ins Meer fallen ließ.

Auf dem Deck des Meldeschiffs schluchzte Lena leise vor sich hin. Peggys Augen blieben trocken, aber mehr noch als Tränen verriet die Anspannung ihrer Muskeln ihre Angst, ihre entsetzliche Angst. Sie sah, wie ihr Gatte mit einer gigantischen Anstrengung nach vorne kippte und wie aufgesogen in der Kanzel verschwand. Mit einem dumpfen und samtweichen Geräusch schloß sich die Luke hinter ihm. Genau in diesem Augenblick gab das Heckruder als erstes nach. Das hintere Ende des Flugzeugs klatschte ins Meer, wo es eine Schaumfontäne hervorrief. Aus zehn Kehlen derselbe Schrei: „Achtung!"

Fast gleichzeitig schien das Metall der Tragfläche zu knittern, und die Stahltrosse, an der es hing, zischte jaulend in den Himmel. Einen Augenblick lang hing das gesamte Gewicht der Maschine an dem letzten Faden, der sich in den Rumpf verbissen hatte. Auch dieser riß.

Mit der Nase nach vorne stieß das Flugzeug wie ein Stein senkrecht in die Tiefe. An Deck des Meldeschiffs wandte Peggy sich ab, stieß einen langen Klagelaut aus und biß sich in die Fäuste. Als sie sich zwang, erneut hinzusehen, war das Meer verlassen. Wo noch vor einem Augenblick das Wrack gehangen hatte, war nichts. Nichts als ein mächtiger Strudel, der die Boote schlingern ließ und dessen geschmeidige Wellen sich in konzentrischen Kreisen auf die freie See hinaus bewegten.